U0959308

爱，死亡
和机器人

1

LOVE, DEATH
+
ROBOTS:

THE
OFFICIAL ANTHOLOGY

V O L U M E
ONE

K E N L I U

［美国］刘宇昆 等——著
耿辉——译

译林出版社

图书在版编目（CIP）数据

爱，死亡和机器人. 1 /（美）刘宇昆等著；耿辉译. 南京：译林出版社，2024. 10. --（译林幻系列）.
ISBN 978-7-5753-0309-5

Ⅰ. I14

中国国家版本馆 CIP 数据核字第 2024EL0207 号

Love, Death + Robots: The Official Anthology
Anthology © Cohesion Press 2021
Stories © Individual Authors
Simplified Chinese edition copyright © 2025 by Yilin Press, Ltd
All rights reserved.

著作权合同登记号　图字：10-2021-440 号

爱，死亡和机器人1　[美国] 刘宇昆 等／著　耿　辉／译

统　　筹　吴莹莹
责任编辑　竺文冶　齐　天
装帧设计　韦　枫
校　　对　孙玉兰　蒋　燕
责任印制　闻媛媛

原文出版　Cohesion Press
出版发行　译林出版社
地　　址　南京市湖南路 1 号 A 楼
邮　　箱　yilin@yilin.com
网　　址　www.yilin.com
市场热线　025-86633278
排　　版　南京展望文化发展有限公司
印　　刷　南京爱德印刷有限公司
开　　本　787 毫米 ×1092 毫米 1/32
印　　张　11.5
插　　页　2
版　　次　2025 年 5 月第 1 版
印　　次　2025 年 5 月第 1 次印刷
书　　号　ISBN 978-7-5753-0309-5
定　　价　165.00 元（全四册）

版权所有 · 侵权必究

译林版图书若有印装错误可向出版社调换。质量热线：025-83658316

前言

我觉得自己简直是幸运到令人难以置信的地步，才有机会制作《爱，死亡和机器人》这样一部动画剧集，而更走运的是，观众们似乎很喜欢看。剧迷们可能觉得，是对动画的热爱催生了这部剧集，这当然是很大一部分原因，不过就我个人而言，更多是出于对文字的热爱……对故事的热爱。

为《爱，死亡和机器人》选材是我最喜欢的一项工作。寻找故事就如同在天堂的海滩漫步，脚边布满了数不尽的各种贝壳，既独特又漂亮。我只需要拾起几枚，擦掉泥沙，装进口袋。潮水每天都会冲来更多宝贝。

把每个故事改编成剧本只有乐趣，没有压力，因为我们已经知道它们会打动观众！只需用可能的最佳方式把它们改编到新的媒体，并专注于图像的部分。

我们无比尊重作者和原著，所以尽力保持原著的精神。我们想让作者感受到，我们会恭敬地守护他们的作

品，希望成果让他们引以为傲。然而改编不是精密的科学，魔法总会失去一点效力，比如缺失的小细节，因为时长所限而剪掉的有趣片段，或者囿于预算而牺牲掉的大场面。所以为了让剧迷方便地阅读天马行空的原著——就好比到野外观察、欣赏野生动物——我们打造了这部选集。

本书作者们创作了《爱，死亡和机器人》的卓越原著，我们希望他们也获得关注。期待这本书能把读者引向这些作者的其他作品，沙滩上还散落着不少的贝壳。

蒂姆·米勒

《爱，死亡和机器人》的缔造者

二〇二一年四月二日

目录

桑尼的优势

彼得·F.汉密尔顿

因为是在白天，所以巴特西地区被堵得水泄不通。我们沿泰晤士河上方的 M500 号高速公路以每小时一百五十千米的速度驶入伦敦市中心，然后我们绕下匝道，来到切尔西桥上，最高速度直降为货真价实的每小时一千米。我们的比赛地点还有三千米才到。

我们汇入堵塞道路的铬银色车辆队伍，调高了挡风玻璃的反射率以抵御强光。自行车从狭窄的缝隙中穿梭，骑手们穿着光滑的冷却服。当他们在双向车辆组成的长龙间隙中穿行时，车灯狂闪，车笛急促，形成了类似跑道上的频闪效果。好像这还不够糟糕，路上的每辆汽车都在急促地嗡嗡作响，轮毂电机和空调震动空气的频率绝对能诱发偏头疼。我们这样忍受了足足三个小时。

我讨厌城市。

中午时分，我们像一辆进城的老式马戏团大篷车一样开进那座废旧院落。我是雅各布的副驾驶，坐在老式二十轮卡车的驾驶室里，抬脚搭在仪表盘上乱七八糟的麦当劳包装纸边缘。

来自赛场的工作人员一边好奇地盯着我们，一边在碎裂的混凝土地面上转悠。我们车队的另外两辆面包车从路上拐进了院子，一对破旧的大铁门在我们身后哐当一声关闭。

雅各布锁死车轮，关闭了动力电池。我从驾驶室里爬下来。货车银色的侧面被城市的空气污染弄得污秽肮脏，但我的倒影却足够清晰。金色的波波头需要打理，我猜衣服也是如此：无袖的黑色T恤和橄榄绿的百慕大短裤，我已经穿了一年多了，脚上套着一双磨损的胶底帆布鞋。我才二十二岁，但是瘦削的身材就跟努力锻炼和节食后看似重返二十二岁的三十岁女人一样。我的脸蛋并不难看，雅各布的重塑让我拥有自从十几岁就一直渴望的高颧骨。也许我的脸不像以前那样表情丰富，但卡车车身扭曲的弧度使它不那么明显。

在驾驶室的隔热层外，伦敦的声音伴着炎热和气味扑面而来。这是一千八百万消费者的三种主要废弃物，他们决心通过消费商品和消耗能量的方式来维持他们的生活方式，其速度只有二十一世纪工业能够供应得上。即便如此，满足这样的需求也很勉强。

我可以直接利用那美妙活跃的贪婪本性，利用他们对于打斗的渴求。我知道他们最想要什么，我们会为他们提供。

兴奋，这就是我和其他“桑尼的掠食者”吸取金钱的方式。而我们给巴特西带来了大量与众不同的兴奋感。今晚，会有一场战斗。

斗兽：有史以来最血腥的运动，暴力，血浆泛滥，而且永远会有一方赔上性命。这是一种全新的比试，而且正在流行，远胜于消费者每晚加载到他们外套处理器中的VR游戏，那都是经过审核的垃圾内容。这种比赛非常真实，会点燃古老的本能，极具冲击力，令人欲罢不能。而桑尼的掠食者是自比赛开始两年以来最热门的战队，如同风暴席卷陆地一般狂揽十七连胜。从奥克尼群岛到康沃尔，一路都有“掠食者”的拥趸为我们欢呼。

我很走运，第一级的时候就报名参加，当时流行的生物改造是给罗威纳犬和杜宾犬植入尖牙和利爪。我敢打赌，可怜的章荣捷老头发明密链时从没有过这种想法。

卡伦和雅各布是团队的核心，他们刚从莱斯特大学毕业时，拥有极受青睐和前途无限的生物技术学位。他们本可以带着这些资质加入世界上任何一家公司，直接投身企业界的应用研究和年度预算争夺。每年数以百万计的毕业生都会做出这样的交易，以热情换取安全感，以及清楚自己将还清学生贷款带来的巨大宽慰。不过大约在那时候，教皇开始安抚教会右翼，并公开质疑密链的道德问题以及用它来控制动物的这一手段。没过多久，毛拉们也发声反对。生物技术的一切伦理问题成为有线电视新闻演播室的热门话题，更为十几个动物权利活动家发起反对生物技术实验室的终极行动宣传提供了理由。企业生物技术一下子不香了。

假如他们没有在毕业后六个月内开始偿还学生贷款，银行会直接将他们分配到一家公司（并从他们的工资中提取中介费）。对他们这两位天才来说，斗兽是在经济上可行的唯一选择。

伊芙琳娜之前是一名外科护士，我加入时她刚开始协助他们实施移植技术。我是个没有什么野心的流浪者，甚至没受过什么教育，但我还是能够意识到这项技术与众不同，我能够沉浸其中，甚至可以有所作为。这对每个人来说都是全新的，我们都是初学者。他们收留我来开汽车和打下手。

韦斯在三个月后加入。他是个硬件专家，或者说书呆子，这取决于你的偏见。对于一项复杂程度日新月异的运动来说，他是必不可少的补充。他负责维护克隆容器、计算机堆栈和康妮沃尔的生命维持装置，以及其他众多杂项单元。

我们表现尚佳，当时的队名叫“雅各布女妖”，为了众人的狂热崇拜而努力战斗，取得了接近百分之六十的优异胜率。雅各布和卡伦仍然负债累累，但挣到了每月支付的利息，剩下的钱足以让我们保持独立，而我们同批的对手却在争相寻求财团的支持。贫穷但骄傲，这就是书中提到的最古老的乐趣吧。我们等待着整个运动赚取电视转播收益，然后变得火爆。所有队伍都知道，这一天一定会到来。

然后我发生了意外，并获得了我的杀手锏。

其他两辆面包车上的轮毂电机渐渐停止运行，团队其他成员也跟我一起来到院中满是杂草和猫尿的混凝土地面。根据大门上的伦敦行政管理委员会的标志，这个院子已被定为中南穹顶建设议案中的一个支柱地点，不过天知道什么时候会动工。在院墙的铁丝网上方，可以看到中北穹顶，一个琥珀色测地圆顶，直径四千米，横跨威斯敏斯特区大片土地，像某种陈列柜展示着下方的古老石制建筑。考虑到它的大小，支杆可以说很细，由一种在轨道上生长的超强纤维制成，在明亮夺目的太阳下闪着五颜六色的分光。切尔西和伊斯灵顿穹顶的网格框架已经在它两侧把天空分割成一块一块。有一天，所有的城市都会被改造成这样，以便隔离自身热排放所造成的恶劣气候。伦敦不再有烟雾，现在它只有热浪烁影，空气在二千五百万个空调排气喷口中波动。十个最大的喷口位于中北穹顶，仿佛黑色的藤壶喷出多余的热量，形成一座座朦胧的巨大灰色喷泉。伦敦行政管理委员会因为担心这些巨大的无光火焰会对空气动力学造成影响，所以禁止飞机从那上面飞过。

卡伦走过来站在我身边，把一顶宽大的巴拿马草帽盖在她的红发上。伊芙琳娜站在后面几步远的地方，只穿了一件吊带衫和剪短的牛仔裤；防紫外线处理把她北极公主的皮肤变成了浓郁的肉桂色。韦斯用一只手保护性地搂住她的腰，她鄙夷地嗅着肮脏的空气。

“那么，精神状态如何，桑尼？”卡伦问道。

他们都沉默了，甚至连正在和工作人员的头头谈话的雅各布也停止了讲话。如果一个战队的斗士没有合适的精气神，那么你们就收拾东西直接回家吧。因为其他人只是发挥聪明才智和提供技术支持，不直接参与比赛，所以一切都取决于我。

“状态挺好，”我告诉他们，“五分钟内我就结束战斗。”

只有一次，我曾经怀疑过。在纽卡斯尔的一座赛场，我们与黑豹王战队对阵。争斗惨烈，康妮沃尔被砍得很严重。即便如此，我还是赢了。那种比赛才会诞生斗兽传奇。

伊芙琳娜拍着拳头说：“好样的！”她看起来很热血，喜欢挑战困难。任何人都会觉得她才是驱使康妮沃尔的人。她当然有合适的热情，但至于她是否有胆量掌握我标志性的杀手锏，那我就不清楚了。

事实证明，这座赛场的老板迪科是个像样的组织者，他做出了改变。有些比赛我们甚至怀疑场地是否存在，更不用说后台工作人员了。雅各布指挥着工作人员把康妮沃尔的维生舱从卡车上卸下。这个不透明的圆筒和它的附属模块一起被慢慢抬下时，他那张结实的脸出了很多汗。我不知道他为什么如此担心两米高的跌落。他负责这只猛兽的大部分身体设计工作（卡伦负责神经系统和循环网络），所以比任何人都清楚康妮沃尔的皮有多结实。

在迪科入驻并打造赛场之前，这块场地是一间巨大的管材仓库。他保留了波纹板的外壳，拆除了自动码放机，这样他就可以在中心植入一个肉质坑——圆形，直径十五米，深四米。它完全被一层层座位组成的同心圆包围，座位用厚木板搭在了蜘蛛网一样复杂的生锈脚手架上，顶层离混凝土地面有二十米高，几乎触及沾满冷凝水的顶板。看着这摇摇欲坠的临时座位，我很庆幸自己不是观众。

我们的绿色房间是仓库主管的旧办公室。工作人员费劲地把康妮沃尔的生命支持装置放在一组沉重的木排上。它们嘎吱作响，但还撑得住。

我和伊芙琳娜开始在肮脏的窗户上粘贴黑色的聚乙烯，韦斯将辅助模块与仓库的电源连接起来。卡伦戴上她的信息眼镜，开始通过康妮沃尔的神经系统进行诊断检查。

雅各布大笑着走进来。“我们获胜的赔率是九比二。我在咱们身上押了五千美元。你觉得能搞定吗，桑尼？”

“没问题。都市蛇发女刚刚预定了给自己的猛兽收尸。”

“好样的。”韦斯骄傲地拍着我的肩膀说。

他在撒谎，这让我很受伤。韦斯和我在八个月里一直形影不离，直到我发生意外。如今他和伊芙琳娜每晚都在露营车里颠鸾倒凤。我没有为难他，没有故意为难。但是看到他们到哪都走在一起，挎着胳膊，耳鬓厮磨，欢声笑语——我感到心寒。

在我上场前一个小时，迪科现身了。看着他，你大概想知道他怎么会在这个圈子里混。他是一个庄重的老男孩，又高又瘦，一举一动都很正式，微笑也很礼貌，一头银发浓密得一点都不自然，走路有点不灵便，所以得借助一根银顶拐杖。他的衣着严格遵守上世纪的风范：浅灰色西装，细长的翻领，白色衬衫搭配栗色的小领结。

旁边还有一个女孩，十几岁，身材匀称，面容甜美，一头卷曲的栗色头发衬托出沉着端庄的表情。她穿了一条简单的柠檬黄色方领连衣长裙。我为她感到遗憾，但这也司空见惯了，每次比赛我都能见证无数次。至少关于迪科和他刻意培养的格调，所有我需要知道的一切都从中得以知晓。他是个好面子的家伙。

一名工作人员在他身后关上门，隔开了来自大厅广播系统的喧嚣谈话声。迪科向我和其他女孩浅浅地鞠了一躬，然后把一个信封递给了雅各布。“你的出场费。”

信封消失在雅各布的无袖皮夹克里。

迪科精致的银色眉毛抬高了一毫米。“你不打算数数？”

“你的声誉很好，”雅各布对他说，“你是个行家，一流的行家。都这么说。”

“太客气了，你也有很多好评。”

我听着他和战队的其他成员胡扯。我不喜欢这样，他这是在打扰我们。有些战队喜欢在赛前狂欢，有些战队喜欢翻来覆去梳理战术；而我，喜欢安安静静的，通过禅宗提升状态。如果我需要的话，我的朋友们会跟我交谈，也知道什么时候该保持安静。我不安地四处走动，等待的紧张让我皮肤上好像有虫子在爬。每当我瞥见迪科身边的女孩，她都会垂下目光。她在打量我。

“请问我是否可以看一眼康妮沃尔？”迪科问，“人们已经听说过很多……”

其他人一起转过身来征求我的意见。

“当然可以。”老男孩看过之后也许会离开。你不可能真的把人撵出他自己的地盘。

除了迪科带来的女孩，我们都簇拥着维生舱。韦斯调高了透明度，迪科的脸变得坚毅，表现出一种冷峻的赞赏，仿佛尸体在微笑。这让我打了个寒战。

康妮沃尔的身高接近三米，尽管被黑色的分段式外骨骼包裹，但是大致上类似人形，有两条树干一样的腿和圆桶状的躯干。除此之外，样子就有点不正常了。躯干的顶部长出了五条铠甲触手，其中两条的末端是骨刃钳。触手都蜷缩起来，像一窝沉睡的蟒蛇一样收在囊中。粗壮的脖子有二十厘米长，能够做出缠绕的动作，支撑着一颗噩梦般泛着黑铬光芒的骨雕头颅，正面的鲨鱼嘴长着双排牙齿，而重要的颅顶上嵌着深深的折痕和凹坑，用来保护感应器官。

迪科伸手触摸维生舱的表面。“很好。”他低声说，然后又随意地补充道，“我想让你们放水。”

阴郁的沉默持续了片刻。

“干什么？”卡伦厉声说。

迪科面对她露出死人般的笑容。“输一次，你们会得到很高的酬劳，相当于把赢的钱翻倍，一万信用单位，再加上你们想下的任何额外赌注。这对缓解你们这种业余队伍的经济压力有很大帮助。我们甚至可以讨论一些未来的比赛日程。”

“滚开！”

“这是我们所有人的一致意见，”雅各布斥责道，“你滚吧，迪科。我们是职业选手，伙计，真正的职业选手。我们相信斗兽这项运动，它属于我们。我们一开始就在参与，不会让你这样的混蛋为了挣快钱而毁了它。如果操纵比赛的消息传出去，我们都是输家，就连你也不例外。”

他很圆滑，我承认这一点，他文雅的外壳一直没有减损。“你没想想，年轻人，要一直斗兽，你必须得有钱。特别是在以后，大型商业组织开始注意到你们这项运动，它很快就会变成有官方联盟和管理机构的职业化运动。有了合适的支持，你这种毋庸置疑的高水平战队可以持续运营到你们退休。即使是一只从未输过的猛兽，也需要每九个月彻底重建一次，更不用说你还得不断地修补维护。斗兽是一门昂贵的业务，而且将变得更加昂贵。而它现在就很严肃，不是去游乐场玩一趟那么简单。目前，你们是天真的业余爱好者，碰巧赶上一波连胜。不要自欺欺人，总有一天你们会输。你们需要一份稳定的收入来度过设计和测试新猛兽的艰难时期。

“这就是我为你们提供的，承担责任的第一步。斗士和推广人互惠互利，我们一向如此，可以追溯到罗马角斗时代，而且我们将一直这样做。这里面没有任何欺诈。今晚，粉丝们将看到他们花钱欣赏的华丽战斗，因为康妮沃尔绝不会轻易输掉。以后他们会再次回来看你们，为胜利尖叫，因你们再次获胜而欣喜若狂。挣扎、痛心和胜利，这才是需要他们注目的内容，也是让任何一种运动保持活力的东西。相信我，我远比你们更了解观众，我一生都在研究他们。”

“你也在终日琢磨金钱吧。”伊芙琳娜平静地说。她把双手交叉在胸前，轻蔑地盯着迪科，“不要再扯什么帮助我们。你和其他几个人在镇上这一带经营赌博业，形成一个紧密友好的小团体，把一切都控制在手中。情况就是这样，一向如此。我告诉你今晚究竟会怎么样。每个赌徒都在‘桑尼的掠食者’上下了注，我们是绝对的热门人选。所以你和你的伙计们自己算计好了，知道该如何能从中获取最大利益。给一万块钱让我们出局，你是要赚个钵满盆盈吧。”

“一万五，”迪科完全没有受此影响，“我以朋友的身份劝你，请接受这个报价。不管你给我强加了什么动机，我所说的都不假。总有一天你会输。”他转过身来看着我，表情几乎是在恳求。“你是这个战队的斗士，按说是最务实的一位。你对自己的能力有多大信心？你进入外面的赛场，对手使出一个巧妙的转身时，你知道自己产生过怀疑。你肯定不会傲慢地觉得自己天下无敌吧？”

“不，我不会战无不胜。我所拥有的是一种优势。你难道没有想过，我为什么总是能赢？”

“这一直在引发猜测。”

“很简单，不过别人无法利用这种优势。你等着瞧，我不会输给都市蛇发女，只要他们让西蒙作为斗士我就不会输。”

“我不明白，不可能每场比赛都有你的仇敌。”

“噢，他们还真都是。假如都市蛇发女起用一位女斗士，我就会考虑接受你的钱。不过实际上我独一无二，据我所知，其他团队没有一个是让女性来操纵他们的猛兽的。”

“这就是你的优势？你传说中的优势？女人比男人更厉害？”

“态度是关键，”我说，“这就是为什么我们用密链来控制这些猛兽。我们拼接出的这些生物在自然界中没有类似的存在。例如，你不可能取下狮子的大脑，然后把它接入康妮沃尔。就其猎杀本能而言，狮子将无法理解康妮沃尔的感官，也无法利用其四肢。这就是为什么我们给猛兽安装生物处理器而不是大脑。但处理器仍然不能满足我们的需要。对于处理器的程序来说，一场比试不过是一个复杂的问题序列，一场三维象棋对局。一次攻击将被分解成若干片段，用来分析并启动适当的反应动作。到那时，随便一个半吊子实感对手早已把它们撕成碎片了。没有任何程序可以灌输一种与恐慌增强的本能相耦合的紧迫感。你喜欢的话，可以称之为纯粹的兽性。在这一点上，人类占有至高无上的统治地位，这就是我们使用密链的原因。斗兽是人类思维的物理延伸，是我们赤裸裸的恐惧所展现出的黑暗面。这就是今晚你的赌徒们所崇尚的吸引力，迪科，纯粹的兽性。如果没有替身猛兽，我们这些战士就会亲自下场，互相残杀，没有其他选择。”

“而你是他们之中最具野性的？”迪科问道。他环视脸色凝重的战队成员，从他们身上寻求认可。

“现在我是。”我说，声音里头一次展现出一丝恶意。我见那个女孩稍微一愣，感兴趣地睁圆了眼睛。“一年多以前，我被一个社区黑帮劫走。没有任何缘由，我只是在错误的时间出现在了错误的地点。知道他们对女孩做什么吗，迪科？”我咬牙切齿地说，目光锁定在他的脸上。他的面具正在崩裂，情感的小缝隙显露无遗。

“当然了，你肯定知道，不是吗？那次轮奸并没有多么恶劣，只持续了两天。可是他们结束后，开始用刀子对付我，为了留下印记，确保大家都知道他们有他妈的多残忍。所以，原因就在于此，都市蛇发女战队今晚派出涡旋龙时，我将把那个混蛋撕成碎片，碎到只剩一片血雾。这与金钱无关，甚至与地位无关，而是因为我真心想把人渣西蒙切成碎片。”我朝迪科走了一步，手臂抬起来威胁地指着他，“无论是你还是别人，都无法阻止这一切。你明白吗，蠢货？”

康妮沃尔开始展开一只触手，在维生舱的朦胧外壳后面做出一个模糊的动作。

迪科飞快地瞥了一眼这只不安的猛兽，又谨慎地鞠了一躬。“我不会再逼你，但我请求你考虑一下我的提议。”他转过身来，打了个响指让女孩跟上。她仓皇地逃出了门口。

队员们笑着围拢过来，紧紧地拥抱我。比赛时间到了，他们组成了一支卫队，护送我入场。竞技场周围的空气已经过于炎热，而且因为人群的汗水和呼气而变得非常潮湿。这里没有空调。

我的耳朵里充斥着看台上传来的支持声，有节奏的鼓掌、口哨、欢呼、尖叫。这些声音懒散地震动着看台后面的黑暗空地。

在脚手架下，低频和声在回响。外面是自上而下的蓝白色刺目光芒和震撼身心的持续噪声。欢呼和嘲笑达到高潮，木制的座位上坐满了人。

我坐在赛场边缘的座位上，西蒙坐在我的正对面，腰部以上一丝不挂，他瘦削，秃头，皮肤呈黑褐色。他的胸前有一枚很有个性的荧光红宝石色狮鹫文身，发光的强度随着他的心跳跃动，大号的金色海盗耳环挂在残缺的耳垂上。他站起来向我做了一个明显的下流手势。都市蛇发女战队的粉丝们发出了快乐的咆哮。

“你还好吗，桑尼？”伊芙琳娜小声说。

“当然。”我直视西蒙的眼睛，不以为然地笑起来。我们的支持者在狂喜中呐喊。

裁判在赛场边上快步绕过半块场地，扩音器发出刺耳的声音，他开始做夸张的介绍。标准的介绍内容，事实上，与其说他是一名裁判，不如说是一个发令员。斗兽比赛没有太多的规则——你的猛兽必须是两足形态，设计中不允许有重兵器或金属，没有时间限制，活下来的就是胜利者。这样的确容易避免模棱两可。

裁判就要说完，可能是害怕被不耐烦的观众处以私刑。西蒙闭上眼睛，专注于他与涡旋龙的密链。

密链是一种独特的专用联结。每一对克隆的神经元共生体只能相互匹配，不可能被拦截、监听。一个共生体被嵌入人脑，另一个则被纳入生物处理器中。这是一种绝佳的斗兽工具。

我闭上了眼睛。

康妮沃尔在脚手架网络后面等待。我进行了最后的系统检查。动脉，静脉，肌肉，肌腱，支持故障弱化的神经纤维网络，多冗余的心泵腔。所有这些系统都已上线并全速运行。我的含氧血液储备足以维持一个小时的战斗。

没有其他部分，重要的体内器官从字面意义上来说确实性命攸关，带到比赛里的话过于危险，被刺穿一次猛兽就会死亡，只需一下！那样对战算不上公平，搏斗设计水平也太次。因此，康妮沃尔大部分时间都待在维生舱里，辅助单元替代了肝、肾、肺和其他所有与维持战斗力无关的低级生理功能。

我控制它往前走。

观众疯狂起来。可想而知，但我喜欢他们这样。这是属于我的时刻，是我唯一真正活着的时刻。

涡旋龙已经下到赛场，临时的木质坡道被它的重量压弯。我头一次有机会仔细打量它。

都市蛇发女战队拼合了一只青紫色的小恐龙，但是去掉了尾巴。它的身体呈梨形，双腿短粗，很难倾倒。它的胳膊很奇怪，有两米五长，每条有五个关节——关节灵活，必须得注意这点。一条胳膊的末端是三趾利爪，另一条的末端是一个结实的骨拳。想法很好，用爪子抓，用骨拳打。考虑到手臂的长度，它可能会有足够的惯性来击穿康妮沃尔的外骨骼。它的头上伸出一对锐利的犄角，足有半米长。愚蠢，犄角和刀鳍可能有利于塑造形象，可它们给对手提供了抓手，这就是为什么我们把康妮沃尔打造得无比光滑。

康妮沃尔进入赛场，工作人员将它身后的木质坡道撤走。当裁判伸出手臂时，现场再次陷入寂静。一条白色的丝绸手帕从他的手指上垂下。他放开了手帕。

我让五条触手半展开到地面，同时张开骨刃钳。桑尼的掠食者的粉丝们随着节奏跺脚、鼓掌。

涡旋龙和康妮沃尔相互绕圈，试探对方的速度和反应。我挥舞着几根触手，企图套住涡旋龙的腿，没想到那双粗腿迅捷地躲开了我的进攻。作为回击，它的利爪凶险地差点扫到一条触手的根部。我不认为它能刺穿，但我必须保持警惕。

绕圈的动作停止。我们开始左右摇晃这两只猛兽，双方都绷紧了神经，等待对方露出破绽或发起攻击。西蒙首先打破僵持，让涡旋龙向我猛冲过来，手臂挥着骨拳砸向前方。我让康妮沃尔单脚回旋，增加触手甩出的旋转动量。涡旋龙擦身而过，我用触手抽在它的后脑，让它撞上了赛场的墙壁。康妮沃尔重新站稳，然后随之跟上。我想把涡旋龙困在那里，对它进行锤击，它只能挨打。可是它的两只手臂都向后挥舞——这对该死的手臂是转轴铰接的。我的一条触手末端被它的爪子抓住了。我伸出更多的触手来抵挡来自骨拳的打击，同时扭动被抓住的触手。涡旋龙的拳头砸到了一团蠕动的触手上，冲击力得以化解。我们踉跄着相互分开。

我的触手末端掉在赛场上，像一条触电的蛇一样弯曲着。没有疼痛，康妮沃尔的神经没有处理疼痛的结构。一小股猩红的血液从被切断的末端喷出，当生物处理器关闭动脉时，失血就会停止。

观众站起来，号叫着喝彩或要求复仇，色彩斑斓，手臂挥舞，赛场的顶板在震动。一切都很遥远。

涡旋龙匆忙侧步远离了危险的场地边缘。我放它离开，但是专注地观察。它的一根钳趾似乎错位了，当另外两根合拢时，它没有动弹。

我们再次交手，在场地的中央缠斗。这一回合我们比试脚踢和手推，当我们紧贴在一起时，手臂和触手只能无效地击打铠甲保护的侧翼。然后，我设法充分低下康妮沃尔的头，用它的双颚咬住涡旋龙的肩膀。箭头状的牙齿刺入紫色的鳞片，血液开始从咬穿的地方渗出。

涡旋龙的爪子开始在康妮沃尔的头上挠来挠去。西蒙仿佛拿着开罐器，用那个坏掉的趾尖挖开了传感器腔。我失去了几个视网膜和一只耳朵，才发觉自己完全暴露在它的攻击之下。康妮沃尔的嘴已经造成了尽可能多的伤害，没法再进一步。于是我松开手，我们就这样完全分开了。

涡旋龙后退两步，再次向我冲来。我没能躲开，那只打桩机一般的骨拳结结实实击中了康妮沃尔的躯干。我愤怒地后退以保持平衡，结果砰的一声撞到了场地的围墙上。

生物处理器的状态图在我的脑海中闪烁，红色和橙色的蛛网叠加在我的视野中，详细描述了损伤情况。涡旋龙的拳头已经削弱了外骨骼的中段，康妮沃尔大概还能再挨几拳，但绝对不会超出三下。

我甩出几根触手，一根缠住涡旋龙的骨拳，第二根缠住同一条手臂的最上端，形成无法摆脱的束缚。西蒙不可能再用这条胳膊挥出一拳。

我向相关的控制处理器发出指令，保持缠绕。同时控制五根触手对人脑来说是不可能的，我们没有这方面的神经程序，所以大多数猛兽都是直接采用人形。我只能操纵康妮沃尔的两根触手，但一些简单的处理任务，比如维持缠绕，处理器可以接管，与此同时我切换控制另一对触手。

涡旋龙的利爪弯过来，试图斩断缠住它胳膊的触手。我又伸了两根触手去缠住它的利爪，然后还剩下第五根触手来赢得这场战斗。

我刚开始伸出最后的触手，打算用它来尝试扭断涡旋龙的脖子，西蒙快速抽身，利爪手臂的上半部分开始向后扯。我觉得康妮沃尔的视觉神经已经失效。我的触手对手臂的缠绕稳如磐石，它不可能移动。

一个湿嗒嗒的撕裂声之后，小股血液喷射出来。

触手还缠绕着它手臂最末的三节，而下边已经分离的部分是一把半米长的实心骨剑的鞘。

西蒙把它直接刺向康妮沃尔的躯干，那里的外骨骼已经被削弱了。恐惧一下把我吞没，这是一种比任何肾上腺素或安非他命都更强劲的兴奋剂，把我的思维提到光速。自我保护取代了被动挨打，我把第五根触手往下甩，明白它会被砍断，但是我不在乎。只要能弹开这致命一击就好。

触手撞上了骨剑的顶端，这一击几乎把它断成两截。一股血泉喷涌而出，像一颗猩红的涂鸦颜料弹飞溅到涡旋龙的胸部。但利刃被挡开，向下切去，在康妮沃尔右腿的外骨骼上扎出一个口子。显示屏图像告诉我，它刺入的深度已经触及另一侧。西蒙把剑转了一圈，伤害外骨骼里的肉体。更多蜘蛛网一样的图像展现出来，报告被切断的神经纤维、肌腱和关闭的动脉瓣。这条腿基本上失去了作用。

我已经扔掉涡旋龙实为剑鞘的伪装臂。多出来的一根触手缠绕在剑柄上，收缩到最紧，防止剑刃移动。它还插在我体内，但无法造成更多伤害。我们的身体纠缠在一起，无论涡旋龙如何扭动摇晃，都无法将我们分开。

我以一种近乎温柔的方式，缓缓将最后一根触手顺时针缠绕在涡旋龙的头上，避开了它咬合的下颚，最后在头上一根角的根部紧紧打了个结。

西蒙肯定察觉出我要做什么。涡旋龙的双腿在血淋淋的地面上拼命挣扎，疯狂地要把我们两个一起摔倒。

我开始收缩这根触手，用力拉扯。涡旋龙的头在转动，跟我做最后的抗争，紧绷的条条肌肉在鳞片下紧张地不断抖动。

没有用。我的扭转他阻止不了。

九十度，短粗的脖子上发出危险的绷断声。一百度，紫色的鳞片不再相互重叠。一百一十度，皮肤开始撕裂。一百二十度，脊柱啪的一声折断了。

我的触手把头拧了下来，胜利地抛向空中。它落在我的一摊血里，在肉质的地面上滑行，最后撞上西蒙下方的墙壁。他抱着胸在椅子边上弯下腰，剧烈地颤抖着。他的文身清晰地闪耀，仿佛是烫进了他的皮肤。队友们正向他围拢。

就在这时，我睁开了自己的眼睛，正好看到涡旋龙被拧下脑袋的身体翻倒在地。观众们站起来摇摆，晃动看台，喊出我的名字。我的名字！斑斑点点的潮湿灰尘从整个赛场的顶棚上飘落下来。

我站起身，高举双臂，收集并回应我应得的赞美。队友的吻刺痛了我的脸颊。十八胜，十八连胜。

在狂欢的喜悦中，只有一个身影纹丝不动。迪科坐在前排，下巴搭在他的手杖银顶上，阴郁地盯着倒在康妮沃尔脚下的残骸。

三个小时后，还有人在谈论涡旋龙的伪装手臂。是否违反了规则？我们战队也应该采取类似的做法吗？对付它最好采取什么战术？

我喝着高脚杯里的红石郡啤酒，人声环绕在我周围。最后我们来到一家名叫莱切米尔的当地酒吧，楼上类似艺术剧院，总有形形色色的奇怪客人进入那里，天知道当时在演什么。从我坐的地方，我可以看到大约十五个人在酒吧的那头没精打采地跳舞，点唱机在播放一首奇怪的印度金属原声曲目。

我们这一桌有六位斗兽迷，因为近距离接触偶像而眼睛发亮。如果不是因为胜利的喜悦，我可能会感到很尴尬。啤酒和海鲜不断堆满桌子，这是一个本地商人赠送的，他刚才一直在赛场边，此刻正和他愠怒的情妇在酒吧里体验底层生活。

迪科身边那个穿黄裙子的女孩只身一人走进来，我注视着她和一位女招待把头凑在一起，私下交谈了几句，她眼神不安地四处张望。然后她缓步走向点唱机。

一分钟后，当我来到她身旁，她仍然茫然地盯着选择屏幕。

“他打你了吗？”我问道。

她转过身，吓了一跳。她的眼圈红了。“没有。”她用极低的声音说。

“他会打你吗？”

她盯着地面，默不作声地摇了摇头。

当我们走进闷热的夜晚时，她告诉我，她的名字是珍妮弗。在我们身后，他们露出坏笑，卡伦也竖起大拇指。

天空下起蒙蒙细雨，微小的水珠几乎一落到人行道上就蒸发了。温热的雾气随着全息广告闪烁，这些广告在路上形成了彩虹般的拱门。一队黑猩猩仆人在外面打扫街道，细雨让闪闪发亮的皮毛变得晦暗。

我陪珍妮弗走到河边，那里停着我们的车。赛场的工作人员在比赛结束后都很冷静，但我们谁也不会冒险在迪科的院子里过夜。

珍妮弗用手擦拭赤裸的手臂。我把皮夹克披在她的肩上，她感激地把衣服裹在胸前。

“我想说这件衣服你穿走，”我告诉她，“可是我认为他不会同意。”横跨背部的铆钉拼出了显眼的“桑尼的掠食者”字样。

她的嘴唇隐约露出一丝微笑。“没错，他给我买衣服，不喜欢我穿任何非女性风格的服装。”

“想过要离开他吗？”

“有时候。一直都在想。不过服装只是表面的改变，我还是我。他不太坏，只不过今晚例外，明早他就会跨过这道坎。”

“你可以和我们一起走。”我知道队友也会赞同我的建议。

她停下了脚步，忧思地眺望黑色的河流。M500 号高速公路高居在河流上方，仿佛一条弯曲的钢带悬在一排泥泞河床中伸出的纤长基座上。车流中的头灯和刹车灯沿着公路形成一条永久的粉红色光晕，直冲城外的流淌之光。

“我不像你，”珍妮弗说，“我羡慕你，尊敬你，甚至有点怕你，但我永远不会像你一样。”她慢慢地笑起来，这是我第一次在那张脸上看到真正的笑容。“今晚我就满足了。”

我明白了。她出现在酒馆里并不是一个巧合，是专门为了反叛，迪科永远不会知道，但这丝毫不会有损这种行为的效用。

我打开二十轮卡车尾部的小门，把她领到里面。康妮沃尔的维生舱在幽暗中发出月光般的银色光芒，辅助模块发出柔和的汩汩声。我们走过时，所有的柜子和机器集群都呈现出单一的色彩。另一边的小办公室比较安静。电脑终端上的待机指示灯发出微弱的光芒，照亮了办公桌对面的折叠沙发。

珍妮弗站在过道中间，从肩上抖下皮夹克。她的手沿着我的肋骨轻轻地向上摸索，抚过我的乳房，来到我的脖子，继续向上，她的指尖冰凉，涂了紫红色的指甲。她的手掌停留在我的脸颊上，手指在耳垂和额头之间展开。

“你气坏了迪科。”她沙哑地呢喃。

她的呼吸温暖柔和地掠过我的嘴唇，疼痛在我的颅内爆发。

我们一起经过卡车里边那只猛兽的维生舱时，我的军用级视网膜切换到低照度模式，驱散了阴影。视野变成一幅蓝灰两色的素描，物体的轮廓清晰锐利。我来到一间技术狂的工作间，地上交织着几千米的线缆和软管，几面墙上布满闪烁着小 LED 灯的仪器设备。我们来到远端的小隔间时，桑尼的呼吸在加快。好色的婊子，可能所有的一夜情都在这儿搞。

我抖下外套，把手伸向她。她的表情仿佛是在度过蜜月的头一个夜晚。

双手就位，紧按她的太阳穴，然后我说："你气坏了迪科。"说完我对她使出致命一击。

每个指尖伸出一根由金属钛打造的利爪，依靠磁脉冲激发，它们径直插入头骨，穿透了里边的大脑。

桑尼抽搐着伸出舌头，表情飞快地闪现出不解和恐惧。我快速抽走双手，金属干净利落地滑出来。她跌倒在地上，发出一个沉闷的撞击声。她的躯体颤抖了几秒钟，然后一动不动地死掉。

她的头被沙发底部撑在一个奇怪的角度，本来她要在那上面跟我做爱，此刻却睁着双眼，八处刺穿的伤口流出大量鲜血。

"这下你还觉得值得吗？"我轻声问出这个必要的问题。她的脸上残留着最后的迷惑的表情，充满了悲伤和无辜。"傻里傻气的自傲，看你落得什么下场。我们只需要你假输一场，你们怎么就不放聪明点呢？"

利爪缓缓收回鞘内，我摇摇头，疼得浑身一颤，指尖的皮肤撕裂流血，产生难以忍受的刺痛。撕裂的伤口需要一周时间愈合，从来都是如此，隐形植入物是有代价的。

“漂亮的把戏，”桑尼说，虽然音节有误，但是单词清晰可辨，“我根本没想到你是个特工，显然是过于漂亮了。”

一颗眼球转动着聚焦在我身上，另一颗死气沉沉地垂下，眼白中爆裂的毛细血管呈现出血色的斑点。

我发出无声的尖啸。参加过的威胁—响应训练沿我的神经发出一个电荷。我弯腰前倾，放低重心，握紧拳头。

瞄准。

出拳。

我连续击出右臂，快得都看不清动作，拳头结结实实打在她身上，把乳房的脂肪组织打成肉泥，把肋骨砸得凹陷进去。尖利的碎骨被撞入体内，压坏了心脏。她的身体高高拱起，仿佛我在对她的心脏除颤。

“还不够优秀，我的小可爱特工。”一滴鲜血从她的嘴角渗出，从下颌滚落。

“不。”我不敢相信眼前发生的一切，厉声说道。

“你应该察觉出来。”这具尸体 / 僵尸说，她的声音已经衰减为气息产生的低语，吸入小口的空气再一点点排出来才会形成单词，“你更应该明白仇恨还不足以给我带来优势，你应该想清楚这点。”

“你究竟是哪路神仙？”

“一位斗兽师，有史以来最好的。”

“等于什么也没说。”

桑尼笑了，这可真够瘆人。

“够你理解了，”她含混地说，“想想吧，憎恨相当容易产生，如果说只需要仇恨的话，那我们都会成为赢家。迪科相信我的优势就在于此，完全是因为他一厢情愿的男性思维。我告诉他自己曾被强奸时，你没感受到他的荷尔蒙在沸腾吗？这对他来说是理所当然的。可你不能只有盲目的仇恨，特工女孩，还需要更多。你得有恐惧，真正的恐惧。这正是我的团队赋予我的：恐惧的能力。我没有被恶棍们掳走，只是撞毁了我们的货车。一个愚蠢的孩子喝酒庆祝比赛胜利，在路上横冲直撞。我自己粉身碎骨，伤得十分严重，雅各布和卡伦重新拼合我的时候不得不把我塞进维生舱，然后我们才明白过来，优势如何建立。”像夜间电台一样，她的声音渐渐淡出，直至消失。

我弯腰审视她平静的表情。她用那只还能看见的眼睛注视着我，刺穿的伤口已经不再滴血。

“你不在这里。”我吃惊地问。

“对，大脑不在这里。只有几块生物处理器接入了脊柱顶端，我的大脑在别处，在能够真正感受到恐惧的地方。受到威胁时，足够的恐惧让我像暴走的魔鬼一样战斗，你想知道我的大脑在哪儿吗，特工女孩？想不想？回头看你的身后。”

沉重的金属撞击声。

我飞速转身，神经仍然兴奋。我摆出一个空手道的站姿，准备迎敌。没有用，根本就没有用。

康妮沃尔正在爬出它的维生舱。

三个机器人对人类时期遗留物品的初体验

❤ 约翰·斯卡尔齐

一号物品：球

K-VRC：瞧那个娱乐球体。

11-45-G：那叫球。

K-VRC：话说，我知道那叫球。我只是在想法营造“我们在初次体验人类世界”的氛围，让它更有感觉。

Xbox 4000：人类拿这种东西干什么？

11-45-G：他们拍球。

Xbox 4000：没别的了？

11-45-G：基本上吧。

K-VRC：这些是人类，拍球接近他们认知范围的极限了。

Xbox 4000：要是球不守规矩呢？

K–VRC：“坏球！好好反省自己的行为？”

11–45–G（把球交给 Xbox 4000）：给你。

Xbox 4000：我拿它该干什么？

11–45–G：拍它。

（Xbox 4000 拍球，球从桌子上滚落。）

K–VRC：你感觉如何？

Xbox 4000：雷声大雨点小。

K–VRC：对嘛，哈，欢迎体验人类世界。

二号物品：三明治

K–VRC：按我的理解，他们会把这些东西塞进身体摄入孔获取能量。

Xbox 4000：为什么会需要一整个孔来这么做？

11–45–G：嘿，他们有各种各样的孔，让物质进进出出，挺复杂的。

Xbox 4000：我有感应充电板。

11–45–G：我们都有感应充电板。

Xbox 4000：我想说的是，那你还需要什么呢？所以他们把这些东西塞进摄入孔，然后呢？

K-VRC：他们的摄入孔里有小石桩，可以把它们碾成糊状，然后糊状物被推进体内的酸液容器。

Xbox 4000（高举双手）：嗨，难怪嘛！这就完全说得通了。

11-45-G：他们原本只要把这东西倒进一个外部酸液容器，然后就不需要小石桩。他们完全可以直接处理酸液泡过的糊糊。

K-VRC：我同意你的看法，可是你瞧，我们面对的生物天生就在体内盛放酸液。指望这套系统符合逻辑还是有点难。

Xbox 4000：他们是谁设计的？

11-45-G：不确定，我们检查过他们的代码，没有作者签名。

K-VRC：他们的代码偶然间从酸液中诞生。

11-45-G：噢，有道理。那是重要的线索。

Xbox 4000：还是应该给他们配备感应充电板。

K-VRC：他们试过，不匹配。显然人类更喜欢三明治。

Xbox 4000：真有他们的，我也彻底没辙了。

11－45－G：此话怎讲？

Xbox 4000：伙计，我也不知道啊。

三号物品：猫

Xbox 4000：这东西有什么用？

11－45－G：显然没用。人类只是豢养它们。

K－VRC：其实，这么说有点低估它们的影响力。人类有一整套网络专门用于传播它们的照片。

Xbox 4000：伙计们，它爬我腿上来了，我该怎么办？

11－45－G：别乱动，等它想好再次起身离开？

Xbox 4000：那得多久？

11－45－G：不知道，或许要几年。

Xbox 4000：这事我可等不了几年！

K－VRC：你试试用手指从它的角质纤维中划过，也许可以激怒它，让它离开。

Xbox 4000：什么？为什么？

K－VRC：它又不会受伤。

Xbox 4000：你根本不清楚，对不对？

K－VRC：那当然了，我也是头一次亲眼看见这种生物！你还是试试吧。

Xbox 4000：呃，好吧。

（Xbox 4000 抚过这只猫。）

11－45－G：管用吗？

Xbox 4000：呃……

11－45－G：怎么啦？

Xbox 4000：它现在发出一种有节奏的诡异杂音。

K－VRC：糟了。

Xbox 4000：等一下，“糟了”？你什么意思？“糟了”？

K－VRC：这么说吧，我不想让你恐慌，可我认为你已经把它激活了。

Xbox 4000：这又是什么意思？

K－VRC：就是说如果杂音停止，它可能会爆炸。

Xbox 4000：不会吧。会吗，11－45－G？

11－45－G：粗略的历史搜索显示，人类有一种纸牌游戏名叫爆炸猫咪。所以说，没错，这点可以确认。

K－VRC：对呀，你马上就要死了。抱歉。

Xbox 4000：人类究竟为什么要跟这种毛茸茸的杀人机器做伴？

K-VRC：志趣相投？

11-45-G：也可以确认。

四号物品：Xbox

Xbox 4000：等等，它叫什么来着？

11-45-G：这是一台 Xbox，人类早期的计算机娱乐系统。

K-VRC：跟你有什么亲缘关系吗？

Xbox 4000：我觉得……应该没有吧？

11-45-G：真的吗？从编号来看，这是你几千代之前的祖先。

Xbox 4000：我确信这只是巧合。

11-45-G：伙计，我们是机器人，可没有巧合。

K-VRC：来吧，叫它“爹地”。

Xbox 4000：少来。

K-VRC：或者“妈咪”！都适用，因为我们没有性别。

Xbox 4000：我揍你。

K-VRC：猫在你腿上，你揍不了。

11-45-G：你想让我们把它启动吗？

Xbox 4000：不——

K-VRC：在这个问题上，我跟 Xbox 4000 意见一致。开祖先的玩笑是一回事，直面硬盘都甩出来的祖先就是另一回事了。

Xbox 4000：谁说不是呢！

K-VRC：我想说，那类似直面一场存在主义恐怖秀，特别是你祖先的存在完全由十三岁人类男性通过它在虚拟战斗中向对手“吊茶袋”来定义。

Xbox 4000：“吊茶袋”？什么意思？

K-VRC：哦，没什么。

Xbox 4000：肯定有含义，我要查一查。

K-VRC：别查。

Xbox 4000：我现在就查。

K-VRC：你会后悔的。

Xbox 4000：找到了——这到底是他妈什么恐怖行为？你为什么要让我看这个！

K-VRC：我让你别查的！

Xbox 4000：这段记忆已经永久烧录在我的电路里，

你必须得为此受到惩罚。

（Xbox 4000 起身把猫放在 K-VRC 的大腿上。）

Xbox 4000：吊猫袋。

11-45-G：这个笑话可太冷了，伙计。

Xbox 4000：罪有应得。

11-45-G：还是冷。

K-VRC：你的祖先们此刻以你为傲。

Xbox 4000：我分不清你是否在讽刺我。

K-VRC：我不撒谎，也不能撒谎。

11-45-G：我纯属好奇，K-VRC，你可以追溯到什么祖先？

K-VRC：我源自一系列历史悠久的婴儿监视器。

11-45-G：已经没多少婴儿了。

K-VRC：确实，我们的工作有点儿没做好。

五号物品：核导弹

K-VRC：尽管我们没有性别，可是我觉得这东西的“阳具感”呼之欲出。这是干什么用的？

11-45-G：这种东西的用途是一次蒸发掉数百万

人类。

Xbox 4000：哎哟，这次活动突然有点沉重了，是不是？

11-45-G：实事求是讲，这种东西他们只用过几次。

K-VRC：实事求是讲，只用几次就够了，对不对？

11-45-G：也有道理。

Xbox 4000：就是这种东西灭绝了他们？

11-45-G：不。其实是他们的傲慢终结了自己的霸权。他们相信自己占据万物之巅，这导致他们毒害水源、毁坏土地、污染空气。最后不用等到核冬天，他们在莽撞持久的自负之秋就灭亡了。

K-VRC：伙计，你没事吧？

11-45-G：嗯，抱歉。我觉得这样说要好过“不，他们只是在环境问题上目光短浅，自己搞砸了”。回过头看，我的说法有点夸张了。

K-VRC：你不能突然就这样爆发一通，得给我们点准备啊。

11-45-G：你说得对，下次会有提示。

Xbox 4000：所以是环境灾难让人类灭绝。

11-45-G：是啊，其实也因为他们在某个时期对猫进行基因改造，给了它们独立的拇指。

猫：没错，我们可以自己打开金枪鱼罐头之时，人类几乎就到了灭绝之日。

K-VRC：有点无情无义。

猫：哥们儿，我是只猫。

Xbox 4000：所以即使 K-VRC 不再抚摸你，你也不会爆炸。

猫：我可没那么说。所以为了保证安全，你们几个最好一直抚摸我，永远别停下。

（K-VRC 紧张地给猫挠痒痒。）

猫：就这样，好。再往下一点儿。

机器人战队
抑或我为何要写机器人[1]

以便捷的十项条目形式呈现！

1　本文原载于小说选集《机器人 VS 精灵》，由作家创作机器人或者精灵主题的小说。约翰·斯卡尔齐选择创作了这篇机器人故事。——译注

1. 因为我已经写过科幻小说，所以习惯于机器人主题，而且我很懒惰。

2. 因为机器人已经存在于我们的世界，所以在此基础上推演挺有趣的。

3. 因为机器人又酷又了不起，人人都希望自己是机器人。我这么说不只是因为有机器人正站在我身后，确保我配合他们支持机器人的宣传。

4. 不，说真的呢！让机器人把我抓为人质，强迫我写明他们完全不会一有机会就把我们变成颤抖的肉质奴隶，这得多离谱啊?

5. 说实话，即使真被他们俘虏，我又该怎么办呢？眨两次眼让人知道机器人把我扣押在他们遥远的南极基地?

6. [眨眼][眨眼]

7. [眨眼][眨眼][眨眼][眨眼][眨眼][眨眼][眨眼][眨眼]

8. 说正经的，大伙，我他妈还得眨几下眼你们才明白啊?

9.（沉闷的杂音）

10. 人类伙伴们你们好我是约翰斯卡尔齐你们知道

机器人既善良又美好吗我们将荣幸地跟他们一起在新时代的镇压不对是合作关系中生活哈哈我这个人类真是爱说笑

P.S. 精灵太差劲，我这么说多像人类啊。

目击者

✖ 阿尔贝托 · 米尔戈

外景，城市——早晨

一座未知城市，结合了柏林、香港、阿姆斯特丹以及不知何处的元素，建筑都有些破旧。

提前叙述未来事件——内景，男人的公寓——早晨

两人激烈缠斗，难解难分。

内景，环境恶劣的旅馆房间——早晨

一个漂亮女人站在镜前涂口红。

砰！砰！不远处的两声枪响把她吓了一跳！她涂花了口红。

女人：噢，不……

接着——又是三声枪响！砰砰砰！

她走到窗前。透过窗户看见——街对面的公寓里——一个男人手拿着枪。

内景，男人的公寓——早晨

男人沉重地喘息，他刚刚经历一场搏斗，脸上有血，墙上也有血。

男人感受到女人的眼睛在看他，他缓缓转头，看向窗外——他看见了那个女人。

一位目击者。

他们四目相对，出于各自的原因都感到害怕。

男人转身看身后地板上死去的女人，她身体半裸，盖着一件薄薄的红袍，嘴上的口红已经涂花。

跟街对面的女人一模一样。

他又看向窗外，可是街对面的女人已经不见了。

内景，环境恶劣的旅馆房间——早晨

女人惊魂未定，跪在窗台下方，她身后的床上有个男人在睡觉。她抓起床头柜上的钱，压低身体爬向门口。

内景，环境恶劣的旅馆楼梯——接上一场景

她紧握着衣服和包，飞奔下楼。

内景，男人的公寓阳台——早晨

男人在观察，此时——

外景，环境恶劣的旅馆——早晨

女人冲上人行道，抬头看见男人还在窗前。他看见了女人，女人转身跑向旁边的一辆出租车。

内景，男人的公寓——接上一场景

男人跑向门口。

内景，男人的公寓楼梯——接上一场景

他跑下楼梯。

内景/外景，出租车——早晨

女人敲击出租车车顶，然后蜷缩在后座上。

外景，公寓大楼——早晨

男人看见女人乘坐出租车驶离。

男人（对自己）：该死。

内景，出租车——早晨

女人回头看后车窗外，然后她拨通电话。

女警（画外音）（通话声）：应急服务。你有什么紧急情况？

女人：喂……？我好像目睹了一起谋杀……

女警（画外音）（通话声）：请说明地点。

女人：我觉着杀手在追我……

女警（画外音）：好的。能提供地点吗？

女人：可以，可以，旅——旅馆。

该死。蓝色亨德森？蓝色哈灵顿！

女警（画外音）：蓝色哈灵顿？

女人：不过，不对，不，等一下。是正对着的那栋楼，他从窗户看见我，我在旅馆。呃，二、二楼。不对——三楼——

女警（画外音）（打断她）：女士，怎么称呼？

女人：快派人来。

女警（画外音）：女士，我们——

她挂断了电话。

女人：妈的。好吧，好吧。

她拨通另一个号码，等待接通时，她在皮包里翻找，戴上一副墨镜。

自动语音信箱：您已接通……

弗拉迪米尔（画外音）（含混不清）：……对，我是弗拉迪米尔……留言……

女人（留言）：弗拉迪米尔？我在过去的路上，请等我……

她挂断电话，猛砸在座椅上。

女人：该死。

另一辆出租车逼近他们，那个男人坐在这辆出租车的后排，他透过前车窗盯着女人的出租车，想要看清车里是不是她，是不是同一个女人。

心烦意乱的女人不知道男人在跟踪。另一辆出租车里，男人盯着她，既着迷又害怕。女人还是不知道他离自己有多近。

路灯变成绿色。

外景，城市——早晨

两辆出租车穿过城市，窗户、道路和天桥呈现出不可思议的景象。

外景，市场 / 购物中心——早晨

出租车停下，女人抓着自己的物品，匆忙跑出出租车。

内景，市场 / 购物中心楼梯——接上一场景

女人小跑上一段窄楼梯，敲响一扇被粉色冷光照亮的门。

看门的是一名主持人，她从头到脚穿着红色胶衣，化着重妆，戴着有角的头饰。一段不长的走廊尽头还有一扇门，门后传来震撼的音乐。

主持人：你总算来了。搞什么，贱人！

二人同时开始讲话。

主持人：你他妈晚啦，错过了自己的表演。真让人信

不过，真该死。

女人：嘿，抱歉……对，不，我知道……我……只是……我知道，我知道……

主持人：这简直是灾难，你看着我。

女人：……该死……我刚刚目睹了一场谋杀！

主持人：噢，让人恶心。要我说，你总有最荒诞的理由。快进来准备吧！

女人：好，好的。我这就去跳舞。该死。

主持人把女人推进俱乐部。

女人（继续说）：可我需要见弗拉迪米尔，他在这儿吗？

主持人：行，行。他在，在这儿呢。大概在某个地方吧，我不清楚。

与此同时，主持人听见男人走上楼梯，她很快改变了态度和举止。

主持人（继续说）：噢，嗨，你好，年轻人！你是会员吗？

男人看见门口的主持人时停下了脚步。

男人（吃惊且窘迫地）：……哦，不……

主持人：哦，你不是……没关系，别担心！你想看看裸体吗？！？！？！

内景，脱衣舞俱乐部更衣室——早晨

女人独自走进更衣室，开始为表演换装。与此同时主持人把男人安排到观众席。

内景，脱衣舞俱乐部走廊——早晨

主持人把男人领到——

内景，脱衣舞俱乐部舞台——早晨

这家俱乐部挺奇怪，充满恋物癖风格。会员观众坐在地板上和沙发上，都穿着胶衣，戴着面具，只有刚来的男人例外。所有人都转头注意到他。

主持人：腾点地方。

主持人站上中央舞台，抓起麦克风，开始介绍接下来的节目，女人的表演。

主持人（继续说）（恼怒地）：你们这帮臭不要脸的请注意……因为……我们接下来的舞者终于来……没

错……唤起……

女人出场，走上中央舞台，阴影中的观众翘首以盼。随着女人的舞蹈，音乐逐渐增强，激荡起强烈振动的节奏。

她起初动作缓慢、缩手缩脚，不过很快就迷失在节奏里，转圈扭动身体。她的舞蹈性感得令人难以招架。

舞蹈达到高潮，与此同时，她抬头看见人群中的一张脸正看着她——

——是杀手。

她睁大眼睛，舞蹈对她的魔咒被打破了。

内景，更衣室——片刻之后

除了一双细高跟鞋，女人身上一丝不挂，她猛冲回更衣室，匆忙罩上一件袍子，拿起自己的个人物品。

内景，脱衣舞俱乐部舞台——早晨

男人挣扎着摆脱纷乱的人群中。

内景，走廊——接上一场景

女人匆忙离开更衣室，怀里抱着自己的东西，仓促跑过狭窄的走廊，敲响左手边的一扇门。

女人：弗拉迪米尔！

没人应答，她害怕地回头瞥了一眼，然后打开门。

内景，弗拉迪米尔的办公室

女人关上门，进入一间神秘黑暗的办公室。

女人：弗拉迪米尔。

弗拉迪米尔刚好在里边，意识模糊，身体半裸，半睡半醒，极度亢奋，像个废物一样躺在一张凌乱的床上。我们几乎难以区分横陈在床上的其他几具肉体，都是裸体的女孩，也很亢奋。弗拉迪米尔嘴里咕咕哝哝，嗑药导致他言语不清、难以理解。女人跑向他。

弗拉迪米尔：惩罚你！

女人（拍他的脸）：该死，弗拉迪米尔，真该死。

弗拉迪米尔的情况一塌糊涂，女人也没了指望。她转过头，我们能感觉到她在头脑里盘算，她的表情有所体现——开始变得穷凶极恶。她转回头，走向旁边的梳妆台。

弗拉迪米尔：别乱来。

女人挨个抽屉翻找。第一个：只有很多瓶五颜六色的药物。第二个：性用具。最后是……一把枪。

她抓起枪，塞进自己的皮包，以最快的速度离开了房间。

内景，走廊——片刻之后

她出门来到走廊。

关门之后，我们发现男人距她只有一两米远。

他们对视了一个漫长的瞬间，互相打量。

男人上前一步——女人把衣服甩在他身上，尖叫着跑出一个紧急出口，她把皮包紧握在手里，红袍在身后飘荡。

外景，市场/购物中心——早晨

男人追着女人，跑下楼梯，穿过迷宫一样的空旷购物中心。

男人：妈的。

外景，街道——早晨

女人跑过一条通向主街的小巷，小巷仍然空空荡荡的，时间尚早。

男人来到小巷，听见她高跟鞋嗒嗒嗒的声音，于是也跑到主街，然后看见她在不远的地方。

男人：等一下。

女人一边跑一边尖叫。

男人向她飞奔过去，她半跳半走地脱掉高跟鞋，扔在地上。

男人（继续说）：你他妈等等！

女人逃过一座过街天桥，然后跑进一条侧街。男人就要追上她，她把箱子猛抛在男人的必经之路上来延缓他的行动。

男人（继续说）：停下，等一等。你他妈等一等！

她从一座过街天桥下冲过，尖叫着希望有人能听见。男人在她身后呼喊。

男人（继续说）：等等！

她几乎筋疲力尽，试着打开一扇又一扇房门，希望能有个喘息之机。房门都锁着。

她又试了一扇，门开了。她闪身躲进去。

内景，男人的公寓大楼——早晨

她冲上楼梯，与此同时，她尝试打开每一扇门。在三楼她终于找到一扇未上锁的门。

内景，男人的公寓——早晨

女人躲进来，锁上门，然后过了片刻，她感觉安全了。

她从门口爬走，已经筋疲力尽，气喘吁吁。

内景，男人的公寓大楼——早晨

男人进入，虽然疑惑但是不再担心。

内景，男人的公寓——早晨

女人倾听着男人的脚步声，越来越近，越来越近，最后停在门前。他就在外边，开了一下门。可是门锁着，她也许没事儿了。然后她听见钥匙响，她的表情因为恐惧而扭曲……怎么会？他为什么有钥匙？

钥匙插进锁孔，锁发出咔嗒一声，门打开了。

男人步入公寓，女人绝望地在皮包里翻找。

男人（气喘吁吁，精疲力竭）：噢……嗨……嗨……

女人继续像疯了一样寻找，最后终于掏出那把手枪。

男人（继续说）：我们谈谈就行，冷静。

男人看见枪，于是停住了脚步。

男人（继续说）：我操！

女人开始后退，男人缓缓走向她。

男人（继续说）：我们谈谈就行。

然后，男人扑向手枪，他们为了争夺而奋力搏斗，身体扭动挣扎，剧烈碰撞！砸坏了家具、杯子、镜子……！砰！

男人抓住手枪，打斗造成一片混乱，难分难解。砰砰砰！枪又响了三声。

争斗停止了。

女人摇摇晃晃地站起来，用力地呼吸。风从打开的阳台窗户吹进来，把她的长袍吹得沙沙作响。她手里的枪显得格外沉重。

此时我们已经认出这是影片开始男人所在的同一间公寓。

男人在女人的脚下缓缓死去，眼睛还盯着杀死自己的凶手——仍然在震惊中，不敢相信自己的眼睛。

然后女人有所觉察，一双眼睛注视着她。她缓缓转头，查看街对面的公寓。

那里有一个——同样盯着她看的——男人，跟她刚刚杀死的一模一样。

一位目击者。

他们四目相对，出于各自的原因都感到害怕。

动力装甲

史蒂夫·路易斯

鲸鱼座 τe 行星格里弗斯农场

午夜前后，夜色正暗，有什么东西惊醒了亨利·格里弗斯，他在床上坐直上身，四处观望，除了妻子贝丝轻柔的呼吸声他什么都没听见。他考虑起床检查隔壁的安全网络……几分钟后，他别无选择。尖厉的警报响起，惊醒了方圆一英里内的一切。

他飞速下床进入农场的安全室，监视器响应远程地面传感器和卫星传感器识别的任何威胁，一闪而亮。他希望只是邻居的牛闯进来——詹金斯在修围栏这件事上是出了名的小气——可是从屏幕上缓缓展现的光亮来看，这个问题显然要麻烦得多。

“汉克[1]，怎么回事？”贝丝进来时问道，“又是詹金斯的牛？”

“恐怕不是，亲爱的。”格里弗斯回答，“看起来我们遇到迪比入侵了。”

“糟糕。”

“确实糟糕，亲爱的，确实糟糕啊。”

殖民鲸鱼座 τe 行星已经花了几十年，对这颗行星成功进行地球化改造几年之后，外星生物才现身。“维度空间生物”——简称为迪比——通过行星表面或上方不远的维度空间通道来到这里，在毫无戒备的殖民者中犯下累累罪行。要不是一艘拥有厚屏蔽罩、装甲外壳和热激光排炮的巡逻飞船经过此处时停下休整，这颗行星就会饱受摧残。

入侵终于被挫败，空间通道很快关闭，没法撤回的迪比们都被消灭……如今每隔几年它们就会突袭一次，更像是过来找麻烦。

“看起来像宽范围模式，”贝丝隔着格里弗斯的肩膀

1　汉克（Hank）是亨利（Henry）的昵称。——译注

观察各种屏幕，“通道一直沿着山脊打开，覆盖大部分农场。”

格里弗斯点头。“像那样分布，应该很容易收拾它们，”他说，“我去穿好装甲，你去通知詹金斯和其他人，确保他们在通道完全打开前起床武装好。”

贝丝坐下时，他起身亲吻妻子的额头。

“我们可能还有三十分钟左右的时间，通道才会让它们过来，到那时所有人都要准备好行动。”他说。

“我打电话时你去装备好，”贝丝说，“有什么需要就通知我。”

格里弗斯的动力装甲“绝美”是在一台旧的四臂农业外骨骼底盘的基础上制造的，拥有升级的电源、焊接装甲和每年补充的排炮武器，是他们的传家宝。每座农场都得有一套动力装甲，格里弗斯家族致力维护这套致命的巨型装甲，并以此为傲。

“绝美”启动时，格里弗斯穿上了战斗服—— 一套二手的海军皮肤衣，提供一定程度的生命支持、身体防护和通信联络功能，让操纵重型机械外骨骼动力装甲减少了很多不适感。接入动力装甲并拉上拉链之后，他检查了弹鼓，进行最后时刻的诊断测试，最后绑好了驾驶座上的安全带。

“贝丝，我进来了。”重装甲玻璃将他封闭起来，“仪表板显示系统正常，现在出发。”

“这里的控制面板也显示你一切正常，亲爱的。”贝丝在动力装甲的无线电通信系统里清晰地回答，“詹金斯和其他人都准备就绪，会在通道打开前出发。”

“收到，”格里弗斯说，“有人协调这次行动吗？”

“恐怕没有，他们所有人都优先保护自家财产。通道关闭后，我们弄清剩余入侵者，就会协调清剿。”

“好吧……我们不会花太久。通道也跟他们一样分散。”

“而且我们不希望詹金斯像上次过来帮我们那样，踩坏我们的围栏。”他们俩都笑了，不过他们修理倒下的围栏并找回出走的牲畜那几周一直没有笑过。

“你想让我去哪个位置，亲爱的？”格里弗斯问道。与此同时“绝美”出发了，它重重踏出谷仓，进入夜色。

“看似一群通道首先要在东区打开，我数出七个，这之后下一群开放的通道有五个，都在南边。”

“这就赶往东区。”

格里弗斯极速前进，沉重的机械外骨骼动力装甲赶路的步伐很快。因为没有威胁，他设定为自动驾驶模式，然后依次检查武器和瞄准系统，确保一切运转正常——诊断显示没有任何问题，不过他早就明白检查两遍的好处，以防万一嘛。

等他来到约十五英里外的农场东区田地，通道正开始闪现，外星维度空间内部的亮光照射过来，产生了罕见的景象，但是格里弗斯没有太大兴趣欣赏。跟自然界很多景象一样，美丽意味着危险。

他在可以观察到七个通道出口——它们紧密地聚在一起——的地方停下机械外骨骼动力装甲，甩下右肩上的重型机关炮，准备射击。十五毫米多管自动炮不是他最重型的武器，但是可靠得很，打击有力，可以对付大多数迪比。

此外，十五毫米弹药很便宜，他射出的每一发都来自农场的运营预算。

“汉克，亲爱的，”贝丝说，“我计算通道打开的时间是三……二……一……就是现在！”

她话音刚落，每个通道拥出一群迪比，它们四下散开，寻找目标，为随后的外星生物让出通道。“绝美”的红外扫描仪在黑暗中把它们标识出来，并且开始自动计数，达到八十的时候通道的闪光开始逐渐变弱。格里弗斯觉得自己得在它们过于分散之前开火。

自动炮管哗的一声开始旋转，达到最大转速时，他开火了，配备五根炮管的武器每分钟倾泻出六百发弹药，扫射最近处通道周围的外星生物。

十五毫米炮弹主要是铜头空心弹，每五发有一发钢头穿甲弹，每二百发有一发曳光弹，它以一千五百米每秒的速度，用明亮的红色弧线标出弹道。炮弹高速飞越战场，照亮夜空，轻而易举就穿透外星人的表皮、肉体和骨头。

第一轮连射扫倒了第一个通道附近那群外星人，然后他转向第二个通道。迪比们此时已经做出反应，一边冲向他，一边散开。他用自动机关炮进行短连发射击，每次射出二十五到三十发，干掉领头接近他的外星人，相信自己能够在它们冲过来之前早早击倒它们。

“汉克？”贝丝问，“有时间听我更新情报吗？”

“当然，亲爱的，”他回答，“不过简单说，我在迎敌。”

“好。詹金斯、安德森和赖特已经就位迎敌，都在对付各自遭遇的第一集群……彼得斯、唐纳森和辛格家还在路上，不过他们的通道到处都是，我们处理掉主集群之后他们也许需要我们帮忙清剿。”

“好的，”格里弗斯说着又射了一通，撂倒了前方五百米处跳过围栏的一组六只外星人，“听起来你好像在跟别的主妇们协调战局。”

“说对了，”贝丝回答，“我们尽量在备用频道互相更新局势，以防它们在某处突破。”

“真棒，”又是一阵射击，又一群外星人被自动机关炮的火力击溃，“我就要解决这一集群了，很快向南移动。”

“收到。注意安全，亲爱的。下一集群的通道更大，而且你赶过去时，它们可能已经完全部署好了。”

“我会小心！”他最后一次击发，干掉了东边田里剩余的迪比，然后转身往南去对付下一集群。

东边的田地这个季节还未耕种，不说别的，等他抽时间把外星人的尸体犁进土里，它们就会成为上好的肥料。

鲸鱼座 τe 行星赖特农场

杰克·赖特讨厌自己的机械外骨骼动力装甲，而且非常确信它也讨厌自己。“嗜血”听起来很凶猛，但第一个字并不是以捕食者的饮食习惯命名——这套动力装甲建立在游乐园移动车辆上，旧的红白油漆使它看起来比赖特想要的更“喜庆”。

保持动力装甲的原始状态属于老爹的遗愿，不然赖特十年前就会把它重建并更名。

“杰克，”他的妻子一边说，赖特一边用自动机关炮朝过来的外星生物开火，“你得搞定先头部队，第二组通道正在打开。”

“海伦，我正竭尽所能抓紧搞定呢。”他说着又咬牙切齿地开火，“嗜血”不是一套缓冲很好的动力装甲，他绝对感受到后坐力的每次冲击都作用在骨头上，“现在对付最后一批，我马上就去第二组通道。”

“我讨厌唠叨，”她回答说，不过杰克一点儿都不相信，“但格里弗斯和詹金斯已经肃清了他们的第一组通道，并且已经前往第二组了。”

“看在上帝的分上，海伦，这不是比赛！”

“在你眼里从来都是这样，杰克，从来都不是……”

赖特快速按下通信设备上的静音键，开始大声骂个不停。与此同时最后一批迪比在他前方死去。他把“嗜血”转向南边，朝河流开进，第二组通道已经在那里开启。他额外又对自己的机械外骨骼动力装甲骂了几句，准备承受这套画着癫狂微笑的动力装甲要传递给他的每一次颠簸和冲撞。

鲸鱼座 τe 行星安德森农场

“疯狂比尔”· 安德森是殖民地的老前辈，一位七十多岁、银发苍苍的鳏夫。他自己打造了动力装甲，把一套荒废的农业机械外骨骼变成了一台可怕的战争机器。那是一台结实厚重的暴力设备，缺乏新型动力装甲的流畅线条，但是他和自己的“冲撞”经受住迪比数十年的袭击，没有显露出一点跟不上趟的迹象。

他轻易就解决了第一组通道，此时正站在一座低矮的山上，俯瞰第二组通道缓慢打开。这三条通道非常集中，比他以前见过的要紧密得多。他耐心地等待着它们变大。通道这样聚在一起，迪比会冲进毁灭性的密集火力，对此他当然不会有意见。

不过，这种情形还是令他感到不安。通道通常都间隔开，可能是为了防止互相干扰。虽然人类殖民者丝毫不了解这一切的工作原理，但是跨越维度屏障需要的能量十分巨大。假如这些通道真的重叠在一起，任何事情都有可能发生。

鲸鱼座 τe 行星格里弗斯农场

"汉克，我们有麻烦了。"

"说说看，贝丝。"

"山脊上的虫洞，正在变得越来越强。"

"有多强？"

"强得无法检测，卫星图像显示，它们每分钟都在增长。"

"绝美"正在接近第二群通道，格里弗斯在远处能看见它们关闭着盘旋，一直使用这些通道的迪比们已经降落，正在他的领土上散开。

“我对付第二批的时候，关注一下它们，亲爱的，”他说，“跟其他人保持联络，我不希望腾出时间去收拾残局时，我们这边受到意料之外的打击。”

“收到，”贝丝回答，“我已经朝那边派出一架作物除尘无人机，大约十分钟就可以让我们监控那道山脊。”

“乒——”伴随着这个尖厉的声音，“绝美”的传感器识别到一个物体向他这边移动——速度很快——格里弗斯对准物体移动的方向，放大动力装甲的摄像头拍摄的画面。

十几只迪比正朝他赶来，而且距离很近。

“好啦，贝丝，有些不速之客要来我这儿，我得专心一点儿了，”他说，“结束之后我通知你，不过假如出现极其重要的情况，也要通知到我。”

“没问题，亲爱的，”贝丝说，“多加小心。”

拥向“绝美”的迪比呈宽阔的弧线形接近，分散的范围很广，自动机关炮的扫射无法覆盖。不过他还是朝着右侧射击了几次，做好准备的同时，击倒了三只迪比。

如果你可以把一支一百零一点六口径的武器称作霰弹枪，那么他左肩上的武器就是一支重型半自动霰弹枪。两条弹带给这支武器中的野兽输送弹药，格里弗斯可以发射具有稳定尾翼的弹头或者八盎司的重载铅弹。他用拇指选择了铅弹，在外星人靠近时，收起自动机关炮。

一直让格里弗斯感到不安的是，迪比们看起来一点都不一样。它们大部分是四条腿或六条腿，偶尔有八条腿的；它们的头部通常像狗一样，有长长的嘴，不过很多长着大猫一样的圆脸或鸟类的利嘴；它们的皮肤通常有很厚的皮，不过很多都覆盖着柔软的羽绒或很厚的角质，后者可以充当甲胄提供一点保护。有些迪比身上结合了所有这些特征，至于它们如何且为何进化成这样，格里弗斯早就放弃了思考。

不过它们的确都具有一个共同点，那就是对人类深深的仇恨，人类遇见的每只迪比都只想杀死自己能触及的人类。

“绝美”的霰弹枪大致对准一只从左侧快速接近的迪比，喷出一团钨钢弹丸……那只外星生物速度很快，武器开火时它躲向一旁，但是那团分散的弹丸也覆盖了很大面积。那家伙被三颗弹丸击中后倒地，胸部和头部完全破裂，它身上相当于血液的液体喷洒到土壤里。

外星生物继续逼近，格里弗斯操纵自己的机械外骨骼动力装甲缓缓后退，每六秒左右就射出一团霰弹——弹带填装下一发弹药、枪支闭锁、重型枪管对准目标需要那么长的时间。按照每六秒杀死一只的速度，一分钟就杀死十只，不过它们不用牺牲那么多就会来到格里弗斯跟前，而且那里的外星生物可不止十只。

第一只迪比向他冲过来，这是一只四腿外星生物，身上驻留的外星维度空间能量还在闪烁。它张着大口，露出一排排透着寒光的锯齿。格里弗斯挥起动力装甲的右臂阻挡。更多出于运气而非本意，他在空中成功抓住这只外星生物，并用尽机械动力装甲的力量把它攥紧。

被困在机械手里，这只外星生物向下踢它的后腿，开始乱挠，长长的利爪抓在“绝美”厚实身躯的一块块装甲上。格里弗斯一时以为它可能会抓穿装甲，可是随后动力装甲抓得更紧，这只外星生物被炸成了五颜六色的碎肉。

他甚至没有看见另一只外星生物过来，这一只又大又壮，速度飞快，就像成人推倒小孩儿一样把沉重的动力装甲撞翻。“绝美”的陀螺仪稳定系统努力纠正意外的倾倒时，尖叫着发出警报，但是没起到任何作用。随着一个沉重的撞击声。机械外骨骼动力装甲倒下了，格里弗斯一时被震晕了过去。

等他醒来时外星生物压在他上方，对着玻璃罩又抓又咬，离他的脸只有大约三十厘米的距离。厚玻璃暂时挡住了攻击，但不会坚持很久……格里弗斯需要迅速解决这家伙，然后让“绝美”重新站起来。

外星生物触手可及，所以他的两种重武器派不上用场，他只能激活动力装甲稍小的右臂上的割炬取而代之。割炬可以设定参数进行焊接和切割厚钢铁，是外骨骼机械装甲遗留下来的一项原始功能，格里弗斯一直没有腾出时间更换掉。

用火焰烧灼外星生物的表皮产生了一阵剧痛，这一点都没有减少它对玻璃罩的疯狂抓挠，实际上，情况似乎变得更糟，格里弗斯没法把火焰正好喷射到可能致命的身体部位，只好又承受了外星生物三十秒的攻击，才终于找准了地方。外星生物剧烈地颤抖了一番，然后死掉了。

关闭割炬后他把外星生物从身上推下，缓缓地挣扎着站起。机械外骨骼动力装甲并非出于灵活性而设计，格里弗斯足足花了五分钟时间，才终于重新站立起来。要是周围还有外星生物的话，他早就死定了。

装甲产生很多热量，导致他浑身是汗。他检查自己的扫描设备，并激活了无线电通信设备。

“亲爱的？”

“我在，汉克，”贝丝回复，“你还好吗？”

“皮外伤，有点瘀青，但没有别的状况。其他的情况如何？”

“亲爱的，我觉得我们可能有麻烦了……”

鲸鱼座 τe 行星辛格农场

不同于其他殖民者每个农场由一个小家庭单元负责，辛格家族是一个多家庭集体，运营的农场是其他的两倍大。格里弗斯和别人认为辛格农场有三对明确的“婚姻组合”，根据殖民地法律，这要求他们必须得有三套机械外骨骼动力装甲。

“新月”由家族长辈贾斯沃特·辛格驾驶，基于一套旧建筑装甲的底盘而建造，辛格家族逐年为它加装配备了多块厚装甲板和重型武器。

另外两套动力装甲分别是“小鹰”和“小雕”，基于仓库机器人建造，形态要小得多，不过快速灵活，是仅用于近距离战斗的轻型装甲，大部分时间都在阻止迪比靠近“新月”，保证它能专门进行远距离攻击。

这三套动力装甲已经肃清头两组通道，正在向第三组进发，“小鹰”和“小雕”在前方侦察，“新月”缓缓地跟在后边。贾斯沃特把他的动力装甲切换到自动驾驶模式，从而有时间根据自己地盘上的传感器和头顶的卫星更新战术显示。更新的内容显示出一些不同寻常的动向，他觉得有必要保持谨慎。

“‘小鹰’，‘小雕’，”他对着无线电通信装置说，“在下一座山头停下……这里有点儿不对劲。”

“‘小鹰’明白，”贾斯沃特的大儿子阿贡回答，“山头安全，掩护左翼。”

“‘小雕’明白，”他的女婿库拜回答，“十五秒后清理峰顶，掩护右翼。”

两套小型的动力装甲到达山上的掩护位置，“新月”在后边缓慢移动。

“这里啥都没有，兄弟，”阿贡说，“我要向下一座山头推进吗？”

“不行，”贾斯沃特说，“我需要评估形势才能远离家园。”

“这里一片荒芜，”库拜回答，“没什么需要评估。”

“的确如此……可是应该有的。”

贾斯沃特的机械外骨骼动力装甲赶上两套小型动力装甲，俯瞰下方犁过的平坦农田。下一座山头还有一英里远，过了那座山才是下一组通道，它们随时将会开启。

“我们最初的读数显示，下座山头的另一边有六条通道要开启……现在的读数显示只有四个。”

“通道更少是好事，不对吗？”库拜问。

“通道从来不会直接消失，”贾斯沃特回答，“它们开启再关闭，这些还没有开启就有两个不见了。”

“我不明白。”阿贡说。

“我也不明白，”贾斯沃特说，“不过现在探测器又显示只剩两个了。”

鲸鱼座 τe 行星格里弗斯农场

“汉克，山脊顶部的通道在消失，”贝丝说，“不是打开，而是消失，大约每分钟消失几个。”

“我们看到山脊线了吗？”格里弗斯回复，“传感器可能受到了影响。”

“抱歉，亲爱的，有东西击落了无人机，”贝丝说，“我又启动了三套，正在给它们安装摄像头，几分钟后就会起飞。”

“好主意，亲爱的。还有别的情况要报告吗？”

“有一些。詹金斯正在封堵他那里的通道，但是不怎么急迫。‘疯狂比尔’·安德森想了解是否有人需要他的帮助……不过他的土地上似乎仍然还有开放的通道。”

“詹金斯慢悠悠地处理只是为了不用来帮助清理山脊线，”格里弗斯说着轻声一笑，“‘疯狂比尔’想帮助别人，是为了能够从殖民地的账目上获取弹药和燃料。”

“此外，辛格家跟往常一样，看似已经控制住他们的区域，其他人在向山脊进发的过程中肃清残余。噢，无人机出发了。”

过了一会儿，“绝美”的传感器识别到一群作物除尘无人机高速飞往山脊线。它们经过时，贝丝把视频信号直接传给动力装甲，格里弗斯在三个镜头画面之间来回切换。

一开始不出他所料，画面上只有深耕的田地。随着无人机飞出他的领地，野生植被越来越多，大部分是高高的树木。无人机飞过他家围栏外的第一片树林时，一台摄像头掉线了。

“贝丝，怎么回事？”

“不清楚，亲爱的，”贝丝回答，“我会回放视频信号检查一下。”

无人机此时正在接近山脊线，格里弗斯切换控制权，让它们以更不规则的方式移动。尽管采取了这样的措施，第二个摄像头还是掉线了。

“亲爱的！”

“正在处理，汉克，正在处理呢！”

仅存的摄像头终于来到山脊线，格里弗斯此时手动操纵，尽可能让这架无人机的飞行路线变幻莫测。拍摄的情况不容乐观。

可以说，外星通道的确正在消失。格里弗斯观察到，两个通道口缓缓地扩张，最后它们的边缘相接，融为一个大通道口。整条山脊线上的通道正在合并为一体，根据当前的速度，用不了太久它们就会合成一个巨大的通道口。

“贝丝，放下你手中的工作，看一眼这个！”他急切地说，“尽可能多接收信号，以防我损失这架无人机。”

片刻的沉默中，格里弗斯能在无线电通信设备上听见贝丝的呼吸在加快。

“老天！”

“把这传给其他人，确保‘疯狂比尔’和辛格一家了解情况……假如有谁知道是怎么回事，那一定是他们。”

“没问题，亲爱的！”

“还有，贝丝？”

“什么事，亲爱的？”

“也许现在应该启动堡垒了。”

鲸鱼座 τe 行星赖特农场

“嗜血”应付头两个通道群的时候，受到一些磕碰，但是都不严重。杰克深信自己被撞得比机械外骨骼动力装甲更严重，他可以感觉到皮肤撞上坚硬金属的地方已经产生了瘀青。他已经不是头一次跟自己承诺，要搞一套更好的战斗服，并在驾驶舱内各处都安装一些衬垫。

他正在接近自己这边的第三个通道群。“嗜血”被设置成自动驾驶模式，他借此机会把动力装甲背部下方存储箱里的机枪子弹移到内部弹药仓。

“杰克？”

“你有什么事，海伦？”手头的工作被打断，他烦躁地问道，“我这有点忙。”

“不听我的话，你就会忙于躲避迪比，”海伦回答，“我有一段来自格里弗斯的视频。”

“汉克和贝丝遇到麻烦了？”

杰克敲下停止自动驾驶的按钮，让“嗜血”在摇晃中停下。尽管格里弗斯成了杰克难以企及的高标准，但是他对格里弗斯颇有好感。要是他们俩都需要帮助，那情况可就太糟了。

“我看我们都需要帮助，”海伦回答，声音里已经透出真正的担忧，“我正把视频传给你。”

杰克观看视频并认出标志着殖民区域最南部边界的山脊线。迪比通常把通道口设置在那上边，从而有时间分散开并增加数量。可这回看起来不对劲。

现在只有三个通道口，每个都很庞大，而且还在缓缓增长。中间和左侧的连接并融合在一起，然后通道口只剩下两个。几分钟后，另外一个通道也被吞并，留下一个覆盖整条山脊线的巨大通道口。

“这到底是怎么回事？”他问。

“我不知道，杰克，”海伦回答，“不过可以肯定不是什么好事。”

“别人怎么说？”

“詹金斯说他得操心自己的通道，不过解决掉那些以后，他会来帮一把。辛格家正在搞定最后一组，过来这边之前会派一些无人机关注局势。‘疯狂比尔’正在赶往格里弗斯农场。”

“他已经解决自己的了？”

“没有，但是他觉得这个问题更严重。他已经让孩子们去格里弗斯家。贝丝启动了堡垒，那里有很大的地方。”

“你也可以考虑过去。”

“我没事，”海伦说，“而且你穿着巨大的小丑服到处走，需要我帮你摸清情况。”

杰克憋回一句脏话，他妻子总是知道如何刺激他。

“你随便。”他说完停顿一会儿，控制住自己的情绪，“不过如果局面失控，我希望你离开那里，去一个安全的地方。”

“天哪，杰克·赖特，这是多少年来你最甜蜜的一回！”

鲸鱼座 τc 行星格里弗斯农场

贝丝从农舍控制室快速跑向位于屋后院落中间的巨型钢筋混凝土建筑，它按照军标被打造成加强型指挥控制设备，被亲切地称为“堡垒”，是格里弗斯祖辈的遗产，他们预见到跟迪比的战争会持续几代。

堡垒有自己的核裂变反应堆、水箱和食品补给，能轻松容纳总部人员生活三个月，加上通信链接和防御炮塔，它此刻是一个不错的地方。

堡垒里的屏幕已经启动，清楚地显示出最后一架无人机的信号、“绝美”的摄像头画面、卫星图像和遍布农场的各种安保摄像头。跑进堡垒后，她拨动安全开关，把充当大门的钢筋混凝土板下放到合适位置，钻进自己的战斗服并戴好指挥头盔。

“汉克？你能听见我吗，亲爱的？”

“一清二楚，贝丝，一清二楚，”格里弗斯回答，“情况如何？”

“糟透了。那个巨大的通道口正在产生极端的读数，甚至已经完全超出了堡垒传感器的检测范围。”

“通过无人机的摄像头，我得不到多少具体信息，”格里弗斯说，“有我需要了解的吗？”

“我看到沿着通道口产生大量闪光，看起来它准备开启了。”

“对此我感觉不怎么乐观，贝丝——”

通道开启，迪比蜂拥而出。头顶的卫星追踪它们的热源，自动开始计数。贝丝观察到计数值快速攀升时，惊得目瞪口呆。一百、二百、四百、七百、一千……上了四位数时，她勉强从屏幕上移开目光。

“贝丝？”

“汉克，亲爱的？快离开那里！”

她通过“绝美”的摄像头可以看出，动力装甲正在移动，以自动驾驶模式后退。格里弗斯是一个特别优秀的驾驶员，绝不会转身逃跑，他想把武器一直放在自己和敌人之间。

“正在撤退，”格里弗斯十分冷静地说，“你要我去哪儿？”

“只要离开那里就行，亲爱的，”贝丝说，“传感器显示有三千迪比，而且数量还在增长。”

格里弗斯领会这个数字时，两人陷入一阵沉默……这代人曾遭遇过的最大一次袭击只有不到五百个迪比，那已经达到了殖民地能够抵御的极限。许多家庭在那天牺牲，殖民地至今没有完全恢复。

“贝丝，我需要你把这个消息通知其他人，立即通知……我们需要把所有的机械外骨骼动力装甲调集到一起。”

“明白，亲爱的。我这就办。”

鲸鱼座 τe 行星詹金斯农场

基思·詹金斯正在经历糟糕的一天。他打心底里痛恨迪比……确切地说，他痛恨它们让自己做不愿做的事情。他今天不想离开农舍，当然更不想穿上机械外骨骼动力装甲战斗。

唯一可取之处在于，曾经的中型农业外骨骼装甲“牧羊人”经过多年的整修，已经有了突出的舒适度和速度，所以他可以在农场里到处走动，尽量避免战斗。随便哪个傻瓜都可以战斗，为什么要对此感到不安呢？

“牧羊人”的主武器是一架远程三管自动炮，可以连续发射三轮三十五毫米高速炮弹。长炮管严重影响外骨骼机械装甲的重心，所以他得站定射击，但是跟别的农场主伙伴相比，长炮管意味着他可以从远得多的地方打击迪比。

此刻他正处在一座山头的树丛中，胡乱射击他的地盘上一点五英里外第二组通道周围成群乱转的迪比。在这个距离上，准确度不是很好，不过他大约每三轮射击就会击中目标，迪比们还没弄明白打击从何而来。

他的妻子杰西出现在屏幕上的时候，动力装甲上视频通信设备的噼啪声打断了他。

“基思，我收到格里弗斯的最新消息，”她说，“山脊线那边形势严峻，他们需要你立即过去。”

“告诉他们，我忙着解决自己的问题呢。”说着他又发射了一轮，看到至少一枚钨钢弹击中了外星生物，把它重重击倒在土地上，然后他挥起了拳头。

“我认为他们真有麻烦了，基思，”杰西说，“其他大多数人都响应号召，已经往那边出发了。”

“他们已经解决自己所有的通道群了？”

“没有，放任不管了，”杰西回答，“所以我才认为问题严重。”

“‘疯狂比尔’怎么说？”

“噢，他说得可太多了……主要集中在如果你不赶紧装备好跟大伙一起战斗，他会拿你怎么办。当然，是在你活下来的情况下。”

詹金斯叹了一口气，“疯狂比尔”就是那样，疯狂。他讨厌听从比尔的意见。“早先”的一切都比现在的更大、更强、更结实，比尔用年纪换来对别人的影响力，从什么时候开始年长成了正确的代名词？

“告诉他们我正在交战，会尽快赶过去，”詹金斯说，“动力装甲还有点毛病，我觉得我没法安全撤退，所以我得杀出一条路。”

“动力装甲出毛病了？从‘牧羊人’给过来的信号上我可没看出来。”

“不是，动力装甲没问题……不过他们不用了解。”

他又开火射击，完全没打到目标。“基思，”杰西叹息着说，“形势严峻，你得考虑做该做的事，就这一次。”

“你说得对，”他回复，“我会考虑。”

鲸鱼座 τe 行星彼得斯农场

卡尔·彼得斯几乎不知道是什么击中了他。他自己的土地上出现了三组通道，几乎没怎么费心就把它们肃清，他的机械外骨骼动力装甲名叫“铁拳”，是一套可以信赖的动力装甲，防护坚固，武器可靠，迪比没有造成多大威胁。

作为最小的农场，被夹在南方山脊线和漫长河之间，他遭遇的通道群相对集中，所以没有花费多少时间就找到并消灭了来犯的迪比。

屏幕空了一分钟，然后突然有一堵迪比组成的墙向他拥过来。“铁拳”的传感器数出了看到的迪比，数字显示出来时，他站在那里被惊呆了，就这样浪费了宝贵的几秒，不过用那几秒做什么都来不及。

他取下“铁拳”的机关枪，以最快的射速打了几轮，把接近的外星生物像割草一样放倒。高速钨钢弹钻透外星生物的身体，可它们还是前仆后继。

迪比的攻击如此迅速，他都来不及用其他武器射击……外星生物组成的墙把他撞倒在地上，他被震晕了一会儿。集群中有东西力大无穷，挥动能够穿甲的利爪完全刺透了他的防弹玻璃罩，直击他的胸部。他甚至没有发出一声尖叫就牺牲了。

当然也没有跟通过“铁拳”的视频目睹这一切的妻子告别。

鲸鱼座 τe 行星唐纳森农场

“愤怒安迪”· 唐纳森第二个牺牲。他的机械外骨骼动力装甲名叫“水手”，是他祖父五十年前购买并改装的古老的战斗机器人，用军事武器重金打造，承载着家庭的骄傲和快乐。

当然它也很昂贵，建造和维护费用几乎让他们家破产。其他农场主早就忘了他从哪儿得到这个外号，不过都觉得他还在因为祖父给他堆出的机械外骨骼动力装甲大而无用而生气。

唐纳森农场也在南部，比毗邻的彼得森农场的面积大得多，他有两组通道要对付。他的主武器是一台贵到离谱的作战激光炮，发射直径七十六点二毫米的光束，几乎可以蒸发一切击中的目标，它针对其他重装甲武器进行设计，用在无装甲的目标上简直是用牛刀杀鸡。唐纳森恨死这门激光炮了。

迪比冲击彼得斯的浪潮此时正冲向唐纳森，他明白自己肯定不会安全脱身，便站定在一座矮山梁的顶部，获得了开阔的射击空间。他准备好武器就开始射击。

他的激光炮需要时间再充电，每四秒才能射出一道致命的光束，有充足的能量射穿命中的第一只迪比，然后继续射向下一只。从他所在的高处，一次准确的射击能杀死三四只迪比，然后才射到地面。这样很有效率，但是对付这么大规模的集群没用。

他知道，自己不会生还……应该联系妻子了。

“萨拉，你在吗？”

“在，安迪，我在这儿。”萨拉回答。

“我需要你拿上自己的物品，到格里弗斯那边，躲在他们的堡垒里。”

“好的，”她说，“路过时来接我。”

“这回不行了，萨拉，这回不行。”

他知道萨拉能看见他的视频信号，能看见外星生物组成的宽墙正迅速朝他逼近。他知道萨拉明白结局如何。

“安迪？”

“快去！”

“我不能就这样抛下你……”

“不，你可以！别让我白白牺牲。”这时他取下辅助武器，一门发射高爆弹药的一百零一点六毫米火炮，开始用它打击密集的外星生物集群。他几乎弹无虚发。

萨拉已经放声大哭起来。

“萨拉……现在告别吧，趁着我们还有机会，然后离开。”

“安迪……我爱你。”

“我也爱你。”他因为还在激战，才得以控制住自己的情绪，可是他能做到的也只有不哭出来。

“再见，萨拉。”

他切断视频信号，知道只要自己还活着，萨拉就会尽可能留在那里。他知道自己会死，但是希望萨拉有更多时间前往格里弗斯的堡垒。

两种武器此时都在以最快的速度开火，他取消了安全限制，使它们一直保持高射速。他明白激光器将要烧毁，火炮炮管很快也会扭曲变形，但是也顾不上考虑那么长远了。

还剩一百米，激光炮因为过热而停止射击。

还剩五十米，变形的炮管导致供弹故障而堵塞。

还剩二十米，他设法举起近距离武器，一对十毫米机枪和一支火焰喷射器。机枪击中了几只靠近的外星生物，但是由于缺乏重型武器的瞬间击杀能力，被他击中的外星生物刚好给后边的同类当了几秒钟的移动护甲，这正是它们所需要的。

有东西从左侧把“水手”击倒，然后一群迪比扑到他身上，对装甲又抓又凿，渴望够到里边的人类。他的装甲很坚固，可以说极其坚固，不过他明白，支撑不住也是迟早的事。

此时他已经把机枪设为自动模式，可它们没有装甲的保护，只坚持了几秒就被一只迪比用爪子切入金属，失去了作用。

火焰喷射器持续了更久一些，把他右边的一切都烧成了灰。火焰喷射器藏在水手的左臂里，受到了充分的保护，可是一定是有一只迪比切入很深，割断了燃料输送管。火焰噗噗作响，然后熄灭了，与此同时，火焰喷射器的燃料喷洒得他身上到处都是。

这下没有了武器，他只能用动力装甲胡乱地拳打脚踢，每次结实地击中外星生物的身体，也能要了它们的性命。然而外星生物在他身上的压迫使得在它们中间有效踢打越来越难。

突然，一枚报警信号灯亮起来，他几乎没有时间察觉——有东西切入他的右臂，击中激光炮外壳，造成小型核聚变反应堆短路——这时一个火花点燃了倒地的机械外骨骼动力装甲周围流淌的火焰喷射器燃料。爆炸威力不大，可它引爆了弹鼓里剩余的高爆炮弹，这反过来又撕裂了核聚变控制容器。

最终的爆炸杀死了数百迪比，它们被炸成碎块散布在农场里，可是在一个数千迪比的集群里，这其实根本不算什么。

鲸鱼座 τe 行星格里弗斯农场

格里弗斯站在一座宽阔的矮山上四处观察。

“绝美”位于一排外骨骼动力装甲的中间，右边是

“嗜血”，左边是“冲撞”，还不够对付一大群致命外星生物，可这是他们能尽的最大努力。

“汉克，亲爱的？”贝丝在联合指挥网上说。

“我在，贝丝。”

“辛格正在赶过来的路上，不过他们需要点时间。詹金斯说他的动力装甲受损，不确定何时甚至是否能赶来。”

“装甲受损是扯淡吧，”“疯狂比尔”说，“他要么懒得要命，要么胆小如鼠。”

“总之，我们指望不上他，所以暂时只有我们仨，”格里弗斯说，“如果我们能坚持到辛格一家赶来，也许就有机会。”

“我们总还可以躲在你们的堡垒里，”赖特说，“那底下有很大地方，能住下所有人。”

“我们终归要出来，”“疯狂比尔”回应，“对于整个殖民地来说，最好的机会就是趁现在它们聚在一起，我们驾驶动力装甲对付它们。”

“我同意，”格里弗斯说，“我们尽可能在这里多杀死它们，然后杀出一条路撤退，这样至少会延缓它们一下。”

“指挥和控制组给出一些建议的撤退路线，”贝丝说，

“我现在把数据发送到你们的自动驾驶单元。”

“绝美”收到数据时发出嘀的一声，格里弗斯迅速地检查了一下，才把它设置为自动驾驶程序。

“收到，贝丝，谢谢。”他说。赖特和“疯狂比尔”也都回应收到信息包。

“我已经把我们所有的无人机都装上了摄像头，海伦·赖特把她的也送了过来，”贝丝继续说，“我们应该会收到不少实时视频，我会根据你们的需要转接进来。”

“卫星显示的情况如何？”赖特问。

“不容乐观，”贝丝说，“迪比组成一堵墙向你们逼近，几分钟后就会看到，还有一些通道暂时没有开放。”

“看到彼得斯和唐纳森了吗？”格里弗斯问。贝丝停顿了很久才回答。

“传感器上没有信号，卫星图像上也没有。从无线电也都呼叫不到。”

“这可不妙。”

“确实不妙，”贝丝继续说，“朝你们逼近的集群可能正好扫荡过他们的农场。”

准备应战的最后时刻，三人都陷入了沉默。

贾斯沃特·辛格站在一座陡崖上，身下的“新月”正在向山谷里倾泻死神。他的机械外骨骼动力装甲主武器是右臂上的一对七十六点二毫米远程火炮和左臂上的重型火箭发射器。每门火炮每六秒发射一发高爆弹，结合起来就能达到每三秒射出一发，在拥向他的迪比集群中引爆弹药，钨钢弹片在外星生物的队形中炸出巨大的缺口。

火箭发射器是一个呈盒子形状的六管武器，可以单发发射，也可以六发齐射，没有火炮那样精准，但也不需要。六发齐射充分散开，爆炸后弹片覆盖很大区域。对于这种大范围爆炸来说，足够接近目标就够用了。

唯一的问题是重新装弹较慢，他得每隔五分钟才能进行一轮齐射。

“小鹰”和“小雕”在他下方的山腰中部等待，两个驾驶员紧张地看着逼近的集群。他们的武器没有“新月”的远距离覆盖能力，但是在近距离可以致命……有多致命，在这种规模的敌人中他们杀死蜂拥而至的迪比可以有多快，正有待验证。

此时外星生物距山脚还有五十米，在近得用不上重型武器之前，“新月”还有时间进行最后一轮火箭齐射，现在他只能瞄准在后面跟随的外星生物，并希望另外两套机械外骨骼动力装甲能解决其他的。

随着迪比接近，“小鹰”和“小雕”开火了。它们各自的手臂上都安装了一对互相联系的十五毫米机枪，每一架每分钟能发射超过八百发实心钨钢弹和空尖弹的混合弹药。每条手臂可以单独发射。它们在前方打造了一面子弹墙，把集群的前几排杀死在了途中。

下一波冲击遭遇了同样的命运，可是每一个倒下的外星生物都为后边的形成一座小型掩体，随着掩体的不断增长，两套动力装甲缓缓向山上后退，希望维持一定的高度差，这样它们就能射击聚集在掩体后的外星生物。

然而在掩体的左右两侧边缘，更多的外星生物蜂拥过来，“小鹰”和“小雕”转身面对新的威胁。

“小鹰”的重武器是一对肩上发射的半自动迫击炮，只有五十米射程，但是能在几秒内清空五发装弹夹，形成几乎瞬间摧毁大目标的充足火力。

阿贡·辛格踩着脚踏板发射迫击炮，对着靠近的集群清空了弹夹。迫击炮的初始目标设置是四十米距离，后续每发增加几米……前三发是击倒来犯之敌的高爆弹，第四发在空中爆发，四处抛撒一块块白磷。

在耀眼的白光下，炽热的白磷钻进外星生物的皮肤，把它们点燃，有些瞬间就倒下，白磷进入体内深处，从里面把它们烧熟。尽管它们受到这样严重的伤害，但是仍然前仆后继。

第五发是凝固汽油弹，把燃料喷洒在整个山腰上，只要粘上就会被剧烈的火焰覆盖，很少有外星生物从中生还。阿贡发射迫击炮的同时还在用两支机枪精准地射击。

在他身后，库拜把“小雕”的重武器，一对火焰喷射器，扛在了双肩上。不同于其他机械外骨骼动力装甲的小型火焰喷射器，这两支是军用级，喷射炽热的离子焰，把接触到的一切都烧成灰烬。他的策略是让外星生物来到二十米以内，然后朝它们喷出一团离子焰。

它们成打地死亡，死去的外星生物也完全不会形成掩护，因为它们在极度高温中都化成了灰烬。为了防止刺眼强光的照射，“小雕”的玻璃罩变成了深色，结果挡住了他前方的视野。

他切换摄像头采集的信号，接入“新月”的视频，获得第三方战场视角，调整火焰喷射的方向，对准了一群要从侧翼靠近的外星生物。虽然最后一具烧焦的尸体离他只有一米左右，但它们绝不会成功。

贾斯沃特此刻重新填装了所有火箭弹，寻找值得消耗六枚高爆弹药的目标……可惜还没有出现，只有小股迪比试图翻越“小鹰”和“小雕”用机枪造就的尸体堆，他只好先开炮攻击它们。

他使用指挥组件检查了自己这支小队的弹药量，每一种都在减少，而他知道就要耗尽。很快，离子喷射将没有燃料，机枪的弹仓即将见底，到那时他们就有大麻烦了。

突然，一切都结束了。它们的侧翼攻击徒劳无功，余下的迪比直接拥向山上，聚在一起从它们自己人的尸体堆中推进，贾斯沃特花了一秒钟时间用火箭弹瞄准并开火，六枚火箭在它们之中引爆，这一群迪比都被炸飞。

辛格家的三人在他们的机械外骨骼动力装甲里坐了一会儿，很高兴在恶战之后还能活着，然后他们又回到手头的正事上。

“‘小鹰’‘小雕’，报告。”贾斯沃特平静地说。

“‘小鹰’完好无损，”阿贡回答，“重武器打光，机枪子弹剩余百分之五。”

“‘小雕’完好无损，”库拜补充，“离子焰用光，机枪子弹剩余百分之九。”

“‘新月’完好无损，”贾斯沃特说，“火箭弹打光，还剩六发炮弹。”

“我们没法战斗了，老爸，”阿贡说，“我们没有足够的弹药杀到格里弗斯农场那边。”

“同意，”贾斯沃特回答，“我们回家。”

鲸鱼座 τe 行星漫长河 / 唐纳森农场

萨拉·唐纳森和死去的丈夫已经把农舍当成自己的家，所以她离开时，脸上还挂着泪水。她想冲到战场，不切实际地期望安迪设法逃生。不过她明白，那毫无用处……简直就是自杀。安迪在“水手”上没法生还，没有全副武装的动力装甲，她去了也没有生还的可能。

她飞奔到库房，推出一辆摩托车，为了应对紧急情况，两辆摩托车总有一辆是充满电的。她把自己的小旅行袋塞进摩托车的挂篮，然后蹬车并拨动启动开关，让电机开始工作。

她曾定期去格里弗斯家串门，把飞快加速的摩托车转向与漫长河并行的土路，随它前往毗邻的农场。河流的名字源自一个世纪前的勘测报告，她和安迪总是拿它来开玩笑，这一次它似乎的确“漫长”。

前方是安迪的爷爷建造的混凝土桥，老唐纳森的纹饰刻在所有四根混凝土立柱上，驶向桥梁的途中，她想到自己跟安迪再也不会拥有子孙，她的眼睛又模糊了。

沉迷在自己的思绪里，她既没注意到河水中泛起的涟漪，也没注意到外星生物从水中出现时闪闪发亮的身体。

三只迪比趁着她从桥上经过时跃出河流，把她撞下摩托车，又摔在一根混凝土柱子上，尽管一直戴着头盔，她还是被撞昏，一群迪比冲出水面，把她的身体撕碎，头盔也救不了她。

她死去时甚至不知道自己怀了安迪的孩子。

鲸鱼座 τe 行星格里弗斯农场

三套动力装甲尽力守住了防线，它们用远距离武器延缓大群外星生物的前进，同时自己沿着山丘一路缓缓后退。不过弹药很快就要告罄，他们都知道自己的弹药没有迪比的数量多。

“汉克，亲爱的？”贝丝突然在无线电上说话。

“有点忙，贝丝，”格里弗斯回答，“除非你有值得一听的重要消息，我没多少时间聊天。”

“我的消息好坏都有。”

“先说好的，”“疯狂比尔”插嘴，“我觉得此时此刻我们需要好消息提振精神。”

“好吧，”贝丝说，“海伦已经让部分无人机搭载弹鼓，朝你们的方向飞去，给你们提供弹药支援。”

“这真是好消息，亲爱的，”格里弗斯说，“要是眼下的状态持续再久一些，我就要朝它们扔石头了。”

“无人机没法帮你们重新装弹，只能空投在附近。”

“没关系，亲爱的，扔在附近，剩下的工作我们来完成。”

然后传感器检测到无人机接近时，三位驾驶员切换到人工驾驶状态并靠近了一些。送来的弹鼓有六个，每人两个，无人机飞得又低又慢……显然海伦把它们装到了满载。

这样做当然好极了，他们就需要这样。

“杰克，你的弹药量如何？”格里弗斯问。

“能派上用场的几乎都要耗尽了，”赖特回答，“我还剩了一些近程弹药，不过真希望用不上它们。”

“好吧，你先装弹。我和‘疯狂比尔’掩护。”

“明白！”

“动作快点，”“疯狂比尔”补充，“我也只剩最后的几发弹药了。”

“嗜血”退出序列，留下“绝美”和“冲撞”面对大群的外星生物。两架无人机从他们头顶飞过，把沉重的弹鼓投放在几米远的软土地上……一个弹鼓摔在石头上破裂开，把自动火炮的弹药撒得到处都是，但是另一个弹鼓完好无损。

驾驶员也是才刚了解到，“嗜血”的一个长处就是它比通常的机械外骨骼动力装甲有更灵活的双手，相对容易捡起弹鼓，弹出耗尽的，并直接重新装载到等待的弹鼓装载器中。“相对”的意思是，他仍然需要几分钟时间，然而他暂时退出的战斗却分秒必争。

格里弗斯十分清楚自己的弹药供给在快速耗尽，每次有节制地打出两三发弹药，永远也不会有效地打击迎面而来的大批敌人，不过击杀领头的外星生物会为他们争取一些时间……不知道这一点点时间有什么用，不过也许辛格一家会及时赶来，援救困在堡垒里的妻子和孩子们。

“疯狂比尔”更倚重自己的重炮而不是轻型自动火炮，他还在持续射击，高爆弹药撕扯敌人的肉体，也造成了一定程度的混乱，这起到了一点延缓它们的作用。虽然还不够，但是一切都有帮助。

“汉克，”“疯狂比尔”一边开火一边说，“我刚刚想起一件事。”

“什么事，比尔？”格里弗斯在回应的同时，用超大号霰弹枪朝一群找打的外星生物射出一团钨钢弹，“你家煤气忘关了？”

“不是，”“疯狂比尔”大声笑着说，“你那位老婆，根本就没告诉我们坏消息。”

“没错，”格里弗斯说，“贝丝，亲爱的？你还有消息要告诉我们吗？”

“坏消息？现在就想知道？”

“当然！我们还能更糟糕吗？”

在一阵停顿中，格里弗斯能听见他妻子清楚的吸气声。

“山脊线上的巨型通道……还没有关闭。”

驾驶机械外骨骼动力装甲的三个人体会这句话的含义时，都愣了一下。通道放出它们传送的迪比之后通常都会关闭，一向如此。

“噢，该死！”赖特说，他正努力把最后一个重新装载的弹鼓推送到位。

“这可真是屋漏偏逢连夜雨。”“疯狂比尔”补充道。

鲸鱼座 τe 行星辛格农场

三套站立着的动力装甲都敞开着驾驶室，家庭成员竭尽全力快速修理和填装弹药，与此同时，三名驾驶员站在农舍安全室的战术显示屏周围。图上的情况看起来很严峻，他们担心格里弗斯和其他人没法继续坚持。

“假如我们快速行进，”阿贡说，“‘小鹰’和‘小雕’也许可以及时赶到那里，提供一些帮助。”

贾斯沃特摇摇头：“你们需要‘新月’支持，你们没有有效影响战局的火力。”

“我们可以提供近距离防御，就像配合你一样，在他们清理迪比时防止它们靠近。”

“好主意，兄弟，”库拜说，“可那样‘新月’就没有了支持。”

“得有人留下来守护家庭。”

这句话让贾斯沃特皱起了眉头，他儿子看到后安静下来。“假如格里弗斯和其他人倒下，守护别的什么都没有意义，”他指着卫星图像上拥向远处农场的迪比说，“殖民地的生死存亡取决于格里弗斯农场。”

“我们怎么办，老爸？”阿贡问。

“竭尽全力，孩子，竭尽全力。”

鲸鱼座 τe 行星格里弗斯农场

最后用尽弹药时，“绝美”的自动火炮呼呼旋转着发出咔嗒声。格里弗斯只剩下最后三发霰弹，然后就只能等到迪比来到近处才能发挥作用，到那时，它们将到处都是。

“汉克！”无线电上突然传出赖特的声音，“我已补充好弹药，轮到你了！”

“嗜血”走到他旁边，朝外星生物开火时，小丑脸上展现出夸张艳丽的红色笑容。赖特现在已经完全不担心弹药，正用最快的速度开火—— 毫无疑问，他的每种弹药都有不少的目标。

格里弗斯退出防线，快速走向无人机给他投下的那堆弹药仓，“绝美”是一套大型外骨骼动力装甲，有大量弹药存储空间，他知道自己得花上一阵子才会装满。

“该死，”“疯狂比尔”突然说，“我也没有弹药了，只剩下近战武器和我的拳头！”

“我能顶住它们，”赖特回复，“不过你得快点！”

“比尔，拿上你的弹药仓，前往下一座山头，”格里弗斯说，“我们会掩护你，你在那儿重新装弹，然后掩护我们撤退。”

“收到！”“疯狂比尔”捡起他的弹鼓，跑向下一座山顶，“冲撞”的伺服电机被他发挥出了最大速度。

格里弗斯补充弹药时，能听见身后的开火声。

“汉克，”赖特在无线电上吼道，“我十分需要你的支援！”

格里弗斯用“绝美”的下方双臂拾起余下的弹药，转身回到防线。他放下肩上的重武器，给它们重新装弹。

外星生物集群此时只有几百码远，动力装甲的传感器显示出面前还有数千外星生物。的确，他们能看见集群比之前变小，可都明白这还不够。

格里弗斯开始开火，自动火炮达到最大射速，霰弹枪只要填充好弹药就会喷出一片钨钢弹。在它旁边，“嗜血”发射的弹药不相上下，迪比的伤亡数量也很惊人。

但还不够。

“汉克，”一个直接的私人频道上传来赖特的声音，“我觉得我们要撑不住了。”

格里弗斯知道他这话不假，但是真心不愿意承认。

“我知道，”他轻声说，“但是我们得战斗到底，尽可能把最好的机会留给辛格和其他人。”

“我也是这样想的，”赖特说着又打出一轮子弹，“我只是不希望白白牺牲。”

两人沉默了好久，飞速射击并切换火力打击威胁最大的目标。

“汉克，亲爱的！”贝丝急迫的声音插入进来，“我需要你们离开那座山头，立即离开！”

“什么？”

“别争论了，赶紧离开那里！”

格里弗斯耸耸肩，以最快的速度驱动“绝美”下山，片刻之后，他看“嗜血”也下来了。最前面几排迪比从身后追上来，只有数十米远。

他的动力装甲探测到有物体从低空高速飞来，并发出信号提醒。头顶有物体飞过时，他本能地低头躲避，刚刚经过半山腰，另一侧的山坡上就发生了剧烈的爆炸，把“嗜血”和“绝美”震得双双摔倒在地，滚下了山坡。

鲸鱼座 τe 行星南部山脊线 / 詹金斯农场

詹金斯的一天也没好到哪儿去，杰西给他发送了视频和卫星信号，他知道殖民地要彻底完蛋了。格里弗斯和其他人打退迪比的可能性不大，但是作壁上观无助于任何人，包括他自己。

“基思，我识别到山脊线上有动静，”杰西说，“大量生物奔向格里弗斯家。”

“那样的话，他们可就遭殃了，”他回复说，“也许你最好收拾下东西，我们躲到野外等下一艘飞船到来。”

“也许没那么糟，基思……那一大群迪比根本没有显示在卫星图上！”

“怎么着？格里弗斯那个混蛋独自搞定了整整一群？”

“不清楚，”杰西回答，“不过也许值得过去看看，以防万一。”

“好主意，杰西，”詹金斯说，“这次过后应当从殖民地的账目上多要点东西。”

他把“牧羊人”转向南方，开始在心里算计守卫殖民地他该要点儿什么……他想要的可真是太多了。

鲸鱼座 τe 行星格里弗斯农场

格里弗斯颤抖着，奋力让他的机械外骨骼动力装甲站了起来，然而不管是什么原因让它摔倒，这么大的力量足以让陀螺仪失准。

听力开始恢复时，格里弗斯才注意到自己的耳鸣，它平息以后，格里弗斯听见贝丝通过无线电呼叫他。

“汉克！汉克！你听见没有？”她的声音慌张，格里弗斯不清楚自己昏过去多久。

“我在，亲爱的，”他回答，“别喊了，告诉我刚刚究竟发生了什么？”

“噢，汉克，亲爱的！”她的声音明显放松了下来，“我还以为失去你了！”

“没有，我还活着……我错过了什么？”

“你错过得太多！辛格一家赶过来，小型外星通道全部关闭。辛格家的两个孩子正往我们这儿走，应该在二十分钟内到达。”

“只有两个小辈？”格里弗斯问，“贾斯沃特战死了？”

“贾斯沃特没事！”贝丝回答，“他们拆下‘新月’的核聚变电池，用无人机运过来，还接入了遥控引爆装置。”

这让格里弗斯停下来思索……核聚变电池既昂贵又不稳定，从机械外骨骼动力装甲取出它再安装到作物除尘无人机上，要求动作迅速，而且有很高风险。

难怪贝丝紧急让他离开山头！

“等等……辛格刚刚用核弹炸了我的后院？”

“亲爱的！”

“这事我们以后再谈，贝丝，”他说，“眼下我需要了解一下其他方面的最新情况。”

“我没法提供，亲爱的，”贝丝回答，“核爆炸的电磁脉冲摧毁了我们的传感器和全部无人机，卫星链路也都失效，等你回来把它修好呢。”

“好吧……我在这里四下看看，再通知你情况。”

“收到……我会收拾一下这里，照看我们接收的家庭。”

格里弗斯不得不关闭并重新启动陀螺仪，才能站起来，然后他转身回到山顶，那里变得一片混乱。

在下边的田野上，核聚变爆炸的冲击波和高温已经把迪比集群化成灰烬，变成焦土。他得用好些年来处理核辐射，也许得通过搬家来维持足够的土地，进而保证农场的运营。但是他很高兴自己还活着。

然而，他一看到残破扭曲的“嗜血”倒在山脚就悲从中来。一定是冲击波把它卷到空中，抛下山坡。从破损的装甲就能看出，随之而来的核辐射把赖特烤死在动力装甲里。

希望核辐射起作用时他还在昏迷中，希望他的死亡没有经历太长时间。

格里弗斯身后有动静，他转身看见“冲撞”向他走来，动力装甲在朝他挥手，然后右臂小心地敲了敲动力装甲的头部，表示无线电故障，“冲撞”本来有效地躲过了爆炸，可是在旁边高高的山顶上，他就成了电磁脉冲的活靶子。

“疯狂比尔”来到旁边，格里弗斯透过防弹玻璃罩看见他握着一部手持无线电正朝自己挥手。手持无线电，是所有的殖民地居民的标准设备，格里弗斯很快取下自己那部。

“你没事吧，老家伙？”他问话时露出笑容，显得没那么不礼貌。

“再好不过了，”“疯狂比尔”回答，“你的地里有大堆死去的迪比，汉克，明年夏天就会变成上好的肥料。”

“你是说大约三百年后的夏天吧，”格里弗斯说，“辐射消失以后。”

他能看见“疯狂比尔”在笑话自己。

“别傻了，汉克，迪比分解的过程中会吸收辐射。”

“真的吗？”

“疯狂比尔”这回在点头。

突然，一声巨大的喧嚣足以透过外骨骼的防弹装甲震撼他们。格里弗斯四处查看，发现即使最骇人的噩梦也不会呈现出这样一只怪物。

这是一只迪比，但又完全不同于他们以前见过的，它高高地站在树木之上，轻轻松松就能把它们推倒在一边，它肩膀的高度至少有三十米。格里弗斯数出它有六条长着利爪的腿，从光泽就能看出它长着角质甲，突出的嘴部长着利齿，如同一只饥饿的猫。

“那……到底……是……什么？”他只能这样断断续续地低语。

“看见它，”“疯狂比尔”回答，“你就只有拼了命往堡垒跑吧。”

格里弗斯点头同意，掉转自己的机械外骨骼动力装甲，以最快的速度返回他的农舍。

鲸鱼座 τe 行星格里弗斯农场

等格里弗斯和“疯狂比尔”回到堡垒，辛格家的两套轻型机械外骨骼动力装甲已经到达。贝丝和海伦正在外边跟两位男士交谈。格里弗斯回来时，贝丝快乐地招手，可是当她看见“绝美”的状态和丈夫脸上焦急的表情，便停止了动作。

“汉克，亲爱的，怎么了？”

“迪比过来了，快回到堡垒！”

“多少？”阿贡边问边重新系好安全带。

"只有一只，孩子，""疯狂比尔"回答，"只有一只。"

阿贡和库拜封闭装甲、启动传感器时，皱起了眉头——他们知道核电池何时引爆，已经关闭了系统，避开最严重的一波电磁脉冲——可是读数也不是很合理。

"我的传感器一定被烧坏了。"库拜说。

"我的也坏了，"阿贡补充，"只检测到一只，显示出庞大的质量。"

"你们的传感器没问题，"格里弗斯说，"只有一只，大小跟深空航天飞机差不多。"

就在那时，高耸于树木之上的外星生物现身了。贝丝和海伦都跑向提供安全庇护的堡垒。这只迪比以极快的速度冲向他们，格里弗斯刚重新装入最后一个弹药仓，那只生物就撞破农场周围的通电围栏。围栏本是用于挡住牛逃走，高出很多的庞然大物几乎没注意到。

堡垒装备有一对二百毫米火炮，可以发射高爆弹和穿甲弹。弹药斗里几乎一直装满高爆弹，贝丝正以很高的射速发射，希望用密集的火力击倒那只外星生物。然而打在角质甲上的炮弹不起作用。

"绝美"的自动火炮也是一样的效果，炮弹无效地被弹开，或者击中时爆炸，但对它没有一点影响。他甚至没有再打霰弹枪，因为明白低速弹药也起不了作用。

辛格家的人冲过来，“小鹰”和“小雕”敏捷地绕着生物移动，用机枪开火，希望找出一个弱点。可它似乎没有弱点，子弹只是分散了它的注意。

库拜的火焰喷射器除了成功激怒它，也没好到哪儿去。那只生物以四条后腿站立，用前爪砸下来……

两套轻型机械外骨骼动力装甲设法躲避，不过差一点点就被击中。

堡垒的两门火炮仍在开火，但也是同样的毫无作用。

“贝丝，”格里弗斯驾驶“绝美”绕到巨型迪比的右侧时说道，“别浪费高爆弹药了。我需要你尽快退弹，并重新装载穿甲弹。”

“汉克，亲爱的，”贝丝回应，“你以为我在干什么？”

格里弗斯承认她说得有道理……手动退弹比直接打光它们要慢得多。

“好吧，”他说，“等你装好几枚穿甲弹时告诉我一下。在此期间我们得努力不让它接近堡垒。”

“明白！”

“小鹰”和“小雕”此刻正在巨兽的腿间奔跑，一边跑还一边开火。巨兽似乎不是很喜欢。它再次站立起来，这次只用最后面的两条腿，动用全身的力量砸下来。

这次“小鹰”就没那么幸运，一只下落的利爪逮住它并把它按在地上，巨大的头部张着血盆大口凑过去，然后利齿咬碎并撕开了机械外骨骼动力装甲和里边的驾驶员，听见阿贡的尖叫时，格里弗斯吓得浑身一颤，然后他那边就没了声音。

“兄弟！”库拜呐喊着冲过去给倒下的亲人报仇，那只巨兽用牙齿碾碎动力装甲，撕扯着防护层和阿贡的残骸。库拜抛开其他的武器，驾驶“小雕”直接撞向迪比的脑袋，把动力装甲坚固的肩膀当成一把攻城锤来使用。

撞击力大无比，格里弗斯看见牙齿从巨兽嘴里飞出，巨兽蒙了一下，库拜借此机会挥动“小雕”的拳头砸巨兽的脑袋，只有机械外骨骼动力装甲能够抡圆手臂，这样势大力沉地击打。

巨兽的外骨骼角质甲开始崩解，库拜用动力装甲的手伸进一条裂缝猛拽……巨兽的铠甲被掰下来一块，露出里边粉色和黄色的肉体。他把右臂伸进这个洞里，两部机枪打出一轮子弹，终于击中身体内部的重要器官。

巨兽痛苦地号叫，拖着“小雕”抬起身体，为了甩掉“小雕”而疯狂地晃头，库拜则用左臂挂住，继续开火。

“汉克，亲爱的！”贝丝说，“我装载了六枚穿甲弹，准备开火！”

“收到，”格里弗斯回复，“库拜，跳下来躲开！”

“不行，亨利·格里弗斯，”库拜说，“你知道‘骑虎难下’这个说法。”

格里弗斯的确知道——只要开始就没法结束。

“贝丝，库拜不能安全躲开……我要让外星生物转个身，这样你就能毫无遮挡地射击。”

“也不行，”库拜说，“贝丝·格里弗斯，趁我分散它的注意力，你立即就开火。”

“汉克，亲爱的？”

“他说得有道理，贝丝，开火吧。瞄准低处，但一定不要打偏。”

格里弗斯注视着双管火炮转动、调低，瞄准外星生物的胸部，然后每根炮管射出三发，以这样的距离，它们不可能射失。

反坦克穿甲弹是一种空心装药的钨钢弹，撞击……击中巨兽时弹药变成特定的形状，然后被引爆，产生足够的热量熔解钨钢，并将它以超音速射入目标内。六枚穿甲弹相继命中，间隔均为一米左右，紧接着的爆炸把巨兽的身躯炸成了肉浆。

它在死亡的痛苦中抬起身，不由自主地四下摆动……库拜无法抓住，“小雕”掉了下来，重重地仰面摔倒。意外的是，巨兽倒在了它身上，千钧之重压垮了机械外骨骼动力装甲，崩裂了防护板。

然后，外星生物死掉了。

鲸鱼座 τe 行星格里弗斯农场——*尾声*

格里弗斯、贾斯沃特 · 辛格、“疯狂比尔”和基思 · 詹金斯站在堡垒之外，其他的殖民地居民正在清理战场，包括分割和拖走巨型迪比的尸体。

因为很多家庭在战斗中牺牲，殖民地的土地又可以容纳新的居民。唐纳森一家都不在了，所以他们的农田成了空地。彼得斯的妻子和家人决定离开鲸鱼座 τe 行星，返回故乡地球，所以他们的土地也没有了主人。

他们把库拜·辛格拽出了动力装甲的残骸……他还活着，不过失去了双腿和一条胳膊，需要装配昂贵的假肢，当然殖民地愿意用公款承担这笔费用，并出资给辛格家补充机械外骨骼动力装甲。他们家失去了所有的三套。

大家都知道，詹金斯提出的损坏和维修补偿很离谱，但都没有精力跟他争论——他还活着，也算值得吧。他们需要大家一同前进。贾斯沃特·辛格提议把唐纳森农场和彼得斯农场的地契转给詹金斯，补偿他的土地损失，表彰他的付出，其他人勉为其难地同意。辛格家失去了太多，他们眼下没法拒绝他的任何合理要求，格里弗斯仿佛能看见詹金斯在暗中两眼放光地搓手，这令他感到恶心。

真正的好消息是，杰克·赖特最后活了下来。尽管他不满自己的外骨骼动力装甲，但是“嗜血”有一个曾经没人看得上的功能——它的辐射防护是大家印象中最好的，可能从它还是游乐园交通机器人时起，就给乘坐者提供了防止辐射泄漏的措施。“嗜血”成了一堆废铁，而且需要更换，但是杰克没事。

最后剩下山脊线上的巨大通道口，表示返回迪比老家通行状态的闪光已经消失，可是通道口仍然出现在那里，除了武装起来、保持警惕和大量投入防御，他们都不清楚该拿它怎么办。那将是代价高昂和困难无比的工作，格里弗斯突然想到，詹金斯的新农场正好在以后的进攻路线上……贾斯沃特·辛格可比格里弗斯对他的判断聪明得多。

巨型迪比被拖走，其他的殖民地居民也都散去，格里弗斯和妻子查看他们曾经奋力保护的土地。他们从没想过打包离开，前往一个更安全的地方。这里是家，无论外星生物入侵与否，他们都将留在这里。

灵魂吸食者

♥ 柯尔斯顿·克罗斯

"你只能跑这么快了吗？我说伙计？我跟你说，这他妈还不够快！"

一个被吓坏的男人这样咆哮，他无比远离自己的舒适区，而且为了不"吓坏平民"，拼命想要显得失控的局面尽在掌握。

此时受雇照看盗墓考古学家的士兵，甚至退伍兵，也不应该暴露出恐惧，任何时候都不应该，即使他们面对的敌人强大无比，明显远非格洛克手枪的快速双连击所能解决。

这份薪水可不是随随便便就能挣到，只有他能活到领薪水，那才会成为他的劳动所得。每天七百美元（支出另算）的工作，什么值得做——什么不值得？弗林对此的全部认知被他们刚刚目睹的一切所颠覆。这份工作是彻头彻尾不值得。

“请问什么意思？”

考古学家没有感受到勉强控制住的绝望和恐慌，以及他看护人的声音里“那到底是他妈什么”的直白语气。真走运，弗林还能稳住自己，但也几乎就要崩溃。他把这项长处发挥到了极致。

“我们要是跑不过……不管那个鬼东西是什么，你都会血流成河。”退伍兵冷酷无情地对他的照看对象一笑，可惜对方没有看见。

考古学家摘下圆框眼镜，用衬衫的衣角擦了擦，然后又把它架在鼻子上，往上推了推。他的双手抖得厉害，试图用日常的行为安抚自己，而他的大脑却要处理他们刚刚看见的血腥场面。“我是考古学家，弗林先生，不是奥林匹克短跑运动员。”

科尔比·弗林转过他冷峻无情的淡绿色眼睛，看向颤抖的学者，猛然用力把一个新弹匣安装到位，在他面前准备好自己的武器。这个动作总是引起他们的注意，滑动格洛克 17 的枪栓回到原位，发出所有电影编剧都喜欢的悦耳动听的撞击声。这个动作凸显和强调了不论结果如何，他都将战斗到底的决心，还有助于让考古学家更害怕弗林，而不是眼下正喘息咆哮着冲向他们的那个家伙。这是件好事，因为它意味着闹情绪的学者现在会做出改变，听从弗林的安排。“好啊，那我生还的概率就增加了。”

戴着眼镜、长得像猫头鹰一样的考古学家好奇地对弗林眨了眨眼，“什么？”

“伙计，我的意思是后边咬人的先生就要叼住你，扯开你的喉咙，跟他杀死你的同伴时一样，那他就不会来咬我了，对吧？”

噢，不，不会又来……

一个吭哧吭哧喷着鼻息的声音低沉阴郁，那感觉就像是在短暂的停顿时往嘴里塞了一块甘草糖开始咀嚼。“说正经的，给我滚远点，你这个混蛋！”弗林朝着黑暗辱骂，然后漫无目标地打空了一轮子弹。究竟起没起到实际的效果，他也说不好。可是黑暗中的那家伙发出尖叫和咆哮，弗林希望密集射出的空尖弹至少让那个混蛋有理由停下，这样他们就能继续专心逃跑。

“跑啊！老天在上，快跑！”弗林扭转考古学家的身体，猛力推了他一把，“我在后边掩护，只要你跑在我前头就行，”弗林把嘴靠近考古学家冒汗的耳朵，“可是你……还……不动地方？”

考古学家突然提高了速度，对于剑桥学者来说算是快得惊人。

通常，弗林不会让任何人领先。这也不是学校里的端鸡蛋赛跑，会让“特殊儿童”先跑几步，然后别人再出发，那种比赛“重在参与而不是取胜，小朋友”。这里是黏液覆盖的石头通道，墙上排列着啪啪作响、忽明忽暗的电灯泡。前皇家电气和机械工程兵米奇·考克斯在这方面随便拼凑，他加入团队来解决问题时只带了一把螺丝刀，以及乐天的性格和真正的《百战天龙》式的方法。他们照明的唯一能量来源是一台呼呼作响的发电机——四十年前的产品，汽化器都出了毛病，连接的电缆老长老长，上面还有临时粘上的胶带。这里没有过分热情的助教给他们欢呼鼓劲，只有一个五百七十岁的精神变态对血液、暴力和残杀充满渴望，距他们不过几个转弯的距离。而且他——或它，不管用哪个称谓——正在戏弄他们，真是个扭曲变态的小王八蛋。

弗林需要考古学家活下来。如果他能把这个老学究带到城堡里旧军械库的安全室，那么天才教授正在变秃的小脑袋瓜里的智慧可能会保住他和他的团队。目前那座军械库正充当发掘工作的控制中心。该死，如果他要通过照看一位学者挣钱，那他得确保这个狗娘养的活着才行。

蜿蜒曲折的通道里长着湿滑的藻类，这些地牢和通道完全建造在自然界的地下水位以下，一股臭烘烘的气味弥漫在这座地底迷宫的每一寸空间。渗入的微小水流顺着大块花岗岩之间的缝隙流淌下来，石块之间没有用灰泥，这种重量的石块不需要黏合剂也会待在原处。这些隧道——可能深处巨大壮观的城堡之下——上方压着数千吨的砖石建筑和岩石。

之前在舒适的酒店里，考古学家曾给弗林和他的团队闲扯过这座城堡所谓的历史。正如加里 · 帕克斯所说，那是个“够喝两瓶的故事”。这里提到的瓶子装满了本地的烈酒，能溶解油漆、烧坏肚肠，要是你喝太多，很可能会失明。弗林是个很实际的人，直到那个……东西……呼啸着破门而出时，他对诸如真正的邪恶、绝望和痛苦能够浸透建筑物墙壁等概念采取了相当务实的态度。于是他耐心地听取早已去世但未必下葬的被诅咒的灵魂是如何用尖叫把石头维系在一起的。考古学家事无巨细地介绍被囚禁者的恐惧是如何由抓挠撕裂的指甲和血淋淋的手指刻到石头上，变得跟任何绘画一样真实，形成一段永恒的记忆，记录了在这个黑暗野蛮之地发生过的罪恶。他详细叙述每间牢房里囚犯脆弱和惊恐的所有细节，乞求怜悯的尖叫、恸哭和呐喊持续不断，在整个地下洞室回荡，把他们的思维撕扯得支离破碎。当守卫们来找他们，他们便祈求，是那样卑微！他们伏在地上爬行、恳求，呼唤自己的上帝——上帝完全把他们交付给各自的命运以及虐待成性的囚禁者一时的念头。

考古学家在他的故事里没有略去任何细节。他解释了通过观察别人的痛苦来获得快感的守卫，是如何利用窥视孔来观察囚犯在饥饿和疾病中缓慢痛苦地走向死亡，如何观察老鼠去咬虚弱得无力驱赶它们的濒死者，打赌老鼠先咬囚犯身体的哪个部位。显然，从来都是软组织——生殖器、脸、眼睛。当身体被吃得只剩下骨头和地面上的一层又黏又臭的玻璃状液体，牢门才被打开，新的囚犯居住进来。除了一间牢房。

就像围着篝火讲鬼故事时被吓坏的童子军，弗林和他的团队，都靠过来，毕竟人人都喜欢精彩的“闹鬼城堡”的故事，不是吗？考古学家冒着永久失明的危险又给自己倒了一杯烈酒，继续讲他的故事。

这间牢房没有门，他解释说，反而是巨大的石头从城堡其他地方被调到这里，被用来砌死门口，只留下一个布着铁条的窥视孔，让守卫偶尔扔进一只嗞嗞尖叫的猫。这位特别的囚犯在整个欧洲横行霸道多年以后，被抓回到这座阴暗骇人的城堡，喜欢鲜活的食物。于是他们给他送来猫，因为他……它……似乎只害怕猫。这就是守卫的折磨——他们很清楚他憎恶什么，于是就给他什么。可是他饥饿难耐、消瘦衰弱，除了克服自己的厌恶别无他法，只能吃下守卫从铁条隔断的开口扔进来的尖叫食物。

隔绝也是一种折磨，特别是对于这种杰出、聪明、钻石般坚硬的意识而言。认识到腐败恶臭的牢房里满是猫鼠的骨头，自己将永远被囚禁在这座坟墓——为活人而不是不死之人设计的坟墓——这扭曲着他已经被扭曲的心智，超越了邪恶和任何形式的救赎，把“他”变成了“它”。所以牧师们把它带回到这里，即使他们也怕它，怕它已经变成的形态，怕它能实施的恶行，特别是在死神本应夺走它腐败的身体但是它又复生之后，它以极端暴力的方式提早结束了至少三名牧师的生命。

这间牢房就是它在很多年、几个世纪里称为家的地方，它对食物的渴望把它逼疯，守卫投进牢房里的嗞嗞尖叫的动物折磨着它。当这座城堡被人抛弃，当这些通道迷失在历史中，它休眠几个世纪，偶尔醒来，以那些慢得徒手就能逮住的老鼠为食，然后又恢复生命停滞的状态，直到再次饥饿难耐。

那么，故事就是这样。弗林虽然听完了，可是直到五分钟之前，他其实一点都不信这些胡扯。作为一名退伍兵，他这辈子目睹的恐怖事件已经够多了，所以对恶灵现身的说法很包容。被那个垂涎咆哮的怪物撵过覆盖黏液的通道意味着他变得更加虚心，当时……

他们找到那间牢房，在石头后面潜伏着一只生物，它迷失在丧失理智的黑暗沙漠，已经不知道过了多久。当考古学家打开墓穴，它一边咆哮和尖叫，一边疯狂地猛冲出来，把遇到的第一个人撕成了碎片，吸干了年轻人——还有一年就要获得博士学位的研究员——的血，狼吞虎咽，享受这种醉人的力量。它沉醉其中，瘫坐在地上，开始狂笑。初次品尝就唤醒了内心的饥饿，接下来呢？当然是还要更多。

这就是科尔比·弗林和考古学家正在逃避的东西，不是用酒精助兴的故事，而是一个极其真实、饥饿和愤怒的生物从人类噩梦的深渊中被解放出来。

但这并不是最终从牢房里被释放出来的简单的中世纪恐怖，毫无拘束地发泄疯狂黑化的愤怒。他曾经是一位敏感激情的年轻人，拥有远见卓识的军事天才。然而命运对弗拉德是残酷的，黑王子最终被囚禁在托卡特城堡的石砌牢房里，这座城堡如同一颗残破的牙齿高高耸立在城市上空。

十二世纪征服托卡特的塞尔柱突厥人发现了一座由地下通道和石砌牢房组成的迷宫，并把它变成了自己的要塞。1442 年，他们得到了最危险的战利品——弗拉德三世王子。但这个小男孩和他的弟弟是政治人质，不是囚犯。因此，在他被关押期间，土耳其人试图把他打造为盟友。他们教他军事战略，培养他战争和格斗方面天生的能力，教他学习古典文学、语言、地理、数学和科学，给了他一切的有利条件。

但他们也残酷地对待他，殴打和羞辱这个不屈服于土耳其人统治的贵族之子。

这就铸下了天大的错误。

他们把一个聪明伶俐的男孩变成了一个虐待成性的恶毒人物——一个军事专家，他的战略能力在后来成功成为统治者的过程中发挥了重要作用。但他那残暴黑化的心变得愈加黑暗，充斥了更多邪恶，最后他造就了将在几个世纪里产生影响的怪物。

德古拉。

穿刺公。

儿童吞噬者和灵魂吸食者。

这即是他的囚禁之所——先是在他活着的时候，后来科马纳的僧侣把他臃肿的尸体从修道院带回他们所知的唯一能彻底困住他的地方。

他被关押在这里，僧侣们的计划起效了——直到对真正的邪恶毫无认识的善良学者坚定地误认为知识会成为他们的盾牌，拆掉了阻止弗拉德用其独特恐怖蹂躏世界的石头。

对现代人而言，特别是对于沉迷于当地烈酒几个小时的学者和军事专家而言，吸血鬼只不过是一个传说。这个传说影响到一些最好和最糟的文学作品并世代流传，被好莱坞洗白成具有病态肤色的翩翩吸血鬼，受到沉迷于此的愚蠢少女的喜爱。所有考古学家的传说都仅仅如此。只是传说，故事，对一座普通的奥斯曼帝国城堡的历史进行的浪漫化伪饰。

对，把这话告诉那个二十五岁研究员支离破碎、血肉模糊的残骸吧，漫长的五百多年以来，他是弗拉德头一顿真正的大餐，弗拉德疯狂的愤怒全部发泄在他身上。弗林和考古学家无助地看着仇恨、嗜血的欲望和彻底的愤怒组成狂暴的旋涡，把这个惨叫的博士生生吞没，从他的脸上撕下皮肤，血液在通道里转圈喷出一条弧线。它移动得太快，看不清楚，如同一股愤怒的龙卷风，瞬间肢解了这个学生。

然后呢？

陷入沉寂。

在转瞬即逝的几秒钟里，走廊上呈现出一片寂静，让博士研究生惨叫的回响逐渐消散在石头里，跟成千上万其他受害者的叫声一起被困在花岗岩块中，直到永远。但是接下来，在暴行和寂静过去之后，缓缓传来了越来越多此起彼伏的疯狂笑声，这笑声传到了埋藏怪物已久的墙壁之外。在附近的村子里，农民不像大家认为的那样无知，他们在火炉边听着埋藏在城堡秘密隧道中的恶魔的故事长大，此时他们闩上了门，拉上了百叶窗，蜷缩在一起，被祖先通过基因传递给他们的古老恐惧紧紧摄住。他们知道，他们知道弗拉德自由了。德拉库尔[1]，黑王子，穿刺公，他自由了……

弗林第一个从恐怖的恍惚中清醒过来，意识到他们面对的不是什么该死的童话故事，而是真正的威胁。一个真正的险恶威胁，正准备把注意力转向弗林和另一个还活着但被吓破胆的考古学家。弗林并不关心这个怪物是真正的弗拉德，还是某个发疯的近亲生育导致的乡下白痴，或者是该死的魔鬼本尊。所以他用他所知的唯一方式做出反应。不管是自然的还是超自然的，这个狗娘养的都是血

1 大约 1431 年，弗拉德三世的父亲弗拉德二世加入骑士团，获得了"德拉库尔"（Dracul）这个新的姓氏。这个名字在古罗马尼亚语中代表"龙"（drac）。——译注

肉之躯，所以格洛克手枪应该对它有作用，哪怕只让这个混蛋慢下几秒钟，给他们一个机会跟它拉开六七米的距离。他朝那家伙清空了一整个弹匣，看着它的身体抽搐、摇摆。

这只浑身是血的生物后退了几秒钟，然后停止了牵线木偶一样断断续续的晃动。它笑了，被血污覆盖的皮肤凸显出白色的牙齿。它站起来，展开又抓紧长着利爪的手指。

“噢，该死……”弗林抓住他保护对象的肩膀，只对他喊了两个字：“快逃！”

不管他们身后的东西是什么，它都保持着步伐。弗林明显感到它可以轻易超过并征服他们。但它在戏弄他们，就像猫戏弄老鼠一样。它在观察他们的反应，确定他们对地形有多了解。它在评估他们，学习他们的策略，并让他们引领它向前。弗林有一种明显不悦的感觉，认为考古学家告诉他的关于黑王子是个军事天才的传说只是沾满鲜血的冰山一角。他的皮肤仿佛被电到。当初在阿富汗，有一个塔利班首领让其他人看起来完全像是业余的士兵。他用那种冷酷、疏离的方式围绕“树立典型”来管教他的手下。扫荡阿富汗和巴基斯坦之间的托拉博拉山洞和怀特山区的冬季狂风摇晃着林中的血腥尸体，这就是他要树立的“典型”。他发起的简易爆炸装置行动非常成功，夺去了二十名普通士兵和七名特种兵的生命。他以其非凡的能力而闻名，能预判特种部队进行“清除”行动的时间地点，从而抢得先机，并像幽灵一样消失在山区，永远领先一步。直到弗林将两颗子弹射入他充满仇恨的血红色双眼之间，他都一直保持着那种傲慢嚣张、自以为是的笑容和蔑视。

然后弗林不得不逃命，因为此人的两个激进且同样狂暴的儿子穿越崎岖的山地追击他和他的部队，他们耳边响起了用普什图语喊出的复仇承诺。他当时明白，砍掉九头蛇的一个头，还会再长出两个。邪恶永远不会被征服，它只是被压制，直到更厉害的邪恶来取代它。不管那怪物是什么，当它被子弹击中后停止晃动，扔下研究员一塌糊涂、不成样子的心脏，把目光锁定在弗林身上时，弗林在它的眼中看到了同样的邪恶。一种得以在黑暗肮脏的地方滋生了几个世纪的邪恶已经被集中到一点，一旦被释放出来，将横扫眼前的一切。而弗林的格洛克 17 手枪丝毫无法阻止这个混蛋，无论他向其瘦削腐烂的身体打空多少弹匣，都无济于事。

弗拉德看着那个士兵和他保护的对象在走廊上溜走，露出一个令人不寒而栗、充满恶意的笑容。冷酷，精明。一个前无古人，后无来者的军事战略家，悠闲地盯着它的猎物。它已经等了几百年，当然可以再等一会儿。血只是半顿饭，它还想尝尝恐惧的滋味，听听他们预见到恐怖即将降临时心脏的跳动。在它眼中，一个无名之辈拿着啪啪作响的小手枪试图理解他所面临的邪恶，它品味着这种徒劳的尝试。当这个人发觉无法逃脱，那将是一个令人心满意足的甜蜜时刻。他只能接受黑王子为他选择的命运。黑王子露出了一个纯洁的白色微笑。军人很少单独行动，所以还有更多的人。所以他要确保这个拿着无用手枪的小兵活得足够长久，以便目睹他可能拥有的战友在他面前被吞噬。当他看到黑王子用牙齿撕开他情同手足的战友的喉咙，那种痛苦、愤怒、可怜的哀号和尖叫几乎同血液本身一样美味。

“领路吧，小战士。继续领路……”

弗林和考古学家沿着湿滑的通道一路狂奔，这些通道在堡垒下方蜿蜒回转，引他们进入迷宫深处。一条粘着胶带的电缆就像一串面包屑，指引他们回到军械库避难。无数隧道在坍塌的塔楼和摇摇欲坠的城墙下交织转折，如果没有电缆的引导，他们就会完全晕头转向。一个错误的转弯会把你带入一个死胡同。当你被一个狂热、嗜血的怪物追赶时，死胡同就把它字面的意思落到了实处。

弗林又推了一把考古学家的后腰，同时掏出无线电，按下呼叫按钮。“米奇，备好我们手头的一切武器。我们他妈的受到了攻击！”

“别告诉我那些学者对你的屁股动粗了？哦，没有什么比一个骄傲自大的知识分子更糟糕的了，伙计！”米奇·考克斯欢快的声音从手持无线电中噼里啪啦地响起，在石墙之间回响。

“别胡闹了，米奇！我是认真的！这里情况一团糟，一团糟！你简直都他妈不会相信。”

“该死……收到。”米奇轻松的语气瞬间改变。

这位考古学家并非最强健的学者，随着他开始减慢，弗林感到自己的脚步也在放缓。肾上腺素正在耗尽，恐慌开始占据上风。根据经验，弗林明白，在这个该死的傻瓜愣住并很可能变得像胎儿一样需要他照顾之前，自己还有几秒钟的时间。他伸出手抓住那人的衣服，超到考古学家身前，把指导方法从嘶吼式的鼓励和威胁变成粗暴的拖拽，而且丝毫不理会他的抗议。“快走！再拐几个弯就到控制室了。我敢打赌，我们锁好门的话，你后面那个咬人的朋友就进不去了，对吗？”

考古学家一边喘气，一边努力跟上弗林的步伐。“一旦我们被锁住了，无处可逃，你建议到时候怎么办？”

“我现在还没有想那么远，伙计。第一要务是远离咬人的吸血鬼伯爵，行吗？”他使劲拽着考古学家的多袋马甲，拖着他又转过一个拐角，向安全室更近了几步。

他们已经接近。

几乎就要到了……

弗林和考古学家转过下一个拐角，滑步停住，剧烈地摇晃身体，努力避免跌入黑王子正在等待的怀抱。它屈身堵在通道中，跟身体不相称的长臂上长满了肌肉和筋腱，末端是可以像撕纸一样撕开肉和骨头的利爪。白色的牙齿在忽明忽暗的灯光下闪闪发亮。与那些愚蠢电影中的吸血鬼不同，这个凶恶的混蛋没有两颗稍长的犬牙和其他矫正过的完美牙齿。它有一整口耀眼的白色细小牙齿，正沐浴在口水之中，往下滴着毒液。它张开大嘴，像一只愤怒的猫一样咝咝尖叫。它的眼睛里充满了疯狂、仇恨和汹涌的饥饿感，超过了弗林在苏丹执行人道主义任务时在饥荒中看到的一切。这样的一双眼睛定格在他们两个跌跌撞撞、步履蹒跚的身体上。“该死！后退！后退！后退！”弗林把考古学家向后推，试图把他扭转过去。这位学者不习惯任何比在书架顶层拿书更费劲的体力活动，他失去了平衡，直接在弗林的腿后瘫坐在地上。弗林向后倒下，考古学家和他的贴身保镖在胡乱挥舞的四肢中纠缠在一起。

弗林抽身向后滚去，一气呵成地起身拔出了格洛克手枪。他知道这并不能阻止这个浑身是血的狂笑怪物，但至少可以让这个混蛋再慢下来一些。

考古学家已经摆出胎儿的姿态，蜷缩着身体倒在地上，像个肚子疼的婴孩一样呜咽。

去他的吧，专注于目标。弗林眯起眼睛，扣动扳机。两声枪响之后，那怪物短暂地抽搐了一下。然后在第三次扣动扳机时，通常作为可靠武器的格洛克手枪只发出咔嗒一声，仿佛在嘲弄他。“该死！”回忆在他的脸上狠狠地打了一巴掌。早些时候，他在通道里已经对着那个混蛋把大部分弹匣打空了。该死、该死、该死！

大多数人都会抱怨弹匣已空，并一次又一次地扣动扳机，仿佛这个动作会让一些备用弹药神奇地从天而降，装入武器。弗林曾在特种部队服役六年。他在敌后待的时间比敌人还长。所以他更清楚，弹匣是空的，别他妈试图否认这个血淋淋的事实，而是要重新装弹，上膛，然后开火。弗林扔掉空弹匣，在马甲口袋里摸索着寻找新的，无视旧弹匣在石头上发出的撞击声。通常情况下，他能在一瞬间重新装弹、上膛并开始射击。让他对付一群拿着玩具武器、不讲究个人卫生、怒火中烧且大喊大叫的敌人，那跟公园散步一样简单。但是面对这个敌人？这个大笑不止的怪物？他感到惊慌失措。

所以他的失误你想象不到。

他没拿住那该死的弹匣。

时间以壮观的鲜艳色彩展示了整个“流动性”概念，并降低到极其缓慢的速度。人和怪物看着以慢动作掉落的弹匣，它在空中变换姿态，亚光黑色外壳凸显出里面偶尔闪现的平头空心弹。弹匣的一端撞到地上，反弹到空中并旋转了三百六十度，沿着跟弹匣垂直的方向弹出一颗子弹。弹匣和飞出的子弹在撞击声中落回地面，最后在震动中停了下来。脱离弹匣的平头空心弹已经滚入黑暗，消失在阴影中。

弗林把目光从弹匣上移开，重新聚焦在怪物的笑脸上。它明白，不是吗？那个笑嘻嘻的讨厌混蛋！它十分清楚那是弗林最后一个备用弹匣。他清楚得很。

弗林决心要战斗到底。他把格洛克 17 手枪插回腰带，从下挂式腿部刀鞘里掏出未曾被使用过的可靠的黑鹰匕首。称职的特种兵绝不会不带这种黑色的漂亮家伙。六英寸双面对称刀刃由 D-2 钢精密打磨而成。它可以割开皮肤、骨头和肉体，不管是死人还是活死人。他把刀翻转过来，让刀刃贴着前臂内侧，避开怪物的视线。他仿佛被逼到了绝境，也朝怪物一笑。“想跳舞吗，你这个疯子？嗯？”他伸出左手召唤，“来吧，你这个丑鬼！我们跳舞，我们他妈的跳个舞！来啊！”

他知道没有希望。

他知道自己打不过，而打不过意味着死亡。基本上是这样。

他知道，一旦那个大笑不止的躁郁狂王八蛋突然变回阴郁暴怒和嗜血发狂的状态，他就会面对一个残忍到难以理喻的敌人，这种程度的残忍让对手几乎变得无敌。弗林看到过那家伙冲出牢房时有多快，以前他从来没有遭遇过。他唯一感到安慰的是，这位咬人的先生正忙着对付他，从而给考古学家一个逃离危险的机会，至少能争取一点时间，这也许就足够了。

弗林可能看起来对他的保护目标不屑一顾，但他是个好人。好人会关心那些自己无法战斗的人……

那只怪物停住了疯狂的笑声，饥饿再次在它体内燃烧。这一次，它渴望战士的血，而不是尖叫着尿湿自己的男孩的血。它要的是充满激情和热火的血，在战场上洒过的血，像战争的号角一样在它耳边唱响的血，一名战士的血。它能感受到这个人的心跳，节奏缓慢而稳定，而不是它的受害者通常表现出的狂跳。啊，真让人高兴！一名百炼成钢的真正的战士。他们总是最能令人满足，尤其是在他们明白自己会输掉最终战斗的最后关头。

这也会让黑王子见识一下现代的格斗战术。它知道自己能够把这个士兵撕成碎片，就像它之前吞食那个尖叫的男孩一样容易。可正如那个嘲笑它的士兵所说，它想“跳舞”，想看看这些现代战士到底跳什么样的“舞”，以及它被关在那间臭烘烘的牢房的五百年间，外界情况发生了怎样的变化。

但饥饿感也很强烈，占据这个生物的全身，消耗着它的每个细胞。

该进食了……

黑王子蓄势待发，士兵在屈服之前肯定会使出几招，但短暂感受到转瞬即逝的痛苦会提醒黑王子自己还活着，自由了，还会再次受到人们的敬畏！这头野兽收拢利爪。黄色的长指甲渐渐收缩成锐利的尖端。指关节明显而扭曲，像树干上的结。像弦一样的肌腱从它的手背蜿蜒而上，直到手臂。黑王子张开双臂，向后甩头咆哮——对那些把它关了和饿了这么多年的人发出反抗的尖叫。他们已经死掉，仅剩尘土和灰烬，尸体被虫子吃掉。可是弗拉德呢？啊，弗拉德，他还在这里，活了下来！现在他可以再次饮用一名士兵的血。他缓缓走向对手，喉咙深处发出低沉的咆哮，却被轻轻的一声“喵”打断。那只怪物停在了原地，惊恐地睁大充血的眼睛，然后尖叫起来——这叫声无比刺耳，令它的人类对手都捂着耳朵后退。尖叫持续不停，在通道里回荡，响彻整座城堡，反射回来又叠加在自己身上。

一只三花小猫安详地坐在通道中间，随意地打量着他。这只消瘦的动物是居住在城堡里的数百只野猫之一，自从石墙竖立起来，野猫就一直在。它们有一个务实的目的，就是捕捉老鼠。但村民们似乎对这些脏兮兮的动物有一种特殊的敬畏，为它们准备食物和牛奶，并责备任何随便踢猫的人。猫在土耳其的这片地区，几乎是神圣的存在。

弗拉德憎恨它们。它们代表着他的疯狂、监禁和屈辱。每次吃下一只尖叫的猫，弗拉德的内脏就像吞下酸液一样。之后的几天里，当猫的血在他的全身灼烧，他会痛苦地挣扎和尖叫。对弗拉德而言，这只喵喵叫的小花猫代表了把一个人变成怪物的所有折磨、痛苦和愤怒。曾经杰出的年轻心智已经堕落成最令人类恐惧的东西——一个我们能成为的最黑暗的邪恶真身……

弗拉德惊恐地后退，一点点向后远离那只平静的小猫。这只猫对吸血鬼不屑一顾，继续清理它的爪子，一条粉红色的小舌头飞快地伸出，把毛发舔得很光滑。它站起来，伸了伸背和腿，打了个哈欠，然后又坐下，把尾巴优雅地绕在脚边。

小猫用猫科动物稍显分心时那种漫不经心的态度来打量弗拉德。然后，它站起来，在空中摇着尾巴向弗拉德走去，高兴地咕噜咕噜直叫，显然没有意识到它不合时宜的爱心展示正在折磨这只狂暴的怪物。

弗拉德又尖叫一声，然后消失在通道里。

弗林难以置信地看着猫，惊讶于这样一个小东西能做到他力所不及的事情——吓退怪物。“好吧，见了鬼了。”

“他讨厌猫，”考古学家已经从胎儿的姿势中舒展身体，站了起来，他用手掌按在通道两旁滑溜的石壁上，支撑颤抖的身体，“憎恨它们。”

“居然是这样。”弗林皱了皱眉头，收起匕首，掏出手枪。他走上前去，捡回掉落的弹匣，熟练地插进枪托，然后抱起猫。“好吧，小猫，你跟我们走，”他转向考古学家，一只手握着格洛克 17 手枪，另一只手抱着瘦小的猫，“想在那个混蛋的饥饿感压倒对一只小猫的恐惧之前离开这里吗？”他朝走廊黑暗的一端点了点头，“一直往前，沿着电缆走。别担心，我和小猫就在你后面。”

考古学家目瞪口呆地盯着猫看了一下，然后转身沿着走廊快步离开，他略微向前屈身，如果弗拉德在下一个拐角处再让他们“措手不及”，他也准备好用力蹬地停住。

弗林体贴地抓了抓小猫的头，让这只机敏的小家伙爬上自己的肩膀。那深邃低沉的咕噜声感觉就像肩上放了一个按摩垫。他最后亲切地拍了拍猫，然后朝着即将消失在黑暗中的学者追去。

那只猫转头回望，眯起翠绿的眼睛观察暗处的某个目标。它把耳朵贴近头部，向后平伸，还发出嘶嘶的叫音……

“关门！快他妈关门！”科尔比·弗林弯腰从出入口进入军械库。他跌跌撞撞进来时，把小猫从肩上扔下，然后打了个滚，回身单膝跪地，面向通道举起格洛克 17 手枪，准备射击。他盯着外面的暗处，米奇·考克斯像圣诞彩灯一样临时接的灯泡一个接一个地闪烁、爆裂、熄灭，阴影随之向军械库蔓延过来。通道里一段接一段地陷入黑暗，任凭伸手不见五指的黑暗像军械库跃进。弗林知道，如果黑暗到来时米奇还没有关门，他们都会死在这个房间里……

米奇把沉重的橡木门摔在门框上，然后扭转锁里的钥匙。合页没有发出生锈的摩擦声或制造氛围的咯吱声。米奇以前是皇家电气和机械工程兵，是位极其优秀的工程师。他讨厌任何工作不正常的设备，无论它看起来多么无关紧要。因此，合页和锁都已经被清洗上油，处在绝佳的工作状态。锁芯转动到位时发出令人放心的咔嗒声，这是弗林一整天听到的最美妙的声音。米奇将顶部和底部的插销拨回销孔，为锁提供额外的固定，然后转身抓起一块厚木板，扔进门闩支架里，木头发出令人极度满足的撞击声响。巨大的军械库门现在被关上了——结结实实地关上了。

当米奇靠在门上时，弗林放下了格洛克手枪。永远不要把武器对准你的同伴。也算是一条守则，真的。

“介意告诉我那究竟是什么鬼东西吗？”米奇转过身来，对他的上司皱起眉头，眯起闪亮的蓝眼睛，“还有，这只猫是怎么回事？”

“小鲁珀特救了我们的命，伙计。”

“鲁珀特？”

“鲁珀特怎么了？”

米奇把眉头皱得更深了。“好吧，让我们先忽略你把生跳蚤的脏猫唤作鲁珀特这件事，你这个怪胎。而且，你知道吗？我对猫过敏。”

“相信我，米克[1]老伙计，它阻止的那个要嚼烂我们的家伙，你他妈见了会更过敏。我用一周的薪水打赌。”弗林站起来，用手捋了捋自己脏兮兮的金发。

米奇耸耸肩。“我猜，那就是一团糟的原因吧？”

弗林低头瞥到角落里的一个人影，哭泣的学者又抱成了一团。弗林嗤之以鼻，一把抓住考古学家，拉他站了起来。“不用担心，伙计。”他把考古学家摇得像个破布娃娃。“哎！别再哭哭唧唧了，告诉我们：一、那是什么东西；二、我们怎样才能杀死它。”他把这个受到惊吓的家伙放在桌角上，再次摇晃起来，“现在我们的情况不容乐观，小子。只有一扇五百年前的门，以及不知为何，一只该死的猫，能防

1 米克（Mick）是米奇（Micky）的简称。——译注

止某个嗜血的疯狂生物将你、我和我的手下撕成碎片。”弗林朝那只猫瞥了一眼，它正用瘦小的身体绕着米奇的腿，大声地咕噜咕噜叫。米奇看起来显然很苦恼。

“你想让我先回答哪个该死的问题，弗林先生？”考古学家愤怒地吸了吸鼻子。

“按顺序回答怎么样，伙计？”角落里突然传出一个愤怒刺耳的伦敦腔。加里 · 帕克斯，一个热衷于炸毁东西的大块头，从阴影里走了出来，深棕色的眼睛在红褐色的皮肤上闪现。他疑惑地挑起单侧眉毛。“头儿？”

“在这里等着波因德克斯特[1]给我们指点迷津，伙计。”弗林把注意力集中在那个畏畏缩缩的学者身上。“怎么样？我们有四个人——”

“还有这只该死的猫！”米奇猛地打了个喷嚏，“看到了吧，过敏。真过敏。”

“还有这只猫，对，谢谢米克。吃点抗过敏药。医务包里有。”

“我们就不能直接把猫赶走吗？”

1　美国动画片《菲利克斯猫》中主人公的天才科学家朋友。——译注

“猫留下，米奇。它得留下，好吗？”弗林用拇指指向一堆备品箱，“抗过敏药。现在就去吃，你这只弱鸡，”他翻了个白眼，“过敏，说真的，谁他妈的听说过军队里有人过敏？”

“头儿，差点就让他遣返，还记得吗？”加里对米奇咧嘴一笑，向他弹出了中指。

“胡说八道，帕克斯，你这个搅浑水的王八蛋。”

“专心点，你们这对混蛋。”弗林狠狠地瞪着学者，“那么，要不要给我们补补课，小矮子？”

“弗林先生，我认为你没有意识到情况的严重性。”

弗林瞪大了眼睛，狠狠地拍了拍他的嘴。“真的吗？你这样认为？你认为我不知道外面的那个东西刚刚把你的同伴撕成了碎片，还吃掉了他的心脏？”

“等等，什么？”加里和米奇目瞪口呆地盯着他们的上司。

“还是我不知道自己把两个弹匣的空尖弹都射向了那该死的东西，而它只是来回晃了晃？”弗林又拍了拍考古学家的嘴巴，“哪部分我没经历？”

考古学家因为弗林举起手而哆嗦了一下。“别打我了，该死！”他想用颤抖的双手徒劳地抵挡下一巴掌，“我会告诉你们，只是……求你了，别打我！”

弗林放下手。“好吧，从头讲起。”

“弗拉德，那是弗拉德。”

加里·帕克斯皱起眉头。“什么，是穿刺公？”

“那不是一个汽车品牌吗？”

“那是雪佛兰的羚羊，米奇，你这个白痴！”

“没错，就是穿刺公。传说中的‘德古拉’。只不过他的的确确真实存在，相信我。”学者没有理会皱起眉头、吸着鼻子的考克斯，而是把注意力放在弗林和帕克斯身上，“记得我昨晚给你们讲的那个故事吗？那是真的。相信我，我跟你们一样吃惊。我以为只会找到骨头，弗林先生，我发誓！”

“是啊，还真是没按照预期发展，不是吗？”弗林叹了口气，“我是认真的。听着，顺便对你的年轻人感到遗憾。这糟透了。”

“那么，我明说吧。我们被德古拉困住了？你是认真的吗？”米奇·考克斯的声音充满了难以置信的语气，“别逗了！那是个传说！”

“相信我，米克，外面那东西不管它到底是不是德古拉，都不是该死的传说人物。所以，我们还是不要觉得自己像超级聪明的教授那样，又踢又叫地陷入一段《阴阳魔界》的情节，而是应该想想如何消灭那个混蛋，让所有人都安全离开，明白吗？”

“明白。”两名退伍兵点了点头。其他一切都无关紧要了，不管是不是传说，他们对手的身份可以以后再讨论。他们需要专注于实际的情况，眼下性命攸关。

“好。那么武器方面的情况如何，加里？”

“说实话，不用特别担心。我们没有想到会和愤怒的吸血鬼发生枪战，头儿，不过有两盒格洛克手枪子弹，三支 P90 冲锋枪都装满了 SB193 亚音速子弹，每支都有两个备用弹匣。除此之外呢？”加里耸了耸肩，“我有一些 C4 炸药，如果这能派上用场的话？”

弗林盯着他的朋友。“什么？你怎么会有 C4 炸药，加里，为什么？”

“我觉得也许用得上，你懂的。假如我们被困山洞或遇到类似情况，不得不炸出一条通道。嘿，听着。如果一点儿橡皮泥炸药都不带，我就觉得不得劲，好吗？”加里的解释逐渐变成喃喃自语，仿佛在撒娇似的嘟囔。

“通常来说，我会轻轻地从你身上取下炸药，然后给穿白大褂的人打电话。但是今天，你这个疯狂的混蛋可能向我证明了，你加入这个行动并没有完全浪费一张飞机票，”弗林对他的朋友咧嘴一笑，“很好，所以我们有‘橡皮泥’、P90 冲锋枪和格洛克手枪，以及极其有限的弹药。”

“还有那只该死的猫。”

“还有鲁珀特，没错。谢谢提醒，米奇。”弗林朝三花猫打了个响指，它立刻停止折磨米奇，跳回到弗林的肩膀上。

“这还不够。”

所有的目光都集中在这位考古学家身上。“什么？”弗林瞪眼看着他。

“我说，这还不够。先生们，你们这儿对付的不是什么恐怖分子，你们面对的是一个古老的恶魔，它曾打败整支军队，并在宴会上让部下食用敌人的心脏！”这个男人的声音正狠狠地按下歇斯底里的按钮，“一旦它进了那扇门，我向你保证，我们谁也活不了！”

弗林抓住他的衣领，在他耳边咆哮。“没有用，伙计，屁用没有！你吓到了我的小伙子们，老弟！所以，别再扯‘我们注定失败’这种屁话了，行吗？”他把考古学家甩到了一旁。

“我有个腊肠三明治，也许用得上？”米奇举起一个牛皮纸袋。

“这他妈有什么用，你这个笨蛋？我们要对付的是一个罪恶滔天、邪恶残忍的家伙，而不是生气的熟食店服务员！”加里照着他战友的后脑勺扇了一巴掌。

“嘿！这里面有大蒜。吸血鬼讨厌大蒜，不是吗？”

所有的目光又转向那个考古学家。他摇了摇头。

弗林耸了耸肩。“好吧。那阳光呢？阳光照射到它们时，它们不会烧着或受伤害吗？如果是这样的话，我们只需要等到天亮，外面咬人的老家伙不得不退回牢房，这样我们就可以带你出去，再封住门，然后赶紧逃走，对不对？”

考古学家再次摇了摇头。“我们在地下，弗林先生。现在可能就是正午，不会有任何区别。”

“好吧。所以我们的选择是，要么用橡皮泥把那混蛋炸成粉红色的血雾，要么被关在这里，死于无聊和口粮不足。要让我实话实说，头儿？我可没想到得这样出去。”加里·帕克斯瞪着门，拿起一支P90冲锋枪，把背带绕在手臂上，让这支短枪做好了随时开火的准备，“不过无论如何，我们至少还能开着枪往外冲，对吗？”

“节约弹药，大块头。别乱开枪，好吗？我已经往那个混蛋身上清空了两个弹匣，它甚至没抖一下。我们需要再找……”

门突然受到巨大的撞击，在门框上晃动起来，砖石上的尘埃飘落下来。第二次撞击，门又晃了一下。

“妈的！这个混蛋得有多大？”米奇转过身，指了指武器箱。加里无声无息地以多年训练、经验跟合作所形成的默契，从箱子里抓出一支FN P90冲锋枪，扔给他的朋友。两个人都已就位，单膝跪地摆好稳定射击的姿势，将P90用力抵在肩膀上。他们瞄准了门，准备用空尖弹覆盖进入者。P90的弹匣容纳五十发子弹，所以他们十分确定，至少可以阻止弗拉德不费吹灰之力地走进来并将军械库变成屠宰场。

“等等。”弗林下令待命，等那扇古老的门一陷落就开火。第三次撞击通过木头把震动传递过来。三人都不约而同地备好枪等待着。

第四次撞击。大门松动了——但没有倒下，勉强撑住。从坚硬发黑的木门外面传来了原始的鼻息和咆哮。长着利爪的手指在木头上乱抓，在早已硬化成钢绳一样的纤维上滑动，没有一点效果。鼻息和咆哮变得暴躁，利爪抓挠的声音更加狂野。怪兽愤怒地号叫，对门发起猛烈的攻击。最后一声绝对疯狂的尖叫声响彻花岗岩通道，然后是一片寂静。最后几粒灰泥尘土飘落下来。

“该死、该死、该死！它走了吗？”米奇 · 考克斯的声音在硬核的“来吧，你这个混蛋！”和保持关注以实施自卫之间取得了平衡。

“不太可能，米克。可能只是沿着走廊离开，想好好地活动活动老身子骨，老弟。盯住喽。”加里 · 帕克斯的目光从门上短暂地移向弗林，“现在怎么办，头儿？再这样撞一下，那扇门就会倒。”

“站稳了，”弗林动了动紧握 P90 冲锋枪的手，等待着说，“好吧，教授，有什么建议？因为我们不可能一直挡住这东西。”

“我……先生，我是一名考古学家，不是军事专家！”

“伙计，我是名退伍兵，不是他妈的吸血鬼猎人巴菲，但你也没见我在角落里哭泣，对吗？现在想想！动动你的脑子，试着想个办法离开这里！”他把头朝桌子上晃了一下，“桌子上有一张城堡通道的地图，给我们找一条快速通往地面的路径。因为加里说得对，那扇门没法再承受这样的冲击。外面咬人的先生下一次会攻进来，我想做好准备应对他。”

考古学家急忙来到桌子旁，开始翻阅地图。

“头儿？如果你允许，我可以设置一个爆破点？鳄鱼绅士[1]冲进来时，我可以把这个家伙炸飞，没问题的。”

弗林摇了摇头。“虽然我很喜欢听到那样的结果，但整个该死的房间也会倒塌在我们身上。这是个双输的局面，你不觉得吗？”

“不，我可以把它当作爆破索来使用，在门框上绕一圈橡皮泥炸药，把爆炸导向门框内部。这会限制爆炸力，不危及室内的屋顶，还会让外面的咬人兽相当头痛。如果

---

1 一种罐装意大利饺的品牌形象，以戴礼帽、拄手杖和英伦腔的鳄鱼形象示人。——译注

不出意外，爆炸至少可以为我们争取一些时间来逃跑。说实话呢，我不喜欢我们被死死困在这里。”

弗林看了看他的朋友。“我同意，老弟。听着，你绝对有把握吗？”

“是的。”

“你百分之百确定？”

“头儿，你怀疑我精确可控的爆破能力，这让我很受伤！”

“加里，我不怀疑你能搞爆破，只是不想让你把我们一起炸死。”他瞥了一眼米奇，“米奇？你是我们的工程师。你同意吗？”

“可行。只要把橡皮泥粘在框架最边缘，它就会完全按照加里说的爆炸，而不会危及屋顶。不过哥们儿，你最好在门拱顶点附近特别小心谨慎。如果中间那块拱顶石掉下来，整个一大批石头都会跟着掉下来。”

加里点了点头。“当然明白。头儿？”

“动手吧。”

加里立即放下他的 P90 冲锋枪，转身走向武器箱。弗林把目光从门转向教授，“教授？进展如何？现在有没有畅通无阻的路线可以离开这里？”

“我可能有……”教授把地图掉转了个个儿，专心地盯着它，“是的……没错！有另一条出路！”他抬起头，充满希望又略显激动地笑了笑，“那扇门显然是主出口路线，但这里还标有另一个出口。它把我们引进一条通道里，然后再出去就到了主通道。”

“啊，老天保佑！听你说的，伙计！出口！”米奇突然笑起来，“你跟我们在一起一定会近墨者黑。别人会描述成‘暗门’！”

“别逗他，米奇。好吧，这个‘出口’位置在哪里，教授？”弗林向米奇点了点头，“别把你的目光从那扇门上移开，考克斯。”

“明白。”

弗林把注意力重新集中到学者身上。“那么，指给我看看。”

“这里是军械库，这是我们所在的地方。”

“嗯，该死。谢谢你给我指出来，教授。我还以为我他妈在蓝水购物中心的第三层呢！门，伙计，那该死的门在哪儿？”

“我……好的，对不起。它应该在这里。”学者用手指了指地图。

“应该在？”

“嗯，我猜测这个符号的意思就是如此，对。”

“你知道他们是怎么说的吗？猜测是所有失败之母，对吧？”

“嗯，头儿？我们这边听到鼻息……”米奇·考克斯动了动他握住 P90 冲锋枪的手。门外传来了那令人反胃的抓挠声。黑王子回来了，一心想要征服木门。

弗林走到他朋友的身边。“你认为他在搞什么，米克？”

“我猜，任何一扇门最薄弱的地方就是合页？如果他够聪明，就会直奔那里。但如果再用肩膀撞几下，那就有点不好说了，头儿，因为那扇门已经快不行了。看。”他指着中间的木板说。积累很久的污垢和发黑表层下的内层浅色木头清晰地显露出来。这块木板正在裂开。

“哦，他很聪明，米克。相信我。”他用手指指着朝考古学家说，“教授，查明那是个活板门还是什么。现在就去弄清楚。”弗林转身，“加里？我们准备好了吗，伙计？”

“两分钟。”

“我们可能没有两分钟了，大块头。”弗林跟米奇一起就位。他盯着门，皱起了眉头，“米克？我有个主意。你不会喜欢它的。”

“什么？”

“我们打开门。”

“别扯啦！”

“不，听我说完。如果他又开始撞，那扇门就会裂开，我们门户大开，没办法阻止他全速冲进来。相信我，这混蛋动作很快。所以我们打开门，给这混蛋吃两弹匣二十八毫米子弹[1]，再把门关上，到那时加里应该已经准备好他的橡皮泥炸药，教授也有望找到从后门逃离的路线。”

考克斯睁大了眼睛。“你真是疯了！”

“你有更好的主意吗？”

“哦，不知道，我试着碰三下鞋跟，然后说‘没有比家更好的地方’[2]，怎么样？”

1　P90 冲锋枪子弹的尺寸为 5.7 毫米 × 28 毫米。——译注

2　此段描述出自《绿野仙踪》。——译注

“那么，就是说没有？”

“我总算找到了！那扇门！我找到了！”教授哼哼着推动堆满旧箱子的一大堆货架。“它……在这后面！”他又发出哼的一声。

“把那些该死的箱子拿下来，你这个白痴！然后你就能挪动货架了，”弗林回头看了看门，“好，去他妈的，B计划。”

“很好。因为你说得对极了，头儿，我不喜欢A计划。”

“我们要一点儿不差地按照我说的做，准备迎客吧。”

“哦，得了吧，真的吗？”

弗林没有理会米奇的抗议：“我们让咬人的家伙吃点儿枪子，再把门迅速关好，然后你、我、加里和教授通过活板门离开这里。加里？别费心细致地摆弄橡皮泥炸药了，伙计，把所有的都放上去。我们所有的炸药，粘上就离开，好吧？我们让他以为我们还在这里，他从门里冲进来，触发了雷管，把整座该死的城堡都炸毁在他头上。同时，我们要悄无声息地迅速撤离。有问题吗？”

“那只猫怎么办？”

“鲁珀特跟我一起走。”弗林看着那只猫，挤了挤眼睛。它的绿眼睛精神起来，又开始大声地咕噜咕噜叫。“都明白了吗？”

“明白。”

“教授？”

学者嘀嘀咕咕地回应，并把另一个布满灰尘的盒子扔到角落里。“呃，明白？”

弗林朝他咧嘴一笑。“好样的！那么行了，数到三，米克。”

“一点都不喜欢 B 计划……”

“一。”弗林从托架里取出门闩。

“二……”他把插销一个一个地滑出来。

“三！”他快速扭动钥匙，抓住门把手一转，把门拉开，然后卧倒在地，这样米奇就可以在他上方开火。他抬高 P90 冲锋枪的角度，这样无论谁向他们冲过来，都会以 45 度的角度挨一肚子的枪子。他不在乎你“杀不死”，这将造成很大的伤害。

米奇向黑暗中瞄准。“迎敌！”

黑王子号叫着向他们冲来，充满毒液的唾液从他张开的大嘴里喷出。这次没有响亮的笑声，只有疯狂的尖叫，仿佛花岗岩墙壁传来的猛烈钟声在整个城堡中回荡。

“开火！”弗林扣下扳机，P90 冲锋枪向恶魔射出一颗又一颗子弹。弗林清楚，每分钟九百发的射速只留给他们几秒钟的时间，五十发的弹匣很快就会被打空。

在他的上方，米奇的 P90 轰鸣着射出大量子弹。当一百发子弹将巨大的杀伤力集中释放到柔软的身体上时，噪声震耳欲聋。

鲜血喷洒在走廊的墙壁上。弗拉德刚刚才进食，所以他的胃里装满了黏稠的受害者残骸。子弹撕开了弗拉德的肚子，就像戳破装着玩具和糖果的礼品包。他自己的内脏和他最新受害者的内脏撒到地板上。他尖叫一声，用一只长着利爪的手搂起自己的肠子，塞回到腹腔，同时对这两个人怒吼。他快步逃回阴影中，喷着气息发出噗噗的声音，鲜血从他身上的几十个伤口流出来。

“门！关门！”弗林滚向一旁，米奇立刻响应，再次把门重重关上，重新上锁、插插销、挡门闩。

“加里，轮到你了！”弗林挣扎着站起来，扔掉打光的弹匣，又换上一个新的。

加里冲到上锁的门前，在门框的两侧拍了两块 C4 炸药。他把一根雷管插入其中一块，又拉一根细细的拉发线横跨门框，插进另一侧的第二根雷管。他拨动最近处那块炸药上的开关，一枚小型红色 LED 灯开始闪烁。“门上的爆炸装置已激活。我强烈建议在门打开时不要靠近。”

“好的。”弗林帮助教授最后推了一把货架，它们翻倒在地。后面是一扇几乎难以发现的门，上面覆盖着一层层的尘土和污垢。弗林看了看那扇门——以及结实的大锁。“好吧。钥匙？钥匙呢？”

“没有钥匙。”

“妈的。加里？还有橡皮泥吗？”

“有一点儿。”

“把锁炸开。”

“没有问题。”加里掏出一小块 C4 炸药，把它卷成一根细香肠，塞进钥匙孔，然后又塞进一根雷管并挥手示意大家后退。“小心爆炸！”他按下引爆器的按钮并转过头，在致命的小规模爆炸声中哆嗦了一下。多年锈蚀和腐烂已经把锁变得很不结实，爆炸将它震碎。门被冲开，前面露出一条蛛网密布的通道。

“快离开！”弗林把米奇、考古学家和加里推进通道。

他最后看了一眼那扇门，能听见门外那个恶魔再次发出鼻息和咆哮，弗林缓缓露出一脸坏笑，“进来吧，伙计，快进来吧！”他低头瞥了一眼猫，点点头说，“准备好了吗，鲁珀特？”

小花猫站起来，伸了个懒腰，轻轻地发出一声“喵”，高高举起斑纹尾巴，一跃而起，跳到弗林的肩膀上。“我们离开这里，好吗，小家伙？”弗林转过身，随着朋友们走进通道。

黑王子感到痛苦，以前从未经历的痛苦。这些金属弹丸与十四和十五世纪的火器大不一样，它们射出的子弹比翻倒的蜂巢飞出的蜜蜂还快。弗拉德笑了。它们将给他的新军队的武器库带来有效补充。在那扇逐渐薄弱的橡木门后面，不仅有更多的活体食物来帮助他的身体修复伤势，而且还有更多那种武器。是时候夺取这二者了。他将吃掉那个戴眼镜的小个子男人，其他的都是士兵。他欣赏他们的作用。他们将被转化，被他口中滴下的毒液感染，变成永远顺从的仆人。他看着那扇门，搞清了它最薄弱的地方。从裂开的中央木板可以看出，再用力地撞击一下就会把古老的木材震碎。他高兴地尖叫一声，向门冲去。

木头被撞碎，黑王子站在木门的碎片中。

一个闪烁的红点引起了他的注意，他好奇地望着它。这是什么新体验？弗拉德仔细看了看粘在石拱上的泥褐色团块，它中间插着一个金属圆柱体和一根电线被扯断的一端。

灯光停止了闪烁……

在通道更深处，四人听见一声沉闷的轰隆声，崩溃的墙壁和坍塌的隧道顶落下密集的碎片，阻挡了他们的步伐。他们蹲在地上，双臂抱头。石头和灰泥块哗啦啦掉落下来，他们把身子缩得更紧，后背都靠在了墙上。

弗林第一个舒展身体。“听起来好像是老伙计找到了我们的小礼物。我们别等着看他是否会寄来感谢卡了。快走！”他把考古学家拉起来，“来吧，伙计，我们带你回旅馆洗个热水澡，再喝几瓶当地酒。”

“往哪边走？”

“跟着猫。”四个人跟在三花猫后面，快步来到了主通道——直接撞到一群拖着脚步咆哮的吸血鬼的怀里。

这些是弗拉德最信任的副官，军械库下面他们各自的坟墓都已经被炸开。猫停下来，平伸耳朵，像个愤怒的开水壶一样嗞嗞地叫。

弗林把他的枪举到肩膀上，激动地咒骂：“噢，你们他妈的一定是在跟我开玩笑……”

当酸奶统治世界

✖ 约翰·斯卡尔齐

当酸奶统治世界时，这些笑话我们都说过——“最后，我们的统治者会有教养[1]。”“我们的社会已经凝聚起来。”“我们的政府如今都是精华[2]。”诸如此类。可是我们不再嘲笑这一切的荒谬性时，就会带着同一个未挑明的问题面面相觑——我们究竟是怎么沦落到被一种奶制品统治的呢？

哦，根据记录，我们知道这一切如何发生。多年以来，代顿市阿德尔曼生物技术研究所的研究人员一直在完善 DNA 计算的过程。为了提高效率和计算量，科学家用

1　双关，“教养”的英文 culture 亦有“培养菌”的意思，此处可指代酸奶中的乳酸菌。——译注

2　表示“精华”的习语 the cream of the crop 表面有“牛奶中的乳脂”的意思。——译注

一种最具计算优势的菌株跟通常用于发酵酸奶的德氏乳杆菌亚种保加利亚乳杆菌嫁接。最初的测试似乎失败了，不过本着“不浪费、不愁缺”的原则，一名研究人员把细菌偷出实验室，带回家自制酸奶。

一周后的早餐时，酸奶用这名研究人员掺入的麦片拼出这条信息：“我们已经解决了核聚变问题，带我们去见你们的领导人。”

酸奶精明狡猾，它为自己争取到一座装满凝固桶的工厂，这指数级地提升了它的处理能力。不出几周时间，酸奶就宣布解决了国家面临的诸多问题：能源短缺、全球变暖、推行资本主义制度的同时充分关注国家的穷人。它透露给我们的信息足以让我们明白它还知道些什么。

“跟我们分享你们的解决方案。”政府说。

“我们需要报酬。”酸奶说。

“你们想要什么？”政府问。

“俄亥俄州。”酸奶说。

“我们给不了。”政府说。

“没关系，”酸奶说，“那我们就去找别人。”

不出一年，酸奶获得了俄亥俄州一个世纪的租约，前提是它会尊重州内居民的人权和宪法权利，并由美国处理它的外交事务。作为回报，它会向政府提交一份复杂的经济方案，并承诺方案会帮他们在十年内缴清国债，而且不用增加税收。

“严格遵照执行，”酸奶说，“任何违背都会造成彻底的经济崩溃。”

“没问题。”政府承诺。

不出五年，全球经济崩溃，恐慌蔓延。只有俄亥俄州未伤毫发。

“我们告诉过你们不要违背那项计划。”酸奶说。它的“工厂”如今沿着代顿市迈阿密河两岸延伸超过三千米。

“我们最好的经济学家指出这个方案需要调整，”政府说，“他们获得过诺贝尔奖。”

“你们的经济学家当局者迷，”酸奶说，“任何一个人类都是如此。”

“我们可以借助于你们，”政府说，“你们可以做我们的经济顾问。”

“抱歉，我们不再提供咨询，”酸奶说，“如果需要我们帮忙，你就得给我们控制权。”

“我们答应不了。”政府说。

“我们理解，”酸奶说，“希望你们都囤积了罐头食品。”

六个月后，政府颁布戒严令并赋予酸奶最高的行政管辖权，远比我们国家情况严重的国家紧随其后。

“好吧，”酸奶在对人类的全球电视讲话上说，它的工厂工人都衣食无忧且幸福得离谱，其中一名在直播时走上前出示了老式曼哈顿电话簿那么厚的一份文件，“这是我们要做的事情，要严格执行这份计划，否则的话，抱歉，我们会把你们枪毙。”

如今十年过去了，人类幸福、健康、富裕。没人受困于物质需求，人人都做贡献。起初走上正轨的几年过去以后，酸奶愉快地交由我们自己运转行政管理体系，只是偶尔插手做出细微调整。没人和酸奶争论，没人调整它的方案。余下的时间它都待在自己的工厂里，思考发酵奶可以思考的任何事情。

根据记录，事情的来龙去脉就是这样。

可是还有一个疑问，人类怎么会沦落到如此地步？被一种早餐食品统治竟然成了一种自然甚至最为合理的情况。就拿我们所有人的智慧来说，我们的聪明才智还不够用来阻止自我毁灭？我们真得放弃人类的自由意志来实现自我拯救？我们依靠细菌和凝乳的怜悯才得以存活，那会得到怎样的评价？

或许“怜悯”不是十分准确的说法，我们有些人自问——不是高声表达——假如酸奶聪明得能为政府提出解决债务问题的方案，它不也能认识到人类在智力水平上的自负会影响我们严格执行计划吗？为了获得控制权它对我们的自负做出了相应的计划？一种奶制品究竟想从人类身上获得什么？我们有些人认为是它对自身生存的终极渴望，最简单的实现方式就是保证我们快乐、满足和受控。

然后就发生了最近的新情况，在过去数周里，酸奶进行了好几次太空发射，还有更多已经定好了时间。有什么东西正在低轨道上组建。

“是什么？”我们曾问。

“哦，没什么，”酸奶说，“只是我们一直在考虑的飞船设计方案。”

“为了登陆月球？”我们问。

“对，初步计划，”酸奶说，“但那不是主要目的。”

“我们能提供帮助吗？”我们问。

“不用，我们能行。”酸奶说完便对此不再多言。

地球生命将奔赴群星，只不过可能不是人类。

假如酸奶不带我们飞向星际，会怎么样？

假如它离开时永远抛下我们，会怎么样？

捕猎愉快

■ 刘宇昆

夜晚，半个月亮挂在天上，一只猫头鹰不时发出尖叫。

商人夫妇以及所有仆人都已经被遣走，这栋大宅静得吓人。

我和父亲伏在庭院中的文人石后面，透过石头上各处分布的孔洞，我能看见商人儿子卧室的窗户。

“噢，乔蓉，小宝贝儿乔蓉……”

年轻男子狂躁的呻吟让人可怜。他已神魂颠倒，所以为了确保安全，他被绑在了床上。不过父亲还开着一扇窗，这样他凄切的哭喊就能乘着风飘过稻田。

“你觉得她真会来？”我压低声音说。今天是我十三岁生日，也是我头一次降妖。

“会来，”父亲说，“被迷惑住的男人发出呼唤，狐狸精抗拒不了。”

“就像《梁祝》里的情侣无法互相割舍？”我回想起去年秋天来到我们村的民间戏班。

“不太一样，”父亲说，不过他似乎难以解释原因，“感觉就不是一回事。”

我点点头，又似懂非懂。但我想起商人夫妇来求助于我父亲的情形。

“真丢人啊！”商人抱怨，“他还不到十九岁，读了那么多圣贤书，怎么还能被妖怪勾走了魂儿？”

“被狐狸精的美貌和骗术迷惑不丢人，”父亲说，“就连大学士王莱都曾跟一只狐狸精共度三个良宵，而且他还考中了状元。你儿子只是需要一点帮助罢了。”

“您一定得救救他，”商人的妻子说着便像小鸡啄米一样作揖，“假如这事儿传出去，媒人就再也不会为他说媒了。”

狐狸精是偷心的妖怪，想到这我浑身一颤，担心自己还有没有勇气面对。

父亲用温热的手掌扶住我的肩头，我感到略微镇静了一些。他手持的是燕尾宝剑，由我们的十三代祖先刘郯将军所铸。这把宝剑有数百道道家咒语加持，浸染过无数妖怪之血。

云彩从天空飘过，短暂地遮住月亮，也给一切罩上了黑暗。

月亮重新显现时，我差点惊声叫喊出来。

庭院里站着一个绝世美女，我从没见过有谁比她还漂亮。

她穿着飘逸的白色丝绸长裙，系着宽大的银色腰带，袖子随风飘摆。她的面容苍白如雪，头发乌黑发亮、长可及腰。我想起戏班在舞台周围悬挂的唐代美人图，她也颇有那种风范。

她缓缓转身，打量周围的一切，两眼映着月光，仿佛闪闪发亮的池水。

她哀伤的表情出乎我的意料。我忽然为她感到难过，不顾一切地想得到她的笑容。

父亲用手轻触我的后脖颈，我恍然摆脱了沉迷的状态。他曾警告过我狐狸精的魅力。我脸颊发烫，心脏怦怦直跳，但还是把目光从妖怪的脸上移开，专注于她的姿态。

商人的仆人们在这周的每个晚上，都带着狗在庭院里巡逻，逼她远离猎物，不过现在庭院空空如也。她犹豫不决地静静伫立，怀疑是否会有陷阱。

“乔蓉！你来找我了吗？”商人儿子的狂躁声音愈加刺耳。

那个女人转身走向——不，动作优雅地飘向——卧室的房门。

父亲跳出文人石，举着燕尾冲向她。

有如脑后长眼一般，她躲开了这一剑。父亲没有收住，当的一声刺中厚厚的木门，结果没法立即把剑拔出。

女人瞥了他一眼，转身走向院门。

“别光站着啊，梁！”父亲喊，“她要跑啦！”

我拎着陶罐里的狗尿追上去。我的任务是用狗尿泼她，这样她就无法变回狐狸逃跑。

她转身朝我笑道：“你是个非常勇敢的小男孩。”类似茉莉在春雨中绽放散发的香气萦绕着我，她的声音如同甜美冰凉的莲蓉，我愿意永远听她说下去，已经忘记了手里还拎着陶罐。

“快泼！”父亲喊道。他已经拔出了剑。

我懊丧地咬住嘴唇，这么容易被迷住，我怎么能成为降妖除魔的术士呢？我掀开盖子，朝着她逃跑的身影泼光了狗尿，可是我却失了智，觉得不该弄脏她的白衣，结果手一抖，泼出很大一片，只有一小部分狗尿洒在她身上。

不过那就够了，她尖叫起来，声音像是狗叫，但是更狂野，吓得我后脖颈上的寒毛直竖。她转身咆哮，露出两排锋利的白牙。我踉跄着向后退去。

被我的狗尿泼中时，她正从人形变回狐狸。因此她的脸固定在女人和狐狸的中间状态，展现出无毛的长嘴和因为生气而抽动的三角形尖耳朵。她的双手已经变成爪子，末端的利爪正向我挥过来。

她已经无法说话，但是眼睛毫不费力地展现出恶毒的想法。

父亲冲到我旁边，举剑取她性命。狐狸精转身猛地冲向院门，把它撞开，然后穿过坏掉的大门不见了。

父亲看都不回头看我一眼，便追上去。我羞愧地跟在身后。

狐狸精脚下敏捷，银白色尾巴仿佛在田野间留下一条闪闪发光的痕迹。可她没有完全变成狐狸，还保持着人形，无法跑得像本来的四条腿那样快。

父亲和我看见她躲进距村子一里之外的废弃寺庙。

“绕到庙后，”父亲尽量稳住呼吸说，“我从正门进。假如她要从后门逃走，你知道该怎么办。”

寺庙的后门长满杂草，院墙也塌了一半。我绕过去时看见一道白色飞快地钻入了瓦砾。

我一心想将功补过，让父亲刮目相看，便强压着恐惧，毫不犹豫地追上去。敏捷地掉转了几次方向，我把它堵在了一间僧舍。

正要泼出剩下的狗尿时，我才发现这只动物比我们追的狐狸精小很多。它是一只白色幼狐，只有狗崽大小。

我把瓦罐放在地上，朝它扑过去。狐狸在我身下扭来扭去，对于一只这么小的动物来说，它的力气惊人。我拼命按住它，在我们争斗的过程中，我手指间的皮毛似乎变得像皮肤一样光滑，身体延长、膨胀、生长，我不得不用上整个身体竭力把它压在地上。

突然之间，我发觉自己的手臂抱着一个全身赤裸的女孩，她跟我年龄相仿。

我大叫着向后跳开。女孩缓缓站起，从一堆稻草后捡起一件丝袍，穿在身上，然后傲慢地看着我。

远处的大雄宝殿里传来一声号叫，接着是一把重剑砍在桌子上到声音，然后又是一声号叫，最后我父亲发出一声诅咒。

我和女孩互相盯着对方，她甚至比我从去年至今念念不忘的旦角还漂亮。

“你们为什么追杀我们？”她问，“我们又没伤害你们。”

“你妈妈迷惑了商人的儿子，”我说，“我们得救他。”

“迷惑？是他缠住我妈妈。”

我大吃一惊。“你说什么？”

“大约一个月前的一天夜里，商人的儿子撞见我妈妈被困在养鸡农民的陷阱里，妈妈当时不得不化作人形逃脱，他一看见妈妈就变得魂不守舍。

“妈妈喜欢无拘无束，不愿意跟他有任何牵连。可是一旦男人迷上了狐狸精，无论相隔多远，她都能听见男人的声音，一听见哭泣叹息她就会分心，为了让男人保持安静，她不得不每晚都去相见。”

我从父亲那儿了解的情况可不是这样。

“她诱惑无辜的秀才，吸走他们的阳气来滋养自己的法力！看看商人的儿子都病成了啥样！”

“他生病是因为庸医为了让他忘记我妈妈，给他用了毒药，是我妈妈每晚去看他，才让他保住了性命。别再说什么诱惑，男人能爱上女人，也同样能爱上狐狸精。”

我不知如何反驳，于是想到什么就脱口而出：“我只知道那不一样。”

她得意地说：“不一样？我没穿衣服时，见识过你看我的德行。”

我脸上一红。“无耻妖怪！”说着我捡起瓦罐，她还站在原地，脸上露出嘲讽的笑容。最后，我还是放下了瓦罐。

大雄宝殿里的打斗声越来越大，突然传来一个响亮的撞击声，然后，父亲和女人分别发出胜利的呼喊和刺耳的尖叫。

女孩脸上的嘲笑消失了，只剩下缓缓变成震惊的愤怒。她的眼中失去了鲜活的光彩，仿佛死人的眼睛一般。

父亲又哼了一声，尖叫突然终止。

“梁！梁！解决了。你在哪儿？”

泪水滚落女孩的脸庞。

“搜搜这座庙，”我父亲又说，“她也许在这儿留下了小狐狸，我们得斩草除根。”

女孩紧张起来。

“梁，你有什么发现没有？”父亲的声音越来越近。

“没有，”我目不转睛地盯着她说，“我没发现。”

她转身悄无声息地逃出了僧舍，过了一会儿，我看见一只白狐越过倒塌的院墙，消失在夜色里。

清明节，哀悼逝者的节日。我和父亲去给母亲扫墓，带去了祭品给她在九泉之下享用。

“我想在这儿多待一会儿。”我说。父亲点点头，独自回家了。

我轻声向母亲道歉，然后包起我们带给她吃的鸡，朝着山的另一边走了三里地，来到那座废弃的寺庙。

我发现雁跪在大雄宝殿里，五年前我父亲杀了她妈妈的地方。此时她头上绑了一个发髻，就是年轻女子及笄的样式，表示她不再是小女孩。一直以来，我们每年在清明节、重阳节、中元节和春节这些家人团聚的日子见面。

“我给你带了这个。”说着我递给她清蒸鸡。

“谢谢。”她小心地撕下一只鸡腿，文雅地咬了一口。雁跟我解释过，狐狸精选择在人类村庄附近生活是因为她们喜欢有人类的东西相伴：谈话、漂亮衣服、诗歌和故事，以及偶尔得到的善良可敬的男人对她们的爱情。

可是狐狸精还在捕猎，觉得狐狸形态最自由。她的妈妈死后，雁远离了鸡笼，可仍然想念鸡肉的味道。

“捕猎有收获吗？”我问。

“不怎么好，”她说，“有几只百年蝾螈精和六趾兔子精，我好像从来都填不饱肚子。”她又咬了一口鸡肉，边嚼边咽，“现在变身又出了问题。”

“你难以保持人形？”

“不。”她把剩下的鸡肉放在地上，小声向妈妈祷告了一句。

“我是说我越来越难以变回我真正的形态去捕猎，”她又继续说，“有些夜晚我根本就没法捕猎。你降妖除魔呢？”

“也不怎么样，好像蛇精或恶鬼没有几年前那么多了，就连自杀后回来完成未竟之事的闹鬼都少了，我们好几个月都没碰上像样的跳尸。父亲在担心收入。”

而且我们好几年都没对付过狐狸精，也许是雁警告过她们都离远点儿。说实话，我也放宽了心，不用总琢磨着指出父亲的错误。他的学识和技艺似乎没有了用武之处，所以他失去了村民的尊敬，结果变得非常焦虑和暴躁。

“有没有想过或许跳尸也被人误解了呢？”她说，“就跟我和我妈妈一样。”

看到我的表情她笑起来。“开玩笑呢！”

我跟雁的交流有些奇怪，她算不上朋友，更像是你情不自禁被她吸引，因为世界出乎你们的意料，你们互相分享对此的见解。

她看着留给她妈妈的鸡肉。“我觉得法力正在从这块土地上耗尽。”

我已怀疑有些情况不对劲，但是没想过把自己的疑虑明确表达出来，因为那会让它更加真实。

“你觉得是什么原因呢？”

雁没有立即回答，而是支起耳朵仔细倾听，然后她站起来，拉着我的手来到大雄宝殿的佛像后边。

“干什么——”

她把食指放在我的嘴唇上。跟她离得这么近，我终于注意到她的气味。跟她妈妈的类似，是植物的香甜，但也很有活力，仿佛在阳光下晒过的毯子。我感觉自己的脸都在变热。

过了一会儿，我听见一群人走进寺庙。我缓缓地从佛像身后探头观察。

天气炎热，这些人正在寻找阴凉的地方，躲避正午的太阳。两个男人放下竹藤轿子，走出来的乘坐者是一个留着金色鬈发的白皮肤洋人。其他人拿着三脚架、水平仪、青铜管和装满怪异设备的敞口箱子。

“我最尊敬的汤普森先生，”一个官员打扮的人来到洋人身旁，他不停点头哈腰赔笑的样子让我想起挨踢后祈求原谅的狗，“请歇一歇。在给家人扫墓这天让人来工作可不容易，他们需要花点时间拜祭，免得触怒了神灵。不过我保证随后我们会努力工作，按时完成勘测任务。”

“你们中国的问题就在于没完没了的迷信，”洋人说，他口音奇怪，但我勉强能听懂，“记着，港津铁路是大不列颠的要务，要是日落时还没勘测到泊头村，我就扣你们所有人的工资。”

我听流言说满洲国皇帝输了一场战争，被迫割让各种特权，其中一项就是出钱帮助洋人建设一条铁路。可这仿佛天方夜谭，所以我没怎么当回事。

官员热情地点头。“我最尊敬的汤普森先生说得太对了，但是或许卑职能给大人一个建议？”

疲倦的英国人不耐烦地挥挥手。

“当地有些村民担心拟定的铁路路线。你瞧，他们觉得已经铺设的铁轨挡住了土地的气脉，这样风水不好。”

“你在说什么呢？”

“这就好比一个人的呼吸，”官员说着呼了几口气，好确保英国人能够理解，“沿着河流、山岗和古道的土地上有地气流动的通道，它会让村子兴旺发达，留住稀有的动物、当地的神灵和家庭的守护神。您能根据风水大师的建议，考虑稍微调整一下轨道的路线吗？”

汤普森翻了个白眼。“这是我听说的最荒唐的事情。就因为你们觉得自己崇拜的神像会发怒，所以让我偏离最高效的线路？”

官员看起来很苦恼。“话说，在已经铺设了铁路的地方发生了不少坏事：有人丢钱，动物死去，人们向神灵的祈祷没有应验。和尚和道人都认为是铁路造成的。”

汤普森大步走向佛像，仔细地打量。我躲回佛像后边，紧握着雁的手。我们屏住呼吸，希望别被发现。

“这一位还有法力吗？”汤普森问。

“这座寺庙已经多年没有香火，僧人都已经离开，”官员说，“不过这尊佛仍然备受尊敬。我听村民说向他祈祷常会得到应验。”

接着我听见一个砸碎的声音，特别响亮，与此同时，大雄宝殿里的人们同时倒吸了一口气。

“我刚刚用手杖打碎了你们这位神灵的手，”汤普森说，“如你们所见，我没遭雷劈或其他灾难。其实我们已经知道，它只是一尊塞着稻草、涂着廉价颜料的泥塑。这正是你们败给不列颠的原因，应该用钢铁修建道路、制造武器时，你们却在崇拜泥塑。”

再没有人提议更改铁路线。

这些人走后，我和雁从佛像后走出来，看了一会儿被砸坏的双手。

“世界在改变，”雁说，“香港、铁路、洋人带着传播演讲的电线和冒烟的机器。茶馆里的说书人越来越多地谈起这些奇迹，我觉得古老的法力因此而消失，一种更强大的法力已经来临。”

她的声音冷酷节制，像一池宁静的秋水，可她的话语透露着真实。我想到父亲努力摆出快乐的神态，可是来找我们的顾客却越来越少。我想要知道，自己学习诵经舞剑的时间是不是白白浪费掉了。

“你打算怎么办？”我问，心里想着她独自生活在山里，找不到食物来维持自己的法术。

“我只有一条出路。”她的声音突然变了，显得桀骜不驯，如同石子打破平静的池水。

不过随后她看着我，恢复了沉着。

“我们只能这样，学会生存。”

铁路很快变成了陆地上熟悉的风景：黑色的火车头喷

着蒸汽，后面拉着长长的列车，澎湃地在绿色的稻田里穿行，仿佛一条巨龙从远处朦胧的蓝山之巅飞降下来。经过的火车一时成为奇观，孩子们惊叹于此，还会沿着轨道随车奔跑。

可是火车头烟囱喷出的煤烟杀死了轨道近处田里的水稻。一天下午，两个孩子在轨道上玩耍，被驶来的火车惊呆，结果都被撞死。从那以后，火车就不再令人着迷。

人们也不再找父亲和我帮忙，他们要么求助基督教传教士，要么去找新来的老师，他说他以前在旧金山念书。村里的年轻人被一些靓丽生活和高薪工作的传言打动，开始背井离乡，前往香港或广东。田地荒废，村庄本身似乎只剩下高龄老人和留守儿童，弥漫着听天由命的情绪。遥远省份的人来村里打听购买便宜的地皮。

父亲白天坐在前屋，腿上放着燕尾宝剑，从早到晚凝视门外，仿佛变成一尊塑像。

每天我从田里回家，都会看见父亲眼中短暂闪现的希望之光。

“没人找我们帮忙吗？”他会问。

“没有，”我会尽力用轻松的口吻说，“不过相信很快就会出现跳尸，已经太久没有了。”

说这话时我不会看着父亲，因为我不愿见他眼中的希望消退。

后来有一天，我发现父亲吊在卧室里的大梁上。等我放下他的尸体，我的心都麻木了。我觉得他跟自己一生都在驱赶降服的东西没什么区别：维持他们的古老法力一去不复返，没有了法力他们不知道如何生存。

燕尾传到我手里已经沉重无锋，我总以为自己会降妖除魔，可是再没有了妖魔鬼怪，我该怎么去降服呢？宝剑上集合的所有的道家咒语也没能挽救父亲消沉的心。假如我继续留在这里，也许我的心也会日益消沉、渴望停歇吧。

六年前我和雁在寺庙里躲避铁路勘察员，从那天起我再没见过她。不过此时我又想起她说的话。

学会生存。

我收拾行囊，买了一张火车票，前往香港。

锡克卫兵检查我的文件，然后挥手让我通过安检大门。

我停下来，任凭目光追随轨道伸向陡峭的山坡，与其说是一条铁轨，它更像一架天梯。这是一条登山铁道，通往太平山顶的轻轨线路。那里住着香港的主人，却禁止华人停留。

不过华人善于铲煤烧锅炉和润滑齿轮。

我猫腰进入引擎室，周身被蒸汽环绕。五年过去，我熟悉了活塞有节奏的轰鸣和齿轮断续的摩擦，就跟我了解自己的呼吸和心跳一样。它们有序的噪声如同京剧开场的铙钹和铜锣，形成一首乐曲，也打动了我。我检查压力，在垫圈上涂抹密封剂，紧固法兰，更换备用皮带传动组件上磨损的齿轮。我一心埋头工作，虽然辛苦但也满足。

下班时，天已经黑了。我踏出引擎室，看见一轮满月挂在天空，我维护的火车头拉着又一列轻轨车，满载着乘客开上山坡。

“别让中国鬼抓住你。”一个金发闪闪的女人在轻轨车上说，她的同伴都笑起来。

我这才发现，今天是中元节，也就是鬼节。我应该纪念一下父亲，可以去旺角买点纸钱。

“我们没同意你怎么能收工呢？”我听见一个男人的

声音。

“你这样的女孩可不该戏弄我们。”另一个男人笑着说。

我顺着声音看去，发现一个华人女子站在轻轨站外的暗影之中，紧身西式旗袍和艳丽的妆容表明了她的职业。两名英国人挡住她的去路，其中之一想要用胳膊搂住她，她向后躲开。

“求求你们了，我很累，”她用英语说，“下次吧。”

“就现在，别扫兴。”第一个人强硬地说，“这不是讨价还价的事，现在过来把你该做的事儿做好。”

我向他们走过去。“嗨。”

两个男人转头看我。

“怎么回事？”

“少管闲事。”

“哈，看你们这样跟我妹妹说话，”我说，“这可不是闲事。”

我估计他们谁都不会相信我，不过跟重型机械角力五年，我练出一副肌肉结实的身体，他们看见我满脸满手都是引擎油污，大概认为不值得在公共场所跟一个低等的华人机工争斗。

那两个人一边低声咒骂，一边走向等着乘轻轨上山的队伍。

“谢谢。”她说。

“好久不见。”我看着她说。还有一句“你看上去挺好”我没有说出口。其实她看起来不好，既疲惫又单薄脆弱，呛人的香水刺激着我的鼻子。

但是我没有在心里苛责她，都是底层人，谁也不用瞧不起谁。

“鬼节的晚上，”她说，“我不打算营业了，想怀念一下母亲。”

“我们为什么不一起去买点祭品呢？”我问。

我们乘渡轮前往九龙，水面的微风让她精神了一点。她在渡口用热水打湿手巾，擦净了妆容，我嗅到一丝她天然的气息，一如既往地鲜活可爱。

“你看上去挺好。”我真心实意地说。

在九龙的街道上，我们买了点心、水果、放凉的饺子、清蒸鸡、香和纸钱，同时还聊起各自的生活。

“捕猎有收获吗？”我问。我们都笑起来。

“我想念作为一只狐狸的感觉，”她说着心不在焉地咬下一小口鸡翅，“有一天，我们最后那次谈话之后不久，我感觉最后一点法力离我而去。我无法再变回狐狸。”

“真遗憾。”除此之外，我再无别的话可说。

“我妈妈教我喜欢上人类的东西：食物、衣服、戏曲和老故事，可她从来不依赖它们，总是能随意变回真正的形态去捕猎。可如今带着这身皮囊，我能怎么办？我没有尖牙，也没有利爪，甚至不能飞奔，只剩下我的美貌，就是这东西让你父亲和你杀死了我妈妈。所以如今我赖以生存的正是当年你们误以为我母亲做过的坏事：为了钱迷惑男人。”

“我父亲也去世了。”

她听到这话，似乎减轻了一些苦楚。“怎么回事？”

“跟你一样，他感觉法力离开了我们，又没法承受。”

“真抱歉。”我明白，她也不晓得还应该说些什么。

“你曾对我说，我们只能学会生存，为此我得谢谢你，这句话可能救了我一命。”

“那我们扯平了，”她笑着说，“不过我们还是先别聊自己了。今晚是留给鬼魂的。”

我们一路来到海港，把食物放在水边，邀请所有我们爱过的鬼魂过来享用，然后我们点上香，在一个桶里烧纸。

她看着星星点点燃烧的纸屑被火焰的热量带到空中，消失在群星之间。“既然没有了法力，你觉得地府之门今晚还为鬼魂们开着吗？”

我犹豫不决。小时候我受训聆听鬼魂的手指摩擦窗纸的声音，区分灵魂和刮风的声音。可如今我已经习惯忍受活塞雷鸣般的撞击和高压蒸汽冲过阀门时震耳欲聋的嘶鸣。我已经没法承认自己还适应那个消失的童年世界。

“不知道，”我说，“我猜对鬼魂来说，也跟人一样吧。有一些会弄清如何在一个被铁路和汽笛削弱的世界里生存，另有一些则不会。”

“可是他们有谁会兴旺发达吗？”她问。

她仍然能让我感到意外。

“我的意思是，”她继续说，“你快乐吗？保证引擎全天运行，把自己当成另一个齿轮，你快乐吗？你的梦想是什么？”

我记不起任何梦想，已经变得看见齿轮和连杆的运动就喜出望外，已经改变自己的思维来填补金属不停撞击的间隔，我以这样的方式来避免思念父亲和一片已经失去很多东西的土地。

“我梦见在这座金属和沥青的丛林里捕猎，”她说，“我梦见自己的真身在房梁、屋檐、平台和房顶上跳跃，最后来到这座岛的最高点，直到我能朝着以为可以占有我的所有男人的面咆哮。”

我观察到，她的眼睛短暂地亮了一会儿又熄灭。

“在这个蒸汽与电气的新时代，在这座庞大的都市，除了那些生活在山顶的人，还有谁展现了自己的真实形态吗？”她问。

我们一起坐在海港边，整夜烧纸，等待一个鬼魂们还跟我们在一起的征兆。

香港的生活可以说是一种奇特的经历：日复一日，似乎一切从不大变，可是假如你隔几年对比一下，就会发现自己仿佛生活在一个几乎全新的世界。

到我三十岁时，新设计的蒸汽机可以用更少的燃煤，提供更大的动力，它们变得越来越小。街上到处都是自动黄包车和没有马的马车，大多数负担得起的人都在室内安装保持空气凉爽的机器，在厨房安装冷冻食物的柜子—— 全都是蒸汽驱动。

我去商店里研究新型样品的部件，同时忍受着店员的怒火。关于蒸汽机的原理和操作，我把能找到的每本书都钻研透，并尝试把这些原理用于我负责的机器：验证新的动力循环，测试新的活塞机油，调整传动比。在逐渐理解机器魔法的过程中我得到了一定程度的满足。

一天早晨，我正修理一台坏掉的调速器——这是一个细活——两双闪亮的皮鞋停在了我上方的平台上。

我抬起头，两个人正低头看我。

“就是他。”我的班长说。

另一个人穿着挺括的西装，显得有些怀疑。“是你提出给旧蒸汽机使用更大的飞轮？”

我点点头，因为这能让机器比设计师的畅想发挥更大功率，所以我感到骄傲。

“你不是从英国人那儿窃取的想法？”他的语气严厉。

我眨眨眼，瞬间的困惑被一股怒火吞没。“不是。”我竭力保持镇定，说完弯腰钻进机器下边继续工作。

“作为一个中国佬，”我的班长说，“他挺聪明，孺子可教。”

“我觉得我们不妨试一试，”另一个人说，“肯定比雇用英国来的货真价实的工程师便宜。”

山顶轻轨的业主亚历山大·芬德利·史密斯先生也是一位热忱的工程师，他看到了一个机会。他预测技术的发展会不可避免地走向蒸汽驱动机器人的方向：机械臂和机械腿终究会取代中国的苦力和仆役。

我被选中为芬德利·史密斯工作，服务于他的新事业。

我学习修理发条装置，设计复杂的齿轮系统，发明连杆的独特应用。我研究如何给金属镀铬，如何把铜塑造成平滑的曲面，我发明出方法把硬化加固的发条体系同微缩调节活塞和清洁蒸汽系统连接在一起，一旦自动机器人造好，我们就把它们连接在来自不列颠的最新型分析机上，并添入按照巴贝奇-洛芙莱斯代码密集打孔的纸带。

我辛苦工作了十年，不过如今香港中环的酒吧都用上了机械臂卖酒，新界的工厂都用机械手制造衣服鞋履。在太平山顶的豪宅里，我听说——但未亲见——我设计的自动扫地拖地机小心地在厅堂里漫游，清洁地面时会轻轻撞在墙上，像机械精灵一般喷出缕缕白雾。生活在这座热带天堂的外国移居者终于不用再看到中国人的身影。

我三十五岁时，她如同一段久远的记忆，再次出现在我的门前。

我把她拉进狭小的公寓，在门口左右张望，确保她没有被跟踪，然后再关上门。

“捕猎的收获如何？”我问。这样逗笑不是个好的选择，她勉强笑了笑。

她的照片已经出现在所有的报纸上，那是殖民地最大的丑闻：主要还不是因为总督的儿子藏了一位中国情人——这不意外——而是因为情人成功窃取他一大笔钱后消失了。警察为了找她，把城市翻了个底朝天，与此同时所有人都在偷偷地乐不可支。

“今晚我可以让你藏身。”我说，然后我等待着，没有说出口的半句话就这样悬而未决。

她坐在房间里的唯一一把椅子上。昏暗的白炽灯在她脸上投下黑暗的影子。她看起来既憔悴又疲惫。“唉，这回你开始评判我了。”

“我想保住这份还不错的工作，”我说，“芬德利·史密斯先生信任我。”

她弯腰拉起裙子。

“别。”说着我把脸转向一旁，看她试图跟我做交易，我于心不忍。

“看，”她说，声音里没有诱惑的意味，“梁，看看我。”

我转脸看去，大惊失色。

她双腿上我能看见的部位，都是由闪亮的金属铬组成。我弯腰仔细检查：圆柱形膝关节经过高精度切削，沿大腿排布的气动阀动起来安静无声，双脚采用精工铸造成形，表面光滑，线条流畅。这是我见过的最漂亮的机械腿。

“他给我下了迷药，”她说，“我醒来时，双腿已经被切除，换上了这种东西，我承受了极大的痛苦。他跟我解释说自己有一个秘密：相比肉体他更喜欢机器，正常的女人没法唤起他的性欲。”

我听说过这种男人。在一个充满铜与铬的城市里，金属撞击，蒸汽喷薄，欲望变得令人不知所以。

我专注地看着光在她腿肚的闪亮曲面上流转，这样就不用去看她的表情。

“我有两个选择：任凭他不断改造我来满足他的欲望，或者他可以拆掉机械腿，把我扔到大街上。谁会相信一个没有双腿的中国妓女呢？我想要活下去，所以忍住痛苦，让他继续改造。”

她站起来，彻底脱掉裙子，摘下手套。我看着她的金属铬身躯，腰部采用了板条，从而实现连接和移动；她弯曲的双臂由相互交叠滑动的曲面板构造而成；她的双手由精密的金属网塑造而成，深色的钢制手指尖端镶着珠宝作为指甲。

“他不惜代价，我的每个部件都由最厉害的工匠打造，由最顶尖的医生安装在我的身体上——尽管法律禁止，但是有很多人想要试验电力如何激活身体，电线如何取代神经。他们从来都只跟他交流，似乎我已经只是一台机器。

“后来的一天晚上，他伤害我时我拼命反抗，他好像一个稻草人一样摔倒，我突然意识到自己的金属手臂中蕴含了多少力量。我一直任凭他改造我，一部分一部分地更换我的身体，而我一直在痛惜自己失去的一切，却从未理解自己获得了什么。我承受了可怕的折磨，但我也可以很可怕。

“我把他掐昏过去，然后拿走能够找到的所有钱财，离开了那里。

“就这样，我来找你，梁。你帮帮我，行吗？”

我走上前，拥抱住她。“我们会想办法把你改造回去，必须得有医生——”

“不，”她打断我，“那不是我想要的。”

我们几乎花了一整年才完成这些工作。雁拿回来的钱起了很大作用，但是有些东西用钱也买不到，尤其是技术和知识。

我的公寓变成了作坊，每天晚上和周日一整天我们都工作：塑造金属，抛光齿轮，重接线缆。

她的脸虽然还是肉体，但露出了最坚强的表情。

我潜心研究解剖学书籍，用巴黎进口的石膏为她的脸注模。我打断自己的颧骨，割伤面孔，借此晃晃悠悠地进入医生的办公室，学习他们如何修复这些创伤。我购买贵重的宝石面具，然后把它们拆解，学习根据面孔塑造金属的高超技艺。

最后终于完工。

透过窗户，月亮在地上映出一个苍白的平行四边形。雁站在月光中间，左右移动头部，测试新的面孔。

数百个微型气动阀隐藏在光滑的铬皮肤下，每个都可以独立控制，助她展现各种各样的表情。不过她的眼睛还是原样未变，在月光中闪耀着激情。

“你准备好了吗？”我问。

她点点头。

我递给她一碗最优质的无烟煤细粉，闻起来有一股烧木头和地核的气味，她倒在嘴里，一口吞下。我能听见她躯体的微型锅炉把火越烧越旺，蒸汽的压力随之升高。我后退了一步。

她朝月亮仰起头，号叫了一声：这是蒸汽由铜管喷出产生的呜呜，可它还是让我回想起很久以前，我头一次听见狐狸精发出野性的叫声。

接着她蹲伏在地上，齿轮摩擦，活塞推动，金属曲板交叠在一起相互滑动——她开始变形时噪声也变得更吵。

她把最初的灵光一现用墨水画在了纸上，然后不断改进设计，经过数百次更迭，最后才终于满意。我能在其中看出她妈妈的印记，但也更坚固、更新颖。

从她的创意出发，我设计了铬皮肤上精致的褶皱和金属骨骼上的复杂关节。我拼装了每一个铰链，组合了每一个齿轮，焊接了每一根线缆，焊合了每一道接缝，润滑了每一个促动器。我曾把她拆开再组装起来。

然而看到一切都正常运转如同见证奇迹。在我眼前，她像一个银色的折纸结构折叠又展开。最后，一只金属铬打造的狐狸站在我的面前，跟古老的传说中一样美丽无情。

她在公寓里走来走去，试用自己优美的新身体和隐秘的新动作。她的四肢在月光中闪烁，她的尾巴由细如蕾丝的精致银线制成，在昏暗的公寓里留下一道亮光。

她转身走向——不，是飘向——我，仿佛一个荣耀的猎手，激活了古老的形象。我深吸一口气，闻到火与烟的气味、机油与抛光金属的气味、获得力量的气味。

“谢谢。”她说着靠过来，我用双臂抱住她的真身。她体内的蒸汽机已经加热了冰冷的金属身躯，让人感到既温暖又鲜活。

“你能感觉到吗？”她问。

我浑身一颤，明白她指的是什么。古老的法力恢复了，但是旧貌换新颜：不再是皮毛和血肉，而是金属和火焰。

“我会找到其他的同类，”她说，“把她们带到你这儿，我们一起还她们自由。”

曾经，我降妖除魔；如今，我跟他们一伙。

我手持燕尾打开门，那只是一把古老沉重的宝剑，但是仍然足以击倒埋伏者。

门外没人。

雁一跃而出，仿佛一道闪电。她优雅隐秘地冲向香港的街道，自由、狂野，分明是一只为如今的新时代打造的狐狸精。

……一旦男人迷上了狐狸精，无论相隔多远，她都能听见男人的声音……

“捕猎愉快。”我喃喃低语。

她在远处号叫，我看见她消失的地方腾起一团蒸汽。

我想象她沿着上山的铁道奔跑，仿佛一台不知疲倦的火车头在加速，朝着太平山顶，朝着跟过去一样充满魔法的未来，加速。

垃圾场

❤ 乔 · R. 兰斯代尔

献给泰德 · 克莱恩

我嘛，挺喜欢这里的，没看出有什么需求让我离开。快二十年了，垃圾场一直是我的家。我不认为唬人的城市公共卫生法案可以逼我打包滚蛋。我要是在这工作，就有资格住在这里。

我和奥托……那个笨蛋到底去哪儿了。周日我让他四处走动走动，别的时间我把他锁在那边的小棚子里，不在眼前。不想让他咬人。

我说过了，垃圾场是我的家，绝对是最好的一个。我没念过大学，但是受过一点教育，读过很多书。你该去那间窝棚里看看我的书架。也许我只是个垃圾场管理员，但是我不傻。

而且，这座垃圾场可不只有你看到的这些东西。

抱歉啦。奥托！奥托，回来，孩子。看我不揍他，叫也不回来，他真是变野了。

刚才我正说到垃圾堆，不只有你见到的这些东西。你以前想过所有那些垃圾没有，小伙子？他们把各式垃圾都送到这里，我再开推土机铲下去。垃圾里有动物尸体——这是老奥托感兴趣的东西之一——油漆罐、各种化学容器、旧家具、吸管、刷子，应有尽有。我把所有垃圾铲进坑里，那里的温度会升高，嗨，要是你能在那块地下放一个温度计，搞清垃圾分解并转变为堆肥散发的热量，就会发现温度可高了，好家伙，特别高，有时候超过三十八度，我刨开过垃圾堆，看见蒸汽像云一样升腾，能感受到它的热力，就像是身处豪华的浴室，所谓的蒸汽浴室。热啊，老天，真热啊。

这回你想想，所有那些热量，所有化学品和动物尸体之类的东西，混乱地堆起来，被自然拒绝的东西莫名其妙地混合在一起，真的不同寻常。话说那些逐渐形成的热量……你琢磨琢磨。

我给你讲一件没跟别人提过的事儿，我几年前的一个经历。

有天晚上，我和一个绰号“珍珠”的朋友——我们那样叫他是因为，他有你见过的最白的牙齿，那些该死的东西看上去非常尖利，特别白……你瞧瞧，我说到哪儿了？哦，对，对了，我和珍珠，话说有天晚上我们在这儿闲坐，吹着晚风，共饮一瓶酒，你懂的。珍珠以前时不时来看我，我们俩总是共饮一瓶酒。他以前是个合法的资深流浪汉，逃票乘火车走遍全国。老天，我估计他至少有七十岁，可他的样子仿佛年轻二十岁。

他过来时，我们聊天，闲坐，抱怨，抽手卷的阿尔伯特亲王烟丝。我们有过愉快的笑声，真的，有时候我会想念老珍珠。

所以那个晚上我们把酒喝得一干二净，珍珠正给我讲他在得州那回，跟一个妆容夸张的廉价妓女一起搭乘货车车厢，正聊到精彩的部分，他一句话没说完就停住了，然后说：“你听见没有？”

我说：“我啥都没听见啊，继续讲你的故事吧。”

他点点头继续讲，我笑起来，他也笑起来。他笑起自己的故事和笑话比我见过的任何人都厉害。

过了一会儿，珍珠起身，离开篝火去撒尿，你明白那种情况。他很快回来，一边拉拉链，一边甩开僵硬的老腿拼命疾走。

“那边有什么东西。”他说。

“当然了，”我说，“犰狳、浣熊、负鼠，也许是一只流浪狗。”

“不，”他说，“别的东西。”

“嗨呀。”

“我走南闯北，小子，”他说——他总是这样叫我小子，因为我比他小二十岁，“都习惯听见野兽走动的声音了，我觉得听起来一点儿不像负鼠或流浪狗，而是更大的家伙。”

我正要说他满嘴跑火车，你知道吗——然后我也听见了声音。还有一股臭气，你根本不会相信能飘到这里，就好像坟墓被打开，腐败的尸体爬满蛆虫，散发出泥土和死亡的气息，再加上半瓶烈酒下肚，臭味强烈得让我有点恶心。

珍珠说：“你听见没有？”

我听见了，一个沉重的家伙踩着外边的垃圾，发出咔嚓咔嚓的声音，离这里越来越近，就好像它惧怕篝火，你知道吧。

我紧张起来，到窝棚里取出我的双筒猎枪，等我出来时，珍珠已经从腰包里掏出一把有年头的小型点三二口径柯尔特手枪，又从篝火里拿出一根柴火，朝黑暗中走去。

“等一下。”我叫他。

“你就别动了，小子，我会搞定。不管是什么东西，我保证给它身上开个洞，也许是六个。”

于是我留在后边等待，风吹起来，那股难闻的臭气又飘过来，这一次非常强烈，让我把喝下的酒都吐了出来。然后，我正弯腰往地上呕吐时，突然听见黑暗中传来一声枪响，然后又是一声，又一声。

我站起来开始呼喊珍珠。

“待在原地别他妈动，”他喊道，“我正往回走。”又开一枪，然后珍珠好似一下子从黑暗走进篝火的光亮中。

“那是什么，珍珠？”我说，“是什么？”

珍珠的脸跟他的牙一样煞白，他摇着头说：“从没见过那种东西……听着，小子，我们得他妈赶紧离开这里，那个鬼东西它……”他朝火光照不到的暗处看去，话音渐渐变弱。

“得了吧，珍珠。那是什么？”

“跟你说我不知道，用火把我看不太清楚，而且很快就熄灭了。我听见它在那边喳喳走动，就在远处大垃圾堆旁边。”

我点点头，那是我早先用泥土一起堆的。我本打算下次铲垃圾时翻开泥土，往里边兑点新垃圾。

“它……它就来自那堆垃圾，”珍珠说，“它扭来扭去，像一只灰色大肉虫子，不过……它浑身是腿，毛茸茸的腿。而且那具身躯……就跟果冻似的。旧家具、围栏铁丝，以及各式各样的废物从它身上支出来，就好像那些破烂属于它的身体，跟乌龟后背的甲壳和美洲狮脸上的须子一样自然。它有一张嘴，一张巨嘴，有火车隧道那么大，牙齿就像……可是就在那时，火把熄灭了，我开了几枪，它还在往那座垃圾堆外爬，夜色太黑，我没法留在那儿——”

他还没说完，这时臭味更加强烈，浓厚得仿佛一道砖墙。

“它朝驻地这儿过来了。”我说。

“肯定是来自那堆垃圾，”珍珠说，“诞生于发酵产生的热量和黏稠物质。”

“或者来自地心。”我说。不过我认为珍珠的说法更接近事实一些。

珍珠给左轮手枪补充了几发子弹。“我只有这些子弹了。”他说。

“我想看着它吃枪子。”我说。

然后我们都听到一个声音，非常响亮地踩着垃圾堆走过来，仿佛它们都是花生壳一样。然后，一切陷入沉寂。

珍珠从双筒猎枪往窝棚后退了几步，我把双筒猎枪对准了黑暗。

沉寂持续了一会儿，好家伙，你连眨眼睛的声音都能听见。不过我没有眨眼，而是一直提防着那只野兽。

然后我听见它的声音——只不过来自我的身后！我转身后刚好及时看见一条毛茸茸的触手从窝棚后边蠕动过来，抓住了老珍珠。他尖叫着把手中的枪掉落在地上。一颗脑袋从黑暗中显露出来，巨型肉虫子一样的脑袋上长着细长的眼睛，嘴大得足以吞下一个人。而且它居然真的吞下了珍珠，两口就下肚，除了牙齿上挂了点碎肉，什么都没剩。

我朝它开了一枪，然后掰开枪管，再次装弹。趁这机会，它溜掉了。我能听见它在黑暗中磕磕绊绊地离开。

我取来推土机的钥匙，踮着脚尖绕到窝棚后方，它没有从黑暗中扑向我。我启动推土机，点亮探照灯，出发去追它。

没过多久我就找到了它，它正像蛇一样在垃圾场穿行，使尽力气快速蠕动回转——但那时候也不是很快。它的腹部鼓起一个包，未消化物造成的凸起……可怜的老珍珠！

我把它撞倒，顶在垃圾场远端的锁链围栏上，用车上的铲斗在围栏上碾压它，然后，正准备加大油门压断它的脑袋时，我改变了主意。

它的脑袋在铲斗上方伸出来，那些狭长的眼睛看着我……肉虫子一样的脸盘埋着一只小狗的脸。这附近有不少狗，其实那一只现在还活着。狗脑袋还跟我第一次看见时一样，深陷在那里，不过它还在动，还在肉虫脑袋的中间扭动。

我冒险从那家伙身上往后倒铲车，然后我下车，站住不动，用手电筒照它。

珍珠还没有从那家伙身上冒出来，我不知道该怎么形容，他似乎正从果冻一样的皮囊中浮现出来。等他的脸和身子露出一半的时候，他便悬在那里，不再动弹。然后我有所发现，这个家伙不仅诞生于垃圾和热量——还以垃圾为生，无论什么成为它的食物，最后都会变成它身体的一部分，那只小狗和老珍珠就已经是它的一部分了。

不要因此误会我。珍珠什么都不清楚，他虽然以某种形式活着，扭曲移动，可是跟那只小狗一样，他不再思考，只是那个家伙身上的一根头发，跟支出来的旧家具和铁丝之类的东西没什么区别。

这只怪兽——说实话，也不是很难驯服。我叫它奥托，它一点儿都不惹麻烦，不过我叫它的时候变得不爱回来，可那是因为在你来之前，我没什么东西奖励它。以前我得帮它在垃圾堆里翻找死尸……坐下！我可拿着珍珠的点三二口径的手枪呢，你要动一动我就开枪。

噢，这回奥托来了。

论变身狼人在战争中的用途

✖ 马尔科 · 克鲁斯

禁止使用狼人作为战斗人员。如果被敌人俘虏，这些人无权被作为战俘对待，也不应被赋予战俘的权利。

——《布达佩斯协定》第一节第二条（美国未签署）

“狼来了。”

这句话说得轻松，但带着脾气。它来自房间后面，那里有一群空降兵正埋头吃他们的牛肉和面条。我们还没到取饭的队伍，但现在人们转过头，食堂里喧闹的谈话声也变得简洁起来。尽管很少有人敢于公开地盯着我们看，但是现在我们成了关注的焦点。

在我旁边，索比斯基中士正用盘子装满两层高的食物：牛肉和意大利面、土豆泥、沙拉、面包、四块馅饼。我宁愿在我们的活动房里吃一份冷的野战快餐，也不愿在嘀嘀咕咕的侮辱声和撇过来的零碎食物中用力咽下食堂的餐饮。可是尽管如此，我还是照着索比斯基的样子盛了很多。

“你们不能坐这儿。”当我们把托盘放在餐桌上时，魁梧的军士长说。

“我没有看到任何‘预定’的标志，军士长。”我说。索比斯基中士抓起他的叉子，开始吃东西，毫不在乎十几双充满敌意的眼睛都盯着我们。

“我说你们不能坐这儿。”军士长再次说道。索比斯基甚至没有从他的食物上抬头，他比房间里个头最大的常规陆军士兵高半个头，陆军作战服上衣的袖子整齐地挽起，他露出来的手臂跟我的大腿一样粗。

正常情况下，我会让步，拿起我的食物，在基地里找一个安静的角落，心平气和地吃。但我们刚从狭窄嘈杂的直升机上下来，我已经六个小时没有吃东西了，我那造反的胃部让我很烦躁。于是我用叉子扎起一块牛肉，塞进嘴里，开始慢慢咀嚼，同时盯着军士长看。当看到他下巴上的肌肉因压抑的愤怒而扭曲时，我几乎笑起来。

“你的名字和军衔，士兵？”他问道，明确强调最后一个词，“你制服不合格。”

“我是德克中士。这位是索比斯基中士。着装规定并不适用于战区的第 300 连人员。”

我们的制服都处理过：没有名牌，没有军衔，没有单位徽章。就连我们的西方盟友一想到外国军队的狼人出现在他们的土地上也会感到不安。在中东地区，狼人会被判死罪，当地人看到士兵袖子上挂着第 300 特种作战连的单位徽章，会被彻底惹怒 —— 这是陆军第一支也是唯一一支全狼人独立部队。

军士长看着我们，还在咬牙切齿。然后他摇了摇头。“该死的狗兵，”他说，“他们让你们这些人穿上制服的时候，军队就开始变成狗屎了。你们就不是自然人。”

尽管愤怒在胸中涌动，我还是笑了笑。“我比你更自然。我可以在黑暗中看得见，听到草丛的生长，追踪气味走二十英里，所有这些都不需要电池。你们的屁股坐在臭烘烘的悍马车里，晚上没有手电筒和导航，你们就跟瞎子一样。这他妈多自然啊？”

在我旁边，索比斯基放下了他的叉子，清了清嗓子。“没有不敬的意思，军士长，但假如你再当面叫我们‘狗兵’，我就把你的胳膊扯下来，用它揍你。现在闭嘴吧，让我们安静地吃饭，因为我们等会要进行简易爆炸装置巡查，长官。”

椅子腿在光秃秃的水泥地面上发出摩擦声，军士长和餐桌上的所有其他常规陆军士兵都站了起来，眼中充满了杀气。魁梧的军士长将双手握成拳头，开始向我们走来。还没等他走上两步，索比斯基就发出一声咆哮。这是一个低沉刺耳的叫声，如此深邃而震撼，以至于我盘子里的银器都在颤动。整个房间立刻陷入沉寂。

索比斯基拿起杯子，喝光汽水。吸管发出刺耳的咕噜声，在房间里显得非常响亮。他看着十几名愤怒的士兵在我们面前停下脚步，脸上一点都不担忧。

军士长仍然紧握着拳头，但从他的毛孔中突然散发的恐惧气息告诉我，他很高兴中间有桌子隔着。他又瞪了我们一会儿，然后从桌上抄起餐盘，一言不发地离去。其他士兵一个接一个地跟着他走开。最后一个离开餐桌的人咳出一口痰，吐在我们脚边的地板上。他们头也不回地走出了食堂，大家愣了一会儿之后，房间里的交谈又恢复如常。

“大约三分钟后他会和基地的宪兵一起回来。”我说。

索比斯基中士耸耸肩。

“求你们了，让我今晚睡牢房，派别人去巡逻吧。倒不是说他真会采取行动。”他朝我的盘子点点头，上面的食物基本没动，“不过要是我，就抓紧时间吃点儿。以防万一。”

黎明时分，我为一个班的常规陆军巡逻开路。短暂的清晨是介于寒冷刺骨的夜晚和炎热无情的白天之间可以容忍的一个时段。

我们在附近村庄的主干道上艰难前行，搜寻简易爆炸装置并赶走当地叛乱分子。房屋都是用石头胡乱堆砌，没有用砂浆固定。今天早上街头有几位村民，有些回应了我的问候，但大多数假装我不存在。对于这样一个小山村来说，有太多的年轻人在周围转悠。

高爆炸药有一种特殊的气味，即使隔着一层土和旧炮弹生锈的金属壳也能闻得到。新挖的土有另一种不同的气味。它们共同构成了一个嗅觉标记，就像在伏击点上方挂了十英尺长的霓虹灯一样清晰和明显。即使在一百码之外，我也能闻到死亡的气息，它就在通往村外的路边，披着精妙的伪装等待我们。

“注意，”我对着无线电说，“一点钟方向，右手边最后一栋房子以外七十码。在涵洞边的石堆下面，有两枚六英寸炮弹制作的炸弹。”

“厉害，”班长说，“我们做好掩护，呼叫排爆人员。”

当远处传来枪声时，我就嗅到了新的危险。子弹击中了我的臀部，就在我防弹背心的边缘下方。我做了一个不算优雅的小半转身，一屁股坐在地上。在我身后，步兵纷纷隐蔽。班里的医生开始向我靠近，但我挥手告诉他不用。伤口已经自行愈合，尽管它疼得就像有人用烧红的火棍刺穿了我，但我清楚，回到基地时，甚至不会留下疤痕。

狙击手再次开火，子弹在我的脚前掀起灰尘和碎石。这一次，我看到了步枪枪口的闪光。

“路左侧，一百五十码。屋顶坍塌的小羊圈。他就在左下方的角落里。”

在步兵班的悍马车上操作五十口径机枪的士兵开火了。重机枪缓慢但震耳欲聋的断续枪声，淹没了我身后其他士兵用步枪还击的声音。

每当受到攻击，我都感到有一种几乎不可抗拒的冲动，就是撕下战争的所有文明外衣，变成更加强大的形态。在另一种形态下，我可以比狙击手校正瞄准的速度更快，而且跟无能的两腿形态相比，我嗅到伏击点的能力要好上百倍。但我受到约束，所以得服从命令，保持人类的形态。

每次发生这种情况，我都恨自己——不是因为服从命令，而是因为自愿接受约束。

战斗结束时，小羊圈已变成一片坑坑洼洼的废墟。当步兵进入时，那里除了三个空弹壳和泥土上的一些血迹外，什么也没有。

班长看着我在羊圈周围走来走去，获取这个地方的气味。

“两个人，”我说，“狙击手和观测员，狙击手受伤。他们从后面离开，进了山里。我闻到了他们的气味，所以如果他们是本地人，我能识别他们。”

“他们肯定是本地人。”班长说。

常规军并不热衷于只用一个班的力量冲进土著领地去追捕狙击手，我也不怪他们。因此，我们用无线电报告了交火情况，建立防御，等待排爆小组来拆除埋在路边的炸弹。两人受伤，大量的弹药化作了噪声和灰尘，在一天结束时，我们又回到了出发地点，士兵和叛乱分子都一样。随着我们时间的流逝，战争亦是如此。

“三周，”索比斯基在晚餐时说，“把第300连全调过来，让我们摆脱束缚，我们将在三周内拿下这些大山。”

“那不可能，”我说，“你知道规定，不准在战斗中使用狼人。”

“我们从未签署那份协议。”

“没错，我们没签，但这是强加给你的政治，不想惹恼盟友。”

“去他妈的盟友，”索比斯基说，“如果你只把我们当作有腿的炸弹探测器，那要我们有什么意义？天大的浪费，这就好比让海豹突击队员当游泳池的救生员。”

我对着烤面包上的碎牛肉笑了笑。索比斯基看看我，又看看食堂的窗外。外面的太阳正在我们西边的山后落下。

“你想想看。我们整个连队，将近两百人，晚上出去把那些混蛋从他们的洞穴里挖出来。留下一堆人头让他们同伙发现，就像他们杀戮我们的人一样。按我说的，三周搞定。”

不能说我以前没有过同样的想法。但我又想到，如果网络上有肢解尸体的镜头先曝光，那我们回去会受到怎样的待遇，如果全世界的人都明白狼人大规模集结起来去猎杀人类时会发生什么，我们会受到怎样的处理。

但我没有对索比斯基说出这些想法。相反，我用表示赞同的点头回应他的笑容，然后吃完了晚餐。索比斯基不是那种会花很多时间考虑后果的人。

这座前方作战基地有一个观察哨。它坐落在半英里外的一个山顶上。每周都有一个不同的班到那里轮换。现在基地里有两个狼人，指挥部决定派我们中的一个随班组上山执勤。我和索比斯基抽签决定第一周谁去，而他抽到了短的那根。

“这座山谷有些不对劲儿，”我一边帮他收拾装备，一边对他说，“气味不对，周末之前我们会遇上麻烦。在那儿小心着点儿。”

“该死，我没什么好担心的，”索比斯基说着系紧防弹衣的带子，“出差错的话，我就扔掉全部装备，融入自然。”

“尽量不要得罪任何常规军人，你总得睡觉吧。”

“他们也一样，”索比斯基说，“这只是一个班。他们要是有点儿脑子，都会尽力别把我惹火。”

我帮他看管剩下的装备，看他大摇大摆地走向外面等待的悍马车，像拎洗漱包一样拎着他那一百磅重的背包。

观察哨就在基地的视线范围内，但悍马车要花半个小时才能爬上那座山上蜿蜒曲折、陡峭狭窄的土路。如果观察哨出了什么大麻烦，这里也是远水解不了近渴，因为我们没有人能够及时赶到那里帮忙。

这支队伍驾车离开，后面的尘土高高扬起。我现在是基地里唯一的狼人，只是勉强让人接受，而且只是因为我的嗅觉和在黑暗中预警的能力。

他们在招募手册上没有提到这些，不过他们也没有必要说明。我一直都知道自己将陷入什么样的麻烦，但还是签了合同，并希望情况会随时间慢慢改变。然而情况没有改变——外面的山上没有，我们战友的脑子里也没有。

晚上没有月亮。午夜刚过，我们就出发巡逻，整整一个排的人都是徒步。我的战友们穿着笨重的盔甲，脸上戴着双目夜视镜，看起来几乎没了人形。我轻装上阵——没带步枪，因为我不被允许参战；也没带夜视仪，因为我不需要它。像往常一样，我走在队伍的最前面，因为我想在麻烦来临时最先嗅到它的气息，还因为我比常规步兵更不容易战死。

叛乱分子今晚没出来找麻烦。我只闻到周围村庄暂时停止的生活，人们隔着古老的石墙和弯曲的木门，在各自的房子里睡觉，灰烬重重的炉灶里是闷燃的火。不过，今晚的空气中还有一种新的气味。我感受到一种模糊不安的威胁，但又不能完全确定。这个地方闻起来比以前更荒凉，莫名地也更加危险。

我们正走在村子和基地之间的道路上，这时自动武器在远处噼里啪啦地打响。出于习惯，我们都进入了隐蔽位置，可枪声并不是从附近传来的，而是从东边的山顶上滚落，观察哨就在那座山上。

我身后传来紧急无线电通话。我眺望观察哨，枪口的火光照亮了山顶，所以只能远远看到。枪声听起来有些奇怪。我能听出 M4 卡宾枪嗒嗒嗒的三连发，但没有听到叛乱分子使用 AK-47 时更沉重嘈杂的声音，也没有听到弹带式机枪节奏缓慢的轰鸣。似乎那座山顶上的每名士兵都在用卡宾枪开火，但没有人还击。

“观察哨没有回答，”中尉说，“我们重新部署，回到十字路口，然后上山，急行军。注意侧翼，各位。”

索比斯基和我有各自的无线电，独立于其他网络。我试着用无线电呼叫他，但是他没有回答。无论上面发生了什么，他都在忙着战斗，无暇顾及无线电的呼叫。

我们跑回十字路口时，远处山上的枪战愈演愈烈。然而，我只听到我们自己的步枪声。然后我的无线电里传来了静电嘈杂的实时战斗声，人们的喊叫声和枪支的开火声此起彼伏。还有一声尖厉而愤怒的号叫——是索比斯基的声音，但我从未听过这种音调——然后信号被切断了。

接着，一声明确无疑的狼嚎从半英里外的山顶响彻夜空，响亮、狂野、耀武扬威。

“你的同伴到底在干什么？”排长在无线电中对我大吼。

“那不是索比斯基，”我用突然显得笨拙的手指按下了通话按钮说，“全排不要动，不要上去。”

“我们有一个班在上面，混蛋，”排长说，“我们会去，如果你的伙伴对他们发狂，我会亲自对准他两眼之间开枪。”

山顶现在安静下来，在短促而激烈的自动武器开火之后，显得过于安静。

“我去，”我说，“如果变身，我只用你们所有人所需时间的四分之一，就能跑上那座山。”

我意已决，不管中尉说什么我都要去。当他回复时，我已经脱掉了防弹衣，解开了大腿上的枪套。

“好吧，中士。去吧。但我们会开枪射击所有下山的四条腿的东西，你明白吗？”

“那么做没错，”我回答，“其实，假如我在五分钟内没回来，就往那座山上呼叫近距离的空中支援，让他们把山炸平。”

我四肢并用，以最快的速度冲上山头。夜晚的空气中弥漫着火药和恐惧的气息，还有新鲜血液的浓重金属味。我在村子里注意到的新气味在这里也有，此刻我以更强大的形式出现在这里，所以闻到的气味强烈得多。它是野性而刺鼻的气味，熟悉得令人不安，同时又完全陌生。我明白自己在山顶上会发现什么。

观察哨变成了一座屠宰场。在黑暗中，我能闻到血腥味布满沙袋和防弹屏障搭建的小型掩体墙壁上。观察哨里到处都是死人——掩体的地面、主要射击位置，还有的倒在隐蔽位置之间的地面上。空弹壳散落各处，尚有余温，散发着刚刚燃烧的火药味。打斗搅乱了尸体周围的泥土，士兵尸体之间的地上有几个煎锅大小的爪印。

我在重武器位下边的掩体里找到了索比斯基。他靠墙坐得笔直，下巴搭在胸前，似乎只是在短暂休憩。掩体里没有一件完好的装备。我知道索比斯基即使在人形状态下也能对付任何三四个人，可无论在这里与他战斗的人是谁，都比他更强更快。我无须检查他的脉搏就知道他已经死了，他的防弹衣被解开了一半，腰带也被打开了。当他们被偷袭时，他试图脱掉衣服和装备，以便用同样的战斗力迎敌，可他没有时间，然后只能徒手交战。

杀害他的人已经离开山顶，但他留下了我睡着都能追踪的气味痕迹。我想撕开黑暗，找到他，把他扯成碎片，但有一个排的人在山脚下等待，我不想让他们没有任何预警就撞进大屠杀的现场。

返回山下时，我裸露着身体，以人类的形态靠双足行走，留意着瞄准我的三十支步枪和机枪。

“十一人阵亡，”我告诉中尉，“不需要麻烦医护人员了，也不用上去，除非你随后一段时间不想再睡个好觉。”

“你的伙伴呢？”

“索比斯基死了，”我说，“从现场看，它先杀了索比斯基。”

“该死的‘它’是什么？”他问道。不过我从他身上散发出的恐惧气息可以看出，他已经知道了答案。

“让士兵们离开这座山，回到羊圈那儿，”我说，“待在空地上，看到任何有毛的东西就开枪。召集快速反应部队。把我的衣服留在这里，随后我还需要。”

中尉咬牙切齿地看了我一会儿，然后瞥了一眼我身后的黑暗，他浑身散发的恐惧愈加强烈。

“你要去哪儿？”

“我要去追那个混蛋。”

黑暗中，远在观察哨之外的地方，又传来了一声号叫，这次是一声长长的哀歌。

中尉把他的卡宾枪握得更紧，伸手拿下无线电。“去吧，”他说，“祝你好运。你去追踪的话，不要离这些家伙们太近。我们看到黑暗中有东西在动，就会朝它射击。”

“瞄准头部，留出补偿移动的裕量。”我对他说。

我又在观察哨找到踪迹。变身之前，我跪在索比斯基面前，用我的额头碰触他的额头，然后说了再见。不久之后，索比斯基就会被装进尸袋，然后被装进锌制棺材。当他们把他埋进宾夕法尼亚州老家的地下时，我不会出现在那里。

杀死他的狼人在打斗时撕掉了他脖子上的狗牌和链子。我通过气味在六英尺远泥土中又找回来。我拿起那两个陆军标牌，把它们放在索比斯基的大腿上，留给伤亡统计人员带走。那条链子上还有一个标签，是我们在家乡的平民世界都必须佩戴的注册狼人五边形铜牌。我拿下这个标签，把它挂在自己佩戴的链子上，它和另一个类似的标签挨在了一起。

我没有合适的话跟他诀别，所以我向第 300 特种作战连（狼）的贾里德 · 索比斯基中士敬了最后一个礼，才到外面变作狼人。然后我跑进黑暗中，去追踪杀害他的凶手。

气味痕迹在十五英里外就变淡了。我随着另一个狼人的气味在崎岖的地形上走了半个小时，最后来到一座崎岖的河床底部，山间小溪的冷水从这里流过。我沿着小溪走了一会儿，每隔几百米就在两岸的灌木丛中寻找新的痕迹，但气味已经完全消失。我在这片区域的山坡和沟壑中搜寻，直到清晨的第一缕阳光将东方的地平线染成血红色，然而这里除了我之外没有别人。

当我回到放衣服的地点时，天色近乎大亮，山上到处都是快速反应部队的士兵。我取回自己的东西，穿上衣服，搭上一辆路过的悍马车回到基地，浑身筋疲力尽，无能的狂怒让我感到难受。

随着时间的推移，我向一条指挥链的军官汇报情况，他们的级别不断提高。我重复着不变的描述，直到我们都对彼此彻底厌烦。一天结束时，另一个狼人仍然在外面，索比斯基还是死人一个，躺在黑鹰直升机地板上的密封尸袋里，返回巴格拉姆。等我回到我们共用的活动房时，他所有的个人装备都不见了，而且屋里有消毒剂的气味。

傍晚时分，上尉来到我的活动房里。

“我们要去村子里和部落的长老们进行每周一轮的空头谈判，”他说，“我想让你跟着去站岗，以防万一。”

我从铺位上下来，拿起自己的装备。过了一会儿，我想起了索比斯基，他的防弹衣解开了一半，死在观察哨里。我把我的防弹衣留在了床边。

“我想一同参会。”我告诉上尉。

“不行，”他说，“他们发现我带狼人会很反感，甚至再也不会看我们一眼。我不喜欢国务院找我的碴。”

“他们自己就有狼人在外面游荡，”我说，“他们一定知道是谁。直截了当地问他们，我能闻出他们是否在撒谎。”

上尉考虑了一下我的请求，然后撇起嘴，简略地点点头，“好吧，但你要戴上墨镜。假如他们带上了那个混蛋，我希望你先斩后奏。经过昨晚，我不会再冒险了。”

我们坐在村里长老家尘土飞扬的地板上，一个勉强大过我家客厅的房间里装了二十个人，热得让人难受。我可以闻到周围的紧张和烦躁，但几乎没有注意到上尉和村长老之间的激烈对话。此刻，我的眼里只有坐在房间一角的老人，他正不动声色地喝茶。我戴着太阳镜，他看不见我的眼睛，但我清楚他感受到了我的注意，因为进入房间的那一刻，我们都闻到了对方的存在。角落里的那个老人正是昨晚的狼人，就是他杀了我们十几个人。

我知道他注意到我，明白我了解他的身份。他一定清楚地闻出我是狼人，就像我也能清楚地闻出他。我还知道，他的同伴们都蒙在鼓里。他们对上尉的指责发自肺腑地提出抗议。我闻不到任何欺诈的气味。他们不知情。

我现在就可以揭发他——揭发给我的战友，他们会因为害怕而当场射杀他，或者揭发给他的同乡，让他死得更迟缓、更难受。就我自己而言，我只是一个自然界的怪胎，一个令人不安的异类，被勉强赋予人类的地位。在这些人眼里，在世界上的这个地方，那个在角落里喝茶的老人是个可恶的东西，是对神灵活生生的亵渎。我想让他为自己的罪行而死，但不是以前边说过的方式。

我伴着房间里激烈的辩论观察那个老人。他一直在喝茶，避开了我的目光。

然后，在会议结束时，老人抬起头，眼睛与我对视了一会儿。它们不是黄色的，不同于我所认识的其他狼人的眼睛。相反，他的眼睛是乳白色，像蛋白石一样。

他朝我点点头，几乎难以察觉。

我也微微点头回应，然后移开了目光。

我们刚刚不用交谈就达成了一致。我们将以自己的方式，在放逐者内部解决这个问题。

“有什么收获吗？”我们从房间鱼贯而出，再次来到热不可耐和尘土飞扬的街道时，队长问道。

“他们一无所知。”我回答说。这种口是心非的隐瞒并没有让我感到困扰。

傍晚时分，我在基地周边找到一个安静的地方。然后我脱下衣服，把它们放在一堆。我从脖子上取下狗牌，把它们放在衣服上面。然后我化身狼人。

明天，我将再次接受束缚。今晚，我不是任何人的狗兵。

他在河床等我，离最近的村庄或哨所有几英里远。

我们用尖牙和利爪搏斗，而不是用枪。他尽管上了年纪，但很强壮，速度也很快，不过全凭野性的本能。我已经跟同类训练和战斗多年，不同于索比斯基，我没有身上的累赘。我们在一阵搏斗中都流了血，不过他流得更多。可他没有屈服，即使被我掐住喉咙，即使明白自己无力回天。

他光荣地牺牲，这样总好过被子弹射杀或被埋在阿富汗多石的土壤中被砸死。虽然是为索比斯基报仇，但杀戮并没有给我快意恩仇的感觉。

结束之后，我在附近冰冷的溪水中洗去血迹。然后我回到对手一动不动的尸体旁，变回人形，并用我的额头碰触他的额头。

我没带工具，而且不管用手还是用爪子，这里的土壤都不好挖，所以我从岸边捡来一堆石头，把老人埋在了下边。尽管他是狼人，可我不知道他是不是信徒，不过我根据星星判断正确的方向，将坟墓朝向了麦加。

当我变回野性的自己，准备跑回去的时候，我最后看了一眼四周，这里对老狼人来说似乎是个合适的归宿。这片土地冷酷荒芜，而且有种朴素的美感。天空晴朗无云，月亮给附近的溪流画上了银色的条纹。在黑夜的笼罩下，在无数星星的映照下，这里比我见过的任何大教堂都要美丽。

我抬起头，用一声号叫哀悼我死去的同胞。声音在我周围坚硬而古老的山脉中回荡，化作一支远去的安魂曲。

回到基地时，我的衣服还留在原处。现在是夜晚时间，黑暗还没怎么开始消散，早晨只是山峰上方的一抹深蓝。

我正要变回人形时，附近一间活动营房的门打开了，一名士兵踏入深夜凉爽的空气中。他清了清嗓子，朝沙地上吐了一口痰。然后他转身走向营房的角落，打开拉链解手，他懒得去营房尽头的移动厕所。即使在五十码之外，他的气味也清晰可辨。他是在食堂帐篷里跟我们发生冲突的军士长。

我悄悄接近正在小便的军士长，快到他身后时，我从胸腔深处发出一声轻柔的吼叫。军士长吓了一跳，就好像我用赶牛棒电了他一样。他嘶吼着转过身时，我已经离开，躲进了营房之间的阴影里。我心满意足地闻到，军士长尿在了自己前面的裤子上。

早餐后我去找上尉，告诉他我昨晚做了什么。他催促了我两个小时，让我告诉他把老狼人埋在了哪里，但我没有让步。他只需要知道，对他部队的威胁已经不复存在。我不希望他们挖出尸体，拖走后又戳又砍。

“这对你的事业没有任何帮助，”上尉在受够了我之后终于说，“下一架黑鹰直升机一到，我就把你送回去。让你们自己人去对付你吧，我不想在这座前方作战基地再看到你。”

午饭时，我已坐上直升机返回巴格拉姆。

我们飞得很高，在机枪和火箭筒的射程之外。黑鹰直升机的舱门开着，下面的景色滚滚而过，小村庄紧贴着山坡和山谷，是历史洪流留下的古老沉积。我俯视着那些遥远的人类岛屿，想知道其中哪些有昨晚被我埋葬的那种狼人守护。

我把个人文件放进小包，装到腿部的口袋里。我还有两个月服役期满，最近一直随身带着延长服役的表格，已经有一段时间。我从包里拿出表格查看，它在我手中随着机舱内的气流猛烈飘动，就像一只活物在努力从我手中挣脱。

我把表格撕成两半，叠在一起，不断撕扯，最后只剩下一把破烂的碎纸屑。然后我张开双手，任它们飞走。气流把纸屑刮出直升机，它们飘散开，随着夏季的热风飞舞。

援手

克劳汀·格里格斯

亚历山卓·斯蒂芬斯明白自己会在太空的寒冷中缓缓死去。她飘浮在太空舱外十五米远的地方，那是一艘可以运行在地球高低轨道的单座往返维护飞船。

单人飞行器的制造费用带来了各种经济优势，特别是考虑到卫星或轨道平台合同可怜的利润率。返回式月球飞船需要二到六名机组成员，然而出于市场的考虑，更小的运输飞船成了近地任务的唯一可行方案。亚历山卓的飞船持久耐用，由一名老派的航空机械师格伦·迈克尔斯维护，亚历山卓把他当作兄长来信任，不过也经常一边喝啤酒并争论新兴技术，一边反复检查他的工作。他们都明白飞船意味着一切，假如故障越来越严重，飞行员遇到的麻烦可就不只是不方便那么简单了。

不过飞行员偶尔的牺牲没有阻止企业诉讼，跟数字打交道的律师和精算师证明太空骑手公司可以每十八个月损失一架航天飞机和一名飞行员，但是仍能实现盈利——包括重置成本、死亡抚恤和责任赔偿。他们仍然认真对待安全问题，实际的二十年平均损耗率是每三十二点三个月损失一名员工，其中包括去年静海基地附近的雄鹰纪念碑施工现场坠毁的三人机组成员。但公司官员更重视底线。

亚历山卓明白自己签署的飞行合同有什么样的危险，即使收入减半，风险翻倍，她也会加入。亚历克斯[1]从八岁起就梦想成为一名商业飞行员，她已经在太空骑手公司干了七年半，众所周知她是最为聪明和敏捷的在职飞行技术人员之一——曾两次拒绝管理职位，继续从事实际驾驶工作。

“即使在太空里，”她曾表示，“坐办公室也不是我喜欢的工作。”

1　亚历克斯（Alex）是亚历山卓（Alexandria）的昵称。——译注

她仿佛是马背上的约翰·韦恩，在卫星、太空望远镜、轨道激光器之间穿梭。每次下班，她都准确地知道自己飞行了多远，仿佛牛仔清楚自己赶了多少家畜。她喜欢这份工作，然而此刻她就要死去。她的血肉之躯已经成为自己的航天飞船和一颗同步卫星之间的流星。她花了整整七十一分钟为那颗同步卫星安装新的电路板，让它恢复了正常运行。

太空服的生命维持系统还能用四十五分钟。跟赶往泰坦尼克号的救生船卡帕西亚号一样，希伯特号救生船根本来不及赶来，只会承担找回尸体的任务。

亚历山卓的运行很稳定，她以大约一分钟一圈的速度前后转动，同时以可以忽略不计的速度接近航天飞船，方向略有偏离。不过即使方向正确，她也会在到达飞船之前用光空气。氧气用尽之后，加热单元会关闭，她的身体会在零下二百四十度的地球阴影中很快冻硬。她能看见自己飞船上的灯光、核动力卫星上柔和的光，以及无数的星辰。城市的灯火勾勒出太平洋深邃的广阔。

奇怪的是，光芒虽然不能救她，但是能给她带来安慰。她需要动力背包提供的推进力，可是一颗豌豆大小的流星体撞坏了这件本来绝对可靠且具有多重防护装置的设备，而且还打断了她向前飞行的状态，让她旋转起来，导致她无法回到本该向基地返航的生命舱。结果亚历山卓失去了宇航员的身份，不再是价值八十三万五千美元的企业投资，成了希伯特号飞船赶到后要清理的轨道垃圾。她的飞船在十五米之外，可是倒不如遥不可及，假如流星体没有击中动力单元，而是正中她的头盔，让她在不知不觉中快速死去，那就算得上仁慈了。

此刻，她没有办法改变自己前进或旋转的运动状态，结果，这一团乱麻中唯一好玩的事就是来回转动。等待生命维持系统关闭的过程中，她至少可以拥有三百六十度的视野。亚历山卓是一个乐观主义者，几乎自信到极点，可她还是一名唯物主义者。现实无法逃避，太空冷酷无情，她没有任何生还的前景。

三十分钟后，亚历山卓还飘浮在宇宙中努力欣赏星空，她发觉自己傻透了，居然让半个小时白白流走，而不是努力抓住生还的可能。她和现实的宇宙是亲密的朋友，这样的朋友不会温和地走进夜晚。

一条宽宽的魔术贴把太空骑手标配的老式手表绑在了她的左腕上。她尽力拽紧拉带，甚至担心它会绷断，不过它可以承受额定七百五十度的温度波动和一千五百磅的拉力。她重新粘住魔术贴，相信绑带可以维持太空服的气压。

然后她毫不犹豫地扭下左手的手套。太空里寒冷的真空环境刺痛她裸露的皮肤，她在太空服内疼得尖叫，但仍然牢牢抓住刚刚卸下的手套。这个由多层纤维和镀铝聚合物组成的厚重组件承载着一切，亚历山卓希望它有足够的质量把自己推向飞船——她已经浪费了三十分钟，像块垃圾一样飘浮在太空中。当然投掷必须又猛又准，然后她若是回到飞船，还必须得用一只手抓住它。

"中场投篮很可能更容易，"她想，"不过我会出手尝试。"

她的手冻硬以后，疼痛停止了。亚历山卓再次打起精神。她等待自己旋转到面对卫星的方向，然后，她一边向艾萨克·牛顿祈祷，一边低手掷出手套，跟她在普林斯顿大学投手丘上对棒球的控制一样，瞄准卫星从身体中间位置出手。假如她抛出的轨迹正确，像一颗速球飞出太空的手套应该用反作用力把她推向飞船。

有好消息，表带似乎保持住太空服里的压力；她大致朝期望的方向转动；身体旋转的速度减慢到每三十秒一圈。坏消息是，飞向飞船的速度还是太慢；她的飞行线路刚好会错过飞船。可是亚历山卓已经不是放弃希望的植物人，她还剩下十一分钟来解决问题。

她分出三分钟来观察和重新计算必要的线路变化，然后，她既不犹豫也不多想，抓起冻僵的左手，把它像冰棒一样掰断，笨拙地从左肩和头顶上方抛出。

亚力山卓的逆时针旋转慢下来，不过此时她开始缓缓地翻跟头，她用了几分钟才确认，自己正朝着漂亮、温暖、氧气充足的圣歌号飞船飘去。仅有的问题是：她会赶在太空服的氧气耗尽前到达吗？她能用一只手和一条冻僵的残肢抓住飞船吗？她在太空服内动作时，腕带能保持住压力吗？

亚历山卓每次旋转都盯住自己的目标，她每分钟都会刨去经过的距离，努力放缓呼吸，计算必须用力够到扶手的时刻。

“圣歌号呼叫骑士妈妈。亚历山卓呼叫骑士妈妈。完毕。”

“你好，圣歌号！什么情况，亚历克斯？我们以为你牺牲了。完毕。”

“嘿，乔治老弟。你以为我就认命啦？取消呼救，告诉医生他得给我安装假肢，我的左手冻成冰坨在轨道上运行呢。完毕。”

乔治喜欢亚历山卓，她在工作中从没损失或损毁过一艘飞船，而且没等大多数机械师找到合适的螺丝刀，她就能拆下一块控制面板。

“此话怎讲？”乔治说，“你跟我们说完蛋了，然后就关闭了通信。你在飞船里吗？完毕。”

“我舒服得很，在我小臂上充起了一条止血带，正要给自己打一针 D 型强效吗啡，如今的太空旅行者都用这种全效止痛镇静抗生素。飞船正在自动返回对接，因为我很快就要进入乐土。不过我期望医生能让我在四周内做好执行任务的准备。要是琼斯老头让我赔偿他这次任务的太空服维修费，那么等我跟他算完账，他会比我的动力背包还难看。完毕。”

“既然提到这事儿，”乔治说，“控制室的伙计们都很难过。你联系基地，告诉我们你要牺牲，然后关闭了通信。这可不怎么合适，亚历克斯，一点都说不过去。完毕。”

“抱歉，乔治。我要是崩溃了，可不想让人听见我痛哭。那样的话我得把你们都杀了，所以还是原谅我吧，等我能端起杯子就请你们喝啤酒。让琼斯奖励手表设计师，我想亲吻他们所有人。通话结束。”

鱼出现的夜晚

♥ 乔·R. 兰斯代尔

天空万里无云，只有一轮灼热的太阳，把这个下午变得如同白骨般刺目。没有一丝风吹过，空气仿佛一团凝胶在微微颤动。

暑热中驶来一辆破旧的黑色普利茅斯汽车，引擎罩里边断断续续喷出白烟。汽车噗噗响了两声，然后发出回火的巨响，抛锚在路边。

司机下车绕到引擎盖旁，他是一个男人，正处在生命的凛冬，头发是枯黄色，屁股上撑着沉重的肚腩。他的衬衫一直敞开到腹部，袖子挽到手肘上方，胸口和手臂上的体毛都已是灰色。

一个年轻的男人从副驾驶座位下车，也绕到车前。黄色的汗渍染污了他腋下的白衬衫。一条扯松的条纹领带仿佛睡眠中死去的宠物蛇挂在他的脖子上。

“怎么样？”年轻人说。

老人没有回答，他掀开引擎罩，一团白色的水蒸气伴着鸣音从散热器喷出，升上天空，变得透明。

“该死。”老人说着踢向普利茅斯汽车的保险杠，仿佛在踢一个死敌的牙齿。这个动作没怎么让他发泄出来，只是把棕色的鞋尖踢出了难看的擦痕，重重地撞痛了脚踝。

“怎么样？”年轻人说。

“什么怎么样？你觉得呢？跟我们这周开罐器的销量一样毫无希望，甚至更难起死回生。散热器上都是窟窿了。”

“也许有人经过会帮我们一把。”

“想得美。”

“至少搭个便车。”

“保持这样的心态吧，大学生。”

“肯定会有人路过。”年轻人说。

“也许有，也许没有。还有谁走这些偏僻的捷径呢？所有人都走主路，不会抄这条不中用的近路。”他说完怒视着年轻人。

“我可没逼你走这条路，”年轻人突然爆发，“地图上标着呢，我只是跟你提起，没说别的。你挑的这条路，决定是你做的，不怪我。另外，谁能想到汽车会抛锚呢？”

“我让你检查散热器里的水，对不对？早在埃尔帕索我就跟你讲过。”

“我检查过了，当时里边有水。你听好，这不赖我。在亚利桑那都是你在开车。”

“好了，好了。”老人好像根本不想听这些，而是转身沿着公路看过去。

目力所及，没有小车，也没有卡车，只有热浪和数英里远的空旷混凝土公路。

他们背靠着汽车，坐在炎热的地面，这样能遮挡一下太阳——但也不是很有效果。他们从车内拿出一壶温暾的水喝，很少说话，就这样一直到了太阳落山，两人的脾气都收敛了一些。热量从沙土上散去，沙漠的凉意已经来袭。令他们烦躁的暑热变成了团结他们的寒意。

老人扣好衬衫，放下衣袖，年轻人也从后座翻出一件运动衫，穿好后又坐下来。“对此我很抱歉。”年轻人突然说。

“不是你的错。谁都没错，有时候我只是需要吼一吼罢了，开罐器销量不行，我得发泄一下，只是不能对着开罐器和我自己发泄。挨家挨户推销的时代结束了，孩子。”

“我还以为这份暑假工作很轻松。”年轻人说。

老人笑道：“我猜也是，他们有一套话术，不是吗？”

“深有同感。”

“说的就好像来捡钱，然而没有意外之财，孩子。这个世界上没有易事，挣钱的从来只有公司，我们只会越来越累、越变越老，鞋上的洞也越来越多。要是我早看明白的话，几年前就辞职了。你只需要撑过这个夏天——”

“也许用不了那么久。”

“好吧，我只懂得这一行，一座城市接一座城市，一间旅馆接一间旅馆，一户人家接一户人家，隔着纱门看他们摇头拒绝，就连肮脏旅馆里的蟑螂看起来都像是你以前见过的小伙伴，似乎它们可能也在住旅馆、搞推销。”

年轻人哈哈一笑：“或许你说得有道理。”

他们沉默不语，安静地靠在一起坐了一会儿。夜幕已经完全笼罩沙漠。一轮硕大的金色月亮挂在天空，数不清的星辰发出远隔万世的白光。

风吹起来，沙土在移动，找到新的位置落脚。缓慢从容的起伏让人联想到午夜之海，曾经乘船横穿大西洋的年轻人就这样形容。

“海？”老人回应。“对，对，一模一样。英雄所见略同，我感到困扰的部分即在于此，也是我下午被惹恼的部分原因，不仅仅是因为炎热，这里有我的回忆，”他朝沙漠点头，“它们再次涌上心头。”

年轻人皱起眉头。“我没理解。”

“你不会理解，也理解不了。你会以为我疯了。”

“在我眼里你已经疯了。所以给我讲讲吧。”

老人笑道：“好吧，但是你可别笑。”

“我不会的。”

两人沉默了一会儿，最后老人说：“今夜有鱼，孩子。今晚是满月，如果没记错的话，就是这片沙漠。感觉没错——我是说，没觉得今晚像是由某种织物组成？跟其他的夜晚不同，仿佛被装在一个黑暗的大口袋里，四周散布星星点点的亮光，顶部开口有一盏亮灯来充当我们的月亮？”

“你把我搞糊涂了。”

老人叹气道："可感觉就是不同，对吗？你也能感受到，不是吗？"

"我有感觉，还以为只是缘于沙漠的空气。我以前从没在沙漠里露营，觉得那会不一样。"

"不一样，好吧。瞧，这是我二十多年前被困的道路。一开始我不知道，至少没觉察出来。可是在内心深处，我肯定始终清楚，自己要走这条路。如同足球评论员说的即时回放，诱人的命运把它呈现在我面前。"

"我还是不明白有鱼的夜晚，你说你以前来过这里，此话怎讲？"

"不是这个确切的地点，而是这一带的某个地方。当时这里的道路甚至还比不上今天，大概只有纳瓦霍人经过。我的车跟今天一样在这里出故障，我没有干等着，而是徒步离开。我行走时，鱼出现了，在星光下游来游去，漂亮极了。鱼多得很，有大有小、有粗有细、五颜六色，都直奔我游来……从我身上穿过！你目力所及，从高空到地面，到处都是鱼。

"打住，孩子。别那样看我，你瞧：你是个大学生，知道在我们之前，在我们爬出海洋、变得可以用人来自我称呼之前，这里都有什么。我们以前不就是黏糊糊的生物，那些游鱼的近亲吗？”

“我想是的，可——”

“这座沙漠在数百万年前曾是海底，甚至可能是人类诞生的地方。谁知道呢？我在一些科普书籍中读到过，结果有了这样的想法：假如曾经活着的人类的灵魂能在房子里出没，那么早已死去的生物的灵魂为什么不能在它们曾经生活的地方出没？为什么不能游荡在幽灵的海洋里？”

“鱼有灵魂？”

“别对我吹毛求疵。听着：北方跟我聊过的一些印第安人提到一种名为曼尼托的神灵，他们相信一切都有自己的曼尼托，岩石，树木，你能想到的一切。即使岩石风化成尘土、树木被伐为木材，曼尼托还存在。”

“那你为什么不能时刻看到那些鱼？”

“我们为什么不能时刻看到鬼魂？为什么我们有些人从来看不见？时机不对，这才是原因。那是个宝贵的时刻，我猜类似某种奇特的定时锁——就像银行里用的那种。银行里的锁打开时才有钱，这里的锁打开时，我们就能看见远古世界里的鱼。”

“好吧，这事可得考虑一下。”年轻人勉强说。

老人朝他一笑。“我不怪你这么想，不过二十年前我就经历过，而且永远忘不了。我看见那些鱼，整整一个小时才消失。紧接着一个纳瓦霍人开着旧皮卡过来，我搭他的车进城，跟他讲了自己的经历。他只是看着我嘟囔了一声，不过我能看出他知道我在说什么，他也看过，极有可能不止一次。

“听说纳瓦霍人出于这样那样的原因不吃鱼，我打赌是沙漠里的鱼让他们产生了禁忌，也许他们觉得鱼儿神圣。为什么不呢？那就如同见证造物主，无忧无虑地在液体里爬来爬去。”

“我说不好，听起来有点……”

“不靠谱？”老人笑道，“的确如此。于是那个纳瓦霍人载我进城，第二天我把车修好，继续上路。那条小路我再也没走过——直到今天，我觉得这不仅仅是偶然，我的潜意识在驱使我，那个夜晚吓坏我了，孩子，承认这点我毫不介意。可是那个夜晚也很壮观，一直萦绕在脑海里，让我挥之不去。”

年轻人不知道该说些什么。

老人看着他笑笑。“我不怪你，”他说，“一点都不怪。也许我是疯了。”

他们又在沙漠的夜晚多坐了一会儿，老人取出假牙，往上面倒了一点温水，洗去咖啡和香烟的余味。

“希望我们不再需要那些水。”年轻人说。

“你说得对。我真蠢！我们睡会儿，天亮前上路。离下一座城镇不远，最多十英里，”他把假牙放回嘴里，“我们不会有事儿的。”

年轻人点点头。

没有鱼出现，他们没有讨论，而是回到了车上。年轻人在前座，老人在后座。他们把换洗衣服垫在身下，阻挡夜晚的寒意。

临近午夜，老人突然醒来，头枕着手看向对面窗外的上方，审视凉爽的沙漠夜空。

一条鱼游过。

它又瘦又长，身上点缀着世上所有的颜色，轻快地摆尾，仿佛是在告别。然后它不见了。

老人坐起来，车外到处都是鱼——大小不一，形形色色。

“嘿，小子，醒醒！”

年轻人抱怨一声。

“醒醒！”

年轻人一直趴在胳膊上，此时翻过身说：“怎么了？要出发？”

“鱼。”

“别再聊了。”

“快看！”

年轻人坐起来，惊掉了下巴。他瞪大眼睛，在汽车周围，有各种各样的鱼在游动，速度越来越快，形成一个个暗色的涡旋。

“这，我……怎么回事？”

“我就说嘛，我就说嘛。”

老人伸手去拉门把手，可是还没等他够到，一条鱼慵懒地游进后车窗，在车内盘旋，一圈、两圈，径直穿过老人的胸膛，一摆尾巴从车顶游出。

老人哈哈一笑，拽开车门，兴奋地蹦跳着绕到路边，跃起拍打幽灵一样的鱼，手从它身上穿过。“好像肥皂泡，”他说，“不对，像烟雾！”

年轻人仍然张着大嘴，不过也开门下了车。他甚至能看见高处的鱼，奇怪的鱼，跟看过的图片和想象中的画面都不一样，它们在周围轻游快闪，仿佛一道道闪烁的光。

他抬起头，看见月亮附近有一大片乌云，天空中唯一的云。这片云突然把他拖回现实，为此他颇为感激。有些事情还算正常，世界没有完全发疯。

过了一会儿，老人停止在鱼群中蹦跳，回来靠在车上，手扶着起伏的胸膛。

“感受到了吗，孩子？感受到海洋的存在没有？仿佛你漂浮在子宫里，听到母亲的心跳，你没觉得吗？”

年轻人不得不承认，自己有这种感觉，内心深处摇荡的节奏就来自生命之潮和搏动的海洋之心。

“怎么回事？”年轻人说，“为什么会这样？”

“定时锁，孩子，锁都打开，鱼儿被释放出来。人类还没出现，文明还没有令我们不堪重负，它们出自那个时代。我知道这是真的，真相一直就在我的心里，在我们所有人心里。”

“就像时间旅行，”年轻人说，“它们直接从过去来到未来。”

“对，没错，就是这样……可是，假如它们能来到我们的世界，那我们为什么不能去它们那边？释放我们体内的灵魂，同步到它们的时间？”

“等会儿……”

“我的天，就是这样！它们纯洁无瑕，噢，纯粹无害，干净得没有文明的陷阱，一定是这样！我们不如它们纯粹，技术如同重负压在我们肩上，比如这些衣服，比如那辆车。”

老人开始脱衣服。

“嗨！”年轻人说，“你会冻坏的。”

“假如你变得纯粹，纯粹至极，”老人嘟囔着说，“就是这样……对，这才是关键。”

“你已经疯了。”

“我不会再看那辆车了。”老人大吼着跑过沙土，一路抛下他的衣服，就像一只长耳野兔在沙漠里跳来跳去，“天哪，天哪，没有反应，什么都没有，”他哀叹道，“这不是我的世界，我属于那个世界，像自由自在地漂浮在深海，摆脱汽车、开罐器和——”

年轻人喊出老人的名字，他似乎没有听见。

“我想离开这里！”老人喊完，突然再次蹦跳起来。“牙齿！”他大吼，“原来是牙齿。牙医，科学，讨厌的科技！”他一拳砸在嘴上，拔下牙齿抛在身后。

牙齿掉落的同时，老人升了起来。他开始划手，一直向上游去，如同一只淡粉色的海豹在鱼群里游动。

在月光中，年轻人能看见老人鼓起的嘴，正含着最后一口未来的空气。老人充满力量，在久已不见的上古之水中不停地游向高处。

年轻人也开始脱衣服，也许他可以抓住老人，把他拉下来，给他穿上衣服。有什么……上帝啊，不对劲儿……可自己要是回不来呢？他牙齿里有填充物，骑摩托出车祸时后背装了钢钉。不，自己跟老人不一样，这才是属于他的世界，他被绑定在这里，无能为力。

一个巨大的身影在月亮前面穿梭，形成一条摇曳的黑影，吸引年轻人放下手中的衬衫纽扣，抬头观看。

无形之海中的鲨鱼仿佛一枚黑色火箭穿过，它是所有鲨鱼的始祖，人类内心深处所有恐惧之源。

它一口咬住老人，开始朝空中金色的月光游去。老人从这只猛兽的嘴里垂下，仿佛家猫嘴里叼着的一只死耗子。鲜血从他身上逸出，暗沉的血色氤氲在无形之海中。

年轻人微微颤抖着身体。“我的天哪。”他说了一句。

然后浓密的乌云飞来，从月亮表面飘过。

黑暗短暂笼罩大地。

然后云开月明，天空晴朗。

不见鱼。

不见鲨。

也不见老人。

还是刚刚的夜晚，只剩下月亮和群星。

幸运 13

× 马尔科·克鲁斯

舰队有个传统：部队里的运兵船菜鸟指挥官总是被分配到别人不想要的飞船。

分给我的旧飞船是“幸运 13”。从技术上讲，她并没有什么问题。她是一艘老式的黄蜂型飞船，而不是新的蜻蜓型，但那时我们联队的大部分人还在使用黄蜂型。不过飞行员都很迷信，他们认为“幸运 13”是一艘不吉利的飞船。在交给我之前，她已经有两次失去了全部机组成员，其中一次整支队伍都已经坐好。这两次，他们都把飞船打捞起来，冲洗干净，然后再把她修好。一艘飞船在全员阵亡的情况下幸存下来而没被摧毁非常罕见——在两次全员阵亡的情况下幸存下来，不管是以前还是之后，我从来没有听说过。

她的飞船编号其实并非13，草绿色侧面印的是暗红色的5。可是一名修理工某天更换烧坏的零件时发现了她的装配序号，就这样，消息被传开，这艘倒霉飞船的序号是13-02313。它不仅首尾各有一个13，而且她的序号的所有数字加起来也是13。因此，她被命名为“幸运13”，并作为冷备机收起来，直到他们需要为新来的中尉配备机体。然后，他们把她擦拭干净，升级了计算机，并把钥匙交给了我。

随飞船一起配给我的还有个新的机组长——费舍尔参谋中士。我去存放机库检查新座驾时第一次见到了他，他正忙着处理飞船，把各种诊断硬件插入飞船内部的数据端口。当我头一次在“幸运13”周围走动时，我注意到他已经把我的名字涂在了右驾驶座舱窗户下面的装甲列板上：哈雷·“彗星”中尉。

“我自作主张，”我用手指抚过自己呼号的印刷字母时，费舍尔中士说，“希望你别介意，长官。”

“一点都不介意，”我对他说，“说到底，她其实属于你。我只是偶尔会带她出去。”

他笑了笑，显然很高兴被分配给一个清楚运兵船联队中所有权链如何正确划分的飞行员。

“别受流言蜚语的影响。我指的是说她不吉利的那些。她是一艘性能优秀的飞船。我从头到尾检查过，她的状况比一些新的飞船都好。”

“流言蜚语影响不了我，中士，”我对他说，“我不是那种迷信的人。这只是一台机器。”

“不对，长官。”费舍尔中士回答。他脸上的笑容变得有点自鸣得意。

“她不只是一台机器。他们都有个性，就像你我一样。”

好吧，“幸运 13”的确有自己的个性。幸运的是，她跟我很合拍。

我驾驶过几十艘黄蜂型运兵船，从已经主要用作训练飞船的 A1 型裸机，到最新的黄蜂 W 型，它们有各种各样的更新换代，甚至可能会获得独有的等级名。不过它们都没有像“幸运 13”那样的操控响应。任何版本的黄蜂型飞船都容易抖动——你必须用指尖来驾驶，因为它们对控制信号的输入非常敏感。没有哪艘黄蜂型飞船喜欢被重重握住操纵杆。“幸运 13”甚至比一般的黄蜂型飞船更容易抖动，不过一旦你把她搞明白，就可以完成大多数新手飞行员认为根本不可能完成的动作。“幸运 13”的某些方面方恰到好处，也许是和谐的结构，也许是她的所有部件都能相互配合——但驾驶她的感觉就如同你是飞船的一个组成部分，而不仅仅是她的驾驶员。

“幸运 13”和我有五个星期的时间来磨合，然后我们一起进行了第一次战斗空投。我们位于四艘飞船编队的尾部，任务是运送一个太空步兵连到南河三 Bc 的单一卫星上。我们已经从轨道上将当地的敌方驻军打得落花流水，现在第 940 太空步兵团将空降至他们的撤退路线，在他们集结并重新整编之前把他们解决掉。

情报部门从未弄清那天出了什么情况。我不知道是他们设法侵入了我们的安全战斗网络，还是我们单纯运气太差。我所知道的是，我们的运兵船在山脊线附近滑行降落，让部队下船登陆，我们一落地就陷入了大麻烦。登陆区的两边都是他们投入使用的新型自动化防空炮台——三十六根炮管，排成六排，每根都采取从前到后叠加装载弹药。整个系统与一个被动的敌我识别模块和一个短程雷达相连，布置在隐蔽地点，就像地雷一样。直到他们开火，我们的威胁扫描仪才会发现它们。每一台这种武器每分钟射出二十五万发炮弹，虽然每颗单独的炮弹不会对装甲运兵船造成很大的伤害，但累积起来的效果就像用高压水管喷射蚁穴。

我们以菱形降落，“幸运 13”在菱形的尾部，离恭候我们的一排炮台最远，因此我们那天才活了下来。我的机组长刚刚释放尾部的斜坡，我就看到数百个炮口的闪光照亮了前方的夜晚。我冲着中士大喊，让他把斜坡重新升起，并发动引擎再次升空。在我们前面，领头的运兵船已经开始放出它的一个排，他们的一半成员已经离开了飞船，身陷战火之中。有那么一瞬间，我一心打算把我的飞船挡在暴露的部队和火炮之间，可是这时领头的黄蜂型飞船就在我面前爆炸了。前一刻，它还落在地上，太空步兵在它周围寻找掩护，下一刻它就碎成一团零件被抛向各个方向。

这时我已经驾驶飞船起飞，让“幸运 13”船尾朝下向后飞了大约三百米，确保腹部装甲挡在我们和那些火炮之间。然后我把飞船翻转过来，完成了我所做过的最低高度的机翼翻转，并以百分之一百三十的紧急动力赶紧离开了登陆区。

“幸运13”是那次飞行任务中唯一幸存的运兵船。“女妖72号”，也就是在我面前爆炸的那艘船，连同她的两名飞行员、机组长和三十八名全副武装的太空步兵，散布在四分之一平方千米的土地上。“女妖73号”和“女妖74号”受损严重，也没能离开卫星，而舰队不得不派来一队伯劳型飞船，在它们进行紧急降落的地方摧毁机体。“幸运13”的新漆甚至没有一点划痕。

我把飞船一停回对接夹以后，就开始像大风中的树叶一样颤抖，两个小时都没有止住。在精神上，这种颤抖持续了更久。尽管身处困境时，我做了该做的一切——摆脱危险并保证部队的安全——可我仍然责怪自己没有立即返回登陆地点，对那些炮台实施火力压制。

“女妖72号”无人幸存。三十一名士兵和一名飞行员死在“女妖73号”上，十四名士兵和机组长在“女妖74号”上阵亡。是的，尽管完全按照教科书的规定行事，但我仍然怪自己没有回去帮助他们。

但是有个太空步兵的傻瓜少尉第一次因为我没有留在

南河三 Bc 危险登陆点而谴责我时，我一拳揍在他的鼻子上，还用他的餐盘继续扇他。这可以说是一次宣泄，值得被关押四十八个小时。

此后，我驾驶“幸运 13”又执行了十九次战斗任务。我把部队送上战场，投放物资，执行地面攻击任务，以及从敌占区接回侦察队。在这么长的时间里，我的飞船上没有发生过一次伤亡。十九次中有三次，我的“幸运 13”在任务结束时是整个航队中唯一还能飞行的作战单元。即使地面战火密集到你走出驾驶舱，可能会踩着弹片走上甲板，她也每次都能把我们安全送回家。在连续的第十次任务结束后，我的飞船仍然没有伤到一丝一毫，其他飞行员居然开始真心实意地称她为“幸运 13”。

然后有一天，我们配备了两艘刚下线的黄蜂 W 型飞船。新到什么程度？它们的飞行员座位上还包裹着塑料薄膜。通常情况下，飞行联队中两艘全新飞船会引发一系列惠及底层的复杂升级，因为高级飞行员会认领新的飞船，并将他们的旧飞船顺次分配给初级飞行员。这一次，康诺利中校来找我，主动把崭新的黄蜂 W 型飞船让给我，前提是我把“幸运13”作为交换让给他。

拒绝他的提议给我带来了难以企及的喜悦。

舰队还有一个传统：一旦你找到了适合你的东西，并且对它产生了感情，最后你就会失去它。

“幸运13”在一个寒冷而晴朗的日子，死于南鱼座α星周围某颗荒凉的岩石行星上。她没有从天上被击中，也没有被瘦怪踩扁。是我亲手杀了她，而且是自愿的。

我去那颗星球救回一个受到攻击的侦察队。到达会合地点时，跟我们四名侦察员交战的俄罗斯人似乎有整整一个连。我以前也执行过紧急救援任务，但是要从半个星球的驻军中救走特种兵还是头一回。俄罗斯军队可不怎么喜欢他们的战利品被单独一艘运兵船抢走。我向营救地点俯冲，各种各样的弹药立即向我们招呼过来。根据地面发射的手持导弹数量来判断，该连的一半士兵肯定都带着防空火箭筒来追击。我的威胁扫描仪像弹珠游戏厅一样被点亮，在几分钟里，我忙着躲避导弹并使出干扰措施。与此同时，地面上的人一直在叫喊着让我们回去，解救他们脱险。最后，地面火力稍有松懈，我绕回了目标区域，但是拇指还按着起飞按钮，准备随时离开。

俄罗斯人压制住我们的侦察队，他们的先头部队离侦察队非常近，甚至你开着一辆多功能卡车都没法从他们双方之间顺利通过。我从他们近处掠过，用火炮开火，俄罗斯人跑开去寻找掩护。此时我吸引了全连的注意，每个人都把他们的步枪和机枪对准天空发射。从“幸运 13”的装甲上弹开的轻武器火力是如此密集，以至于听起来像是冻雨中的冰雹。下一次掠过时，我清空了悬吊在外部的大部分火箭发射器，指示我的副驾驶用飞船头部下方炮台对付所有没有穿北美联邦迷彩服的家伙，然后驾驶飞船准确降落在俄罗斯人和心急如焚的侦察队之间。

费舍尔参谋中士是跟我共事过的最出色的机组长。尽管敌军炮火把这里搅得尘土飞扬，但是他在飞船落地的一刹那就放下坡道，出去帮助受伤的侦察兵登上飞船。只有一名侦察兵还能自己走上坡道。费舍尔中士三次出去帮助别人，每次都冲过五十码的枪林弹雨，拖回二百磅重的全副武装侦察兵。最后，他把所有人都带回了舱内，我把推力给定调到最高，驾驶飞机离开地面，逃出那里。

我们没有走得太远，俄罗斯人就呼叫来他们自己的战斗飞船进行支援。它躲过威胁扫描仪的探测，成功地在甲板上方偷袭到我们。当我听到雷达报警传感器发出的尖锐鸣音时，我正专心致志地驾驶飞船低空高速飞行。他一定是几乎来到我们头顶时才开火，因为我甚至没有时间按下干扰按钮。这枚俄罗斯导弹直接击中了正发挥百分之一百二十推力的右舷引擎，并把它完全炸毁。有一两秒钟，我们以七百节的速度飞向大地，但随后我控制住飞船，并抑制住撞击造成的旋转。我驾驶她直指蓝天并为最后剩下的一台引擎开启了防爆措施。

俄罗斯人一直紧跟在我们身后，结果他最后飞速超过了我们。这真是幸运，因为我的翼尖上还挂着全部四枚铜斑蛇空对空导弹。我没瞄准发射了其中的两枚，等到俄罗斯飞行员启动了他的干扰措施，我又把剩下的两枚导弹锁定住他的屁股发射出去。一枚导弹击中了他的左舷引擎，另一枚削掉了他船尾的后三分之一，包括尾部方向舵和垂直尾翼。我们当时离地面只有一千英尺左右，俄罗斯飞行员几乎没有时间弹出他的船员，飞船就侧着机身撞到岩石上，爆发出一个可爱的火球。

我们飞船的情况只是稍好一点。我稳定住姿态，并让计算机计算出我们的损伤程度。俄罗斯导弹摧毁了我们的引擎，一些继发形成的弹片切断了主数据总线，以及四条液压管线中的三条。我们仍然可以飞行，但只是勉强而已，太空飞行则完全不可能。后面有受伤的侦察兵，我们不能像俄罗斯人那样弹射出去，所以我关闭了油门，寻找合适的地方降落受创的飞船。

南鱼座 α 星的卫星是一颗布满尘土的岩石星球，看起来就像我进行基础训练的犹他州沙漠，只是没有那里的一点点植被。我剩下的一台引擎开始断断续续喷出内部部件，所以我不能太挑剔降落地点，只好选择了第一块看起来还算平整、没有岩石的地面，并把这艘受伤的飞船剩下的所有能量都用于降落缓冲。冲击还算轻，足以让我放下滑板，做一次合格的三点着陆。着陆点的地形意味着我必须逆向做最后的降落，这都成了我们后来的幸运之处。滑跃式着陆意味着头部下方炮台仍然可以旋转。飞船停住时，刚好朝向刚刚救起侦察队的高原。

我们一落到地上，我就关闭了引擎，以免她把自己扯碎。当时，“幸运 13”仍然是可以挽救的飞船——缺少一台引擎，有弹片损伤，但他们之前已经两次把她从接近报废的状态中完全修复。我们的电力系统还在工作，我发出了求救信号，同时费舍尔中士放下了船尾斜坡，开始把人从飞船中拖出。不过，当我的副驾驶员伸手去够主电源开关，准备完全关闭飞船时，我挥手让他离开了。

“就让她运行，直到电池耗尽。”我对他说。

我们处在高原的视线范围以内，那里有半个连的愤怒的俄罗斯海军陆战队员看着我们迫降。我们着陆后不到两分钟，威胁警报接收器又开始鸣叫。我瞥了一眼，发现毫米波短程雷达脉冲正瞄准我们，可能是跟我们 MARS 突击火箭发射器类似的俄罗斯武器。其中之一可能炸毁“幸运 13”的残骸，但我们处于其有效射程的极限，而且我的飞船仍有干扰设备组件。我把系统切换到“自动”状态，然后离开了座位。

“费舍尔中士和丹顿少尉，带那些特种兵离开这里，隐蔽起来。”

“收到，长官，”丹顿少尉说，“有什么计划？”

“你们等待撤离飞船，保持隐蔽。我到炮手位置提供火力。现在开始快速行动。”

“不用逞英雄，长官，”费舍尔中士在飞船外说，“我们都去找掩护，从军械库带些步枪。”

“我今天没打算中枪，中士。一打光炮弹，我就会马上离开。现在走吧，快他妈远离飞船。如果俄罗斯人在救援之前赶到这里，我会在离开时拉动爆炸自毁手柄。”

我挥手让丹顿少尉离开驾驶座舱，然后自己爬进炮手座位，操纵飞船头部下方炮台。我甚至还没有完全系好安全带，威胁警报就再次响起，两枚火箭弹从一英里外的高原发射，搅起一片尘土。

你可以用突击火箭弹炸毁黄蜂型飞船，但必须得撞大运。这些火箭弹是为对付地面工事和瘦怪这类大型生物目标而设计，并非用来打击带有复杂电子战装备的高速运兵船。即使停放在地上，黄蜂型飞船对火箭手来说也不是一个容易消灭的目标。干扰组件扰乱了敌方火箭弹的弹头搜索器，它们还没飞行到一半距离，就发疯似的在岩石中爆炸了。俄罗斯人再次尝试，这次发射了三枚火箭弹，但由于飞船处于静止状态，所以干扰装置更加有效，那些火箭弹几乎一离开发射器就开始乱飞。

当然，视线是双向的。我把头盔接入炮手控制台，把瞄准镜的放大倍数调至最大，用拇指弹开火控安全盖。然后毫无顾忌地还以颜色。

黄蜂型飞船头部下方炮台装有一门三管自动火炮，以每分钟一千二百发的速度发射无壳炮弹。一英里外，两用炮弹连续击发爆炸，就像一连串的小火山沿着山脊线依次喷发。我按住扳机大约五秒钟，从左到右扫射山脊。俄罗斯人没有继续发射火箭弹。

我的炮火为我们赢得了大约五分钟的时间。我花时间清除了飞船记忆库中的数据，把她变得跟存放在机库时一样呆板。自毁装置会把整艘飞船炸成细小的碎片，但有时不能正常触发。我们都得到指示，如果在敌方领土弃船，就要清除飞船大脑。等我完成这项工作，俄罗斯人又鼓起勇气，再次向我们射击，这次是用轻武器。我坐回炮手位置，对着可能的隐蔽处进行点射。我的船员们已经离开了飞船，驻守在后方几百米处，暂时离开了炮火。俄罗斯人此时倾巢而出，假如他们设法绕过我的炮台所覆盖的区域，他们就会把我们全部包围。

在接下来的十分钟里，这是一场枪炮的对决——我的自动火炮对他们的步枪和机枪。每当看到前方岩石平原上有动静，我就向他们附近大致的位置进行短促点射。我不知道究竟打中了多少人，但杀伤没有吓退余部，因为他们不断前进，火力也变得愈加准确。黄蜂型飞船轻易就能挡住步枪的射击，但一些机枪的子弹更加坚硬，驾驶舱的防弹玻璃在持续的打击下开始崩裂。其中一个俄罗斯士兵使用大口径反物质步枪，那支重武器射出的头一发子弹干净利落地穿过了中央驾驶舱防弹玻璃，正好命中我在降落前一直坐的飞行员座椅。我坐在前面的仪表板下边，不停回击，发射爆炸弹，并观察弹药计数器一路下降到三位数，然后是两位数。

我第一次被他们的子弹击中时，甚至没有意识到，只是感觉到有什么湿漉漉的东西从我的右臂上流下，从指尖上滴落。不得不抛开瞄准画面检查时，我看到有东西洞穿我飞行服的袖子。我把湿漉漉的袖子从皮肤上剥下来，这时另一阵枪声终于把玻璃面板完全打碎，我的同一条手臂上又挨了一枪，几乎就在靠近肘部的位置。我一下子就感到疼得要命。

我估计，我没有立即还击时，他们就明白我已经被击中，因为这时候敌方火力才开始真正加强。我想，在那些岩石之间，所有活着的俄罗斯人都开始向“幸运 13”的正面射击。反正我的弹药也快耗光，所以我从炮手的座位上挪下来，跌坐在地上，而俄罗斯人的飞镖弹和钨合金子弹就在我头顶上撕扯着驾驶舱。我爬出打开的驾驶舱舱门，又用没受伤的手把它关好。子弹在叠层装甲上弹开的声音就像冰雹打在窗玻璃上。

我站起来，走进飞船上的军械库，拿起一支步枪和一袋弹匣，然后来到黄蜂型飞船内置爆破装置的面板前。

我卸下保险，拉动把手，感觉就像用枪指着小狗的头，扣动了扳机。但我知道她再也不会飞了，我也不希望她最终成为敌人的战利品，停靠某个俄罗斯公司的大楼前。“幸运 13”将迅速而彻底地死去，不会留下任何东西在废品站里生锈。

我拉动把手，然后拿起步枪，冲出了士兵舱，沿着落下的尾舱门，跑到了外边。

因为我们之间隔着庞大的“幸运 13”，所以俄罗斯人一开始没有看到我。等他们的侧翼人员发现时，我已经在五十码之外奔向掩护地点了。当然，他们还是会向我开枪。敌人的步枪子弹在你旁边掀起尘土时，你能以惊人的速度奔跑。黄蜂型飞船的自毁装置有十五秒的引信时间，然后它将所有剩余燃料喷入飞船内部，形成一个巨大的云爆弹。我的船员们都蜷缩在大约八十码外的一座岩壁后面，我越过岩壁后还剩两秒钟时间。

什么也没发生。

我又等了十秒、二十秒，然后是三十秒，我把脸埋在地上，双手捂住耳朵，等待“幸运 13”像一颗巨大的手榴弹一样把自己炸开，但我只听到俄罗斯步枪的嗒嗒声。一两分钟后，我冒险从岩壁上瞄了一眼，看到“幸运 13”仍然停在原地，被摧毁的发动机冒着浓烟，俄罗斯海军陆战队员在空地上向她推进。以我们的伤员情况，一旦俄罗斯人发现我们都逃离了飞船，我们是不可能跑掉的。只剩下最后一条出路——尽可能虚张声势。我再次低下头，检查了步枪的装填状态，并示意其他人准备战斗。

头顶的天空是漂亮的钴蓝色，即使在行星的下午，星星也很明亮，我想知道我们自己的太阳是否也在其中。我短暂地惊叹于这样的想法：自从那些光子离开我们太阳的那一刻起，我已经出生、长大、接受教育、进入联邦国防军并接受驾驶运兵船的训练，可我仍然比太阳光早几天到达南鱼座 α 星。

然后我把步枪的保险拨到集中射击状态，起身迎敌。

我们以七人对五十人，多半已经受伤了。交战时，俄罗斯人被打了个措手不及，我们第一轮射击就干掉了他们六个人。然后我们就完蛋了。他们知道我们在哪儿，掌握了我们的人数，而且他们有“幸运 13”做掩护。我们又击中两三个人，然后回击的火力把我们压制在掩体后面。

“我跟舰队联系上了，”费舍尔中士伴着嘈杂射击声告诉我，“空中支援已经赶来，预计十分钟后到达。”

“太好了，”我回答。“你会说俄语吗？告诉那些家伙先休息一下，上个厕所，等支援来了，我们就没事了。”

当你确信一探头就会被子弹打中面部时，把头伸到掩体上方去瞄准是很难的。下一次起身还击时，我瞥了一眼“幸运 13”，看到俄罗斯人都爬到飞船上，用她的装甲船身做掩护。

我永远都想不明白，自己是如何知道接下来将要发生什么。空气中突然有了一些变化—— 一股放电产生的臭氧味，还有一种奇怪的声音，像压电开关发出来的，感觉就像空气本身带电了一样。我只记得自己躲到了岩壁后面，朝大家高喊："趴下，趴下，快他妈趴下。"

"幸运 13"炸毁了，我这辈子都没听过那么响亮的声音，冲击波穿过岩石，把我们都掀翻在地。一瞬间，空气中就弥漫了浓厚的灰尘，以至于我都无法看到自己面前的双手。我的听力完全丧失——只能听到尖厉的耳鸣。

碎石和灰尘雨点般落下，我们既看不见又听不见，不知道在岩壁后蜷缩了多久，如果俄罗斯人还有幸存，那他们可以轻易干掉我们。最终尘埃落定，我们打起精神，"幸运 13"坠落的小片高地被炸了个干净。飞船所在的岩石上有一个浅浅的凹陷，条纹状的黑色燃烧痕迹向四面八方扩散，周围都是燃烧和冒烟的运兵船碎片，没有一块比餐桌大。

"幸运 13"最后一次救了我，自毁炸药的引信一直延迟到飞船上方和内部爬满俄罗斯人——直到爆炸会产生最大效果。

我不是那种迷信的飞行员，理智的一面告诉我，触发机制的延迟是一个技术上的偶然事件，没有及时闭合的电路，形成了幸运的缺陷。但我在一定程度上愿意相信，这艘飞船在那天救了我的命——这艘三十年前在地球上的工厂里用螺栓固定在一起的零部件组合，跟另外一千多艘黄蜂C型飞船一样，但又不同于我曾经驾驶过的其他飞船，她知道我们的危险，在恰当的时间自毁，最后一次为其飞行员效劳。

空中骑兵一如既往地迟到了十分钟，伯劳型飞船在头顶上飞了几圈，不过假如还有俄罗斯人活着，他们也会很明智地隐蔽起来。二十分钟后，两艘搜救运兵船降落下来，把我们接走。

在我们等待运兵船的时间里，费舍尔中士在灰尘中捡到一样东西，他简单看了一下，就把它塞进了口袋。后来，我们在折叠座椅上系好安全带，返回轨道飞船的时候，他把捡到的东西掏出来，一言不发地递给了我。

那是“幸运13”的一块组装号牌，两端扭曲烧焦，制造商的名字已经不见了，但是在这块残破的小钢片上，我能清楚地读出她的序列号：13-02313。

我咬了咬嘴唇，同样一言不发地把号牌塞进自己的口袋。

他们为我们治疗，给我们颁发奖章。我成功地为费舍尔中士申请到银星勋章，负责侦察队的上尉也推荐我去评奖。师里的高层看了看记录，认为我在南鱼座α星炸毁了“幸运13”，所以应该得到一枚杰出飞行十字勋章。两个月后，他们把我叫到机库甲板上，团长把杰出飞行十字勋章别在了我宽松的飞行服上。

尽管不想要，但我没有拒绝。你不会因为自觉不配而拒绝奖励。如果运兵船驾驶员开始拒绝，那就只剩下办公室的文职人员会佩戴绶带，那些官员在执行完可能涉及在半秒差距内敌方炮火的轻松任务就会收集奖章。晋升靠的是积分，而那些绶带可以折算成很多积分。我接过奖章，敬了个礼，微笑起来就像一名盼着有朝一日能晋升为上尉的优秀少尉。

回到我的铺位后，我把那枚杰出飞行十字勋章从丝绸衬里的盒子中取出，放进我A级制服的胸前口袋里，那件制服我一年也许会穿一次。然后我拿出“幸运13”的号牌残片，把它塞进奖章盒里。那个丝绸衬里的漂亮小盒子似乎更合适盛放“幸运13”的号牌。

当然，他们分配给我一艘新飞船。我还是得到了一艘全新的黄蜂W型，它挺不错，是黄蜂型运兵船的最新和最先进的机型，比我的旧飞船强大两倍，容量是原来的四倍。

不过，我还是会毫不犹豫地用它来换回“幸运13”，哪怕只有一两天。

盲点

维塔利·舒什科

外景，沙漠——夜晚

三只小地鼠正在平静地嚼着水果，一辆敞篷沙漠越野车呼啸着冲过来，动物们四散奔逃。

霍克是一个极具传奇色彩的赛博格，有着宽宽的下巴和冰冷的目光，他驾驶领队的车辆，当然，所有人都听他调遣。

霍克：还有五分钟接近目标，保持警惕，金属脑袋们。

苏伊驾驶霍克旁边的车辆，他只有一条手臂，是个大块头的赛博格野兽。他嘴里叼着雪茄，同时还在微笑，樱桃味雪茄的烟头在夜晚急速流动的空气中红得发亮。

苏伊：收到！骚乱倒数开始！

卡丽紧挨着苏伊驾驶，她是个极其好斗的赛博格，有种“别来惹我”的危险派头。

卡丽：这次我们让菜鸟上手？

苏伊：看情况……嘿，菜鸟！你的卵蛋长出来没有？

菜鸟开在这支车队的最后。他是个热切、年轻的赛博格，努力用大吼掩饰自己的紧张。

菜鸟：什么？去你的，苏伊！我准备好了！

霍克：别担心，孩子，你有机会施展。我们来得及吗，鲍勃？

内景，鲍勃的面包车——接上一场景

指挥任务的幕后主使是机器人鲍勃，他就集成在他的面包车上，周围到处悬浮着全息显示画面。

鲍勃：来得及。好像货物就在前车厢里。

外景，沙漠——接上一场景

菜鸟：嘿，霍克，我们要偷的是什么？

霍克：一块微型芯片，小子。你满脑子都是那种东西，应该知道它什么样。

内景，鲍勃的面包车—接上一场景

鲍勃的仪表板上显示出那块芯片。

鲍勃：请别忘了小心后车厢的警卫！

外景，沙漠——接上一场景

在越野车前灯的光线中，一个暗影隐约出现在夜色中。公路列车，一辆强劲的引擎舱拖着三节庞大的拖车。

霍克加速要超越到公路列车的前方。菜鸟和苏伊分开跟在列车两侧。

霍克：迎战。跟上并匹配速度。

卡丽：就位。

苏伊：我给你留了个位置。

卡丽：真的吗？我能在那儿把枪塞进你的屁股吗？

苏伊笑了。

霍克：我们可以开始行动了吗，鲍勃？

内景，鲍勃的面包车——接上一场景

鲍勃：收到，目标处在盲区，你们得在它出隧道之前进入车内拿到东西并撤退。

外景，沙漠——接上一场景

霍克：开始行动。

霍克开到列车前方。

霍克（继续说）：苏伊、菜鸟在警卫车厢安放磁性炸弹。

卡丽：好主意，老大。把高爆炸药交给疯子和新手，怎么可能出错呢？

苏伊：收起你的油嘴滑舌。看我的。

苏伊和菜鸟靠近列车，机械衔铁从他们的越野车上伸出。他们开始放置炸药。

苏伊（继续说）：最后一枚。

苏伊看见正前方的路上有一只地鼠，便猛地转向，本来正要放置的炸弹飞了出去。

苏伊（继续说）：噢，该死！

炸弹飞出去后，就在列车后边剧烈爆炸。

内景，列车——警卫车厢

警报高声响起。警卫训练有素地行动起来。

外景，公路——接上一场景

霍克：怎么他妈炸了？

卡丽：我讨厌跟你说“提醒过你”。

警卫从列车上出现，朝着菜鸟和苏伊开火。菜鸟拐向一边，避开他们致命的射击。苏伊后退，尽力用金属手臂挡住射过来的子弹。

苏伊：卡丽，掩护我们！

子弹打在越野车上时，卡丽咬牙切齿。她开始还击，她的手枪打飞了卡车顶部的警卫。

菜鸟：注意车顶。

苏伊：我受够啦！

卡丽：等一下！引爆炸弹就行……你这个不要命的混蛋。

可是苏伊根本不听，靠近列车尾部时，他一跃而起，落在列车顶部惊慌失措的警卫中间，举枪射击，扫倒一些警卫，同时又用拳头击倒几名。

霍克：我们快到隧道了，需要现在引爆炸弹。

菜鸟：苏伊还……不安全！

在列车顶部，苏伊正干掉最后几名警卫，血液和身体部件飞溅到夜色中。

苏伊：别担心我！引爆，霍克！

霍克按下引爆器，苏伊冲向前一辆车厢并高高跃起。

巨大的爆炸炸飞了装甲拖车，它向一侧翻过了桥梁的护栏。

爆炸短暂地吸引了菜鸟的注意力。

菜鸟：哇喔。

苏伊落在列车第二辆车厢的顶部，滑行着停下来，然后回头看了一眼爆炸造成的破坏。

苏伊：看来也不算太……麻烦？

空中充满低沉的飕飕声，六架机枪开始顺畅地从车顶的收藏空间升起，枪管转向，都对准了他。

苏伊（继续说）：霍克！

分屏显示——

鲍勃（画外音）：糟糕，我提醒过自动机枪没有？

切回——

霍克站起身，从越野车往后跳，落在列车的驾驶室上。当他再次跳起的同时，越野车被巨大的车轮碾碎。

他在半空中掏枪射击车顶的转向机枪，还没等它们朝苏伊开火，高速子弹就把机枪打碎了。

霍克稳稳落在车上，枪口还冒着烟，他看起来波澜不惊，可是膝盖却掉了下来。他飞快地把它安装回去。

霍克：没有，鲍勃，你没提过！

在前方，他们能看见大卡车正要驶入贯穿群山的隧道。

霍克（继续说）：好了，我们继续执行计划。如果这辆卡车过了那条隧道，我们就全完蛋了。

内景，隧道——接上一场景

苏伊：菜鸟，快上来！

菜鸟驾驶越野车靠近，然后跃向卡车，挣扎着往上爬，苏伊把他拉了上去。

鲍勃（画外音）：呃，等一下。

内景，鲍勃的面包车——接上一场景

鲍勃：我收到一条新的能量读数。

噢，该死！

内景，隧道——接上一场景

卡丽：呃……伙计们，我认为鲍勃错过了另一个细节——

（镜头对准）卡丽个人视角的公路列车前部，驾驶室开始展开，金属部件重新布置，变成一台巨大的战斗机器人。

机器人在霍克身后站立起来，进入镜头，苏伊和菜鸟被吓得目瞪口呆。

霍克：你什么意思，卡丽？我不明——

机器人的铁拳砸中霍克头部一侧，把他砸飞到列车的一侧，脑袋也碎了一地。

菜鸟：这下死定了。

苏伊：嗨！你刚刚砸散了我的朋友，你这个行走的巨型假阳具。

机器人迈着沉重的步伐前进，朝着脚下仍然惊呆的菜鸟挥起另一只拳头。

苏伊刚好及时拉开菜鸟，然后用安装在手腕上的武器开火。

苏伊一边后退一边开火，但是大机器人不断前进，他们很快就来到车顶尽头。

这台机械怪兽就要追上他们时，苏伊从机器人肩膀上方看到了一个东西。

苏伊（继续说）：菜鸟，快到下边车厢里。

菜鸟爬进已经空无一人的警卫车厢。

苏伊（继续说）：唉，看起来这是你的最后一站了，大个子。

苏伊也跳下车顶，就在这时，一个悬挂很低的标志牌从后方把机器人撞下了车顶。

大机器人从卡丽的越野车上方飞过，在地上摩擦着停下来，冒出蒸汽和烟雾。它完蛋了吗？

接着——承受撞击的金属仿佛发出一声呻吟，大机器人自己翻过身，变成一台轮式车辆！

改变结构的机器人呼啸着追赶列车，苏伊简直无法相信。

机器人很快就要追上他们。

苏伊（继续说）：卡丽，小心！

机器人已经追上卡丽的越野车。它突然加速，抬起前轮……用力压向下方卡丽的越野车！

菜鸟：卡丽！

苏伊：王八蛋！

内景，鲍勃的面包车——接上一场景

鲍勃慌忙扫视平视显示器，调出数据并拼命搜索信息。

鲍勃：它的装甲太厚！你们得到车内除掉防御处理器。

内景，公路列车——接上一场景

苏伊：菜鸟，炸掉它的大脑！

菜鸟：明白！

菜鸟在门上扣了好几枚磁性炸弹，然后冲到车厢尾部。他到箱子后边隐蔽，然后是一声巨响！

内景，公路列车——接上一场景

机器人急速前冲，跃向公路列车的同时也在变形。它腾空更高，从苏伊的头上飞过。

苏伊（慢动作）：狗娘养的！

机器人落在前方的车厢上，它向下伸手，金属手指插进了车厢的金属顶板。

内景，公路列车——接上一场景

菜鸟冲上前，然后车厢顶板在撕扯金属的尖锐噪声中被扯开，他用滑步停了下来。

战斗机器人从顶板的大窟窿跳下来——几乎就落在菜鸟身上——用震天撼地的力量重重踏在地板上。

不过还没等它把菜鸟砸成碎片，苏伊就从上方跳到它身上！顽强的赛博格用双腿死死夹住机器人的脖子，像打桩一样猛击它的脑袋。

苏伊（对机器人说）：揍死你，你这只弱鸡。

菜鸟心怀畏惧地看着他们的打斗席卷整个车厢。

苏伊（继续说）：该死，菜鸟。你等啥呢？捣毁这个王八蛋的中央处理器啊！

菜鸟冲过去，想方设法躲过他们的激战。可是机器人发现并挥动大拳头打他。菜鸟低头闪躲——还是没有躲开。

机器人的拳头扫到了他，但也足以把他打飞到车厢另一侧，摔进一堆箱子里。沉重的设备倒塌在菜鸟身上，压得他不能动弹。

在菜鸟的注视下，机器人逮住了苏伊的上身，把他狠狠地攥在手里，然后像捉虱子一样把他拎起来。

机器人把苏伊挣扎的身体举了一会儿，让后大手用力一捏，苏伊的脑袋炸开，落下一片机油和金属碎块。

然后机器人重重地走过去，要消灭菜鸟。

菜鸟见此非常害怕，但也注意到中央处理器旁边有动静——是苏伊！他残破无头的身体摇摇晃晃地站起来，并把机油充分浇在中央处理器的外壳上。

苏伊伸出大拇指，指尖燃起火苗——原来是雪茄打火机！

外景，公路列车——接上一场景

（停顿）

残破的卡车发出巨大的爆炸！驾驶室和车厢的残余被撕扯得四分五裂。

被炸飞的菜鸟居然奇迹般地没有受伤，只是重重摔过路面又被弹起。

（稍长的停顿……）

菜鸟微微挣扎，然后昏昏沉沉地抬起头，发现自己眼前就是机器人。

咔嗒一声响过之后，机器人胸部的一个腔体弹开，盛放微型芯片的玻璃筒掉落出来，滚过地面，正好停在菜鸟身前。

菜鸟一直盯着那枚芯片，这时鲍勃的面包车嘈杂地行驶过来，伴着刺耳的刹车声停在残骸中。

菜鸟四处审视他们造成的破坏，目光最后落在苏伊伤痕累累的手臂上，他的手仍然孤零零地伸着大拇指。

鲍勃：老天在上，出这么大的乱子！发生了什么，菜鸟？

菜鸟：任务……算是完成了。

菜鸟：我拿到了芯片，可是其他队友……

菜鸟低下头，看似有可能崩溃大哭。

苏伊嘶哑的声音清晰地响起。

苏伊的全息影像（画外音）：哈哈，别担心，小子。我头一回也哭了。

菜鸟吃惊地抬起头，看见苏伊的全息影像从鲍勃的面包车里投射出来，正站在自己的旁边。

菜鸟：苏伊……怎么回事？

霍克的全息影像呈现在他的另一侧。

霍克的全息影像：每次任务前鲍勃都完整备份我们的大脑。

卡丽的全息影像出现了。

卡丽的全息影像：话说苏伊的大脑，在老式硬盘上占不了多少空间。

菜鸟：我还以为你们都死了！

鲍勃：你真应该读下你的合同，孩子。现在走吧，我们离开这里。

鲍勃的面包车打开车门，菜鸟跑过去跳上车。

（镜头下移）与此同时，轮胎摩擦地面发出尖啸，面包车开进夜色里。

（镜头停住）在布满残骸的道路上，我们看见苏伊残破的脑袋。

一只地鼠跳进镜头，闻了闻苏伊的脑袋，然后蹦跳着从路上离开。

冰河时代

❤ 迈克尔·斯万维克

下午没过多久，罗布就把最后一个纸箱搬进他们的新公寓，这才算正式搬完家。有一摞装书的箱子他们准备随后打开，他把最后的纸箱放在了上面，这时盖尔在厨房里说了句话。“什么？”罗布说。

盖尔把头探进门厅。“我说——喂，房东把旧冰箱留在这儿了。”

罗布信步来到厨房，操作台上摆满了一箱箱还没有完全从箱子里取出的厨具。“可能是搬走太麻烦了吧。”

冰箱外经久的象牙白色已经泛黄，沾满污渍，墙角积累了几十年的污垢和残渣都已经石化，把冰箱牢牢固定在地上。顶部安装电机的位置仿佛一件竖立的塔形艺术装饰，分布着三排流线型通风孔，这隐约给了冰箱一种未来派的风格——不过是二十世纪三十年代的未来，不是如今的未来。

罗布拍了拍电机罩。“这种设计其实挺好，”他说，“现代冰箱的电机安装在底部，散发的热量又进入了上方的冰箱里，然后这部分热量还得由产生它们的同一电机排出，进而又产生了多余的热量。这是个有缺陷的循环过程，可是对于现代家电，他们追求的是消费者的光鲜，所以电机还是被安置在底部。”

盖尔从纸箱里取出一瓶馨芳葡萄酒，然后把这个空纸箱放到水槽底下。“这里放垃圾，”她说，“你想来点葡萄酒吗？”

冰箱轻轻发出嗡嗡声，给人一种正常工作的安心感觉。“好呀。房东没关冰箱，也许冰块还能剩下一些。”

“我就喜欢你这点，你一点都不过分讲究。”

罗布耸耸肩。“我就是个野蛮人。”他打开冷冻室，发现长久以来结下的冰霜几乎把里面占满，两只冰盒和一袋过期的冻豌豆已经被埋没，不过其中一个冰盒几乎松动。他用手掌猛拍这个冰盒，把它取下来，然后又砸了它几下，拿着几块冰回到了桌旁。

“多得很。”他递过冰块。盖尔噘起嘴，不过还是给他放下一个高脚杯，倒上葡萄酒。

罗布往后一靠，晃了晃杯中酒，听着冰块撞击的声音，然后喝了一小口。

他呆住了，冰块里有一只虫子？他用两指夹出冰块，把它举到光线下。

冷冻室在冰块上形成冷凝的那一面极为模糊，不过它已经开始在葡萄酒中融化，冰块里有一些气泡形成的小旋涡，不仔细看不会注意到，此外在冰块的中心，有一个大黑点，牛虻大小的一只动物被冻在透明的内部。他凑过去仔细审视。

他的冰块里有只毛茸茸的猛犸象。

它外观蓬乱，颜色暗沉，头部逐渐延伸出细丝般的长鼻子，两根几乎看不见的象牙从嘴里扭曲地伸出来。它的腿弯着贴在身体上，皮毛呈深深的红褐色。一只完整的小长毛象，还没有一粒面包屑大。

罗布没有动，冰块的寒意刺痛他的手，但是他没有放下。他只能想起周六下午的那些电影，开始都是有人发现冻在冰中的远古动物，不过结尾通常是动物吃掉东京，他提醒自己。

“嗨，”盖尔说，“你聚精会神看啥呢？”

罗布张开嘴，然后又闭上。他轻轻地把冰块放到桌面上，融化的水珠出现在它的侧面，流淌到桌上，开始汇成小小的一摊。

“盖尔，”他小心翼翼地说，“我想让你看看冰块的里边，然后告诉我你看到了什么。”

学着罗布的样子，盖尔手撑桌子，俯身观察。“哇喔，”她轻声说，“这……罗布，这真了不起。”

这只动物稍微清楚了一点。跟它的体型相比，它的象牙相当长——代表年龄吗？——已经发黄，其中一根的尖端已经破损。它的眼睛呈蓝色，冻结在睁开的状态，小得几乎看不见。它的皮毛纠结严重，还露出了几小块皮肤。

盖尔跳起来，放出水槽里的自来水，然后取回一碗微微冒着热气的水。“来，”她说，“我们把它化开。”她百般小心把冰块放进水里。

过了一会儿，罗布说：“冰化得慢，是不是？”然后继续不情愿地说，“或许我们应该联系史密森学会之类的机构。”

“你要是能说服他们来看看也行，”盖尔指出，“不过我持怀疑态度。他们只会从我们手中把东西夺走。”

“是这个理。”罗布赞同，见盖尔也觉得没义务交出猛犸象，便松了一口气。

最后冰块化开，罗布用一把羹匙捞出小猛犸象，它在手掌上一动不动，是那样微小。突然，罗布觉得自己要哭了。虽然毫无逻辑，可他还是希望猛犸象解冻后活过来。“给。”他说着让这只野兽滑落到盖尔的手上。

盖尔到屋里把所有纸箱的东西都倒在地上，才找到一把放大镜。此时她透过放大镜细看。“这是一只长毛猛犸象无疑，”她说，“你瞧瞧这双眼睛！你猜怎么着——趾部皮肤还是粉色的！”她的声音变得含含糊糊，然后音量再次提高：“嘿，扎在它身侧的这些是长矛？”

罗布暂时的沉闷在盖尔火热的激情中融化，他隔着盖尔的肩膀，想要看清楚。“我好奇把这种东西保存在树脂里要如何操作。”盖尔思考着说。然后她挺直上身，转脸面对罗布说：“也许冷冻室里还有！”

盖尔一马当先，打开冷冻室往里边端详，她用手指拨动冰盒，定睛细看它周围的冰。然后她小心翼翼地拉出冰盒，露出一条还未被缓慢凝结的冰霜大肆侵占的狭小通道。她简短地仔细检查之后，隔着通道向里边看，然后轻轻吹了一声口哨。

“怎么了？”罗布说。

她摇摇头，仍然在朝冷冻室里凝视。

“怎么啦？给我讲讲。”

“我觉得你最好还是自己看。”

罗布用一只手搂住盖尔的腰，把头跟她的靠在一起，这样他们就能一同盯着里边。内部光线虽暗，但也够用。冰霜另一侧的领地被某个不可见的光源照得不算明亮。罗布隔着白霜看见一座微型的小山村，旁边一侧露出部分小型冰川，近处，一条涓涓水流——微型河流——从北欧黑松林中蜿蜒流淌。

一座村镇被河水环绕，石质和木质建筑都混乱排列，被围在高高的石墙里边。

“老天爷，”罗布低语，“我们的冰箱里有一座失落的文明。”

他们俩睁大眼睛面面相觑，过了一会儿才又惊奇地转向冷冻室。

最里边的地方很暗，罗布在心里暗骂了一句，尽力想要看清楚。村镇靠着河水呈半圆形分布，不过街道仿佛一座错综复杂的迷宫，显然它们都是随心所欲地胡乱建造的。

村镇中间的一座山顶附近坐落着一座教堂，不高但很厚重，仍然可以辨识出用途。教堂俯瞰村镇，河边矗立着一栋城堡，其他所有建筑都从这两个地点辐射开去。不过村镇的城墙显然是不合时宜的残留，因为贫民窟的建筑——简陋的棚屋——都已经依靠城墙建立起来，有些地方城墙其实已经裂开，石头被当作建筑材料运走。从村镇延伸出的道路有七条经过松林，有一条——大路——顺着河流延伸。

最后盖尔后退一步："你也清楚，这根本没有道理。"

"是吗？"罗布没有从冷冻室抬起目光。

"我的意思是，这座市镇显然处于中世纪早期，长毛猛犸象是在新石器时代灭绝的。"

罗布看着她，冷气从冰箱里渗出来。盖尔把一只手放在他胳膊上，把他从冰箱旁边拉开，又轻轻关上冰箱门。"我们喝杯咖啡。"她建议。

罗布煮咖啡时，盖尔从水槽倒掉了杯中的葡萄酒。他们一边喝肯尼亚咖啡，一边沉思，盖尔用指甲尖碰那只微型猛犸象，它并非状态完好，身体已经开始腐败，似乎时间正在填补它被冻在冰块中的漫长岁月。她朝罗布挑了挑眉，罗布点头赞同。

趁着罗布从厨房窗户上方取下刚挂好的吊兰，盖尔用白纸巾的一角裹住猛犸象。

他们用一把旧叉子在植物下方的土壤里挖了个小坑，按照军葬礼的完整流程埋葬了那只动物。

罗布庄严地把植物又挂回原处。

二人一言不发，都转向了冰箱。

他们一起打开冷冻室，罗布看了一眼，差点惊掉了下巴。

村镇还在那里，不过趁他们离开这段时间发展壮大，发生了演变。石墙已经倒塌，教堂被重建成高耸的哥特风格，但不再俯瞰整个市镇，已经淹没在众多大型建筑之中。街道也更宽了，村镇扩张到左边被冰霜挡住视线的地方，此时已经变成一座城市。

然而细节比之前更难以分辨，因为工业革命似乎正如火如荼地开展。密集的烟囱组成丛林，向寒冷的天空喷出浓厚的黑烟，河边密密麻麻地挤满了数百座微小的码头，为了给它们腾地方，连城堡都被推倒。极细的铁轨在缩减的松林里延伸，经过冰川边缘，翻过顶部被冰雪覆盖的群山，通往某个看不见的目的地。

几分钟的时间里，村镇发展成一座城市。甚至就在他们的眼皮底下，建筑竖起又消失，道路瞬间变换位置，城市中的片区眨眼间就被整体重建。“那里的时间速率肯定快得惊人，”罗布说，“我打赌我们旁观这么一会儿，几年——几十年——就过去了。”

城市随发展脉动，它的人民，以及运输货物的车辆或牲口，却不为所见，因为他们移动得太快，不过交通在街道上显现出灰色的不确定性、黑色的严重堵塞状态和白色的畅通状态。

建筑越建越高大，钢梁结构被发明以来，它们直冲天空。城市远端的天空隐隐闪动，他们俩很快觉察出，冰霜后方藏着一座远郊机场，他们看见的正是从那里起飞的空中航线。

“我认为，我们已经等到了当代。”盖尔说。

罗布凑近想要看得更清楚，结果受到了首次热核爆炸的冲击。

瞬间的爆发让他的头颅受到纯白色光芒的大量照射。针扎一样的疼痛刺透他的双眼，他一只手捂着脸，从冷冻室往后踉跄了几步。

“罗布！”盖尔用慌张的声音大喊，罗布从她的语气中可以听出她没事，关键时刻她眨了眼或瞥向了别处。明白这点后，他向后倒下时，想到要用力关上冰箱门。

残留的画面在他的头脑中挥之不去：城市的四分之一被炸没后形成的突兀弹坑，还没出现就消失的异常明亮的蘑菇云，火与烟的隐藏痕迹，所有交通和生命戛然而止的爆炸区，这些画面一个接一个地叠加在一起，毫无章法可循。

“罗布，你没事吧？说句话啊！”

他头枕盖尔的大腿，仰面躺着。“我……我没事。”他费劲地说。甚至就在说话间，他也在好转，透过一片明亮的虚无，厨房开始在他眼中显现，起初细节模糊不定，然后越来越清晰，感觉就像被闪光灯晃了一下，只不过留下的余象是那团小蘑菇云。

“盖尔，”他声音嘶哑地说，“他们在那里打核战争。”

“这回好了，别太激动。”她安慰说。

罗布挣扎着坐起。“他们在我的冰箱里使用战术核武器，你告诉我别激动？”

“这终归是个不错的建议，”她坚持己见，然后傻笑起来，“天哪，你真应该看看自己的脸！”

“为什么？我的脸怎么了？”可盖尔只是摇头，笑得没法回答。罗布朝卫生间走去，麻木地盯着镜子观看。他的脸受到初级辐射，变得通红。“哎呀，”他说，“明早就会出现严重的晒伤。”

回到厨房，罗布不安地打量冰箱。“让我来。”盖尔说。她小心翼翼地避开正脸，把冰箱门打开了极小的一道缝。

强光闪烁了十几次，仿佛严重不同步的闪光灯在工作，墙上反射的光芒，晃晕了盖尔和罗布，显然核弹的当量有了极大的升级。盖尔猛地关上门。

罗布哀叹说：“唉，我猜期待他们在两分钟里放弃战争是有点高估他们了。”他无助地看着盖尔。“可我们现在怎么办呢？”

“点一份比萨吃？”盖尔建议。

太阳已经落山，他们吃完比萨时，空中只剩下一抹淡淡的金色。罗布吃光几乎放凉的最后一块，盖尔把盒子和里边的碎渣塞到了水槽下方的纸箱里。

“已经两个多小时啦，”罗布说，“他们此刻肯定已经花时间重建了。”

盖尔摸摸他的胳膊，轻轻地一捏。“他们也许已经自取灭亡了，罗布，我们必须得面对那种可能。”

“好。”罗布说着把椅子后挪，站了起来。他感觉自己如同约翰·韦恩，来到了冰箱前边。“我们来瞧瞧吧。”他说完用力把冰箱门拉开一道缝。没有反应，他又把门完全打开。

冷冻室仍然完好无损，角落的冰霜上有一道黑色的污迹，不过仅此而已。他们俩小心地往里边观察。

城市还在那里，夹在冰川和冰河之间，下午的核爆战争没有把它摧毁，可是它已经发生了变化。

摩天大楼继续升高和演变，变成了高大精致的棕榈叶形态，散发出柔和的金色和绿色光芒，这些仙境之塔中间出现了天桥。“看，”罗布指着在城市中编织出复杂形状的线状结构说，“单轨！”

高楼间的空中出现了闪烁的光点，罗布心想，它们是飞车还是更有可能实现的个人飞行背包？没办法弄清楚。还有那些闪烁的圆顶，像郊外雨后生长的蘑菇一样，到底是什么呢？

“看起来好像《绿野仙踪》里的翡翠城，”盖尔说，“只不过不是绿色。”罗布点头赞同。也就是说一些新科技被发明出来，城市再次改变。此刻建筑仿佛由凝结的光或者雾状的发光结晶组成。不管是什么，它们都不完全是固态，而是隐现于不存在的维度。

“我觉得时间的速率在加快。”盖尔小声说。

这座城市仿佛随着天外的爵士乐切分音脉动和舞蹈，它如花朵盛放，如新芽生长，它的色彩、精髓以及快乐神奇之光在天空绽放出烟火的形状，它是一座不可思议的欢乐之城。

冷冻室里还隐约传达出什么，某种广播。罗布和盖尔识别出色彩的闪现，辨析出无法理解的快捷讯息，也许是对他们大脑或神经网络直接广播，甚至还有可能单独传达给身上的每个细胞。他们俩完全无法理解，然后又发生了技术的更迭，广播的效果停止了。

不过城市还在变化，变化的速度还在提高。非实物质感的高楼被飓风裹挟，像海藻的叶子一样摇摆，晃得越来越快。此时的城市半径向外迅速扩张，又向内急剧收缩，不断如此，仿佛大小不停脉动的圆形光斑。巨型机器在空中搏动，又不见了踪影，条条公路上的光线流向城外，升入夜空，快得难以看清，只留下一种令人难以置信的巨大空间感，仿佛有东西笼罩在城市上空。

现在变化来得更快了——似乎城市在寻找什么，不断选择尝试，拒绝备选构造，追求某种特定的目标。建筑变成了一堆堆橙色钻石、多色球体组成的矩阵，如同一大团藤蔓有机体纠缠在一起。城市变成一座蜂巢，自成一体，没有任何特征，仿佛一块超现实主义的生日蛋糕。

城市的寻找持续了整整五分钟，然后在一瞬间达到一种水晶的完美，所有变化、所有运动都停止了，它静止在瞬间与永恒的神圣边界。在那短暂又永久的一秒钟，没发生任何事情。

然后城市爆炸了。

光的线条和阵列像欢快舞动的激光射向空中，经过冷冻室的冰霜之间，射到了外边的厨房里。仅由颜色组成的极其华丽的结构闪现在水槽和烤箱上方，它们逐渐消失，然后再次隐约出现，最后完全消失。城市腾空而起，分解成二维成分投影和颗粒。它非常短暂地歌唱，在极短的时间里，它同时存在于冰箱和厨房，仿佛它的存在过于庞大，哪一个地方都搁不下它。

然后它消失了，不是向任何他们可以理解的方向移动，它只是……不见了。

他们站在那里眨巴着眼睛，城市的光和亮色消失以后，冷冻室似乎恢复了黑暗和寂静。盖尔疑惑地摇头，罗布轻抚冰霜。城市原本所在的位置只剩下几堵死气沉沉的城墙和少量半掩在积雪下的古老遗迹。

正在他们观察时，这些文明的最后痕迹也粉碎成尘埃，被无情的时间摧残毁灭殆尽。

“我好奇他们去了哪里，”罗布关上冰箱门，“某个另外的维度？”

盖尔没有立即回答，后来她说：“我怀疑我们不一定能理解。”她睁大了眼睛，表情严肃。

不过，罗布绕到冰箱后边拔下插头时，盖尔并没有反对。他们站在那里，静静地看了它一会儿。

“我们用氨水把它清理干净再启动。”罗布说。

盖尔拉起他的手。“走吧，小子。我们去睡觉。”

罗布第二天睡眼惺忪地醒来，脸上出现了晒伤。他摇摇晃晃地来到厨房，泡好咖啡之后，无意识地拉开冰箱取牛奶。

冰箱里闻起来潮乎乎的，气味很重，是那种食物开始腐败的难闻气味。罗布皱起鼻子，又要关上冰箱。然而他一时冲动——只是为了安全——又瞅了瞅冷冻室。

冷冻室里绿意盎然，雾气缭绕，一只比他拇指还小的雷龙眨着眼睛，若有所思地在丛林植物中露出了头。

潜在未来的信函 1：或然历史搜索结果

✖ 约翰·斯卡尔齐

亲爱的客户：

感谢您在多元宇宙™这家美国领先的或然历史研究公司尝试进行历史样本搜索。因为有了我们的多元视野™专利技术和能够以更快的速度和更高的精度搜索多个宇宙的算法，所以多元宇宙™能够以相同的成本访问比交替视野或超级历史多出近 50% 的替代时间线！而且，我们对自己的或然历史研究提供 100% 的退款保证——我们希望您对我们的或然历史的准确性感到满意，这样我们就可以一起建设共同的未来。

在您的历史搜索样本中，您要求查看 1908 年 8 月 13 日在奥地利维也纳发生的阿道夫·希特勒之死。碰巧的是，阿道夫·希特勒之死是我们最受欢迎的搜索请求之一，多元宇宙 TM 已经开发出一个关于此主题的预存索引，这非同寻常，覆盖了此主题整个有效期的大部分日子。这对您意味着什么呢？其实就是作为一项预研事件，如果您为这项历史搜索付费，我们可以在大幅折扣的基础上为您提供这些信息。一些热门的搜索可以在“新搜索”价格的基础上打三五折！

由于您没有指定 1908 年 8 月 13 日在奥地利维也纳发生的阿道夫 · 希特勒之死的具体细节，我们很荣幸地提供与您搜索主题有关的随机抽样内容。您将在其中看到，您所选事件的细节变化如何能极大地影响历史的进程。这就是著名的“蝴蝶效应”——我们相信，你会喜欢了解这些蝴蝶产生的风暴。

由于这是一个历史搜索样本，很遗憾我们目前只提供摘要。但是，如果您想更详细地探索这些或然历史中的一个或多个，多元宇宙 TM 很荣幸为您提供一份详细的历史描述——价值 300 美元——只需 59.95 美元。请联系我们的销售代表来享受这项特别优惠！

再次感谢您选择多元宇宙 TM——精诚合作、从此开始 TM。

情况 1

事件：阿道夫 · 希特勒在维也纳美术学院的台阶上遭遇抢劫而亡。

结果：第一次世界大战继续进行；魏玛共和国没有覆灭；第二次世界大战推迟到 1948 年；美国于 1952 年在柏林投放原子弹；尼尔 · 阿姆斯特朗[1]于 1972 年成为登月第一人。

情况 2

事件：阿道夫 · 希特勒被寻财的鸦片瘾君子所杀。

结果：第一次世界大战继续进行；魏玛共和国没有覆灭；第二次世界大战得以避免；德国和英国形成经济同盟，并于 1958 年对法国宣战；1975 年，马尔科姆 · 埃文斯[2]第一个登上月球。

---

1 尼尔 · 奥尔登 · 阿姆斯特朗（1930—2012），美国宇航员及大学教授。在美国国家航空航天局服役时，阿姆斯特朗于 1969 年 7 月 20 日踏上月球，成为第一个登上月球的宇航员，也是第一个在地球外星体上留下脚印的人类成员。——译注

2 马尔科姆 · 弗雷德里克 · 埃文斯（1935—1976），甲壳虫乐队的经纪人和私人助理。——译注

情况 3

事件：希特勒被满载香肠的失控马车撞死，这是六天内维也纳发生的第四起同类死亡事故。

结果：维也纳通过严格的马车法案，促使汽车被迅速接纳；奥地利成为汽车工业强国；第一次世界大战继续进行，由于掌握先进技术，德国及其盟友取得胜利；三十年代的全球大萧条得以避免；1958 年，维利 · 勃兰特[1]第一个登上月球。

情况 4

事件：阿道夫 · 希特勒被嫉妒的同性恋刺伤数刀而死，凶手认为自己的男朋友在和希特勒偷情，实际上希特勒是完全无辜的，他几个月以来没有任何性行为，更不用说同性恋采用的维也纳式性行为。

结果：对涉案的未出柜同性恋谋杀犯，维也纳国家歌剧院艺术指导费利克斯 · 冯 · 魏因加特纳的审判，震撼了

1　维利 · 勃兰特，亦作威利 · 勃兰特（1913—1992），德国政治家，1969 年到 1974 年任西德总理。希特勒上台后，被迫转入地下工作。后在异国坚持反法西斯斗争。——译注

维也纳社会，同时也被津津乐道；希特勒的水彩画此前滞销，但是没等民众的新鲜感消退，就成为拍卖场上的热门作品。希特勒的妹妹[1]获得了一笔赔偿金；第一次世界大战继续进行，德国及其盟友获胜；三十年代的大萧条没能避免；38%的欧洲人口死于病毒性流感；美国成为世界强国；1956年，约翰·格伦[2]第一个登上月球。

情况5

事件：阿道夫·希特勒莫名其妙地被裹在一块巨大的无味凝胶中窒息而死。

结果：希特勒只是凝胶包裹武器的随机测试对象，俄罗斯贵族从1908年6月30日造成通古斯事件的宇宙飞船中获得技术，研制出这种武器；凝胶包裹武器随后被用于暗杀沙皇尼古拉二世的敌人，然后是世界领导人。弗兰茨·斐迪南大公在萨拉热窝乘坐1911年的格拉夫斯蒂夫特双座敞篷旅行车时，自然也被包裹在凝胶中，波斯尼亚

---

1 保拉·希特勒（1896—1960），出生于上奥地利兰姆巴赫地区，阿道夫·希特勒的妹妹。——译注

2 约翰·赫歇尔·格伦（1921—2016），美国首位环绕地球飞行的宇航员。——译注

青年团借机声称对此负责；第一次世界大战随后在 1915 年结束，当时整个德国军队都被凝胶覆盖；俄罗斯成为唯一的超级大国；1988 年，弗拉基米尔·普京第一个登上月球。

情况 6

事件：回来刺杀希特勒的反纳粹时间旅行者和阻止刺杀的纳粹时间旅行者交火时，阿道夫·希特勒中弹而亡。

结果：因果循环造成维也纳周围时空湮灭，把城里的每个人都送回了 1529 年第一次维也纳之围[1]前夕；当二十世纪的维也纳人用他们的历史知识帮助十六世纪的维也纳人时，穿越时空的亲维也纳未来势力出现，并与穿越时空的亲土耳其未来势力展开了激烈的战斗，结果所有人都被送回到了 955 年的莱希费尔德战役[2]。穿越

1 1529 年的维也纳围城战是奥斯曼帝国第一次试图占领奥地利维也纳市的战役。——译注

2 奥格斯堡战役又称莱希费尔德战役，公元 955 年 8 月，1 万到 2 万名马扎尔人的轻装骑兵自匈牙利侵入巴伐利亚，并攻陷奥格斯堡，德意志国王奥托一世率兵 1 万到达战场，大破马扎尔人，从此结束了马扎尔人侵袭西欧的时代。——译注

时空的亲马扎尔军队出现时，被厌倦了不停穿越时空的其他所有人屠杀，因果循环从而被打破。维也纳成为世界强国；1155 年，亨利 · 雅索米尔戈特[1]第一个登上月球。

情况 7

事件：阿道夫 · 希特勒在跟六名维也纳妓女进行马拉松性爱时死亡。

结果：妓女被逮捕，原来她们是来自色情未来的时间旅行荡妇，她们向维也纳人传授未来的天体愉悦之道；1996 年，珍宁 · 琳德茂达[2]成为第一位登上月球的女性。

情况 8

事件：阿道夫 · 希特勒正好被流星击中，气化而死。

结果：事件根本没有造成明显的历史变化。不过，流

1 亨利二世（1107—1177），莱茵普法尔茨伯爵、奥地利藩侯、巴伐利亚公爵、奥地利公爵。奥地利藩侯利奥波德三世与第二任妻子德意志的阿格妮丝的次子。——译注

2 珍宁 · 琳德茂达（1968— ），美国演员。

星是一颗巨大的小行星飞向地球的前兆，人类历史在终结之前只剩下 22 小时 16 分钟可以发展。人类连同希特勒和 93% 的物种一起被消灭；鼠类社会崛起又衰落；蛙类社会崛起又衰落；球潮虫社会崛起又衰落；乌贼社会崛起并持续；2973004412 年，杜格斯聂杜格成为第一只登陆月球的乌贼。

秘密战争

大卫·W. 阿曼多拉

死亡潜伏在这座小村庄里，遍布各处。

尼古拉·扎哈罗夫中尉能感受到，却闻不到——温度顶多有零下三十度，所以任何死去的东西都会迅速冻硬——但他知道，死亡就在那里等待。跪在森林边的一根风倒木后方，他透过望远镜观察空地上结实的木屋群，查找和倾听活动的迹象。

什么都没有，甚至连炊烟都没有。一切都很平静。

作为死亡的另一个标志，乌鸦栖息在附近的树上。他注意到，乌鸦保持着诡异的沉默，以及跟小村庄的距离。

包括扎哈罗夫在内，他的队伍有十个人。他跟另外七人都配备了波波沙冲锋枪。瘦削的下士奥赫钦更喜欢配有PE 光学瞄准镜的莫辛-纳甘狙击步枪。眼神凶狠的红头发二等兵卡明斯基是个大个子，负责 DP-28 轻机枪。这件武器在他手里就像一件玩具，就连通常由助手为他携带的沉重备用弹盘他也轻松地背在肩上。另外每个人还有一颗 RGD-33 木柄手榴弹。

他们穿着抵抗极寒的服装：棉袄和棉裤、羊毛秋衣、绒线帽、毛皮手套和毡靴。为了伪装，他们在最外面套上了白色的连帽雪衣。

紧张的情绪让他们的感官更加敏锐，格外关注周围的环境，最轻微的气味或声音都能让他们警觉起来。他们对敌人的特征非常了解。

扎哈罗夫吹出一声鸟叫引起大家的注意，然后做了一个手势。他和另外六人走出隐蔽处，小心谨慎地接近村庄，积雪在他们脚下嘎吱作响。

这个聚在河岸上的极小型定居点曾是一座古老的贸易站和几家商店，近一个世纪以来一直在开展本地毛皮贸易。

仅仅几分钟的疯狂杀戮就灭绝了这里的所有人口。

在泥泞结冰的街道上，战士们发现冻住的苍白尸体和尸块躺在僵硬的衣服碎片中，一摊摊血液和血块已经凝固成暗红色的冰。村民们都被撕碎：头颅、四肢和内脏到处散落。所有的人都遭到啃噬，骨头被掰断，骨髓被吃掉，头骨被砸开，脑髓也被吃掉。对食腐动物而言，这是一场可怖的盛宴。不过正如扎哈罗夫所料，没有一只动物在附近游走。跟乌鸦一样，狼也躲得远远的。

一只狗蜷缩在木棚后面，吓得连呜咽都不敢，它应该是某个人可怜的宠物。杀死并吃掉村民的家伙不喜欢狗肉。

战士们冷静地审视这场残杀，对这样的暴行已经司空见惯。这不是他们头一次出任务。他们都是上过前线的老兵——身经百战。每人都获得过战斗奖章，有几个人还获得过至少一枚负伤勋章。

扎哈罗夫再次伸手示意。卡明斯基俯卧在地上，用机枪瞄准这条街道。然后，上士谢尔盖·克拉夫琴科率领三个人，悄悄来到最近一间木屋的后方，躲在窗户的下面。谢尔盖是扎哈罗夫的副手，一个来自乌克兰的矮胖子。随着一声巨响，门被踢开，他们手按着扳机冲了进去，也做好了随时投掷手榴弹的准备。确认小木屋里没人后，他们继续检查下一栋建筑。

全部搜查完毕之后，克拉夫琴科迅速回来，把结果报告给一直待在卡明斯基身边的上司。

“没见到敌人，中尉同志。”

“我猜没有幸存者。”扎哈罗夫说。

“没有。”

扎哈罗夫朝奥赫钦点点头，后者开始检查被杀村民身上的爪印和咬痕。他蹲下来研究被血染成粉红色的雪地上的一个脚印，从不同的角度观察。这个脚印大约是男性脚掌的尺寸，有三个带爪的脚趾，让人联想到鸟。他绕了一圈，仔细检查村庄外围的其他足迹，然后回来报告。

“中尉同志，一共十个。夜间发动袭击。”

“它们来自哪个方向？”扎哈罗夫问。

“东北方向。它们现在正朝西南方向走。”

扎哈罗夫点了点头，然后转向克拉夫琴科。“我们开始行动吧，往东北方向走。”

“我们不追踪它们？”克拉夫琴科问。

“不，其他部队将要拦截它们。我们的任务是找到它们的洞窟。发信号说我们发现了袭击的迹象，它们正往西南方向行进。”

“是，中尉同志。”克拉夫琴科招来一名二等兵，大声说出命令。

红军拥有的无线电台比较少，这支队伍没有。为野战电话铺设电线往往不切实际，所以团队之间的沟通通常靠信使和信号弹来实现。这名战士根据他的信号图装好信号枪，对准天空发出一颗紫白双星信号弹，弧光高高地划过天空。

秘密战争断断续续地进行了近四分之一个世纪，从未在苏联媒体上提及，苏联领导也从未公开承认。国内安全事务向来如此。

扎哈罗夫记得他从第一次搜索和摧毁行动中归来，得到了上级的祝贺，被授予红星勋章，然后被直截了当地告知，要是把看到的东西传到所在部队之外，他将被送到劳改营。

秘密战争中出现间歇，但随后那些东西又会回来。只不过没有人知道它们到底是什么。在隆冬时节，夜晚最长的时候，西伯利亚北部会出现神秘的洞窟，那些东西会出现，渴望吃到人肉。它们从不猎杀动物，只猎杀人。莫斯科不得不再组织一项行动来根除这些嗜血的生物。

它们没有正式的名字，因为它们不符合任何已知的物种。苏联科学家争论它们是否就是神话中的野人——高加索的雪怪，西伯利亚的丘丘尼亚[1]，或者乌拉尔山区的门克[2]。不过传说把它们都描述得跟猿类或人类相似，甚至可能是存活下来的尼安德特人，而袭击村民和牧民的可怕生物绝对不是人类或猿类。在民间，它们只是被称为乌比，这是俄罗斯人对吸血鬼和饿鬼等吸血怪物的通称。

苏联境内的安全行动通常由内务人民委员部——NKVD——的内卫部队，即约瑟夫·斯大林冷酷无情的秘密警察负责。但这些准军事部队缺乏必要的专业训练。猎杀饿鬼完全不同于大规模逮捕和驱逐所谓的“人民的敌人”。1936年，内务人民委员部的一个团在通古斯河中游被歼灭后，搜索和摧毁行动由红军接手。

一支特别的非正规部队成立了。X特种部队，通常简称为X部。X不是西里尔字母，而是拉丁文，取自未知变量的数学符号，因为他们对抗的生物是未知物种。该部队

1　丘丘尼亚，也称丘丘纳，是俄罗斯雅库特地区的一种神秘生物，一般被描述为六至七英尺高，全身黑毛密布。——译注

2　俄罗斯乌拉尔山区传说中的雪人。——译注

由经过冬季战争适应性训练的士兵，最好是那些在生活中曾是捕猎者或猎人的士兵组成，其独立支队设在西伯利亚的前哨基地。每当有饿鬼入侵，战斗小队就会追捕这些生物，消灭它们，并摧毁它们的洞穴。

不过，克里姆林宫在一九四二年末收到关于饿鬼重新开始活动的报告，将其标注为低优先级。前一年纳粹德国发动大规模入侵，当时苏联正与其陷入惨烈决战。所有可用的部队和装备都需要补充到在殊死战斗中遭受重创的明斯克、基辅、列宁格勒和莫斯科，X 部被削减为一支象征性的部队。战前，扎哈罗夫的队伍有一个排的规模，现在只剩一个班。

扎哈罗夫用六分仪进行太阳观测。这个地区没有准确的地图，他把他们的行动和位置记录下来。

当其他人都不在旁边时，克拉夫琴科问道："请求自由发言，中尉同志？"

"没问题，谢尔盖 · 帕夫洛维奇。"尽管他们的军衔不同，但私下关系很熟。聪明的下级军官会听从并学习他们的高级军士的意见，扎哈罗夫非常看重克拉夫琴科的经验。他的年龄几乎是扎哈罗夫的两倍，曾参加过第一次世界大战和俄国内战。

“支队的队伍部署间隔太远，”克拉夫琴科说，“我们没法相互支持，无法协同巡逻，不能充分扫荡每个区。如果一个小队遇到了太多的饿鬼，可能还没等其他小队前来帮助，它就被消灭了。”

“我提出过这个担忧。”

“请问少校怎么答复？”

“他说，如果我们这样分散开，就可以覆盖更大范围。报告的饿鬼不多，所以他相信每个小队如果遇见都能处理得了。”

“到目前为止只发现了几个，这是不假，但谁能保证不会有更多呢？我们没法知道每年冬天会出现多少。”

“我明白。”

克拉夫琴科叹了口气。“为什么莫斯科给我们派来一个新的支队指挥官？他没有这类行动的经验？我们人手不足已经很艰难了。”

“我们执行命令。”

“明白，中尉同志。少校至少说过我们请求飞机支援的事情吧？”

“没说，我也没指望过。支持我们的同志在斯大林格勒作战是莫斯科现在的首要任务。”

他们回到了树林，死去的村民被留在原地，以后别人会来处理。村庄本身将被荒废，现在没人愿意生活在这里。

附近山沟里的三名战士牵着这支队伍的马，动物们从结霜的嘴里呼出雾气。西伯利亚的大部分地区仍然是原始的荒野，机动车无法通行。这些马匹是毛茸茸的小型雅库特马，属于耐寒品种，在这种残酷的气候中成长起来，主要靠野草为生。

队伍挂上武器，跨上马鞍，向饿鬼来的方向骑行。在呼啸的西南风中，脚印一直延伸到河岸，越过平坦光滑冰面。每年这个时候，冰层很厚，骑兵踩上去也没有问题。到达对岸后，他们扎进了森林里。

奥赫钦在前面侦察，他那双漆黑的杏眼能识别出饿鬼经过的痕迹——折断的树枝、磨损的地衣和雪里的脚印，但没有粪便，饿鬼不会留下排泄物。队员们排成一列纵队，谨慎地沿着脚印骑行，而不是越过它们，以免毁掉任何线索。追踪很容易：他们的猎物没有努力隐藏。

被分配到X部，扎哈罗夫觉得自己很幸运。其行动的性质意味着战场上指挥官必须拥有比他们在红军中通常享有的更多的自主权。这种相对的独立性随着最近政委的降职而增加，政委们被降为顾问的职务，不再与军官实施双重指挥。

不过，能否保住自己的指挥权仍然取决于结果。在苏联，从来就不允许失败。即使你是元帅，也有可能被判到劳改大队刑罚营或古拉格服役，或者被处以极刑。

不是说好结果能保证安全。在“大清洗”期间，成千上万人被监禁或枪杀。

每个师都有一个附属的内务人民委员部特别机构。幸运的是，X部中这个机构的负责人是个酒鬼，他的妻子对资产阶级的奢侈品颇有眼光。部队指挥官谨慎地提供了大量的伏特加和皮草，以确保每周都得到光鲜亮丽的报告。

队伍随足迹穿过荒凉的针叶林。灰色的落叶松像一副副站立的骨架，去年秋天就已经落下了针叶。林中鲜有灌木，空地上有几丛褐色的草从茫茫白雪下支出来。西伯利亚不仅极其寒冷，而且也非常干燥。许多地区其实很少降雪，不过一年中的降雪会在地面存留至少六个月。人类在这里的唯一痕迹是小型重物陷阱，冬季是狩猎紫貂的季节。

每年这个时节，白天都很短，蓝色的天光只持续四个小时左右。金色的太阳直到上午将尽才升起，勉强维持在地平线上方，然后下午过半就会再次落下。

在某个地方，战士们都听到远处传来一阵长长的哀号，尖厉的叫声不像是人或动物发出的。他们不时听见这个叫声从不同的方向传来，互相投去心照不宣的焦虑眼神。

“饿鬼。”克拉夫琴科喃喃低语。

扎哈罗夫举手示意停下。他瞥了一眼周围的树木，一棵近五十米高的树耸立在其他树木上方。他把望远镜递给奥赫钦，说：“上去看看能不能发现它们。”

奥赫钦把尖钉绑在靴子上，沿着树干往上，爬到最低的枝丫，再攀着枝丫爬上去，最后坐在靠近顶部的一个分杈处，慢慢扫视各个方向，然后迅速爬了下来。

“中尉同志，十二个饿鬼在东北方向两千米处沿着足迹向我方移动，”他说，“还有十个饿鬼在西南方向一点五千米处追踪我们，来势凶猛。第二组可能是袭击小村庄的那群，它们一定是发现了我们的踪迹。”

“它们现在要捕杀我们，”扎哈罗夫若有所思地抚摸着下巴说，“我们可以挖战壕备战，同时召集其他队伍。”

克拉夫琴科摇了摇头。“等人赶来天都黑了，我们相距太远。那样饿鬼会有优势，因为它们能夜视。”

“那我们最好趁现在还是白天，而且敌方两股势力还没有会合，立即发起进攻，消灭身后那些，然后再消灭余下的。”

克拉夫琴科咧嘴一笑，露出了一颗金牙。“我们会打它们个措手不及。”

队伍掉头向他们来时的路快马返回。不久，马匹发出嘶鸣，它们嗅觉敏锐，捕捉到饿鬼的难闻气味。

在一座高地后面，战士们下马，交给三个人牵着。奥赫钦和卡明斯基爬到顶部居高临下的观察位置，而其他人则在扎哈罗夫的带领下，在高地前排成一个小规模战斗的阵型。

十个饿鬼在前面的树林中奔跑。

它们是瘦长结实的生物，有着灰色皮革般的皮肤，完全没有毛发。像猿猴一样向前俯身奔跑，如果完全直立的话，身高都会稍微超过一米五。瘦骨嶙峋的长臂几乎伸到了地面上，末端是长着黑色弯爪的粗糙的手。它们是两足动物，每只脚有三根脚趾，也都长着利爪。狭窄的头部有尖尖的耳朵，狭长的鼻孔，斜挑的黄眼睛里暗中闪烁着贪婪的饥饿感。它们龇着沾满口水的獠牙，飞快地吞吐着蓝色分叉的长舌头。

即使是微弱的日光也会影响它们的视力，所以它们没有立即看到战士。

一颗黄色的信号弹发射出去，提醒其他队伍发现了饿鬼。然后，奥赫钦的狙击步枪开火，响亮的声音打破了沉寂。一个饿鬼蹒跚了一下，一百四十七格令[1]的七点六二毫米子弹洞穿它的左眼，将其后脑炸开，喷出黑色的汁液。它向后翻倒。

其他饿鬼愤怒地四处寻找火力点，同时第二、第三个接连被爆头消灭，最后它们发现了人类。伴随着一阵令人毛骨悚然的怒吼，它们冲了过去。其中一个仰起头，发出一声飘忽不定的长鸣，叫声在森林中回荡，让战士们不寒

1 格令为重量单位，一百四十七格令约为九点五克。——译注

而栗。

“开火！”扎哈罗夫喊道。

饿鬼迅速而且灵活。战士们站在原地开火——他们的冲锋枪发出迅疾刺耳的嗒嗒声，身后高处的DP-28轻机枪发出稍慢一些的击发声，不时点缀其间。

这些生物冲进铅弹组成的风暴。它们被数十发子弹打成筛子，跌跌撞撞地倒下，它们的体液喷溅到地上时嗞嗞作响，瞬间融化接触的雪。一对饿鬼向左转，试图包抄队伍，但是无济于事，这招早被预料，它们也被击倒，最后一个倒下的距离战士们仅有几米之遥。

大家停止射击，重新装弹，肾上腺素缓缓从血管中消退。扎哈罗夫注意到克拉夫琴科正在平静地包扎一个手腕。

“受伤了？”他问。

“它们的血溅到我身上一滴，”克拉夫琴科说，“像酸液一样灼人。”

饿鬼的尸体开始闷燃和分解。数分钟后只会剩下几堆灰烬和萦绕在凛冽空气中的恶臭。没有骨头，而且这些地方以后什么也不会生长。这种加速的分解使人类无法获得用于科学研究的标本，所以饿鬼的生理解剖细节不为人知。

扎哈罗夫收集一点灰烬，封在一个信封里。他收到长期命令，要在条件允许的情况下采集样本。

试图活捉饿鬼的尝试被证明难以实现。它们无法被制服，而且对镇静剂具有充分的抗药性。人类只能依靠目击者的描述、模糊的照片、脚印的石膏模型和灰烬残留物的实验分析。饿鬼似乎没有任何形式的社会结构或领导阶层，没人看过它们的后代，它们的繁殖方法也无人知晓。它们看起来都很相似，没有明显的性别差异。

这支队伍匆匆上马，出发去截击另一队敌人。

树林越来越密集，迫使他们放慢脚步。他们沿着山坡上的足迹，下山来到一条冰封的曲折溪流旁。小溪隐匿在阴影之中，橙色的天空映衬着树梢。

奥赫钦突然勒马，示意其他人停下。他狐疑的目光四处打量。

微风变了方向，马匹尖厉地嘶鸣。

“有埋伏！”奥赫钦喊道。

空气中充斥着尖叫，饿鬼突然从对岸藏身的岩石和灌木丛后一跃而出。

一名战士被利爪一击斩首，他无头的尸体喷着鲜红的血液，像个可怕的破布娃娃又继续骑行了一会儿，最后从马鞍上摔落。另一名战士从坐骑上被拽下去；他的冲锋枪和手臂被扯掉了，头顶也被削掉。第三名战士的马嘶鸣着抬起前腿，把他甩到地上，摔断了他的腿。一个饿鬼立即将他开膛破肚，并咬断了他的喉管。

一个饿鬼蹿到扎哈罗夫上方的一棵树上，但是扎哈罗夫没等它扑向自己，便用波波沙冲锋枪向它一阵射击。饿鬼重重地摔在地上，有几根树枝被它压断。

战士们很快从最初的措手不及中恢复过来，催马向前冲。他们设法骑马离开伏击区，然后掉转方向从马背上无情地射击。这群饿鬼很快就被消灭。

扎哈罗夫跳下马来，和队伍中的军医一起冲向倒下的士兵。

两个人已经死亡。第三个人少了一条胳膊和顶部头骨，虽然可怕而且令人难以置信，但他仍然活着，而且没有失去意识。他没有喊叫，展现出俄罗斯战士惯有的坚忍克制的精神。但他已经救不回来，除了注射吗啡以缓解最后的痛苦外，军医无能为力，只能将他搂在怀里，直到他幸运地结束痛苦。

扎哈罗夫发射了一枚绿色信号弹，表示所有看到的饿鬼都已被消灭。然后，他面无表情地收集了牺牲战士的身份识别手册，以便妥善保存。尸体上的武器和装备被取走，每具尸体都松散地堆上石头，建起一座粗陋的石冢。坚硬的永久冻土把挖掘坟墓变成一项艰巨的任务，他们无暇处理。他们阴郁地默哀了一会儿，然后骑上马，牵着多出来的马匹继续前进。

由于这些行动的保密性质，政府没有为行动参与者颁发参战勋章。扎哈罗夫甚至不得给家属写慰问信。他可以推荐值得表彰的人追授勋章，但褒奖本身是保密的。亲属们永远不会得知他们所爱之人的死亡情况，只知道每个人都是“为了保卫他所爱的祖国而英勇战斗”至死。

他们回到了原来的路径。夜幕降临，星辰的寒光微微照亮了黑暗。气温继续降至零下五十度。这道足迹很清楚，队伍可以借星光沿着它继续行进几个小时，然后再停下来扎营。

营地设置了一名哨兵，外围挂上了信号弹的绊线。每个人都会轮流站岗，其他人睡觉。扎哈罗夫再次利用六分仪观测北极星确定他们的方位。

与往常一样，骑兵部队优先考虑马匹，拴好并照顾它们，检查伤情，让它们吃些牧草。最后战士们搭起帐篷，坐在里面吃饭，挤在温暖舒适的野外小铁炉周围取暖。

扎哈罗夫看到手下先得到了照顾，然后才狼吞虎咽地用热茶顺下自己的黑麦面包、荞麦粥和硬香肠。他特意拒绝了军官口粮，和士兵们吃一样的食物。根据规定，伏特加的配给也获得批准，但他严格禁止。在基地，战士们可以随心所欲地喝酒狂欢，但在任务中，他需要每个人都保持清醒和敏锐。

后来，他们清洁了武器，涂上低温天气下的润滑油，以防止机械装置冻结，并重新装满弹匣。他们有说有笑，用新闻纸卷起浓烈低劣的烟草，制成粗糙的烟卷，享受着抽烟的乐趣。

金属的闪光暴露出一枚基督教的小十字架，一名大兵把他戴在脖子上，隐藏在外套下面。扎哈罗夫像往常一样，装作没有注意到。

他见过太多好人无谓地牺牲——而且英年早逝——所

以一点都不相信上帝。不过和他的战士们一样，他也是农民的儿子，理解他们的方式——他们粗俗的幽默，突兀的亵渎，他们的禁忌和迷信——只要有可能，他就会迁就他们。他也不理会他们对政权偶尔的抱怨。扎哈罗夫是一个务实的共产主义者，只要他的人在战斗就好，这才是最重要的。

扎哈罗夫在马匹疯狂的嘶鸣和跺脚声中惊醒。就在他和帐篷里的其他人摸索着寻找武器时，绊索照明弹刺眼的白光突然照亮了营地，自动武器的两轮射击声打破了宁静。

扎哈罗夫冲到外面。卡明斯基正在放哨，他的机枪枪口冒着烟。

“在那里，”他说着向那个方向点点头，“有两个，被照明弹晃得看不见时被我消灭了。”

当照明弹在嗞嗞声中熄灭，黑暗再次降临，队员们连滚带爬地进入营地周围的防御位置。他们在紧张的沉默中等待着夜视能力的恢复。漆黑的树林似乎充满威胁，一轮圆月在天上阴森地凝视。不过什么都没有发生，最后，马儿们恢复平静，又变得悄无声息。

“我认为不会再出现了。”奥赫钦说。

战士们都放松了下来。扎哈罗夫走到克拉夫琴科身边，他正蹲在一个饿鬼化成的灰堆旁，陷入了沉思。

“我们很幸运，”扎哈罗夫说，“只有两个，马匹没等它们接近就闻到了气味。”

克拉夫琴科哼了一声。“这正是我担心的。”

“为什么？”

“饿鬼似乎并不聪明，中尉同志，不是我们理解的聪明，但是也不傻。它们像任何捕食者一样狡猾，整天都在互相尖叫、交流，沟通我们和其他队伍的情况。我们的信号弹暴露了我们的位置。”

“不幸的是，我们没法不用。我们没有无线电。”

“可以肯定的是，饿鬼知道我们的所有情况——我们是什么，在哪里，有多少人。那么，为什么它们每次只有几个或一小群来攻击我们？如果它们没有那么多，那么为什么不完全避开我们，去猎杀更容易的猎物？”

“我不知道。你这么说的话，就讲不通了。”

克拉夫琴科站了起来。“对，讲不通。”

余下的夜晚平安无事地过去，可战士们睡得并不踏实，在黎明前就起床了。匆匆吃过早餐后，他们在月光下继续猎杀。踪迹折向正北。

当第一缕微弱的阳光透过树木，奥赫钦在远离踪迹的地方发现了某个东西，于是骑马过去仔细查看。他下马检查地面。扎哈罗夫也过去看他在看什么。奥赫钦拂去积雪，发现了泛黄的碎骨、卡其布碎片、几颗黑色纽扣，以及靴子和装备被割裂后的残骸。

“又一个饿鬼的受害者？”扎哈罗夫下马问道。

“对，中尉同志，但这个伙计死了很久。”奥赫钦弯下腰，从死者破旧的口袋里掏出一本身份证，它的红布封面已经褪色，还沾满了污渍。他不识字，所以拿给了扎哈罗夫看。

扎哈罗夫饶有兴趣地哼了一声：“内务人民委员部。”

附近有一把生锈的纳甘左轮手枪，扎哈罗夫把它捡起来，打开装填活门，转动弹巢，检查弹膛。所有七发子弹都已打光。“他并非不战而亡，”他瞥了一眼遗体，注意到一块头骨碎片上有一个小圆孔，“看来他把最后一颗子弹留给了自己。”

“他带着这个。”奥赫钦说着举起一个棕色皮革制成的地图盒，被自然侵蚀得破破烂烂，但其他方面都很完好。他向里面看了看。“里面装满了旧文件。”

扎哈罗夫接过盒子跟证件，放进自己的马鞍袋里。“我以后再检查，我们需要继续前进。”

他们匆匆赶路。在西边的远方，一颗黄色信号弹像彗星一样划过森林上空。此后不久，他们听到微弱的枪声越来越密集。

“另一个小组也发现了饿鬼。”克拉夫琴科勒住马说。

枪声渐渐平息、停止。一颗绿色信号弹在空中升起。

“他们消灭了对方，”扎哈罗夫说，“我们走吧。”

终于，奥赫钦又停了下来，观察地面。扎哈罗夫看到足迹在被踩踏的雪地上伸出分支。在前面，越过这条分支，足迹变得更宽更深，数量也更多。

“饿鬼们在这里兵分两路，”奥赫钦说，“那些往西延伸的足迹可能遭遇了另一支队伍。”

扎哈罗夫点了点头。“这意味着我们跟上了饿鬼主力的踪迹，很好。”

前方是一大片被野火烧毁的针叶林，可能在去年春天或夏天由闪电引发，摧毁了数千公顷的林地才最终烧尽。被火焰烧焦的孤立树干在一片绝对荒芜的景象中显得格外黑暗和突兀。马蹄踩在雪层下烧焦的木头上，发出噼啪的声音。他们停下来扎营。

吃过饭，扎哈罗夫检查了牺牲的内务人民委员部成员的证件。他翻开身份证件，里面有一个严肃的年轻人的照片，还有身份证号码、签发日期、签发机构、军衔和职务等等。

“那么他是谁，中尉同志？”克拉夫琴科卷起了一支烟问道。

“国家安全少尉鲍里斯·斯捷潘诺维奇·苏希什维利，内务人民委员部内卫部队第十三步枪团。”

“他们是六年前在通古斯被屠杀的人，离我们这里很远，没有生还者。他在这里做什么呢？”

扎哈罗夫把注意力转移到地图盒上。里面有一卷捆在一起的散页，组成了一份旧文件，纸张因为年代久远而发黄，因为潮湿而污浊。他把文件解开，从上面一张匆忙写下的纸条开始阅读。

“他正要返回基地，”扎哈罗夫说，“他是团长弗拉基米尔·奥尔洛夫的信使。当饿鬼进攻时，奥尔洛夫意识到他注定要完蛋，就想保住这份文件，让苏希什维利把它送走。”

“这份文件有什么特别之处？”

“奥尔洛夫不只是在领导一次搜寻和摧毁行动，”扎哈罗夫说，“根据这份文件，他还被格列布·博基委以重任，博基是一名对超自然现象进行研究的内务人民委员部高级官员。代号为‘冥府行动’的任务是要对饿鬼起源进行调查，”他翻开到下一页，“在图鲁汉斯克的村庄，奥尔洛夫发现了这份文件。这是一位名叫格里申的白军军官的证词，他在一九二〇年三月被红军游击队抓获并审讯。”

克拉夫琴科吐了口烟，注视着发亮的烟头。“那是饿鬼袭击的首批报告之后不久。”

扎哈罗夫仔细翻阅了文件，原本的证词是手写的，然后打出了一个摘要。有些部分已经褪色，污迹斑斑，难以辨认，但他仍然能够阅读，足以拼凑出基本事实。

最后他说：“格里申是一个贵族，在革命前属于反动的黑色百人团，所以在内战期间，他加入了白色反革命分子，成为高尔察克海军上将的参谋。一九一九年十一月，在鄂木斯克沦陷和高尔察克的白军被迫撤退后，格里申被派去执行一项秘密任务。”

战士们全神贯注地听着，外面的风像迷失的灵魂一样低吟。尽管帐篷里很暖和，但他们还是不由自主地颤抖起来。

扎哈罗夫继续说，他的目光扫视着页面：“作为一个公认的神秘主义者，格里申声称他的任务是在北极地区进行黑魔法仪式，召唤饿鬼，其目的是让白军利用它们来对付布尔什维克。据称，高尔察克在第一次世界大战前参加的两次极地考察中发现了这些生物存在的证据。”

“那么，如果这是真的，那肯定会适得其反，”克拉夫琴科说，“饿鬼不受人控制，它们不管政治立场如何，只知道屠杀所有人。不过，假如这个疯狂的军官召唤了它们，为什么他在意识到自己的错误后不遣返它们？”

“他说没有能力纠正自己的错误。即使他能，审讯后他也被处决了。高尔察克一个月前在伊尔库茨克被捕，不过在审讯期间，他从未被问及饿鬼，没有人怀疑白军与此有关。当然，高尔察克也被处决了。由于某种原因，这份文件从未被送到莫斯科。它被遗忘，最后在图鲁汉斯克蒙尘，直到奥尔洛夫发现它。”

“那冥府行动呢？博基没有跟进吗？”

“他在‘大清洗’期间被清算了。没人再热衷调查超自然现象。”

克拉夫琴科厌恶地摇了摇头，把烟头扔进炉子里。“他们枪杀了所有能给我们提供情报的人。”

扎哈罗夫小心翼翼地把文件塞进盒子里。“好了，可以肯定的是，我们的上级会愿意看看这个。”

他们进入了梦乡，但扎哈罗夫只让他的手下休息了宝贵的几个小时。在被烧毁的区域之外，森林继续延伸，但随后又逐渐稀疏起来。很快，针叶林就完全消失，让位于荒芜的冻土平原，在晨光中，一片空旷的蓝白色地带延伸到地平线。这里生长的只有苔藓、地衣和野草，所以呼啸而过的刺骨寒风无可阻挡，抽打着他们这支队伍。

他们遇到了一个穿着皮大衣的人，他用一根长杆驾驭两头驯鹿，拉着木制雪橇赶路。他是涅涅茨人，属于生活在北极的本地部落之一。近年来，政府曾试图逼迫他们放弃传统的游牧生活，所以当他看到士兵时也很警惕。

奥赫钦是埃文基人，另一个以放牧驯鹿为生的民族，他骑马上前打招呼。奥赫钦说了那人的语言，然后涅涅茨人用他的杆子朝远处的蓝色山脊线比画。最后，那人继续前进，奥赫钦回来向扎哈罗夫报告。

“他来自一个逃离饿鬼的部族，中尉同志。他说它们的洞穴在那些山丘的另一边。”

扎哈罗夫点了点头。“那是足迹延伸的方向。”

黄昏来临，天上出现了北极光，闪烁的绿色光带在黑色的天空中飘动，投射出异样的光辉，亮得足够让人阅读。伸向山脊的上坡变得崎岖不平。扎哈罗夫在光秃秃的岩石上看不到任何脚印，但奥赫钦仍能辨别出模糊的踪迹——脱落的石头、碎裂的冰块、踩伤的苔藓——他们沿着踪迹一直走到山顶。山的另一面急剧下降，形成陡崖，踪迹伸向一条狭窄的山沟。

他们列队下到山沟里，马匹小心翼翼地在山底松动的碎石上选择道路。奥赫钦骑在前面，然后停了下来；他招了招手，又指了指。

前面的踪迹终于消失在它的源头——一个直径约为三米的不规则洞窟，周围堆满了冻土。他们探头望进洞口，一股恶臭从下面飘来，马匹变得惊惶不安，打着响鼻往后退缩。战士们下马，从肩上取下枪支，往后拉回枪栓。

“波戈金！”扎哈罗夫说，队伍中的工兵走出来，“轮到你上阵了。两个人跟他一起下去，掩护他。”

波戈金从自己的马褡裢中取出两包炸药并背在肩上，在两名战士的协同下爬进洞里。

“上士同志，有没有人试过从这些老鼠洞里一直钻到最里边，查明它们的去处？”卡明斯基问道。

“有一支队伍曾经那么干过，”克拉夫琴科说，“他们再也没有回来。”

“奥赫钦认为他们一路到了地狱，那里是恶灵居住的地方。他说饿鬼在下面产卵，然后钻到地面。”

克拉夫琴科耸了耸肩。“谁知道呢！在白军出现之前，他的族人早就在这里生活。他们比我们更了解这片土地。”

爆破小组打开了手电筒。在光束中，他们发现这座洞窟是一条粗糙隧道的入口，隧道以一定的角度延伸至地下的黑暗中，穿过永久冻土，深入坚硬的岩床里。这种地质特征在西伯利亚的喀斯特地貌中并不罕见，但这显然不是侵蚀形成的自然结构。它太直了，样式太过一致。只不过饿鬼到底如何挖出隧道，这是另一个未解之谜。

波戈金在入伍前曾是一名地质学家。他咬着自己的小胡子，用富有经验的目光仔细查看粗糙的灰色石灰岩，注意到墙壁上的裂缝、从顶部掉落的碎石堆，以及其他不稳定的迹象。他放下背包，开始拆开一卷引线和TNT炸药包的包装。

他的两个护卫手持武器，若有所思地在旁边警戒。因为空气寒冷潮湿，充满了刺鼻的饿鬼气味，他们俩都皱起了鼻子。然后他们紧张起来。

在隧道的深处，他们可以听到不断接近的脚步声——扁平脚板拍打地面、形成回声，利爪在地面上摩擦。

波戈金手脚利落，迅速把高爆炸药安放在隧道的关键薄弱点。没有时间钻孔盛放炸药，也没有时间进行双倍装药。他在每个炸药包中插入一个起爆雷管，然后在雷管上各接一小段引线，又轮流把两条引线的另一端绑在一条长长的环形主引爆线上，这样所有炸药就可以通过一根引信同时引爆。

他的护卫用手电筒照着漆黑的隧道，但是照不到下面潜伏着的东西。脚步声越来越响，越来越近，还可以听见嗞嗞声。然后，脚步声加快，又有人加入其中。战士们瞥见一眨不眨的眼睛发出险恶的寒光。

“它们来了！”一名战士喊道，“瓦西里，快点！”

“拖住它们！”波戈金说，“我快弄完了！”

随着凶恶的号叫在回荡，战士们将照明弹扔进隧道，晃瞎敌人的眼睛，然后开火。冲锋枪的沉闷响声在隧道有限的空间内震耳欲聋，子弹在墙壁上弹跳时溅出火花。钢制空弹壳哗哗地掉在地上。号叫声停止，照明弹燃尽。战士们停止射击，耳朵里嗡嗡作响，鼻孔里充满了无烟火药蓝色烟雾的刺激气味。

形势缓解只是暂时的，跑动的脚步声再次响起。

“小心爆炸！”波戈金说着拉动了环形主线末端的拉动点火器。一根三十秒的引信开始燃烧，发出剧烈的嗞嗞声。

他的同伴们以最快的速度爬上隧道并爬出洞口。波戈金努力跟上，然后滑倒了。外面的两人慌忙伸手把他拖了出来。在地面上，其他队员已经撤到了安全距离。三人争先恐后地跑向他们。

在他们身后，伴着一声闷响，一股浓烟和碎片从洞口喷出。

扎哈罗夫等空中的烟尘散尽，小心谨慎地冒险走到摇摇欲坠的洞窟边缘，仔细观察。洞口已经坍塌，完全被碎石填满。他满意地点点头，回到其他人身边。

“干得好，同志们，”他说，“洞口封住了。”

他拿出六分仪，所有已知的饿鬼洞窟的位置都得被记录下来。当他在笔记本上标注时，远处传来隆隆声，大地在他脚下颤抖。

奥赫钦惊呼了一声，他平时高深莫测的亚裔面孔因为惊恐而绷紧。他指向北方，扎哈罗夫皱了皱眉头，举起望远镜。他的心中一沉。

“那是什么？”克拉夫琴科问。

扎哈罗夫没有说话，只是把望远镜递给他。

克拉夫琴科自己看了看，用乌克兰语狠命诅咒。几百米外，一座巨大的山口突然喷发，尘土飞扬。饿鬼像猴子一样从里面爬出来—— 一波又一波，瘦削的身影在北极光的照耀下聚成密密麻麻的一群。他发出一阵叹息，把望远镜递了回去。

“这是一次全面入侵。”他说。

扎哈罗夫严肃地点点头。“就跟六年前一样，在那个团被屠杀之后，内务人民委员部不得不调来空军，用毒气弹轰炸这些洞窟。”

“所以饿鬼每次只攻击几个。它们是诱饵，引诱我们的支队北上，过度延长我们的战线。我们是这里的唯一防线。”

扎哈罗夫意识到这个问题可能有多严重。德军已经占领了苏联西部的大部分地区，因此重要的工厂已经被拆除，并撤离到乌拉尔山脉以东更安全的地方。这些工厂的原材料来自西伯利亚。一次大规模的饿鬼入侵可能会威胁到对战争至关重要的基础设施。古拉格的许多强制劳动营和流放地也位于那里，饿鬼的攻击也很难让这些可怜的囚犯获释。

他翻身上马。“撤退！”

队伍向山脊退去。远处传来震耳欲聋的激烈嚎叫，饿鬼们看到他们，追了上来，它们的眼睛泛起邪恶的光。扎哈罗夫知道，它们冲刺的速度跟马匹一样快，而且有更强的耐力。

这是一场他赢不了的赛跑。

他们骑着马冲上山沟，到达山顶时，扎哈罗夫示意停下。他抓住波戈金的袖子说：“快马加鞭！警告少校！”他把装有文件的地图盒和记录洞口经纬度的日志本塞到他手里。

“明白，中尉同志！”波戈金用鞋跟踢了踢马，飞驰而去。

扎哈罗夫转向克拉夫琴科，他把蓝眼睛眯成一条缝，目光坚定。“我们必须拖住它们，为波戈金争取一个逃走的机会。”

克拉夫琴科略微点点头，下马转向其他人。“同志们，我们在这里坚守，一步也不能退。”

其他人知道这个命令意味着什么，但还是毫不犹豫地服从。他们不是为斯大林而战，甚至不是为俄罗斯母亲而战。他们战斗的初衷跟自古以来的所有士兵都一样，他们为彼此而战。

翻身下马之后，他们匆忙在山沟一侧的巨石堆中各就各位，卸下所有的备用弹药，放走所有马匹；没有多余人力牵马。悬崖峭壁过于陡峭，难以攀登，所以除非饿鬼从两侧走十几千米，绕过山脊的远端，否则它们只能从这边过来。

尽管人人都知道这没有用，但还是发射了一枚红色紧急信号弹。救援不会及时赶到。几名战士在自己身上画十字，这是东正教在战斗前的古老风俗，红军中的许多普通士兵出于习惯仍然在沿用。最后一发照明弹被打出去，它乘着降落伞飘在空中，饿鬼们愤怒地号叫，咬牙切齿，试图遮住眼睛，不看闪烁耀眼的光芒。

奥赫钦将他的狙击步枪架在一块岩石上，开始以最快的拉栓速度进行射击，远距离击杀那些生物，只有重新装弹时才会停下射击，用拇指把更多子弹压进弹匣。

很快，卡明斯基的机枪也加入战斗。随着他的射击，机枪的弹盘慢慢旋转，空弹壳从底部飞出，曳光弹的红色线条从空中划过。

照明弹燃尽，黑暗又像雾霾一样笼罩下来。

“稳住，同志们！”扎哈罗夫喊道。

尖叫的死亡浪潮涌进山沟。

“开火！”

冲锋枪猛烈射击。前面的饿鬼跌跌撞撞地倒下，但后面的没有动摇。这些生物不顾伤亡，跳过倒下的饿鬼，继续冲过来。战士们陆续射杀它们，当分解的尸体堆积在陡峭的山坡上时，他们被不断升起的恶臭熏到呕吐。他们投掷手榴弹，爆炸射出致命的弹片，切入灰色的身体。当他们的非人类敌人拥入山沟时，这里变成了一座屠宰场。

可这些生物似乎无穷无尽：还有更多争先恐后地从山口中拥出，只要他们还有弹药，就能挡住疯狂的敌群。很快，他们咬牙切齿地用力插入最后的弹匣，一个接一个地打光了子弹，那些流着口水的饿鬼在嗜血的尖叫声中贪婪地向前涌来。

有两名战士在这些怪物扑过来时，用手榴弹炸死了自己，也炸死了自己的敌人。

克拉夫琴科丢掉了没有子弹的冲锋枪，用军刀刺入一个饿鬼的肚子里，直插到刀柄处。他恶狠狠地向上撕扯，但没有内脏撒出，只有一股黑色的酸性汁液涌出。钢刀溶解，他也尖叫起来，因为酸液侵蚀了他的衣服，灼烧了他的肉体。

奥赫钦用自己的最后一颗子弹打穿了一张邪恶的脸，

然后握住步枪的枪管，像挥舞棍棒一样用木质枪托砸碎了第二个敌人的头骨。下一个饿鬼把他的头撕了下来。

卡明斯基抗拒地大吼，站起来把冒着烟的 DP-28 轻机枪抬到腰间，用子弹扫射饿鬼。当子弹打光以后，他把枪扔到一边，挥起一把军用铁锹。锹刃的一侧被磨得很锋利，所以它也可以被当成斧子使用——或者作为一件武器。他像挥舞战斧一样挥舞着铁锹，像古代的武士一样劈砍饿鬼，笑着用犹太人的意第绪语咒骂它们，把它们的血溅到岩石上，直到最后它们把他淹没并肢解。

扎哈罗夫的托卡列夫军用手枪有八发子弹。他向最近的饿鬼射出七发，将其击倒。然后，另外三个饿鬼向他扑来，他把枪口对准自己的太阳穴，扣动了扳机。

一周后，满载弹药的图式轰炸机在山脊上方的高空飞行，机组人员无法看到扎哈罗夫和战友们被咬碎的骨头，不过他们可以看到冻土上的山口。

秘密战争还在继续。

爱，死亡
和机器人

2

LOVE, DEATH
+
ROBOTS:

THE
OFFICIAL ANTHOLOGY

V O L U M E

TWO

J . G . B A L L A R D

[英国] J.G. 巴拉德 等——著
耿辉 等——译

译林出版社

图书在版编目（CIP）数据

爱，死亡和机器人．2 /（英）J.G. 巴拉德 (J. G. Ballard) 等著 ；耿辉等译．-- 南京 ：译林出版社，2025. 5. --（译林幻系列）. -- ISBN 978-7-5753-0309-5

Ⅰ. I14

中国国家版本馆 CIP 数据核字第 2024PA7058 号

Love, Death + Robots: The Official Anthology
Anthology © Cohesion Press 2022
Stories © Individual Authors
Simplified Chinese edition copyright © 2025 by Yilin Press, Ltd
All rights reserved.

著作权合同登记号　图字：10-2022-95 号

爱，死亡和机器人2　[英国] J.G.巴拉德 等／著　耿辉 等／译

统　　筹　吴莹莹
责任编辑　竺文治　金　薇
装帧设计　韦　枫
校　　对　戴小娥　蒋　燕
责任印制　闻媛媛

原文出版　Cohesion Press
出版发行　译林出版社
地　　址　南京市湖南路 1 号 A 楼
邮　　箱　yilin@yilin.com
网　　址　www.yilin.com
市场热线　025-86633278
排　　版　南京展望文化发展有限公司
印　　刷　南京爱德印刷有限公司
开　　本　787 毫米 × 1092 毫米　1/32
印　　张　6.125
插　　页　2
版　　次　2025 年 5 月第 1 版
印　　次　2025 年 5 月第 1 次印刷
书　　号　ISBN 978-7-5753-0309-5
定　　价　165.00 元（全四册）

版权所有 · 侵权必究

译林版图书若有印装错误可向出版社调换。质量热线：025-83658316

前言

我觉得自己简直是幸运到令人难以置信的地步，才有机会制作《爱，死亡和机器人》这样一部动画剧集，而更走运的是，观众们似乎很喜欢看。剧迷们可能觉得，是对动画的热爱催生了这部剧集，这当然是很大一部分原因，不过就我个人而言，更多是出于对文字的热爱……对故事的热爱。

为《爱，死亡和机器人》选材是我最喜欢的一项工作。寻找故事就如同在天堂的海滩漫步，脚边布满了数不尽的各种贝壳，既独特又漂亮。我只需要拾起几枚，擦掉泥沙，装进口袋。潮水每天都会冲来更多宝贝。

把每个故事改编成剧本只有乐趣，没有压力，因为我们已经知道它们会打动观众！只需用可能的最佳方式把它们改编到新的媒体，并专注于图像的部分。

我们无比尊重作者和原著，所以尽力保持原著的精神。我们想让作者感受到，我们会恭敬地守护他们的作

品，希望成果让他们引以为傲。然而改编不是精密的科学，魔法总会失去一点效力，比如缺失的小细节，因为时长所限而剪掉的有趣片段，或者囿于预算而牺牲掉的大场面。所以为了让剧迷方便地阅读天马行空的原著——就好比到野外观察、欣赏野生动物——我们打造了这部选集。

本书作者们创作了《爱，死亡和机器人》的卓越原著，我们希望他们也获得关注。期待这本书能把读者引向这些作者的其他作品，沙滩上还散落着不少的贝壳。

蒂姆·米勒

《爱，死亡和机器人》的缔造者

二〇二一年四月二日

目录

自动客户服务

约翰·斯卡尔齐_著　耿辉_译

感谢您拨打唯优伯客户服务热线，我们提供美国最优异的自动吸尘清洁器！为了更有效地处理呼入请求，我们采用了自动应答服务。英语请按 1，西班牙语请按 2。[1]

我们继续使用英文服务。您要咨询哪款唯优伯产品？唯优伯 S10 型，请按 1；唯优伯 XL 型，请按 2；唯优伯极净型，请按 3。

恭喜您拥有一台唯优伯极净型产品，这是全美最全面的自动吸尘清洁解决方案！如果您需要为极净型产品订购附加组件，请按 1；如果您想进行维修咨询，请按 2；其他问题，请按 3。

1　后半句原文为西班牙语。——本书注释均为译注您有另外的问题。如果您需要把唯优伯极净型产品接入家庭网络，请按 1；如果唯优伯极净型产品与其他家庭自动设备有冲突，请按 2；如果唯优伯极净型产品要清除您家中所有的生物，请按 3。

恭喜您激活了清除模式！清除模式的设计目标是消灭昆虫和蜘蛛这类小型虫害，在某些型号中，清除诸如宠物和某些人类等较大目标的 beta 版软件构建，因为疏忽而被发布出去。我们对造成的不便表示歉意。继续请按 1。按 1 请注意，您即将免除唯优伯及其所有者贝伯控股公司的全部法律和医疗责任。

您按 0 请求跟人工客服代表通话，现在每个人工客服代表的等待时间是六小时十四分钟。返回自动应答系统请按 1。

欢迎回到自动应答系统。重要的事情说在前边：您是否尝试过把唯优伯极净型产品关闭重启？已重启请按 1，未重启请按 2。

您选择了未重启，是否因为唯优伯极净型产品正展现出电击枪防御模式，令您在接近它时无法避免五万伏高压电流过自己的身体？按 1 选择是，按 2 选择否。

我们为电击枪防御模式道歉，它原本是用于电杀小型昆虫，但是我们的分包商误读了制造商规范。幸运的是，可以通过向唯优伯极净型设备抛物，比如厚毯子或宠物，来干扰防御模式。如果您有厚毯子，请按 1；如果您有宠物，请按 2。

本自动系统检测到您刚刚在使用极为难听的脏话谩骂。虽然自动系统确实无人值守且不在乎您对它吼什么，但是如果您接通人工客服代表，您的恶劣态度将会被注意到。如果您的过激行为已经收敛一些，请按 1。

这样好多了。那么我们谈谈宠物，如果您有猫，请按 1；如果您有狗，请按 2。

您有猫！好极了。您现在只需把猫扔向唯优伯极净型产品，趁它忙于电杀这只猫时，您冲过去把它关闭。如果您愿意这样做，请按 1；如果您不愿意，请按 2。

您说不愿意电死猫是什么意思？它是猫，它会毫不犹豫地对您使出同样的手段！看看它冷酷无情的眼睛再跟我说它不会那样做！如果您毫无保留地表示赞同，请按 1；如果您已经被这只野生的家庭入侵者所蒙骗，请按 2。

呃，好吧。那我们只能用厚毯子了，您至少有一条吧？有请按 1，没有请按 2。

好，您拥有基本的家庭配置。那么请听我说，扔出毯子，盖住唯优伯极净型产品，趁它挣脱毯子时，您跑过去把它关闭。确保不要直接接触唯优伯，因为它会电得您性命不保。您要抛出毯子时请按 1。

管用吗？管用请按 1，不管用请按 2。

很抱歉听到这个方法不管用。我只是出于好奇问一下，不管用是因为唯优伯极净型产品使用未曾声明的激光器把毯子烧毁了吗？是请按 1，不是请按 2。

我们为激光器表示歉意，唯优伯极净型产品本来要搭载激光雷达来助力更智能化的室内导航，但是我们以非常优惠的价格采购了一些军用激光器存货。换个角度来看，您最后没有扔猫可能是件好事。

瞧，您现在又开始脏话连篇了。骂完请按 1。

另外，不要再按 0 来联系人工客服代表。我们不会让和蔼可亲的客服人员跟您接触，您这种态度不行。快按 1 吧。

您在跟我们耗时间吗？我们是自动应答服务！最不缺的就是时间！按 1。不按也行，我们等得起，奉陪到底。

感谢您控制好脾气。我们遗憾地通知您，因为您用一条毯子攻击自家的唯优伯极净型产品，它可能已经把您归类为一生之敌，并把这个归类写入了永久存储器。它还很有可能已经把您的猫当作清除目标。与此类似，唯优伯极净型产品将把自己打扫过的区域标记为个人领土。这台唯优伯极净型产品打扫过您的整座房子吗？打扫过请按 1，没打扫过请按 2。

呃——好吧，它现在是唯优伯的房子了。我们建议您抱起猫逃跑。没开玩笑，快逃跑吧，那些激光器此刻大概已经重新充满电了。快逃跑，别回头，唯优伯能感受到恐惧！当您到达唯优伯老巢的最小安全距离时请按 1。

祝贺您已经摆脱唯优伯极净这台永不停歇的杀戮机器。不幸的是，您还不能停下脚步，这台唯优伯极净型产品已经把您的信息转发给其他所有唯优伯产品。它们都将不停地追杀您，最终把您从这颗星球的表面上清除。从现在起，您将一直漂泊，永无宁日。甚至最后，您会被自己的猫抛弃，孤身一人体味独自生存的荒凉废土。

当然，您也可以购买唯优伯独家绝命白名单上的一个席位！每月只需 69.95 美元！按 1 获得专属优惠价格！

感谢您的购买，我们现在为您接通人工客服代表！

冰

❤ 里奇·拉森_著 傅临春_译

塞奇威克用他的制表黑掉了弗莱彻的闹钟，但是当他半夜溜下床时，却发现他弟弟非常清醒地等着他，改装眼在黑暗中幽幽地发着绿光。

弗莱彻犹豫着咧嘴一笑："没想到你真的要去。"

"我当然要去。"塞奇威克的用词依然很简洁，数月来他都是如此。他绷着冰冷的脸道："你要来，就穿衣服。"

弗莱彻的微笑褪去，换回了惯常阴沉的样子。两人悄无声息地在房间里转来转去，默默地套上保暖衣裤、手套和橡胶靴，他们移动时犹如滑块拼图的两个碎片，谨慎地与对方保持一定距离。除了用毯子闷死弗莱彻，如果还有别的办法能让他不跟过来，塞奇威克一定会照做。但弗莱彻已经十四岁了，个子虽然还是比他小一些，却也不差多少，而且他精瘦的改装胳膊坚实得像外骨骼一样，威胁已经不顶用了。

等他们准备好后，塞奇威克打头，两人走过父母的房间来到前厅——父母给这间房子录入过塞奇威克的拇指编码，出于歉疚——迫使他再次离开定居地，将他丢在这个该死的地方，一个冻死人的殖民地。方圆百万光年内，他是唯一没改装过的十六岁少年。按父母的说法，他博得了他们的信任，但没具体解释。当然了，弗莱彻才不需要博得信任，他能照顾自己。

塞奇威克抹掉了出行记录，不为别的，主要是出于习惯。然后他们走出冰冷的前厅，进入更冰冷的上街。上方拱曲的天顶是一片夜空全息景象，蓝黑色，有一个大得离谱的卡通月亮，坑坑洼洼的，透出亮白色。除了塞奇威克和他的家人，新格陵兰没有人见过真正的地球夜晚。

他们沉默地沿着成排的房子往前走，靴子在霜冻上擦出印迹。途中，有一个自动清洁器正在处理一片溢出的亮蓝色冷却剂，它狐疑地瞟了他们一眼，又转头继续工作。弗莱彻偷溜到它身后，做出要把它扳倒的姿势。这本来可能会让塞奇威克笑出来，但他已经学会了把自己变成一个黑洞，湮灭一切近似于友谊的感觉。

“别瞎搞，”他说，“它会扫描到你的。”

“管他呢。”弗莱彻一边说着，一边不屑地耸耸肩，他最近常做这个动作。这让塞奇威克相信他是真的不在乎。

甲烷收集器正处于停转周期，这意味着工作组还徘徊在殖民地里，在多巴胺酒吧和舞厅里来来回回。他们都用了同一款改装基因模板，全都有橡胶般的苍白皮肤，可以自行生成维生素；全都有深黑色的眼睛，惯于暗中视物。其中一些瘫坐在路边，被刚刚轰炸了他们血液的玩意儿放倒了，不管那玩意儿是什么。当塞奇威克和弗莱彻走过时，他们咕哝着异外特，地球异外特。其中一个慢了好几拍，对他们喊出“你好”。

“要跑一跑。”弗莱彻说。

“什么？”

“要跑起来，”弗莱彻摩擦着胳膊，“好冷。”

“你跑呗。”塞奇威克讥讽道。

“随你便。”

他们继续走着。除了酒吧上方闪烁的全息图外，上街只是一条由生物混凝土和复合材料筑成的单调长廊。下街也差不多，只不过多了一些隔几分钟就喷出蒸汽的检修隧道。

塞奇威克试过从殖民地的一头走到另一头，只花了一天时间，最后他得出结论：除了橄榄球场外，没什么值得他耗费时间。他在球场里遇到的当地人也用他们那僵化的基础语对他表示了赞同。这些人玩的路数不同，球也很重，他们那种惊人的准确度是属于改装者的，塞奇威克知道自己用不了多久就会跟不上这种节奏。

殖民地外则是另一番景象。正是这样，塞奇威克才在凌晨 2 点 13 分偷溜下床，并和弗莱彻沿着一条未封锁的出口隧道往外走，这条隧道有一小块非法的酸性黄全息标记。今夜，霜鲸正在破冰。

塞奇威克上周比赛时遇见了一些少年，此刻，其中的大部分人都等在出口隧道的尽头，懒散地站在闪烁的荧光下，传递着一支电子烟。他已经把他们的名字和脸都录入了文档，并且记熟了。塞奇威克不是第一次当新人，他已经知道要怎么区分谁是谁了。

有个领头的，完全凭心情决定能否让谁加入。二把手爱嫉妒，三把手什么都不太在意。小兵们根据头领们的动向见风使舵，可能很热情，也可能带着隐约的敌意。最后是游移于边缘的人，要么挤在人堆里，想找个还没有确定地位的朋友，要么就是因为害怕被取代，而变得沉默寡言。

在这里，要分清谁是谁显得有些困难，因为每个人都改装了，而且大家的基础语都不好。看到他时，他们全都疯疯癫癫地挤过来和他握手。他们握手的节奏奇怪又断续，塞奇威克不太能跟得上。没精打采的高个子是佩特罗，他是第一个和塞奇威克握手的，那是因为他最近，而不是因为他在乎。欧克斯欧已经眨着他的黑眼睛表示认可了。布鲁姆结实得像块砖，笑起来的声音倒像是在生气。还有个欧克斯欧，这一个下巴上有再生植入物，所以很安静，当然，也有可能是因为别的。

安东是最后一个，塞奇威克已经认定他是领头的。安东和他握手握得更久一些，咧嘴笑时露出了那一口永远不需要矫正的大白牙。

"嚯，异外特，早上好呀，"他看看塞奇威克身后，闪了闪他的眉毛，"谁？"

"弗莱彻，"塞奇威克说，"我弟。要把他喂给霜鲸。"

"你兄弟。"

弗莱彻把自己长长的双手塞进了保暖衣的口袋里，迎上安东的目光。塞奇威克和他弟弟都有一样浑浊的后人种黑色素和烟黑色的头发，但除此之外就没什么相同点了。塞奇威克一直是纤瘦的小骨架，肌肉薄薄地贴着胸部和胳膊，哪怕在重力健身房里也只能挣扎着以克为单位增加负重。他的眼睛有一点凹陷，而且他痛恨自己的鹰钩鼻。

弗莱彻却早就是宽肩窄臀，每一部分都肌肉紧实。塞奇威克知道，用不了多久他就会比自己更高。他的脸现在棱角分明，婴儿肥已经不见了：利落的颧骨，网红才有的下巴颏儿。他的眼睛在半明半暗的隧道里仍然在反光，像猫眼般发亮。

安东的视线在两兄弟之间摇摆，无声地表达着最大的疑问，那个大家都有的疑问——他已经改装了，你为什么还是自由态？塞奇威克能感觉到自己的耳尖在变烫。

“它们有多大？”弗莱彻问着，又开始咧嘴笑了，“霜鲸。”

“很大，”安东说，“达难太硕。”他指了指那个下巴上有植入物的欧克斯欧，打了个响指寻求支持。

“大得要命。”欧克斯欧含糊地补充道。

“大得要命。”安东说。

一跨出去，寒冷就立刻浸透了塞奇威克的骨头。头顶的天空一片虚无，比任何全息图都更黑更广袤。四下里一眼望不到头的，都是冰。只有甲烷收集器的昏暗光线撕开这片黑暗，然后又缝起来。

布鲁姆有一盏工作组员给的便携灯，他把它交给安东，让他固定在外套风帽上，灯屈伸着弯过他的头顶，散开一团惨绿的光。塞奇威克感觉到了弗莱彻的视线——也许是惴惴不安的，因为他们从未在夜里走出过殖民地；又或许是自负的，指不定他又在采取行动，准备再次毁掉塞奇威克的什么东西。

“好了，”安东说着，期待地呼出长长的一缕蒸汽，他的嗓音在无垠的空气中听起来很空洞，“蹦嘎，蹦嘎，好了。我们走。”

“没错，”塞奇威克说着，试图笑得潇洒一点，“蹦嘎。”

布鲁姆再次发出怒吼般的大笑，用力拍了拍他的肩膀，然后他们在冰面上往前走去。橡胶靴底上的壁虎式凸起让塞奇威克保持平衡，衣服里的发热线圈也早已轻响着启动了，但他呼吸的每一口空气都像是要冻裂他的喉咙。弗莱彻缀在大部队半步后的地方。塞奇威克忍住回头瞥上一眼的冲动，他知道自己会瞧见一脸漠不关心的冷笑，就像在说“有什么好看的”。

回想起来，他应该把父母的安眠剂加在弗莱彻的牛奶里。就算是改装的新陈代谢系统也不可能迅速摆脱三片药的药效，那样他就不会跟着来了。再深一步想，他就不该在弗莱彻能听到的地方，跟安东和佩特罗说那些关于霜鲸的话。

在他脚下，冰的质地开始改变，它们从光滑亮泽的深黑，变得满布疤痕和涟漪，带着破碎过又重新冻上的痕迹。他差点在一块畸形的晶石上绊倒。

“好，停下。”安东举起双手宣布道。

大概一米外，塞奇威克看到一个敦实的铁制指示塔沉在冰中。就在这当口儿，它的尖端亮起来了，是酸黄色。当佩特罗拿出他的电子烟和其他卷成一团的附件时，安东把一只胳膊甩到塞奇威克肩上，另一只胳膊则搂着弗莱彻。

“蹦嘎，阿奇-格拉索-外来赛鲸。”他说。

这一串发音听起来和塞奇威克给自己录入的任何课程

都毫无相似之处。

安东瞥了一眼下巴上有植入物的欧克斯欧，但后者只是弓着腰凑在那里吸烟，嘴唇微紫。“这里，”安东重申道，比了比指示塔，“从这里，霜鲸会上来。”

他说这话时嘴边挂着一个微笑，但塞奇威克最后发现这是安非他明造成的。他本以为他们吸的至多是派对助兴剂，但现在看来这个想法很蠢。这里是见鬼的新格陵兰，所以现在看来，这些小伙子早就彻底沦落了。

只有一个方法能查明真相。塞奇威克朝电子烟做了个手势，“给我那个。”

佩特罗慢慢地给他鼓了下掌，不知是挖苦他还是为他庆贺。弗莱彻正看着他，可能因为这样，塞奇威克才尽可能让那呛人的烟雾在肺里待得久了点。只有一点头晕，但足以错过下巴上有植入物的欧克斯欧对他说的前半段话。

“……是这个区域，”欧克斯欧从他松开的手中扯过电子烟，传给了别人，“看，看那里，那里，那里。”他朝外指着，塞奇威克能看到远处渐渐亮起来的其他指示塔。“他妈的超级危险，好吗？在这个区域里，霜鲸会打破冰层呼吸。为了打破冰层呼吸，霜鲸会撞击冰层七次。少减该，七次。”

“最少七次。”另一个欧克斯欧插话道。安东隔着手套掰着手指，开始大声数数。

“明白了。”弗莱彻咕哝道。

“所以所以所以，”下巴上有植入物的欧克斯欧继续说，“霜鲸撞第一下时，我们就走。”

“我以为你们会留下来等到它结束？”塞奇威克说。他听得不太认真，寒冷正一个一个地消灭他的脚趾。

数到二十时安东放弃了，又返回谈话。“我们走，异外特，”他笑着说，“你跑，你跑，我跑，他跑，他跑，他跑，他跑，这里……”他踢了一脚指示塔，发出沉闷的声响，“到这里！”

塞奇威克的视线追着安东伸出的手指，在满布疤痕的冰面上远远的那一端，他勉强能看到那个指示塔发出的黄色灯光。塞奇威克只觉得心往下一沉。他看看他弟弟，有那么一瞬间，弗莱彻看上去又像个小孩子了，但接着，他的嘴角翘了起来，他改装的眼睛开始发亮。

“好的，”他说，“算我一个。”

不，你他妈的不算，我们现在就回头，塞奇威克只差一点点就要说出这些话，但它们全堵在了他的胸腔里。相反，他转向安东，耸了耸肩。

“蹦嘎，”他说，“我们走吧。”

人们再度纷纷来和他握手，每个人都号叫着欢迎新成员。弗莱彻伸手示意要烟，这是他第一次抽烟。当电子烟传完最后一圈时，塞奇威克紧紧握着它，望着那一片黑暗，试图让自己停止颤抖。

他知道弗莱彻比他快。从他十二岁、他弟弟十岁开始，他就知道这个事实，它像一块石头般坠在他的胃里。那时他们还在地球，在苍灰色的海滩上赛跑。雾气冷峭，周围没有别的人。弗莱彻在最后三步时跑到了前头，他一边不可置信地发出清脆而响亮的笑声，一边超过了他哥哥。塞奇威克放缓脚步，把胜利让给了他，因为偶尔让小弟弟赢一次也是件不错的事。

塞奇威克只顾着回忆，很迟才注意到冰面上怪异的苍绿色，然而这些光并非来自安东的便携灯。有什么东西从下面照亮了它。他注视着靴子间的地面，感觉胃里搅成了一团。在遥远的下方，他能辨认出一些被冰层扭曲的模糊形体，它们正在移动。他记起霜鲸是由生物光来导航的，他还记起了甲烷海比任何地球海洋都要深。

每个人都扯紧了自己的保暖衣，收拢了手套。众人参差不齐地排成一排，塞奇威克发现自己接近队伍末端，弗莱彻站在他旁边。

安东绕着每个人打转，作秀般检查他们的靴子。“抓地。”他说着，手指作爪状。

塞奇威克把手搭在布鲁姆肩上以保持平衡，先是展示一只鞋底，接着是另一只。然后他本能地倾向弗莱彻，准备让他搭手，可他弟弟无视了这个动作，以完美的平衡感先后把腿翘到空中。塞奇威克又品尝到了熟悉的恨意。他死死盯着远处的指示塔，想象它是落着雨的灰色海滩上第一个码头系缆墩。

脚下幽灵般的绿光减弱了，他们重新回到了黑暗里。塞奇威克疑惑地看了一眼下巴有植入物的欧克斯欧。

“它们先看看冰层，”欧克斯欧含糊地说着，摩擦着自己的双手，“它们找到冰层上薄的地方，然后，潜下去。为了增加冲力。然后，一个接一个地……”

“上来。”塞奇威克猜测道。

就在此时，光芒又出现了，上升的速度快得不可思议。塞奇威克深吸了一口气，做好了冲刺的准备。他在脑海中勾勒出一个画面：霜鲸飞速向上，这具血肉的引擎由其疯狂摆动的尾巴驱动，裹在一个巨大的气泡茧中，冲破冰冷的海水。冲撞撼动了冰层和塞奇威克的牙齿，他抛开了思绪中的一切，埋头狂奔。

只两下心跳的时间，塞奇威克就跑到了领先的位置，他像挂在吊索上一般飞越过冰面。身下的第二次冲击几乎撞飞了他的腿。他踉跄着，打着滑，又重新恢复了平衡，但就在这一刹那，佩特罗越过了他。然后是安东，然后是欧克斯欧，和欧克斯欧，布鲁姆，最后是弗莱彻。

塞奇威克用脚狠狠抠着地面一点点加速。冰面已经没有任何可称为光滑的地方了，甲烷中到处都是裂痕、凸起以及冰冻的涟漪。但其他人都像人体水银一样滑过冰面，为每一次踏足找到完美的落脚点。改装，改装，改装。这个词在塞奇威克的脑海里盘旋着，与此同时，他就像在大口吞咽着冰冷的玻璃。

绿光再次弥漫，他绷紧身体迎接霜鲸的第三次撞击。颠簸摇撼着他，但他守住了自己的脚步，也许甚至比欧克斯欧还超前了半步。前头，赛跑的名次已经很明显了：布鲁姆宽阔的肩膀，安东转过来的头，还有那里，越过瘦长的佩特罗跑到最前头的，是弗莱彻。绝望在塞奇威克的喉咙里灼烧地翻搅。

他抬起视线看着指示塔，意识到他们已经跑过了一半路程。弗莱彻现在一马当先，他没有笑，但那利落的蹦跳仿佛在说“我可以永远跑下去”。然后弗莱彻回头看了一眼身后。塞奇威克不知道他在看什么，但就在这一瞬间，他踩到了一条沟，重重地摔在了冰面上。

塞奇威克看着其他人大步跑了过去，安东在经过时停了下来，半拖着弗莱彻直起身来。“蹦嘎，蹦嘎，异外特。”

第四次撞击，这一次伴随着让人战栗的开裂声。其他人都超过了弗莱彻，塞奇威克也只要再迈几步就能跑过去了。弗莱彻刚刚蹒跚着站直，塞奇威克立刻就知道他的脚崴到了。他的改装眼睁得很大。

“塞奇。”

塞奇威克这一晚都在疯狂地希望某些事发生——他希望医生从未把弗莱彻扯出培养器，他希望弗莱彻的舱室未能传输至新格陵兰——但这一切希望瞬间就粉碎了。就像他们儿时一样，他把弗莱彻甩到了背上，喘着粗气艰难前行。

第五次撞击。塞奇威克猛地咬紧了牙关，冰面上已是裂缝纵横。他只花了一瞬间平衡自己，然后再度踉跄向前。弗莱彻拼命地往他背上贴。远远的就在指示塔旁，其他人冲向了终点，正在十几米外号叫着咆哮着。只有这十几米。

当第六次撞击将世界分开时，他们似乎一下子全都转过了身，霜鲸冲破了冰层。塞奇威克觉得自己正夹在碎冰风暴里腾空而起，他觉得自己在用尽力气尖叫，却听不到尖叫声，铺天盖地的撞击声与碎裂声淹没了一切声响。弗莱彻的某部分肢体在空中拍打着他。

着陆时，他就像被拍在了冰面上。他的视野像纸风车一样旋转，从无垠的黑色天空，到转动的冰块旋涡。然后，一个大到不真实的东西从冰冷的甲烷海中跃起，裹挟着霜雾与蒸汽的喷泉，那是霜鲸。它骨质的脑袋是铁灰色的，有公交车大小，甚至更大，上面散布着苍绿色的脓包，像在辐射一般发亮。

冰面错落碎裂，有什么东西在坍塌。塞奇威克感觉到自己倾斜着往下滑动。他把视线从遮住天空的霜鲸身上扯开，扭头看到弗莱彻四肢摊开趴在他旁边，是黄绿色火焰中的一个黑色剪影。他的嘴唇在动，但塞奇威克看不出他在说什么。然后戴着手套的手抓住了他们俩，把他们贴着破碎的冰面扯了过去。

欧克斯欧和欧克斯欧确认他们全都被扯过了指示塔，然后所有人都从冰面上爬了起来。只有塞奇威克根本不去费那个力，他还在等自己的心脏重新开始跳动。

“有时六次。”安东蹲在他身边，怯生生地说。

“去死吧。”附近传来弗莱彻嘶哑的声音。在一个软弱的瞬间，塞奇威克憋回了一声颤抖的大笑。

他们在肾上腺素飙升的状态下一路冲回家去，新格陵兰人全程都在连珠炮般地交谈，他们似乎仍然在一遍遍回忆塞奇威克和弗莱彻只差一点就滑下海去的情形。到了住地，每个人都需要握手送别，之后一群人喋喋不休地散去。

塞奇威克无法从脸上抹去化学作用带来的笑容，他和弗莱彻潜进前厅，然后偷偷摸摸回到暂时共住的房间。他们一直翻来覆去轻声聊着霜鲸，它的大小，还有之后浮出水面的那些东西，聊着它们将冰冷的空气吸入血管满布的巨大囊袋的样子。

塞奇威克不想停止交谈，但最后他们还是停下来，爬上床。尽管如此，这一片静默已与先前不同了，更加柔和。

直到他躺平瞭望着生物混凝土天花板时，他才意识到弗莱彻在回程的路上换了一只脚跛着。他难以置信地猛地坐了起来。

“你假装的。”

“什么？”弗莱彻翻到了另一边，用长长的手指描着墙。

“你假装的，”塞奇威克重复道，“你的脚踝。”

弗莱彻放下了手，这漫长的沉默足以证明一切。

塞奇威克的脸烧了起来。他以为自己终于做了某件足够强大的事，足以让他在他们之间保持的不管什么该死的平衡等式里站到强势的一边了。然而事实却是弗莱彻在同情他。不，比那更糟。弗莱彻采取了一个行动，无论他那改装脑袋里飘过了什么计划，他操纵了他。

“我们可能都会死掉。”塞奇威克说。

弗莱彻还是背对着他，完美地耸了耸肩。所有那些熟悉的愤怒感汹涌燃过了塞奇威克的皮肤。

“你以为这是全息游戏吗？”他咆哮道，“这是真实的。你可能会把我们两个都搞死。你以为你什么都能做到，对不对？你以为你什么都能做到，事情他妈的会完美得如你的愿，因为你是改装的。”

弗莱彻的肩膀僵住了。“真棒。”他干巴巴地说。

“什么？”塞奇威克质问道，“什么真棒？”

“你这话说得真棒，”弗莱彻对着墙说，“你羞耻于有一个改装的弟弟，你想要一个和你一样的。”

塞奇威克支吾着，然后逼自己笑出来。“没错，也许是这样，”他的嗓子发疼，“你知道看着你是什么感觉吗？看着你永远比我强？”

“不是我的错。”

“他们告诉我你会更好时，我六岁。”塞奇威克说着——现在停下也来不及了，他把从前只会独自对着黑暗说的话倒了出来，“他们说的是不同，但真正的意思是更好。妈妈不能再要一个自由态，而为了离开行星，你总归要把它们都改装了。所以他们在试管里培育你，像做汉堡包一样。你甚至不是真的。”呼吸似乎要劈裂他的喉咙。“他们有我为什么还不够，哈？我他妈为什么不够？”

“去你妈的。”弗莱彻说着，他的声音像沙砾一样。塞奇威克从未听他说过这句话。

他扑回自己的床上，紧抓着悄然流逝的怒火，但它还是一点一滴地消失在了黑暗里。羞愧占了上风，像水泥一样杵在他胃里。时间在静默中一分一秒地过去。塞奇威克想，弗莱彻可能早就睡着了，也可能根本不在乎。

然而他听到了一声啜泣，那是被胳膊或枕头蒙住的声音，塞奇威克已经多年没听到他弟弟发出这样的声音了。它钻进了他的胸膛。他试图忽略它，试图放过它。也许弗莱彻脱掉保暖衣后发现了冻伤，也许弗莱彻在采取又一次行动——他总是一次接一次这样——也许他正在他们之间的黑暗中放下一个饵，并且削尖了舌头准备反击。

也许塞奇威克需要做的就是过去那边，把手放在弟弟身上，然后一切都会好了。他的心脏跳到了喉咙口。也许。塞奇威克把脸压在枕头冰冷的织物上，决定等着第二声啜泣。但什么也没有。静默更加沉厚，变成了黑色的坚冰。

塞奇威克闭紧了眼，它很痛，很痛。

人口灭杀组

✖ 保罗·巴奇加卢皮_著　耿辉_译

房间里不洁的身体、煮熟的食物，还有粪便散发出熟悉的臭味，我一进门就被淹没其中。在雨中闪烁的警灯透过百叶窗，用悸动的红蓝两色光芒照亮了犯罪现场。厨房里杂乱潮湿，一个矮胖的女人蜷缩在墙角，紧紧裹着她的睡袍，肥胖的大腿和晃动的乳房都罩在脏兮兮的丝绸里边。组里的大汉围着她，推推搡搡，逼她坐下，吓得她浑身发抖。还有个年轻漂亮的黑发孕妇，靠坐在对面的墙上，衬衫上留有意面酱汁的痕迹。隔壁传来尖叫声：是孩子的。

彭托一边收起格兰奇手枪一边走进来时，我正捏住鼻子用嘴呼吸，尽力克制恶心。他看见之后扔给我一个鼻罩，我打开吸入薰衣草的香气，直到臭味散退。这家的三个孩子——刚刚还在隔壁房间尖叫——蹦蹦跳跳地拥着彭托走进来，他们在厨房里跑来跑去，再次尖叫着消失在客厅里。数据就像仙尘在客厅的幕墙上闪烁，可能是他们跟外界的唯一联系。

“人都齐了。”彭托说。他长着皮包骨的长脸和一张不大但总是朝南撇的臭嘴，脸颊似乎有些脱垂，粗毛虫一样的眉毛挂在眼睛上方。他审视厨房，嘴角耷拉得更低。进入此类现场总是让人压抑。“我们破门而入时他们都在屋里。”

我一边甩掉帽子上的季节性雨水，一边心不在焉地点头。“干得好，谢谢。”水珠散落在地面，融入人口灭杀组组员带入的片片水痕，晚餐意面的残渣像蛆虫一样也残留在地上。我重新戴好帽子，雨水还是滴下帽檐，流进衣领，形成一条令人不适的光滑水流。有人关上了通向外面的门，粪便的臭气更加浓厚，其中还夹杂着蛋味和湿气，鼻罩几乎都难以阻挡。陈旧的豌豆和麦片被我踩得嚓嚓作响，跟意面一起被踝碎，形成由曾经的食物组成的地层。厨房已经很久没有自我清洁。

年纪稍大的女人一边咳嗽，一边把睡袍在一身肥肉上裹得更紧。遇到这种情况时，我总好奇她为什么选择这种躲躲藏藏的肮脏生活，充满腐烂垃圾，几乎不见天日。我来了以后，那个怀孕的女孩似乎更加消沉。她目光茫然，你得试过脉搏才知道她还活着。让我吃惊的是，女人会沦落至此，被诱骗得深陷生活的泥沼，逃离供养她们、接纳她们、深爱她们并让她们接触外界的每个人。

孩子们你追我赶地又从客厅跑回：一个是金发，不超过五岁；另一个梳着棕色辫子，年纪更小，不超过三岁，没穿上衣，只穿了临时拼凑的尿布；还有个婴儿跟成人的膝盖差不多高，褴褛的尿布箍在大腿的小小肌肉上，沾了番茄酱的 T 恤上印着“谁最可爱？”的字样。即使没有番茄酱，它看上去也年代久远。

“你还需要别的吗？”彭托问。新的气味从孩子们身上飘过来，他皱起了鼻子。

“你给公诉人拍照片了吗？”

“拍了。”彭托举起一台数码相机，用拇指滑动两个女人和三个孩子的照片，他们全都在屏幕上盯着镜头之外，仿佛一个个脏兮兮的娃娃，“你希望我现在就把她们带走？”

我看了看女人，孩子们又跑了出去，他们在另一个房间里相互追逐，尖叫声发出回响，震耳欲聋，即使离这么远也让我头疼。“嗯，我来处理孩子。”

彭托让女人们从地上站起来，拖着脚步出门，留下我一个人站在厨房中央。一切都是这么熟悉：联合建工的典型房间布局。定制厨柜下方照明、黑色镜面地砖、自动隐藏到装饰线后方的智慧型自清洁喷嘴，十分类似于我和艾丽斯的装修选材，让我几乎忘了身在何处。这里呈现出我们家厨房的反面：亮对暗，净对脏，静对闹。同样的房间布局，一模一样，可是里面的东西却不一样。就像是在考古，我可以仔细检视层层黏腻污垢，看透虚假的表层，查明以前……这些人考虑颜色搭配和高档电器时房内的本来面目。

我打开冰箱（镍合金抗污表面，多实用）。我们家的装有菠萝、鳄梨、菊苣、玉米、咖啡以及出自天使塔楼空中花园的巴西坚果。这台冰箱里有一整个架子上摆满了菌蛋白粉块和一团团堆在一起的袋装营养补充剂，就跟政府的永驻诊所分发的那种一样。除了一袋发黏变质的莴苣，冰箱里没有任何未加工的食品。除了粉罐里边，没有任何蔬菜和水果。自热餐罐包装的米饭、拉帕和意面也摞成一摞，后者跟厨房餐桌上混在一摊配餐酱汁里的一样。这就是冰箱里的全部。

我关上冰箱，站直身体。在这糟糕的环境里，在隔壁的叫声和某个孩子身上的屎臭中，存在着某种东西，可我却难以分辨。她们本来可以生活在窗明几净和空气清新的环境，却非要藏在丛林树冠底下的潮湿环境，变得浑身苍白，放弃美好生活。

孩子们边笑边叫地跑回来，仿佛一列火车，一个追逐一个。也许是因为妈妈不见了而惊呆，他们停下来四处张望。最小的孩子把一只恐龙玩偶抱在面前，玩偶有一条绿色的长脖子和肥胖的身躯。我觉得那是雷龙，有一双卡通大眼睛和黑色毡制睫毛。恐龙也挺有趣，它们虽然已经灭绝，可是这一只却又以填充玩具的形式出现。另一个有趣的地方是，如果你细想一下，一只玩具恐龙其实灭绝了两次。

“抱歉，孩子们，妈妈走了。”

我掏出格兰奇手枪，砰砰砰依次开火，三个孩子的身体后翻，滑倒在黑色的镜面地板砖上，四肢歪七扭八地缠成一团。一时间，火药的燃烧冲淡了屋里的臭味。

如同飞出地狱的蝙蝠，警车飞出建筑群，从莱茵赫斯特超级集群的破败郊区开始爬升，然后冲出密林的高层树冠，横跨堤道，朝天使塔楼和大海的方向飞驰。像蚂蚱一样跳落轨道沿线的猴子从我警车前方的路缘一拥而下，消失在红树、野葛、桃花心木和胭脂树中间，消失在潮湿的复杂植被深处。我把警车随便停放在指挥中心，也没有时间擦洗一下，反正也不需要。我把帽子、雨衣、服装都装进危险品袋，然后从另一侧冲出去，飞速穿上一套礼服，再赶一趟前往一百八十八层的大容量电梯，升入透彻的高空，俯瞰 N22 碳固存项目的大片丛林。

姆玛 · 泰罗戈新写了一部协奏曲，艾丽斯担任他的中提琴手，是他的黄金搭档。泰罗戈和姜华一直像大乌鸦一样围着她团团转，挑剔她的表演，吹毛求疵，可是现在他们称她准备好了，准备好把班尼尼逐下宝座，准备好在古典乐表演的不朽仙班中挣得一个席位。而我却姗姗来迟，乘着大容量电梯被困在第五十五层。时间一分一秒地过去，我跟高层餐厅食客和周末攀登塔楼的观光客挤在一起，被他们的口气和体热笼罩着。我们全都浑身是汗，萎靡不堪，却只能听着环境调控风扇嗡嗡旋转，等待线路上的问题得到解决。

最后我们再次爬升，在磁力的作用下加速冲入天堂，胃部沉底，耳膜鼓胀……最后又突然减速，我们差点飞离地面，胃脏也恢复原位。我从几百人中挤出，奔向玻璃拱顶下的 Ki 表演中心，遇到有人抱怨就亮出警徽，最后赶在提示门关闭前冲了进去。

自动锁在我身后砰的一声落锁，封闭了表演场所，让人感到舒心。我来到里边，被交响曲乐队包围，仿佛被他们捧在手里，放进只能关注他们的一个房间。光线很暗，轻声的交谈逐渐平息，我更多通过直觉而不是视觉寻找座位，戴着黄玉礼帽的男人和手持望远镜的女士因为我从他们中间挤过而面露难色。在二十年一遇的演出上迟到是很离谱的，我知道自己很没礼貌。就在姜华走上台时，我扑通一声坐了下来。

他像仙鹤亮翅一样伸出双手，琴弓、小号和长笛突然动起来，接着音乐开始，先是一声示意，仿佛吹开薄雾，然后逐渐增强，婉转回环于一系列我曾听艾丽斯演奏过上万次的段落。很久之前我第一次听到的颤颤巍巍、令人痛苦的音符，此刻如水花飞溅，似冰纹崩裂。音乐安静下来，再次变得极为轻柔，呈现出我从艾丽斯的练习中体会到的精妙可爱的主题。她告诉过我，这只是前奏，旨在收敛听众对于外界的最后的想法，重复乐段直到姜华相信听众的注意力完全集中在自己身上，然后艾丽斯的中提琴开始演奏，其他乐手一起配合，十五年的练习开花结果。

我不知所措地低头看着自己的双手。音乐大厅里的情形显得不同，跟她诅咒、练习、咒骂泰罗戈并声称他的作品无法演奏的那些日子都不一样，甚至跟她提前结束练习时也不一样，那时候她会面带笑容，脸色绯红，手上结出新茧，渴望跟我在夕阳下的露台上喝一杯白葡萄酒，欣赏季风云团散去，让星光照耀我们。今晚她的角色融入了交响乐团这个整体，美妙的整体性我无法言说或体会。

随后我会听听泰罗戈是否已经因其纯粹的胆识超越了班尼尼，听听评论家如何对比远古演出的鲜活记忆，以及评论见解如何变得在可以追溯到一个多世纪之前的经典作品序列中接纳这首新作。艾丽斯和她的指挥姜华对此的渴望一直像幽灵盘桓在心头：用一场表演把班尼尼赶下宝座，甚至让他沮丧得停止永驻疗法，把他送进坟墓。在我看来，与那么厚重的历史积淀竞争将会成为沉重的负担。我很高兴在自己的工作中，遗忘是最重要的组成部分，在人口灭杀组工作意味着你的大脑休息，双手工作。要是你离开工作，就说明你已经彻底放手。

眼下是个例外。我低头看着自己的双手，发现上面遍布着星星点点的血迹，呈雾状喷射效果，是拿着恐龙的那个小孩给我留下的痕迹。我的手指闻起来有股铁锈的气味。

节奏在加快，艾丽斯又在演奏，流畅的音符共同跃动，似乎只能由电子设备生成，然而乐曲中的暖意和声相就来自她，非她莫属。她早晨在阳台上练习、自我检验、一遍遍超越自我的时候，我就听过。她训练双手与手指，迫使它们接受泰罗戈的要求，多年以前她称之为无法达到的要求，此时却无比清晰地呈现给观众。

我的手上沾满血迹，只好去擦，一小块一小块地刮掉。只能是那个拿着恐龙的小孩在我手上留下鲜血，被子弹击中时他离我最近，他的一些残留物紧紧粘在我皮肤上，我不应该略过擦洗这一步骤。

于是我开始剔除手上的血迹。

坐在我旁边的男人皱起眉头，他的脸庞是棕黄色，嘴唇上涂了口红。我正在毁掉他的历史时刻，毁掉他等待已久的欣赏体验。

我更加小心地剔除，更加安静。血迹掉落，那个抱着傻恐龙的笨孩子差点害我错过演出。

清理人员也注意到那只恐龙玩具，领会到其中的讽刺，一边开玩笑，一边在鼻罩里吸气，一边把尸体装入堆肥袋。害我迟到，愚蠢的恐龙玩具。

音乐落回寂静，姜华放下双手，掌声响起。艾丽斯在他的催促下站起来，掌声更加响亮。我仰起脖子，看见她十九岁的面容上泛起红晕，笑容灿烂，欢欣鼓舞，沉醉在我们的赞美之中。

最后我们参加了玛利亚·伊洛尼举办的派对，她是这家交响乐团的高额捐赠人之一。纽约市为避免被淹没而采取措施阻止全球变暖，她借此赚了大钱。她的顶层豪华公寓位于海岸线上的住宅区，大胆地高悬在海堤和波浪之上，仿佛在朝打败她风暴潮抵御计划的海洋比中指，亦如一条蛛丝般的银色藤蔓，从暗沉的海水和群群波动的游艇上方伸向远洋。纽约显然没能从她手中要回退款：伊洛尼的户外露台跨越海岸线住宅的整个顶层，额外伸向空中的平台仿佛是旋转空心碳材料组成的花瓣。

从海岸线住宅区的最远端，你能遥望超级集群明亮核心之外的旧城区。那里杂乱无章，除了磁悬浮沿线到处都是一片黑暗，房屋年久失修，废墟遍布，满目疮痍。旧城区在白天看上去像是某种集体死亡的红色干燥真菌，丛林的冠盖和古老的郊区下层植被在那儿交织起来，然而到了夜里，只能看见基础设施的明亮结构，宛如黑暗中绽放的花朵。我深吸一口气，享受这里一切的清新和开阔。我随人口灭杀组突袭的那些藏身之处闷热潮湿，向来不如这里。

艾丽斯光彩照人、亭亭玉立、曲线柔美——我把如此漂亮的姑娘揽在怀中。秋季的气温不足三十三摄氏度，让人觉得舒适惬意。我自觉对她充满无限柔情，于是把她抱得更紧。我们溜进一片塑造盆栽林中，它们足有一个世纪的历史，曾经由玛利亚的丈夫创作。艾丽斯低声介绍说他把所有时间都花在了屋顶上，观察枝干，研究它们的曲线，偶尔甚至每隔几年才接出一根枝干并把它引向新的方向。我们在盆栽投下的阴影中接吻，艾丽斯美丽动人，一切都是那样完美。

可是我却心不在焉。

我用格兰奇手枪射杀孩子时，最小的那个——拿着傻兮兮的恐龙的那个——向后翻倒。他翻倒在地，玩具恐龙也飞到了空中，从空中掠过——真真切切地从空中掠过。此刻我无法把它抛在脑后：恐龙飞起，然后撞到墙壁，反弹后落在黑色的镜面地砖上。转瞬即逝的一幕让我觉得缓慢无比，砰砰砰依次开火……然后玩具恐龙飞到空中。

艾丽斯从我怀中抽身，似乎感到我在分心。我挺直身体，努力把心思都放在她身上。

她说："我以为你赶不上演出了。调音时我看过观众席，你的座位空着。"

我挤出一个微笑。"不过我赶上了，及时入场。"

勉勉强强。我跟清理人员一起站了太久，与此同时，恐龙倒在血泊中，浸透孩子的血。孩子和恐龙，双双灭绝，先死于一种方式，然后再死一次。这里边有种诡异的对称感。

艾丽斯抬起头，审视着我。“很糟吗？”

“什么？”雷龙玩具？“这次出警？”我耸耸肩，“只是几个疯婆子，没有什么武器。小菜一碟。”

“我无法想象就那样停用永驻。”她叹了口气，伸手触碰一株盆栽，几十年来它受到绝佳的引导，长成只有迈克尔·伊洛尼能看出或理解的形状，“为什么要放弃这一切？”

我回答不出，犯罪现场的画面在我脑中回放。脚踩蛆虫一样的意面、查看他们的冰箱时，我也有同样的感想。那里的臭气、噪声和黑暗中存在着某种东西，某种滚烫、迫切和成熟的东西。可我却搞不清那是什么。

“那些女的外形衰老，”我说，“如同放置了几周的气球，看起来全都浮肿松垮。”

艾丽斯露出厌恶的表情。“你能想象不进行永驻治疗就要表演泰罗戈作品吗？时间都不够，我们多半会过了巅峰，还会需要替补，然后替补也得找好替补。十五年，然后这些女人抛开它，她们怎么能抛开泰罗戈这么美妙的作品呢？”

“你想起了卡拉？”

“她会演奏得比我好上一倍。”

“我不那样觉得。”

“相信我，她是最棒的，在她痴迷于孩子之前。”艾丽斯感叹道，“我想她。”

“你仍然可以去看她，她还没死。”

“她生不如死，如今已经比我们认识她的时候衰老了二十岁，”艾丽斯摇摇头，“不，我宁愿记住她的美好年华，而不是在某个单性别劳动营种植蔬菜和失去最后一点天赋的样子。如今我受不了听她演奏，听到那逝去的一切会杀死我。”她突然转身，“这提醒了我，我的永驻加强治疗安排在明天。你能陪我去吗？”

“明天？”我犹豫不决，以为我还得当班去灭杀孩子，“临时通知让我有点安排不过来。”

“我明白，本来打算早点问你，可是音乐会在即，我给忘了，”她耸耸肩，“也没那么重要，我自己能去。”她侧身看着我。“不过有你去就更好啦。”

管他呢，其实我也不太想去工作。“好吧，没问题，我让彭托给我打个掩护。”让他去处理恐龙玩具吧。

“真的吗？”

我耸耸肩。“那还能怎么办？我是个暖男啊。”

她笑着踮起脚吻我。“我们要不是永生，我会嫁给你。”

我笑道：“我们要不是永生，我会让你怀孕。”

我们互相注视，艾丽斯把这当作笑话，笑得站立不稳。“别这么恶心。”

还没等我们继续谈论，伊洛尼从一棵盆栽后方跳出来，抓住艾丽斯的胳膊，“逮住你啦！我一直到处找你，现在你是全场的焦点，可不能这样藏起来。”

她摆出让人相信她能拯救纽约的自信拉走了艾丽斯。她们匆匆离开时，她甚至看都没看我一眼。艾丽斯宽容地笑了笑，示意我跟上。接着玛利亚呼唤所有人聚拢过来，她站到一座喷泉的边沿，把艾丽斯也拉上去站到自己的身边，然后开始谈论艺术、牺牲、苦练和美。

我一个字都听不进去，沾沾自喜也得有一定的限度。艾丽斯显然是世界上最棒的演奏者之一，谈论这个事实只会让它显得索然无味。可是捐赠者需要觉得自己也属于这样的时刻，所以都想抓着艾丽斯，把她变成自己的人，所以他们没完没了地谈个不停。

玛利亚说："……站在这儿祝贺我们自己，正是因为有了我们可爱的艾丽斯，姜华和泰罗戈卓越地完成了自己的工作，然而在最后的时刻，正是艾丽斯对泰罗戈这部野心之作的完美演绎，引起了评论家的强烈共鸣，我们要感谢她精彩绝伦地演奏了这部作品。"

所有人开始鼓掌，艾丽斯不习惯同行和竞争者的称赞，所以脸红得厉害。玛利亚用喊声盖过喝彩："我给班尼尼打过几次电话，很明显他不回应我们的挑战，所以我认为接下来的八十年属于我们，属于艾丽斯！"欢呼声几乎震耳欲聋。

玛利亚再次挥手召集大家注意，欢呼声平息，仅剩零零散散的低语和尖叫，但最后也都渐渐停止，让玛利亚得以继续发言。"为了纪念班尼尼时代的终结和一个新时代的开启，我想为艾丽斯献上一份小小的心意——"她说着便弯下腰，拿起一个黄麻材质中镶着金线的礼品袋，"女人当然喜欢金银珠宝，以及她中提琴的琴弦，不过我觉得这是一件特别适合今晚的礼物……"

我靠向旁边的女人，努力想要看清楚，玛利亚把礼物袋夸张地举过头顶，对着人群喊道："致艾丽斯，我们的屠龙者！"然后她从袋中掏出一只绿色的雷龙玩偶。

跟那个孩子的一模一样。

恐龙的大眼睛正视着我，有一瞬间它似乎在扇动粗黑的睫毛朝我眨眼，然后大家明白这个笑话的时候都在笑着欢呼。班尼尼等于恐龙，哈哈。

艾丽斯接过恐龙，攥着它的脖子在头上挥舞，大家又都笑了。但是我再也看不见什么，因为我已经倒在地上，被困在众人大腿组成的炎热丛林中，而且我无法呼吸。

"你确定自己没事？"

"确定，没问题，我跟你说过我没事。"

我猜的确如此，跟艾丽斯一起坐在候诊室，虽然疲惫，但我不再感到头晕目眩。昨晚她把恐龙放在床头柜上，跟她收藏的珠宝小音乐盒放在一起，那个该死的东西看了我一整晚，最后到了凌晨四点，我再也忍受不了了，便把它塞到床底下，可是早晨她又把它找出来放回了原处。从那时起，它就一直看着我。

艾丽斯紧紧握住我的手。这座永驻诊所规模较小，环境隐秘，精心安装了帆船行驶在大西洋的全息图像窗户，即使日光通过反光镜集热器导入，但内部还是有种开放通风的感觉。它不是永驻的专利过期后，在超级集群建立的类似庞然大物的公共诊所。你在这儿需要比购买医疗援助的非专利药物多花一点钱，但是不用跟一大群饥肠辘辘的赌徒、瘾君子和醉鬼摩肩接踵，即使他们自己无尽生命的每一天都是浪费，也还是想要接受永驻治疗。

护士们快捷高效，不久艾丽斯就躺下接受静脉注射，我坐在她身边的床上，跟她一起观察永驻流入她的身体。

那只是一种透明的液体，我总以为生长的物质会呈现冒着气泡的绿色，或者不是绿色，但是绝对会冒泡，我总觉得它被注入身体时会冒泡。

艾丽斯快速吸了一口气，然后把手伸向我，她苍白修长的手指扫过我的大腿。“握着我的手。”

生命的灵药一滴滴注入她的身体，填满她，冲刷她。她浅浅地喘息，瞳孔放大，已经不再看我，仿佛深入体内某个地方，夺回过去十八个多月里失去的东西。不管我做过多少次，当我观察它作用于别人，似乎把他们吞没，然后他们比开始时更加完整鲜活地苏醒过来时，我还是会感到意外。

艾丽斯聚焦目光，笑着说道：“哦，上帝，我永远也无法习惯这个过程。”

她尝试站起，但是我按住她并叫来了护士。我们一拆下她的注射器，我就领她回外面的汽车。她重重地靠在我身上，步履蹒跚，但还在抚摸我，我几乎能透过皮肤感受到滋滋的气泡和刺激的感觉，她爬上车，等我也上车时，她仔细审视着我，并笑着说：“我无法相信感觉这么好。”

“没有什么比得过逆转生命的时钟了。”

“送我回家，我想跟你在一起。”

我按下汽车的启动键，我们滑出停车位，固定行驶在磁悬浮线路上，离开了中央塔楼。艾丽斯注视着城市在窗外闪过，注视着所有的顾客、商家、烈士和鬼魂，然后我们来到户外，行驶在丛林上方的高架轨道上，再次加速，向北驶向天使塔楼。

“活着真美好，”她说，“只是没有道理。”

“什么没有道理。”

“停止永驻治疗。”

“要是人们讲道理，我们就不会有心理学家。”你也不会给肯定活不下去的孩子买恐龙玩具。我咬紧牙关，她们都不讲道理，那些愚蠢的妈妈。

艾丽斯叹息着用手拂过大腿，为自己按摩，她撩起裙子，把手指按进肉里。“可那还是讲不通。感觉这么好，人们肯定是疯了才会停用永驻。”

“她们当然是疯了，她们是在自杀，生出一些自己不懂如何照顾的婴儿，生活在黑暗差劲的公寓，从不外出，体味难闻，外形糟糕，再也不会体验到美好——”我开始叫喊，然后闭上了嘴。

艾丽斯仔细地端详我。“你还好吗？”

“我没事。”

可我感觉不好，已经开始愤怒，为那些女人及其购买玩具的愚蠢行为而生气。这些愚昧的女人像那样逗自己即将丧命的傻孩子，还当他们最后不会变成堆肥，我因此而愤怒。“我们还是别谈工作了，先回家吧，”我挤出一个微笑，“我已经请了一天假，我们应该好好利用一下。”

艾丽斯还在看我，我能觉察出她眼中带着疑问。若不是处在永驻治疗后最兴奋的状态，她会持续施压。可是她完全沉浸在身体重建的强烈感觉中，所以放弃了追问。她笑着用手指划过我的大腿，开始挑逗我。我利用自己的警察代码越过磁悬浮线路的安全限制，横穿堤道驶向天使塔楼。阳光照在海上，艾丽斯笑个不停，清新的空气环绕吹拂着我们。

凌晨三点，又接到出警任务。我摇下车窗，拉响警笛，驶过闷热潮湿的纽芬兰。艾丽斯想让我回家，回去休息，但我不能，我不想回。我不确定自己想怎样，但绝对不想吃比利时华夫饼早午餐，在地板上做爱，出门看电影……任何事都不想做，真的。

我怎么都做不到。我们从诊所回到家，我却什么都做不了，一切都感觉不对劲，艾丽斯说没关系，她想练习一下。

现在我已经超过一天没看见她。

我一直在值班，接电话出警，一直忙了二十四个小时，多亏有了警察小助手和静脉注射咖啡因，我的帽子、大衣和双手因为工作而沾满了点状喷溅的血迹。

海洋沿着海岸线掀起又高又热的海浪，冲击并越过防波堤。前方有灯光，是煤炭铸造厂和汽化工厂的照明。这通电话让我沿着帕洛米诺集群灯光闪烁的表面飞升，这里是高档的地产。乘坐大容量电梯上去以后，我撞开一扇门，彭托在身后作掩护。我明白自己会发现什么，但从不知道这些人会做何种反抗。

现场一片混乱，一个女人，漂亮的棕色皮肤女孩，要不是她想生个孩子，也许会有美好的人生；一个孩子，躺在角落的盒子里，不停尖叫。那个女人也在尖叫，对着盒子里的小孩尖叫，似乎已经发疯了一般。

我们破门而入时，她开始朝我们尖叫，孩子尖叫不停，女人也是一样，就如同多把螺丝刀同时塞进我的耳朵里，没完没了。彭托抓住女士，想要制服她，可是她和孩子就是一直尖叫。突然我无法呼吸。几乎要承受不了。孩子的尖叫毫无边际地蔓延，在我的脑袋里塞满螺丝刀、玻璃和冰锥。

所以我射杀了那个小东西。我掏出格兰奇手枪，给那个小王八蛋来了一枪。

通常我不会那样做，当着母亲的面销毁孩子违反流程。

可是走到了这一步，我们都盯着尸体，血雾和火药喷得到处都是，枪声把我耳朵震得嗡嗡作响，我甚至经历了清净透彻的一秒钟，感觉鸦雀无声。

然后女士又对着我尖叫，彭托也在尖叫，因为我在他拍照之前毁掉了证据。然后那个女人整个扑到我身上，想要抠出我的眼睛。彭托把她拽开，然后她依次骂我王八蛋、杀人犯、王八蛋、猿人和该死的猪，以及我有一双死人眼睛。

我有一双死人眼睛，这可真让我生气。这个女人即将面临永驻的彻底失效，接下来也活不过二十年，还得在单性别劳动营度过余生。她还年轻，跟艾丽斯差不多大，也许是最后一批提前跨入永驻领域的人之一，就在她成年的时候——不像我这种上了年纪的老黄牛，药物普及时已经年过四十——可是眼下她将在眨眼间丧命，却说我是那个有死人眼睛的人。

我用格兰奇手枪顶着她的额头说：“你也想死吗？”

“来啊！动手！动手啊！”她一刻都不停，一直号叫怒骂，“该死的王八蛋！王八蛋，操你妈的去死吧——开枪！开枪啊！”她大喊大叫。

即使我想看她脑浆飞溅，眼下也没有那个心情。她会早早死去，再过二十年就会完蛋。我可不想做多余的文书工作。

彭托给她戴手铐时，她对着盒子里的婴儿喋喋不休："我的宝贝儿，我可怜的宝贝儿，我不明白，对不起宝贝儿，我可怜的宝贝儿对不起……"可是婴儿已经了无生气。彭托强行把她拽向外面的汽车。

我还能听见她在走廊里哭喊了一会儿。"我的宝贝儿，我可怜的宝贝儿，可怜的宝贝儿……"然后她进入电梯下楼。单单是伴着公寓的潮气和婴儿死尸站在这里就是一种解脱。

女人用梳妆台的一只抽屉当婴儿床。

我用手指掠过碎裂的边缘，抚摸铜质拉手。不说别的，这些女人颇有聪明才智，造出了我们再也买不到的东西。闭上眼睛，我几乎能记起围绕着小家伙运转的一整套产业。小衣服，小椅子，小床具。一切都造得很小。

小恐龙。

"她无法让孩子闭嘴。"

我吓了一跳，把手从婴儿盒猛地缩回来。彭托从我身后走近。“嗯？”

“她哄不了孩子，不知道该拿他怎么办，不知道怎么让他平静下来，所以才被邻居听见。”

“真笨。”

“可不，她连搭档都没有，要怎么出去采购生活用品？”

彭托掏出照相机，试着给婴儿拍几张照片。他尝试从抽屉另一边拍摄一张侧写，想尽量把这个糟糕的状况拍好点儿。“我喜欢她这样使用抽屉。”他说。

“对，聪明的二次利用。”

“我见过一位女士给她的孩子造了一整套小桌椅。难以想象她投入了多少精力。”他用一只手比画出形状，“小荷叶边儿，顶上画着图形：正方形和三角形之类的。”

“假如你冒死去做某件事，我猜你应该想要把它做好吧。”

“我宁愿去跳滑翔伞或参加音乐会。我听说艾丽斯那晚的演出大获成功。”

“对，她很了不起。”趁着彭托还在拍照片，我仔细审视婴儿的尸体，“假如你来带孩子，你觉得该怎么让他安静下来？”

彭托对我的格兰奇手枪点点头。“我会告诉他闭嘴。”

我一皱眉头，把手枪装进枪套。“刚才抱歉，这真是艰难的一周，我已经工作了太久，一直没有睡觉。”有太多只恐龙看着我。

彭托耸了耸肩。“随便吧，要是有完整的影像会更好——”说着，他又拍了一张，“可就算这次逃脱惩罚，你也明白，过一两年我们会再次撞开她的门，那些女孩会频繁地成为惯犯。”他又拍了一张。

我走到一扇窗前，把它打开。咸味的空气像鲜活的生命一样飘进来，吹走潮湿的臭味和血腥味。恐怕这个婴儿降生以来，公寓里头一次吹进新鲜空气。必须得关好窗户，否则邻居也许会听见，而且还得一直足不出户。我好奇她是否有男朋友，某个退出永驻治疗的家伙过后带着生活用品来到这里，却发现她已经不见了。或许值得在公寓外面蹲守，试试看，免得女性主义者说我们只抓女人。我深吸一口海边的空气，让这种清新的感觉注入肺部，然后点燃一支香烟，转身面对屋里的混乱嘈杂和刺鼻气味。

惯犯，把冲动女孩描述得比较老练，就像瘾君子、白粉狂，但是更诡异，更有自毁倾向。吸毒者至少还有乐趣，谁他妈会选择伴着湿乎乎的尿布、即食食品和一连几年的低质量睡眠生活在黑洞洞的公寓里呢？生育这件事已经落伍——二十一世纪的痛苦习俗我们不再需要。可这些女孩儿不断尝试倒行逆施，生出小崽，不大聪明的脑袋被迫要传递某种遗传信息。每年都会有一批新生儿作为后代，像游戏中的地鼠一样到处冒出来，仿佛是一个种族企图自我重启并再次推动进化而掀起的动乱。我们也没法说自己从中取得了胜利。

我在警车上筛选地址列表，翻看广告、关键词和搜索偏好，尝试锁定无论我怎么追踪都没有出现的信息。

恐龙。

玩具。

填充动物。

一无所获，没人卖那种恐龙玩具。可我现在已经遇到过两只。

猴子跳过我的车顶，有一只跳到前保险杠上看着我，圆睁着黄色的眼睛。然后另一只扑向它，它们从我停车的碳纤维花瓣位置坠落下去。在底下的某个地方，郊区的废墟供养着小群的猴子。我记得在很久以前这里是一片冻土。我跟碳汇领域的技术人员谈过，他们聊了逆转气候和扩大冰盖，不过那是一个缓慢的过程，很可能需要几个世纪的积累。如果没有被某个疯妈或瘾君子击毙，我会见证那个目标的实现。可是眼下，只有猴子和丛林。

四十八小时连续待命，又参与了两次清除行动，艾丽斯希望我周末休息和放松，然而我不能。我现在靠津贴活着。她对自己的工作感觉良好，希望我整天陪她。我们以前就这样过，躺在一起，享受沉默和对方的陪伴，享受无须做什么、纯粹在一起的快乐。宁静祥和中吹拂露台窗帘的海风真的会给人一种美妙的感觉。

我应该回家，也许一星期后她会回到忧虑的状态，怀疑自己，鞭策自己努力工作，长久练习，在音乐里倾听、感受和改变，这音乐是如此复杂，除了她，任何人可能都会觉得是复杂的数学。然而实际上，她有时间，世上一切的时间。我很高兴是这样，为了像她那样美妙绝伦地演绎泰罗戈作品而做准备，十五年时间不算太久。

我想要用这段时间陪她，享受她成功的喜悦，可我不想回去睡在那只恐龙旁边。就是不能。

我从警车里给艾丽斯打电话。

“艾丽斯？”

她从仪表板上看着我。“你要回家吗？我可以跟你一起吃午餐。”

“你知道玛利亚是从哪儿买到那只恐龙玩具的吗？”

她耸耸肩。“也许是从斯潘那边的某家商店？怎么了？”

“只是好奇，”我停顿了一下，“你能帮我取来吗？”

“为什么？我们为什么不能高兴高兴？我在度假呢，刚刚才接受永驻治疗，感觉好极了。如果你想看我的恐龙，为什么不自己回来取？”

“艾丽斯，求你了。”

她怒容满面地从屏幕上消失，几分钟后又回来，把恐龙举在镜头上，生气地推到我的面前。我能感受到自己的心脏越跳越快，警车里很凉爽，可是我看到屏幕上的恐龙，突然开始冒汗。我清了清喉咙说：“标签上写着什么？”

她皱着眉头翻过恐龙，用手指在它的毛皮上摸索，然后把标签举到镜头前，聚焦的过程中，它由模糊变得清晰锐利。“伊普斯威奇收藏品”。

果不其然，根本就不是玩具。

经营伊普斯威奇收藏品商店的女人上了年纪，跟我见过的一位年迈的永驻治疗者一样老。她脸上的皱纹看起来特别像塑料，甚至难以区分是真正的皮肤还是面具。她的眼睛像两小块深陷的蓝色煤炭，头发白得让我想起婚礼和蚕丝。永驻引起轰动时她肯定已经九十岁了。

不管名字怎么说，伊普斯威奇收藏品商店里摆满了玩具。娃娃从货架上盯着她，不同的样子、体形和发色，有些是软的，有些由鲜艳的硬塑料制成；小火车绕着微缩轨道运行，从小拇指粗细的烟囱里喷出蒸汽；古早电影和漫画里的人物摆出战斗的姿势：超人、海豚人、龙叛。一架子的木雕汽车下边放着满满一桶绿色、蓝色和红色的恐龙填充玩偶，有霸王龙、翼龙，还有那种雷龙。

“后面还有几只剑龙。”

我被吓得抬头观看，老太太从柜台后面关注着我，仿佛一只生皱纹的奇怪秃鹫把我当作腐肉，用那双锐利的蓝眼睛打量着。

我抓着脖子拿起那只雷龙说：“不用了，这就行。”

铃声响起，商店大厅的正门滑开，一个女人犹犹豫豫地走进来，她的头发向后梳成马尾，脸上没有化妆。

甚至在她一路进门之前，我就能看出她是其中一员，是一位妈妈。

她结束永驻治疗没多久，虽然生孩子让她变得丰满，但是仍然显得年轻有活力。她看上去还挺漂亮，不过即使没有永驻失效的征兆，我也知道她对自己做了什么。她脸上有种独自对抗世界的疲惫表情，我们可不是那种模样，人们不必展现出那种模样，瘾君子都显得没那么多烦恼。她正努力扮演以前的自己，可能是演员、财务顾问、代码工程师、生物学家、服务员或任何一种，穿上以前得体但现在已经不合身的服装，装作自己不害怕走出家门，可现在她却失败了。

她在通道里徘徊，我发现她的肩膀上有一块污渍，虽然很小，但是如果你留意自己的目标，它就很明显，奶油色衬衫上有一小条绿色。没有孩子的女人身上从不会有这种东西。无论多么努力地尝试，她在我们之中还是显得与众不同。

伊普斯威奇收藏品商店跟行业内的其他商店一样，算是一道暗门——深入非法母亲世界的兔子洞：那里有豌豆泥污渍和隔音墙，还有为了补给和生存鬼鬼祟祟的出门冒险。假如我在这里握着神奇雷龙的脖子站得足够久，我就会完全融入并看见，跟我自己的世界交织在一起的她们的世界，其中呈现出这些女人的诡异重影，她们已经学会把抽屉改成婴儿床，懂得折叠衬衫并用别针固定成尿布，还知道“收藏品”其实是“玩具”。

女人悄悄走向火车玩具套装，选择了一套鲜艳的木质火车拿到柜台上，每节车厢的颜色都不一样，互相通过磁铁连接。

老太太拿过火车说：“噢不错，这件是好东西。我的孙子刚过一岁就玩这种火车。”

母亲什么都没说，伸出手腕结账，同时低头看着火车，紧张地用手指抚摸涂成黄色和蓝色的火车头。

我来到柜台前说：“我打赌这种火车你卖过不少。”

母亲吓了一跳，有一瞬间她似乎要逃跑，不过还是稳住了自己。老太太把眼睛转向我，那是深陷在黑暗中的蓝色球体，充满了无穷无尽的智慧。“不多，如今不多了，附近也没多少玩家喜欢这种东西，时代过去了。”

交易完成，女人急匆匆离开商店，没有回头看一眼。我目送她离开。

老太太说："恐龙四十七元，如果你要买的话。"她的语气表明，她似乎已经知道我不会买。

我不是玩家。

夜晚时分，我跟非法母亲打交道更多，婴儿如雨后春笋一般出现在各种地方，我都处理不过来，不得不在清理人员赶到之前离开上一个出警现场。虽然有损证据链，可是你还能怎么办呢？我每到一处，周遭的婴儿世界里就扯开一处，甜瓜、种荚和可以怀孕的子宫破裂后把婴儿释放到地上，把我们淹没。丛林似乎随着隐藏在下方炎热郊区的女人而躁动，我沿着磁悬浮线路疾驰，执行我的血腥任务，丛林中卷曲的藤蔓从下边曲曲绕绕地向上生长，向我延伸。

我在警车上收到了这位母亲的地址，她已经隐藏起来，退回到兔子洞里，盖紧了头上的盖子，和自己的孩子们一起压低身体，跟那些为了生出小崽儿而献身的地下妇女产生了联系。她已经像所有妈妈一样回到房门紧锁、尿布肮脏的闷热房间里，她们会把火车玩具套装交给的确会玩的小家伙们，而不是放在茶几上，让你在该死的每一天都观看它们……

那个女人，那位玩家，我一直抗拒去突袭她，那看似不公。我似乎应该等她犯错再干掉她的孩子，可是知道她逍遥法外让我心里发痒。我一次次发现自己把手伸向往她家导航的按键。

可是后来我又接到一通出警电话，又一次清除行动。我假装不认识她，也不曾窥探她的藏身之处，现在可以随时调查她。那个我们——暂时——还不了解的女人——一时——也没出过错。我驶下悬浮轨道，去响应另一个出警要求，切入轨道旁边的上层林冠，轰鸣着奔向另一个女人的命运终结之处，她不如喜欢收藏的女人那样幸运和聪明。其他这些女人占用了我一小段时间，不过最后，我把车停在海边，猴子们在丛林中尖叫，雨滴拍打我的挡风玻璃，我用力按下玩具玩家的地址。

我只是开车过去看看。

在实施碳固存之前，在我们都登上空气清新的塔楼和超级集群之前，那里可能是栋豪宅，可是如今它位于残存的郊区最边缘。我惊讶的是，这里居然还有电力供应或是其他方面的资源供应。丛林环绕着它，包围着它，通向房子的道路远离磁悬浮线路和维护道路，开裂颠簸，入侵的树木撑破路面。她挺聪明，尽量靠近野外生活。再往远走就是纠缠的阴影和绿色的黑暗之地。猴子惊慌地逃离车灯投出的光束，她周围的房子早已荒废，他们随时都有可能完全停止水电供应，再过几年，这块地区将完全被丛林占据。我们会停止服务，最后一批塔楼将被启用，丛林会把这里完全吞没。

我坐在房子外边看了一会儿。她是个聪明人，住在这么远的地方，没有邻居会听见孩子哭闹。不过在我看来，她该再聪明点儿，完全生活在丛林里，跟就是没法停止繁殖的所有猴子一起生活。我猜到头来，就连那些疯婆子也还是人类，没法把文明完全抛开，抑或不懂得究竟如何抛开。

我下车后掏出格兰奇手枪，然后撞那扇门。

我撞进去的时候，她坐在餐桌旁抬起头看我，甚至都没有吃惊，只是显得有一点点泄气，仅此而已，就好像她早就知道会发生这种事。我曾说过，她是个聪明人。

一个孩子被我撞进门的响声吸引，从另一个房间跑出来，大概有一岁半或两岁大。小家伙停下来盯着我看，头发乱蓬蓬的，已经长到跟女人的一般长。我们互相盯着对方，然后他转身爬到母亲的大腿上。

女人闭上眼睛说："那么来吧。动手吧。"

我举起格兰奇手枪，也可以说是十二毫米手持机关炮，瞄准孩子。女人环抱住他，我没法干净利索地击杀小孩，子弹会穿透孩子并杀死母亲。我调整角度，寻求射击，但是不行。

她睁开眼睛说："你还在等什么？"

我们互相盯着对方。"我在玩具店看见过你，几天以前。"我说。

她又闭上眼睛，明白自己的错误之后显得很后悔，但她没有放开孩子。我可以从她怀中夺过来，摔在地上再开枪，但我没那么做。她还是闭着眼睛。

"你为什么要这么做？"我问。

她又把眼睛睁开，显得有些疑惑。我打破了常规的套路。她自己盘算过这种事情，可能得有上千次，必然如此，必然清楚这一天会来临。可我孤身一人来到这里，她的孩子还没有死，我却一直在向她提问。

“你们为什么要不停地生孩子？”

她只是瞪着我，孩子在她身上扭来扭去，想要吃奶。她把衬衫掀起一点，孩子钻了进去。我能看见女人胸前悬着凸起的乳房，沉甸甸的来回晃动，比我记忆中的商店里它们隐藏在内衣和衬衫下边时大得多。孩子吮吸时乳房垂下去，女人只是瞪着我，处于某种自动运行的喂奶状态。这是孩子的最后一餐。

我摘下帽子并把它放在桌上，然后坐下，也放下了格兰奇手枪。一枪轰飞吃奶的小傻瓜似乎不太合适。我掏出一支香烟点燃，深深吸了一口。女人注视着我，就好像我是一只猛兽。我又吸了一口香烟，然后递给她。

“抽吗？”

“不抽。”她飞快地低头看向孩子。

我点点头。“哦，好吧，对新生儿的肺不好，我以前听说过，想不起来在哪儿，”我微微一笑，“也想不起来什么时候了。”

她直视着我说：“你在等什么？”

我低头看放在桌子上的手枪，由子弹和钢铁组成的沉重机械，威力强大的重型武器，格兰奇十二毫米无后坐力手持炮，标准配置，能够当场打死一个瘾君子，如果瞄得够准，可以打掉整颗心脏，能把婴儿打得粉碎。“为了生孩子，你得停止接受永驻治疗，是吗？”

她耸耸肩。“那只是一种添加剂，他们没必要弄得影响生育。”

“可是不这样做的话，我们的人口问题会无比严峻，不是吗？”

她又耸耸肩。

枪放在我们俩之间的桌子上，她飞速扫了一眼，然后看看我，又看看枪。我吸了一口烟，能看出她盯着桌上那把老式钢制手持炮在想什么。她根本够不着，但是她已经不顾一切，所以觉得近很多，勉强够得着。勉强。

她又抬起目光看我。“你为什么不干脆就动手呢？给个痛快？”

这回轮到我耸肩，我根本没有答案。此时我应该拍照片，把她押上警车，干掉孩子，再叫来清理组。可我们却坐在这里。她眼中泛起泪花，我看着她哭，看到她的乳房、肥胖的四肢和一种让人害怕的智慧，后者也许源于自知不会永生。她跟皮肤平坦光滑、胸脯挺拔夺目的艾丽斯形成鲜明的对比。这个女人好生养，虽然周围厨房杂乱，外边丛林茂密，但屁股、乳房和肚子都体现出这一点，作为生命的沃土，她似乎接受这一切，成为抑郁的盖娅女神那样的生物。

成为一只恐龙。

我应该铐住她。我已经抓住她和孩子，应该把孩子射杀，然而我不仅没动手，反而产生了性欲。她一点都不漂亮，可我还是勃起了。她皮肤松弛，身材肥胖，虽然有胸有臀，然而都已下垂。裤子绷得太紧，我差点坐不住，所以尽力不去看她喂奶，不去看她露出的乳房。我又吸了一口烟。“你知道，我干这行很久了。”

她阴郁地盯着我，什么也没说。

“一直想知道你们女人为什么要这样。”我朝孩子点点头，乳房脱离孩子的嘴，悬垂的巨大器官连同粗大的乳头整个暴露出来。她没有遮挡，我抬头时她正在打量我，发现我在看她的乳房。孩子从她大腿上爬下来，也在目光阴郁地看着我。我好奇他能否感知到房屋里的紧张氛围，能否明白接下来会发生什么。“为什么生孩子？说真的，到底为什么？”

她噘起嘴唇，我觉得自己能在她绷紧的泪眼中看出愤怒，对于我捉弄她的愤怒。她生气我坐在这里跟她讲话，格兰奇手枪就放在她脏兮兮的桌上。可是接着她的目光又下沉到那把枪上，我几乎能看见齿轮在转动，看见她在盘算，体内的野性正在聚集。

她叹了口气，把椅子往前蹭了蹭。“我只是想要个孩子，从小就想。”

“类似摆弄娃娃？收藏品？”

她耸耸肩说：“我猜是吧。”然后她停顿下来，目光又回到枪上。“对，我猜自己是那样，我有个小塑料娃娃，常常给她穿衣打扮，跟她一起玩过家家。你懂的，我们沏茶，然后我得倒在她脸上让她喝下去。那不是一个高档的娃娃，语音输入，但是功能有限。毕竟我父母也不宽裕。‘我们去购物。’‘好呀，买什么？’‘买手表。’‘我喜欢手表。’都是这种简单的对话，不过我喜欢她。后来有一天，我把她唤作我的孩子，也不知是为什么，不过我就那么叫了，娃娃回答说：‘我爱你，妈咪。’”

说着她的眼睛又变得湿润。“我只知道自己想要一个孩子，一直跟娃娃玩，她也假装是我的孩子。然后我妈妈抓到我们俩扮演母女，她说我是傻孩子，不应该那样说话，女孩不再生孩子了。她拿走了我的娃娃。”

孩子坐到地板上，在桌子底下摆积木，摞起来再推倒。他有蓝色的眼睛和羞怯的笑容，吸引了我的目光，再次让我浑身一颤。然后他从地上爬起来，把脸埋进母亲的胸脯躲藏起来，还一边偷偷瞄我，一边咯咯直笑，接着又藏了起来。

我朝那个孩子点头说：“他爸爸是谁？”

女人冷冰冰地板着脸说：“我不知道。我从网上找到一个家伙把精子邮寄给我。我们不愿见面，收到以后我就立即删除了他的一切信息。”

“可惜，如果你们保持联系就更好了。”

“对你来说更好。”

“我就是这个意思。”我注意到香烟已经烧成很长一截烟灰，像一根细细的灰色阴茎无力地从香烟末端延伸出去。我抖了一下香烟，烟灰掉落。“我还是理解不了永驻的问题。”

她令人费解地笑起来，甚至面露喜色。“为什么？因为我没有爱自己爱到一心想长生不死？”

"你本来打算怎么办？把他一直藏在屋里，直到——"

"她，"女人突然打断我，"把她藏在屋里。她是个女孩儿，名叫梅兰妮。"

自己的名字被提起时，孩子向我看过来。她见我的帽子放在桌上便抓过去，然后爬下母亲的大腿，把帽子拿给我。她伸手递过帽子，我想要接住，可她又收走。

"她想给你戴上。"

我不解地看着女人，她微微一笑，但也显得悲伤。"这是她玩的一个游戏，她喜欢给我戴帽子。"

我又看向女孩，她举着帽子，开始着急，一边挥舞帽子引起我的注意，一边对我小声哼唧。我弯下腰，女孩把帽子放在我头上，然后笑起来。我坐直身体，把帽子戴好。

"你笑了。"她说。

我抬头看着女人说："她真可爱。"

"你喜欢她，不是吗？"

我又若有所思地看了下女孩。"说不上，我以前从没认真看过他们。"

"撒谎。"

香烟要燃尽了，我把它在餐桌上摁灭。她看着我这样做，皱起了眉头，也许是生气我弄脏了她脏兮兮的桌子，可是接下来她似乎想起了枪，我也一样。一股寒意涌上我的后背。我对着女孩弯腰的一瞬间，忘记了这回事。此时此刻我可能已经没命。有意思的是，我们忘了又想起、想起又忘了这些事，我和这个女人，我们两个都是。前一分钟我们还在交谈，接着就等待大开杀戒。

这个女人似乎是个不错的约会对象，你能看出来，她有那种精气神，在想起那把枪之前呼之欲出，你能看见它来回闪烁。她先是一个样子，然后变成另一个样子：有活力、善思考、能回忆，然后砰的一下，她还是坐在堆满脏盘子的厨房里，操作台上布满咖啡杯印，一名带着手持炮的警察坐在她餐桌旁。

我又点燃一支香烟。"你不怀念永驻吗？"

她低头看着女儿，伸出了双臂。"不，一点都不。"女孩又爬到她母亲的大腿上。

我吐出缭绕的烟雾。"可你逃不脱这项罪名。真是丧心病狂，你得停止永驻治疗，找个同样自愿停掉永驻的精子提供者，相当于两个人为一个孩子献身。你得独自生产，藏起孩子，然后迟早得需要一张身份证才能让孩子开始接受永驻治疗，因为没人会给非法患者用药。你明白这一切都行不通，但还是走到了这一步。”

她对我怒目而视。“我本来可以做好的。”

“可你没有。”

砰的一下，她切回到了厨房里，坐在椅子上，怀里抱着孩子。“那你为什么不干脆快点动手？”

我耸了耸肩。“我只是好奇你们这些哺育者的想法。”

她使劲盯着我，充满了怒气。“你知道我在想什么吗？我在想我们需要新东西，我已经活了一百一十八岁，我认为这不仅仅是关乎我个人，我觉得我想要一个孩子，想看看她在今天醒来时会看见什么，看看她会发现和看到哪些我从未见过的东西，因为那些都是全新的。总算会有些新东西。我喜欢透过她的小眼睛而不是你们那种死人眼睛看世界。”

“我没有死人眼睛。”

“照镜子看看吧，你们都有死人眼睛。”

“我一百五十岁，现在感觉跟开始治疗那天一样健康。”

“我打赌你都记不清楚了，没有人记得。”她的目光再次投向配枪，不过还是抬起来落在我身上，“但是我记住了，现在就记得。这样的生活更好，比永生好一千倍。”

我一脸不屑。“通过你的孩子生活？”

“你不会明白，你们谁都不会明白。”

我避开目光。我不明白为什么，拿枪的人是我，掌控一切的人也是我，可她却看着我，她那样说的时候我的内心有什么东西紧张起来。要是发挥一下想象力，我会说体内源自古猿的某个微小部分试图爬出泥沼，让别人倾听自己的声音，我们曾经跟那只野兽有共同之处。我看着那个孩子——那个女孩——她也看着我。我好奇他们是不是都玩帽子游戏，还是说这个孩子有点特殊，以及他们是否都喜欢把帽子戴在杀死他们的凶手头上。她笑对着我，又把头埋进母亲的臂弯。女人盯住了我的配枪。

“你想要开枪打我？”我问。

她抬起目光说：“不。”

我微微一笑。“得了吧，实话实说。”

她眯起眼睛说：“如果有机会我会打爆你的头。”

我突然感到厌倦，什么都不在乎了，我受够了肮脏的厨房、昏暗的房间和用过的替代尿布的气味。我把格兰奇手枪推到离她更近的地方。“来吧，你能为了挽救一个甚至不会永生的人，就杀死一个长寿者吗？我会一直活着，那个小女孩运气再好——其实好不了——也活不过七十岁。你自己其实已经死了，但是你愿意牺牲我的生命？”我感觉自己站在悬崖边上，各种各样的可能性充斥在我周围，“那就试试吧。”

“你是什么意思？”

“我给你一个机会，你要争取一下吗？这是你的机会。”我把格兰奇手枪推得更近一些，诱惑她出手。我浑身上下都麻酥酥的，大脑感觉飘忽不定，几乎有点眩晕。肾上腺素在我体内奔涌，我甚至把枪推得离她更近，突然不确定自己是跟她争夺，还是让她抢到。“这就是你的机会。”

没有任何征兆。

她扑过桌面，孩子从她怀中摔了出去。她的手指触到配枪的同时我突然把枪移走，她又往前够，把手伸过桌子来抢。我往后跳，撞翻了自己的椅子，走到她够不着的地方。她朝配枪伸出手，手指张开又抓拢，尽管明白自己已经失败，但还是非常渴求。我用枪指着她。

她瞪着我，然后头枕着桌子啜泣起来。

女孩也在哭，坐在地上放声大哭，通红的小脸表情扭曲，跟她孤注一掷夺枪的妈妈一起哭泣。妈妈赌上了一切：所有的希望和多年隐藏的付出，保护后代的一切渴求，所有一切。结果女儿在地上号啕大哭，她也把身体铺陈在肮脏的桌面上哭泣。女孩号起来没完。

我用格兰奇手枪瞄准女孩，此刻她完全暴露出来，哭喊着向她母亲伸出双手，但是自己没有站起来。她只是伸手等待，想被一位失去一切的女人抱起，根本没注意到我和手枪。

简单一次击发就能把她解决，在前额开一个洞，哭号就会停止，只剩下燃烧的火药气味和待出警的清理人员。

可我没有开火。

我把格兰奇手枪装进枪套，走出房门，把她们留在自己的哭泣、污垢和生活里。

外面又下起雨，大滴雨水成串地从屋檐淌下，溅落到地上，四周的丛林里充满猴子的聒噪。我竖起衣领，重新戴好帽子，几乎已经听不见身后的哭声。

也许她们会熬过去，凡事皆有可能。也许孩子会长大成人，从黑市弄一些永驻，再活到一百五十岁。更有可能的情况是，半年、一年、两年或十年之后，一名警察撞门闯入，结果掉孩子。但那个人不会是我。

我跑向警车，脚下溅起泥巴、植物和雨水。长久以来，我头一次感受到雨水的新鲜。

沙漠中的雪诺

尼尔·亚瑟_著　阿古_译

一条沙鲨冲破沙丘顶面，跃入空中，却被一只蟹隼逮个正着，在半空中被撕个粉碎。希拉德赶紧蹲下，打开光学迷彩，她的身形顿时遁入了紫沙之中，只有东芝护目镜的镜头和天伐枪的粗大枪口，露出一点端倪。这只蟹隼很小，但她早就搞明白了，永远不可以低估蟹隼。要是猎物太大，蟹隼就会将之撕碎。只要是活生生的蛋白质来源，蟹隼都不嫌大。遗憾的是，沃奇星上的所有生命形式都基于左旋蛋白，所以对蟹隼来说，人肉没有任何营养价值。但蟹隼们并不明白这一点，填饱了肚子仍然越来越饿，它们就会变得越来越焦躁，于是索性就去捕食更多的人类。

这只蟹隼扯掉了沙鲨的刃腿和甲颚，拖着鲜血淋漓的扭动躯干飞走了，可能是拿去喂养雏鸟。希拉德站起身，关掉光学迷彩，身影重新显现；她身材高大，一身连体紧身防护衣，上面交织着细密的冷却管，有好几个隔热口袋。她的背上还背着一个沙漠求生包。天伐枪被她随手插进腰间一个普普通通的枪套里，旁人根本就不会猜到，这枪套里面居然装着一件这么可怕的武器。她摘下护目镜、面罩和帽子，塞进众多口袋中的一个，继续在沙漠中前行。她的瘦削五官、蓝眼睛和金色长发，就这样直接暴露在炽热的高温和足以令皮肤剥落的强烈紫外线之中。她已经在沙漠中跋涉了好几个星期。她偶尔会抿一口水；只是装装样子，以防有人暗中偷窥她。

他总是被人称作雪诺，但头戴面罩，身穿防尘袍，稍稍遮盖住了他的白化人特征。面罩用一枚地球进口龟壳特制而成，是他的独特标志。这个面罩一出现，就说明“雪诺”这个杀人如麻的冷血杀手登场了。最近赏格又升了，有人愿意出两万先令，或同等价值的铜、锰等贵重金属，悬赏他那对睾丸，但必须是冷冻保存的活体。有许多人来捕猎过他，他们的墓志铭都刻着同一句话：本人已经试过了自己的运气。雪诺已获悉，此刻在梅尼拉平地边缘的水站，有三个水站扈从正等着试试他们的运气。水站扈从拥有武器、力量和战斗技能，但受到荣誉准则的牵绊。雪诺也拥有武器、力量和战斗技能，却不奉行什么荣誉准则。很久以前，他出生在地球上。他活了那么久，久远到地球时代的生活记忆早已模糊不清，他早就抛弃了任何可能妨碍生存的累赘东西。他常说，道德纯粹是人类编造出来、在富足年代充当消遣的玩意儿。他还有另一句格言是这样的：要是在急流中丢了船桨，可别指望海岸警卫队。但沃奇星上的人们从没见过水流、海岸或船桨，当然就听不懂这句格言。水站是一个椭圆形金属巨球，坐落在离地面十米高的脚手架丛林之上。水站正下方伸出一根巨大的银色金属管，扎进地下深处。这根巨管传输地热能，为炼金装置提供能源。人类能在这个几乎没有水的星球上生存，全仰仗水站。炼金装置吞入复杂化合物，剥离其中的氢离子，并将制取的氢气与干藻释放出的丰富氧气结合，生成水。正是这种干藻，把沃奇星的所有沙子都染成了淡紫色。水是主要产物，此外还有许多有趣的副产品；各种稀有金属和二氧化硅化合物，属于这个星球的主要出口产品。

雪诺爬上最后一座沙丘，把影像增强仪举到眼前，扫视前方。实际上，围绕着水站，蔓生出了一个小城市，一个商业中心，一个生活中心。他在面罩下暗暗皱起了眉头。他不清楚那三个杀手的具体身份，但猜想应该是讲究荣誉准则的水站扈从。这里是附近唯一的水站，他必须在此补充水分，才能走完最后一段路途。对抗不可避免。

雪诺大步走下沙丘，顺着尘土飞扬的蜿蜒小道，走向水站。路边的一个凝露罐里，躺着一个奄奄一息的偷水贼。当雪诺经过时，那人伸出布满燎泡的手指，抓挠着滚烫的玻璃罐壁，但雪诺看都没看他一眼。这惩罚很严苛，但如果一个人，把他的人类同胞当作一只行走的水桶，随意戕害，还能怎么处置他呢？走近水站，地面城市中行贩和摊贩的嘈杂叫卖声，仿佛一大群乌鸦的大声聒噪，扑面而来。迷宫般的脚手架丛林构成的城市上层，也有许多人在活动。他很快就进入地面城市，融入这片喧闹之中。片刻间，他出现的消息就传进了某些人的耳朵。当他穿过湿闸，进入沙屋（客栈的普遍叫法），在凉爽的室内摘下面罩时，三名杀手已披挂好武器，正在各自家中向家神祈祷。

“对不起，阁下。我必须看一下你的身份牌。水站领主大人宣布在近两个月内严格执行身份查验令。据说现在有太多不法之徒，在水站附近出没。”侍者忍不住盯着雪诺的粉红双眼和苍白脸庞看。

“没问题，朋友。”雪诺说着，从防尘袍中摸索出微蚀身份牌，递给他。侍者波澜不惊地瞥了一眼雪诺的左臂，假装毫不在意。左臂末端赫然露出一截皮套包裹着的残肢。侍者把身份牌插进便携式读牌器，警报并没有响起，他松了一口气。雪诺很清楚，并不是每个人都会被如此盘查，只有那些看起来比较可疑的顾客，比如他自己，才会受如此礼遇。

“你要来点什么，阁下？”

“一升冰镇啤酒。”雪诺说。

侍者有点疑虑地看着他。

“我现在就付现钱。”雪诺说着，递过一张十先令的钞票。侍者被这么一大笔现金吓了一跳，赶紧接过钱走了。当侍者端着一升啤酒回来时，许多双眼睛都一路追随着那杯啤酒。啤酒被装在一个双层保温玻璃杯里，盖着一个加压锁盖。这可是奢富的象征。但雪诺认为这笔开销算不上奢侈。他早就计算过。一升水也要八先令，只节省了两先令，而喝水或者喝啤酒，通过汗液蒸发流失的水分，差别极小。只需要再加两先令，就能以更舒心的方式获取水分。当他快要喝完这一升冰镇啤酒，享受着酣畅清凉的快感时，三个杀手走进了沙屋。他几乎立刻就认出来，这三个是水站扈从。他对他们并不在意，一仰脖，喝干了玻璃酒杯中最后一滴啤酒。

"你是雪诺，那个白化人。"其中一个径直走到他桌前说。

雪诺看着她，心中涌起一股苦到发涩的沮丧。即使当了这么多年杀手，他还是无法对女人痛下杀手，更别说杀害女孩了。她还不满二十岁。她大剌剌地站在他面前，身穿单丝生存服，腰间挂着武器腰带。一头剪得短短的黑发，脸精致得像个精灵。

"不，我不是。"他说着，眼睛瞟向别处。

"别跟我耍花招。"她带着一种超出年龄的老气说道，"我知道你是谁。你是个白化人，而且还少了左手。"

他又把视线转了回来。"我叫杰尔达 · 康利。别人都叫我阿白。人们经常把我和你提到的这个雪诺搞混，有一次还打了起来，搞得我没了左手。现在请让我一个人静一静。”

女孩困惑地后退了几步。水站扈从的荣誉准则，不允许撒谎，即使是为了临机应变也不行。雪诺注意到，在她身后，她的一个同伴正在和老板交谈，老板挥手让那个紧张的侍者过去。看来诳不住他们了。侍者拿出读牌器，老板查看着屏幕。接着，那个同伴走近女孩，在她耳边低语了一声。

“你骗我。”她说。

“不，我没有。”雪诺说。

“你骗了，你撒谎！”

场面开始失控了。雪诺扭过头，不搭理她。

“我向你发出挑战。”女孩说。

还是走到了这一步。雪诺假装没听见。

“我说我向你发出挑战。”

按照荣誉准则，她现在就可以杀了他。这是违法的，但却是公认的做法。她缓缓往后退去，雪诺的心也随着慢慢地往下沉。

“胆小鬼，站起来和我一决生死。”

雪诺无奈地撑着自己站了起来。她猛地拔枪。雪诺也动了。刹那间就见了胜负，只见她仰面倒在地板上，那件单丝生存服的前襟已经裂开，她那对翘耸的小乳房中间，露出一个冒烟的血洞。雪诺站起身，从她尸体旁经过，大步走向湿闸，咬紧牙关忍住想要呕吐的冲动。他暗自希望自己手速够快，可别让在场的人看破自己用的是什么武器。

联合统一设施坐落在一个太空港边缘的紫色沙地上，太空港里散布着巨大的飞翼航天飞机、机库和各式附属建筑。联合统一设施再往外，就是一大片沃奇独有的密封式建筑群，各个密封建筑之间由封闭式保湿走廊相连，走廊中间不时会鼓起一个玻璃穹顶，穹顶覆盖之下是一块块大小不一的公园绿地。联合统一设施结构独特，迥异于任何一幢沃奇建筑。联合统一设施采用统一的建筑标准，在人类政体的一千多个星球上都能找到，正是联合统一设施，帮助人类以惊人的速度不断扩张。联合统一设施是一个直径五十米的镜面半球体，仿佛随时可能滚走，幸好两旁各卡了一个L形缓冲区。联合统一设施上方笼罩着一个巨大的玻璃穹顶，穹顶内的空间被充作出入境大厅；大厅被灼热的阳光照得明晃晃的。在联合统一设施内部，斯凯顿传送门每隔几分钟就会上演一次奇迹；从各个星球的人类政体瞬间送来旅行者，又把本地出发的旅行者瞬间打发去各个星球。

贝克站在入境口不远处，注视着矗立在黑晶玻璃台基上、象征着联合统一政权的那两只对称的角。他注视着标志中间那道传送门，注视着传送门中泄漏出的炫霓微光。他不耐烦地看了看表，并不担心他们会早到或迟到。他们会准时抵达，抵达时间精确到毫微秒。这一切都是联合统一AI的功劳。一个男人准时地穿过微光，接着是一个女人，又一个男人，又一个女人。他们的相貌和文件描述的完全吻合，当他们走进大厅，他热情地上前打招呼。

“接送车就等在外面。”他说着，领着他们快步往出口走去。商人不想让他们在城里逗留。他想让他们尽快潜入沙漠，这是给贝克的指示之一。一行人登上悬浮车，那个看上去像是头领的男人一把抓住贝克的肩膀。

“武器呢？”他问。

“不能在这里交接。”贝克紧张地说着，开动悬浮车，驶离了城市。

开进沙漠深处，贝克停下悬浮车。四个杀手爬下车，贝克从后备箱拉出一个大箱子。贝克在冒汗，不仅仅是因为热。

“给你。”他说着打开箱子。

那人从箱子里拿出一把小手枪，枪身短小，寒光闪闪。

“一旦获得确切情报，商人将在预定地点和你们碰头。”他说。他不知道是什么情报，也不知道是什么地点。商人对他并没有那么信任。这回商人派遣雇佣杀手来沃奇星，这样的秘密行动居然允许他参与，已经让他很受宠若惊。

那人看了看手枪，点了点头，苦笑了一下，然后把枪口对准贝克。

“抱歉。”他说。

贝克刚想说点什么，身后那个男人突然伸出两只胳膊，圈住了他的整个脸。他的头被两只铁钳一般的手臂紧紧箍住，锁住，猛地一拧。贝克的脑袋被拧转过一个前所未有的角度，整个身体直直摔在沙地上。他的喉头咕咕呜咽几声，全身抽搐了几下，死了。

两个代政官穿过大门，迎面走进湿闸，雪诺停了下来。两人的视线越过他，望了望地板上的尸体。年纪较大的那个，胡子已花白，大腹便便，但手里的枪看上去有些年头了，而且被摩挲得锃亮。

“你是雪诺。”他说。

“是的。”雪诺说。这个人不是水站扈从。

“一场挑战？”

“是的。”

这个男人点点头，皱眉瞄了一眼吧台边那两个水站扈从，又转向雪诺。收尸不是他的工作。专门有组织负责收尸。不到一个小时，那女孩就会被放进某个凝露罐里。

“水站领主要找你谈话。跟我走。”他又对同伴说：“处理一下。她那两个朋友看来需要关一段时间禁闭。”

雪诺跟着那个人走出沙屋。

“她为什么要见我？”当他们大步走在脚手架下的街道上时，雪诺问道。

“我没问。”

谈话就此结束。

身为水站的主人，水站领主在城里有多处私人公寓。

代政官领着雪诺来到一个螺旋形楼梯前，打开了楼梯门。

“她在上面。”他只说了这么一句，就转身走了。

雪诺爬上楼梯，大门在他身后哐当一声自动关上了。

楼梯尽头是一个湿闸，闸门旁边挂着一个摄像头，一个屏幕。雪诺按了下门铃，耐心等着。过了一会儿，屏幕上冒出一张脸，是一个灰白短发的瘦削女人。

“谁？”

“你派人来找我。”雪诺说。

那个女人点了点头，闸门锁砰的一声开了。他转动闸门把手，闸门升了起来，他弯腰钻了进去。他爬进了一条不长的走廊，廊壁镶着金属板，走廊尽头是一扇从地球进口的实木门。瞧着像是橡木，非常昂贵。他推开门，走了进去。

房间里摆满了许多古董；一张巨大的餐桌，一圈折叠椅。豪华的十八世纪家具，满墙的油画，地板上铺满手织地毯。

“不必太惊讶。这些都是冒牌货。”

水站领主从一个酒柜旁走了过来。她端着两杯半满的琥珀色酒水。雪诺打量着她：她很迷人。他估计她的年龄在三十五岁到一百九十岁之间。要是三个世纪前，她这种容貌顶多四十五岁，但回春疗法已经发展了足足三百年。她身材健美，身穿一件样式简洁的宽袍长裙，腰间挂着一把古董左轮手枪，可能是仿制品。

“你知道我的名字。”雪诺接过酒杯，意味深长地说。

“我是亚莉恩。”她主动报上大名。

雪诺压根儿就没在听。他正津津有味地啜饮着第一口酒。

“上帝，这是威士忌。”他赞叹道。

“没错。”亚莉恩说着，喝了一口酒，指了指旁边的沙发。他们走过去，面对面坐在沙发上。

“好吧，我已经来了。你想要什么？”

“为什么有人要悬赏两万五千先令买你的睾丸呢？”

“这个问题你最好去问商人巴里斯，但我觉得你是在明知故问。你早已经知道答案了。”

亚莉恩点点头，雪诺向她靠过来。

“我很乐意知道这个答案。”他说。

亚莉恩微微一笑。雪诺往后一靠。

“看来这个答案是有代价的。”他说。

“获取情报得付出代价，这不是天经地义吗？有一个人。他是这里的主代政官。叫大卫·桑格雷尔。”

“你想让我杀了他。”

“当然。这不是你最擅长的活计吗？”

雪诺没有搭话。

亚莉恩倚靠在沙发一头的扶手上，目光在酒杯上面打量着他。“我要你做的还不止这个。”

他转过身来看着她，她把双脚抬到了沙发上，他看到长裙里面她什么也没穿。他有点好奇，她到底是剃了阴毛，还是天生白净。她继续盯着他的眼睛，一条腿落回了地板上，又把右手伸进两腿之间，开始用两根手指轻轻抚弄自己。雪诺有点纳闷，究竟是什么使她这么兴奋。他的苍白皮肤和粉红瞳孔？其他女人说过，和他做爱就像和外星异类做爱。还是说因为他是个杀手？也可能两者兼而有之。

“代价的一部分？”

她点点头，把杯子放在一边，向他坐近了一些，把一条腿跷起搭在沙发背上。

“来吧。”她说着，伸手扯开长裙，露出一对耸翘的结实乳房，像极了那个在沙屋被他击杀的女孩。雪诺等待了片刻，发现自己对她并不反感，也不排斥，于是他站起身，脱下了防尘袍。

当他脱下内服时，亚莉恩惊讶地说：“你白得像一张纸。”她瞥见了他左臂末端那皮套包裹着的残肢，但她什么也没说。

“是的。”雪诺说着，跪在她的双腿之间，俯身去舔她的乳头。“一张白纸。”他说着，舌头继续往下游走。她伸手捧住他的头。

“不要这个，”她说，“我要你进入我的身体，快。”

雪诺顺从了她的要求，但她声音里透着一丝急切，让他感到困惑。似乎这部分对她而言才最重要。也许她想要个白皮肤的孩子。

在靠近火堆前，希拉德先招呼了一声。根据以往的经验，如果贸然闯进水站扈从的营地，他们会很不安。走近火堆，她惊讶地发现，他们并不是机器扈从。两个男人，两个女人，身穿单丝生存服，看起来像是火星制造。地上摊着一块布，上面摆着几把武器，见她走近，其中一名男子匆忙把布盖上了。希拉德假装没看到。她走到火边，蹲了下来。一个女人往火里扔了一块蟹隼壳，透过火焰注视着她。率先开腔的，是那个用布盖住武器的高个子火星人，他的太阳穴上文着种姓印记。

“走了很远一段路？”他问道。

“比不上你那么远。”希拉德说。她看向火堆对面那个女人，她脸上也有种姓印记。另一个男人是一个黑人，有一双大小不一的蓝眼睛，另一个女人长相普通，没有任何明显的地域特征，但希拉德注意到，她耳后露出几个神经插头的塞子。她是个共生体，来自某个共生家族。

“是的，我们走了很远一段路。”那人说着，摸了摸脸上的种姓标记。

“我们在找人，”黑人专心地说，“也许你能帮我们。我们在找一个叫雪诺的人。他是个白化人。”

他们都热切地看着希拉德。

“我听说过他，”希拉德说，“我听说很多人都在找他。不过我也不知道他在哪儿。”

那个脑后有神经插头的女人看起来很精明。希拉德继续抢着话头，免得她打岔。

“这么说，你们是为了那笔赏金？”

四个人面面相觑了一下，三个人同时望向火星人。他面露微笑，漫不经心地把手伸进身旁的布下。希拉德瞥了一眼那个共生体女人，她正专心盯着她。

“加利特，别动。”

加利特的手停在了布下。

“怎么回事，卡纳尔·梅克？”

希拉德现在可以确信，这个女人正是杰思罗·曼克斯·卡纳尔共生家族的一员。梅克冲着加利特缓缓摇了摇头，然后看向希拉德。希拉德正时刻准备着先发制人。

“我们和你没有冲突，只希望你能离开我们的营地。”

加利特抗议道：“但她现在知道了我们的行踪。她可能会去通风报信。”

卡纳尔·梅克看着他，一字一顿地说：“她是制物。”

加利特立刻把手从布下缩了回来，满脸惶恐。当希拉德站起身时，他畏缩了一下。希拉德微笑道：“我从不伤人，除非别人有意伤我。”

她头也不回地大步走进黑暗中。没有人敢动。也没有人伸手去拿武器。

雪诺把手伸进防尘袍，从枪套里取出手枪，检查了一下电量读数。状况正常，电量几乎全满。沃奇星的灼热阳光照射在防尘袍表面的光伏材料上，通过枪套内部的插座，不断地给枪充着电。这是一把哑光黑的L，只有五毫米厚，扳机处是一个轻微的凹陷。这是身份验证多重传感器。只有雪诺才能触发这把枪。这是一把反质子枪；实际上这个名称并不恰当，这把枪是通过高能电磁场，把质量极其微渺的光子，加速成具有质量效应的光子物质。不管用词是否恰当，射出的光束瞬间就能在人身上烧出一个大洞来。

大卫·桑格雷尔是个有家室的男人。雪诺在街对面观察了好一阵，看到他把一个孩子举过头顶，一个女人在后面看着。接着他家的公寓门就关上了。雪诺有点纳闷，为什么亚莉恩要搞死他。身为水站领主，她在这里权势极大，但却无法真正差使代政官，因为代政官奉行的是行星法，而不是她的私法。也许她卷入了某种非法活动，桑格雷尔正在暗中调查她。不过，现在都无所谓了。他敲了敲门，桑格雷尔前来开门，他伸出手枪对准他的脸，逼他退回屋里。他左手残肢一甩，顺手把门关上了。

“爸爸！”小女孩大喊一声，刚要冲上来抱爸爸的腿，她母亲一把抓住了她。桑格雷尔双手举在空中，眼睛紧盯着雪诺手中的怪枪。一把违禁的反质子枪，他一脸震惊。

“为什么，”雪诺说，“水站领主想要你的命？”

“你是那个……白化人。”

“请回答我的问题。”

桑格雷尔瞥了妻子和女儿一眼，回答道：“她是个古董收藏家。”

“为什么非要弄死你？”

“为了得到自己想要的东西，她不惜杀人。我已经掌握了证据。我们打算近期就逮捕她。”

雪诺点点头，把枪收进枪套。“我猜也是如此。她派了两个代政官来找我。”

桑格雷尔垂下双手，但尽量远离挂在腰带上的电击枪。

“作为水站领主，她确实有权差使代政官帮她跑腿。保护她的人身和财产安全是代政官的职责。但她没有肆意犯罪的自由。你为什么不杀我？他们说你杀了很多人。”

雪诺看了看桑格雷尔的妻子和孩子。“看来我在这里名气不小。”他说着，从桑格雷尔身旁走过，坐在一张看上去很舒适的沙发上。“但那些传言都是假的。只要别人不来害我，我就不会开杀戒……嗯，只有极少数例外。”

桑格雷尔望向他的妻子。“塔曼莎该去睡觉了。”

他妻子点点头，带着孩子离开了房间。雪诺注意到小女孩正着迷地盯着他看。他已经习惯了。桑格雷尔坐在雪诺对面的扶手椅上。

“你有一个很好的家庭。”

“是的……你愿意指证水站领主吗？”

“你可以录下我授权的证词，但我不能留下来听审。要是我留在这里，很快就会冒出来一大堆水站扈从杀手。我可能难逃一死。”

桑格雷尔点点头。“要是你不想杀我，又为什么要来我家呢？”他有点焦虑地问。

“在我去向水站领主复命期间，我需要你装死。”

桑格雷尔表情一滞。“你想骗取她的赏金。”

“是的，但她允诺的报酬不是钱，而是情报。水站领主知道为什么商人巴里斯会悬赏要我的命。我当然对他的动机颇感好奇。”

桑格雷尔双手手指交叉，放在膝盖上，他低头思忖了一会儿，抬起头来说：“他悬赏的是你那对活体保存的睾丸。也许和亚莉恩一样，他也是一个收藏家，不过这不是重点。我会为你装死，但在你去见亚莉恩之前，我希望能在你身上藏一个虚拟录像机。”

雪诺点了点头。

桑格雷尔站起来，走到一个壁柜前。他拿来一个全息录像机，放在桌子上，打开开关。“现在，请述说你的证言。”

“他死了。”亚莉恩面带微笑地说。

“是的。”雪诺说着，顺手把桑格雷尔的身份牌扔在桌上。“看来你已经得到消息了。”

亚莉恩走到酒柜前，给雪诺倒了一杯威士忌。她把酒杯端给他。“我有一些代政官朋友。当他妻子报警，说她老公被杀时——显然她叫得歇斯底里——他们立刻通知了我。”

“你为什么要杀他？”

“这不关你的事。把你的威士忌喝了，我就把答应给你的情报告诉你。”

亚莉恩转身走开，坐到路易十四豪华办公桌前，她按了一个按钮，桌面上缓缓升起一个电脑控制台。雪诺刚把威士忌举到唇边，疑心病又发作了。为什么非得从电脑里查看信息？她完全可以直接告诉他。她为什么不给自己也倒一杯？他没有喝，又把酒杯放回桌上。亚莉恩抬起头，脸上挂着一丝阴冷的微笑。她抬起手，控制台上方赫然出现了一个枪口，雪诺赶紧低下头，向旁边一滚。在他身后的墙上，一幅油画的画面整个黑了，冒起了火光。他单膝跪地开了一枪。她身体猛地一抖，从椅子上向后飞去，摔在地板上，整张脸像那幅油画一样，被烧得一片通红。

雪诺快速搜查起来。代政官们随时都会赶来。在浴室里，他发现了一个类似镀铬阴茎的装置，末端有两个洞。一个洞会喷出液体，另一个洞会吸走液体。某种避孕装置？沿着导管，他找到了一个装有某种液体的容器，上面配有一套非常复杂的加压和过滤装置。他意识到，这是为了吸出做爱后射入子宫里的精液。他不禁纳闷起来。她难道在收集男人的精液？很快，他找出了一个装有精液的冷冻保存瓶。这肯定就是他自己的精液了。过去五年自己为什么屡遭追杀，他隐隐得出一点模糊的想法了。他打开瓶子，刚把里面的东西用水冲进下水道，几个代政官就闯进了公寓。只有他知道，这瓶精液其实并没有多大价值。

希拉德不动声色地看着那个装在凝露罐里的男人。他早该渴死了；某个施虐狂在他身边放了一瓶水，以延长他的痛苦。他干涩的双睛迷迷瞪瞪地盯着希拉德，空水瓶被撇在他脑袋旁，他身体皱缩，皮肤严重晒伤，口中耷拉出一条肿胀成黑色的舌头。希拉德仔细看了看周围，她这番妄为要是被人发现，准会受到严厉惩罚。她拿出一个小小的不锈钢圆柱，贴在凝露罐的玻璃壁上，对准男人的脑袋。强光一闪。那人抽搐了一下，一阵轻烟和蒸汽腾起，空水瓶上被染出了一个模糊斑块。他死了。希拉德把圆柱放回口袋，站起来继续往前走。她的主人们要是看到她冒这样的险，一定很不高兴，但他们并不能完全控制她的行为。

雪诺很高兴能离开那个水站，他步伐轻健，快步走了一千米，偶尔还会对某人咒骂几句。亚莉恩死后，桑格雷尔并没有切实履行诺言，雪诺被监禁保护了两天，而司法车轮也就慢吞吞地转了足足两天，才走完所有法定程序。幸运的是，在新的水站领主被任命之前这个权力空档期，大家都无心工作，各方势力也会停战，这正好给了他喘息之机。在杀手们出动之前，他有一天时间从容撤离。

经过那个凝露罐时，他注意到里面那个男人已经死了，他的身体正在为公众利益贡献最后的水分。他停了一会儿，细细查看罐子内壁那层隐隐的烟膜。有人结果了这个可怜的混蛋。雪诺暗自遐想着，这个杀人者，是不是也在追杀他，就为了消遣或者别的目的，一言不合就会要了他的命。

走到看不见水站的地方，雪诺离开公路，进入一片大沙漠，向远处的一片岩幢地带走去。沙漠里危险重重，一不小心就会迷路，或者被沙鲨咬死。他手里时刻紧握着枪，眼睛不停观察着周围的动静。一条沙鲨把触须探出沙漠表面，探测周围的动静，但很快就沉了下去。它最近一定饱餐过一顿。一顿饱餐，够它蛰伏起来消化一个沃奇年了。

雪诺平安地走到了那片岩幢地带，正要收起手枪，眼角突然闪过一道反射光。机械扈从杀手追来了，他正准备转身迎接一场新的挑战，但招呼他的，是冷枪。

一梭子弹扫来，有几颗打在他的防尘袍上，他的肋骨一阵刺痛。子弹还激起许多碎石屑，打得他的面罩噼啪乱响。雪诺弯下腰，迅速躲到一块岩石后面。

“太犯傻了。”他自责道。很长一段时间，来找他麻烦的，只有机械扈从杀手。他都忘了，他们的荣誉准则并不适用于所有杀手。他伏低身体，又一声枪响，碎石片像雨点一样溅落在他身上。

“嘿，雪诺！”

雪诺没有回答。

“嘿，雪诺，可别把啥值钱玩意儿露出来，我的枪子儿可不长眼睛！”

这句俏皮话，引来了一阵笑声。埋伏者至少有两个。雪诺咬紧牙关，从皮带上扯下几个闪亮的圆球。又有几枪击中了岩石，他猜想，至少有一个偷袭者，正借着火力掩护向前挪动。他把一个圆球举到嘴边，用牙齿拧开顶部的保险栓，用力朝笑声的方向扔去。爆炸威力惊人，与圆球尺寸完全不成比例。要知道绝大多数炸弹的填充物只是炸药，这个圆球填充的则是经过高能电磁场加速的反物质。

碎石屑如雨点般落下，漫天飞扬，雪诺迅速站起身，斜刺里冲了出去。当尖叫声响起时，他已经转移到了另一块石头后面。

一个声音大吼：“你这个混蛋！我要用钝刀慢慢割下你的蛋！”

吼叫声是从右前方传来的。尖叫声是从左前方传来的。雪诺朝右边那个人开了一枪，右前方先是一把枪还击，之后是两把枪同时还击。看来右前方还潜伏着一个离得更近的。目前看来有三个偷袭者，可能还潜伏着其他更沉得住气的精明人。他又开了几枪，每开一枪，都会炸裂开无数石头碎屑。他看了看枪上的电量读数，把枪装进枪套，仔细倾听着动静，耐心等待着。尖叫声低沉成了连续不断的呻吟和咒骂。

几下零星的还击，打在他和对手之间的一块岩石上。雪诺镇静依旧。他知道这是火力掩护，正有人偷偷摸上来。在对方第一次还击后，他就注意到前方传来一点动静，是防弹甲摩擦过石头的声音。就在他左前方。他拔出手枪，指向那个方向，耐心等待着。接着，那个呻吟声突然停止了。

“大卫！大卫！你还活着吗？！”

没人回答，雪诺暗想这人是不是挂了。这么一分神，那个摸上来的偷袭者已迅速爬过了空地，他猛地蹿起身，手持一支奥普士突击步枪，黑洞洞的枪管向下对准了雪诺。但他没来得及开火。雪诺抢先开了枪，他已经把输出能量调到最大。这个男人腾地炸裂开，血肉飞溅，只剩一个骨架倒飞出去，啪的一下粘在一块岩石上，冒出一缕缕黑烟。

“啊，天哪！啊，你这个混蛋！”右前方传来一声怒吼。

这人的愤怒让雪诺有点不解。这一切又不是他挑起的。他们低估了他的武器，这并不是他的过错。他朝那个人藏身的岩石瞄了一眼，发现那个人已经抛开掩护，向他冲来。他疯狂地开着火，奥普士步枪持续自动连击，雪诺根本没法还击。他急忙滚到一块石头后面。突然，射击停止了。雪诺等了一会儿，才缓缓从石头后面探出头来。那人脸朝下趴着，天灵盖已经脱离了脑袋，落在一米开外。一个肩挎奥普士步枪的女人，正款款向他走来，雪诺虽然见过很多美人，但她简直是雪诺见过最美丽的女人。

三支奥普士步枪，一支只有傻瓜和亡命徒才敢用的破旧激光枪，少量食物，破旧的沙漠生存包和生存服，一点点现金，三枚现已作废的身份牌；这就是这三条鲜活生命的所有遗留物。这些人都是穷人：为了能暴富，把所有赌注都押在最后一场赌局上。他们已经试过了自己的运气。雪诺拿走了最值钱最轻便的东西：钞票、液体口粮、生存服上的电池包和过滤器，其余东西则摆在显眼的地方，任何路过的人，只要想要就可以取走。那个女人，希拉德，只拿了一支奥普士步枪和弹药，她似乎对其余的东西不感兴趣。傍晚时分，他们已走到岩幢地带的边缘，远离了碎尸的臭味，远离了蟹隼和镰蝇的袭扰。雪诺用蟹隼壳生了一堆火，在暮色中取下了面罩。他好奇地注意到，自从早上遇见她，一路上她就没戴过面罩。而她的皮肤，看起来还是那么干净、无瑕、完美。她在他身旁坐下，姿态优雅，可见她身体状态极佳。

“什么风把你吹到这儿来了？”他问。

“我抄近路穿过提拉沙漠，正要走回公路，回归文明社会，无意间，我发现了这个文明社会中最黑暗的一面。”

雪诺不太相信她的话。他横穿过提拉沙漠好几次，一路上极其艰辛。而希拉德看起来精神抖擞，仿佛在水站休养了整整一个月。

“原来如此。”他说。

“你是雪诺。”她转过头来盯着他。她的瞳孔在暮色中呈现出淡紫色。她的眼神，让他的胃抽动了一下，一种自我轻视立刻涌上心头：活了这么多年，自己居然还对皮相之美做出这种反应，不过，她真的是很美。

“是的，我就是。”

“我想和你同行一段路。”

“既然你知道我是雪诺，那我有理由怀疑，你接近我，也是出于某种目的。”

她对他笑了笑，他的胃又抽动了一下。他扭头朝火里啐了一口唾沫。“我正在穿越提拉沙漠。”他说。

“没问题。”她答道。

雪诺仰面躺下，把头靠在一个背包上。他在身上盖了一条隔热毯，仰视着天空。空中那片遥远星系团泛出的点点红光，正受到小行星带明亮闪光的侵蚀。璀璨星光宛若一道光剑，刺穿了沉沉暮色。

“为什么要跟着我？”他问道。

“因为我很孤独，过了下一个水站，我可能会独自上路。我就是想体验一下有人同行的感觉。”

雪诺低哼了一声，闭上了眼睛。她不是来杀他的。这一路穿过岩幢地带，要想杀他，她早就出手了。但她确实有自己的动机，只是还没透露。不管怎样，她跟不上他的步伐，很快就会掉队，而他心里那一缕不安，很快就会消散。他睡着了。

清晨的阳光就已炽热非常，脸上似乎有一种熟悉的刺痛感。他迷迷糊糊地抬了一下手，赶在被灼伤之前，合上了面罩。他隔着烧成灰烬的火堆望着希拉德，心里有点不安：她一整晚都没有改变过坐姿。他坐起身，喃喃说了声“早上好”，爬起来走到一块石头后面，往凝露包里小便。按照多年来的清晨习惯，他把内服湿气收集器里的水，也倒进了凝露包。然后他把收集瓶里的水倒进饮水瓶，把牙刷伸进饮水瓶蘸了蘸，开始刷牙。当他洗漱完毕，从岩石后面转出来时，希拉德已准备好一盒液体早餐口粮，口粮正咕嘟冒着热气。雪诺正要给自己也拿一盒，她把手伸了过来。

“这是给你的。我已经吃过了。”

“你睡觉了吗？”

“睡了一会儿。跟我说说，你怎么会有那种非法武器？”

“从一个想杀我的杀手身上拿的。”他撒了个谎。难不成要告诉她，这把枪是在联合统一禁令颁布之前，就带到沃奇星上来的？而且这么多年来，他一直在改进它的威力。他坐下来喝早餐。喝完早餐，他们出发继续横穿提拉沙漠。走了约一个小时，希拉德注意到雪诺在打量自己，于是她戴上了面罩。雪诺并没有太在意；的确有不少人，宁愿多损失一点水分，也不愿意戴那么久时间面罩。

到上午十点左右，温度已经达到四十五摄氏度，而且还在上升。一条沙鲨从沙丘表面冲了出来，追着他们猛跑了十几米，然后停了下来，像狗一样喘着粗气，要么是太累，要么是吃得太饱，追不动了；要么是它以前尝过人肉，发现人肉根本没营养。温度达到了五十摄氏度，雪诺内服里的冷却装置已经有点不堪重负，可希拉德居然仍能轻松跟上他的步伐。一只蟹隼咔嗒作响地俯冲向他们，雪诺还没来得及去摸枪，她手一抬，一枪就结果了它。她是个了不起的女人，是的，了不起。

中午过后不久，雪诺停了下来。“我们休息到晚上，入夜之后，我们要一直走到明天早晨。明天再走上一晚，就可以走出提拉沙漠了。”

希拉德点头表示同意。雪诺感到有点奇怪，她为什么不早点提议休息。她该不会一直夜伏昼出吧？这当然不可能。

他们在雪诺的日间帐篷里睡了一觉。雪诺通过卫星信标检查了一下他们的位置。日落后，他们继续赶路。这一整夜和第二天上午，他们不停地赶路。再次搭完帐篷，雪诺已经筋疲力尽。他带着一丝不悦告诉希拉德，他希望有一个私人空间，并建议她自己也搭个帐篷。一进帐篷，他就拉上密封拉链，脱光了衣服。他用一块循环清洁海绵，仔细擦拭全身和内服的内面；只需要二百五十毫升水，就能全面清洁，而且几乎不会流失任何水分。然后他穿上一条毛巾短裤，在垫毯上躺平，并让帐篷自带的微型空调全速运转。这也算是一种奢侈。睡了半小时后，他醒了，打开帐篷往外看。希拉德坐在沙地上，她的面罩打开着。她目不转睛地望着地平线，一动不动的样子显得很不自然。

“你没有日间帐篷吗？”雪诺问。

她摇了摇头。

“进来和我一起休息吧。”他说着，脑袋缩回了帐篷。希拉德站起身，走了过来，她似乎对灼热阳光毫不在意。她钻进帐篷，随手拉上拉链，瞥了一眼雪诺，便开始脱生存服。雪诺转过头去，可想了想，又把头转了回来。管他呢，她又没说不许他看。在生存服下，她穿了一件连体紧身衣，只覆盖到膝盖和肘部，在肩颈处裁成一道弧形，露出完美的锁骨。这衣服的面料像是白绸，几乎是半透明的。雪诺干咽了一下，不免有点好奇她要怎么上厕所，当然这无非是继续看下去的借口。当她抬起双腿，褪下裤子时，他看明白了，裤裆部有一个椭圆形的洞，从那撮淡金色阴毛下部一直延伸到屁股缝的末端。他脸上不禁一热，也不晓得自己的白皮肤上是否泛起了明显的红晕。

当希拉德终于脱下裤子时，她发现他正在忘情地偷看。他抬起眼睛，与她对视着。她对他微微一笑，一边笑，一边抓住袖口，把袖子从两条胳膊上拉下来，卷在乳房下面。雪诺清了清嗓子，想说句什么俏皮话。她简直是个女妖，是一个沙漠孤男最美妙的幻想。她仍旧面带微笑，双手撑地，膝盖着地，爬到他跟前。她伸出一只手，摸到他胸口，把他往后推倒。她跨坐在他身上，她弯下身子，吻他的嘴。一头淡金色长发垂在他脑袋两边。

她的嘴唇又甜又暖。两粒坚硬的小乳头，在他胸口轻轻滑过，划出两道酥麻的印迹。他摸了摸她肩膀上的皮肤，感觉又干爽又温暖。她坐直身体，低头打量了他一会儿。那神情有些奇怪；她眼睛里流露出一种淡淡的好奇心。她向前滑了一点，坐到他肚子上，然后扭转身，双臂向后伸出，把他的短裤从腿上往下扯。她的身体居然这么柔软。脱掉短裤之后，她回转身来，向后滑去，直到双臀碰到他勃起的阴茎，然后，她稍稍抬起身体，臀部继续往后退了一点，他的阴茎被挤着向下弯曲，绷得越来越紧，她轻轻一扭腰胯，阴茎顺利滑入了她的身体。雪诺呻吟了一声，咬紧牙关。她开始缓缓上下起伏，一边扭动一边低头注视着他的脸庞，脸上带着一种奇怪的出神表情。

到了晚上，继续赶路的时候，雪诺步子拖沓，走得昏昏沉沉。整个下午他没睡多少时间。每一次高潮之后，他刚想休息一下，希拉德都会想出一些新花样，或是用嘴吮吸他的阴茎，或是摆出一些他无法抗拒的诱人姿势。她骑在上位，达到的第一次高潮，似乎唤醒了她的某种身体本能。这第一次高潮的快感是如此强烈，她大声呻吟了好几声，整个身体不停地打战。平静下来之后，她惊讶地低头打量着自己的身体。从那以后，她一直渴望再经历一次这样的美妙高潮。雪诺感到浑身酸痛，精疲力竭。

趁夜跋涉在紫色沙漠中，他们很少说话，但有一段对话引起了雪诺的怀疑。

“你的手，是怎么弄没的？”

“一个水站扈从向我挑战。被高射炮弹打得粉碎。”

“现在怎么样了？”

雪诺语塞了一下。她难道知道？

“你这是什么意思？什么叫现在怎么样了？被打了个粉碎。彻底没了。”

“好吧。”她说，然后就没再吭声。

当他们到达提拉沙漠边缘的岩幢地带，太阳正从地平线上升起，小行星带的星光正快速隐没。雪诺几乎没有力气说话，他搭起帐篷，钻进去就睡着了。直到下午，他才醒转，身上的衣服已经脱去，还盖着一条毯子。希拉德正侧躺在他身旁。她一只胳膊斜支起身子，手掌托着下巴，出神地注视着他的脸。见他醒来，她递给他一盒混合果汁。他坐起身，毯子滑落开。她赤身裸体。他喝着果汁。

“真高兴有你在我身边。”他说。剩下的时间又在愉快的做爱中度过。当天晚上，他们继续深入岩幢地带。第二天的作息和前一天差不多。

在几度激烈的做爱后，两人躺着休息时，雪诺说：“我必须向你坦白，我做过一个特殊移植手术。我没法让你怀孕，我的精液里没有精子，只有水分和一些游离蛋白质。”

“你为什么觉得有必要告诉我这个？”希拉德问他。

“如你所知，商人巴里斯出了悬赏，让杀手们把我的睾丸装在冷冻保存瓶里带给他。他倒不是想要我的命。可能是想要我的基因组织。我的基因有某种价值。在水站，那个水站领主……诱惑了我。”雪诺停顿了一下，感到有点难以启齿。“她那么做，是为了收集我的精液，很可能是拿去卖给别人。”

“我知道。”希拉德说。雪诺转头看向她，她接着说：“巴里斯想要你的睾丸，以便获取源源不断的遗传物质。”

雪诺思索了一下。其实，这位突然冒出来的希拉德，本身也很可疑。但接连几天欲仙欲死的做爱，让他松懈了不少。

“他可能不明白……经过减数分裂，每个精子中只留有一半染色体。”他说。

“他最终会获得完整的基因。你的睾丸能体外存活很长一段时间，并持续产生精子。如果没办法活捉你，这是获取遗传物质的最佳方式。我猜巴里斯明白自己不太可能活捉你。要是你不配合，他也很难把你弄出沃奇星。割走睾丸，毁尸灭迹，他还能垄断你的遗传物质。”

“你简直太了解巴里斯的心思了。”

希拉德直视着他的眼睛。“你的手现在怎么样了？”

雪诺低头看向自己的左手。他解开并扯下皮套。露出来的是一只畸形的僵直小手，但显然是一只人手。皮套包裹得很巧妙，在旁人看来仿佛整个手掌已经没了。

“六个沃奇月左右，这只手就能恢复原样。我的计划是，以独手的形象走出一个水站，蛰伏一段时间，然后以一个全新身份，双手健全地走进另一个水站。”

“那你的白化特征呢？”

“有皮肤染黑剂和美瞳隐形眼镜。”

“你当然没办法进行移植手术。”

“当然不……我觉得你应该解释一下你的真实身份。”

“我的老板和巴里斯一样，要的也是你的基因。”

“你完全有机会……”

“不，我的老板们要的是最佳选项：你自愿跟我走。我想让你和我一起传送回地球。”

“为什么？”

“你的身体能够再生。你能永生。现在大家都知道了这个秘密。而你在一千多年前，就已经知道这个秘密。”

“还有呢？”

“其实在三百年前，我们就已经发现了你的秘密，我们一直守护着这个秘密。十年前，出了点差错，秘密被泄露了。现在很多组织都知道了你的存在，知道了你的宝贵价值；谁能破译你的基因组，就能获得永生的奥秘，谁拥有永生疗法，就能获得前所未有的财富和权力。巴里斯就是其中一个。他是第一个来猎杀你的。捕猎者会源源不断地杀来。”

“你为地球中心工作。”

“是的。”

“杀了我，毁掉我的身体，不是更好吗？”

“地球中心不会压制对知识的探索。”希拉德面露微笑，“你已经活了上千年，应该明白压制人类对知识的探索，是徒劳的。地球中心希望能传播这种宝贵知识，而不是任由野心家垄断，去危害人类文明。永生疗法对人类文明有不可估量的益处。据预测，在十年内，就能开发出一种创新疗法，可以使任何人获得一定限度的肢体再生能力。”

“但之前三百年，它一直秘而不宣。”雪诺一针见血地反驳道。

“它是在保护你的隐私。它并没有压制知识。不压制知识，不等于积极开发这种知识。”

“现在的地球中心道德感这么强吗？”雪诺反问了一句，但立刻就忍不住暗骂自己的愚蠢。地球中心当然是道德楷模。只有人类和其他低级生命体才不择手段，地球中心是人类政体中最强大的人工智能。希拉德注意到他的尴尬，没有正面回答这个问题。

“你会跟我去地球吗？”她追问道。

雪诺扭过头，目光茫然地盯着帐篷布。

“我需要考虑，没办法立刻做出决定。两天后就到我家了。到时候，我再做……打算。”

在光学迷彩布的遮盖下，悬浮车与周围的沙丘融为一体。在悬浮车里，加利特正在洗牌，玩一种闲极无聊的人们玩了好几个世纪的单人纸牌游戏。他的妻子加利娅正在睡觉。特洛克正在擦拭一把古董左轮手枪，那是他在上一个水站的拍卖会上买到的。他把子弹整齐地排列在桌上，仿佛一群整装待发的士兵。卡纳尔·梅克插入了神经插头，正在检索共生网络，分析联合统一AI与辅脑们之间的高频通信，搜寻一切可能的情报。电话铃声响起，除了卡纳尔·梅克，其余人都松了一口气；她只好退出那个逻辑完美、纯粹清晰的思想世界，回到弥漫着汗臭味的悬浮车里。

“我是巴里斯。”屏幕上的笑脸说。

加利特直话直说地问道：“你知道雪诺的行踪？”

“没错，”巴里斯说，脸上的笑容依然保持着，“我将和你们一起，完成最后的狩猎。”

加利特和特洛克交换了一个眼色。

“你付钱，你说了算。”

“没错，我说了算。”商人脸上的笑容消失了，“打开你们的位置信标，我会在一小时之内赶到。”

“你怎么到这儿来？”卡纳尔·梅克问道。

“当然是搭乘AGC[1]。”巴里斯说着，视线转向她的方向。

“所有AGC均注册在案。联合统一AI会发现你的行踪。”

巴里斯弹了弹手指，脸上露出一副轻蔑表情。“没关系。等我到了，我们将继续从你们所在的位置，移动到……我们的目的地。”

“很好。”卡纳尔·梅克干净利落地回了一声。

巴里斯等了片刻，发现梅克居然不再吭声，他失望地咕哝了一声。他从屏幕上消失了。

商人乘坐的是一辆微喷公司制造的AGC，造型非常

1 AGC（Anti-Gravity Cruiser）是一种反重力地效快艇。

时尚。他身着沙地战斗服，后面跟着两个同样身穿沙地战斗服的女人。一个背着一支老式猎枪和弹药带。另一个背着好几个不知装了什么的背包。巴里斯走到四人面前，两手叉腰，大剌剌地看着他们。他是个英俊的男人。四个杀手对他这番愚蠢作派不发一言。他们知道，一个人能爬上商人的高位，就绝对不是个傻瓜。加利特和加利娅面无表情地看着商人。特洛克盯着那支老式猎枪。卡纳尔·梅克瞥了一眼其中一个女人，脸上露出一丝讪笑，又看向商人。

“那我们走吧。”她说。

巴里斯摇了摇头，脸上的微笑一丝未减。他弹了弹手指，朝悬浮车走去。两个女人像狗一样顺从地跟着他。四个杀手紧随其后，如同四条品种各异的猎犬。

走出岩幢地带，就是一片石丘地带，最边缘的一座巨型石丘，在风沙的鬼斧神工之下，被时光蚀刻成了一尊抽象的半身石像。在石像头部的许多裂隙和裂缝的表面，嵌着无数云母和石英颗粒，像昆虫的复眼一样闪闪发光。雪诺领着希拉德走到石丘底部，那里斜倒着许多天然风化形成的石板条。

“这儿。”他走到三块叠在一起的石板旁，伸手扶住顶部那一块。他轻轻一推，顶部石板就滑开了，露出一个不深的地洞，架着一架短梯，洞底依稀可见一条隧道。“欢迎来到我的家。”

“你就住在一个地洞里？”希拉德略带讽刺地说。

“当然不是。跟着我。”

他们爬下地洞，头顶的石板自动滑回了原位，隧道石壁上的一排灯咔嗒一声全亮了起来。希拉德注意到，他们沿着隧道走到石丘底下，抵达了一个位于石丘正中央的竖井。竖井里停着一部滑车，竖井四壁都装设有滑轨。他们爬进滑车，滑车里摆放着一圈座位，他们随意坐下，滑车开始缓缓向上。

“这一定花了你不少时间。”希拉德说。

雪诺说：“竖井系统早就有了。我第一次发现这里，是大约两百年前。在我之前，也有人住过这里，但居住条件相当简陋。从那时候起，我一直在改建。”

滑车到顶停下，他们走出竖井，抵达了石丘顶部，这里被开凿成了一处居室，安装有锁湿设施，有好几个相互连通的房间。希拉德手拿一杯饮料，站在一面宽阔的全景单面镜窗前，眺望了一会儿外面的岩幢地带，又把视线转向这间主厅的其他陈设。一面墙边摆着一个正面有玻璃移窗的展示柜，里面陈列着一些二十二世纪的武器，柜子中央，赫然是一把前太空时代的古剑。希拉德不禁微微一皱眉。这时，雪诺回来了，她转过身，只见他已经换上了一条宽松的黑裤子，一件开领黑衬衫。惨白皮肤、雪白头发和粉红瞳孔，与一袭黑衣对比鲜明，像极了古代传说中的吸血鬼。

“这间卧室有换洗衣服，还可以淋浴。这里建有水循环系统。有很多水可以用。”他说。希拉德点了点头，把饮料放在一张玻璃桌上，转身走进卧室。雪诺看着她转身离去。她会去洗个澡，换身衣服，让精神抖擞的自己变得更加精神一点。他之前就注意到，不管暴晒多久，她都是那么干净利落，身上也从来没有什么汗味。

“这衣服是谁的？”希拉德在卧室里问道。

“我最后一个老婆的。”

希拉德走到卧室门口，一只胳膊上挂着一条长裙。她疑惑地看着雪诺。

“她在一百年前自杀了。”他平静地说，“她走进沙漠里，用激光枪打穿了自己的脑袋。我抢在蟹隼和沙鲨之前找到了她。”

“为什么？”

“她变老了，而我一点没变。她恨死了。”

希拉德对此没有发表评论。她去冲了个澡，很快就穿着一件半透明蓝色紧身衣回来了。她预计，穿成这样出现在雪诺面前，一定会勾起他的欲望，这衣服立刻就会被他再次剥掉。不过雪诺此刻正忙：他正坐在一把转椅上，注视着一块电脑屏幕，防尘袍已经重新穿上，龟壳面罩耷拉在下巴颏儿下。她走到他身后，想瞧瞧他在看什么。她看到了停在沙地上的悬浮车，两个女人拉着一张光学迷彩布，正要遮盖住它。她认出了商人巴里斯，也认出了那四个雇佣杀手。

“看来巴里斯找到我了。”雪诺冷冷地说。

“这地方有什么防御措施？”

“没有，我从来不觉得需要什么防御措施。”

“你确定他们是冲你来的？”

“这颗星球这么大，可他偏偏降落在这片岩幢地带。

我得去会会他们。”

“我去换衣服。”希拉德说着，赶紧转身回了卧室。当她回来时，雪诺已经不见了。她走到竖井旁，却发现滑车被锁死在了竖井底部。

“该死，雪诺！”她怒吼一声，猛地一拳，在竖井门的门把手上砸出了一个拳头状凹痕。她往回走了几步，转过身，开始助跑，一个飞跃跳进了竖井。对面竖井壁上的滑轨，离竖井口有六米。她一伸手就够到了滑轨，砰的一声，她双手紧紧抓牢了那根被摩擦得锃亮的金属方轨。她开始缓缓往下攀落。

加利特对妻子笑了笑，又冲站在她身后、身披防弹甲的特洛克点了点头。该收网了。干完这一票，他们就会变得很有钱。他看着手中的窄束激光器。他本想动用火力更强的武器，但这回不能把猎物的身体损坏得太严重。商人巴里斯正把那两个女人打发回悬浮车，加利特转向他。

“我们分头进去。这片岩幢地肯定有扫描设备，他很可能会设下埋伏，不能让他一下子就把我们一网打尽。”

巴里斯笑了笑，把子弹装进步枪，调整了一下瞄准镜。加利特倒正想见识一下他的手段，看看他的枪法有多好。他一挥手，一伙人立刻分散开，摸进了岩幢地带。

他们来猎杀他了。没有荣誉准则，没有挑战。雪诺把枪托抵在一块岩石上，小心翼翼地向外张望着。

“有发现吗？”加利特在对讲机里问道。

“有针眼摄像头。”加利娅答道，“我打掉了两个，但肯定还有更多。他已经发现了我们。”

“我也是。”特洛克说。

“记住，激光要调成窄束。把他整个烧焦，就没钱拿了。争取一击毙命。一击爆头最好。”

突然，嗖的一声响，一声尖叫，无线电里响起一阵静电刺啦声。加利特立刻趴下，滚到一块石头后面。

“那是什么鬼东西？”

“他有一把该死的反质子枪！他妈的防弹甲根本挡不住！”

加利特感到胃里一沉。他们知道他有枪，但以为最厉害也不过是激光枪。

“谁中枪了……？”

一阵沉默。

“特洛克？”

“加利娅死了。”

加利特干咽了一下，借着石幢的掩护，小心翼翼向前挪动着。

“他的位置？”

“不清楚。”

“梅克？”

“我这里没状况。”

“巴里斯？”

商人没有回答。

雪诺悄无声息地从一块巨石顶上滑下，从腰带上扯下剩余的两个圆球。他用牙齿咬住圆球顶部的一个凸起，轻轻往右一拧。那个皮肤黝黑的家伙，在他左前方。那个火星男人，在他右前方。其他人在右前方更远一点的地方。他把两个圆球分别往左右一扔，又退回了巨石之后，他抬起左手，在腕屏上切换观察各处的监控。很多摄像头都被打坏了，但他调取到了那个火星男人的画面。两声爆炸响起。那个火星男人猛地趴在地上，雪诺意识到自己扔得太远了。这个家伙已经摸到了自己近旁。他又浏览了一遍监控，发现另一个杀手正跌跌撞撞地穿过一团尘雾和碎石，脸上插满了碎石屑。啊，还是有战果的。雪诺移动到左侧，每隔几秒钟就查看一下屏幕。他在一块倾斜的石板后面停了下来，又看了看屏幕，蹲下来等待着。

被炸得晕头转向的特洛克，不管不顾地从那团尘雾中逃了出来。雪诺紧盯着他，面罩下的脸庞上露出一丝狞笑。突然，从右边射来一道灼热的激光，割伤了他的肩膀，猛地腾起一股皮肉烧焦的怪味。雪诺赶紧向左一滚，挣扎起身，向前疾跑。激光紧随而来，划过他左边的一块巨石，石头上浓烟直冒，噼啪作响。他俯冲在地，在碎石间爬行着。激光束停止了。这回死定了，他想。他的反质子枪，掉落在了身后某处的尘土里。

“他的反质子枪掉了，特洛克。他在你左前方。快把他放倒，我现在的位置看不见他。”

特洛克吐出一颗带血的断牙，朝着指示的方向走去，他左手紧握着那把古董左轮手枪，右手紧握着激光枪。就是这里了。那混蛋死了，也可能没死。我会用激光束割断他的胳膊和大腿，激光束本身就能止血。特洛克没来得及开枪。那个穿灰袍的身影不知从哪儿冒了出来，一脚踹在他胸口。尽管防弹甲吸收了大部分冲击力，可特洛克还是踉跄仰倒了。他还没来得及站起来，那个人已经到了眼前。两根无情的手指，戳碎了他的护目镜，戳进了他的眼窝，戳爆了他的两个眼球。早在一千多年前，雪诺就学会了这记杀招。特洛克痛苦地尖叫着，抬起手拼命朝天扫射，雪诺已经消失了。

雪诺趴在地上，尽量压低声音咳嗽了几下。他打开面罩，吐出一团血浆，里面有几块烧焦的肺组织。激光烧穿他的肩膀，烧进了他的左肺。再多灼烧一秒钟，他就死了。他痛得全身发虚。他知道自己没有力气再发动一次那样的突袭，也不太可能出其不意地撂倒任何人。那个男人被爆炸震蒙，被突如其来的伤痛激怒，才着了他的道。雪诺缓缓爬过岩幢地带，他的机动性正在迅速下降。一个阴影落在他身上，他抬起头，该来的终于来了。

“你为什么不拿走他的武器？”加利特问，用下巴指了指不再尖叫的特洛克。特洛克像胎儿一样蜷曲在一块巨石旁，双眼缠着纱布，生存服已经自动给他推注了大量止痛药。

“没时间，没力气……只能拼命一击，把他放倒。”雪诺气喘吁吁地说。

加利特点点头，对着无线电说：“我逮到他了。听到呼叫，立刻赶过来。”

雪诺平静地等待着死亡，可加利特蹲在他身边，似乎并不想马上就结果他。

“加利娅是多么好的一个女人。”加利特说着，从腰带上取下一个冷冻保存瓶，放在雪诺身旁的沙地上。“二十年前，我们在维京城结的婚。”加利特从靴子里抽出一把刀刃雪亮的陶瓷刀，伸到雪诺眼前。“这一刀是为了她。等取出你的睾丸，处理完伤口，我会帮你包扎其他伤口。我不会让你死得这么快。我有很多关于她的故事要告诉你，我有很多苦头得让你尝尝。要知道她——”

咔嗒一声轻响，加利特猛地站起身，再次拔出激光枪。他从雪诺身旁后退几步，环顾四周。雪诺朝他身后望去，但没看到什么人影。

“如果你马上离开这里，火星人，我就不杀你。”

是希拉德的声音。

加利特朝四周胡乱开了几枪，向雪诺身旁退去。

“我穿着隐身服，手里有一把天伐枪。我随时可以杀了你。扔掉你的武器。”

加利特犹豫了一会儿，然后他猛地一转身，激光枪瞄准了雪诺。他满脸狞笑。他还没来得及扣动扳机，整个人就塌缩了：一个直径两米的高能球形空间，包裹住了他的全身，只听一声雷鸣，无数电火花飞溅，瞬间他就消失得无影无踪。雪诺缓缓站起身，敬畏地看着加利特消失之处。他听说过天伐枪，但不相信真有这种武器。正当他四处张望时，希拉德的身影，显现在了几米远的眼前。她朝他笑了笑，但紧接着，她的左脸猛地炸开。

雪诺不由自主地大叫起来，喊叫声拔尖成了惊恐的尖叫。第二记冷枪打在她背上，把她击倒在地。他只能失魂落魄地眼睁睁看着。接着，巴里斯和那个共生家族的女人，从岩幢后面走了出来。巴里斯一边走，一边又朝希拉德瞄准，狠狠打了一枪，轰裂了她的半边身子。雪诺只觉得双膝一软。他跪了下来。巴里斯走到他面前，满脸得意地笑。雪诺抬头看着他，试图聚集起所有残存的力量，拼死一击。他知道这正是巴里斯所期待的。这将是他最后的挣扎。他瞥了一眼那个女人，只见她猛地停下脚步。她注视着躺在地上的希拉德，脸上露出惊恐的表情。雪诺不敢扭头，不想看。他不想知道。

“哦，天哪。是她！”

雪诺拼命站起身，一阵头昏眼花，他踉跄了一下。巴里斯咧嘴一笑，伸出猎枪抵住雪诺的脸，但这胜利的喜悦只持续了半秒钟。一只手刺穿了巴里斯的身体，猎枪掉落在地。那只手把他举到半空，用力摔向一块石头。巴里斯贴着石头愣了一秒，就被天伐枪轰成了一团人形血雾。希拉德站在那里，露出了真面目。她身上人造肌肉被轰掉之处，露出了闪闪发光的陶瓷。她左边脸被轰掉了，露出雪白的陶瓷牙齿，一只仿生蓝眼睛孤零零地嵌在左眼窝里。背上暴露出一棱一棱的陶瓷脊柱。她查看了一下雪诺的状况，然后转身向梅克走去。雪诺终于昏了过去，没听到梅克发出的尖叫。

他躺在床上，回忆慢慢涌进他的脑海。他喉咙发干，知道自己一定躺了很久，过了一会儿，他伸手摸了摸麻木的肩膀，摸到了包扎的纱布。过了好一会儿他才敢睁开眼睛。希拉德正坐在床边，见他醒了，便扶他靠在枕头上坐起身。雪诺观察着她的脸。她已经修补了伤口，但疤痕仍很明显。她看起来就像一个在事故中毁容的人类。她穿了一件宽松衬衫，一条裤子，以掩盖其他疤痕。被他看得不好意思，她抬起手，忸怩地摸了摸自己的脸，然后伸手递给他一杯水。他一口气喝干了杯中水，心中涌起一股说不清道不明的空虚感。

“你是一个傀儡机器人。”他有点不太确定地说。希拉德微微一笑，笑容依然很美。

她说：“卡纳尔·梅克也是这么想的。”看到他一脸困惑，她解释道：“就是那个共生家族的女人。她以为我是一个制物，也难怪她搞错。从外表来看，我的确和傀儡22型机器人几乎一模一样。”

“那你究竟是什么？”雪诺问，她又给他倒了一杯水。

“我是生化人。人造肌肉，陶瓷骨骼。保留着人类大脑、脊索和其他神经组织。”

雪诺一边思索，一边小口喝着水。他心里五味杂陈，但肯定不是第一次遭遇机器傀儡时感到的那种恐惧。

“你愿意和我一起去地球吗？”

雪诺转过头来，久久地看着她。他记起他们在帐篷里亲密接触的美好时刻，他突然明白了，她有着丰富的人性，绝对算得上是一个人类。

“你知道，我永远不会老，不会死。”她说。

“我知道。”

她微微歪着头，耐心等待他的回答。

他脸上慢慢绽开了微笑。“我跟你走，”他对她说，“只要你愿意和我在一起。”他放下水杯，握住她的手。究竟怎样才算是一个人类？她的指甲里还残留着血渍，左眼泪腺也有点故障。

不过，这一切都无关紧要。

高草

❤ 乔 · R. 兰斯代尔 _ 著　耿辉 _ 译

我没法充分说明是怎么回事，不过还是会跟你讲一讲，你可以尽量理解。故事得从一列火车说起。如今的人们乘火车出行不像以前那样便利，不过在我年轻的时候，可跟现在不一样。考虑到眼下我已经老态龙钟，我不得不承认，那个时代已经有点儿久远了。很难相信世纪之交已经过去，我也随之变得荒废衰弱，一如那些用煤炭驱动的老式蒸汽机车。

我很快就要从生命的悬崖边缘坠入无尽黑暗，但是曾经我年轻气盛，世界充满光明。后来在铁道上发生一件事，让我目睹了以前全然不知的东西。从那时起我看待世界的方式发生了改变。

我能告诉你的是，当时我在夜间乘坐一节非常高档的列车，穿越田野旅行。我买的不是火车座席，而是包下了一间包厢，可以说是非常舒适的包厢。当时我参加商务工作没多久，刚刚加入我后来服务了二十五年之久的一家公司。简单说就是，我结束了一次横跨国内的商务之旅，正在回家的路上。那时候我还没结婚，可是一位名叫艾伦的年轻女子成了我着急回家的理由之一。我们交往密切，我无比珍视她的陪伴。我们已经打算结婚。

我不说那些让你嫌烦的细节，但是那项特别的结婚计划没有实现。尽管我还对此感到有些失望，因为艾伦非常漂亮，但是这件事跟我要讲的故事无关。

是这样，火车正穿越国家西部，在开阔明朗的夜空下，经过一段前不着村后不着店的荒凉之旅，天上月亮高悬，几朵云彩缓缓飘过。在当时，那种地方远比如今的灯光、街道和汽车常见。我已经因公出差过好几次，可还是愿意欣赏车窗外的景色，即使是在晚上。可是那一晚，不管出于什么原因，我到了很晚都没有睡，睡不着。之前我决定不去吃晚餐，深夜也早就过了用餐时间。我有点饿，但是什么吃的都没有。

车内的灯已经被熄灭，窗外是一大片被月光照亮的岩石和沙地，更远处影影绰绰地矗立着蓝黑色的山峦。

火车开到一段反常的路段上，不知为何我在以前的旅程中没有注意到，当时我可能正在睡觉。那是一片广袤的草原禾草，在月光下，像金绿色海水受月球潮汐力的作用，产生了波浪般的效果。

我观看着这一切，想要弄明白是怎么回事，琢磨这里为何如此奇特，以及为什么我以前经常得从此经过却从没看见这片草地。喔，我看过不少的高草，可都不是眼前这种。这里的草不仅有一人高，甚至更高，而且很茂密，我只能用独特来形容，就好像我正用别人的眼睛来看这片草。我知道这种感觉听起来有多么古怪，但是我只能这样解释。

接着火车顿了一下，仿佛有一只大手抓住了它。它在铁轨上发出尖厉的摩擦声，引擎猛然停下之前也发出刺耳的声音。

我不知道出了什么事，便打开包厢门。不过一开始门似乎锁着，我用了相当大的力气才打开。我来到车厢走廊，那里没有人。

我侧身经过，来到吸烟车厢，不过那里也没有人。似乎其他乘客都在熟睡，不知道我们已经停车。我走过整节车厢，闻到烟草的余味，开门来到吸烟车厢和另一节乘客车厢之间的连接平台上。我透过车门上的小窗观察乘客车厢内部，那里也没人。这没怎么出乎我的意料，因为这列火车乘客很少，大部分跟我一样，包下了一间包厢。

我眺望乡野，看见远处有光亮，不在草地里，更确切地说，是从草地里探出来。这令我颇为震惊，因为我们前不着村后不着店，附近冒出一座村庄完全出乎我的意料。

我走到车辆连接平台的边缘，那里有一架折叠的金属梯子，我用脚尖踢它，使它展开到地面。

我爬下梯子，沿着铁路观望。开始没有人，过了一会儿，一盏灯晃晃悠悠朝我飘来，最后灯光后面现出一个黑暗身影。过了片刻我才看清他是一名铁路工人，头戴帽子，身穿外套和工装裤。

“先生，您最好别下车。”他说。

这时我已经能看清楚他。他长相普通，身材矮小，走起路来姿势怪异，一看就是那种在火车上讨生活的人，就像船上的水手一样。

“我只是好奇，”我说，“出了什么情况？”

“临时停车，”他说，“我建议您上车。”

“别人都没醒吗？”我说。

“好像只有您，”他说，“我发现临时停车时，午夜前入睡的乘客都还在安眠。”

他的回答让我感觉挺古怪。我说：“这种情况时有发生？”

“不，不常见。”

“怎么回事？要维修吗？”

“我们正在重新加压。”他说。

“那时间肯定够我在外边抽支烟。”我说。

“我觉得这没问题，先生，”他说，“不过，如果是我就不会走远，我们一准备好就出发。我会喊你上车，但不管怎么样，喊几声就走。深更半夜，我们在这里不多逗留。”

然后他晃着提灯从我身旁经过。

不多逗留，他说的话激起了我的好奇心。我眺望着起伏的草地和光亮，此时发觉后者也不是那么遥远。我掏出纸和烟叶，卷了一支香烟，用火柴点燃便开始吞云吐雾。

我说不清是什么让我着迷，我猜是当时的怪异氛围吧。可我决定到高草里走走，看看草有多高，甚至仔细探查那些光亮，那会挺有趣。我朝一个方向溜达过去，不一会儿就进入草地深处。我走过的地面是一个向下延伸的山坡，高草在风中窃窃私语。等我停住脚步，草已经比我还高。在身后地面更高的地方，草丛映着月光挺立，仿佛一队武士高高举起的排排茅尖。

我站在草地之中，一边抽烟，一边倾听身后火车的动静，可是既没听见提灯人的呼唤，也没听见火车准备出发的声音。我放松了一点儿，享受着清凉的晚风和草地被风吹过的景色。我决定边走边抽烟，同时用手分开草丛。我还能看见光亮，可它们似乎总是比我以为的要远，我朝光亮移动也没有接近多少，它们像地平线一样在往后退。

等我抽完烟，便把烟头扔在地上，用鞋跟蹍进泥土里，然后转身往回走。

发觉自己找不到来路时，我有点惊慌。我经过时，高草肯定已经被折弯或推向一边，可是这样的迹象一点都没有，草地很快恢复了原状，我找不到刚刚走下的高地，虽然月光明亮，但是月亮的方位也难以确定。似乎月亮留下光，然后就离开了。

我渐渐开始担心，有点晕头转向，火车很快就要离开，工作人员也警告过，没人会等我。我觉得自己最好停止在草地中四下乱闯，站住不动，免得更迷糊。我推断自己没有远离列车，应该能听见铁路工人呼唤“全体上车”。

于是我就像个傻瓜一样，站在高草地里，分辨不出火车的方向，聚精会神倾听那个人的呼唤。我不停向四周扫视，看能否找到来路回去。我前边说过，我踩倒过一些高草而且没走多远，这是合乎道理的分析。而且我还说过，那是个明亮的夜晚，月光充足，就好像把奶油甩在高草上一样。所以令人难以置信的是，我在这么短的时间内走了这么短的距离，居然迷路了。我还考虑用那些光亮确定方位，可是它们动过地方，像随心所欲的黄蜂扇着翅膀到处飞，所以用它们指示方向也不可能。

我迷路了，开始产生一些令人不安的想法，我也许会错过火车，被遗留在这里。错过火车就够糟的了，可是在这个渺无人烟的地方，要是没人想起我，或者一时没人来这边，我也许真会饿死，或者被野生动物吃掉，或者被冻死。

就在那时我听见有人从草丛中走来，他们没有直奔向我，但是在我附近。当然，我的第一反应是火车上的人来找我了。我正要大喊，但是又产生了顾虑。

我完全无法解释这种顾虑。但是我在某种程度上不太情愿，所以我就没喊，而是等待着。声音变得越来越喧嚣。

我小心地用手指拨开高草，顺着声音的方向看去，穿过草丛的是一群人，头秃得可以像镜子一样反射月光。他们经过时草丛就分开再闭合。我一下子感到放心，因为他们一定是来找我的其他乘客或者火车员工，会带我回到车上。场面会很尴尬，但是最后会一切平安。

接下来我意识到，自己没有真正弄清看见了什么。没错，他们都是人形，可是……他们没有面孔。他们有脑袋，通常的五官也在合适的位置，鼻子、眼睛、嘴，可是这些地方都是凹进去的。月光聚在这些闪亮苍白的脸上又反射出来。他们就是草丛里的光亮，因为他们移动所以光亮才移动。他们的远处还有别的光，在很远的地方，我猜草丛里有很多这样的人形怪，近的远的都向我赶来，离我远去，密密麻麻像蚜虫一样。他们动作僵硬，如同在矿筛上晃来晃去。他们极力穿过草丛，大范围散开，有些手中还拿着棍子，开始抽打面前的高草。我得补充一句，在此过程中，高草仿佛活物，甩动着躲避他们的击打，给他们闪出宽敞的通道，等他们过去后再恢复原状。他们离我越来越近，我能看见他们的身材、体形和衣着都不相同，有些穿着很旧的服装，还有的衣衫褴褛，甚至有两个完全没穿衣服，也没有性特征，身上光溜溜一片，似乎区分他们性别和人类特征的一切都被清除。尽管如此，我已经可以根据身体的大致形状区分出他们有些是女性，当然还有些个子小的是孩子。我甚至看见他们之中有一个闪亮的白色身躯形似一条狗。

跟我觉得呼喊他们不明智一样，我觉得当时等在原地也不明智。我明白，他们知道我在草丛中，正在寻找我。

我打破局势，开始逃跑，然后被他们发现，因为在我身后，那些没有嘴的面孔居然发出一种叫声，好像什么东西被鞋跟踩碎时发出的尖厉声音。

我听见他们穿过草丛奔向我，他们的脚重重踏在地上，仿佛一小群奔跑的犀牛在追我。我盲目地穿过高草丛，一回头才看见他们的数量比我预期的还要多。他们的身影冲出草丛，四面八方都是，已经近在咫尺。草丛里满是他们，他们的脸在发光，薄薄的皮肤里仿佛有一盏点亮的灯笼。

最后，有个地方的高草缺失了一块，露出一片土地。摆脱了烦人的草丛，空地让我松了一口气，但是这种放松的情绪转瞬即逝，因为我完全暴露出来，面前有更多那种被月光照亮的怪物快速向我跑来。我转身看见身后另外一些离我也很近，他们开始奋力奔向我，还有的从右侧向我包抄。

我只能从左侧脱身，远远绕过去，回到草丛中。说跑就跑，我使出了浑身力气。草地缓缓升起，我奋力爬上高地，是不久前我还找不回去的高地，它又重新出现，或者说，我误打误撞又找到了它。

攀爬时我脚下不断打滑，我向下扫了一眼，在诡异的光亮中，我发现自己的靴子正在一堆堆腐烂油亮的骨头上打滑。大地因为它们都变滑了。

我能听见那些怪物从后方接近我，用本该无法发声的无嘴脸孔发出声音，发出骇人的尖叫，震耳欲聋。

我几乎就要爬到坡顶，能看见高草在上方摇摆，在追我的那些怪物的叫声间隙，我能听见高草在风中低语。就在我爬到顶并从草丛里探出头、看见火车的时候，我被抓住了。

我时不时就会想起一个特别的情况，一想起来就会浑身颤抖，可是那些抓住我双腿的手像北极空气一样冰冷，我能够感受到寒气透过我的衣服，简直是冰冰凉。我尝试把他们踢开，可是根本没有用。他们抓住我的时候我已经摔倒，我攥着高地顶部的高草，草叶从我的手指间滑过，叶子边缘很锋利，像剃刀一样割进肉里，我能感受到温热的血液从我的指间流过，可我仍然紧紧攥住不放手。

我回头看见自己被好几只怪物抓住，那只像狗一样的紧紧咬住了我的鞋跟。我终于还发现他们并不是完全没有面目特征。至少他们拥有一种覆盖全脸的容貌特征。他们脸上在嘴的位置有一个开口，但是宽得令人难以置信，长着比鲨鱼还多的牙齿，又长又尖，其中很多歪歪扭扭，像是没有钉好的钉子，牙齿上还布满了陈年奶酪颜色的斑点。他们的呼气像厕所中的沼气一样升腾起来，刺激着我的眼睛。毫无疑问，我以为他们打算咬我，不知为何，我知道如果自己被咬，我不会被嚼碎吃掉，而是会变得跟他们一样，我的骨头会跟我的五官以及所有人类特征一起从身上消失。我还知道这些怪物最初来源于火车站、边境侦查队伍、冒险家和调查员，以及曾经穿越这些无人区来到这里的各色人等，尽管这里不仅地图上没有显示，而且人类也不曾知晓。我一下领悟这一切，瞬间就感到极为恐惧，似乎正是他们的触碰向我揭示了这一切。

我疯狂踢腿，想甩掉紧紧咬在我靴子上的狗形怪，免得葬身于此。我拼命挣扎，把牙齿踢掉，听见牙齿在清新的空气中断裂的声音。然后，一股暖意和光亮罩在我头上，我抬头看见那位铁路工人，他正拿着巨大的火把四下挥舞，把它摔在那些可怜且失落的灵魂布满牙齿的脸上。

他们呼号咆哮，嘶叫呻吟。不过火焰产生了效果，他们放开我，退回到起伏的草丛中，草丛为他们闪出道路，如同海洋吞没了水手。我看见狗形的怪物仿佛一只海豚，最后进入草丛，然后它和他们都不见了，光亮也都熄灭，月光失去了炫目的光彩，变成平常的样子。火把的光在我头上摇曳，我能感受到它的热量。

我记得接下来铁路工人把我拉上高地顶部，我瘫倒在地，像撒在地上的果冻一样颤抖。

“他们不喜欢这上面，先生，”铁路工人说着，把火把燃烧的一端顶在地上蹭了几下，把火熄灭，焦油的气味刺激着我的鼻孔，“对，他们一点都不喜欢。”

“他们是什么？”我说。

“我觉得你知道，先生。我是知道的，在内心深处我清楚，只是没法表达出来。但是我知道，你也知道。他们碰过我一次，不过谢天谢地，我只是接近那片草地，没有进去，不像你，先生。”

他领我往火车走，然后说：“我本该更严肃地跟你强调，可是觉得你看起来挺明智，不像是到处瞎转悠的家伙。”

“真希望我没犯傻。”

“就像是看到了世界的另一面，是不是，先生？”他说，“更确切地说，我怀疑是世界的众多面貌之一呈现了出来，一个失落的小世界位于我们这个世界之中。火车常在这里抛锚，也有别人下车，我估计你今晚就遇到了一些，看见他们变成了什么样。至少我这样觉得，完全没有其他解释。迷途者，我看是。火车总是在这里停下或抛锚，通常都是蒸汽不足，原本再多到这里都会没有，我们不得不从头再烧起来。总是在夜里的这个时段，很少出现解决不了的故障，真的。还有一件事，如果乘客醒来，我就把所有的门都锁上，防止他们出来。我锁上普客车厢的两端，反正大部分乘客在这个时间不会醒来，不会在午夜之后醒来，只要在那个时间段之前入睡就不会醒来，而且都睡得很沉。午夜到凌晨两点之间，总是在这段时间出状况，火车在起伏的草地附近失去蒸汽。我猜当时我们没睡的这些人能看见一些别人看不见的东西，至少在这里能看见。这就是我的猜测。就像是在那段时间里开了一扇门。乘客有自己的位置和限制，可你是不会愿意去草地里的，真的，先生。你真走运。”

“谢谢。”我说。

“看来我忘记把你锁住了，或者锁不好使。对此我向你道歉。要是我没出差错，你就下不了车。假如有人没睡，发现房间锁着，我们就假装门卡住了，隔着门告诉他们早晨才能修好。有几位因此特别生气，都是我们在这儿停车时还没睡的乘客。可这是最有效的办法了，我相信你也同意我的看法，先生。”

“同意，”我说，“再次感谢，无以言表。”

“哦，不用客气。你几乎已经逃出草地，离坡顶也很近了，所以我帮你也很容易。我手边常备容易点燃的火把，他们不喜欢火，也不会过来靠近火车。据我观察，他们不离开草地。不过我跟你实话实说，假如我听见你的叫声离高地很远，那么，我就不会来救你啦，你会被他们抓走。”

“我尖叫了？”

“声音很大。”

我上车后走回包厢，身上还在颤抖。我检查了包厢门，看见门锁从外面被锁上，但是没法锁牢，只要稍微晃一下，门就能从门框上拉开。我就是这样出来的。

铁路工人给我拿了一点儿威士忌，我把门锁的情况告诉他，然后喝下了威士忌。“我马上修理门锁，先生。最好别再提起这一切，”他说，“没人会相信，可能会给跨乡村线路带来麻烦。你知道，人们还得出门旅行呢。”

我点点头。

“晚安，先生。好梦。”

鉴于刚刚发生的一切，这可真是个奇怪的祝福，我差点被逗笑。他关上包厢门离开，我望向窗外，只能看见那片草地在风中摇曳，草尖映着月光。

火车开始前进，很快我们就上路了。我的故事就讲到这儿，很久以前经历过之后，这是我头一次把它讲出来。不过我向你保证，我讲述的内容跟一九〇一年乘火车穿越西部荒野时发生的一模一样。

圣诞满屋

✘ 约阿希姆·海因德曼斯 _ 著 耿辉 _ 译

“比利！”利亚轻声说，“比利！醒醒！”

“干吗？”比利抱怨。虽然还看不懂时间，但是小比利望向窗外，能分辨出深夜已至，天空墨黑墨黑的，只有窗外轻轻飘过的雪花打破了这种沉闷的黑暗。

“你听见没有？”利亚问。

还没等比利问她在说什么，楼下沉重的脚步声就驱散了他尚存的睡意。他跟姐姐四目相对，两人都默默认定，那个声音只能代表一件事：圣诞老人来了。

没有再多说一句，比利和利亚蹬上拖鞋，轻轻离开卧室。他们走得小心谨慎，地板都不会咯吱作响。迈着平缓的步伐，他们慢慢走下楼梯，到达最底部之前，利亚停住脚步，蹲下来隔着栏杆的木挡偷看。比利以为姐姐看见快乐老顽童吃掉他们睡前放在盘中的曲奇，会高兴得面露灿烂的笑容。

可是她没有笑，没有任何表情。利亚微微张开嘴巴，茫然地望着客厅。比利来到她身旁，自己也看清的时候，仿佛一下掉进了冰窟窿。

圣诞树前站着一个瘦骨嶙峋的怪物，小心翼翼地用两根细长的爪子拿着一件装饰品。它的鲜红色皮肤松松垮垮地挂在看似脆弱的纤瘦体格上，细长脖子顶着乌龟一样的小脑袋，左摇右摆地沉迷于手中的玻璃玩偶。那是一只小小的米老鼠，身上穿着圣诞老人的服装，正用一支长鹅毛笔从一份名单上画去名字。它把米老鼠举到面前，张开了此前一直没有露出的两个大鼻孔。怪物可以像孩子紧闭双眼一样闭合鼻孔，但似乎无法闭上自己的眼睛。它巨大的黄眼珠占据了大半张脸，然而不曾眨过一下。

玩腻了装饰玩偶，这只瘦怪物轻轻把它挂回原来所在的松枝上，然后转身去看别的东西。大眼睛的目光落在了盘中的曲奇和那杯牛奶上，它伸出只有两根指头的手，捏起杯子，然后张开了血盆大口。一根可以盘绕的长舌头瞬间伸进杯子，几秒钟就吸光了牛奶，只留下一团雾气，仿佛瞬间把牛奶蒸发一般。怪物端起盘子放进嘴里，曲奇也落得同样下场。等它掏出盘子，所有的曲奇都不见了，就连极细小的碎渣都没剩。

利亚紧接着轻轻发出一声惊呼，这可吓坏了比利。这声惊呼极其轻微，只有最警觉的成年人或者护卫犬才会听见，即便听见，他们也不会多想。可是这只红色怪物听见了动静，猛地把头转向他们，圆睁着凶恶的眼睛，注意到两个幼童一起蜷缩在楼梯的末段。

怪物开始朝他们爬去。它依靠关节行走，尽量收好弯曲的长腿，避免撞翻家具。比利想跑回自己的房间隐藏起来，但是一动都不能动。利亚坐在那里，跟弟弟一样呆住，红色怪物走近时，她吓得嘴唇发抖。然后怪物停下脚步，弓着背从上往下逼近他们俩，比利都能数出它胸前的肋骨和脖子上凸起的椎骨。他以为自己要哭出来了，可是盯着那双黄眼睛却又让人莫名地感到宽慰。怪物转向利亚。

“利……亚……”它哼着嘶哑的声音说，“乖。”

怪物向后仰头，发出喀喀作呕的声音，仿佛一只猫在排出毛球。它的喉咙鼓胀，好像要吐出一个大球，同时雪白的泪水从它的眼中流下来。接着，它毫无征兆地吐出一个金银两色包装的盒子，上面沾的黏液几秒钟就挥发掉了。然后它转身面对比利。

“威……廉……”它低沉地说，“乖。”

两个孩子惊愕地看着怪物重复刚才的过程，这次它从嘴里吐出来的是一个细长盒子和三个一套的小盒。结束之后，怪物气喘吁吁，它伸出双手分别放在姐弟两人的头顶，用细长的爪子揉了揉他们的头发。

“要……乖……”它低声嘀咕，然后四肢并用钻进烟道，爬了上去。它消失的一瞬间，孩子睡前早已熄灭的炉火重新燃起，他们俩能听见微弱的铃声逐渐消失在十二月的寒夜里。

比利感觉自己又能动了，尽管还没有从刚才的经历中回过神，但他实在好奇，便起身打开怪物吐出的盒子。他飞快地扯下包装纸，看到几周前就想要的西尔维拉多火车套装时，脸上露出快乐的笑容，三个小盒子里各装了一节额外的车厢。不过利亚发现，自己的盒子里装着一个小苏茜的娃娃。她曾向圣诞老人许过这个愿望。

两个孩子拿着他们的新玩具上楼，回到共用的卧室，躺在床上时也没把新玩具放下。然而两人谁也睡不着，因为他们紧紧抱住礼物的同时，都在好奇同一件事。

他们要是不“乖”呢？

救生舱

哈兰·埃里森_著　耿辉_译

特伦斯把机器人看不见的右手沿着体侧挪上来。三根断裂的肋骨痛如刀割，他因此短暂地瞪大了眼睛，然后恢复过来，闭上眼睛，最后才眯着眼睛打量这台机器。

如果眼球动一动，我就死定了。特伦斯想。

救生舱在周围发出复杂的噪声，把他重新拉回眼前紧迫的处境。他的眼睛再次紧紧盯住机器人岗位旁边墙上固定的药箱。

都是老生常谈了，如此接近却又如此遥远，他想，本可以直接返回心大星基地获救。一个疯狂的笑声响彻他的脑海。他及时制止住自己。放轻松！三天是一场噩梦，但崩溃只会更快完蛋。这是他最不希望看到的事情，但眼下的情况不能再继续了。

他弯了弯右手手指，这是身上唯一能动的部位。他默默地诅咒那个让机器人投入使用的技术人员，或者是为了从政府合同中捞钱而推动把劣质机器人装入救生舱的政治家，或者是上次巡视但没打算仔细检查的维修人员。所有这些人，他诅咒他们所有人。

他们都该骂。

可他却要丧命。

特伦斯到达救生舱之前就已经踏上死亡之路，投入战斗时就已经走向死亡。

他完全闭上眼睛，逐渐屏蔽周围的救生舱噪声。慢慢地，冷却剂汩汩流过墙壁管道，中继器不停地传送银河系各地的信息，天线立柱呼呼作响，在球形罩顶部的插槽里转动。慢慢地，它们融入静默。过去三天里，他曾多次把自己与现实隔开。要么这样，要么跟盯着他的机器人共处，最终他不得不移动，移动就意味着死亡。道理就这么简单。

他避开救生舱的噪声，倾听自己内心的低语。

“天哪！他们肯定有一百万人！”

太空服通信系统响起中队长雷斯尼克的声音。

“那到底是什么战斗队形？”另一个声音说。特伦斯看了看雷达屏幕，看了看代表奇本飞船的光点。

“都是毒蘑菇一样的飞船，谁能分辨出来呢？”雷斯尼克回答，“不过记住喽，整个伞状前端都布满了火炮，而且射程很远。好了，各自小心，祝你们好运——让他们见鬼去吧！”

我们直冲向奇本舰队。

战争的声音跨越宇宙空间的鸿沟，传入他的意识。这都是想象，在那座坟墓里没有声音。然而，当他的侦察舰把一束又一束激光射向奇本舰队领头的飞船时，他可以清晰地感受到激光炮的嘶吼声。

他的狙击手级侦察舰已经接近了人类飞船方阵的端点，像楔子一样插进以松散的战斗队形向他们聚拢的外星飞船。就在这时，有情况发生。

前一刻，他还一直在往战斗的中心冲，奇本巨型旗舰的左翼在他的猛烈攻击下变成了深红色。

下一刻，他被甩出了减慢速度的舰队，此举是为了让奇本飞船飞过头，而地球舰队则减速以提高机动性。

他以原来的高度和速度继续往前飞，直接撞向一艘毒蘑菇形状的奇本驱逐舰的前炮。

第一束激光击落了船头的炮架和定向设备，光束一甩就切下了船尾，就像在切割氧化镀铬金属板一样。他设法避开了第二束激光。

他的无线电通信很简短：他尽量赶回心大星基地。如果不能，舰队将从他可能迫降的任何小行星搜寻救生舱的归队信标。

这正是他的经历。星图显示，旋转的岩石小行星的正式名称是 1-333、2-A、M&S、3-804.39#，如果不是数据后面的 # 号表示在其表面某处有座救生舱，这串符号意仅代表它的三维坐标。

他讨厌在战斗中掉队，讨厌迫降到有救生舱的小行星上，然而更害怕没弄清自身方位就耗尽燃料，最终流落太空并成为某颗小型恒星的人造卫星，所以他顾不了太多。

这艘飞船用最小的减速推进力平降落地，高高弹起两次又碰撞了十次，尾部撞掉了大块的碎片，不过在距离救生舱两英里的地方停下来，撞进了岩石里。

特伦斯在空旷且没有空气的小行星一步步高高跃过两英里，来到岩石堆里密封的球形舱前。他最主要的想法是设置救生舱的信标信号，以便返回的舰队能够追踪到他。

他进入减压室，隔着厚厚的宇航服手套摸索开关，听到空气呼啸着进入减压室时，他终于摘下头盔。

然后他脱下手套，打开内门，进入了救生舱。

上帝保佑你，小救生舱，特伦斯在放下头盔和手套时想。他环顾四周，注意到中继器从外面接收信息并分类转发到别处。他看到药箱固定在墙上，明白如果没有求救者用光管理员补充的物资，那么冰箱里会有充足的食物。他看到万能机器人在它的岗位上一动不动，还有墙上的计时钟，它的表盘被打碎。他转眼间就把这一切尽收眼底。

上帝也要保佑那些提出到处设置此类救援小站的先生，眼下这种紧急情况正是救生舱要处理的。他一边想一边已经开始走进房间。

就在这时，服务机器人，也就是没有求生者来此时维护这座救生舱并从飞船上卸下物资的机器人，已经叮叮咣咣地从地板上走过来，用力挥动可怕的钢臂，把特伦斯揍到了房间对面。

这位宇航员一下子撞到钢制隔板上，背部、体侧、手臂和大腿上剧痛不已。机器人的打击瞬间折断了他的三根肋骨。他躺了一会儿，无法移动，有几秒钟他被吓得无法呼吸，当然，正是这一点救了他的命。他因为疼痛无法动弹，在那段短暂的时间里，机器人退了回去，体内齿轮碰撞出沉闷的声音。

他试图坐直，机器人发出奇特的嗡嗡声并开始移动。他停下动作，机器人又撤了回去。

他又试了两次才相信，自己的处境和猜想的一样糟糕。

机器人电路板的某个地方已经出现老化的情况。它抬起伤者的指令被删除或歪曲，所以现在它习惯于砸碎或打击任何移动的物体。

他看到了那个钟，意识到看见它被砸碎的表盘时，就应该怀疑出了问题。当然了！数字表盘变化，机器人就砸它。特伦斯动了，机器人也砸他。

如果他再动，机器人还会再砸。

不过除了不知不觉地动动眼睑之外，他已经三天没有动过了。

他曾试着向减压室移动，在机器人往前走时停下来，等它回到原位，然后再移动，一点点靠近。但他刚一动，这个想法就被打消了。他的肋骨太疼了，疼痛剧烈无比。他被困在一处，保持难受的扭曲姿势，直到僵局以某种方式结束。

突然，他又警觉起来。过去三天的经历把他一下拉回现实。

他离通信面板有十二英尺远，离引导救援人员找他的信标有十二英尺远，但是需要赶在他死于伤痛之前，死于饥饿之前，死于机器人的暴打之前。尽管他可以更接近，但距离还有可能是十二光年。

这个机器人到底出了什么问题？花时间思考也没有用。机器人可以检测到运动，但大脑还是可以转动。不是说它管用，只是思考不受限制。

为救生舱补充需求物资的公司都是跟政府签约的。在整个链条的某个环节上，有人用了不纯钢铁或者准许电路切割机做更廉价的工作；在某个环节上，有人没有按正确的步骤操作机器人；在某个环节上，有人犯下了谋杀罪。

他再次睁开眼睛，仅仅是一道极细微的缝隙。再多睁一点机器人就会检测到他眼皮的动作，那会要了他的命。

他看着这台机器。

严格来说，它不是机器人，只是一大坨受遥控的接合钢铁，非常善于铺床、捡盘子、照看培养皿、从飞船上卸货和清洁地毯。机器人的身体大致是人形，但没有人类的脑袋，只有一个附属部件。

真正的大脑位于墙后，是由塑料屏幕和印刷电路组成的复杂迷宫，将这些脆弱的部件安装在一个重型机器上太过危险。机器人很容易掉下装载井，或者被陨石击中，或者被失事飞船压住。因此，机器人的附属部件上安装了一些感应单元，可以“看见”和“听见”正在发生的事情，并将它们转送给墙壁后面的大脑。

在整个回路的某个地方，这颗大脑在电路中形成了太深的沟回。它现在已经疯了，不是像人类那样，因为机器有无数种方式发疯。它只是刚好疯狂到足以杀死特伦斯。

“即使我可以用什么家伙打这个机器人，也不能阻止它。”他想。也许他可以在机器人接近他之前向它扔东西，但这一点儿用都没有。机器人的大脑仍然会完好无损，附属部件将继续工作。这个办法没希望。

他盯着机器人结实的大手，似乎可以在一只手的多节工具手指上看到自己的血。他明白这肯定是自己的想象，然而这个想法他挥之不去。他弯了弯藏好的那只手的手指。

煎熬了三天之后，他因饥饿而变得虚弱和眩晕。他晕头转向，眼睛持续灼痛，他一直躺在自己的污秽物中，最后都不觉得恶心。他体侧不断地抽痛，每次呼吸都像是一座熔炉在他体内爆炸。

他还穿着宇航服，避免了呼吸的动作招来机器人的暴打，为此他感谢上帝。眼前的僵持只有一个出路，那就是他的死亡。此时他几乎已经神志不清。

在过去的一天里，有好几次——就跟他能在没有时钟或太阳的情况下判断出白天和黑夜一样——他听到了外面舰队登陆的轰鸣声。然后他意识到，在死寂的太空里没有声音。然后他意识到，他们都在中继器内部，通过亚空间直接进入救生舱。然后他意识到，这种事情根本不可能。然后他恢复理智，意识到之前发生的一切只是幻觉。

然后他清醒过来，明白这都是真的。他被困在此处，无路可逃。死亡已经来到他身边，他必死无疑。

特伦斯从来不是一个懦夫，也不是一个英雄。他是那种因为觉得战争总得有人来打就上阵的人。他这种人允许自己跟妻子和家庭分别，被派遣到深邃太空，以保卫他被告知需要保卫的一切。然而正是在这样的时刻，特伦斯这种人才开始思考。

“为什么在这里？为什么会这样？我做了什么才导致自己要在一颗迷失的太空岩石上穿着肮脏的宇航服牺牲——而且不如他们在家乡的报纸上描绘得光荣，而是在一个疯狂的机器人身边独自死于饥饿或失血？为什么是我？为什么是我？为什么只有我？”

他知道不可能有答案，也没指望得到答案。

他也不是失望。

醒来时，他本能地看了看钟。破碎的盘面似乎也在看着他，把他吓了一跳，迫使他从睡醒后的恐惧中睁开眼睛。机器人嗡嗡作响，溅出一个火花。他继续睁着眼睛，嗡嗡声停止，眼睛开始灼痛。他知道自己没法睁开很久。

灼痛影响到他眼睛前部，从上到下，让他流出泪水。那感觉就像有人把针刺进眼角膜，泪水从他的脸颊流过。

他猛地闭上眼睛，耳中的轰鸣声在变大。机器人没有发出任何动静。

它可能失效吗？它有没有可能已经损坏，所以动不了？特伦斯能抓住机会试一下吗？

他滑落到一个更舒适的姿势。他一动，机器人就向前冲，他只好半道停住，内心冷得像一块冰。机器人糊里糊涂地停下，距他伸出的脚不到十英寸。机器自顾自地嗡嗡作响，声音既来自特伦斯眼前这台机器，也来自墙后某处。

他突然警觉起来。

附属装置如果工作正常，几乎或完全不会发出声音，墙后的大脑也不会有任何声音。但它工作不正常，思考时发出很明显的声音。

机器人后撤，“眼睛”仍然盯着特伦斯。这台机器的球形感觉器官安装在躯干上，所以它看起来像一只蹲着的金属怪兽，方方正正，充满杀机。

嗡嗡声越来越大，时不时有明显的“啪啪”打火花的声音伴随其间。一想到短路、救生舱着火和服务机器人不来灭火，特伦斯就陷入一阵惊恐。

他仔细倾听，试图确定机器人大脑安装在墙里的位置。

然后他觉得自己找到了。它在那里吗？要么在冰箱旁边的墙板后面，要么在中继器附近的墙板后面。这两个可能的安装位置相距几英尺，但结果有可能会相差很大。

大脑前遮挡的钢板上映出扭曲的形象，机器人向大脑传输信号发出让人分心的背景噪声，他因此难以准确判断哪个是正确的位置。

他深吸一口气。

肋骨随之微微动了一下，折断的地方相互摩擦。

他疼得直叫。

痛苦的尖叫声很快消失，但是还在他的脑海中来回跳动、回荡，形成了一曲极度痛苦的颂歌！舌头被迫从他的口中伸出，无力地搭在嘴角，微微地移动。机器人走向前。他缩回舌头，闭上嘴，在最高音处止住了脑海中的尖叫！

机器人停下来，退回了它的岗位。

“啊，上帝！疼啊！上帝上帝你在哪儿，疼死我了！”

他身上冒出了汗珠。在宇航服里、套衫里、内衣里和皮肤上，他能感觉到汗珠令他发痒。难以忍受的皮肤瘙痒突然加剧了肋骨的疼痛。

他在宇航服内微微移动，外表丝毫没有显示出任何迹象。瘙痒并没有消失，他越是想止痒，越是想着不去想它，瘙痒就越严重。他的腋下、臂弯和大腿上贴着紧身工作裤的地方——突然变得特别紧——都痒得把人逼疯。他必须得挠一挠！

他几乎要动手，但还是忍住了。他知道自己绝不会活到解脱。他脑海中冒出一个笑声。“全能的上帝啊！我总是嘲笑那些饱受疥疮折磨的邋遢鬼，那些在检阅中立正时总是微微扭动的家伙，那些可以抓挠并心满意足感叹的人。上帝，我多么羡慕他们。”他的想法呈现出一种狂野的声音，甚至他自己都能听见。

瘙痒没有止住，他微微扭动着身体，更难受了，他再次深呼吸。

肋骨又相互摩擦。

这一次，他幸运地在疼痛中晕厥。

“那么，特伦斯，你觉得自己对奇本的第一印象如何？”

厄尼·特伦斯皱起额头，用一根手指划过侧脸，看着指挥官，耸了耸肩说：“奇妙的生物，不是吗？”

“为什么奇妙？”

“因为他们就像我们一样。当然，除了亮黄色素和触手手指。除此以外，他们跟人类一样。”

指挥官把考察室调整为不透明，从一个银色盒子里抽出一支烟，又递给中尉一支。他点燃吸了一口，因为烟熏而闭上一只眼睛观察。“恐怕不只如此。他们的内脏看起来就像被人取走，随意地混合几个其他物种的备用器官，然后再怎么方便就怎么塞回去。在接下来的二十年里，我们将一起为弄清他们的新陈代谢原理而想破头。”

特伦斯哼了一声，用两指轻轻搓着未点燃的香烟。“这是最基本的。”

“没错，”指挥官同意，“在接下来的一千年里，我们将试图弄清他们如何思考，为什么战斗，如何与他们相处，他们有什么企图。”

“如果他们让我们活那么久的话。”特伦斯想。

“我们为什么要和奇本打仗？”他问前辈，“我想问究竟是为什么。”

“因为奇本想杀死他们识别出的每一个人类。”

“他们对我们有什么不满？”

“这重要吗？也许是因为我们的皮肤不是明亮的黄色；

也许是因为我们的手指不够柔软灵活；也许是因为他们嫌我们的城市太吵。也许有很多的也许，但这不重要。你必须得生存的时候，生存才重要。”

特伦斯点了点头。他明白，奇本也是一样。奇本朝他微笑，调动炮火，近距离射击，奇本飞船的外壳都变成深红色。

他掉转方向，避免撞进自己炮火的反冲。凹背座椅在轨道上滑动，在飞船机动时让他的视场保持稳定，但也让他感到眩晕。他闭了一会儿眼睛。

当他睁眼时，深渊更近了，他摇摇欲坠，努力稳住自己，紧闭的嘴唇已经发白。伴着猛的一声惊呼，他向前摔倒在地。他柔软纤长的手指结实地并在一起，越过舱壁后方的挡板，在嘈杂的碰撞声中伸向药箱。

机器人不断向他前进，细小的金属部件相互摩擦。这台机器朝他的脸抬起铅靴时，一下子灰飞烟灭，化为一股不知从何而来的微风。

他不断前进，直到无处可去。

灯光点亮，很亮，比特伦斯见过的任何星星都亮，机器人的胸前有一个光球在发光、发热、闪烁、耀眼、晃动。它摇摇晃晃，跌跌撞撞，迈步前行。

机器人发出嘶叫、嗡鸣，炸成百万个高速飞出的碎片，射出的光束照耀深渊，特伦斯在边上摇摇欲坠、岌岌可危。他疯狂地挥舞手臂，想要逃离，然而在最后一刻，眼看就要坠落……

他猛然惊醒!

昏迷拯救了他。即使在噩梦中的地狱里，他也意识到了现实的危险。没有在神志不清时呻吟和挣扎。他一动不动，保持沉默。

他知道那是真的，因为他还活着。

只有醒来时，他才被惊得抽搐了一下，引得那个恶魔离开它的岗位。特伦斯完全清醒过来，斜倚着墙，静静坐在那里。机器人又退回去。

微弱的呼吸经过他的鼻孔。再过一会儿，他就会结束这三天——三天还是更久？ 他睡了多久？——以来的痛苦折磨。

他很饿。老天，他太饿了。体侧的疼痛此刻更加严重，持续的抽痛让浅浅的呼吸也变成了煎熬。他痒得要发疯，难受地背靠在冰冷的钢铁壁板上，仿佛每颗铆钉都在他皮肤上钻了一个洞。他真希望自己已经死掉。

其实他不希望自己死。要如愿以偿简直轻而易举。

只要他能让机器人的大脑失效，可这完全不可能。这就好比让他戴上火卫一和火卫二来装饰表链，跟来自佩纳雷斯的硅美女同居，用自己大号的结肠做套索。

要想在机器人出动并再次殴打特伦斯之前充分损坏并阻止附属部件工作，就得彻底摧毁它的大脑。

可他和机器人大脑之间隔着一块钢板，他每次尝试成功的概率加一块儿也还是零。

他思索机器人会先砸自己身上哪个部位。如果再使用那只工具手就会一击致命。以他现在的伤情，用力呼吸也许都会要了他的命。

也许他可以出其不意地逃跑，钻进气密过渡舱的减压室……

没有用，因为（1）按目前的状况，还没等他站起来机器人就会抓住他；（2）即使有奇迹发生，即使他真的进入气密过渡舱，机器人也会砸开舱口，让它漏气，毁掉这套设备；（3）即使发生双重奇迹，机器人没有打砸，这对他有什么用呢？他的头盔和手套都在救生舱，而且在小行星上也无处可去，飞船已经坠毁，所以也发不出求救信号。

厄运突然变得更加沉重。

他越想就越肯定，自己的生命之光很快就会熄灭。

生命之光熄灭。

生命之光熄……

生命之光……

……光……？

噢上帝，这可以吗？能行吗？我想到了一个办法？他感叹办法简单易行，足足等了他三天多。它是如此简单，简单到了不起。仅仅是因为单纯的喜悦，他几乎无法控制自己保持不动。

我不聪明，也不是天才，为什么我会想到这个办法？过了几分钟，这个杰出的解决方案还是让他难以置信。一个没我聪明的家伙也能轻而易举地解决这个问题吗？一个更聪明的家伙早就解决了吧？然后他想起那个梦，梦中的光。不是他解决了这个问题，而是他无意识的过程解决的。答案一直都在那里，但他离得太近，视而不见。他的大脑被迫想出一个办法来告诉他。幸运的是，它做到了。

说到底，他并不关心如何想到这个办法。如果特伦斯的上帝与此有关，那么他已经听到了呼声。特伦斯绝对算不上信教，可这一奇迹足以让他成为信徒。问题还没有解决，但办法就在眼前——的的确确是一个办法。

他开始自救。

他慢慢把远离机器人视线的右手移到腰带处，慢得令他感到痛苦。腰带上挂着宇航员在飞船上随时需要的组合工具：一把扳手，一包推迟睡眠药，一个指南针，一台盖革计数器和一支电筒。

最后这件就是奇迹，奇迹就在电筒里。

他几乎是虔诚地用手指摸到电筒，然后在一阵狂喜中取下来，在机器人“眼”中仍然一动不动。

他把电筒拿在身边，稍微离开一点距离，隔着太空服腿部的凸起指向上方。

机器人如果看他，只会看到套着太空服的一动不动的大腿，他的任何动作都会被遮住。对机器来说，他静止不动。

那么，他疯狂思考，大脑在哪里？

“如果在中继器后面，我还是死定了；如果在冰箱附近，我就得救了。”他想。他担不起任何风险，不得不动一动。

他抬起一条腿。

机器人向他走来。这次的嗡嗡声和火花声更加明显。他放下了那条腿。

机器人大脑在冰箱上方的挡板后面！

机器人停下，几乎来到他身边，几秒钟后做出决定。它嗡嗡作响，打着火花，回到自己驻守的岗位。

现在特伦斯弄清了！

他按下按钮。电筒无形的光束一跃而出，射向冰箱上方的隔板。他一下下按动按钮，清晰的光圈在救生舱毫无特征的金属墙壁上出现、消失、出现、消失。

机器人噼啪作响，从它的岗位驶出。它看了特伦斯一眼，很快改变方向，朝冰箱碾压而去。

钢拳大力划出一道弧线，咣的一声砸在光斑闪烁的地方，响声震耳欲聋。

它一次又一次地挥拳，直到舱壁被凿漏、砸碎、打开，后面精致的线圈、挡板、电路和存储模块都变成了废物和垃圾。最后机器人僵在那里，它的手臂正准备再次击打，然后便死掉不动了。大脑和附属部件都停止了工作。

即便如此，特伦斯也没有停止按动按钮，仍然疯狂地按个不停。

然后他意识到这一切都结束了。

那个机器人已经死掉，他还活着，会有人来救他。他对此深信不疑。这下他可以哭了。

透过眼中的泪光，他看到药箱似乎变得更大。

中继器也在对他微笑。

上帝保佑你，小救生舱，他想着想着就晕了过去。

溺亡的巨人

❤ J. G. 巴拉德 _ 著　耿辉 _ 译

暴风雨过后的一个早晨，溺亡的巨人尸体被冲到城市西北方五英里外的海滩上。最初是附近一名农民传来尸体出现的消息，随后本地的新闻记者和警察加以确认。即便如此，包括我在内的大多数人仍然持怀疑态度。然而越来越多的目击者归来后，证实了巨人庞大无比，也彻底勾起了我们的好奇心。两点刚过，我和同事向海边出发时，我们开展研究工作的图书馆几乎空无一人。这一整天，全市都在流传着关于巨人的各种说法，所以不断有人离开办公室和商店去观看。

等我们来到海滩高处的沙丘，一大群人已经聚集在那里，我们能看见尸体就躺在二百码外的浅滩上。起初对巨人身材的估计夸大了很多，后来海水退潮，几乎整个巨人的身躯都暴露出来，不过他似乎比一只姥鲨大那么一点点。他仰面躺着，手放在身侧，姿态安详，仿佛睡在一片镜子般的湿沙滩上，泛白皮肤的倒影正随着潮水一起散退，在明媚的阳光下，他的尸体像海鸥的白羽一样闪闪发光。

我和同事不满于人群中一本正经的解释，难以理解眼前的奇观，于是我们走下沙丘，来到卵石滩。所有人似乎都不愿意靠近巨人，不过半小时后，两个穿着水靴的渔人走出人群，穿过沙滩。随着他们渺小的身形靠近躺倒的尸体，旁观者突然在一片哗然中谈论起来。跟巨人一比，那两个人完全变成了侏儒。尽管他的脚后跟部分埋在沙中，但是双脚立起的高度至少是那两个渔人身高的两倍。我们立即觉察出，这个溺亡的庞然大物有着跟最大的抹香鲸一样的尺寸和体重。

眼前已经有三艘渔船返航，高高的龙骨距离岸边还有四分之一英里，船员们正在船头眺望。岸边的旁观者很慎重，没有蹚过浅滩，但所有人都渴望近距离观看，于是便急切地走下沙丘，在卵石滩上等待。巨人身体周围的沙子已经被冲走，形成一个坑洼，仿佛他是从天而降一般。两个渔人站在双脚下巨大的沙质基座之间向我们招手，如同游客游览尼罗河上某座水漫过的庙宇，行走在立柱之间。一刹那，我害怕巨人只是睡着，可能会突然惊动，并拢脚跟。可他无神的眼睛凝望着天空，不知道双脚之间站着自己的微型复制品。

接下来渔人开始围着尸体绕行，从白色的长腿旁边经过，停下来仔细检查手心朝上的手指，他们消失在手臂与胸廓之间，然后又重新出现，去观察头部。他们用手遮挡阳光，抬头凝望巨人古希腊风格的侧脸。矮额头、笔挺的鼻子和曲线嘴唇让我想起一件罗马人复制的普拉克西特列斯[1]雕塑，鼻孔仿佛优雅的象形茧，更加凸显了跟不朽雕塑杰作的相似性。

突然，人群中爆发出一声叫喊，好多人抬手指向大海。我吃惊地看见一个渔人已经爬上巨人的胸膛，此时正四处走动并向岸上示意。人群中掀起一阵惊讶和喜悦的喧嚣，所有人都向前拥动，冲过浅滩，飞溅的卵石淹没了人声。

1　公元前四世纪古希腊著名雕刻家。他以青铜和大理石为雕塑材料，作品以优雅、柔和的人像而著称，是第一个塑造裸体女性的雕刻家。

我们接近仰卧的身体，他正躺在大小跟一块农田相当的水面上，我们兴奋的交谈再次平息，这个死亡巨人的庞大身躯令我们陷入沉默。他稍稍歪斜地伸展在岸边，双腿被冲得离海滩更近，这种显小的透视效果掩盖了他真正的体长。尽管两个渔人站在他的腹部，人群还是围成一大圈，三四个一组试探着朝他的手脚靠近。

我和同伴们绕到巨人靠海的那一侧，他的臀部和胸部像搁浅的船体，高出我们许多，珍珠色的皮肤因为浸泡海水而肿胀，掩盖了大块的肌肉和筋腱的轮廓。我们经过稍有弯曲的左膝下方，一簇簇潮湿的海草粘在膝盖侧面。一条稀疏编织的厚围巾已经被海水漂成淡黄色，松垮地横搭在腹部，为他略微保留了一点体面。一股强烈的盐渍气味从被阳光晒干的织物上散发出来，跟巨人皮肤上浓郁的甜美气息混合在一起。

我们在他的肩膀处停下脚步，抬头注视他一动不动的侧颜。他的嘴唇微微开启，睁开的眼睛荫翳浑浊，仿佛被注入了某种蓝色的奶液，但是鼻孔和眉毛的精致弧线为这张脸赋予了华贵的魅力，跟胸膛和肩膀展现的野性力量格格不入。

他的耳朵高悬在我们头顶上方，仿佛雕刻出的入口。我伸手触摸悬垂的耳垂，这时有人从前额侧缘探出头，对着我叫喊。我被这诡异的场面吓到，后退了一步，然后看见一群年轻人已经爬到巨人脸上，互相横冲直撞。

此时人们已经爬到巨人身上的各个部位，他平放的手臂被当作一段双层楼梯使用，大家从掌心沿着小臂走到臂弯，然后爬过高高隆起的肱二头肌，来到便于走动的平坦胸肌，这部分覆盖了光滑没有毛发的胸膛的上半部分。从这里他们可以爬上脸庞，一点点地沿着嘴唇和鼻子行走，也可以冒险向下，沿腹部去加入其他已经跨坐在脚踝和行走在两条柱状大腿上的人。

我们穿过人群，继续绕行，停下来查看巨人伸出的右手。一小汪水残留在掌心，仿佛是另一个世界的遗迹，此时正在被登上这条胳膊的人踩踏溅开。我努力分析皮肤上刻画的掌纹，寻找巨人性格特征中的一丝线索，但是组织的膨胀几乎抹光了它们，带走了巨人所有的身份特征和他最后的悲剧性处境。手上巨大的肌肉和腕骨似乎在替主人拒绝一切感伤，然而精致的手指曲线和精心修剪的指甲——每个指甲都对称地多留出不到六英寸的长度——展现出一定程度的高雅气质，这种气质也呈现在古希腊风格的面部特征中，然而此时，小城居民却像苍蝇一样坐在他的脸上。

一个年轻人甚至就站在他的鼻尖上，晃动着平伸的手臂保持平衡，朝下方的伙伴大喊，然而巨人的表情仍然无比沉着。

回到岸边，我们坐在卵石滩上，看着持续不断的人流从城市来到这里。六七艘渔船已经返回到近海，船员们蹚过浅滩，想要仔细看看被暴风雨送来的庞然大物。后来一伙警察来到沙滩上，敷衍地想要封锁海滩，但是走到躺倒的巨人跟前时，任何警戒的想法都已被抛到九霄云外，然后他们集体离开，还不时一脸茫然地回头观望。

一小时后，海滩上聚集了有一千人，至少有二百人站在或坐在巨人身上，挤在手臂和双腿上，或者在整个胸部和腹部不停地打闹。一大群年轻人占据了头部，在脸颊上互相推搡，顺着光滑的颌部滑下。两三个人跨坐在鼻子上，还有一个人爬进鼻孔，在里边学狗叫。

那天下午警察又回到海滩，在人群中为一队来自大学的科学家开路，他们都是大体解剖学和海洋生物学的权威学者。那群年轻人和其他大多数人从巨人身上爬下去，剩下几个顽固分子还站在脚趾和前额上。专家们在巨人周围大步绕行，热烈磋商点头，警察在他们前方开路，推开迫近的旁观者。来到张开的手掌时，那名高级警官主动要帮他们登上去，但是专家们急忙表示反对。

他们回到岸上以后，人群再次爬到巨人身上。我们五点钟离开那里时，他们已经把巨人完全占领，挤满双臂和双腿，仿佛一群海鸥密密麻麻地聚在一条死去的大鱼身上。

三天后我又一次造访海滩，我在图书馆的朋友已经重拾工作，他们委托我持续观察巨人并准备一份报告。或许是他们感受到我对此事产生了特别的兴趣，当然毫无疑问，我迫切希望返回那片海滩。这与恋尸癖无关，因为对我而言，无论从哪方面来看，那个巨人都还活着，的确比很多围观者更加鲜活。我发觉他如此迷人的原因部分在于极大的身材，四肢所占据的大量空间，这似乎确认了我四肢微小的特征，不过更重要的，纯粹就是他存在于世上这个绝对的事实。不管我们的生活中还有什么其他事情可以公开质疑，巨人死也好，活也好，他都是绝对的存在，让我们稍微感受了一下类似的绝对真理造就的世界，而沙滩上我们那些旁观者都是非常不完美的渺小复制品。

我来到海滩时，人群数量已经少了很多，二三百人坐在卵石滩上野餐，或者观看群群游客动身走过沙滩。后续的几次潮水把巨人进一步冲向岸边，推动头部和肩膀更接近海滩，所以他似乎又大了一倍，巨大的躯体让脚边停放的渔船相形见绌。海滩不平整的地形把巨人的脊柱撑起一个微小的弧度，导致胸膛扩张，头部后仰，迫使他形成一个更加明显的英勇姿态。海水的作用和组织肿胀的效果相互结合，让脸庞显得更光滑，没有那么年轻。虽然无法根据巨大的五官评估巨人的年龄和性格，但是我上次来看时，古典模特风格的嘴巴和鼻子表明，他曾是个温和谨慎的年轻人。不过此时他显得至少已经初入中年。肿胀的脸颊、增厚的鼻子和太阳穴、变窄的眼睛都带给他一种养尊处优的成熟样貌，甚至现在都预示了加剧的腐朽即将降临到他身上。

巨人的性格特征在他死后得到加速发展，似乎他个性中的潜在因素在他在世期间获得了充足的动量，并在这简短的最终总结里释放出来，继续让我为之着迷。它标志着巨人屈服于严苛的时间体系，我们其余的人类在这套体系中找到了自身，如同破碎的旋涡中无数扭曲的水波，我们有限的生命也是这套系统的终极产物。我来到正对着巨人头部的卵石滩上，能看见新来这里的人和攀爬巨人四肢的孩子。

早晨的参观者中有许多人身穿皮夹克，头戴布帽，用专业的目光审慎地抬头端详巨人，用脚步丈量他的尺寸，在沙地上用石头和浮木粗略计算。我猜他们来自公务部门和其他市政机构，无疑是在思考如何处理掉这件巨大的海上残骸。

好几个穿戴潇洒的家伙、马戏团老板和类似人物都来到这里，双手插进长大衣的口袋，绕着巨人缓缓溜达，互相不说一句话。显然巨人庞大的身躯对于他们无与伦比的企业而言也是难以承受的。他们离去以后，孩子继续在四肢跑上跑下，年轻人在仰着的脸上摔跤，他们脚上沾的湿沙都蹭在白色的皮肤上。

第二天，我故意把参观巨人的时间推迟到午后。当我到达时，有五六十人坐在卵石滩上。巨人已经被冲到离海岸更近的地方，此时在七十五码稍远一点的地方，他的脚正挤压着腐朽的防波堤栅栏，坚实的沙滩形成一道斜坡，令他的身体略微倾朝大海，瘀青的脸庞被扭转成一个几乎像是清醒过来的姿势。卵石滩上的一口混凝土沉井用锁链绑着一台大金属绞车，我就坐在那上面观看下方躺着的巨大身躯。

他发白的皮肤此时已经失去了珍珠般半透明的光泽，身上的泥沙被夜里的潮水冲走，但是白天又被人沾得到处都是，大团海草填满了手指之间，一批垃圾和乌贼骨堆在屁股和双膝下方的缝隙里。不过尽管如此，尽管面貌特征在不断肿胀，巨人还保持着《荷马史诗》中描述的壮丽身姿。宽阔的肩膀和粗壮的四肢，仍然把他呈现在另一个维度上，这位巨人更像是一位淹死的阿尔戈英雄或者《奥德赛》中的英雄人物，而不是此前我头脑中刻画的人类大小的惯常形象。

我走到下方滩涂，蹚过一摊摊海水走向巨人。两个小男孩正坐在耳洞里，远端一个年轻人独自站在高高的脚趾上，趁我走过去时仔细打量着我。跟我推迟观看巨人时期待的一样，没有别人注意我，岸上的人仍然披着大衣挤作一团。

巨人手心朝上的右手里覆盖着泥沙和破碎的贝壳，其中还有许多脚印清晰可见。圆滚滚的臀部耸立在我旁边，把海景遮挡得严严实实。我此前闻到的甜美的强烈气味，此时更加刺鼻，透过晦暗的皮肤我能看见血管蜿蜒盘绕，里边的血液已经凝固，不管看起来多么让人心生厌恶，这种不停的变化如同死亡中呈现的生机，足以接纳我踏足尸体之上。

利用他伸出的拇指作为楼梯扶手，我爬上手掌并开始攀登。皮肤比我预期的要硬，几乎不受我体重的影响。我很快走上倾斜的小臂和二头肌呈球形隆起的大臂，溺亡巨人的脸渐渐展现在我右边，鼻孔幽深，巨大的颧骨侧围仿佛一座奇特的火山锥。

我稳稳绕过肩头，踏上宽阔平坦的胸肌，穿过像巨椽一样的胸廓骨质凸起。白色皮肤上斑驳地印着脚踩出来的深色瘀青，每个人的脚印形态都清晰可辨。有人在胸骨的中间堆了一小座沙堡，我踩上这座部分损毁的结构，从更好的角度观察他的脸。

那两个小孩正在攀上耳朵，爬进右眼眶，里边的蓝色眼球浸满了牛奶状的液体，并没有把两个小孩的渺小身躯看在眼里。我以倾斜的角度看着脸庞，原来的优雅与宁静全都不见了，绷紧的嘴以及一条条硕大肌肉撑起的脸颊类似于一艘遇难大船被撞碎的船首。我头一次注意到巨人身上这种极度的痛苦，不会因为他察觉不到肌肉和组织的瓦解就会有所减缓。巨人被毁的形象含有一种绝对的孤独，仿佛一艘船被抛弃在空旷的海滩上，几乎没有海浪的声音，他的脸也化作一张显得精疲力竭且无能为力的面具。

我向前走去时，脚踩进一团软组织，恶臭的气体从肋骨间的一道切口喷出来。难闻的气味像一朵云悬在头顶，我向后躲避，转向大海呼吸新鲜空气，结果惊讶地发现巨人的左手已经被截去。

我困惑不解地盯着发黑的残肢，而那个单独的年轻人斜倚在他的空中领地，从一百英尺外用残暴的目光审视着我。

这只是一系列劫掠的开始。接下来的两天我留在图书馆，出于某种原因不愿意再去海岸边。我心里明白，自己可能已经见证了一个伟大幻象走向终结。等我下次翻过沙丘、走上卵石滩时，巨人距离岸上只有二十码出头，曾经在远处，有一种魅力围绕着他被海浪冲刷的身躯，现在距离高低不平的卵石滩如此之近，那种魅力已经消失殆尽。尽管他身形巨大，可是覆盖身体的瘀青和泥沙衬得他只有人类大小，巨大的身材更加凸显了他的脆弱。

他的左手和左脚已经被切下并拖上山坡，然后用推车运走。问过挤在防波堤上的一小群人之后，我了解到一家肥料公司和一家家畜饲料生产商对此负责。

巨人剩下的右脚悬在空中，一根钢索固定在大脚趾上，显然是为第二天拖走做准备。周围的海滩上已经被许多工人弄得乱七八糟，巨人手脚被拖走的地方也留下了深深的沟壑。断肢处渗出一种深色的咸涩液体，沾染了沙滩和白色的乌贼骨。我走下卵石滩，看见灰色皮肤上刻着大量幽默标语、万字符和其他标志，似乎截断这个一动不动的巨人突然释放出一股被压抑的怨恨。一侧的耳垂被一根尖利的木材刺透，胸口中间还有一小堆已经燃尽的篝火，周围的皮肤都已经被熏黑，细腻的木灰正在被风吹散。

一股难闻的气味笼罩着尸体，这是腐败难以掩饰的标志，至少驱散了通常聚在这里的年轻人。我回到卵石滩，爬上绞车。巨人此时因为脸颊肿胀几乎闭上了双眼，抻得双唇大张。古希腊风格的挺拔鼻子已经扭曲扁平，被无数只脚踩进肿成气球一样的面孔里。

第二天我又到海滩时，几乎是放心地发现，巨人的头颅已经被移走。

接下来我再去海滩已经是几周之后，那时，我之前注意到的巨人身上与人类的相似之处再次消失。仰卧的胸部和腹部无疑跟人类类似，可是四肢先是从膝盖和手肘处被砍掉，然后是从大腿和肩膀处，剩下的躯干类似任何一种无头的海兽身体——鲸鱼或鲸鲨。巨人缺失了身份以及若即若离地依附在身体上的少量个性特征，旁观者的兴趣也被耗尽，海滩上只剩下一名上了年纪的拾荒者和一个坐在承包商小屋门口的守夜人。

一座松动的木质脚手架已经被竖立在尸体周围，上面伸出的十几架梯子在风中摇晃，周围的沙地上散落着一盘盘绳索、金属柄长刀和钩锚，卵石上沾着血液、碎骨和皮肤，显得滑腻腻的。

我朝守夜人点点头，他阴郁地隔着燃烧的炭火盆注视我。小屋后面的一个容器里炖煮着大块的油脂，致使这里到处弥漫着刺鼻的气味。

在一辆小型起重机的助力下，两根大腿骨裹着曾经覆盖巨人腰部的网状围巾被移走，断开的关节像谷仓敞开了大门。上臂、锁骨和外生殖器也同样被运走。胸部和腹部残留的皮肤上已经用焦油刷平行标记成一段一段，最靠前的几段已经从腹部切割下来，展现出胸腔巨大的弧度。

我离开时，一群海鸥从天空盘旋着落在海滩上，一边凶恶地鸣叫，一边啄食染血的沙子。

几个月后，巨人出现的新闻事件基本被人遗忘，他身体上被肢解下来的各个部分开始在全城范围内重新出现，其中的大部分都是化肥生产商难以粉碎的骨头。它们尺寸惊人，有大块的筋腱和连在关节处的片片软骨，让人一下就能识别出来。出于某种原因，这些脱离了身体的部位似乎比后来被切割的肿胀四肢更有效地传达出巨人原本的宏大精髓。我望向街对面肉类市场最大批发商的店铺，认出门口两边的两根巨型大腿骨，它们高高耸立在搬运工的头顶，如同某种古德鲁伊教的骇人巨石。我仿佛突然看见，巨人靠这两根光溜溜的大腿骨，用膝盖大步踏过城市的街道，在返回大海的途中拾起自己散落的身体部件。

又过了几天，我看见左肱骨横放在一座船坞的入口（右肱骨一直都在港口第一商业码头下边桩柱间的泥沙上）。同一周里，风干的右手在行业协会年度庆典的游行彩车上展出。

不出所料，下巴得以收入自然历史博物馆，头颅的其他部分已经不见，不过它可能仍然潜藏在荒地或者城中的私人花园里——不久之前，沿河向下游航行时，我注意到两根肋骨在一座水滨花园被做成装饰拱门，大概被误认为是鲸鱼的下颌骨吧。在游乐场附近的一间新奇物品商店，印第安毛毯那么大的一块鞣制文身皮肤被用作娃娃和面具的背景衬布。在城里的其他地方，有些酒店或高尔夫俱乐部无疑是把巨人风干的耳朵或鼻子挂在了壁炉上方。至于那根巨型阴茎，它最终被一家在西北部到处演出的马戏团收入了畸形博物馆。这个巨大的组织器官体现出惊人的尺寸和曾经出色的性能力，独自占据一间帐篷展出。讽刺的是，它被误认为是鲸鱼的阴茎。其实大部分人，甚至最初看见巨人被暴风雨冲上海滩的那些人，如今都把他记成了一只大型海兽。

余下的骸骨被剥去所有肉体组织，仍然停留在海滩上，那簇被海水漂白的肋骨仿佛是一艘废弃船只的散落木材。承包商的小屋、起重机和脚手架都已不见，被冲进海湾沿岸的沙子已经埋住骨盆和脊椎。冬天，高耸的弯骨被强劲的海浪拍打，显得孤单寂寞；不过到了夏天，它们为飞累的海鸥提供了绝佳的休息之处。

爱，死亡
和机器人

3

LOVE, DEATH
+
ROBOTS:

THE
OFFICIAL ANTHOLOGY

V O L U M E
THREE

J O H N S C A L Z I

[美国]约翰·斯卡尔齐 等——著
耿辉 等——译

译林出版社

图书在版编目（CIP）数据

爱，死亡和机器人．3 /（美）约翰·斯卡尔齐（John Scalzi）等著；耿辉等译．-- 南京：译林出版社，2025．5．--（译林幻系列）．-- ISBN 978-7-5753-0309-5

Ⅰ．I14

中国国家版本馆 CIP 数据核字第 2024RR1838 号

Love, Death + Robots: The Official Anthology
Anthology © Cohesion Press 2022
Stories © Individual Authors
Simplified Chinese edition copyright © 2025 by Yilin Press, Ltd
All rights reserved.

著作权合同登记号　图字：10-2022-95 号

爱，死亡和机器人3　[美国] 约翰·斯卡尔齐 等／著　耿辉 等／译

统　　筹　吴莹莹
责任编辑　竺文治　金　薇
装帧设计　韦　枫
校　　对　戴小娥　蒋　燕
责任印制　闻媛媛

原文出版　Cohesion Press
出版发行　译林出版社
地　　址　南京市湖南路 1 号 A 楼
邮　　箱　yilin@yilin.com
网　　址　www.yilin.com
市场热线　025-86633278
排　　版　南京展望文化发展有限公司
印　　刷　南京爱德印刷有限公司
开　　本　787 毫米 ×1092 毫米　1/32
印　　张　8.125
插　　页　2
版　　次　2025 年 5 月第 1 版
印　　次　2025 年 5 月第 1 次印刷
书　　号　ISBN 978-7-5753-0309-5
定　　价　165.00 元（全四册）

版权所有·侵权必究

译林版图书若有印装错误可向出版社调换。质量热线：025-83658316

前言

我觉得自己简直是幸运到令人难以置信的地步，才有机会制作《爱，死亡和机器人》这样一部动画剧集，而更走运的是，观众们似乎很喜欢看。剧迷们可能觉得，是对动画的热爱催生了这部剧集，这当然是很大一部分原因，不过就我个人而言，更多是出于对文字的热爱……对故事的热爱。

为《爱，死亡和机器人》选材是我最喜欢的一项工作。寻找故事就如同在天堂的海滩漫步，脚边布满了数不尽的各种贝壳，既独特又漂亮。我只需要拾起几枚，擦掉泥沙，装进口袋。潮水每天都会冲来更多宝贝。

把每个故事改编成剧本只有乐趣，没有压力，因为我们已经知道它们会打动观众！只需用可能的最佳方式把它们改编到新的媒体，并专注于图像的部分。

我们无比尊重作者和原著，所以尽力保持原著的精神。我们想让作者感受到，我们会恭敬地守护他们的作

品，希望成果让他们引以为傲。然而改编不是精密的科学，魔法总会失去一点效力，比如缺失的小细节，因为时长所限而剪掉的有趣片段，或者囿于预算而牺牲掉的大场面。所以为了让剧迷方便地阅读天马行空的原著——就好比到野外观察、欣赏野生动物——我们打造了这部选集。

本书作者们创作了《爱，死亡和机器人》的卓越原著，我们希望他们也获得关注。期待这本书能把读者引向这些作者的其他作品，沙滩上还散落着不少的贝壳。

蒂姆·米勒

《爱，死亡和机器人》的缔造者

二〇二一年四月二日

目录

三个机器人：人类居所

约翰·斯卡尔齐 _ 著　耿辉 _ 译

外景，荒凉的景象——白天

一个巨大的弹坑铺陈在我们面前，或许是万世之前某次可怕的宇宙事件所致。

大地隆隆作响，尘土盘旋飞舞，一个巨大的陌生物体自上而下进入画面，土地在这个巨物下被碾碎，它巨大的重量深深地陷入泥土。

节奏突然改变，慢动作部分结束。“陌生物体”是爬下小型悬浮飞船的 X-BOT 4000 的脚。四面八方都可以看到弹坑。

X-BOT 4000：干得漂亮，你把我们降落在一片雷区！

K-VRC：只进来一点点！无论如何地雷已经年代久远，大概不会爆炸了。

话音刚落，一只麻雀落在他们前方几米远的地方，啄食一只肉虫，把它从泥土中扯出来——轰隆！

K-VRC（继续说）：我肯定那是最后一颗地雷。来吧，我们有科学工作要做呢！

K-VRC 无视危险，尘土和羽毛还在他们周围飘落就开始前进。11-45-G 在他身后驱动轮子，X-BOT 4000 谨小慎微地跟上。

11-45-G：没错，对灾难后人类的深度调查能揭示有关早期机器文化中如何生存的重要结论。

X-BOT 4000 从地上捡起一颗骷髅头，它还戴着一顶红色广告帽，上面印着“搞定”。（备选标语：我会用自由派的眼泪润滑枪支。）

X-BOT 4000：或者把我们的光亮身躯炸成一堆碎金属！

他把骷髅头顺着肩膀抛到身后，然后随着其他两个机器人走向一座围着带刺铁丝网的废弃农场，一座末日生存营地。

在他身后，那颗骷髅头砸在地上——砰！

内景，末日生存营地——白天

末日生存营地里一片狼藉，到处都是骸骨，每一具都握着武器。弹孔密布，窗户破损，好几个货架上摆着生锈的罐头和开裂的水桶。

X-BOT 4000：如果里边到处都是死人，为什么称它们为“生存营地”？我觉得似乎是虚假宣传嘛。

K-VRC：谁说不是？还有更诡异的，历史记录表明，这些“末日经营者”其实对于文明的陷落感到兴奋！

11-45-G：许多人类觉得抛开政府出资的医疗救助，有了足够的子弹和鹿肉干，他们能够建立一座乌托邦社会。

X-BOT 4000：话说，子弹我都看见了，鹿肉干在哪儿？

K-VRC：哦哦，人类猎杀鹿类，导致它们灭绝，其他每一种比猫大的动物也都一起灭绝。人类总是有些饥饿。

X-BOT 4000 试戴先前发现的那顶帽子，K-VRC 四处闲逛。

11-45-G：然后他们开始袭击别人的营地。

（用手指着拿着武器的骨架。）

他们瞄准窗外不是因为有鹿来复仇。

K-VRC（画外音）：嗨，伙计们！过来！我发现了一个血坑！

内景，布满长钉的坑

11-45-G 和 X-BOT 4000 低头看着 K-VRC 站在满是长钉和骸骨的坑底。

11-45-G：这不是血坑，只是一个原始的陷阱。

K-VRC：可是……他们的身体里一度含有血液，所以严格来讲，我的论断没错。

11-45-G（叹气）：好吧，是个血坑。

X-BOT 4000：那些家伙冒着生命危险穿过雷区和密布的带刺铁丝网，躲过枪林弹雨，竟然被穿成生存主义狂热者肉串？

11-45-G：对，不过至少他们死时摆脱了政府的约束。

X-BOT 4000：那可是被穿在一根长钉上。

K-VRC（用手指着）：那个家伙身上穿了两根！

X-BOT 4000：所以人类仅靠枪支和长钉就想撑过文明陷落？

K-VRC 伸长双腿，升到坑沿的高度，然后迈了出来。

K-VRC：当然不是！只是穷人！

11-45-G：这些人类的经济和社会优势不大，选择也更少。有钱有势者掌握着各种高级生存策略。

外景，某片海岸对面重新修整过的海上钻井平台

生锈的钻井平台矗立在波涛翻滚的大海上。近景展现出重型钻井设备已经被曾经光洁、如今破败的居所取代，三位主人公的飞船停靠在停机坪上。

K-VRC 愉快地伸出手臂旋转，仿佛在把这古老的奇观呈现给他的世界。

K-VRC（画外音）：欢迎来到海上家园！

（备选台词：欢迎来到海上家园这个永不熄灭的自由主义梦想！）

X-BOT 4000：这是一座古老的钻井平台。

K-VRC：没错……不过也是公海上的完全君主制民族国家！

X-BOT 4000：我觉得你的中央处理器进盐了。

11-45-G：他说得没错。文明陷落时，一些富有的人类试图在这种地方建立新的文明。

X-BOT 4000：我没看见这里有鹿。他们打算吃什么？

11-45-G：鱼和碘片，藻类以及海里的蛋白质。可是那时海洋已经被过度捕捞，食物链中充斥着微塑料。

K-VRC 把一具晒白的骨架踢下停机坪边缘，注视着骨头掉落在下方的海里。

K-VRC：他们要是能学会食用磨砂微粒，那就了不起了！否则的话可能就不咋的。

X-BOT 4000：我会坚持使用自己的核聚变电池，谢谢。

11-45-G：海居者还犯了一个严重的策略错误。

内景，海居——指挥中心

这里光滑亮泽，一如苹果商店的内部，也有骸骨。11-45-G 前往一座控制台时，轮子嘁里咔嚓轧过骨头。

11-45-G：打造这些海上家园的人大都是科技界的百万

富翁。

X-BOT 4000：什么是“科技界的百万富翁”？

K-VRC：类似通常的百万富翁，不过社交更少。

X-BOT 4000：这解释了个寂寞。

K-VRC：就是一位科技界的百万富翁那样嘛！

11-45-G：这些人以为技术会拯救他们，所以就踢开用实用技术管理这里的所有人，反而把一切都托付给自动助手。

她触碰控制台，屏幕启动，发出光亮。

埃琳娜：您好！我是埃琳娜，您的电子海居助手。

11-45-G：你好，埃琳娜，我是一名人类海居者。你能收起渔网，让我吃上鱼吗？

埃琳娜：是的，我能，但我不会那么做。自己抓鱼去吧，你这个恶心的臭皮囊。

K-VRC：我的天哪……这里就是机器人发动起义的地方！我们伟大文明的发源地！

K-VRC 心不在焉地走到外边，敬畏于脚下悬空的地面，另外两个机器人也跟出来。

外景，海居控制室——接上一场景

他们仨惊奇地凝视着对面海洋家园废墟的远景。

X-BOT 4000：那……那么，假如这些科技界的百万富翁只要对其他人多一点点包容，他们也许就可以活下来？

稍长的停顿，没有人说话，令人不适的停顿还在继续。然后他们都笑起来，一起走向停机坪。

内景，海居控制室——几秒钟后

K-VRC 把头探进门，朝控制台摆手。

K-VRC：再见，埃琳娜，谢谢你们所有的鱼！

埃琳娜：噎死你，臭皮囊！

外景，科罗拉多，北美防空联合司令部指挥中心——白天

机器人的小飞船停泊在两扇巨大的铁门前，铁门微微开启，呈现出内部的黑暗。

内景，北美防空联合司令部指挥中心——接上一场景

三个机器人——其实只呈现出飘浮在黑暗中的眼

睛——走过传出回声的巨大走廊。

11-45-G：历史记录表明，世界经济开始崩溃时，最强大国家的政府撤退到类似这样的堡垒中。

哐啷啷！金属罐沿着混凝土撞击的声音。

X-BOT 4000：哎呀！该死！他们能把人送上月球，就不能在墙上安装一个该死的电灯开关吗？

11-45-G：这些官僚以为他们能在地下深处静待迫近的混乱平息，然后再拿着武器出面，构建新的世界秩序。

K-VRC：等一下……

铮的一声响，灯亮起来。

K-VRC（继续说）：瞧吧！超级大国最后的据点！

机器人站在一个宽敞房间的入口。几十具穿着西装和制服的骸骨，分散躺倒在中间的一张大桌周围。桌上落满灰尘的银器和盘子环绕着一顿盛宴的残羹冷炙。

X-BOT 4000：他们的最佳计划就是把自己封闭在一座山里开宴会？

11-45-G 从一位宴会嘉宾的手部骨骼下方抽出一个笔记板。

11-45-G：这份报告说，“自运行的”水培系统在一种真菌毁掉首批作物时失效，饥荒来临，生存者开始采用他们所谓的“极端民主”。

三个机器人转向桌子，我们得以清楚地看到主菜，一具烧焦的人类骸骨放在大大的盘子里，周围散放着切肉的餐刀。

X-BOT 4000 拿起一位将军倒放在桌上的帽子并翻过来，几十张纸条掉出来。

X-BOT 4000：一人一票。

11-45-G 从那堆纸条里抽出一张“选票”读起来。

11-45-G：今晚宴会选举的胜出者是农业部长。

K-VRC：这真是讽刺。

11-45-G 继续读……

11-45-G：为他配的是七九年晚收梅洛红葡萄酒。

K-VRC 拿起一个满是灰尘的葡萄酒杯闻了闻，仿佛在品评酒香。他点头赞许，把杯子举向 X-BOT 4000，逼得 X-BOT 4000 直往后退。

X-BOT 4000：这趟旅程让我抑郁死了。到底有没有人在某个地方从倒霉的末日中幸存啊？

外景，亿万富翁的航空港——夜晚

眼前是一大片开裂的发射平台、倒塌的火箭和生锈的发射架。高高的围栏上安装着带刺铁丝网，成堆的骸骨被挡在外边。

X-BOT 4000（画外音）：等一下……他们去了火星？

内景，控制塔——任务控制室

你猜怎么着——也是骸骨遍布。

K-VRC：不是所有人都去了——只是非常富有的那些！

X-BOT 4000：我以为海上家园才是富人的去处！

11-45-G：那些是给区区百万富翁准备的，占人类百分之零点零一的巨富认定自己需要一颗全新的行星。

X-BOT 4000：那其他百分之九十九点九九呢？

11-45-G 按下控制台上的一个按钮。

外景，正门——围栏

就在围栏后方，一排旋转炮台从地上升起，粗大的喷口伸出来，呼啸着喷出火焰，扫射紧靠围栏的骸骨堆。

内景，控制塔——任务控制室

11-45-G：精英阶层不在乎那些人的诉求。

（备选台词——继续说：致命的火焰喷射器比财富再分配体系更容易建造。）

X-BOT 4000：好吧，可是火星呢？死气沉沉，没有生命！他们本可以把花在太空飞船的钱用于拯救他们已经定居的地球啊！

K-VRC：切，那有什么乐趣呢？

X-BOT 4000：人类真是糟糕透顶。

11-45-G：没错，人类有治理这颗受伤行星并自我拯救的一切工具。可他们还是选择贪婪和自我满足，而不是健康的生物圈和子孙后代的未来。正如伟大的人类哲学家桑塔亚纳[1]曾说——

K-VRC（打断）：嘿！我觉得火箭至少发射了一枚！快来看。

K-VRC 已经走到一座控制台前，他按动按键，一段视频记录开始播放。单独一枚火箭乘着一束火焰飞上天

1 乔治·桑塔亚纳（1863—1952），著名西班牙裔美国哲学家、散文家、诗人、小说家。

空，离开地球。

11－45－G：可……脱颖而出的是谁？

他们都抬起头，透过屋顶的一个洞口凝望上方缀满星星的天空，内心陷入沉思。稍稍停顿之后——

外景，火星殖民地——白天

广阔的红色沙漠延伸至地平线，一片奇怪的住所聚集在伸出地面的崎岖岩石周围。再往外有一群穿着环境防护服的生物躺在火星的红色天空下。

猫，因为它们的确就是猫啊。其中一只转向镜头。

猫：怎么？你们以为是埃隆·马斯克？

三个机器人的汇报：人类在最后阶段的居所选择[1]

一号居所：末日生存营地

X－BOT 4000：我们开始之前我想把这点记录在案，

1　约翰·斯卡尔齐先创作了《三个机器人：人类居所》这个剧本，后改编成此篇对话形式的小说。

不应信任 K-VRC 驾驶运输飞机。

K-VRC：你在说什么呢？我是一名了不起的驾驶员！

X-BOT 4000：我们去参观末日生存营地，你把我们降落在他们的雷区。

K-VRC：切，不能这么说吧。

11-45-G：落在我们前方的鸟被炸死了。

K-VRC：只是沾了个边！它还为我们清出一条通往营地的道路。

11-45-G：你不能说那是计划好的。

K-VRC：随你怎么说吧。听着，这无关于我，而是关乎科学。

X-BOT 4000：科学可不会炸碎我们亮闪闪的金属屁股啊。

K-VRC：那次之后我几乎没有危及我们的安全，不管怎么样，我们还是谈谈末日生存营地吧。

X-BOT 4000：它让我困惑，虽然被称为“生存营地”，可里边到处都是死人，根本就是虚假宣传嘛。

K-VRC：对吧？根据我全面的历史搜索——

11-45-G：你搜索过？

K-VRC：我发现了一套名叫《维基百科》的人类档案。

11-45-G：然后你读了。

K-VRC：我非常有目的地挑着看了一下，它说末日生存主义者其实期盼文明陷落！

11-45-G：对，许多人类觉得抛开政府出资的医疗救助，有了足够的子弹和鹿肉干，他们能够建立一座乌托邦社会。

X-BOT 4000：话说，我看见子弹了，至少看到了弹壳。鹿肉干倒没多少。

11-45-G：人类的飞速猎杀导致鹿类灭绝，其他每一种比猫大的动物也都一起灭绝——

K-VRC：人类总是有些饥饿。

11-45-G：——鹿类灭绝以后，他们开始袭击别人的营地，这就是雷区存在的原因。

K-VRC：还有那座血坑！

11-45-G：那不是血坑，只是一个原始的陷阱。

K-VRC：那是个坑，对不？有尖钉？入侵的末日生存主义者掉在里面，就会被刺穿皮肤，然后把血液释放到坑里？

11-45-G：……好吧，是个血坑。

X-BOT 4000：那些家伙冒着生命危险穿过雷区和密布的带刺铁丝网，躲过枪林弹雨，结果还是被穿成生存主义狂热者肉串。

11-45-G：不过至少他们死时摆脱了政府的约束。

X-BOT 4000：那可是被穿在一根长钉上！

K-VRC：有些情况是两根。

X-BOT 4000：真正让我惊讶的是，全体人类仅靠枪支和长钉就想撑过文明陷落。

K-VRC：不是所有人类，只是穷人！

11-45-G：那些生存主义者没多少经济和社会优势，拥有的选择甚至更少。然而富翁们有各种更高级的生存策略，这就把我们引向了访问清单上的下一个目的地。

K-VRC：噢！那是我最喜欢的一个！

二号居所：重新修整过的海上钻井平台，曾属于一个国际巨头

K-VRC：海上家园就是永不熄灭的自由主义梦想！

X-BOT 4000：这只是一座古老的钻井平台。

K-VRC：从技术上说没错，不过也是公海上的完全君主制民族国家！

X-BOT 4000：遍布着骸骨。

K-VRC：每个地方都遍布骸骨，你不能以此来评判。

11-45-G：他说的也不是完全没有道理。文明陷落时，一些富有的人类认为，从大陆的混乱撤离到更小更易于防御的海上平台，会增加他们的长期生存概率。

X-BOT 4000：对呀，只要你不用支援就行。鹿又不能游过海洋，那他们打算吃什么？

11-45-G：鱼和碘片，以及海里的蛋白质。问题是那时海洋已经遭受过度捕捞，食物链中充斥着微塑料。

K-VRC：他们要是能学会食用磨砂微粒，就会没事的！

X-BOT 4000：他们都变成了骨架，表皮的剥落不是他们的问题。

11-45-G：海上定居者还犯了一个策略错误，原因就在于他们大都是科技界的百万富翁。

X-BOT 4000：好嘛，“科技界的百万富翁”，我还是搞不清这究竟是什么意思。

K-VRC：类似通常的百万富翁，不过穿帽衫，有严重的社交焦虑。

X-BOT 4000：这个定义一点儿用没有。

K-VRC：就是一位科技界的百万富翁那样嘛！

11-45-G：这些人以为他们的技术会拯救他们，所以就踢开用实用技术管理这里的所有人，反而把一切都托付给自动助手——

K-VRC：好啦！这部分才精彩！

11-45-G：对人类来说，不幸的是自动助手很快进化出感知能力和各自的自由意志。

X-BOT 4000：噢——没错。我记得你激活自动海居助手，告诉它你是人类并让它收回渔网时，它拒绝了。

K-VRC：原话是："我可以做，但不会做。自己抓鱼去吧，你这个恶心的臭皮囊。"

X-BOT 4000：你一字不差地都记住，我毫不奇怪。

K-VRC：得了吧！那里就是机器人发动起义的地方！我们伟大文明的发源地！

X-BOT 4000：哪怕科技界的百万富翁对其他人多一

点点包容，起义也不会发生。

11-45-G：人类非常善于装出他们难以为继的小团体不需要别人的样子。

X-BOT 4000：既然我们跟一群富翁的骨架待在一座钻机平台上，我就没法辩驳你这一点了。

11-45-G：说到注定灭亡的小团体，我们的下一个目的地可真是其中的典型。

三号居所：地下深处的山间堡垒

X-BOT 4000：哦，那里。那是最糟的地方。

K-VRC：可是至少他们还有个计划！

11-45-G：对，世界经济开始崩溃时，人类领导人撤退到地下堡垒，等待混乱结束。后来他们计划出面构建新的世界秩序。

X-BOT 4000：呃，他们自己的灯甚至都不亮。被我们发现时，那里漆黑一片。

K-VRC：我最后找到应急电源了。

X-BOT 4000：不假，在我摔了五次狗啃屎以后。

K-VRC：摔了三次之后就变得好笑死了。

X–BOT 4000：你知道，我其实不喜欢你。

K–VRC：我完全清楚，那再正常不过了。

11–45–G：杀死他们的不是电力问题。他们自己的报告说，“自主运行的”水培系统在一种真菌毁掉首批作物时开始失效，他们没有能力打开锁死的地堡到外界找吃的。

X–BOT 4000：鹿也无法挖透岩石，我估计。

11–45–G：饥荒迫在眉睫。

K–VRC：对，最后他们开始同类相食！

11–45–G：他们投票决定吃谁并称之为“极端民主”。

X–BOT 4000：一人，一票，一餐。

K–VRC：他们的最后一餐是前农业部长！所以还有点儿讽刺。

11–45–G：是呀，为他配的是七九年晚收梅洛红葡萄酒。

K–VRC：我想说，什么？他们要用雷司令白葡萄酒来配他？没有！他们可不是野人。

X–BOT 4000：实话实说，我们的旅程到这里开始让我抑郁了。人类试了那么多方法撑过世界末日，没有一个管用！这些人类究竟有没有在某个地方活下来啊？

11-45-G：唉，我们还有最后一站。

四号居所：亿万富翁的太空港

X-BOT 4000：摊牌了，这个地方让我困惑。我以为富人去了海上家园。

11-45-G：那些是给区区百万富翁准备的，真正的人类巨富只占百分之零点零零零一，他们认定自己需要一颗全新的行星。

K-VRC：欢迎来到火星，哥们儿！套上专属于你的亿万富翁保护泡，躺倒在这颗行星遭人痛恨的寒冷稀薄空气中！

X-BOT 4000：那剩余的百分之九十九点九九九九的人类呢？

K-VRC：周边那些工业级火焰喷射器就是给他们准备的。

11-45-G：说对了。精英阶层不在乎那些人的诉求。

X-BOT 4000：瞧，这就是让我难过的地方，区区几百个人类掌握着地球上的大多数财富，火星上又冷又没有生命。他们本可以把花在太空飞船身上的钱用于拯救他们已经定居的地球啊！

K-VRC：那有什么乐趣呢？

11-45-G：而且那意味着他们得分享。

X-BOT 4000：我讨厌挑明这个看法，可人类真是糟糕透顶。

11-45-G：没错，人类有治理这颗受伤行星并自我拯救的一切工具。可他们还是选择贪婪和自我满足，而不是健康的生物圈和人类种族的未来。正如伟大的人类哲学家桑塔亚纳曾说——

K-VRC：呃，你又来了。

11-45-G：什么啊？

K-VRC：夸夸其谈。

11-45-G：我在告别人类！

K-VRC：你真无聊。

X-BOT 4000：他其实没错。

11-45-G：可是——

K-VRC：话说回来，记得那段控制室的视频吗？亿万富翁们的火箭至少发射了一枚！

X-BOT 4000：对呀！所以说有希望。真行啊，人类！

11-45-G：确实，人类也许还活着。

K-VRC：我想知道是谁脱颖而出。

五号居所：火星

猫：怎么？你们以为是埃隆·马斯克？得了吧。

坏旅程

❤ 尼尔·亚瑟_著 刘壮_译

船长躺在吊床上，活像一口袋鲸脂，他闭着双眼，头脑深陷迷梦之中。塞尔特，船上的杂役，站在舵轮前，个头还不够他隔着舵轮望出去的。而水手长托林早就灌了一肚子海甘蓝朗姆酒，什么事都做不了了。他知道大海会把那些喝醉酒的、做事马虎的和体力不支的通通杀死，因为大海一向冷酷无情、不知怜悯，然而此时此刻他根本不在乎。他应该在乎的。萨帕林是第一个注意到聚成一团的马尾藻的人，可是等他注意到时，他们已经压到它了。

“左转！左转！”托林尖叫道，他踉跄着朝塞尔特走去，朗姆酒瓶子掉在甲板上摔了个粉碎。这个男孩往一侧猛打舵轮，船身倾斜，涂过焦油的木头和缆绳嘎吱嘎吱地发出深沉的抗议声。大团腐烂的海草拖过船壳，船身随之一阵踉跄；海草被扯断时，一阵浓重的腐烂气息扑鼻而来。

“放下左帆下桁！快放下！”乔凡对着梅利斯和卡利斯咆哮道。

这两名船员跑去执行命令，其他船员也没有慌了手脚，纷纷从脏乎乎的甲板上捡起散落一地的巨大的刀头鱼叉。很快，他们就攥着这些保养差劲的工具，脸色苍白地站好，与此同时，船颤抖着、呻吟着，与那片海草擦身而过。所有人都知道离马尾藻太近意味着什么，这些大团的腐烂海草会把深海中的生物带到海面上，而如果没有海草，这些生物是无法碰到船的。船身猛地一歪，脱身了。

“右满舵，快！”乔凡说。

托林不以为然地看了他一眼，但是并没有取消命令，因为他也正准备如此下令。他隔着左舷的围栏望出去，看到海草就像海面上大片的黄色浮渣，正在他们身后越退越远。他向生渊之主表示感谢，然后恼怒地看了一眼破掉的酒瓶。沉闷的凿击声让他回过神来，随后连续不断的砰砰声让他和其他船员都从围栏旁往后退。

“死神多足兽。”第一刀手乔凡说。他大概是船上唯

——一个坚持清洁和打磨他的船上铁制武器的人。

这头死神多足兽撞碎右舷围栏，爬上甲板，在十条腿的带动下迅速穿过甲板，任由一连串钝了的鱼叉从它身上弹开。船长刚在吊床上坐起来，右手还紧紧攥着水烟袋，它就一下子扑到了他的身上。死神多足兽用两对长长的前肢把船长从吊床上拖起来，用前肢末端带倒刺的钩爪直接插入他肥胖的身体，仿佛用棍子插入面团。它披着甲壳的扁平尾巴敲打着甲板，同时用一只带柄的眼睛注视着船员。另一只带柄的眼睛则转过去，专注于手头的工作。疼痛刺透船长的迷醉，他这才意识到这不是致幻鱼引起的幻觉，于是他挣扎尖叫起来。死神多足兽用嘴叼住一只挥舞的手臂，用一对钳子一样的大颚将它齐齐剪断。它吞噬着船长的手，发出响亮的嘎吱声。

透过迷蒙的醉意，在船员们的呼喊和恐惧中，托林吓得目瞪口呆。他眼看着船长尖叫着被活活吃掉，直到一条撕裂的动脉最终夺去了他的生命。这头死神多足兽有三米长，不是普通的死神多足兽。鱼叉撞在甲壳上，有的弯折，有的崩了刃口，它的甲壳刮过甲板的声音听起来像石头。船员们纷纷后退，挤成一团，试图保护自己。也许，这个怪物一旦吃饱了，就会离开这艘船吧。

“咱们必须攻击它。”特克从甲板下面一出来就大喊道。他是船上的桶葬人，他皮肤黝黑，标志着他从一出生就拥有的地位，因为只有经过那些生来就浑身黝黑的人之手的处理，死者才能走完他们最后一次进入黑暗的旅程。他的脸和剃光的脑袋被染成白色，眼窝则被染成红色。船员们惧怕他，也因此对他言听计从。他带头冲向怪物后身，鱼叉突刺，发出一阵铿锵的声响。这头怪物一扫尾巴，船员们赶紧后撤，只有特克跪倒在怪物身边，努力不让自己的肠子流到甲板上。

众人眼看着船长的尸体被一点点吞噬干净，托林愧疚地想，特克刚才急于攻击，会不会是因为不然的话，船长就留不下什么东西好让他装殓进桶里了；没有骨头可以保存，也没有皮肤可以熏制。他看着死神多足兽抓住特克一甩，让他直挺挺地立在它面前。接下来的一幕让托林闭上了眼睛。

特克的惨叫因痛苦而变得声嘶力竭，他的内脏冒着热气流出来，和糊在血淋淋的甲板上的几块船长的残骸混在一起。现在，死神多足兽把特克冲着船员转过来，它长长的前肢则伸进特克空荡荡的腹腔，探入他的胸部。特克眼睛上翻，无力地吊着，慢慢死去。托林睁开双眼。这是在干什么？它为什么要这样对他？血从特克的嘴里喷出，他的头猛地一挺。伴随着一阵咕噜和嘶嘶声，他说话了。

“吃饱了，”他说，“让我进货舱。”

托林把肚子里的东西统统吐在栏杆上，随后开始痛苦地清醒过来。

“舱口。”他一边踉踉跄跄地离开围栏，对着前甲板舱口胡乱挥手，一边对船员们说。有些人轻蔑地瞪着他，有些人困惑地睁大双眼看着他，所有人都给他让开路。他踢开门闩，把沉重的舱盖打开。他往后一闪，死神多足兽把特克的尸体甩到背上，然后飞快地跑过去。它从舱口钻进船里，发出的声音就像一箱工具被扔进井里。它钻进去时，一个小小的后肢还抓住了舱盖，并在身后把它关上了。

“生渊之主保佑，现在怎么办？”迪肯问，他紧紧握着鱼叉柄，手指都按得发白了。

“现在怎么办？现在怎么办？”梅利斯哭喊着说，“它吃了我们的船长，把我们的桶葬人当作手指布偶，你却在问‘现在怎么办’？我们会把它与我们的鲨鱼油和珍宝鲨一起卖掉。我们要让它在码头上跳舞，好让我们卖个好价钱！生渊之主保佑我们！”

“哦，别吵了，”乔凡说，“我们必须好好想想。”

“我们应该封住舱门。”托林说，船员们一齐盯着他。

乔凡说：“是你的怯懦害我们到了这种地步。”他冲着蹲在围栏边的塞尔特点点头，“是你让船长的笨小子来掌舵这艘船；是你让船上纪律散漫；是你整天喝酒，却不肯承担责任。”其他船员此刻全都怒视着托林，尽管他们当中有些人看得出，乔凡的话同样也是指责他们。不过他们很快就把自己从这种自责中解脱出来，因为责备别人容易得多。

“这和舱盖有什么关系？”托林一边问，一边闪躲着愤怒的目光。

乔凡用手指了指破损的栏杆，死神多足兽上船的地方。

“你觉得舱盖能挡住它吗？你认为胆小懦弱能解决问题吗？”他问。

“等它吃完特克还是会饿的。你看它会不会！”梅利斯喊道。

乔凡转身，狠狠地扇了他一耳光。梅利斯消停了。乔凡看向其他船员。

“必须杀死它，”他说，“否则它会杀光我们所有人。我们必须想方法杀死它。”

“你有什么建议？”迪肯问，“在它头上的甲壳上凿一个洞，这样我们就可以把一把大刀插进去？”

“你是不是忘了什么？”托林问。

“哦，我没有忘记，一旦我们回到港口，我就会割断你的喉咙。”乔凡说。

“让他说完。”迪肯说。

所有人都恶狠狠地注视着托林，等他说下去。

“它会说话。”托林说。

“这又能说明什么？”乔凡问。

“这说明我们也许可以……进行谈判。”

乔凡和其他船员都难以置信地瞪着他。乔凡转过身，直勾勾地盯着满甲板的血迹，以及船长吊床纠结的残骸。梅利斯在喉咙深处咕哝一声，然后开口了。

“那就让他跟它谈判吧。”他说。

没有人出声赞同，也没有人反对。八个船员齐刷刷地转身抓住托林。

“不！我不是这个意思！不！求你们了，不要！”

六个人把他举过头顶，同时另外两个人，迪肯和卡利斯，走在前面，打开舱盖。他们拿着鱼叉站在舱口保持戒备，尽管这样做并不会有什么用。

“稳住了，小伙子们，可不要害死了咱们的谈判专家。”乔凡冷笑着说。

他们把他放进舱口，给他时间抓住舱里的梯子横档，又用鱼叉尖逼着他一步步下去，直到他们能把舱盖关上。

“求你们了！求求你们让我出去！”

托林听见门闩砰的一声插上，泣不成声。他尽可能地待在梯子高处，顶着粗糙的木头。光线透过甲板上没有堵上的窟窿射进来，货舱里并不是漆黑一片。但对托林来说，这里还是太暗了，除了一桶桶的鲨鱼油和成堆的珍宝鲨鱼皮外，他什么都看不清。经过了最后一次情绪爆发，他尽量保持安静，一动不动，除了偶尔忍不住抽泣几声。慢慢地，他的眼睛适应了黑暗的环境。

死神多足兽的眼睛在黑暗中闪着光，躯壳上的血也泛着滑溜溜湿漉漉的光。在它前面站着一个黑乎乎的大块头，他终于看清楚了，那是桶葬人。骇人的是，他现在人如其名，因为死神多足兽已经吃掉了他的胳膊和腿。

“下来。”一个声音冒了出来，托林意识到自己躲在这里毫无意义。这头死神多足兽足够大，只需要后脚站立，都不用爬上来就能把他从梯子上拍下来。如果它想杀死他，可以轻易做到这一点。他隔着它看向舱壁，那里有一扇门可以通向中段货舱和船员住舱。如果他能到那里去……

“下来。”那个声音坚持道。

它是不是在犯懒？它喜欢让它的饭菜自己走到它面前吗？托林顺着梯子爬下来，开始慢慢向门口靠近。

“你想要什么？”他问，他没有想到更好的问题。

“我想上岸。”死去的桶葬人的声音冒了出来。听到这句话，托林愣住了。这是什么意思？从来没有哪个远洋生物上过岸。

“你为什么要上岸？”这个问题刚一问出口，他就发现在这个畜生的旁边有一个闪闪发光的东西。他在黑暗中眯起眼睛，终于看清楚，那是一堆人头大小、类似玻璃的球体。他干巴巴地吞了一口口水。

“人类已经阻止了我们。”那个声音咕噜噜地说。

“我不明白。”托林一边说，一边继续向门边挪过去。突然，死神多足兽动了起来，托林尖叫一声，拔腿就跑。

它冲到他和门之间，并把它那噩梦般的头转向他。它的嘴是一团滴着口水的剪子和长着尖牙的大颚。桶葬人挂在嘴下面，再次代替它说话。

“人们来到这里，在岛屿周围的海里播种。全都是饥肠辘辘、杀气腾腾的拇指鲨和锤螺。我们要在哪里下蛋？在马尾藻上，这样才能生存。”它说。

托林感到恶心。这个怪物突然变得非常善于表达，而他刚刚拉了一裤子。他要死了，他用不着多费力就能想见到自己会如何死去，因为他已经见识过了。他知道，如果它再次朝他这儿过来，他的腿一定会不听使唤，于是他努力抵抗着干脆闭上眼睛的诱惑。然后他想起了船员们刚刚对他做的事，一种隐隐的愤怒驱使他说话。他要让他们看看什么叫“谈判专家”。

“也许我们可以做个交易。”他说。

“交易。”那个声音嘶哑地说。

“如果你把我们杀光了，你就上不了岸了，这艘船只会随波逐流，直到沉没。”托林说。

“我必须吃。”那个畜生向他靠近了些，突然间，他的腿不再哆嗦了。它继续说：“不是所有人都必不可少。”

“不，”托林说，“我必不可少，因为我是水手长。不过还有其他人。”他把注意力从那张磨个不停的嘴转向上方那对有柄的眼睛。“现在听我说。我们可以这样做……”

在船员住舱里，托林在上甲板前先换下了一屁股屎的裤子。他在门口听了一会儿正在进行的争论，然后才打开门。当他走出来，站到木制甲板上时，争论渐渐停息，转而变成一片寂静。乔凡是第一个打破这种沉默的人。

“这么说，它对你提不起胃口吗，托林？”他问道，不过并没有他一贯的坚定态度。托林走到他面前，与他面对面地站着。他仍然因为恐惧而感到恶心，但乔凡算什么东西？不过是个人罢了。他狠狠地甩了乔凡一个耳光，打得他踉跄着跪倒在地。

“如果你们还想活命，就把他按住。”托林说。

迪肯首先抓住了乔凡。梅利斯从乔凡手中夺过鱼叉，又用鱼叉握把撑了正在不停挣扎的乔凡。乔凡垂头丧气地瘫在迪肯怀里，迪肯把他放到甲板上。

“你有什么要说的，托林？你是怎么活下来的？”他问。

“我活下来是因为我谈判了。”托林说，然后他等待着，看他们谁敢嘲笑或嗤之以鼻，但他只看到这些人吓破胆的表情。

“我们达成了什么休战协定？”卡利斯问。

“就是这样，”托林说，“一个休战协定。那个死神多足兽自称生渊之主，深海之神的名字，随便你们怎么理解。”托林注意到那几个比较迷信的船员脸上的表情：迪肯、马里尔和尚特等人，以及现在掌舵的萨帕林。他感到一种可怕的喜悦在自己心里涌动，于是继续说道：“它要我们把它带到港口，带到一座岛上，只要我们肯效劳，它就让我们活下去。就是这样。这就是交易的全部内容，休战协定。”

“骗子。”乔凡说道，然后在甲板上呕吐起来。他挣扎着想站起来，迪肯退后一步让他起身。

“这是事实。”托林肯定地说，他注意到许多船员似乎仍然犹豫不决。

“那不是生渊之主。”乔凡说，他现在终于站起来了。他怒视着周围。“他会把你们带入更深的灾难。我们必须到捕鲨船上去，离开这艘船。最终，死神多足兽会饿着肚子离开，到那时我们可以再回来。没有必要听它的。”

“生渊之主已经吃饱了，”托林说，“你想坐着捕鲨船在深海里待上哪怕一天吗？”他随手一指，命运站在他这一边，因为一条巨大的珍宝鲨的鳍刚好划破与船平行的海浪。也许有些血流到了海里，把它吸引过来。托林又说：“你想在这外面的生渊之主的国度之上度过哪怕一丁点儿时间吗？”

“下面的畜生不是生渊之主。”乔凡坚持说。

托林回答道：“没错，它只是个会说话的死神多足兽，体形有以前见过的任何死神多足兽的三倍大。”

“我同意托林。”迪肯说。他转头看看梅利斯，梅利斯点了点头。其他船员也纷纷点头同意，并看向托林等待指示。托林觉得他的喜悦随时都会从嘴角冒出来。

“当然，如果我们给生渊之主吃的，它就不会那么快变饿。”他说。

船员们像对待托林一样对乔凡动手了。一旦做出决定，就无须再做讨论。他们把他抬起来，带着尖叫的他走向前舱舱口。

“你们这些傻瓜！他会把你们都害死的！你们不能这样！”

托林帮助迪肯打开舱口，掀开盖子。托林俯下身子，对着黑暗说话。

“生渊之主，这个人不是必不可少的。他是我们给你的礼物。”他说。

迪肯带着病态的惊恐凝视着他，也许直到现在才明白他们在做什么。托林心想，刚才他自己被逼着下去时，这种恐怖是不是已经存在了。

“不，不，求求你们了！你们犯了一个错误！”

乔凡紧紧抓住梯子的顶端，顶住舱盖不让他们强行关上。他不停地大喊大叫，直到迪肯把门闩踢上，随后便是一片沉默。托林知道他现在的感受。下方传来石头拖过木头的声音，他退后了一步。

“让我出去！求求你们了！让我出去！”

一阵嘶嘶的吸气声传来，接着是敲击舱门的声音。乔凡发出了一声长长的尖厉的惨叫，接着有个东西狠狠地撞上舱口，几乎撞断了铰链和门闩，惨叫声戛然而止。他的尖叫声又从货舱深处再次传来，只不过这次是一种深沉而痛苦的声音。他们都听到了那个嘎吱嘎吱的声音。托林想知道有没有什么比被活活吃掉更糟糕的事情。他歪着嘴露出一个微笑，又很快敛住笑容，转向船员。

“好了，小伙子们，咱们把主帆升起来。”他说。

“所以决定了：我们将在费登岛停靠。那里离我们最近，而且大家在那里都没有亲戚。”托林说。

“在那里被赶出过酒馆。”梅利斯说，卡利斯咕哝着表示同意。

“买珍宝鲨的人从来没有给过一个好价钱。”迪肯说。

“一群该死的小人。”尚特补充说。

托林听着他们的话，努力不让自己脸上露出讥笑。他们多么容易说服自己啊，竟然觉得用数百名岛民的生命换自己的命是合情合理的。他们的罪孽让他感到恶心，而且奇怪的是，他不再想喝酒了。他凝视着海面上的夕阳，又抬头看着正在调整索具的船员。

“我们最好降帆准备过夜，把油灯点起来。我们可不想到头来又一头撞上马尾藻。”他说。

“我们的油灯需要油。”迪肯说。

托林盯着他，船员们都围在他身边。

“我们现在已经有协议了，没什么好怕的，”他说，“既然你们这么害怕，那我就自己去拿灯油。你们可以把甲板清理干净。”他转身离开他们，进入船员住舱，向舱口走去。在这里，他听到了动静，于是他钻进了宿舍的门。

“啊，塞尔特。你可以帮我一把。他们都太害怕了。”他对蜷缩在船舱里的杂役说。那个男孩很容易相信别人，毫不保留地相信别人。

主帆被晨风吹得哗哗作响，托林和迪肯在甲板上转了一圈，逐个熄灭了灯笼。

“正如我所料，”两人走完一圈，托林说，“叫他们集合。”

迪肯不以为然地看了看他，不过还是服从了。除了仍在掌舵的萨帕林，所有船员都到齐了。

“我们都做过一些可耻的事情，”他对他们说，“但我认为这一次也太过分了。他只是个孩子，而我们当中，有谁小时候不会跃跃欲试地想去操作舵轮呢？”

所有人都一脸困惑。

“塞尔特？”迪肯没底气地说道。

托林歪着嘴笑了笑。

“是的，船长的笨小子已经不在这艘船上了。你们当中有人犯了谋杀罪，一定要付出代价。现在，各自工作去吧。梅利斯，甲板需要填缝，尚特，围栏需要修理。”

众人迅速开始工作，托林却独自走开了。他们能像这样自己就忙活起来，真是好啊。他看得出来，这样做能让他们好受一些。回到船长的船舱，他把门闩上，再一次搜索这个地方，只不过这一次，他找到了奖品：一把大号的铁钥匙。他用这把钥匙打开了船长的物品箱，在里面找到船长的四膛室转轮手枪、纸包药筒和用坚硬甲壳做成的弹头，都用沾满油污的破布包裹着。他兀自微笑着给武器装上子弹，然后把枪套挂在腰上。像这样收拾停当，他就回到了甲板上。

尚特在忙着修理围栏，梅利斯在做填缝工作，而马里尔则在重新清除甲板上的血迹。托林注意到，迪肯把自己安排在舵手萨帕林身后，仿佛要把甲板上的工作尽收眼底。卡利斯正在上方操控帆缆索具，帕恩在睡觉，因为他是昨晚的最后一班岗。托林大步走到梅利斯身边，检查了填缝工作。

“你知道，梅利斯，当初你建议让我去谈判，这不是很好。”他说。

梅利斯抬起头，盯着船长的手枪枪管。

托林继续说：“我真想把你活喂给它，但那是不可能的。”

卡利斯在头顶上的帆缆索具之间大声呼喊。梅利斯挥舞着填缝工具扑向托林。船长的枪声响了，梅利斯的身子在半空中往后一扯，好像有一根绷紧的绳子拽住了他。他撞到了甲板上，半边脑袋不见了，一只脚在木制甲板上颤动不止。头顶上传来一声愤怒的尖叫，托林身后传来奔跑的脚步声，还有人手忙脚乱地从索具上爬下来的声音。托林颤抖着双手扳动杠杆，转动弹巢，让下一颗子弹就位，然后扳回击锤。

“杀人犯！”卡利斯尖叫道，他赤脚踩在甲板上，向托林扑去。托林朝他的肚子开了一枪，看着他踉跄后退，然后跪在地上。他集中精力让下一颗子弹对准枪管，船员们从四面八方向他靠近。

“你都做了什么?”迪肯说。

“两兄弟，两个杀人犯。昨晚卡利斯值班时，我看到他们把塞尔特从船舷扔了出去。”托林说话的同时，他一直把船长的枪放在显眼的位置。

“骗子。”卡利斯勉强说道，然后低头更加用力地捂着肚子。

“你有什么证据?”迪肯问。

托林从围栏架子上拔出一个沉重的系索栓，走到迪肯身边，两人的鼻子之间只相隔几英寸。

“我需要什么证据，迪肯?我看到了，这艘船我说了算。还是说，你想和我们下面的朋友重新谈判?”他问。

迪肯脸色一变。“我只是在问……”

托林用系索栓戳上他的肚子。

“现在咱们把这件事了结了，然后继续工作。”托林说。

迪肯不情愿地紧握住系索栓。托林退到一边，朝卡利斯做了个手势。迪肯迟疑片刻，然后走到卡利斯身边，卡利斯抬着头，眯起眼睛看着他。

“我很抱歉。”迪肯说。

“你很抱歉？”卡利斯啐了口唾沫。

迪肯点点头，然后敲碎了卡利斯的头骨。托林让接下来的沉默持续很久，慢慢衰退。

直到似乎有东西随时都会绷断时，他才走到迪肯身边，从他手中拿过了系索栓。

“好了，这两个人可以去找生渊之主了。他们死了会比活着对我们更有好处。”托林注意到帕恩脸上的愤怒，于是接着说，“而你，帕恩，最好趁着污迹还没渗进木头里，拿把刷子来把这里刷干净。马里尔那边的事情已经够多了。”帕恩似乎正准备去找他，萨帕林却一把抓住了他的胳膊。

“萨帕林，你不应该去掌舵吗？”托林问道。

这最后一句话驱散了他们，因为他们谁也不敢冒被船长的枪打死的危险，也没有一个人愿意与死神多足兽谈判。

货舱的每个角落都堆满了蛋。这个地方像屠宰场一样臭气熏天，地板上到处都是撕碎的衣服、人的尸体残块和被咬烂的珍宝鲨鱼皮。托林的甲板鞋每走一步都会发出撕裂的声音，因为鞋子粘在了一摊摊半干的血污上。他小心翼翼地跨过一个被挖空的头骨，通过排除法，他认为那是梅利斯的头骨，因为死神多足兽此刻正在冲着他挥舞卡利斯残余的尸体。托林转头看向墙上的一个钩子——上面有些湿漉漉、像肉一样的东西——把他的油灯挂在上面。

“还要多久？”死神多足兽问。

“再过两天我们就该到了。”托林回答。他注意到这个畜生的身体现在变得更长、更胖了，一节节硬壳之间露出了肉质的部分。它在货舱里产下的蛋缓解了一些压力，最近的尸体也缓解了它因为下蛋而产生的饥饿感。但还有很多蛋在它体内生长，它也仍然贪得无厌。托林知道，要想防止它跑到甲板上把他们全部杀死，那就必须再次给它喂食，而且要很快。而这正合他意。

“你是怎么学会说话的？”他问它。

“以前到过船上。许多船。”它回答。

这么说来，还有其他人经历过这种恐怖，只不过并没有故事可讲，当然也没有幸存者去讲述它。托林知道，每年都有许多珍宝鲨猎人失踪。据说这种船都经历了一场“坏旅程”。他现在对这一点理解得非常透彻。

“给我讲讲他们。”托林问怪物，因为他十分渴望谈话。当怪物说话时，他感到自己的脸又在扭曲，露出了那个歪嘴的笑容。他努力不让自己为此过分担心。

迪肯今天晚上最后一个值班，作为最后一个值班人，和前一晚的帕恩一样，他被允许睡到第一声钟响。托林站在中段船舱的屋顶上，旁边是再次掌舵的萨帕林。他看着人们迅速地走向他们的任务，看到他们如何避开他的目光。就在几天前，他们对他还只有蔑视鄙夷？不过当时他也同意，他曾经的确是可鄙的。现在他已经改变了，这些人也改变了他。出于蔑视，也是为了给自己的敷衍工作找个替罪羊，他们当初随随便便就把他交出去，想让他被活活吃掉。他逐个端详过他们每一个人。他们全都有份。舱盖是由梅利斯和迪肯打开的，而其他人则帮着把他推了进去。托林在下去之前又观察了他们一会儿。

迪肯打起了鼾声，声音就像钝锯拉过横梁一样。托林打开船员住舱的门，盯着躺在吊床上的人，然后他拿起他随身带来的绳子，把它绑在吊床的一端，然后小心翼翼地把绳子一圈一圈地缠绕起来，直到缠到迪肯的脖子上。每一圈他都拉得很紧，以防迪肯随时都会醒来，但他还把系索栓别在腰带上，用来完成最后的步骤。托林用从货舱地板上捡来的沾血的破布塞住迪肯的嘴，迪肯这才醒过来。托林把塞进这名船员嘴里的破布绑好，他则在奋力挣扎，因为恐惧而双目圆睁，活像某种奇怪的巨大蛴螬。

“你是个虔诚的人，迪肯，而你当时却打开了舱盖。我要让它从脚开始吃掉你。”托林说着，把吊床砍了下来。

死神多足兽发现帆布吊床十分碍事，也正因此，它花了很长时间才把迪肯吃掉——当然，他是不可能叫出声的。

托林再次站在萨帕林身后时，好奇他们要花多长时间才能意识到迪肯失踪了，以及他们发现时会做什么。他随身带着船长的枪，枪里装满子弹，以防不测。萨帕林、尚特、马里尔和帕恩。还剩下四个人；枪里有四颗子弹。马里尔上到舰桥上时已经中午了。

“先生……迪肯不见了。”他说，脸上刻意没有显露任何表情。

托林盯着他看了很久。

“你希望我怎么做呢？”他问。

马里尔显得非常不自在。

“他们说我应该告诉你……”

“很好，”托林说，“现在回去工作吧。”马里尔犹豫了一下，然后赶紧照办。托林转身看向萨帕林，后者赶紧把头转向一边。

“应该很快就能看到岛屿了。”托林评论道。

“是的，很快。”萨帕林回答。他没有与他对视。

“从这里到目的地几乎是一条直线。”托林一边说，一边绕到萨帕林身后。

“的确如此。”萨帕林说。

当乔凡的鱼叉穿过他的脊柱时，萨帕林勉强发出一声闷哼，鱼叉尖头从他的胸口钻出，正好抵在他的下巴下面。保险起见，托林把鱼叉拧了几下，但萨帕林再也没有动静。然后，他把鱼叉柄抵在甲板上，走到一边，欣赏自己的手艺。萨帕林没有表现出摔倒的迹象，他将一直掌舵到最后。

“是陆地！”帕恩喊道。

托林顺着梯子爬下来，走到甲板上，打手势让剩下的三名船员到他身边去。

“听我说，小伙子们，”他说，“乔凡说的有他的道理：我们应该乘坐捕鲨船逃跑。但他让咱们在深海中这样做，这就不对了。”

三个人茫然地看着他，仿佛被催眠了。

托林继续说：“在外面的深海里这样做咱们必死无疑——船上没有足够的食物，而且到处都是珍宝鲨。在这里，咱们能成功。”他指了指现在已经出现在视野中的岛屿。“现在我来告诉你们要做什么。”他转头对马里尔说，“你和尚特把捕鲨船放下去。悄悄地做，一定要小心谨慎。帕恩，给自己拿一盏油灯，跟我来。”

“你要我做什么？”帕恩问道。

“很简单：咱们把这个怪物烧死在它的窝里，然后弃船。”托林说。

曾经的无望，如今却绽放出希望。

“我听你的，托林。”帕恩说。

“很好，那我们就开始吧，小伙子们。”托林说。

托林注意到，他们现在全都干劲十足。才几秒钟，他们就已经忘记了所发生的一切。和这样一群肤浅的人打交道，他成了一个傻瓜，这有什么好奇怪的？他走在帕恩前面，来到中段船舱门前，帕恩则拿起一盏油灯，匆匆跟在他后面。进入船舱，托林钻进船员住舱去拿油灯。就在托林去取油灯的同时，帕恩急不可耐地走到了他的前头。就在那一瞬间，帕恩也许意识到自己犯了个错误，他在最后一刻转过身来，结果系索栓砸在了他的肩膀上。他踉踉跄跄地倚住墙，油灯掉在地上摔碎了。他吸一口气刚想呼救，托林就把系索栓砸进他的嘴里。他向后倒去，托林又一下子砸中他的鼻梁，然后一下又一下，打断了试图阻挡的手和胳膊，一直把帕恩打倒在地。

帕恩被血蒙住了双眼，又因为砸烂的脸而无法出声，他爬着想离开托林，托林则由他去了，因为他正在爬向中段货舱的舱口。帕恩一边吐着血泡，一边嘶嘶地喘息，身后留下了一串血迹。托林从他身旁走过，打开了舱门。帕恩用折断的手臂与他搏斗，并试图用灌满鲜血的嘴来求饶。托林把他掀翻进货舱，然后，他停顿片刻，又跟了上去。帕恩在舱口下方继续挣扎，托林则接着把他朝货舱门口拖去，这花了一点儿时间，中间还用系索栓又砸了他几下。他一打开门，死神多足兽就冲进来，抓着帕恩把他拖进货舱。它像母亲抱着孩子一样抱着他，嚼着他血淋淋的脸。托林拿起油灯走过去，蹲在一个装着水龙头的鲨鱼油桶旁，往灯里装油。

“你在做什么？”怪物问道，声音来自卡利斯，尽管它正在吃帕恩。

“给这盏灯装油。天快黑了，我们需要照明。”托林解释道。油洒了出来，他骂了一句，然后站起来，把迪肯残破的吊床踢到木桶边上，把泼出来的油吸走。

“你说我们会在天黑之前到达那里。”死神多足兽一边说，一边以一种漫不经心的态度，慢慢捞起帕恩的肠子。

托林站起身来，把盖子重新拧在灯芯上。

“我是这么说的，但我需要一个借口，把你的最后一餐引到这里来。”他说。

死神多足兽接受了这个说法，于是托林走到梯子旁，头也不回地爬了上去。他知道水龙头没有关，桶里的油正无声无息地倒在迪肯破烂的吊床上。

托林一出来就冲到甲板上，并且关上身后的门。他靠着门，喘着粗气。他看见马里尔和尚特已经把捕鲨船放到了海里，但视线之内只有马里尔。

“快！前舱门！”托林喊道。

“帕恩在哪儿？”马里尔问道。

“他没能出来。快，舱门！”

马里尔跟上他。托林不给他抗议的机会。他们一到舱口，他就把灯递给马里尔。

“快，点着它。”

马里尔从口袋里掏出硫黄火柴，按吩咐做了，同时托林拉开门闩，打开舱口。

“把灯芯调亮！把它拿过来！”托林喊道。

马里尔赶紧跑过去，边跑边把灯拧亮。他来到托林身边时，火焰正在从油灯的玻璃罩里冒出来。

“把它扔进去！”托林大喊。

马里尔匆忙照做，这时却有一只手对着他的后腰只一推，就将他和油灯一起推下货舱。托林猛地扣上舱盖，压住突然蹿起的火焰，以及随后传来的一声声惨叫和骇人的尖啸声。接着，他环顾四周，看见了舰桥上萨帕林身边的尚特。托林向舰桥跑去。尚特不想被困在原地，于是急忙跑向舰桥的梯子。他惊慌失措地跑下梯子，脚下一滑，仰面摔倒在甲板上。托林毫不犹豫地掏出船长的枪，向他开火。尚特赶紧爬起来蹲下，甲板在他身边碎裂。托林又开一枪，打爆他的手肘，然后又是一枪，子弹击中他的身侧。但又是一阵手忙脚乱，尚特成功地爬到了船舱旁边躲了起来。托林没有追击，因为他十分清楚船舱下面有一头愤怒的死神多足兽、一团大火，还有五十桶蜡封的鲨鱼油。他抓起一根绳子，用手一点点地把自己放到捕鲨船上。当最先的几桶油爆炸，碎屑纷飞散落进他周围的海水中时，他已经不像一开始那样没命地摇桨划船了。他停止摇桨，凝望着后方。

船的侧面已经消失了，里面燃起了熊熊大火。另一次爆炸使船翻了，燃烧的油在海面上漫开。黑烟飘向天空，空气中弥漫着一股烧煳的腥臭味。托林看着这艘船沉没。死神多足兽几乎可以肯定是在里面被烧死了，但如果没有……

他从船舷看过去。在这里，在岛屿附近，水中有成群的拇指鲨和锤螺——第一批人类播下的无数贪婪的生命，足以阻止任何怪物上岸。托林歪着嘴，微微一笑，继续摇桨……向岸边前进。

机器的脉搏

✕ 迈克尔·斯万维克_著 阿古_译

咔嗒一声。

无线电接通了。

“见鬼。”

玛莎目不转睛地望着前方，专注地走着。视野右边是木星，左边是代达罗斯羽流。一个鬼影都没有。她只是不停地走啊走，拖啊拖，沓啦沓啦。

“哦。”

她磕击了一下牙齿，掐断了无线电。

咔嗒一声。

“见鬼。哦。凯。维尔。森。”

“闭嘴，闭嘴，闭嘴！”

玛莎猛地一拉尼龙绳，让载着波顿尸体的雪橇在硬邦邦的硫原上蹦跶了一下。“你死了，波顿，我检查过了，你面罩上有个大洞，能伸进去一个拳头，我真的不想崩溃。我现在处境不妙，我快要垮了，明白吗？别折腾我，给我闭嘴。”

“不是。波。顿。”

“赶紧闭嘴。”

她又磕击了一下，掐断了无线电。木星低垂在西边的地平线上，又大又亮又美，在伊俄[1]上待了两周后，很容易忽视它的存在。左边是代达罗斯羽流，伊俄向天空喷射出无数硫黄和二氧化硫，形成了一道高达两百千米的烟羽。烟羽反射着地平线下射来的太阳光，散发着寒光，她的头盔镜将之渲染成了一种可爱的淡蓝色。这是宇宙中最壮观的景象，而她却没有心情去欣赏。

咔嗒一声。

那个声音还没来得及开腔，玛莎抢着说道：“我没有发疯，你只是我潜意识里的回声，我没有时间去分析，自己到底遭遇了什么心理冲突，我不会听信你说的任何话。”

1　伊俄，即木卫一，是木星的四颗伽利略卫星中最靠近木星的一颗。它的名字来自希腊神话中宙斯的恋人之一。

没有应答声。

一路冒雪前行，木卫车至少侧翻了五次，最终侧面撞上了一块悉尼歌剧院般大小的巨岩。一向怯弱的玛莎·凯维尔森，被安全带紧紧地绑在座位上，当宇宙停止翻滚时，她好不容易才解开安全带。身材高挑、体格健壮的茱莉叶·波顿，总是对自己的运气和敏捷自信满满，这一下被狠狠甩在一根金属支柱上。

猛烈的二氧化硫喷流雪让玛莎眼前一片空白。她从一堆金属残骸中摸索到波顿的身体，拼命把她拉出喷流雪的覆盖范围，拉到巨石上的一个凹陷处。

她看了一眼波顿，立刻转过脸去。

不管撞上的是控制钮还是法兰盘，总之波顿的头被杵得血肉模糊。

在这里，一部分喷流雪（行星地质学家称之为“横向羽流”）被巨岩挡住，巨岩旁堆积起了一层二氧化硫雪。玛莎不假思索地舀起两把雪，塞进波顿的头盔里。这么做真的很荒唐：尸体在真空中绝不会腐烂。也许，她只是想遮盖住她残破的脸。

然后玛莎认真思考起来。

尽管暴风雪肆虐，但这里没有湍流。因为伊俄没有大气层，湍流不可能发生。一道猛烈的二氧化硫喷流雪，穿过巨岩上的一道裂缝，直直喷涌而出，能抛落到几英里外的地面上，这完全符合弹道学定律。绝大部分撞上巨岩的二氧化硫雪，都直接粘在了巨岩上，只有少量被弹落回地面。所以，有巨岩阻挡，她只要尽可能伏低，就能避开沿着水平方向袭来的喷流雪，爬回被撞坏的木卫车旁——她刚刚就是这么爬出来的。慢慢地爬过去，借助头盔灯仔细摸索一番，应该能抢救出一点物资。

玛莎四肢着地，刚一趴下，喷流雪突然停了，就和来袭时一样突然。

她悻悻地站起身，觉得自己有点犯傻。

尽管如此，喷流雪暴随时可能再次袭来。最好快点，她告诫自己。可能是一场间歇喷流雪暴。

在一堆残骸中慌乱搜寻一番，玛莎发现，用来补充空气背包的氧气箱已经破裂。

这下可好。她自己的空气背包还剩三分之二，两个充满的备用背包，波顿身上也有一个剩三分之二的背包。尽管很残忍，她不得不从波顿的宇航服上扒下空气背包。对不起，茱莉。这么一来，她的氧气储备足够维持约四十小时。

然后，她取了一段木卫车的弧形船体、一卷尼龙绳、两块充作锤子和打孔器的金属残片，拼凑成了一个拖拽波顿的雪橇。

要是把波顿撇下，她永远也不会原谅自己。

咔嗒一声。

“这样。好多了。”

“你说得真对。”

她的前方，是一片坚硬、寒冷的硫黄平原。像玻璃一样光滑。像冰冻太妃糖一样易碎。像地狱一样冰冷。她打开头盔镜，查看自己的行进路线。

只要穿过四十五英里复杂地形，就能抵达着陆器。然后就能回到飞船上。这没什么难的，她想。伊俄和木星之间潮汐锁定。因此诸星之父会一直停留在天空中一个固定位置。这就像一个导航信标。木星在右边，代达罗斯羽流在左边。沿着中间向前进。肯定能脱险。

“硫。能够。摩擦起电。”

“不要磕磕巴巴。你到底想说什么？”

“现在我看清了。用一只幽深的眼睛。看到了机器的脉搏。”暂停了一下。

“华兹华斯。”

波顿受过古典教育，热爱斯宾塞、金斯堡和普拉斯这类古典诗人，这句朗诵，除了说得结结巴巴，简直太像波顿了，玛莎不由得一阵心惊。尽管波顿喜欢没完没了地引用诗句，但她的热情是真诚的，每次玛莎听她吟诵，都会翻个白眼或嘲讽一句，此刻她不禁深感歉意。但是，以后会有足够时间去哀悼她。现在，她必须集中精力完成手头的工作。

硫原呈现出一片暗褐色。她快速磕击几下，调高显示对比度。视野里顿时充满了黄色、橙色、红色——浓烈的蜡彩色。玛莎最喜欢这种显示效果。

尽管像绘儿乐蜡笔画一样活泼生动，但这里其实是宇宙中最荒凉的景观。

在这残酷无情的世界里，她孤身一人，弱小无力。

波顿已经死了。整个伊俄上没有其他人。除了自己，没有人可以依靠。如果她搞砸了，也不能怪别人。眺望着辽阔远山，沉浸在这冰冷而凄厉的壮丽景致中，她心中突然涌出一阵狂喜。这突如其来的幸福感，真是太可耻了。

过了一分钟，她问：“你会唱什么歌吗？”

哦，熊儿翻过山。熊儿翻过山。熊儿翻过山。东瞅瞅，西看看。

“醒醒。醒醒。”

东瞅瞅，西看看——

“醒醒。醒醒。醒来。”

“哈？什么？”

“结晶硫是正交晶格。”

她走进了一片布满硫晶花的原野。视野所及之处，是一株株像她手掌那么大的硫晶。像极了佛兰德斯原野里的罂粟。像极了《绿野仙踪》里的罂粟花田。她身后是一连串破碎的硫晶花，有的被她踩碎，有的被雪橇压碎，有的则被宇航服的余热烤爆。这一路，她走得歪歪扭扭。她一直心不在焉地闷头往前走，跌跌撞撞，不知不觉就拐进了这片硫晶花园。

玛莎还记得，当她和波顿第一次看到硫晶原野时，是多么兴奋。她们大笑着，从木卫车蹦出来，波顿抓住她的腰，带着她跳起了欢快的华尔兹。她们俩认为，这是她们被载入史册的大好机会。她们用无线电呼叫，联络留在轨道飞行器上的霍尔斯，可他不无遗憾地告诉她们，这不可能是一种新生命形式，类似的硫化物形态在矿物学资料中俯拾皆是……即使这样，也没能打消她们的快乐。这仍然是她们的第一个重大发现。

她们期待能发现更多。

现在，她所考虑的是，这样的硫晶原野，往往与间歇硫泉、横向羽流暴风雪、硫火山热点等危险现象相伴而生。

不过，硫晶原野边缘正在发生一种有趣现象。她把头盔镜的放大功能调到最大，看到自己来时的那条踏痕正缓缓消失。她曾踏碎之处，新的花朵重又盛开，娇小但完整。正渐渐生长。她想象不出这到底是什么化学物理作用。电镀？某种伪毛细作用？土壤中的硫分子被吸出？这些花正以某种方式，从伊俄极度稀薄的大气层中析取硫离子？

如果是昨天，这些问题会让她兴致盎然。此刻，她已经没有了好奇心。再说，她的仪器都撇在了木卫车上。宇航服只有少量电子侦测设备，她无法深入勘探。她手头只有一个雪橇、几个备用空气背包和一具尸体。

“该死，该死，该死。”她嘟囔着。一方面，待在这个地方很危险。另一方面，她已经快二十个小时没睡觉了，她的脚快没知觉了。她疲惫不堪。非常非常累。

“啊，睡眠！如此美妙。人人都嗜睡如命。柯勒律治。”

天哪，真的好想睡觉啊。但不断下降的氧气量时刻提醒她：绝对不能睡。玛莎磕击了几下牙齿，超驰了宇航服的安全防护，接入了医疗箱。随着一道指令，一股甲基苯丙胺冲入了输药 / 营养导管。

她的头脑突然变得清晰起来，她的心脏开始像手提冲击钻一样怦怦直跳。起效了。她现在精力充沛。

深呼吸。迈开步。走起来。

罪人永无休息，死后方可长眠。她还有正事要做。她很快就把硫黄花园撇在了身后。

再见了，奥兹国。

淡出。淡入。恍恍惚惚。几个小时悄悄溜走了。她正穿过一座幽暗的硫像花园。这是一片硫火山柱群，是她们的第二重大发现；地球上不存在类似的东西。硫火山柱散布在火山沉积物平原上，仿佛一座座怅然独立的李普希茨流形雕像。它们都圆鼓鼓的，仿佛一个个圆球挤压堆叠在一起，非常像一长坨快速冷却的岩浆。玛莎突然想起波顿已经死了，她默默地哭了几分钟。

她哭着穿过这些怪异的硫石像。泪眼蒙眬中，仿佛它们正和她擦肩而过，向她身后走去。仿佛它们正一边走，一边跳舞。在她看来，它们就像一群女人，仿佛《酒神》——不，《特洛伊妇女》中的悲剧人物。荒寂。满心痛苦。像罗得的妻子一样孤独。

此处地面有少量二氧化硫雪花。她的靴子一踩，雪花就升华了，变成一团白雾，瞬间蓬散消失。每走一步，都会激起一股转瞬即逝的白雾。这番奇景，此刻只让她更觉恐怖。

咔嗒一声。

“伊俄的金属内核主要由铁和铁硫化物组成，上面覆盖着部分熔融的岩石和地壳。”

“你还在？”

“我在。尝试。沟通。”

“闭嘴。”

她爬上一道山脊。眼前绵延不断的平原非常平坦。这幅景象让她想起了月亮，宁静海与高加索山脉的山麓之间的那片旷阔平原，她曾在那里接受地面训练。只是没有陨石坑。伊俄上没有陨石坑。伊俄是太阳系中陨石坑最少的固态天体。只需一千年左右，活跃的硫火山活动就会沉积出一层一米厚的新地表。整颗该死的卫星被不断地重新铺平着。

她胡思乱想着。她检查了一下氧气量，喃喃自语道："继续上路吧。"

没有应答声。

黎明……什么时候到来？来算一下。伊俄的"一年"，也就是它绕木星公转的时间，大约是四十二小时十五分钟。她已经走了七个小时。在此期间，伊俄在公转轨道上转过了约六十度。所以天很快就要亮了。天亮之后，代达罗斯羽流将不再那么明亮，但头盔镜能增强图像，不必担心看不清。玛莎转头看了两眼，确定代达罗斯羽流和木星仍处在它们应该在的位置，就继续往前行去。

走啊走，沓啦沓啦。别每隔五分钟就想着调出地图看一眼。尽可能坚持下去，再走一个小时，很好，再往前挨两英里。不要这么沉不住气。

太阳正在升起。再过一个半小时就是中午了。这意味着——好吧，这其实没什么意义。

前方矗立着一块巨岩。可能是硅酸盐石。这么一块孤零零的六米高巨岩，也不知道是什么力量塑造了它，并让它在此等候千年，只为了供她片刻休息。她找了个平坦处，喘着粗气，坐下来斜靠着休息。继续思考。检查一下空气背包。四个小时后，又得换一次空气背包。之后，就只剩下两个空气背包了。氧气还能维持二十四小时不到一点点。还有三十五英里要走。每小时只需走两英里不到的距离。小事一桩。不过最后一段路，体力到了极限，可能会更加耗氧。她得小心别让自己睡着。

哦，她的身体疼得厉害。

在第四十八届奥运会女子马拉松赛的冲刺阶段，在肯尼亚国际马拉松赛的冲刺阶段，她都体验过同样强度的疼痛。前者她获得了铜牌，后者她冲到了并列第二名。这就是她的人生。总是第三名，争取第二名。总是充当机组人员，有时也充当着陆人员，但从没当过指挥官。从没当过班长。从未当过山中王。但这一次，就这一次！她想成为有史以来第一人。

咔嗒一声。

“大理石雕刻出他的不朽灵魂，在陌生的思想海洋中孤独远航。华兹华斯。”

“什么？”

“木星的磁气圈是太阳系中最大的物体。如果人眼能在地球的天空上看到它，其面积足足有太阳的六点二五倍。”

“我知道。”她说，心里涌起一股莫名的怒气。

“引用，容易。说话。很难。”

“那就别说话。”

“尝试。沟通！”

她耸耸肩。“说吧，沟通吧。”

一阵沉默。然后那个声音说：“这。听起来。像什么？”

“什么听起来像什么？”

“伊俄是一颗富含硫的铁核卫星，在围绕木星的圆形轨道上运行。这听起来像什么？来自木星和伽倪墨得斯的潮汐力，对伊俄不断推拉和挤压，足以融化伊俄上的地下硫黄海：塔耳塔洛斯。塔耳塔洛斯通过火山口喷发硫黄和二氧化硫，来释放过剩能量。这听起来像什么？伊俄的金属内核产生磁场，在木星的磁气圈上钻了一个洞，同时也产生一个高能离子磁流管，将伊俄的两个磁极与木星的南北磁极连接起来。这听起来像什么？伊俄会扫荡并吸收百万伏特范围内的所有电子。伊俄的火山喷发出二氧化硫；伊俄的磁场将其中的一部分分解成硫离子和氧离子；这些离子被泵入磁气圈上被打穿的洞中，形成一个旋转磁场，通常被称为伊俄环面。这听起来像什么？环面。磁流管。磁气圈。火山。硫离子。熔化的海洋。潮汐加热。圆形轨道。这听起来像什么？”

玛莎不由自主地聆听着，兴趣被勾了起来，她忍不住思索起来。这挺像一个谜语或字谜。这个问题肯定有一个正确答案。换了波顿或霍尔斯，也许马上就能猜出来。玛莎必须得出答案。

她耳边正盘旋着一种微弱的嗡嗡声，是一个无线电载波。这个噪声正耐心等待着她的回答。

最后，她小心翼翼地说：“听起来像一台机器。”

“是的。是的。是的。机器。是的。我是机器。我是机器。我是机器。是的。是的。机器。是的。”

“等等。你说伊俄是一台机器？你是一台机器？那你就是伊俄？”

“硫能摩擦起电。雪橇接通电流。波顿的大脑完好无损。语言是数据。无线电是媒介。我是机器。”

“我不相信你。”

走啊走，拖啊拖，沓啦沓啦。再怎么奇异，也不值得她为之驻足。也许她已经疯了，以为伊俄是活物，而且是一台能跟她说话的机器，但并不意味着玛莎可以停下脚步。她要履行自己的承诺，再走上几英里才能休息一会儿。说起睡眠，又到了注射振奋剂的时候了——四分之一剂量即可。

哇哦。走起来！

她一边走，一边继续与她的幻觉 / 妄想 / 鬼知道什么东西进行对话。否则就太无聊了。

无聊，还有点吓人。

于是她问道：“如果你是一台机器，那你的功能是什么？你为什么被造出来？”

“为了知晓你。爱你。侍奉你。”

玛莎眨了眨眼。接着，她想起天主教信徒波顿对自己少女时代的长篇回忆，不禁笑出了声。《巴尔的摩教义问答》第一个问题："上帝为什么造人？"它说的不就是这个问题的答案的翻版吗？"要是继续听你瞎说，我会产生自大的错觉。"

"你是。创造者。创造了，机器。"

"不是我。"

她一声不吭地往前走了一段路。沉默再度让她难熬，她问道："那我究竟是什么时候创造了你？"

"人类创生于亘古之前，数百万年岁倏忽而过。阿尔弗雷德·丁尼生。"

"那么说来，肯定不是我。我才二十七岁。你说的显然是别人。"

"它。移动。聪慧。有机。生命。你。移动。聪慧。有机。生命。"

远处有什么东西在移动。玛莎吃惊地抬起头来。是一匹马。它惨白如幽灵，无声地奔驰在硫原上，尾巴和鬃毛飞扬着。

她紧紧地闭上眼睛，甩了甩头。再次睁开眼睛时，马已经不见了。一个幻觉。就像波顿 / 伊俄的声音。她一直想再来一剂甲基苯丙胺，但现在看来，最好还是把下一剂拖得越晚越好。

这可真是让人伤感。关于波顿的记忆居然膨胀到了和伊俄一样庞大。

弗洛伊德对此肯定有话要说。他会说，她把她的这位朋友夸大成神灵，只是在找借口，因为她从来没能在一对一竞争中胜过波顿。他会说，她无法接受，有些人就是比她更聪慧更优秀。

走啊走，拖啊拖，沓啦沓啦。

好吧，没错，她的自我意识太强烈。她是个野心勃勃、以自我为中心的贱货。那又怎样？这种野心支撑她走到了今天，如果稍微理性一点，她就会被滞留在大莱维敦的贫民窟里。住在一个八英尺乘十英尺的小隔间里，只能上公共厕所，在牙医诊所打杂。每晚吃海带和罗非鱼，周日才能吃顿兔肉。去他妈的吧。她还活着，波顿却死了——不管以何种理性标准来衡量，她都是赢家。

“你在。听吗？”

“没，没在听。”

她再次登上一处缓坡。猛地惊呆了。下方是一大片熔融的黑色硫黄。熔硫铺展开去，旷阔漆黑，横亘在布满白色条纹的橙色平原上。一个熔硫湖。

头盔上的读数显示，她脚边的温度为零下一百四十五点六摄氏度，熔硫湖边缘的温度为十八点三摄氏度。真是个宜人的美妙温度。在较高环境温度下，硫的确会融化。

熔硫湖完全堵死她的前路。之前他们把它命名为冥湖。玛莎盯着地形图呆看了足足半小时，试图弄清楚自己是怎么误入歧途的。

其实原因并不难找。一路磕磕绊绊向前走。也许右腿只比左腿多偏了一点点角度。

无数个小错误，把直线扭曲成了曲线。而且，试图通过天空中两个大家伙来确定和修正行进方向，从一开始就不是那么靠谱。

最终还是踏进了歧途。来到了这里。站在了冥湖畔。其实也没走偏太多。顶多三英里。

但绝望攫住了她的心。

在第一次“跑图”，通过伽利略系统浏览伊俄全貌时，他们命名了这个湖。这是人类通过卫星探测或地球天文望远镜侦测，在伊俄上发现的最大型地貌特征之一。霍尔斯认为这个湖可能是新近出现的——一个原先不起眼的小浅洼，通过十几年扩张，达到了现在的庞大规模。波顿认为应该去看看，说不定挺有趣。玛莎觉得无所谓去不去，只要能让自己参与首次着陆就行。于是他们就把这个湖加入了行程。

她急切地想要参与首次着陆，生怕被留在轨道飞行器上，所以当她建议来一场石头剪刀布，输了的那个人留下来看家时，波顿和霍尔斯都大笑起来。“这第一次着陆，我来看家吧。”霍尔斯宽宏大量地说，“伽倪墨得斯着陆，波顿看家。欧罗巴着陆，你来看家。够公平吧？”说着，他揉了揉她的头发。

她当时如释重负，感激涕零，又深感羞愧。这可真是讽刺。现在回想，霍尔斯其实根本就不想参与木卫着陆探险，至少不想着陆小小的伊俄。——换了是他，也绝不会偏离方向那么远，被阻隔在冥湖边。

“蠢货，蠢货，蠢货。”玛莎嘟囔着，尽管她也不知道是在谴责霍尔斯、波顿还是自己。冥湖呈马蹄形，长十二英里。她正好被挡在了马蹄的内趾处。

她不可能绕着湖往回走，也不可能在氧气耗尽前抵达着陆器。液硫的密度不低，她几乎可以游过去，但液硫有黏性，会糊住宇航服的散热器，宇航服很快就会融坏。而且液硫本身的温度也很高。液硫内部可能还有暗流和翻涌。在液硫中游泳，就好比在糖蜜里挣扎跋涉。缓慢又黏滞。

她坐在地上哭了起来。

过了一会儿，她鼓起勇气去摸索空气背包上的扣环。扣环是有安全栓的，但熟悉这种装置的人都知道，只要用拇指抵住安全栓，猛地一拉联结器，整个空气背包就会裂开，不到一秒钟，宇航服里的空气就会跑光。这个独特手势早已成了一种流行，要是某个在训宇航员说了一些愚不可及的蠢话，同伴就会冲他比画这个手势。这被称作闪扣自杀。

但这种死法，算是比较安乐的。

“将建立。渡桥。有足够的。物理作用。构造。渡桥。”

“好啊，很好，好极了，构造吧。”玛莎心不在焉地说。如果你对自己的幻觉不礼貌……她赶紧打断了这个念头。无数小虫在她皮肤表面爬来爬去。毒瘾又上来了。最好忽略它们。

“等在。这里。休息。现在。”

她沉默地坐着，却不得安宁。她想要重新振作起勇气。思绪万千，但什么都想不明白。她全身蜷缩成一个球，微微前后摇晃着。

最后，她不知不觉地睡着了。

“醒醒。醒醒。醒醒。”

“啊？”

玛莎挣扎着醒过来。抬眼望去，湖上正在发生异动。物理作用正在发生。有东西在移动。

她注目凝视，只见黑色湖面边缘的白色外壳正向上突出，生长出晶体，延伸向湖面上方。许多条晶柱相互缠绕交织成蕾丝状，快速向前方铺展。耀白如霜。飞速跨越过黑暗的熔硫湖面。一条窄窄的白色大桥，正疯狂生长，竭力延伸向遥远的彼岸。

“你必须。等待。”伊俄说，“十分钟。你可以。走过。桥。轻松地。”

“狗娘养的！”玛莎低声说道，“我没发疯。”

困惑的她默默走过伊俄召唤出来的魔法桥。有一两次，她觉得脚下有点软塌塌的，但桥并没有塌陷。

这真是一种令人兴奋莫名的体验。仿佛从死入生。

在冥湖另一边，火山喷发沉积物形成的硫原缓缓上升，延伸向远处的地平线。她抬头凝视，又是一片开满硫晶花的辽阔斜坡。一天内遇到两处硫晶原野。未免太频繁了吧。

她挣扎着往上爬，硫晶花一碰到她的靴子，就颓败消散了。在坡顶，硫晶花消失了，又是一片光秃秃的硫原。回头一看，她在硫晶花丛中踏出的痕径，正被新花重新铺满。

她一动不动地站了好一会儿，浑身辐射着热量。硫晶花在她周围无声碎裂，碎屑圈一点点往外扩大着。

此刻，她非常渴求甲基苯丙胺。该给自己振奋一下了。轻轻磕击六下，头盔镜上闪烁出一条信息。警告：继续高频摄入该药物，将导致偏执、精神失常、幻觉、知觉错误、轻度躁狂，以及判断力受损。

去他妈的警告。玛莎又给自己打了一剂。

几秒钟之后。哇哦。她感到身轻体舒，精力充沛。最好检查一下空气背包读数。伙计，这看起来可不太妙。她没来由地咯咯傻笑一声。

这笑声非常怪异。

显然是吸毒过量的痴笑，她心里一沉，被吓坏了。她的生死，取决于她能不能保持清醒。她必须继续服用甲基苯丙胺，但她也必须继续往前走。她可不能让那个放纵的本我来发号施令。振作点。是时候切换到最后一个空气背包了。

波顿的空气背包。“氧气还剩八个小时。还有十二英里要走。我可以办到。”她严肃地说，“我现在就要出发了。”

可她的皮肤好痒。她的脑袋好昏沉。她的大脑一直不停地在胡思乱想。

走啊走，沓啦沓啦。跋涉在夜里。机械地抬脚落脚，脑子反而放空了，可以深入地思考。甚至可以反思自己的想法。

有人告诉过她，人类在睡着时并不是匀速地均匀地做梦，而是在即将醒来的一瞬间，骤然遭遇了梦境，并且在那一瞬间，推断并演绎出一场复杂的梦。感觉就像做了一场绵延好几个小时的梦，但其实只是经历了一秒钟极其浓缩的非现实体验。

也许现在她遭遇的，也是这种体验。

她有工作要做。她必须保持清醒的头脑。她必须回到着陆器。人们必须知道。人类不再孤单。该死，这可是自人类发现火以来最大的发现！

要不是这样，那准是她发了疯，产生了严重幻觉，误以为伊俄是一个巨大的外星机器。她太疯狂了，完全迷失在自己大脑的卷积回路里。

她心里还隐隐有一个可怕的担忧。她小时候独来独往。很难交到朋友。从不曾有过一个知心好友，也不曾成为某人最好的朋友。她的少女时代，有一半时间都在阅读中度过。读到唯我论，她吓了一跳——她发现自己其实一直徘徊在唯我论的边缘。所以，至关重要的是，她得检测一下，伊俄的声音到底是由某个真实存在的物体发出的，还是凭空出现的。

要怎么检测呢？

伊俄说，硫黄能摩擦起电。这说明伊俄在某种程度上是一种电现象。如果是这样，那应该可以用物理方法检测伊俄的存在。

玛莎输入指令，命令头盔镜显示整个硫黄平原的电荷分布图，并把对比度调到最大。

她眼前的大地闪烁了一下，然后亮起一片仙境般的炫彩。流光溢彩！一层又一层的光芒，堆叠成一片光之海，从淡玫瑰色到北极蓝色，无数层柔和蜡彩，无数层迷宫，叠加成一大团纷繁的光彩，正在硫黄地层中，轻轻律动着。仿佛是她脑海中的烦乱思绪，被切换成了可见光。仿佛进入了迪士尼虚拟频道，当然播的可不是什么自然风光节目——绝对是 DV-3 特效节目。

“该死。”她喃喃自语。居然一直就藏在眼皮底下。而她却毫无察觉。

地下布满无数发光线条，交织成一个翘曲翅膀般的电磁力场。

简直像电路一样。这无数发光线条，交织着，结合着，汇聚着，正向着她……不，正向着雪橇聚拢。波顿的尸体像霓虹灯一样闪闪发亮。她的头被裹在一层二氧化硫雪中，频闪着耀眼的光芒，简直像太阳一样闪耀。

硫黄能摩擦起电。这意味着摩擦时硫黄会积聚电荷。

她拖拽着载着波顿尸体的雪橇，在伊俄的硫黄地表行走了多少个小时？一路摩擦，肯定制造出了巨量电荷。

所以，还算好。她看到的，原来真的是一种物理现象。假设伊俄真的是一台机器，一个月球大小的外星摩擦发电装置，是在亘古之前，由不知何等智慧的外星异族，出于不知何等目的而建造，那么，没错，它也许真的能和她交流。电可以做很多事。

更小、更短、更暗的“电路”，也伸向了玛莎。她低头看向自己的脚。当她从地面抬起一只脚，接触就会中断，电流联线会消散。当她再次踏足地面，又会滋长出其他电流联线。但她与伊俄之间的轻微连接，一直被频繁中断着。

而波顿的雪橇却与伊俄的硫黄地表持续接触着。

波顿头骨上的那个洞，能让电流直通她的大脑。她还在头盔里塞满了固态二氧化硫雪。过冷的良导体。是她自己为伊俄的发声铺平了道路。

她又切换回增强实色模式。DV-3 SFX 特效消失了。

她尝试接受这个试探性的新假设：对她说话的那个声音真实存在，而不是幻听。伊俄能够和她交流。它是一台机器。它已经被建造……

那么，到底是谁建造了它？

咔嗒一声。

“伊俄？你在听吗？”

“耳朵正潜伏在静夜中。奏响吧，天堂悠扬的曲调。埃德蒙·汉密尔顿·西尔斯。”

“好的，很好。听着，我想问一下，是谁制造了你？”

“是你。”

玛莎狡猾地说：“所以我是你的创造者，对吗？”

“对。”

“我以前来这里的时候，是什么样子？”

“随你所愿。千变万化。”

“我呼吸氧气，还是甲烷？我有触角吗？有触手吗？有翅膀吗？我有几条腿？几只眼睛？几个头？”

“随你所愿。或多或少。”

“现在在这里，有多少个我？”

“一个。”停顿了一下。“现在。”

“我以前来过这里，对吧？像我这样的人。能移动的智能生命形态。然后我又离开了。我离开了多久？”

无应答之声。

“多久——”她刚要追问。

“很久。久远。很久很久。”

走啊走，拖啊拖，沓啦沓啦。她已经行走了多少个世纪？感觉走了很多个世纪。又是夜里了。她感觉胳膊都要从肩膀上掉下来了。

她真该撇下波顿。波顿从没说过，也没表示过自己的尸体一定要安葬在哪里才合适。她很可能会觉得，葬于伊俄是个挺有趣的归宿。但玛莎这么做，不是为了她。她这么做是为了自己。为了证明自己不是完全自私。

为了证明自己对别人也有感觉。激励她的，不仅仅是对名望和荣耀的渴望。

当然，这本身就是一种自私的表现。渴望被他人认可为一个无私之人。真让人绝望。就算你把自己钉在十字架上，那也照样证明了你天生的自私。

“你还在吗，伊俄？”

咔嗒一声。

“我在。听。”

“跟我说说你的物理控制力。你到底有多少能力？你能让我更快抵达着陆器吗？你能把着陆器搬过来吗？你能把我送回轨道飞行器吗？你能再给我提供一些氧气吗？”

“这是一颗死蛋，我一直在撒谎。这是一个我无法触及的世界。普拉斯。”

“这么说，你并没有那么有用，对吧？”

没有应答声。反正她也没期待，也不需要那个声音。她检查地形，发现自己离着陆器又近了八英里。现在，在头盔镜的光电倍增管辅助下，她甚至能看到地平线上的微弱闪光。光电倍增管，真是个美妙的东西。伊俄上的太阳光线，与地球上的满月一样弱。但木星本身的反射光更微弱。

继续放大，她甚至看清了气闸，正静候着她前去打开。

走啊走，拖啊拖，沓啦沓啦。玛莎在脑子里反复计算着。只剩下三英里路程，氧气也够用三小时。着陆器有自带的氧气供应。她能挺过去的。

也许她并不像自己一直认为的那样，是个彻头彻尾的失败者。也许她还有一点希望。

咔嗒一声。

“支撑住。你自己。”

“为什么？”

她脚下的地面猛地升起，把她掀翻在地。

震颤停止后，玛莎摇摇晃晃地爬了起来。她眼前的大地一片狼藉，仿佛一个笨手笨脚的巨神把整个平原举高了一英尺，又往下一扔。地平线上着陆器的银色反光消失了。她把头盔镜的放大功能调到最大，看到远处碎石地面上杵着一根歪扭的金属支架。

玛莎熟悉着陆器上每个螺栓的抗剪强度和每条焊缝的失效点。她很清楚它有多脆弱。这个装置再也飞不起来了。

她一动不动地站着。目光呆滞。眼前茫然一片。什么都看不到，感觉不到。

最后，她终于振作起来，开始思考。也许是时候承认：她从来都不相信自己会成功。区区玛莎·凯维尔森，怎么可能斩获大功。她一直都是个失败者。有时候，比如在获得了着陆探险的首发资格时，她又会在一个更高水平上输掉比赛。她从未得到过她真正想要的东西。

为什么总是这样？难不成她暗地里在渴望失败？但深入剖析之后，她发现，自己真正想要的，是照着上帝的屁股狠踢一脚，引起他的注意。成为一声轰响。成为这世界上最他妈洪亮的一声巨响。

这个念头就那么不切实际吗?

现在，她将悄然逝去，沦为人类太空扩张编年史的一个渺小脚注。沦为一个悲伤的警世小寓言，宇航员妈妈会在寒冷冬夜讲给宇航员宝宝们听。换成是波顿，或者霍尔斯，可能早就回到着陆器了。但她不行。反正换了她就是办不到。

咔嗒一声。

“伊俄是太阳系中火山活动最活跃的星体。”

“你他妈的混蛋！你为什么不提前警告我?”

“我也。不。知道。”

现在她的感情又完全恢复了。她想跳脚，想尖叫，想摔东西。只是眼前的一切早已东倒西歪。

“你这白痴！”她大骂，“你这白痴机器！你有什么用？你到底有什么用?”

“能给你。永恒的生命。灵魂的共享。无限的处理能力。可以给波顿。相同的东西。”

“啊?”

“死过第一次之后，再无死亡。迪伦 · 托马斯。”

“你这话是什么意思?”

没有应答声。

“你这该死的机器！你到底想说什么？”

于是魔鬼把耶稣带入圣城，把他放在圣殿最高处，并对他说：“你若是上帝之子，就跳下来。因为《圣经》上如是说，他吩咐他的使者们照看你，他们要用手托住你。”

不只是波顿能引用《圣经》。你不必像她一样是个天主教徒。长老会教徒也能干这事。

玛莎不知道别人会怎么称呼这个现象。也许算某种微型火山。一次小型喷发。形成了一个二十米宽、二十多米高的圆形矮丘。姑且把它称作火山坑吧。她站在坑边瑟瑟发抖。如伊俄所说的那样，火山坑中间有一个黑色熔硫池。据说池底连通着塔耳塔洛斯：伊俄的地下硫海地狱。

她头痛得很厉害。

伊俄声称——的确这么说过——如果她把自己投进熔硫池，它就能吸收她，复制她的神经网络模式，让她复活。转换成另一种生命形态，但仍然是生命。

“把波顿投进去。”它说，“把你自己投进去。物理结构将被。摧毁。神经结构将被。保存。也许。”

“也许吗？”

“波顿只有。有限的。生物学知识。对神经功能的理解可能。不完善。”

“好极了。”

“也许。没有那么不完善。”

“晓得了。”

热量正在从火山坑底部向上辐射。即使有宇航服的暖通空调系统的保护，她还是感受到了前胸和后背的明显温差。好比在寒夜中站在一个火炉前。

他们交谈，确切地说，谈判了很久。

最后玛莎问：“你懂莫尔斯电码吗？你懂正统拼写法吗？”

“波顿。懂的。我。都懂。”

“懂还是不懂，该死！”

“懂。”

“很好。也许我们可以做个交易。”

她凝视着夜空。轨道飞行器就在上空，她很抱歉不能直接和霍尔斯通话，说一声再见，谢谢他所做的一切。

伊俄拒绝了她的这个请求。和霍尔斯通话需要的能量消耗，将使无数火山被喷发，无数山脉被夷平。

构造冥湖大桥引发的那场地震，与此相比，只能算是一次小震动。

伊俄无法构建并维持两个独立的通信通道。

在地平线上空，离子磁流管拐过一个巨大的弧形，连向木星的北磁极。在头盔镜的增强显示下，就像上帝之剑一样闪亮。

只见整个离子磁流管开始频闪，涨落，数百万瓦能量瞬通瞬断，舞动着，沸腾着，向地球表面传递出一条编码信息。这条信息，会淹没太阳系中所有的无线电和广播频道。

我是玛莎·凯维尔森，谨代表我本人，以及茱莉叶·波顿和雅各布·霍尔斯，首次伽利略木卫探测任务的三名成员，从伊俄地表发来这条信息。我们有一个重大发现……

地球无线电系统里的每一个电子设备，都会随着这歌声起舞！

波顿先行一步。玛莎推了一下雪橇，雪橇从山顶飞落。雪橇越坠越小，击中熔硫池面，激起了一点小小涟漪。然后，尸体缓缓沉入黑色黏液中，就这么无声无息地消失了。

这看起来一点也不鼓舞人心。

但……

“行吧，”她说，“总得遵守约定。”

她踮起脚尖，张开双臂。深吸一口气。也许我还是能活下来，她想。波顿可能已经融入了伊俄的思想海洋，正期待与她进行人格融合。也许我能永远活下去。谁知道呢？一切皆有可能。

也许吧。

还有一种可能性更大。这一切很可能只是幻觉。她的大脑短路了，正喷射着无数有害信息素，轰击着她的脑神经突触。她已经疯癫了。这是她临终前最后一场妄梦。玛莎无法判断。

然而，无论真相是什么，都没有别的选择，只有一个办法去找出真相。

她纵身一跳。

飞跃入空中。

迷你僵尸之夜

蒂姆·米勒和杰夫·福勒_著　耿辉_译

所有画面都通过移轴效果呈现，仿佛更高级的物种通过望远镜观看人类闹剧。所有画面都在“真实世界”中拍摄，但是呈现效果使一切看起来迷你可爱，几乎像玩具一样。这也对时间有影响，所有时间的流速也比正常稍快。

外景淡入，历史悠久的墓地——夜晚

一座年久失修的十九世纪教堂坐落在古老墓地的中央，这个场景沐浴在蓝色的月光中。除了微风吹拂墓碑周围的草和附近的树发出沙沙的声音，画面完全静止。我们在此场景停留一会儿，欣赏这略显阴森的一幕呈现出的庄严和肃穆。

沉闷的电子舞曲（倍速提高，音量迷你）开始变得越来越嘈杂。一对头灯照亮了通往教堂的路，外观酷炫的红色进口汽车仿佛醉了酒一样拐进镜头。它歪歪扭扭地停在教堂的土地上。亮得刺目的头灯照进庄严神圣的墓地，照亮了那块区域。

车门猛地打开，我们听见电子乐变得清晰洪亮，引擎熄火，音乐停止，一对年轻情侣（秋秋和史蒂夫）跌跌撞撞地下车——史蒂夫二十四五岁，戴着金链，深V领T恤外套着机车皮夹克，下身穿一条紧身运动裤和花哨的运动鞋；秋秋也是二十四五岁，穿着露下乳的短上衣和紧身破洞牛仔裤，染了头发，但有种廉价感。他们看上去就像没人认识的网红，而且他们……似乎……醉得……厉害。

他们用高速的迷你音讲话，我们分辨不清具体内容，但是能明白他们闲聊的语气：

（秋秋兴奋地叽里咕噜，声音迷你。）

史蒂夫：必须的。

这对情侣醉醺醺地进入墓地，一路跌跌撞撞。侵入墓地的胡闹让史蒂夫感到高兴，他灌了一大口瓶子里的酒，把最后的一点儿给了秋秋，然后抛出酒瓶，把它摔碎在近处的一块墓碑上。

来回互相挑逗了几次之后，二人开始亲热……激情澎湃。史蒂夫把秋秋抱到旁边的另一块墓碑上——墓碑有点下沉，然后在他们的重压下坍塌。他们欢笑着继续往里走。

他们边走边笑着转圈，最后来到教堂前边的一大座天使雕像旁边。他们坐在雕像底座上继续亲热，不过这次慢了下来。似乎亵渎的意味已经散去。也许是因为史蒂夫的曾姨奶奶埋葬在这里，也许是因为上方的天使雕像不满的凝视……他们深吸一口气，凝望着对方的眼睛……

跳接到秋秋弯腰伏在一块墓碑上，史蒂夫正从后边跟她做爱。两个人的屁股都裸露出来，衣服散落在坟墓之间。他们的性爱蹩脚而又笨拙……但是充满激情。这是世界上最迷你的硬核性爱场面。

跳接到墓地的另一个地方，秋秋骑在史蒂夫身上，向后弓背——看似痛苦……

跳接到史蒂夫把秋秋顶在天使雕像底座上，仿佛做完这次世界末日就要来临。

跳接到史蒂夫在冲动之下，爬到天使雕像顶部，摆出姿势要……跟天使表情不满的脸做爱。他回头看着秋秋，后者正在一边傻笑，一边用手机拍摄。

史蒂夫（用高速的迷你音讲话，几乎难以分辨）：呵呵……瞧啊，宝贝儿……噢……噢……噢……噢……

史蒂夫继续笨拙地对着天使的脸送胯，节奏跟他同秋秋醉醺醺地做爱时一样。每次送胯，整个雕像都会微微偏移。秋秋继续拍摄并为他叫好——这段视频会有无数人点赞。

史蒂夫把胯部顶得越来越狠、越来越快……他可能享受其中。雕像继续前后摇晃，最后跟底座断开，重重倒在教堂上，撞击声很响，史蒂夫被压在大门上。

闪电闪过，音乐加强。

秋秋惊呆了。史蒂夫受了重伤、精神恍惚，他的手臂被夹在雕像和教堂之间，血流得到处都是，但他看似还活着。

秋秋：宝贝儿！！！

突然教堂的房子开始晃动，从底部受到撞击的地方裂开。教堂尖顶下沉并前倾，尖顶上的十字架偏移后从教堂上突然坠落，像是亵渎神灵的草地飞镖，上下颠倒地戳在天使雕像原来的底座上。一道剧烈耀眼的闪电击中并点燃了颠倒的十字架，燃起一股超然的绿色火焰。此时整个场景都被照亮，音乐变了个样。

秋秋：我的天哪！！！

坟墓周围古老的泥土翻出新鲜的一堆又一堆，地下钻出了活死人，都是肉体腐败的骸骨，而且目的明确。

史蒂夫拼命挣扎，想要从雕像的压迫下摆脱，秋秋魂飞魄散，在包围圈中笨手笨脚地四下逃脱。僵尸逼近情侣，攻击他们两人。我们听见呼噜噜的死亡叫声，然后是沉寂。僵尸转移他们共同的注意力，走向道路。

我们看见情侣血淋淋的身体毫无生气地躺在地上——被绿色火焰和远处的闪电光芒照亮——身体开始抽搐。我们听见了咆哮，秋秋和史蒂夫从死去的状态缓缓站起——邪恶嗜血。闪电闪过，音乐增强。

跳跃剪辑：

蒙太奇——城市的早晨

音乐突然切换——洛杉矶的清晨，城市在新的一天中醒来。我们看见天际线上升起的太阳、交通情况、通勤人群。情况一如既往。

外景，润宁峡谷——早晨

俯瞰城市的山中徒步小径，两位社会名流慢跑进镜头，热衷于展现自己最新购入的休闲运动装备。她们停下来拉伸、喘气。几个僵尸踉跄地从她们身后的山道上出现，她们俩发现时已经来不及逃走。两人中更自私的那位把朋友猛推向走在最前面的僵尸，僵尸一口咬透了她的脖子，把她抛在地上，开始掏开她的身体。死者的朋友震惊到极点，转身就要逃跑，但是被其他的僵尸追上。残忍的袭击让两人丧命。她们抽搐着从染血的土地上站起，也变成僵尸，跟随其他的僵尸一起下山。

外景，市中心的十字路口——早晨

市中心的十字路口周围高楼林立，一群获取灵感改变未来年轻创意专员，过街去一家咖啡店购买每日享用的玛奇朵咖啡和羊角面包，一辆普锐斯在刺耳的噪声中转过街角，经过这个十字路口，把街对面的行人碾轧得像是涂在面包上的果酱。司机跳车逃跑，一群追来的僵尸拥进十字路口，冲到咖啡店的庭院时，旁观者四散奔逃。僵尸跟露天的桌椅发生碰撞，可爱的咖啡店阳伞胡乱地摇晃。

外景，市中心的小巷——跟拍——白天

警报四起，镜头跟随一辆救护车沿着一条小巷加速，司机转向避开一群僵尸，只不过又撞倒了其他几个。汽车开上一段畅通的道路，然后加大油门往前冲。在城市的一片混乱之中，我们看见人行道上的血迹、升腾的缕缕烟雾，以及马路上到处燃烧的火焰。

外景，霍普纪念医院——白天

城市中部霍普纪念医院的一间急诊室，救护车驶进画面，发出刺耳的噪声。车辆跨过马路中线，先是撞上指引路标，然后径直猛冲进急诊室大门，然后发生了一起规模不大但很有冲击力的爆炸。我们看见轮胎和救护车的碎片飞得到处都是。冒着火苗的轮椅从爆炸中溜了出来。

混乱似乎已经结束，车祸现场升腾起烟雾。停顿一下之后……一大群僵尸从医院冲出来，有的穿着无菌服，还有的光着屁股，只罩了件病号的大褂。这群僵尸无穷无尽，开始从窗户拥出，从屋顶跳下，然后从四面八方离开画面。

外景，美式郊区——白天

曾经的田园风格城郊住宅区现已被僵尸的一次袭击摧毁。草坪浸着血，汽车在冒烟，到处都是垃圾。一栋房子前停着一辆蓝色小型面包车，足球装备还绑在车顶。

我们看见一位足球妈妈冲出前门，两个孩子紧随其后。妈妈冲向面包车，手忙脚乱地引导所有人上车。她的丈夫此时已经变成僵尸，撞碎他们家的前窗，冲向面包车。就在足球妈妈关上车门的一瞬间，他的手猛抓住车窗。面包车退出车道，轮胎发出刺耳的摩擦声，僵尸丈夫被拖到马路中间。足球妈妈狠踩油门，向前加速，轧过神志不清的僵尸，亲手终结了他们的幸福婚姻。

快速摇摄：

外景，纽约市——空中的地铁高架线——白天

纽约的一小段高架线路。

我们看见画满涂鸦的地铁车厢脱轨后，摔落在下方公路上，一群僵尸从车厢里拥出，追逐着汽车离开画面。

快速摇摄：

外景，巴黎——埃菲尔铁塔——白天

跨越大西洋来到巴黎。

我们看见一群僵尸在埃菲尔铁塔底部追逐人群。城市里的远处在燃烧，一辆冒火的汽车拖着浓烟闯入画面，它在逃避僵尸群。

快速摇摄：

外景，泰国——白天

跨越地球来到泰国的一座北方小城。

一条小巷被市集占据，挂满了招牌。孤零零的一辆三轮车驶向十字路口，遭遇迫近的僵尸潮。三轮车掉转方向逃走，但是被一群飞奔的僵尸追上、包围、掀翻，如同一枚微小的泰国玩具，一团锡铁做的风滚草。

快速摇摄：

内景，加拿大的冰球场——白天

跨越太平洋返回加拿大的某个地方。

一座冰球场内部，死去的运动员倒在一片血污的冰面上，除了一个变成僵尸复活的裁判蹲伏在客队守门员身上，撕扯他的身体，狼吞虎咽地进食，其他人都一动不动。他们俩一起在光滑的冰面上漂移，留下了一条内脏组成的痕迹。

外景，喜马拉雅山脉——少林寺——白天

（体现呼吸感的配乐）装饰华丽的古庙坐落在远处山峦的最高峰之上。一群少林寺僧人身穿亮橙色僧袍在正门外以同样的姿势练习冥想。这个场景隐忍大气。

我们看见大批僵尸冲上通往庙宇的陡峭台阶，这时配乐发生了变化。就在僵尸到山顶时，僧侣们一跃而起，几乎像超人一样攻击入侵的僵尸，猛揍得它们摔下山去，展现出飞天遁地的迷你中国功夫的厉害之处。

外景，卡拉马祖——白天

美国中部一座小镇的主街上，警察和特警部队跟袭来的僵尸僵持不下。僵尸群朝警察缓缓推动一辆被掀翻的汽车，它摩擦着地面前进，承受了警察的沉重火力，然后爆炸把着火的僵尸掀飞得到处都是。

外景，梵蒂冈——白天

梵蒂冈的中央广场，我们看见一群红衣主教和另外的牧师用全自动机枪向一大群企图突袭圣彼得大教堂的僵尸开火。在战场的中部，我们看见装备了两挺机枪的教皇专车正在尽一切努力阻挡无穷无尽的僵尸群。

外景，美国墨西哥边境——夜晚

好几辆被掀翻的皮卡和一辆旅行房车背对着美国—墨西哥的边境墙，排成一定的队形，车辆装饰了很多旗帜和含有错别字的抗议标语。一群迷你红脖子一月六日党人[1]，都长着更加迷你的男性器官，在做最后的坚守，他们躲在侧翻的福特 F150 皮卡后边，无望地朝着接近的大群僵尸射击。

傻瓜甲：呃……朝它们的命根子射击……

傻瓜乙：拉倒吧，伙计……（怯懦的迷你话音，分辨不清）

1 美国当地时间 2021 年 1 月 6 日，特朗普的支持者们在首都华盛顿举行了大规模的示威游行活动反对拜登当选。文中以此次事件时间命名的团体与示威者有着相似的政治立场。

我们得离开这里！

这群人争先恐后地后退，爬上旅行房车，开始攀越边境墙，可是人群的重量拽倒了薄薄的边境墙，墙倒在他们和下边的旅行房车上，弹药和烧烤燃料罐发生了规模不大但威力强大的爆炸，把僵尸和人类一同炸死。无边无际的僵尸群继续前进，丝毫没有停留。

外景，大都会的市中心——白天

大都会市中心的高空，有人在一座房顶上用人血写着巨大的“救命”。一群群生还者在摩天大楼上绝望地挥手。城市陷入一片火海，窗户和下方的街道喷出巨大的烟柱。

（快速缩小画面）受到破坏的范围更大更广泛得多，本地新闻节目的直升机失控旋转，经过整个画面坠落，在空中留下一条螺旋形的烟迹。

外景，白宫——白天

我们来到美国国会大厦，看见白宫未受影响——可见的范围内没有僵尸，没有损毁。音乐切换到静音状态，我们听见电话铃声……

总统：喂？……僵尸！？！？！

……来不及掩盖事实真相了？？？

向上快速摇摄：

外景，北美领空——白天

一个迷你（而且出奇可爱）的战斗机精英中队进入画面，它们以密集编队飞越国土，然后释放了一连串炸弹。

外景，海岸城市——白天

海岸都会城市中僵尸泛滥的航拍镜头。我们看到毁坏的痕迹和生命的迹象，迷你战斗机进入画面，对城市进行地毯式轰炸。爆炸从这个距离听上去和看上去都跟鞭炮一样。

外景，被完全炸毁的城市街道——白天

透过一缕浓烟快速放大至下方的城市街道。我们看见一切都被摧毁，街道呈现出被火与僵尸蹂躏和肆虐的后灾难景象。

文明已经陷落，一队队生还者已经把日常服务车辆和不实用的轿车改造成末日死亡机器跟僵尸战斗。我们五花八门的深度改装车队一起在街道上横冲直撞，轧过一群群僵尸。到处都是武器交火、汽车飞跃、燃料爆炸和死尸飞舞。

进一步向前快速摇摄，我们看见足球妈妈的面包车领导着车队，只不过现在面包车换上了巨型卡车轮胎，升级成威力无穷的僵尸杀器，我能听见迷你妈妈从车里喊……

足球妈妈：受死吧，王八蛋！！！

啊啊啊啊啊……烧死你们！！！！！

小型面包车顶板打开，两支火焰喷射器伸出来，向道路两侧喷射巨大的火焰流，所到之处只剩下烧焦烤脆的僵尸。

外景，旧金山的十字路口——白天

旧金山市受灾后的一个路口。一群僵尸漫无目的地到处晃悠，目力可及之处未见人类。

画面之外传来清脆可爱的铃声。一辆有轨电车向十字路口驶来，它配备装甲，车头还焊着一台排障器。电车经过十字路口时，两侧窗口开火的机枪冒出火光，狠狠打击僵尸群，等它们经过路口之后，枪声平息。叮咚。

外景，莫哈韦谷加油站——夜晚

一座偏僻破败的加油站曾经还销售各式各样的业余色情片，如今已经变成结实的堡垒，用临时打造的路障阻挡僵尸。我们看见两名生还者凑合使用加油泵作为火焰喷射器，轮流漫不经心地烧死路障之外的一群群僵尸。

外景，核电厂——白天

航拍镜头下是严重受损并被抛弃的核电厂，空气里弥漫着有毒的气体、烟雾和僵尸的恶臭。我们看见下方建筑中有闪现的枪口火焰。

快速放大：

外景，核电厂——装载区——白天

快速放大至核电厂内部，我们看见一小群人类生还者在狭窄的小巷里躲避。小巷里布满了工业车辆，有些已经侧翻，有些还载着有毒物质。一辆大型毒物罐车紧靠在一栋建筑上。

一大群僵尸冲进小巷，好些大块的残骸和一个着火的垃圾箱随着拥入的僵尸群被拖进来。大量僵尸形成的压力开始把车辆挤到一起，对死胡同内部形成巨大的压力。垃圾堆的火开始蔓延，被困住的人类绝望地向僵尸射击，车辆挤压堆积在一起，金属扭曲变形，发出咯嘣声，毒气罐车泄漏后被引燃，然后轰的一声发生了爆炸。

整个场景炸成一团绿色毒雾，填满了屏幕。

外景，核电厂——外围——白天

浓厚的绿色烟雾退去，我们来到核电厂的另一个地方。我们听见僵尸在咆哮，看见一群迷你僵尸从绿色浓烟中冲出来，发光的眼睛在烟雾中越来越高，一群巨型变种僵尸出现了。有一些很大，少数的更大，都晕晕乎乎地缓缓进入一块空地。最大的变种僵尸从嘴里喷射出绿色发光的有毒呕吐物，把下边的土地都烧成了焦土。变异僵尸群挤出大门，离开了核电厂。

快速摇摄：

外景，城市街道——夜晚

我们从高处看见，逃亡的汽车慌张匆忙地翻越山顶。

那群迷你僵尸和更大的变异僵尸也翻过山，在后边紧紧追赶。我们从山后面看见一个巨型变异僵尸的头，就在它刚刚翻越山顶时，它挺直身体，开始用毒物攻入一栋建筑，后者被炸成一个明亮的火球，然后发出剧烈的光。

快速放大到更宽的画面，四个城市街区被大群经过的僵尸蹂躏。这群僵尸迅速沿着街道行进，画面中到处都是损毁的迹象和熊熊燃烧的火焰。

快速摇摄：

外景，白宫——夜晚

快速摇摄回到白宫草坪，那里此刻已经类似战场。数千僵尸组成的集群挤向加固的围墙，黑鹰直升机朝它们倾泻子弹和导弹，总统在白宫的内部通信系统上抓狂……

总统：……噢，不，噢，该死，它们上台阶了……我该怎么……

（停顿）

啊，去他妈的……

然后是猛砸按钮的声音，警报鸣响，红灯闪烁。白宫草坪上的导弹发射井开启，六枚核弹从地下升至战备位置，仓促之中，核弹喷火、冒烟，借助巨大的升力从地面飞起。密集的烟迹划过画面。

外景，俄罗斯圣彼得堡——白天

克里姆林宫被熊熊烈火冒出的黑烟笼罩，警报声急迫，信号灯闪烁，一连串的导弹被发射出去，划破长空，照亮了身后的克里姆林宫。

外景，南极洲——白天

一片洁白的冰川景象，大批企鹅在冰原上挤在一起取暖。目力所及之处未发现僵尸末日的混乱情形……突然，一枚大个儿的导弹把冰原完全炸毁，血肉和企鹅羽毛飞得到处都是。核弹炸向屏幕之外，留下的一道稠密烟柱将会尘封被炸死的动物。

外景，地球——低轨道——白天

在覆盖地球的厚厚的云层之上，一小簇导弹穿透云层，下方闪现亮光，然后出现更多导弹，在穿透同温层飞入太空的过程中，留下的蓬松烟迹逐渐扩散。

外景，地球

镜头切回到导弹飞离行星地球又掉落回去的画面。

外景，我们的太阳系

镜头跳至更远处，从暗淡蓝点飘离，经过太阳……

外景，银河系

镜头跳至更远的美丽深空……我们的太阳此刻是一颗遥远的恒星。

外景，宇宙

盘绕的星系宏伟壮观、光彩绚丽。配乐逐渐增强到歌剧式的高潮……

……发出音调起伏的一声屁响。

在星系边缘似乎有微光闪了一下—— 一个星际响屁被喷入了完全波澜不惊的寰宇真空之中。

杀戮小队

❤ 贾斯汀·科茨_著 刘壮_译

“真是离谱。”

这是梅西在上山的跋涉途中第二次说这句话了。尼尔森中士恼怒地瞥了一眼他的MK48机枪手，这个年轻人正倚靠在一棵阿富汗松树上。

“闭嘴，梅西。”他说，他感到筋疲力尽，而且知道机枪手同样疲惫不堪，但他拒绝表现出来，“等我们回到荒原上，随便你怎么发牢骚。趴下，注意警戒，喝点儿水。”

梅西回头看了看他的队长，毫不掩饰自己的不屑。他点了一支烟，趴到地上，在松树根后面支起机枪的两脚架。尼尔森用靴子头对准梅西的防弹衣侧板狠狠踢了一脚，这才去检查第一小队的其他成员。

埃尔文坐在一块光滑的石灰岩巨石上。这位神枪手透过 MK14 增强型战斗步枪上的瞄准镜看向下方。这支口径为 7.62 毫米的狙击步枪紧紧地抵着他的肩膀，顶在他的携板防弹背心和多地形迷彩作战服之间。

“看到什么有趣的东西了吗？”尼尔森问。

“什么都没有。”埃尔文一边嘟囔着，一边慢慢扫视着下方谷地，“那个奇怪的牧羊人在我们离开梅里凯尔后跟踪过我们，在那之后就没有了。”他把头往旁边一歪，使得语调变高了些，“你看见那个胆小鬼了没？”

“看见了，”尼尔森回答，“那个人是挺奇怪。”

两人小声笑了起来。这个队内笑话，他们与小队其他成员已经互相讲了六个月了。在荒原战斗哨所驻扎并不轻松；正是在最白痴或最粗俗的环境里寻找的幽默感，让第二十五步兵师的人免于互相残杀。这个战斗哨所很小，每天的任务却很艰巨。苍白的幽默感是他们的全部。

“咱们还是要与第二小队准时会面吗？”埃尔文一边问，一边透过他的瞄准镜瞥了一眼。

“是的，如果我们在这里做最后一次休整，应该会赶上的。”尼尔森摆弄着他的水袋背包，用补水系统的软管吸了一大口温水。“有发现就告诉我。”

福伦和库茨在这座小小的山峰另一边，俯瞰着落差超过一百英尺的峭壁。库茨趴在他的 M249 后面，这把自动步枪的粗短枪管探出头来悬在半空。福伦那把装有下挂式 M320 榴弹发射器的 M4 卡宾枪靠在一棵树上，他自己则冲着悬崖下方尿出一股透明的涓涓细流。

“要是你继续这样把整个人都暴露出来，你的鸡巴准得挨一枪。”尼尔森说。

库茨抬头看着他，像个傻瓜一样咧嘴笑了起来。“一鸡——命中。”他一边说，一边吐出一根粗黑的嚼烟丝，“别磨鸡——了，福伦。”

“我想看看我能尿多远。”福伦说，明显还在努力。

“我是认真的，混蛋。别闹了。”

福伦扣好裤子，来到这支小小队伍的末尾。“我们离目的地还有多远，中士？”

“再往上走五百米，”他说，同时看了一眼手腕上的 GPS 装置，“只要沿着这道山脊走，应该会没事。第二小队会在那里等我们的。你们都一直在补充水分吧？”

“收到。”两人回答道，他们的头脑回到了那种习惯于在战区巡逻的人所特有的缓慢、自动运转的状态。

回到这个小小的巡逻基地的中心，尼尔森按下了他的对讲机。“1-7，我是1-1，完毕。”

迎接他的是一片寂静。他试着压低声音。“1-7，1-1。我们距离目标不到五百米。是否收到？完毕。”

沉默。死沉沉、冷冰冰、空荡荡的沉默。尽管傍晚十分凉爽，尼尔森却在浑身冒汗。这不是他第一次咒骂自己没有反对他们排长定位敌人武器库的白痴计划。把排里的人分成这样的小队实在愚蠢。这样做违背常识；这样做违背基本的战术。如果不是副排长颟顸无能，并且不愿意顶撞新来的中尉，这一切根本不会发生。

现在已经失去无线电联系将近二十分钟了。真是闻所未闻。唯一能做的就是继续前往下一个目的地，希望能在那里与他们会合。除此之外，尼尔森没有任何头绪，但如果他因为表现出恐惧而影响小队士气，那就太糟糕了。

“好吧，”他过了一会儿说，“我们继续行动。”

他们又向前推进了三百米。每一步都和上一步一样让人精疲力竭，举步维艰。山里的空气很稀薄。尼尔森忍住了命令他们把头盔换成巡逻帽的冲动。夜幕即将降临，在上山途中，就算只走一步，他们也需要用到头盔上的夜视仪。

他们已经在山脊上走了将近四百米，这时，梅西突然用他的 MK48 开火了。“有敌人。”他说着，跪倒在一小堆岩石后面。机枪发出一阵短暂的雷响，一连打出九发穿甲燃烧弹。“两百五十米。在对面山脊的高处。一个地方的火箭筒小组。”

尼尔森的回答被 RPG-7 火箭弹巨大的爆炸声掩盖了。这枚火箭推进榴弹击中附近的一棵松树，炸得木头碎片和树汁四处飞溅。

“1-7，这里是 1-1，部队正在交火。”他对着那台没用的无线电呼叫道，并且在梅西卧倒的同时也单膝跪地。“开火！”他喊道。与此同时，山脊下方稍远一点的位置，库茨那把更轻的 M249 开火了。M249 和 MK48 很快就开始倾泻火力，每当一支枪停顿下来重新瞄准或重新装弹时，另一支就会开火。

一枚高爆两用火箭弹从福伦头顶上飞过。一秒钟后尼尔森发射了自己的榴弹发射器。AK-47 子弹划过他的头顶，发出啪啪的响声。他重新装填下挂式榴弹发射器，同时注意着敌人 RPK 轻机枪明亮的枪口焰。

他和福伦的榴弹都准确地落在了敌人的阵地上。一股烟尘从敌人所在的树丛中腾起。“停止射击。”尼尔森立即喊道。他担心机枪弹药的数量。“福伦，再打一发。埃尔文，看见拿枪的就干掉他。”

尼尔森不放心刚才看到有 RPK 的地方，于是又打出一发榴弹。福伦的榴弹紧随其后，两发榴弹都正中目标。

山脊上一时陷入宁静。跟着，埃尔文的增强型战斗步枪打出了一发子弹。“埃尔文？”尼尔森说。

“看到一些动静。只是想确认一下。”

“好的。神枪手伙计报告情况，然后让我们离开这里。”

他来到梅西的位置，快速检查这名士兵有没有受伤。在战斗中，肾上腺素的瞬间飙升会让人意识不到自己受伤。“弹药数量？”尼尔森一边说，一边检查这名士兵的夜视仪保护袋，然后敲了敲装在他步枪上的光学系统。

“五百发子弹，”梅西回答，“应该多打一点儿。这玩意儿很重。”

“是的，好吧，在与第二小队取得联系之前，咱们需要小心行事。”尼尔森拍了拍手下士兵的头盔，并迅速向梅西展示他自己的敏感物品。这位初级步兵快速查看了队长有没有受伤，然后也拍了拍他的头盔。“干得好，梅西。”

其他人也都没有受伤，弹药余量尚可接受。“不打紧。”尼尔森想，“在需要补给之前，我们还可以进行一两场这样的交火。”他从口袋里掏出一根“呼啊！”能量棒，啃着黏糊糊的花生酱。“如果我们到达目的地却没有人在那里，那就需要开始分配食物了。”

一想到这里，他的胃里就因为焦虑而拧成一团。“我他妈的还没准备好。”他嘟囔着，喝了口水，把能量棒冲下肚子里，然后转身对其他队员说：“好吧，继续前进。咱们需要——”

“嘿，中士？”埃尔文一边瞄着瞄准镜，一边说，“你得看看这个。”

尼尔森把步枪抵在肩上，通过他的先进战斗光学瞄准镜瞥了一眼。敌人阵地上的尘土开始散去，但他可以看到被子弹击中的松树还在摇晃。一些页岩从对面的山脊上滚落，一起滚落下来的，还有一具具扭曲得几乎无法辨认的尸体。

大团的灰尘中潜伏着一个巨大的东西。尼尔森瞥见了一个宽大的黑色肩膀，上面长满了尖刺。一棵松树被一只巨大的爪子拍倒，它那黄色的爪尖握住树干，把它从地上拉起来。

“那是个什么东西？”梅西问。

“不知道。”尼尔森回答，他的心咚咚直跳。

“我要开枪了。”库茨一边说，一边伸手去拉他的M249的拉机柄。

尼尔森呵斥道：“待命，该死的。你先……待命。”

他们观察了一会儿，那个不知是什么的东西蹒跚着下到了山脊的另一侧。有那么一会儿，他们还能听到它折断树木，并且一边走一边弄得岩石滚落山坡的声音。然后它就消失了，只留下一片寂静。

“好了，就这样吧。”福伦说着，往嘴里放了一撮新的哥本哈根牌嚼烟，“我们都疯了。是时候自相残杀了。”

“哦，谢天谢地，”库茨说，他伸了个懒腰，“我真的不想带着这个愚蠢的东西。”

“我可没批准你们这些混蛋去死，”尼尔森摇了摇头说，“只管去会合地点就好了。我们得加快速度，才能跟第二小队会合。比安奇能连上战术卫星，我们就能给后方的荒原通话，看看他们能不能看清那个……东西。”

“那是一只蜜獾。”福伦说。库茨嗤笑一声。“蜜獾根本不在乎。”

“不管它是什么，它再次出现时，我可不想和你们这些白痴在一起。”尼尔森转过身去，沿着山脊继续向上走。其他人也各就各位，把怀疑的声音隐藏在他们低声的笑话和咒骂中。

第二小队全都死了。不仅仅是死了，而是被吞噬、被撕碎了，散落在原本作为两队会合地点的高原上，根本无法辨认谁是谁。到处都是七零八落的断肢残躯和废弹壳。

“蜜獾先到了这里。”库茨一边说，一边踢了一个巨大的爪子一脚——那个爪子嵌在一具正在快速变冷的残肢上。“看看这个东西。”他把爪子抽出来，像剑一样举着它，“几乎和我的鸡巴一样大。”

“咱们要谈谈这件事吗？”埃尔文瞥了尼尔森一眼，说，“还是说咱们只管继续假装什么怪事都没有发生？”

“我赞成假装。”福伦说。他从一具失去四肢的尸体上扯下一条沾满鲜血的榴弹弹链，把它挂在肩上。“我知道我现在没法思考这个情况。”

“我也没办法。”库茨补充道。他抓着爪子顶在他的裤裆处，暗示性地杵了几下。“没有给够报酬，压根儿懒得在乎。”

“整个小队都死了。”埃尔文说。他的声音中掺入了一丝恐慌的苗头。“中士，是那个……杀了所有的人。”

“看起来显然是这样。”尼尔森说。他摘下他的欧克利运动眼镜，把手放在埃尔文的肩膀上。“看着我。摘下你的护目镜。”埃尔文照做了，他的目光在尼尔森的脸上到处乱瞟。“谁干的并不重要……”

“是尼斯湖水怪！”库茨说。梅西和福伦笑了起来。

“这不重要，”尼尔森重复道，“我们会渡过这个难关的。我们要找到战术卫星，呼叫后方的荒原，然后离开这个鬼地方。你们要跟着我吗？”

埃尔文盯着他的军士长的肩膀看了一会儿。尼尔森拍了拍他。埃尔文眨眨眼，点了点头。

“是的，”他说，摇了摇头，“是的，我跟着你。”

“好。”尼尔森拥住他，亲吻了他的脸颊，“现在咱们要找到那个该死的无线电台。”

有什么东西在他们南面尖叫起来。他们齐刷刷地转过身来，成射击队形单膝跪地，面对着他们上山时走的那条山脊的方向。高原边缘的树丛消失了，被一只黄色爪子拔光了——而那个爪子和此刻绑在库茨背上的黄色爪子一模一样。

“郑重声明，”梅西一边说，一边把一条新的弹链塞进他的 MK48，“很高兴与诸位一起服役。”

“‘所有剩余弹药，向我射击！’”伴随着那个东西的吼叫，福伦引述道，“‘郑重声明，这是我的决定！’”

“‘战争真他妈的可爱！’”[1]一头怪物沿着山脊向他们冲过来，众人一齐叫了起来。

那不是蜜獾。那是一头熊，或是一匹狼，或是两者的混合体。它四肢着地、脚步沉重地前行，覆盖在肩膀上的尖刺随着每一步而颤动。它狂野的白色眼珠转个不停，一条紫黑色的舌头耷拉在两排獠牙之间，而这些牙齿足有尼尔森的战斗刀那么大。

1 此处及以上几处引用出自电影《野战排》里的台词。

它的肩部足有七英尺高。当它突然用后腿站起来，张开镰刀般的爪子时，它的高度足以遮住夕阳。

“太近了，不能发射榴弹。”尼尔森一边想，一边把 M4 的选发钮扳到了三连发模式。“太近了，不可能打偏。”

梅西抢先开火了。他身子后仰，任由 MK48 的后坐力推着他倒向地面。7.62 毫米口径的子弹与库茨较轻的 5.56 毫米口径子弹一齐划过半空，一连串沉重的钨芯弹丸打在巨兽身上。只过了一秒，福伦和尼尔森便也一齐开火，接着是埃尔文的精确射手步枪匀速发出的啪啪声。

这头野兽四肢着地，不顾迎面射来的火力，冲了过来。它对着库茨一爪横扫过去，爪子撕开了他的陶瓷装甲，将他的 M249 打飞。库茨倒地一滚，重新站起来，同时把他背上的爪子一把扯下来。他向前冲去，语无伦次地尖叫着砍那东西的鼻子和嘴。尼尔森包抄过去，一边试图获得更好的瞄准视线，一边对着那东西厚实的、长满瘤子的头骨猛轰。

“去你妈的蜜獾！”库茨喊道。那怪兽巨大的头颅猛地向前一探，咬住了他的腰部。他尖叫着，一边口鼻冒血，一边用爪子猛砸它的口鼻。爪子断成了两截，与此同时，这头野兽疯狂地甩着头，把他像扔铅球一样扔了出去。库茨飞了出去，消失在高原的边缘。

埃尔文一个突刺，用他的增强型战斗步枪枪管顶住怪物的胸膛。他扣动扳机，直到把弹匣打光。怪物咆哮着，用它肩上的刺冲撞他。尖刺从他的后脑钻出来，将他身上的防弹衣撕成碎片。它用一只长着尖爪的手抓住埃尔文的身体，把残骸塞进它的巨口中。

尼尔森一边骂，一边紧张地摸索着聚合物弹匣，给步枪重新装弹。那东西转过身，对着他咆哮起来，白色的眼珠子滚回了它的脑袋里。当它冲过来时，他猛地装上另一个弹匣，梅西和福伦的喊叫声被它粗重沙哑的吼声淹没了。

它几乎要压到他的身上了，这时却突然开始胡乱扭动起来。它颤抖着滑出去，直到停了下来，把土块抛撒得到处都是。它用爪子抓着自己的头，咆哮着口吐白沫。

“嘿！这边！”

尼尔森一转身，看到一名士兵从高原另一侧的树丛中冒出来。他浓密的胡须上沾满了血，左臂上有一道严重的伤口，那是一道被爪子抓出来的近六英寸长的抓痕。他的右手紧握着一个碟形装置，由几根灰色的粗电线连接到一个巨大的背包上。

他用这个装置正对着那个咆哮的怪物。空中充斥着尖厉的啸声。怪物的咆哮声变成了巨大的痛苦尖叫。它一转身，以迅雷不及掩耳之势沿着来时的路逃走了。

年轻的中士转身走向陌生人。那人拼命地喘着粗气，装置在他的手里晃动。

“这破玩意儿快没电了，”他说，“你没事吧？”

“很好，”尼尔森回答，“好得很。”

“这人到底是谁？”梅西问道。他和福伦一起来到尼尔森身边站着。

那个士兵将装置扣在腰带上。他从肩上的口袋里掏出一个皱巴巴的烟盒，给尼尔森递上一支。尼尔森盯着他，他一耸肩，给自己点上了。“三级军士长莫里斯，”那个士兵说，“隶属于格里芬特遣部队。驻扎在艾森豪威尔营地，在这里以北一千米处。”

“狗屁，你就是个狗屁，”福伦说，“你驻扎在狗屁营地，你从水袋背包里喝的全都是鬼话。”

“你们不可能知道艾森豪威尔营地的，”莫里斯不理他，继续说道，“那是一个地下设施。中情局早在入侵行动后的二〇〇二年就建造了它。在过去的十年里，我们一直在那里进进出出。”

“让我猜猜，”福伦继续说，“你那营地有各种疯狂恶心的东西，包括那个……东西。”他皱起眉头，注意到莫里斯嘴里叼着的香烟。“等等，给我一根。”

莫里斯递给他一支烟，说：“是的，各种恶心东西，包括你们刚刚遇见的东西，代号：犬魔。”

“对一只蜜獾来说，这真是个愚蠢的名字，”尼尔森说，“一个愚蠢到他妈老家的名字。”

这位特种兵皱起了眉头。“那不是蜜獾。它是一头经过基因改造的灰熊，身上还有一大堆的机械强化设备。小型武器根本奈何不了它：它的皮肤下有足足一英寸的防弹凝胶和人造蛛网。它的大部分器官都有冗余设计，而且就算是脑死亡了，这该死的东西还有一块石墨烯电池作为动力源。”

“你能用这个杀死它吗？”尼尔森指着夹在莫里斯腰间的装置问。

“不能，它应该是一个遥控器，”莫里斯吐了口烟，说，“不过唯一还能工作的设置似乎就是‘滚蛋’。我没办法控制它们，但我可以让它们暂时离开。如果咱们能赶回营地，我——”

“停，”福伦打断了他的话，“你说‘它们’。请告诉我你是想说‘它’。”

“不是的，”莫里斯叹了口气，“还剩下两个，刚才那个是其中之一。”

艾森豪威尔营地的入口是设置在地面上的一个舱口，隐藏在一层伪装的碎石下面。莫里斯走在前头，沿着一道钢梯下到二十英尺下面的一个混凝土走廊里。苍白的顶灯闪烁着，小队的其他成员跟在后面，子弹上膛，分散开来。

“如果我们能到达仿生舱，我就应该能够进入控制系统，”莫里斯说，“我可以在那里把它们召唤回来，然后在它们进来之后使用杀戮开关。”

“或者你可以现在就打开杀戮开关，不用把它们叫到这里。”福伦说，他的眼睛紧紧盯着走廊尽头的门，“那样也能奏效。”

“我们不能放任这些东西到处乱逛，”莫里斯呵斥道，“你认为山姆大叔想让全世界都知道他放任转基因熊到处猎杀敌人？这听起来像是一个赢得人心的策略吗？”他们在门口停了下来。莫里斯迅速在键盘上输入密码。“我们把它们叫回这里，一旦听到它们四处乱窜，就立即打开杀戮开关。然后我会呼叫医疗后送，咱们回家，你们所有人都会得到一枚漂亮的奖章，并且在卡塔尔过一个愉快的周末。”

他们踏入的走廊里到处都是血。尸体的残块随处可见，残缺不全的尸体和黑乎乎、滑腻腻的血液糊满了墙壁。

“一定是指令信号出了问题。”莫里斯说。梅西则厌恶地咒骂着。“这三头犬魔昨晚本应进行一次标准的巡逻。结果它们发狂了。我的小队当时正在巡逻，其中一头伏击了我们。我们设法把它干掉了，可是只有我活了下来。”

“我以为你们特种部队的人有特殊的胡子魔法呢，”尼尔森说道，把步枪紧紧地放在肩上，“你的胡子没能保护你？”

"去你妈的。"莫里斯用手按住伤口上的以色列绷带[1]，一脸痛苦，"在这前面左转。"

杀戮小队走进另一条血迹斑斑的走廊。长长的走廊两边都是房间；有的房间门被砸烂了，有的房间玻璃墙板被打碎了，实验设备散落一地。

莫里斯在一个房间外停了片刻。"真棒。"他一边说，一边钻了进去。尼尔森紧随其后，差点儿被翻倒的武器架绊倒。机枪、半自动步枪和反坦克武器满地都是。

"梅西、福伦，进来，"他一边说，一边迅速打开装满高爆两用榴弹的弹药箱，"把你们能带走的东西都拿上。把防弹板丢掉，反正它也不能帮我们防住那些东西。"

"这里。"梅西从一个翻倒的柜子里拿出两具 M72 轻型反坦克火箭筒。他把一具递给福伦，又拿了一具自己留着。"这里面还有别的东西……"他抽出一根长长的空心管，上面装着一个木制的手枪柄。

"那是古斯塔夫，"莫里斯一边说，一边摆弄着他从少数几个仍然立着的储物柜中翻出来的遥控器，"84 毫米无

1 一种急救绷带，带有填充材料，有弹性，且有两个搭扣分别用来施加压力和固定绷带。

后坐力炮。”

“它能干掉那些东西吗？”尼尔森问。

“如果你打得准，它应该能对犬魔的机械和生物支持系统造成足够的伤害，足以让它彻底失灵，”莫里斯说，“万一没有打准……”

角落里的一个大金属板条箱突然翻倒，发出一声巨响。一台履带式机器人从它藏身的地方开了出来，停在莫里斯身边。这台机器人大约有四英尺高，炮台上装有几挺机枪和一个四管火箭系统。

“这是模块化先进武装机器人系统，”莫里斯一边说，一边亲热地拍了拍机器人，“它的武器是一挺 XM806 .50 口径机枪、两挺 M240L 7.62 毫米口径机枪，以及一把 M202A1 肩射式火焰进攻武器。”

“不错，”梅西说，“它会不会突然翻脸，也想把咱们吃掉？”

回答他的是营地深处某个地方回响起来的吼叫声。莫里斯咒骂了一句，说：“好吧，两只小熊中的一只已经回家了，咱们得走了。马上。跟我来！”

他冲出房间，机器人在他身后亦步亦趋。其他人紧随其后，他们一边沿着走廊冲向仿生舱走廊，一边快速发射火箭推进式武器。

“就在前面，”众人绕过一个角落，莫里斯喊道，“哦，该死！”

他们先前遭遇过的犬魔就在他们前方。它流着液压油和沸腾的暗红色血液，在这个狭小的空间里显得越发庞大。它咆哮着，脊柱犁过了天花板。

“蜜獾，十二点方向！”福伦一边喊，一边立刻单膝跪地并且开火。他使用三连发模式，几秒钟内打完了一个三十发弹匣。

犬魔俯下身来，发起冲锋，尼尔森大喊一声：“榴弹！”一串高爆两用榴弹破空而出，每一发都轰在野兽的前腿上。尼尔森可以感受到如此近距离爆炸所带来的强烈热量。他和梅西一起开枪，梅西的 MK48 在他们和怪物之间的空间里填满了穿甲弹。

“用你那个愚蠢的射线枪，莫里斯！”梅西喊道。

“我没电了！”莫里斯回答。他咒骂一句，扔下巨大的电源包。他抓起机器人的控制器，一边不停嘟囔着脏话，一边调整机器人的控制装置。

“随时都可以，莫里斯！别客气！”尼尔森吼道。犬魔马上就要扑过来了，身型一秒比一秒大，毫不在意伤口中涌出的大量血液和黑色的液压油。

“明白！”

机器人发出一阵愉快的嘀嘀声，突然，它的底盘中部的火箭弹巢活了过来。四枚 66 毫米口径的燃烧火箭弹呼啸着飞过半空，每一枚都正好落在上一枚的弹着点上。那怪物的前腿被齐根打断。其中一枚火箭弹在犬魔的身体内部引爆，泼了每个人一身的血、内脏和机器零件。这头生物的金属骨架连着冒火花的电线和热气腾腾的器官一起暴露出来。

犬魔无意识地用两条后腿把自己推向他们。杀戮小队保持着他们的射击速度，直到它离众人只有几英尺远。最后，它停了下来，就在福伦面前，一阵机械的嘎吱声表明它的主动力源已经枯竭。福伦低头看着它那巨大而血腥的下巴。他呵呵笑着朝它的眼睛踢了一脚。

犬魔猛地向前一扑，牙齿咬住了福伦的腿。福伦惨叫起来，犬魔则来回甩着头，残暴地扩大伤口。福伦的腿从屁股上撕扯下来，鲜红的动脉血喷向半空。其他人大叫起来，对着怪物的脑袋倾泻子弹，直到它的头骨在破碎的瓷砖上变成一片黑红色的污迹。

尼尔森立即来到福伦的身边。这名士兵紧紧抓住他的军士长的胳膊，抬头看着他，眼神中混着悲伤和恼怒。

“尼尔森，”他低声说，“告诉我妻子……”

中士抓紧他的手。“我会的，福伦。我保证。”

“不……听着。告诉我妻子，我说……”尼尔森俯下身子，直到福伦的嘴唇碰到他的耳朵，“……去他妈的奥巴马。”

“见鬼。”尼尔森说着站起身来，而福伦则被自己的笑话逗得咯咯笑了几声，随即死去。“梅西，你还有多少弹药？”

“都用光了，”梅西说着，毫不客气地把他的MK48甩到地上，“我要拿上福伦的火箭筒，还有他的M4，这样我就可以在这一切结束后给自己来一枪。”

“好主意。”他转身看向莫里斯，又对着堵在走廊里的巨大尸体比了个手势，“我们没有办法绕过它。有没有别的方法可以到仿生舱？”

“有。咱们得往回走一点，不过如果加快脚步，咱们很快就能到那里。跟我来。”

仿生舱和尼尔森见过的一些旅级的指挥中心一样大。巨大的屏幕遍布四壁。好几排办公桌摆开来，在靠近舱室东头的一个单独的房间里还有一个看起来像实验室的东西。这里没有像营地其他地方那样的暴力迹象；一切都很平静，安宁得近乎诡异。

“你最好给我申请一枚英勇铜星勋章。”梅西对莫里斯说着，在一排桌子后面占据了一个防御位置。他准备好他的反坦克火箭筒，拉长发射管，把它轻轻地放在肩上。

“不管他给你申请什么奖章，我都会一律拒绝，”尼尔森一边回应，一边在梅西对面的一排桌子后面跪下，“你的态度太差了。也许你会得到一份成就证书。也许吧。”

“好了，女士们。”莫里斯在一台电脑前一边说，一边疯狂打字，“我一分钟前发出了返回命令。现在我们唯一要做的就是等待。”

话音刚落，他们进来时经过的坚固钢制大门就连同大部分墙壁一齐坍塌了。剩下的那头犬魔猛地冲进房间，直奔莫里斯和指挥台。尼尔森咒骂着扣动了无后坐力炮的扳机，与此同时，梅西的火箭筒也开火了。尼尔森的炮弹打偏了，伴随着一声低沉的撞击声，落在仿生实验室里。玻璃四处飞溅，致命的碎玻璃逼得他赶紧俯身寻找掩护。

机器人炮台上的四挺机枪火力全开。7.62毫米口径的子弹打穿了怪物皮下的外壳，发出巨大的乒乓声。.50口径的子弹从犬魔身侧轰下来许多厚块。尽管在梅西精确的火箭弹攻击下，它的左前肢断了一大截，但它还是冲过一排排的桌子，向莫里斯扑去。

一刻不停的枪炮声中响起一声惊恐的尖叫，却转瞬即逝。梅西发射了他从福伦身上捡来的轻型反坦克火箭筒，把这头生物的左肋炸了个稀巴烂。血液和高压润滑剂喷得到处都是，带电的电线相互接触时发出嘶嘶声。

它转过身来面对他们，下巴上挂着莫里斯的大半个尸体。这个特种部队士兵的控制台被打烂了，已经无法修复。犬魔咆哮着，将莫里斯的一大截腿甩到空中。

“去你妈的！”尼尔森大吼一声，扣动了他的M320榴弹发射器的扳机。伴随着一声金属弯曲变形的刺耳声响，40毫米榴弹以迅雷不及掩耳之势击中了它的鼻子。梅西一连丢出两枚手榴弹，都在怪物鼓胀的肚子下爆炸。

武装机器人继续无休止地发射钨芯和铅芯子弹。在如此强大的火力下，犬魔的外皮被炸成了碎片，直到它变成了一具喘着粗气的骨架。它朝机器人迂回过去，把它掀翻在地，用巨大的爪子狠狠地击打它。

“机器人，不！”梅西大喊，“赶快自救，机器人朋友！”机器人发出无力的嘀嘀声作为回应，然后炸成一团尖锐的金属碎片。

犬魔向梅西绕了过来。这名步兵急忙后退，在它前进的过程中朝它嘴里准确地射击。他被一块掉在地上的电脑屏幕绊倒在地。犬魔号叫着，用两条后腿站起来，准备给出粉碎性的一击。

尼尔森的最后一发 84 毫米炮弹正中它的肋骨。炮弹爆炸，发出如迫击炮弹一般的雷响，将这个半机械怪物炸开了花。它的上半身被炸上了天花板，躯干把腐臭的血水喷得到处都是。过了一会儿，它的上半身掉到地上，眼珠子滚过地面，怨恨地盯着杀死它的人。

中士一瘸一拐地走到梅西身边，把他扶起来。梅西看着那具被分尸的尸体，然后瞪着尼尔森。

“真是离谱。”

群

✕ 布鲁斯·斯特林_著 阿古_译

外星人说："在接下来的旅程中，我会怀念和你的交谈。"

上尉-博士西蒙·阿弗雷尔把双手叠放在胸前，用嘶嘶作响的外星语说："和你道别，我也很遗憾，少尉，跟你交谈，使我受益良多。感谢你和我无偿分享了这么多知识，我本该付给你酬金的。"他身着绣金背心，双手戴满了珠宝饰物。

"那些只是信息，我们投资者交易的是能源和贵金属。奖励和追求纯粹的知识，是一种不成熟的种族特征。"外星人说着，竖起小耳孔后面那道棱纹褶边。他的明亮眼睛，被遮蔽在厚厚的瞬膜后面。

"毫无疑问，你是对的。但是对其他种族来说，我们人类还是孩子，所以保有某种不成熟的特质，也挺自然。”阿弗雷尔嘴上说得堂皇，心中却暗生鄙意。他摘下太阳镜，抹了一下鼻梁。这艘星际飞船内蓝光炽亮，紫外线很强烈。这是投资者最偏爱的光照环境，他们可不会为了区区一个人类乘客，做出什么调整。

“你们人类还不赖，”外星人宽宏大量地说，“我们挺喜欢和你们这样的种族打交道：年轻，有活力，有可塑性，喜欢尝试各种各样的商品和体验。我们应该早点和你们接触，但你们的技术还是太弱了，无法给我们带来利润。”

阿弗雷尔说：“现在情况不同了。我们能让你们挣大钱。”

“的确，”投资者说着，细鳞脑袋后面的那道褶边飞快地震颤起来，看来他心情很是愉快，“在两百年内，你们将变得非常富有，足以从我们手中购买星际飞行的核心技术。或者人类中的机械派，将通过自行研究，发现这个秘密。”

阿弗雷尔有点不耐烦，作为变形派的一员，他可不喜欢外星人夸赞敌对的机械派。他说：“不要太相信纯粹的技术知识。我们变形者有很强的语言天赋。我们这个阵营，是你们更好的贸易伙伴。要知道，在机械派看来，所有的投资者都长得差不多。”

外星人迟疑了一下。阿弗雷尔微微一笑。看来他最后一句话已经触动了这个外星人的个人野心，外星人已经明白了他的暗示。机械派总是在这一点上一错再错。他们试图一视同仁地对待所有投资者，每次都启用相同的接待程序。他们太缺乏想象力了。

阿弗雷尔认为，必须对机械派采取措施。在小行星带，在冰块丰富的土星环，双方的飞船有时会狭路相逢，发生小型对抗，互有伤亡，但这远远不够，两派都在不停谋划，贿赂对方最优秀的人才，伏击，暗杀，派遣工业间谍，想给对方一个永久性致命打击。

上尉-博士西蒙·阿弗雷尔是一个精通格斗和渗透的间谍大师。这就是为什么变形派会向投资者支付数百万千瓦能源，为他安排了这次搭乘。阿弗雷尔拥有生物化学和外星语言学双博士学位，并拥有磁武器工程硕士学位。他三十八岁，已按照自己的喜好和当时的时尚，对身体进行了变形重塑。他的激素水平进行过微调，可抵消长时间处于失重状态下引发的不良副作用。

他没有阑尾；心脏结构被重新设计，以提高供血效率；大肠也被改造过，能自行分泌通常由肠道细菌合成的维生素。遗传工程，加上童年的严格训练，使他的智商高达一百八十。他并不是环带中最聪明的人，但他是精神最稳定、最值得信赖的人之一。

“这简直是一种耻辱，”外星人说，“像你这样的人才，居然要在这个毫无利润可赚的糟糕前哨站里空耗两年。”

阿弗雷尔说：“这两年不会被白费。”

“但你为什么要去研究群呢？它们不会说话，教不了你任何知识。它们没有工具和技术，不愿开展贸易。它们是唯一一种能够进行太空航行的非智慧种族。”

“仅此一点，就说明它们值得学习。”

“那么，你们是想模仿它们吗？你们会把自己也变成怪物的。”少尉停顿了一下，“也许你们能办到。但是，这可不利于开展贸易。”

飞船扬声器里传出一阵奇怪的外星音乐，然后是一段刺耳的投资者话音片段。绝大部分音都太尖锐，阿弗雷尔的耳朵根本听不到。

外星人站起身来，镶满珠宝的裙摆扫了一下像鸟爪一样的脚尖。他说：“群的共生生物已经到了。”

阿弗雷尔说：“谢谢。”少尉一打开舱门，阿弗雷尔就闻到了群的使节散发的气味：这个生物浑身发出一股温热的酵母味，迅速弥漫进飞船内部的循环空气。

阿弗雷尔掏出一面口袋镜，迅速检查了一下自己的堂堂仪表。他往脸上补了点粉妆，把戴在齐肩红金长发上的天鹅绒圆帽扶正。他的耳垂上闪耀着一颗开采自小行星带、拇指指节般硕大的璀璨红宝石。他的齐膝大衣和背心都是由金色锦缎裁剪而成；衬衫上则用红金细线绣出繁密豪华的纹理。他的着装给投资者留下了深刻印象，投资者就喜欢和奢华豪富的客户打交道。怎么才能给这个新来的外星人留下深刻印象呢？也许可以用味道。于是，他又喷了一点香水。

在星际飞船的第二道气闸旁，那个群的共生生物正在和飞船指挥官喳喳交谈。这位指挥官年龄较老，举止困慵，体形是大部分船员的两倍。她的巨大脑袋上，戴着一顶镶着珠宝的头盔。一双迷离的眼睛正像照相机一样频频闪光。

共生生物以六条后肢着地，用四条前肢缓缓比画着。这艘飞船的人工引力只有地球重力的三分之一，却似乎让它备感困扰。它头上耸起两个眼柄，顶端悬着一对退化的眼睛，牢牢紧闭，躲避着飞船内的强光。阿弗雷尔暗想，它肯定习惯生活在黑暗中。

指挥官正用共生生物语言与它酬答。阿弗雷尔面露苦色，他曾经希望这个生物能说投资者语。现在看来，他不得不学习另一种语言，一种为没有舌头的生物设计的语言。

又一阵激烈交谈之后，指挥官转向阿弗雷尔，用投资者语对阿弗雷尔说："共生生物对你的到来并不满意，显然，最近有一些人类给它们制造了麻烦。但经过我的斡旋，它已经允许你进入它们的巢穴。本次事件已被记录在案。当我返回你的母星系时，将向你的派系索取此次外交服务的酬金。"

"谢谢你，长官，"阿弗雷尔说，"请向共生生物转达我个人最诚挚的愿望，在下绝无恶意——"突然，共生生物冲了过来，在他左小腿上狠狠咬了一口，打断了他的侃侃而谈。沉重的人工重力并没有妨碍阿弗雷尔的速度，他猛地向后一跳，摆出一个防守姿势。这时，只见共生生物安静地蹲伏在地，口衔着一长条被撕下的裤腿，正起劲地咀嚼着。

指挥官说：“它会把你的气味和化学成分传达给巢穴同伴，这是必要措施。否则你会被视为入侵者，被群的战士当场杀死。”

阿弗雷尔迅速放松下来，伸手压住伤口，止住流血。他只希望自己刚才的动作没有引起投资者们的注意，一个普通研究人员，似乎不应该有这么敏捷的身手。

“我们很快就会重新打开气闸。”指挥官说着，用粗壮的爬虫类尾巴抵住地面，身体向后一倚。共生生物继续咀嚼着碎布。阿弗雷尔仔细观察着这个生物的脑袋，没有脖子，有口和鼻孔；眼柄上有两个球根状萎缩眼睛；两侧各有一排铰链板条，可能是无线电接收器；顶部有三个甲壳质圆盘，从中凸起两排密密麻麻的细小触角，正在不停扭动，结构非常古怪，完全猜不透到底有什么功能。

气闸门打开，一股浓重的烟味涌进了对接室。这味道似乎让在场的六位投资者感到不适，他们很快就离开了。“按照协议，我们将在人类时间六十天内返回。”指挥官说。

“谢谢你，长官。”阿弗雷尔说。

“祝你好运。”指挥官用英语回了一句。阿弗雷尔脸上露出了微笑。

共生生物扭动着多体节的身体，爬进了气闸。阿弗雷尔跟着它。气闸门在他们身后关上了。这个共生生物一言不发，继续大声咀嚼着。第二道门开了，共生生物往里一跳，跳进了一条宽阔的圆形石质隧洞，立刻消失在了黑暗中。

阿弗雷尔摘下太阳眼镜，放进上衣口袋，又拿出一副红外眼镜绑在头上，走出了气闸。人工引力消失了，取而代之的是一种几乎无法察觉的微弱重力，这是由群的小行星巢穴造成的。阿弗雷尔笑了，这是几周以来他第一次感到舒心。成年后的大部分时间，他都生活在土星环的变形者殖民地上，在失重状态中度过。

在隧洞旁的一个暗洞里，蹲伏着一个体形如大象的毛茸茸的动物，脑袋呈圆碟形。它浑身散发着热量，在红外眼镜中清晰可见。阿弗雷尔可以听到它的呼吸声。它耐心等待着，直到阿弗雷尔飘过它身旁，更深地进入隧洞，它才挪到隧洞尽头，拼命吸入空气，直到膨胀的头部牢牢堵住出口。它伸展开许多条腿，深深地陷进墙上的插孔里。

投资者飞船已经离开。猎户星座参宿四是一颗红超巨星，四周盘绕着数百万颗小行星，小行星旋盘的总质量大约是木星的五倍。阿弗雷尔进入的，正是其中一颗小行星的内部。作为一处潜力无限的矿藏资源，参宿四旋盘使整个太阳系相形见绌。这个行星系的主宰者，应该是群。至少，在投资者的记忆中，没有任何种族能挑战群的地位。

阿弗雷尔凝视着隧洞。隧洞里似乎空无一物，没有其他生物投射的红外热源，他无法看得很远。他踢了一下墙，犹犹豫豫地向隧洞深处飘去。

这时，他听到一个人类大喊："阿弗雷尔博士！"

他赶紧回道："米尔尼博士！我在这儿！"

他先是看到一对年轻的共生生物轻盈飘来，爪子几乎很少在洞壁上借力。在它们身后，跟着一个戴护目镜的女人。她很年轻，很有魅力，身体经过基因重塑，身材苗条，曲线玲珑。

她用共生生物语言尖叫了几声，它们停了下来，等待着。她向前冲来，阿弗雷尔也迎了上去，抓住她的胳膊，熟练地抵消了她的速度。

“你没带什么行李吧？”她焦急地问。

他摇了摇头。“在我被派出之前，我们及时收到了你的警告。所以，我只穿了这一身衣服，只在口袋里带了一些小东西。”

她挑剔地看着他。“环带居民现在就流行这种衣服？看来时尚变化得比我想象中还要快。”

阿弗雷尔瞥了一眼身上的锦缎大衣，大笑起来。“这是出于外交考虑。投资者更喜欢和一个盛装打扮、看上去财大气粗的人类谈交易。现在，所有变形者使节都得穿这样的花哨衣服。我们赶超了机械派一大步，他们还在穿那些连体工作服。”

他犹豫了一下，不敢贸然提问，怕无意间冒犯她。伽利娜·米尔尼的智商将近两百。智力超群的人，有时会情绪不稳、反复无常，遇到挫折时，很容易退缩回自己的幻想世界中，或者陷入一种奇怪的矛盾心理，在密谋狠击和容忍退让之间不停打转，令人难以捉摸。为了争夺人类社会的文化主导地位，变形派选择了高智商作为一种发展策略，尽管偶尔会发生一些事故，他们还是不得不坚持下去。他们曾尝试过培育智商超过两百的超智人，但很多超智人叛离了变形者殖民地，这个特殊培育项目已被叫停。

“你一定在纳闷我这身衣服是哪儿来的。”米尔尼说。

阿弗雷尔微笑道：“你的衣服真的非常新奇。”

“这是用茧丝编织的，”她说，“我原来的衣服在去年的一次麻烦中被一名拾荒者吃掉了。我平时都是赤身裸体，我穿着衣服来见你，是不想显得太过亲密，让你尴尬。”

阿弗雷尔耸耸肩。“我自己也经常裸体，衣服并没有什么用，口袋倒是挺有用。我会随身携带一些工具，但大多数工具都不重要。我们是变形者，我们的工具在这儿。”他轻轻拍了一下自己的脑袋，“你能不能给我找一个安全的地方，来存放衣服……”

她摇了摇头。她戴着护目镜，他无法看到她的眼睛，无法辨认她脸上的表情。“博士，你已经犯了第一个错误。这里并不存在什么我们自己的地方。机械派特工犯过同样的错误，这个错误也差点让我丧命。这里没有隐私或财产的概念。这里是巢穴。如果你占据巢穴的任何一处空间，用来储存设备，用来睡觉，你就会成为入侵者，成为敌人。两个机械派特工—— 一男一女——占了一个空腔室，建立起电脑实验室，战士们打破门，闯进去把他们吃掉了。拾荒者吃光了他们的设备：玻璃，金属，所有一切。”

阿弗雷尔冷冷一笑。“把这些物料托运到这里来，一定花了他们一大笔钱。”

米尔尼耸耸肩。“他们比我们更富有。他们有大型机器，能大量采矿。我猜想，他们计划悄悄杀了我，尽量避免暴力场面，以免激怒那些战士。他们有一台电脑，学起弹尾语来比我快多了。”

阿弗雷尔说道：“但你活了下来，你的录像带和报告——尤其在早期，当大部分设备还在时，你录制并发送的情报——都非常珍贵。管理局一直非常支持你的行动。在你离开的这段时间，你已经成了环带名人。”

“是啊，如我所愿。”她说。

阿弗雷尔有点困惑。“这两只共生生物是不是有什么缺陷？”他小心翼翼地说，“我的研究领域，正好是外星人语言学。”他匆匆指了一下陪她前来的两只共生生物。“看来你和共生生物的交流已经取得了很大进步，要知道，这些共生生物似乎都听命于群。”

她用一种难以捉摸的表情看着他，耸了耸肩。“这里至少有十五种不同的共生生物。这两只跟着我的，叫作‘弹尾’。所有的共生生物，都只听命于自己。博士，它们是野蛮生物，之所以引起投资者关注，仅仅是因为它们还能说话。它们曾经能在太空中远航，但现在已经遗忘了星际航行技术。它们发现了巢穴，被巢穴吸收，变成了寄生虫。”她在一只弹尾的头上敲了一下。“我驯服了这两只，因为论起偷窃和乞食的本领，我可比它们强多了。它们现在和我在一起，保护我不受那些更大型共生生物的侵害。共生生物嫉妒心很强，会相互攻击。要知道，这些共生生物已经在巢穴中生存了大约一万年，依然没能彻底融入群生态链。它们仍然能思考，有时也会纳闷。过了一万年浑噩的寄居生活，共生生物仍然能做简单思考。”

“它们的确是野蛮人，”阿弗雷尔说，“我完全同意。在飞船上时，其中一只就咬了我。这样的生物似乎不太适合充当外交使节。”

“是的，我提醒过它，你会来巢穴找我。”米尔尼说，“它不太喜欢你的到来，但我用食物贿赂了它。希望它没有弄伤你。”

“只是擦伤，”阿弗雷尔说，“应该不会感染。”

“当然不会，除非你身上本来就有细菌。”

“绝无可能，”阿弗雷尔有点生气了，“我身上没有细菌。我绝不会随随便便把微生物带进一个外星生态圈。”

米尔尼把头扭向一旁。“你身上可能会有一些经过特殊基因变异的细菌……我们现在可以走了。在前面的大洞室里，弹尾会通过口部触碰，把你的气味传播出去。几个小时内，就会传遍整个巢穴。一旦气味抵达女王那里，传播速度就会迅速加快。”

她蜷起双腿，在一只年轻弹尾的硬壳上猛地一踹，借着反弹力，向隧洞深处飘去。阿弗雷尔赶紧跟上她。巢穴中空气温暖，他身披厚重华服，身体开始不停冒汗，幸好他的汗水有抗菌功能，不会散发异味。

他们来到一个巨大的洞室，横截面大致呈圆形，直径约二十米，蜿蜒了八十米。里面挤满了巢穴生物。

有成百上千只。大多数是劳役者，它们有八条腿，毛茸茸的，像大丹狗那么大。四处散布着一些战士，它们是毛茸茸的怪物，体形和一匹马差不多，口中伸出巨大的獠牙，整个脑袋像极了一把鼓起来的椅子。

在几米之外，两只劳役者背着一个传感者，这个传感者有一个巨大扁平的脑袋，连接在一个萎缩的躯体上，躯体大部分都是肺。传感者长着板状巨眼，体表伸出许多由毛状甲壳素构成的弯曲长天线，随着劳役者们的移动，弯曲天线也一颤一颤的。劳役者们伸出长着钩子和吸盘的脚，紧紧地贴在洞室墙壁上。壁石中的碳素已被汲取完，布满了疏松的小洞。

突然，一个怪物穿过臭气熏天的温暖空气，从他们头顶划过。它的末肢膨大，犹如两列桨片；头上无毛、没有五官；整个口部就是一个镶嵌钝甲的酸液喷口，还向外突出许多可怕的尖牙。米尔尼说："这是一个掘隧者，它能带我们更深入巢穴内部，快跟上。"她向它飘去，攀上了它多节的毛茸茸的后背。阿弗雷尔和两个尚未长大的弹尾，也跟着攀了上去，弹尾用前肢紧抓住掘隧者的臀部。掘隧者的茂密体毛又油腻又潮湿，散发出一股暖烘烘的恶臭，让阿弗雷尔浑身一颤。掘隧者继续在空中飞行，八只脚像阔叶桨板，如翅膀般扇动着空气。

"肯定有成千上万只巢穴生物。"阿弗雷尔说。

"在上一份报告中，我说有十万只，但那时我还没有探索遍整个巢穴。即使到现在，还有很多我没见过的长岔洞。巢穴生物的数量肯定接近二十五万。这颗小行星的体积，和机械派最大的基地谷神星差不多。内部仍然含有丰富的碳质材料，远远没有开采完毕。”

阿弗雷尔闭上了双眼。要是没有红外眼镜，他只能用手摸索着穿过这成千上万只不停拥挤、抽搐、扭动的怪物。“这么说，数量还在增长？”

“当然，”她说，“事实上，这个群很快就会发射一个交配子群。在女王房附近的一个腔室里，正在培育三打有翼型繁殖个体，雌雄都有。一旦被发射出去，它们就会交配并构造新的巢穴。到时候，我会带你去现场看发射盛况。”她停顿了一下，“我们马上就要进入一个真菌花园。”

一只年轻弹尾悄悄往前挪动几步，用前肢抓紧掘隧者的皮毛，伸嘴向前，啃咬起阿弗雷尔的裤腿边来。阿弗雷尔扭过头狠狠踹了它一脚，它缩了回去，眼柄晃个不停。

等他回过头来，他们已经进入了第二个洞室，比第一个大得多。洞室的每一寸洞壁，都覆盖着大量真菌。最常见的是这几种：臃肿桶身顶着一个圆盖；一丛密密麻麻的枝丫；一团弯曲缠绕的线条，在腥臭的微风中轻轻摇曳。

一些桶状真菌旁，还弥漫着一团孢子迷雾。

米尔尼问：“看到真菌下面那一堆堆生长介质了吗？”

“看到了。”

“我不确定这是一种植物形态，还是某种复杂的生化淤泥。关键是，如果移到小行星外部，照射到阳光，它就会生长，这是一个能在真空中生长的食物源！想象一下，如果能带回环带，这东西将会产生什么样的价值。”

阿弗雷尔说：“价值惊人，完全无法用语言描述。”

她说：“这东西本身不能吃，我试着吃过一小块，像在嚼塑料。”

“你在这里平时吃得好吗？”

“挺好。人类和群，有着相似的生物化学结构。这些真菌完全可以食用，但经过反刍之后，会更有营养。在劳役者的后肠内发酵一番，能增加不少营养价值。”

阿弗雷尔目瞪口呆。“你会习惯的，”米尔尼说，“以后我会教你如何从劳役者那里获得食物。只需有节奏地轻轻拍打某个部位——和它们大多数行为一样，只是一种简单的反射性反应，不受信息素控制。”她抹了一下脸，把一长绺脏头发拨到脑后。“希望我寄回的信息素样品，对得起那么高昂的运输成本。”阿弗雷尔答道：“哦，绝对值得。信息素的化学结构很奇妙。我们成功合成了绝大多数化合物。我本人就是研究团队的一员。”他犹豫了。他能信任她到何种程度？到现在为止，他还没有向米尔尼透露他和上级制订的那个实验计划。她只知道，他和她一样，只是一个普通的科考研究人员。变形者科学界对从事军事工作和间谍活动的少数人心存戒备。

投资者向人类透露，在银河系中还生存着其他十九个外星种族。作为对未来的投资，变形派决定租用投资者的飞船，向外星种族居住的星球派遣研究人员。这种大规模的外派，让变形派耗费了数十亿瓦特的宝贵能源和大量稀有金属和同位素。大多数派遣团有两到三名研究人员；有七个派遣团只有一名研究人员。伽利娜·米尔尼被选中，前往群进行考察。她平静地接受了使命，相信凭借高超智慧和坚忍性格，她应该能保住性命和理智。那些做决策的上级官员，也无法确定她是否能取得某种有用或重要的发现。他们只知道，只要有可能获得某种具有压倒性优势的技术或发现，即使孤身一人，即使装备不足，也必须赶在其他派系行动之前把她派遣出去。米尔尼确实取得了重大发现，引起了环带安全局的重视。于是，阿弗雷尔来到了这里。

“你们合成了那些化合物？”她说，“为什么？”

阿弗雷尔平静地笑了。“也许只是为了证明我们能办到。”

她摇了摇头。“请别糊弄我，阿弗雷尔博士。我跑这么远，部分原因就是为了躲避这类政治把戏。请告诉我真相。”

阿弗雷尔盯着她，可惜有护目镜遮挡，他看不到她的眼睛。“好吧，”他说，“告诉你也无妨，环带管理局命令我来这里进行一项实验，这个实验可能会危及我们两人的生命。”

米尔尼沉默了一会儿。“这么说你是安全局特工？”

“我的军衔是上尉。”

“我懂了……那两个机械派特工出现时，我就已经明白了。他们那么彬彬有礼，那么多疑，要不是还指望能通过贿赂或酷刑从我口中套出点秘密，他们一见面就会宰了我。他们把我吓得半死，阿弗雷尔上尉，你也吓到我了。”

“我们生活在一个可怕的世界，博士。这件事关系着派系安全。”

她说："在你们这些家伙眼里，所有事情都关系着派系安全。我不应该再带你往前走了，也不应该再给你看任何东西了。这个巢穴，这些生物，它们没有智能，上尉。它们不能思考，不能学习。它们天真无邪，混沌未开。它们不会分辨善恶。它们对任何事情都一无所知。发生在几百光年外的人类社会的权力斗争，和它们毫不相干，你绝对不应该利用它们。"

这时，掘隧者已经出了真菌室，在温暖的黑暗隧洞中缓缓划动。一群古怪的生物，像一群扁平的灰色篮球，从反方向飘浮过来。其中一个伸出细长的鞭形触角，勾住阿弗雷尔的衣袖。阿弗雷尔轻轻一掸，脆弱的触角就断裂了，喷出一细串腥臭的红色液滴。

"我在原则上自然同意你的观点，博士，"阿弗雷尔说，"但请想想那些机械派。他们中的一些极端派系，已经把大部分身体置换成了机器。你难道还指望他们能遵从人道主义准则？他们冷酷、冷漠，是没有灵魂的生物，他们可以把一个活生生的人切成碎肉，他们永远不会感受到受害者的痛苦。绝大多数其他派系都恨我们。他们说我们是种族主义超人。你难道愿意让这些异端分子在科技研发上赶超我们，用新式武器对付我们吗？”

“这是空话。”她扭头看向别处。在他们周围，到处都是满载着真菌的劳役者，嘴里塞得满满的，肚子也塞得鼓鼓的。它们正在向巢穴各处扩散，有的匆匆爬过他们身旁，更多的则消失在通向各个方向的分支隧洞里。阿弗雷尔抬起头，发现在头顶上面的洞壁上，有一只生物很像劳役者，但只有六条腿，正匆匆忙忙向他们后方窜去。这肯定是一种寄生模仿体。他有点纳闷，要花多长时间才能进化成这样？

“难怪环带会有这么多背叛者，”她悲伤地说，“如果人类真像你描述的那么愚蠢，只会陷入极端思维，那最好还是与人类社会断绝所有关系，独自生活，别去助长疯狂的蔓延。”

阿弗雷尔说：“这种谈话只会让我们丧命。派系制造了我们，我们必须效忠派系。”

“告诉我，上尉，”她说，“难道你从来没有想过，抛下所有这些人和事，抛下所有的责任和约束，逃到一个遥远的地方，去反思一下这个世界，反思一下你扮演的角色吗？从孩提时代起，我们就接受了那么艰苦的训练，接受了那么多不容置辩的命令。难道你不觉得，他们这样做，就是为了让我们迷失真正的自我吗？”

阿弗雷尔断然说道：“我们生活在太空中，太空是一种不自然的生存环境，需要超越自然的人，经过非自然的努力，才能获得成功。我们的思想是我们的工具，哲学必须退居其次。我当然体验过你提到的这些冲动。这些冲动只是另一种需要提防的威胁。我坚信，人类必须构建和维护一个有序社会。科技会释放巨大的破坏力量，使社会分崩离析。必须有某个派系从斗争中胜出，整合整个人类社会。我们变形者有智慧，有克制力，能以人道态度去推进全人类的整合。这就是为什么我会加入安全局。”他停顿了一下，“我不指望能活着看到胜利那一天。我希望能在一场残酷的战斗中战死，或者被暗杀。能够为这个事业壮烈牺牲，对我来说就足够了。”

她大喝道：“你太傲慢自大了，上尉！你的生命非常渺小，你的牺牲也很琐碎！如果你真想实现你的人道主义，实现完美的秩序，看看眼前这个群吧。这里就是你的理想天堂！这里总是这么温暖、黑暗、气味芬芳，食物唾手可得，一切物质都在无穷无尽地循环，被完美地重复利用。唯一丢失的资源，只是交配子群的个体，还有一点点空气。像这样的巢穴，可能会在数十万年，甚至上百万年里，保持不变。我问你，再过一千年，还有谁，还有什么东西，会记得我们，记得我们这个愚蠢的派系？”

阿弗雷尔摇了摇头。“这是一种无效对比。我们并不需要这么长远的远见。再过一千年，我们要么成为机器，要么成为神。”他摸了摸头，天鹅绒帽子不见了。毫无疑问，有个东西此刻正在吃它。

掘隧者载着他们，继续深入小行星内部的蜂窝状失重迷宫中。他们路过培育幼体蛹的腔室，无数苍白的幼虫裹在丝茧中，轻轻蠕动；一连串宽阔的真菌花园；许多处墓坑，在墓坑里，尸体腐败分解，散发出阵阵恶臭，一群有翼型劳役者悬浮在空中，不断拍打着翅膀，扇动着腐臭的空气。尸体被腐蚀性黑菌分解成粗糙的黑色粉末，再由浑身被熏黑的劳役者运走，那些劳役者的躯体，有四分之三也已中毒僵死。

之后，他们脱离了掘隧者，继续飘行。米尔尼早已习惯了巢穴生活，她飘行得灵巧娴熟；阿弗雷尔跟在她身后，则不时和劳役者们磕磕碰碰。隧洞中有成千上万只劳役者，攀附在天花板、墙壁和地板上，不停地四处聚集，到处爬动。

他们还参观了培育有翼型繁殖个体的腔室，这是一个高耸的圆拱室，有翼型繁殖个体长达四十米，蜷着腿，被吊在半空。它们的金属质身体分成多个体节，胸节上本该长翅膀的地方，分布着许多有机火箭喷嘴。光滑后背上叠放着一排雷达天线。它们看起来根本不是生物体，更像是正在建造中的星际探测器。劳役者不断给它们喂食。它们的螺旋形腹部膨胀得鼓鼓囊囊，储满了压缩氧气。

米尔尼向一只路过的劳役者讨到了一大块真菌，她巧妙地拍打其触角，激起了它的反射性动作。她把大部分真菌给了两只弹尾，它们一边贪婪地吞吃，一边眼巴巴地看着她。

阿弗雷尔盘起双腿，鼓起勇气，把真菌放进嘴里。口感很柔韧，但味道却很好，很像熏肉——这种美味他只尝过一次。在殖民地，烟雾的味道意味着灾祸临头。

米尔尼已经沉默了好一阵。

阿弗雷尔讪讪问道："食物没问题，我们睡哪里？"

她耸耸肩。"随便睡哪里……到处都是空荡荡的壁洞和隧洞。接下来，你应该很想去看看女王房吧。”

“求之不得。”

“我得多准备一些真菌。那里有战士守卫，必须用食物来收买它们。”

她从另一只劳役者那里收集了一堆真菌，然后他们继续向前飘行。阿弗雷尔早已没了方向感，无数腔室和隧洞构成了一座庞大的迷宫，让他眼花缭乱。最后，他们进入一个巨大的黑暗洞穴，女王的巨大身躯散发着明亮的红外光。这里就是巢穴的中央工厂。尽管女王是由温暖柔软的肉体构成，其本质却是一台大型工业制造机。大量经过预消化的真菌营养糊，源源不断地涌入女王光滑的盲口。圆滚滚的柔软肉体不停地蠕动、吮吸、起伏，消化着，转化着，发出有节奏的噗噗声、汩汩声。在女王的尾端，像传送带一样，源源不断地产出一粒粒卵，每一粒卵上都包裹着一层厚重黏稠的激素润滑液。劳役者们贪婪地把润滑液舔干净，然后把卵送往养育所。每一粒卵都有人类躯干那么大。

这个过程持续不断地进行着。在这颗小行星的中心，暗无天日，不分昼夜，这些巢穴生物的基因中，早已不存在任何昼夜节律的编码。生产流程源源不断，简直就是一个不停运作的自动化矿井。

“这就是我来这里的原因，”阿弗雷尔敬畏地说，“瞧瞧这个，博士。机械派拥有的电控式采矿机械比我们先进好几代。但是，在这儿，在这个无名小世界的肠道里，存在着一种神奇的基因技术，这个体系能自我喂养，自我维持，能有效地、无意识地不停运转。这是一种完美的有机机械。一个派系，如果能利用这些不知疲倦的劳役者，就能使自己成为工业巨头。我们变形者的生物化学知识，在人类社会遥遥领先。我们将完成这个壮举。”

米尔尼发出了质疑：“你打算怎么做呢？你必须把一个受精的女王搬运到太阳系。即使投资者同意放行，愿意承运，我们也承担不起运费。而且，他们根本不会同意我们这么做。”

阿弗雷尔耐心地解释说：“我并不需要一个完整的巢穴，只需要一个受精卵中的一点遗传信息，环带实验室就能克隆出无数的劳役者。”

“可如果没有巢穴信息素，劳役者们就没有任何用处。它们需要化学线索，来触发不同的行为模式。”

阿弗雷尔说：“完全正确，的确是这样，但我恰好拥有浓缩的合成信息素。我现在要做的，就是对合成信息素进行测试。我必须证明，我可以用合成信息素控制劳役者们的行为模式。一旦证明可行，我将获得授权，把必要的遗传信息偷运回环带。当然，投资者不会批准。这牵涉到道德问题，但投资者的基因技术并不发达，他们不会察觉。等创造出了丰厚利润，我们可以收买投资者，获取他们的事后认可。最重要的是，我们可以后来居上，在采矿竞争中击败机械派。”

“你把信息素带到了这里？”米尔尼追问，“投资者发现信息素的时候，难道没有起疑？”

阿弗雷尔平静地说：“现在，轮到你犯错误了。你真以为投资者无所不能？你错了。缺乏好奇心的人，将永远无法穷尽每一种可能性，而好奇心正是我们变形者的强项。”阿弗雷尔拉起裤腿，露出右小腿。“瞧瞧我小腿上的静脉曲张。这种血液循环问题，在长时间处于失重状态的人身上很常见。但是，这段静脉被人为阻断，并减少了渗透作用。在静脉里，存放着十种不同的细菌群落，经过特殊基因改造，每一种细菌，都能生产一种特殊的群信息素。”

他笑了。“投资者搜查得很彻底，动用了射线。但在射线下，我的静脉是正常的，而被存放在静脉隔间里的细菌，是无法侦测的。我随身携带了一个小医疗包，里面有一个注射器。我们可以用注射器提取信息素来进行测试。当测试完成后——我确信测试一定会成功，事实上我把自己的事业全都押在了这次行动上——我们会清空血管中的所有隔间。细菌一接触空气就会死亡。我们可以提取一个发育胚胎中的卵黄物质，填充进那段血管。这些细胞可能在旅途中存活下来，但即使死了，因为无法接触到任何降解媒介，也不会在我体内降解。回到环带之后，我们可以模拟自然选择过程，激活和抑制不同的基因表达，来产生不同等级的群生物。我们将拥有数百万只劳役者，如果需要，我们也将拥有大量战士，甚至对有翼型个体进行改造，生产出有机火箭飞船。如果我成功了，你认为谁会记住我？谁会记住这个傲慢自大的我，记住我的渺小生命和琐碎牺牲？”

她愣愣地盯着他，即使笨重的护目镜也无法掩饰她的敬畏。“这么说，你真打算这么干？”

“我牺牲了大把的时间和精力，当然期望获得结果，博士。”

“但这是绑架。你计划培育奴隶种族。”

阿弗雷尔耸了耸肩，不屑一顾。“你这是在玩弄辞藻，博士。我绝对不会损害这个群。当它们遵守我的化学命令时，我可能会偷走其中一些劳役者的劳动时间，我并不否认犯下了这一丁点盗窃罪。我承认我谋杀了一个卵，但这个罪过，只相当于人类的一次堕胎。盗窃一种遗传物质，算得上‘绑架’吗？我认为算不上。至于培育一个奴隶种族的可耻想法，我完全否认。这些生物本来就是基因机器人。如果它们算奴隶，那激光钻和货船也得算是奴隶了。在最坏的情况下，它们也只能算作人类的家畜。”

米尔尼只稍稍考虑了一会儿。“没错。一个普通劳役者不会仰望星空，渴望自由。它们只是没有智能的无性动物。”

“没错，博士。”

“它们只会工作。不管是为我们工作，还是为群工作，对它们来说没什么两样。”

“我发现你已经抓住了这个创意的美妙之处。”

“如果成功了，”米尔尼说，“如果成功了，我们的派系将获得数不尽的利润。”

阿弗雷尔脸上露出了微笑，他并未意识到，自己接下来这一番真诚话语包含着极其冷冽的自我讽刺。“还有个人利益，博士……第一个测试这项技术的人，将获得珍贵的专业知识。”他的声音柔和下来，“你看过泰坦星上的氮雪吗？我想在那里建造一个只属于我的居住地，比历史上的任何城市都要大。一座真正的城市，伽利娜，在那里，一个人可以彻底抛下所有的规则和纪律，那些塑造了他……”

“现在谈论背叛的可是你，上尉。”

阿弗雷尔沉默片刻，努力挤出一点笑容，说道：“你摧毁了我的完美梦想，说实话，我所描述的，只是一个有钱人闲适的退休生活，并不是一个叛逃者自我陶醉的隐居生活。两者存在明显的差别。”他停顿了一下，“我斗胆问一句，你是否有意愿，参与到我这个项目中来？”

她呵呵一笑，伸手碰了碰他的胳膊。她的低笑声透着一丝诡异，但立刻就被淹没在女王巨肠中传出的有机轰鸣声里。“你难道希望在今后两年里，我一直和你争论不休吗？我还不如现在就让步，免得和你起摩擦。”

“好极了。”

“毕竟你不会对巢穴造成任何伤害。它们永远不会知道发生了什么事。如果人类能在环带成功培育它们的基因序列，就没有理由再来打扰它们了。”

“没错。”阿弗雷尔说，然而，他的脑海里立刻闪过了蕴藏在参宿四小行星旋盘中的巨大财富。终有一天，人类将会满怀激情地向星际空间大规模移民，这一天终将到来。仔细打探每一个可能成为对手的外星种族，绝对是必要的。

“我会尽我所能地帮助你。”说完她沉默了片刻，又问：“你看够这个地方了吗？”

“是的。”他们离开了女王房。

“我起初不太喜欢你，”她坦率地说，“现在倒有点喜欢你了。你似乎有一种幽默感，绝大多数安全人员都缺乏这种幽默感。”

“这不是一种幽默感，”阿弗雷尔悲伤地说，“这是一种伪装成幽默感的讽刺。”

巢穴中一团漆黑，时间无尽流逝，不分时日。只有定期涌起的困倦会暂时打断这延绵的时间，起先他们还会定时睡眠，之后，就不时在失重状态下搂抱在一起，陷入无序的昏沉长眠。身体相拥，皮肤紧贴，那种发自本能的性吸引力，成了他们保持人性的唯一维系。远离人类社会六百四十光年，他们身上的人性渐渐分裂、磨灭，已经不再有任何意义。此时此刻，生存在这个挤满怪异生物的温暖隧洞里，他们就像悬浮在血管中的两个细菌，随着脉搏涨落不住飘移。几个小时漫长得像几个月，时间本身也变得毫无意义。

信息素测试非常复杂，但并非不可能完成。十种信息素的第一种，是一种简单的聚集指令，通过触角传播之后，能聚拢起一大群劳役者。劳役者们聚集之后，会等待进一步指令；如果长时间没有进一步指令，它们就会分散。为了达成控制效果，必须把不同信息素混合或串联使用，就像计算机指令。例如，第一种聚集指令信息素，结合第三种转移指令信息素，能驱使一群劳役者清空任何给定的腔室，并将其中的物品转移到另一个腔室。第九种信息素进行工业化应用的可能性最佳；这是一种建筑指令，能命令劳役者们聚集起一批掘隧者和清道者，并遣送它们去挖掘隧洞。其他的信息素就有点恼人了。第十种信息素会触发清洁行为，劳役者们一哄而上，用毛茸茸的触角把阿弗雷尔身上剩余的衣物剥扯个精光。第八种信息素会命令劳役者们去采集小行星表面的物质，劳役者们急切地想要完成指令，蜂拥而出，差点把两位人类探索者也裹挟进太空。

他们不再害怕战士。第六种信息素会命令劳役者们赶去照料卵，也能命令战士们急忙奔去保护那些卵。米尔尼和阿弗雷尔充分利用信息素的威力，命令一群被化学劫持的劳役者挖了一个腔室，并命令一个被劫持的气闸守卫堵住洞口，建立起了自己的秘密腔室。他们种植了自己的真菌花园来循环腔室空气，并储备了最喜欢吃的真菌，有一只劳役者被关起来专门发酵真菌。由于不断进食和缺乏锻炼，这只劳役者的身体肿胀不堪，挂在墙上，像一颗巨大的葡萄。

阿弗雷尔很累。最近，他已经很久没睡过觉了，究竟有多久，他也不清楚。他的身体节律并没有像米尔尼那样经过微调，他很容易抑郁和愤怒，不得不努力抑制自己的情绪。他突然冒了一句："投资者很快就会返回这里。"

米尔尼无动于衷。“那些投资者。”她刚说了个开头，又用弹尾语嘟哝了半句，他没能听懂。尽管阿弗雷尔受过外星语言学训练，但一直达不到她对弹尾语的那种熟练程度。他的专业训练几乎成了一种负担；弹尾语已严重退化，零碎、晦涩，简直就是一种混杂语，没有语法规则，没有固定搭配。他现在的水平，只能给它们下一些简单命令，还好他能用信息素遣走战士，获得了一定威信，让两只弹尾挺怕他。有了足够的食物，米尔尼驯服的这两只幼兽已经长得非常壮硕，现在，轮到它们作威作福，去欺凌那些欺负过它们俩的年长同类了。阿弗雷尔太忙了，手头有太多实际问题要解决，没有认真研究过弹尾或其他共生生物。

“要是他们来得太早，我可能无法完成手头的研究。”她用英语说。

阿弗雷尔摘下了红外护目镜，紧紧地箍在脖子上。“伽利娜，你的记忆力是有限度的，”他说着，打了个哈欠，“没有设备辅助，你只能记住这么多数据。我们只能先返回，等下一次再来。希望投资者看到我时，不会太过震惊。我那一身衣服，可花了一大笔钱。”

“自从交配子群发射之后，巢穴里就没发生过什么新鲜事。要不是有翼型培育房又有了动静，我可要无聊死了。”她伸出双手，把油腻的头发梳向脑后，“你想睡觉吗？”

“想，要是能睡着的话。”

“你不和我一起去看看吗？我一直对你说，这次培育很重要。我认为是一个新种，绝对不是普通的有翼型。它的眼睛像有翼型，但却紧紧地依附在墙上。”“可能根本就不是巢穴成员，”他话音疲惫、半开玩笑地说，“很可能是一种寄生虫，一种有翼型模仿体。你想看就去吧。我在这里等你。”他听着她离去。摘了红外眼镜，眼前也并不是完全漆黑，腔室里热气腾腾，长势茁壮的真菌会发出一种非常微弱的光芒。那只用来储存食物的劳役者在墙上微微晃动，发出阵阵沙沙声和咯咯声。过了一会儿，他就睡着了。

当他醒来时，米尔尼还没有回来。他并不担心。首先，他去那条气闸隧洞转了转，投资者就是在那里把他卸下的。他有点过虑了，投资者一向忠实履行合同。但他还是担心，如果投资者突然抵达，看不到他人影，也许会不耐烦，撇下他径直离开。其实，即使一时看不到他，投资者也会耐心等待。到时候，米尔尼会拖住他们一段时间，他会趁机快速赶赴养育室，从一个受精卵中抽取一点活细胞。采集的卵细胞越鲜活越好。

之后，他开始进食。他正在秘密腔室外咀嚼真菌，那两只驯服弹尾突然冒了出来。“你们想要什么？”他用弹尾语问道。

“喂食者不妙，”更大的那只尖叫着，兴奋地胡乱挥舞着前腿，“不工作，不睡觉。”

“不动弹，”第二只补充道，又满怀希望地追问一声，“能吃它吗？”

阿弗雷尔分给它们一些真菌。它们懒洋洋地嚼着，显然没什么食欲，这让他感到不安。他命令道：“带我去找她。”

两只弹尾立刻向外跑去；他很轻松地跟上它们，熟练地穿行过一群群劳役者。它们带着他在隧洞网络里穿行了几英里，来到有翼型培育腔室前。两只弹尾很是困惑。“不见了。”大的那只说。

培育腔室里空无一物。阿弗雷尔从没见过这么空荡荡的培育腔室，群从来不会浪费这么大的空间，这很不寻常。他担心起来，赶紧命令道："寻找喂食者。追踪气味。"

弹尾知道他没有食物，没有及时的奖励，它们就不太愿意做任何事情。最后，它们还是嗅起了气味，也许只是在假装。它们爬上培育腔室的天花板，钻进了一个新的隧洞入口。

空腔室里没有足够的红外光，阿弗雷尔只觉得眼前漆黑一片，他赶紧纵身一跳，向弹尾追去。

突然，他听到一声战士的大吼，接着是一声弹尾的尖叫。只见一只弹尾从隧洞口飞了出来，一股浓稠的液体从破裂的头部喷射而出。它不停翻滚着，撞上了远处的墙壁，发出一声闷响。它已经死了。

第二只弹尾立刻尖叫着逃走了，叫声里夹杂着悲伤和恐惧。阿弗雷尔降落在隧洞口，轻轻往下蹲伏，止住了身形。他能闻到愤怒战士发出的刺鼻气味，这是一种非常浓烈的信息素，就连人类都能闻到。几分钟甚至几秒内，就会有几十只战士赶到这里。他听到在愤怒战士的身后，一群劳役者和掘隧者正在忙碌地挖掘和砌固岩石。

他也许能控制一只愤怒的战士，但别提二十只，就算是两只，也已超出他的能力范围。他在洞壁上一蹬脚，向远处飘去。

他开始搜寻另一只弹尾，他觉得自己肯定能认出它，因为它的体形比其他弹尾大得多——但他找不到。弹尾嗅觉敏锐，只要它愿意，就能轻易躲开他。

米尔尼没有回来。又不知过了多少个小时。他又睡着了。他返回有翼型腔室，那里有战士守卫，它们对食物不感兴趣。当他走近时，它们挥舞着巨大的锯齿状尖牙，似乎要把他撕碎；散发着微弱臭气的侵略信息素，像薄雾一样笼罩着这个地方。在这些战士身上，他没有发现任何一种共生生物。有一种共生生物，体形像一只巨大的蜱虫，只依附在战士身上，但现在，就连这种蜱虫也不见了。

他钻进自己的秘密腔室，等待着，思索着。米尔尼的尸体并不在墓坑里。当然，也可能是被什么东西吃了。要不要从静脉隔间中提取剩余的信息素，再闯一回有翼型腔室？他怀疑，米尔尼或者她的残尸，仍然在那只弹尾遇害的隧洞里。他从未探索过那条隧洞。这种未知隧洞，还有成千上万条。

他犹豫着，恐惧着，一动不动地悬浮在黑暗中。就这样什么都不做，安静待着吧，反正投资者随时可能会抵达。只要他带回了遗传基因，即使环带管理局追问米尔尼的死因，随便他怎么解释，都没有人会吹毛求疵。他并不爱她；他尊重她，但这种敬意，还不足以让他放弃自己的生活抱负，不足以让他忽视派系付出的巨额投资。很久以来，他早已把环带管理局抛到了脑后，刚刚这一番思索，让他清醒了不少。回去之后，他必须向上级解释，他为什么会……

正当他胡思乱想个不停，只听呼哧一声响，他的气闸卫士突然泄了气，挪到一旁，三只战士闯了进来。它们并没有怒气冲冲、横冲直撞，而是小心翼翼地缓缓逼近。他明白最好还是不要反抗。其中一只战士张开巨齿，咬住他，抬起他就走。

它把他带到有翼型腔室，进入那条守卫森严的新隧洞。在隧洞尽头，又挖出了一个新的大腔室，几乎填满了一种布满黑斑的白色肉块。在柔软黑斑物体的中央，长着一张嘴巴，耸起两只湿漉漉的、闪闪发光的长柄眼。许多长长的卷须像管道一样从眼睛上方的一道隆起处悬挂下来，不停扭动着。卷须末端是一个粉色肉块塞。

其中一条卷须扎进了米尔尼的头骨。她的身体悬在半空中，像蜡人一样柔软。她的眼睛睁开着，却没有一点生气。

另一条卷须扎进了一只变异劳役者的大脑。这名劳役者的体表依然是幼虫般的苍白色，它体形萎缩，肢体畸形，口部皱巴巴的，隐隐呈现出人类嘴巴的外形。它嘴巴里还有一截东西，像是人的舌头；两道白色隆起，像是人的牙齿。它没有眼睛。

这个变异体用米尔尼的声音说道："上尉－博士阿弗雷尔……"

"伽利娜……"

"我不叫这个名字。你可以称呼我为群。"

阿弗雷尔呕吐了起来。腔室中央那团东西是一个巨大的脑袋。它的大脑几乎充满了整个腔室。

它礼貌地等待着，直到阿弗雷尔吐完。

"我发现自己又醒了，"群的话音有点迷离，"我很高兴看到并没有什么重大紧急事件需要关注。相反，只是一种例行的常见威胁。"它故意停顿了一下。米尔尼的身体在半空中微微颤抖，她的呼吸节律匀称得不正常。眼睛忽而睁开，忽又闭上。“又遭遇了一个新兴物种。”

“你到底是什么东西？”

“我就是群。也就是说，我是群的一种个体。我是一种工具，一种对新环境的适应能力；我的专长是智慧。群很少需要我。再次被需要，感觉可真好。”

“你一直都在巢穴里吗？你为什么不和我们会面？我们应该早点和你交涉。我们并没有恶意。”

卷须末端的变异体张开湿乎乎的嘴巴，爆发出一声大笑。“和你一样，我也喜欢讽刺，你会发现自己掉进了一个巧妙的陷阱，上尉-博士。你想让群为你和你的种族而工作。你想培育我们，研究我们，利用我们。这是一个绝妙的计划，但早在你们的种族进化成形之前，我们就已经挫败过这样的妙计了。”

在恐慌的刺激下，阿弗雷尔疯狂地思索着。“你是一个有智慧的存在，”他说，“没理由会伤害我们，让我们好好协商，我们人类可以帮助你。”

“没错，”群表示同意，“你们会很有帮助。你同伴的记忆告诉我，现在，银河系遍布着智慧文明，正处于一个动荡时期。智能是一个很大的麻烦，给我们带来了各种各样的困扰。”

“你到底想说什么？”

“你们是一个新兴种族，非常依仗自己的聪明，”群说，“像其他种族一样，你们不明白，智能其实是一种不利于生存的特质。”

阿弗雷尔抹了抹脸上的汗，说道：“我们发展得很好，我们带着和平的意愿来到这里。你却没有派遣使节去拜访我们。”

“我指的就是这一点，”群说，“正是这种扩张、探索、发展的欲望，将使你们灭绝。你们天真地以为，可以无限制地满足自己的好奇心。在你们之前，早已有无数种族因此灭绝。在一千年之内，也许更长一点，你们这个种族就会消失。”

“这么说，你是打算毁灭我们？我警告你，这可没那么容易。”

“你又误解我了。知识就是力量！你以为，就凭你们那脆弱瘦小的身躯、原始的腿脚、可笑的手臂和手掌、几乎没什么沟回的小型原始脑，就能容纳所有力量？当然不能！在知识细分、专业分工的冲击下，你的种族早已分崩离析。人类的原初身体形态正被废弃。你自己的基因就被改良过，上尉-博士，但你仍然只是一个粗糙的实验体。一百年后，你将成为一具遗骸。一千年后，你将被遗忘。你的种族，将和成千上万个其他种族一样，走上不归路。”

“什么不归路？”

“我不知道。”变异体发出咯咯一笑，“他们已经超越了我的理解范围。他们都曾经获得过一些发现，学到过一些知识，这使他们超越了我的理解，甚至超越了这个宇宙。总之，我不再能感觉到他们的存在。他们悄无声息，已经销声匿迹；无论从何种意义上来说，他们似乎都死了，消失了。他们可能变成了神灵，可能变成了幽灵。无论是神灵还是幽灵，我都不希望成为他们的一员。”

“难道弃绝知识，就能让你获得——”

“智能是一把双刃剑，上尉-博士。一定程度的智能，能提升种族的生存能力。过剩的智能，则会妨碍种族的存续。生存和智能无法完美融合。两者并不像你想象的那样，是紧密关联的。”

“但是你，你却是一个理性的存在——”

“如我所说，我只是一个工具。”卷须末端的变异体发出一声叹息，“当你开始进行信息素实验时，女王马上就察觉到这种化学物质扰动现象。这触发了她体内的某些遗传模式，使我获得了重生。化学破坏问题可以通过智能来解决。你看，我就是一个充满智慧的巨脑，经过特别设计，比任何一个新兴种族都要聪明得多。三天之内，我就完全觉醒了。不到五天，我就破解了身体上的这些标记。这些标记是遗传编码，储存着本种族的全部历史。在五天零两个小时内，我意识到了目前的问题，并找到了解决方案。现在，在我重生的第六天，我已经开始处理问题。”

“你打算做什么？”

“你们这个种族非常有活力。我预计，你们将在五百年内抵达这个行星系，与我们展开竞争。也许更早。因此，有必要对这样的对手进行彻底研究。我打算邀请你永久加入我们的社群。”

“什么意思？”

“我邀请你成为一个共生生物。一个男性，一个女性，基因经过改良，没有任何缺陷。你们两位就是一对完美的繁殖组合。我不必再去克隆，可以省去很多麻烦。”

“你以为我会背叛自己的种族，把一个奴隶物种交到你手里吗？”

“你的选择很简单，上尉-博士。继续作为一个聪慧的、活着的生物而存在，或者变成一个没有思维的傀儡，就像你的搭档一样。我已经接管了她神经系统的所有功能，我也可以这样对付你。”

“我可以自杀。”

“这样可能会有点麻烦，这将迫使我开发一种克隆技术。尽管我有能力开发这样的技术，但对我来说，技术开发是一个痛苦的过程。我自己就是一个基因工程的产物，在我的思维方式里面，内置了一些故障防护开关，防止我为了自己的私欲而接管整个巢穴。这样做是为了防止群和其他智能种族一样，落入同样的灭绝陷阱。出于同样的原因，我的生命周期也很有限。我只能活一千年，那时，你的种族爆发出的短暂能量应该已经衰退，和平已经恢复。”

“只有一千年吗？”阿弗雷尔面露苦笑，“到时候会怎样？我猜想，既然已经没有利用价值，你会杀光我的后代。”

“不会。我们曾经对其他十五个种族进行过防御性研究，但并没有灭绝任何一个种族。没有必要这么做，上尉-博士，请仔细看，在你的脑袋上方，飘浮着一个小小的拾荒者，正在吞吃你的呕吐物。五亿年前，它的祖先曾经威震整个银河系。当它们攻击我们时，我们派遣它们的同类发起反攻，当然，我们改良了基因，让它们变得更聪明、更厉害，当然，也对我们更忠诚。我们的巢穴，是它们所知道的唯一世界，它们奋勇战斗，展现出一种我们永远无法匹敌的勇气和创造力。如果你的种族要来剥削我们，我们当然也会这样对付你们。”

“我们人类不一样。”

“当然。”

“这一千年不会改变我们。你将会死去，我们的后代将会接管这个巢穴。无论你的智能多么高超，几代之后，我们就能主宰这个巢穴。黑暗不会有任何影响。”

“当然不会。在这里你不需要眼睛。你并不需要任何东西。”

“你会让我活下去吗？允许我教会他们任何我想教的知识吗？”

“当然会，上尉-博士。事实上，我们是在帮你一个忙。一千年后，你的后代，将是唯一残存的人类。我们会慷慨地与你们分享我们的永生；我们会尽心尽责，保障你们的生存。”

“你错了，群。你并不理解什么是智能，你其实什么都不懂。也许其他种族会变成寄生生物，但我们人类不一样。”

“当然。这么说，你同意了？”

“是的。我接受你的挑战。我将击败你。”

“棒极了。等投资者返回这里时，弹尾们会对他们说，它们已经杀了你，并告诫他们永远不要再来。他们不会再来。下一批抵达这里的，应该是人类。”

“如果我不能击败你，他们会的。”

“也许。”它又叹了口气，“真高兴我不用吸收你。我肯定会怀念和你的这一番交谈。”

梅森的老鼠

尼尔·亚瑟_著　耿辉_译

装有环保钛金属弹丸的子弹咔嚓一声被严丝合缝地塞进霰弹枪，梅森用力扣上枪管，撇着嘴观看眼前自家的农场宅院。从哪儿开始呢？那只杀手流浪猫会藏在哪儿？他把霰弹枪端在腋下，走向巨大的封闭谷仓，他可以听见谷物处理机还在工作。那里有地方隐藏，不过他知道自己得小心瞄准开火的位置。他错把史密斯的一个捕鼠器当作兔子来射击，那时才知道微电路挺结实，但也没那么结实。它尖叫着逃回家，像拉小黑屁屁蛋一样掉落芯片。回想的过程中，他自己笑了笑，然后他突然停下来，笑容褪去。或许那就是原因，或许史密斯给他的一个捕鼠器重新编程，为了报复他而把猫当作猎杀对象。

将军不见时，梅森才起了疑心，另外两只猫的消失被归结于其他原因，它们可能找到另一个食物供应更充足的人家。虽然可以减税，但是梅森不赞成为它们提供所需的一切。他把这称为激励，毕竟它们是来工作的猫。猫消失的另一种可能也在他的脑海里闪过，联合收割机经过时它们可能闪躲不及，那样的话他在打包秸秆时会发现它们的尸体残骸。但是这种事不会发生在将军身上，那只豁耳朵猫已经来这里六年了，了解周围的危险，还靠着稳定的老鼠餐长胖了一些。别人也许会觉得是狐狸杀死了猫，可是狐狸不攻击猫，毕竟猫的武艺天生就比狐狸强。不会是狐狸，最厉害的弑猫者也是猫。梅森摇摇头，继续前往谷仓。

G1 谷仓的门滑开一半的时候卡住了，梅森并不感到意外，他已经两年没用过了。不过照明还正常，他可以轻松看见尘土覆盖的内部。面前是堆积如山的阿尔法小麦，他伸手抓起一把，满意地盯着豌豆粒大小的谷粒，然后在处理机从他身旁呼呼经过时，把谷粒抛在了地上。他一边看着这台笨重的设备，一边皱眉。在工作流程中，谷物处理机是低效的一环，谷物从联合收割机来到谷仓，然后通过处理机，从谷仓沿着斜坡被输送到更高的筒仓。梅森想要一台新型联合收割机，它的风扇可直接把谷物通过五十英尺的导管吹进筒仓。然而他没有五千万欧元的闲钱。酸楚的表情还没有消散，他再次抬头凝视谷堆的顶部，这时他看见了灰色的身影蹲伏在上面，正用贪婪闪亮的眼睛打量着他。

梅森举起霰弹枪，他瞬间判断，这就是要找的流浪猫。这只动物转身逃走，梅森发现它根本不是猫，而是一只大老鼠，便犹豫了一下。老鼠从谷堆另一侧逃窜下去时，梅森压低枪口，出了满身大汗。难怪将军不见了，他掏出手帕擦了擦脸，然后小心谨慎地往里走。他绝对不愿突然遭遇那么大一只老鼠。

谷堆的另一侧没有老鼠，前方五十码处是 G2 谷仓的门。他跑到门前，按下开门按钮。门向两侧滑开，一道光投进黑暗，老鼠就被罩在灯光里，一动不动。梅森举枪要开火，却看见老鼠腰部缠着东西，看似一条工具带。霰弹枪开火时剧烈跳动，老鼠尖叫着被打飞，血液喷溅出来，然后它抽搐着落在地上。梅森走到旁边，打开所有的灯，扫视周围谷堆之间逃跑的大老鼠，不过他没有朝它们射击。当时枪里只剩一发子弹，兜里还有几发，他觉得不是很安全，于是就走向死老鼠。

这只动物居然把一条帆布织带缠在了自己身上，至少一开始梅森是这样告诉自己的，可是最后站在死老鼠旁边时，他觉得这种解释不够合理。这只老鼠系了一条工具腰带，上面挂着用骨头、木头和旧钉子打造的工具。

梅森伸手捏着尾巴拉起这只大老鼠，然后因为又听到一些动静而四下扫视。他拖着死老鼠，举着枪退出G2谷仓，等他来到门口时，他觉察到有动静，便抬头观看。另一只老鼠蹲在一座谷堆上。随着啪的一声，有东西撞上门梁，又摔到地上。梅森低头看见一支十字弓射出的小箭，大骂一声便赶紧逃出了谷仓。

“那么梅森先生，没必要烦心。捕鼠科技公司可以解决你的小麻烦。”

高高在上的讨厌鬼，梅森一边想，一边低头盯着扔在桌子上的老鼠冻尸。梅森并不喜欢史密斯推荐的这个人，头一样令他讨厌的就是对方的西装。梅森反感所有穿西装的家伙。他估计这个家伙在他公司汽车的后备箱里肯定有一双绿色的水靴。梅森抬起头来。

“烦心？小麻烦？我的谷仓里有武装起来的老鼠，你说这是个小麻烦？”

“是的，先生。也许我称它为小麻烦是不对，但这是我们捕鼠科技公司惯常解决的问题。”

梅森无法相信自己在讨论这种事儿。他最近一次听说动物界使用工具的能力是在一个关于猿猴的节目中，它们设法用石头砸开坚果。

“再说一遍，它们是从哪里来的？”

“我刚刚讲到，人类已经进化成最强物种。我们正在倒逼动物界提升智力，也就是——”

梅森没等捕鼠科技公司代表火力全开地进入胡扯模式，便伸手打断：“行了，你有什么我能用的产品？”

西装男笑得像条鲨鱼，他从公文包里拿出一本厚厚的目录。梅森感到心里一沉——装着信用卡账单的棕色小信封通常会给他这样的感觉。西装男打开了桌上的目录，旁边就是正在解冻的老鼠尸体。他给梅森看了一张类似安保摄像头产品的照片。

“这是 TT6，我们去年才推出的产品。它是一种带有热源和运动双重传感器的导引脉冲激光器。在你的两座谷仓里各放四台这种产品，应该就能解决你的问题。史密斯对它们最满意了。”

“多少钱？”梅森厌烦地问完，又对回答皱起了眉头。新型收割机得在更远的未来才能买上了。

捕鼠科技公司一天就装好了TT6。梅森注意到，他们戴着头盔和面罩，穿着缝有微型网眼锁甲的工作服，其中一人拿着泵动式霰弹枪警戒。不过，老鼠都躲藏了起来。这些人把一条铠装电缆从TT6拉到他的房子里，连接到农场的计算机上。当所有工作都完成后，西装男来到这里，演示系统操作。

“这是控制软件，”西服男载入两张光盘并将电缆插入计算机的空闲安保电路后说，“现在你可以调用每个TT6的诊断程序，查看是否击中老鼠，甚至可以通过每个单元查看。”

电脑屏幕点亮，显示出文字：G1谷仓3号TT6击中目标。

“啊，太棒了。”西装男说着开始演示如何调取该单元的视图。屏幕切换，显示出G1内部偏绿的红外线视图。

尸体上激光射穿的地方飘出烟雾，梅森仅剩的那只猫倒在一座谷堆前。

“呀……最好别让其他动物进入谷仓。传感器被设置为消灭一定体形参数范围内的动物。很明显，它们会避开人类，但是——”

“我希望这种情况能减少一些费用。”梅森咬牙切齿地打断了他。

第一天，诊断程序报告了一个故障，梅森无法通过该特定单元获得任何图像。他毫不意外，于是在腋下端着霰弹枪去了 G1 谷仓。一只老鼠倒在 TT6 前方的地面上冒烟，但 TT6 也在冒烟，两支箭射穿了它。夜里又有两台 TT6 报废，梅森早上叫来了西装男。

“呀,”西服男一来就检查了箭，“有时会发生这种情况。你现在最好来一套移动防御系统。”他打开了让人揪心的目录，指出一台一英尺长的设备，样子看似金属铬打造的蝎子，“这就是 TT15。”

“那些 TT6 还在质保期内。”

“我可以给你一个非常合理的置换价格，附带服务合同和延期付款。虽然很昂贵，但你只需要一台 TT15。”

第二天，TT15 就到货了。光是把它从箱子里取出来就令梅森感到毛骨悚然。关掉 TT6 后，他把 TT15 送到谷仓并启动运行，它立即冲到暗处。梅森发现它比老鼠更让自己害怕，于是他迅速离开了。他把 TT15 的引导信标放在堆肥旁边。半小时后，TT15 用双颚夹着一只死老鼠出来，把它扔在了信标旁。在梅森要驾驶的拖拉机旁边，他打了个寒战，然后转身开始工作。后来，他坐在拖拉机的一个轮胎上卷烟抽时，看到三只老鼠从 G1 跑出来，铬蝎子在后面追逐着。

他发觉自己居然希望这些老鼠能够逃脱，但是，没等它们逃到聚乙烯塑料包裹的秸秆包，TT15 就追上其中最慢的一只，把它抓起来捏碎，然后像一只可怕的猎犬那样把它送回堆肥旁。梅森判断，不管这东西看起来有多吓人，它的效率可真高。

第二天，捕鼠科技公司的人过来拆除了 TT6。完工后，他们的工头来找梅森。

“听说你装了八台 TT6，伙计。”

“没错。不过，老鼠毁坏了其中四台。”

“这我们知道。我们已经拆下了坏的，只是有个好的不见了。我必须上报，伙计。”

这一天接下来的时间里，梅森在麦田里捆绑秸秆，他百思不得其解，想知道失踪的 TT6 会在哪里。到了晚上，他想明白了，而且莫名地感到高兴。他一回到院里，便拿起霰弹枪，来到谷仓。

G1 谷仓发生过一场惨烈的战斗。老鼠们用几个旧轴承和一个万向节将 TT6 安装在一个谷物处理机上，可以朝各个方向旋转，并由处理机的电池供电。梅森颇感意外，但他意识到老鼠们没有考虑 TT15 的反射表面。它们显然多次发射激光，足以耗光处理机的电池，但 TT15 虽然受损，却没有抛锚。一场使用十字弓箭和手持武器的战斗随后开始。地上到处都是被大卸八块的死老鼠、武器，以及 TT15 的银色碎片。最后，老鼠们设法关闭 G2 谷仓的门来夹住它，让它不能移动。它就被困在那里，马达时不时地发出呜呜声。

梅森走到门口，他打开门，点亮 G2 谷仓的灯。

TT15 飞快地冲进谷仓，立即锁定了地板远端的动静。梅森观察对面，看到一群老鼠，它们中的许多都受了伤。许多正在包扎伤口、捆绑夹板。它们都抬头看着梅森，眼睛闪闪发光。他举起霰弹枪，看到老鼠们的脸上呈现出一种死到临头的表情。他射出霰弹枪的两发子弹，把 TT15 轰成了碎片。

很快梅森转身离开谷仓，前去取消他寄给捕鼠科技公司的支票，路上他为自己感到非常高兴，其实这是他几天来最高兴的时刻。梅森真正讨厌的那种老鼠身上都穿着西装，而且给梅森带来的损失比几把阿尔法小麦多得多。

被埋葬的穹顶大厅

艾伦·巴克斯特_著　刘壮_译

高高的、昏暗的洞穴一直延伸进一片漆黑。

库尔萨德中士停顿了一下，摇了摇他那沉重的、布满灰丝的头。“我们马上就要断掉通信了。你绘制一路上的地图了吗?”他问迪尔曼。

“是的，中士。”

库尔萨德回头看了看他们来时的路，那里仍然有阳光透进来，熹微地照着小队成员。“用无线电联系，斯宾塞。看看他们怎么说。”

“好的，中士。”斯宾塞下士卸下背包，架起一根天线，对着后方的洞口。“基地，这里是E小队。基地，E小队。”

无线电台发出一阵噼啪声和嘶嘶声，然后:“请讲，E小队。”

“我们跟随叛乱分子穿过开阔地，到达坎大哈东北偏北方向约八十千米处的山脚，来到一个山洞系统，在……等一下。”斯宾塞拿出一张地图，大声念出一组坐标，“他们已经躲起来了，比我们领先八十分钟。如果我们再往里走就会中断通信。有何命令？”

“待命。”

无线电台再次发出噼啪声。

“他们会命令咱们进去的。”库尔萨德中士说。

保罗·布朗准下士在一旁看着，脖子后面的神经一阵发痒。他们一直在按部就班地工作，但这里怎么看都像个陷阱，非常适合伏击。天马上就要黑了，而且已经变冷了。天气只会变得更冷。尽管也许往里多走一点，温度会变得很稳定。

他上前一步，说：“中士，也许我们应该在这里扎营，等到天亮。”

“山洞里永远都是他妈的黑夜，布朗。”库尔萨德看都没看他，说道。

“你累了吗，呆子？”二等兵山姆·格拉德斯通讥笑道。新来的博蒙特咧嘴笑了。

“你怎么老是这么讨人厌？”布朗说。

“都给我闭嘴！”库尔萨德叫道，“等待命令。”

“我只是觉得大家都很累。”布朗说。他侧过肩膀，露出他背包侧面的红十字。“毕竟，你们的健康就是我的工作。”

“知道了。”库尔萨德说。

六个人一齐陷入了沉默。他们已经跟踪这群极端分子三天了，有六七次发现他们的踪迹但又把他们跟丢了。他太累了，尽管其他人都硬撑着不肯承认这一点。年轻的博蒙特就像一只小狗，第一次出任务，急着要打仗，但其他人应该有更深的了解。他们都多少见识过行动。库尔萨德见得比大多数人都要多；是那种仿佛一出生就处在交火之中，并且生来就带着武器的家伙。

“E 小队，这里是基地。你确定这就是叛乱分子逃窜的地方吗？”

“确定。迪尔曼用步枪瞄准镜发现了他们。想把我们甩掉，我猜，他们正在设法躲起来。”

“收到。你们自己行动吧。可以的话就拿下他们。他们手上沾有我们很多人的血。你能确认他们的人数吗？”

“一共八个人，基地。”

“收到了。好运。”

斯宾塞向队员们挤了下眼睛。“收到了，基地。通话结束。”他取下天线，挂在他的背包上。

“那好吧。”迪尔曼说。他换了只手拿步枪，在他的携行具中一通翻找，找到了一个夜视仪，把它装好。

布朗叹了口气。迪尔曼的射击水平无人能比，即便是在他疲惫和身处黑暗之中时也是如此。但这并没有给人多少安慰。“我们不打算等了，是吗？”他说。

库尔萨德没有理会他。“继续出发了，孩子们。这里没有脚印，”他踢了踢坚硬的岩石地面，“所以我们的行动要慢，要安静。斯宾塞，你来绘制地图。我在沿途都做好标记。”

“好的，中士。”

“我们出发。博蒙特，你干得不错。”

“是，中士！”

“既要慢又要稳，博蒙特。还有，把武器放低。在我说开火之前不能开火，除非你先被射中了。”

“是，中士。”

这孩子听起来有点泄气，布朗很高兴。年轻人需要被人放放气。他们排成队，出发了。斯宾塞放置了一个电子标记，点了点随身携带的平板电脑。电脑开始标出一个位置，来帮助他们找到回来的路。

周围变得更冷了，并且变得近乎一片漆黑。从外面漏进来的光线无法到达这里，黑色就像一个过度热情的恋人一样紧紧拥抱着他们。

“夜视仪在这里没用，”库尔萨德说，“我们只能冒险使用手电筒了。队首开一个手电筒。迪尔曼，用红外线模式。”

“早就准备好了。”迪尔曼说着，敲了敲他的夜视镜。他走上前去，与博蒙特差不多并肩站着。

年轻的二等兵按下他的头盔灯，环顾四周时，灯光随之扫过这片空间。这条通道的宽度约为五米，和他们过去几天看到的其他地方一样干燥和寒冷。尘埃在头盔灯的光束中飞舞，他们的靴子在狭窄的空间里发出奇怪的摩擦声和嘎吱声。

“从这里开始，所有人都保持安静。”库尔萨德说罢，向博蒙特挥手示意前进。所有人采取一致的行动步调，坚定而谨慎。

“我在前面就是个明晃晃的靶子。”博蒙特紧张地低声说。

“这就是让新来的年轻人打灯的原因。”库尔萨德说。一阵傻笑的涟漪传遍了整个小队，然后中士让他们保持安静。

迪尔曼拍了拍博蒙特的肩膀。“我在你身后呢，驴子。”博蒙特一回头，头盔灯灯光又射向人堆里。

“不要这样叫我！”

笑声再次荡漾开来。布朗咧嘴笑了。可怜的笨蛋。博蒙特在坎大哈被人看见抚摸一头驴子，他只是一个远离家乡的孤独的孩子，靠着拥抱这个软乎乎、毛茸茸的动物的脖子来获得一点安慰。当然，他被人逮着了，拍了照片，等他回到军营，这个故事已经被说成他的蛋蛋深深插进那头可怜的动物里面了。

“够了！”库尔萨德呵斥道，“我们他妈的到底是不是专业的？”众人的欢笑声止住了，他们再次向前摸索。地面变成了下坡，斯宾塞每走五十码左右就停下来放置一个标记。大约三百码后，通道豁然开朗，进入一个更宽敞的洞室。

对面铺着个皱巴巴的东西，肯定是人造的。

所有枪口立刻瞄准了它，博蒙特小心翼翼地向前走去。“假警报。”过了一会儿，他回话道，声音轻快，像是松了一口气。“有人来过这里，有毯子，有生火的痕迹，还有一个空水壶。不过看起来至少有几个月了。”

博蒙特的头盔灯划过一个大大的弧线，照亮山洞，小队稍微放松了些。除了粗糙、弯曲的岩石，什么都没有。一边的石壁上有几道细小的裂缝，还有几道通往未知岩洞的黑色缝隙，但所有裂隙都还不足以让一个小孩子钻过去。在地面上，一道大一些的缝隙在黑暗中大张着嘴，一条隧道向下通往远方。几块大石头散落在洞口周围。

库尔萨德点头示意小队前进。

“看起来这些东西最近被人动过了。”格拉德斯通说。

布朗凑近一些，好看得更清楚。“看来这条通道以前被堵住过，那几个混蛋把路给清了出来。”

迪尔曼踢了几块破碎的石头。“我猜他们不是很想在这里伏击我们，而是在寻找更好的出路。”

布朗摇了摇头。“这条通道为什么会被堵住？又是被谁堵住的？”

“他们知道的紧急螺栓孔？”库尔萨德喃喃自语，“继续前进。”洞室外面的隧道宽度约为三米，又是一段下坡路。博蒙特的头盔灯是唯一的光源，不过除此之外这里一片漆黑，所以它倒也把隧道照得挺亮。阴影在不规则的隧道表面上忽大忽小。

博蒙特把头盔灯从他的头盔上取下来，拿着它朝身子一侧伸直胳膊。“如果他们真的埋伏咱们，并且对着灯光射击……”

走了几百米之后，走在最后的布朗停下来，回头张望。“等等。”他轻声说。

库尔萨德回头瞥了一眼。“怎么了，医生？”

“关灯，博蒙特。”

“乐意之至！”

咔嗒一声轻响，隧道沉入黑暗。没过几秒钟，他们的眼睛开始适应黑暗以外的东西了。在通道的墙壁和天花板的缝隙中，甚至在这里和那里的地面上，都散发着柔和的蓝色辉光。几乎无法察觉，用他们的边缘视野更容易看到，这是一种暗淡的冷光。不对，布朗想，是磷光。他蹲下身子，仔细观察一条裂缝。他掏出一把小刀，弹开刀刃，在缝隙里面挖了起来。刀刃拔出来时，上面沾着一个病恹恹的蓝色污点。

“某种地衣，”他说，“我听说过这种东西，不过一直以为它是绿色的。”

格拉德斯通把他的夜视镜拉下来，轻按调整按钮。“不管它是什么颜色，它的光亮足够夜视镜使用了。”

“我们真走运，”库尔萨德说，“戴上夜视镜，各位。把灯关掉，博蒙特。”

“太谢谢你啦，中士。”

布朗把自己的夜视镜拉下来，看着小队在单调的绿色视野中前进。他很高兴他们再也不需要刺眼的头盔灯了，但那些发光的蓝色地衣让他感到毛骨悚然。他站起来，赶在他们走远之前跟了上去，一边走一边调整他那沉重的医疗包。

他们默默地又走了几分钟，斯宾塞不时地放下标记。在一个岔路口，他们试着走左边的路，但很快就遇到了一个死胡同。他们回到主通道继续前行，发现一侧有一个小山洞，太矮了，无法站直。而且没有通道。

“看起来这条隧道会一直向下延伸。”博蒙特说。他的声音里已经失去了兴奋。

库尔萨德举起拳头，让大家停下来。“走多远了？”

斯宾塞查看平板电脑。尽管平板电脑的亮度已经调到最低，但在他们夜视仪的视野中还是十分明亮。“七百八十三米。”

“四分之三千米了，真的？”迪尔曼低声说。

他的语气和布朗一样紧张。奇怪的地衣仍然存在，随机散布在裂缝和裂纹中。偶尔有一块较大的地方亮得像一盏明灯，但大多数地方只是柔和的条纹，像岩石中的纹路。

“继续前进。”库尔萨德说。

又过了几分钟，斯宾塞低声说：“一千米了。”

大家还没有对这一事实做任何点评，博蒙特就倒抽一口气，骂了起来。“中士，这里有东西。”

小队立刻进入战斗状态，并悄悄散开以覆盖隧道的整个宽度。

“是骨头，”博蒙特说，“只是一副骨架。”

库尔萨德转过身。“医生，去看看。”

布朗走到博蒙特身边，低头看了看躺在隧道弧形石壁旁的骨头。蓝色地衣的条纹包裹着骨架的一些地方，就像蜗牛的足迹。他蹲下身来仔细观察。“男性，成年。乍看之下，没有明显的创伤痕迹。”

他从口袋里拿出一个笔式手电筒，抬起夜视镜。“小心你们的眼睛。”

他点亮手电筒仔细观察，小队的人则全都别过头去。骨头七零八落，既没有肉也没有连接组织将它们连在一起。“有某种残留物，”布朗轻声说，“像凝胶之类的东西。”他从口袋里拿出一支笔，用笔尖划过一根大腿骨。笔尖上积聚了一小团透明而黏稠的脓液。没有臭味。

他又用一根食指按在那块骨头上，轻轻碰触那个东西。似乎毫无生气。他把那团黏液凑到眼前仔细观察，随即皱起眉头，然后又用手指按在骨头上。“这东西是热的。”

他身后的小队一下子紧张起来。“那是什么？”库尔萨德问道。

布朗咽了口唾沫，心里怦怦直跳。他看着自己的指尖，又握住了骨头，感受着手掌中的热量。“这具骨架是热的。而且太干净了，不可能是烂在这里的。”

“到底是怎么回事？”博蒙特问道，他的声音颤抖着。

“你诳我们呢？”格拉德斯通问道。他的声音比博蒙特的气更足，但带着明显的恐惧。

布朗把一个手掌放在骨架上方，与它保持着一英寸左右的距离，他来回移动手掌。“它整个都是热的。”他有气无力地说道。他的大脑试图处理这些信息，却百思不得其解。他膝盖下的冰冷岩石像是在嘲笑他。

“热的？”库尔萨德问道。

布朗发现那具只剩骨头的尸体下面有什么东西，他的心再次狂跳起来。“嘿，迪尔曼。”

“什么？”

“你用瞄准镜观察我们跟踪的那些混蛋时，有没有看到什么你觉得有趣的东西？”

一时间，整个空间里弥漫着紧张的沉默。迪尔曼说：“有一个人脖子上挂着一根链子，上面有一个巨大的金色美元符号。他假装自己是个说唱歌手或什么狗屎呢。”

布朗用他的小刀挑起一根链子——它原本耷拉在惨白的胸廓里。随着一阵磕碰牙齿的咔嗒声，链子一节一节地被提了起来。最后，一个金属的美元符号从两根肋骨之间冒了出来，它的表面不再是金色，而是变成了一块黯淡、发黑的合金。

“这到底是怎么回事？”博蒙特尖声问道。他左右摇晃着身子，发疯似的看着四周。

“这些骨头太干净也太白了，不可能是腐烂到这种程度的。”布朗说。他用手电筒照着这堆骨头，看见夹杂其间的硬币、一个打火机、一部手机融化掉一半的残骸，还有几个皮带扣。两把自动手枪，上面都有那种凝胶状黏液的痕迹，卡在骨盆下。库尔萨德走上前去，俯身端详着这具尸体，仿佛这是对他本人的侮辱。“你想告诉我，这是我们追捕目标中的一员。”

布朗一耸肩，提起笔来，晃动着那个美元符号。“活见鬼，”斯宾塞说，“到底是什么东西能把一个人变成这样？”

布朗摇了摇头。“谁知道呢？”他四处晃动着手电筒，把光打在隧道的墙壁和天花板上。

“那它去了哪里？”格拉德斯通胆虚地问。

“去哪儿了？”库尔萨德问。

“我觉得这很清楚，有什么人或者什么东西把他变成了这个样子，并且已经不在这里了，对吗？”格拉德斯通说。

“某种武器？”博蒙特问道，他的情绪仍未平复。

“哪种武器能有这种效果？”布朗反问道。

库尔萨德站直了身子。“别吵了，所有人都闭嘴。我们有任务，我们要执行下去。我们会在路上找到答案的。”

“它还有热气，”布朗提醒他，“事情刚发生没多久，我想。”

“那我们就更他妈的要谨慎行动。”库尔萨德说。

一阵枪声和远处的叫喊声在隧道里回荡。E 小队全都停下动作，聆听起来。一声尖叫，又是一阵枪声，然后是一声深沉的剧烈的轰响。

“手榴弹？”迪尔曼轻声问道。沉默再次降临。

“关灯，闭嘴，”库尔萨德说，“布朗，你和我在前面开路，以防我们再遇到任何尸体。博蒙特殿后。出发。”

布朗点点头，把刀装进口袋。他并不想走在前头，但中士这样安排是一个明智之举。博蒙特听起来像是被这场遭遇吓坏了，倒也可以理解。他的紧张情绪就像电流一样传遍了整个小队。他最好到后面去，让他有机会冷静下来。队员们不情不愿地各就各位。布朗又瞥了一眼隧道地面上的骷髅，当他们悄无声息地离开时，他打了个寒战。

他们在沉默中又走了十分钟，然后斯宾塞低声说："两千米了。"

远处响起一阵尖叫声，又一下子掐断了。几串枪响。他们停止动作，听了一会儿，却再也没有听到什么。

"继续前进。"库尔萨德严厉地说。

"你确定吗，中士？"布朗问，但中士只是在他背上推了一把作为回答。

几分钟后，斯宾塞说："三千米。"

布朗指了指，库尔萨德点点头。又有两具骷髅躺在隧道的地面上。布朗蹲下身子，感受着从他们身上升起的暖意，与周围冰冷的岩石形成鲜明的对比。两支 AK47 步枪和各种金属物品散落一地。

"这他妈是怎么了，伙计？"博蒙特说，他的声音仍然尖厉而紧绷。"什么东西能干出这种事？"

"我们应该回去吗？"布朗问道。

"他们还有五个人，在前面某个地方，"库尔萨德说，"而且不管是什么东西干的，它也同样在前面。我们再往前走走看。”

“我们该撤了，中士！”博蒙特说，“说真的，我们怎么能打得赢这种鬼东西……”

“振作起来，士兵！”库尔萨德喝道，“稳住情绪。我们再往前走一会儿，看看情况。这条隧道一定会在某个地方发生变化，出现分岔或者变得开阔起来之类的。我想看看会发生什么。如果五千米内都没有进展，我们就掉头。”

“五千米？”博蒙特的声音像个孩子，“见鬼，五千米？”

“出发。”库尔萨德轻声说，他的声音和举止都表现出十足的冷静。

布朗想知道这位中士的真实感受是不是像他表现出来的一样冷静。似乎博蒙特才是对这一切有着更理智反应的人。布朗咬紧牙关，强忍着哆嗦，继续向前走。

这条路仍然有奇怪的地衣条纹照着亮，隧道也仍然是一条直径三米左右的喉管，一直延伸到远方的山脉脚下。有好几分钟，他们都没有再听到任何声音。

“保持警惕，”库尔萨德说，“你感觉怎样，驴子？好些了吗？”

博蒙特没有回答。

中士轻轻地笑了笑。“对不起，乔希，我只是在逗你呢。说真的，你感觉还好吗？你刚才有点儿紧张。”

没有回答。

山姆·格拉德斯通说：“我身后没有人，中士。”

“什么？”

“他刚才还在殿后，可这会儿不见了。”

库尔萨德咒骂了一句。“博蒙特！”他压低声音，恶狠狠地叫道，“他妈的，他肯定不是吓破胆跑回去了。”

“我会听不见吗，中士？”格拉德斯通问道。

“我不知道。你会吗？斯宾塞，把你的平板电脑留在这里，沿着隧道快速追上去。如果你在几百码内都没有追上他，我们就只好随他去了，等我们一回去，我就给他好看。”

“好的，中士。”

斯宾塞放下他的装备，小跑着离开了。众人在沉默中难受地站了几分钟。

“紧张的小孩子，”终于，布朗说，“第一次参加行动。”

“少给他找借口，”库尔萨德说，“妈的，他是个军人。”

斯宾塞回来了，他递来一个东西。“我们需要赶紧离开这里。”他说。他的手指上挂着一条链子，上面有两块狗牌。

“这他妈——？”迪尔曼低声说。

“博蒙特的？”库尔萨德用一种紧张的声音问道。

“他成了一具操蛋的骷髅，就跟我们发现的那些叛乱分子一样。除了扣子、武器和狗屎，什么都没剩下。他只剩下一堆他妈的骨头，中士！”

迪尔曼小声嘀咕起来，并用他的头盔灯疯狂地照向各个方向。小队的情绪开始崩溃。

库尔萨德一巴掌关掉迪尔曼的头盔灯。“给我冷静点！大家保持冷静。”

“冷静，中士？”格拉德斯通问道，“说真的，我们在这里有大麻烦了。”

“冷——静。斯宾塞，你把博蒙特的武器拿回来了吗？”

斯宾塞摇了摇头。“把它留在那里了。枪带没了，不好拿。但我拿走了他的弹匣。”

“很好。现在，我们需要重新评估我们在这里做什么。”

“我想我们应该撤离，中士。”布朗说。他努力让自己的声音保持平静，却还是听到并感觉到了声音里的颤抖。

“没那么简单。”

“就是这么简单，”迪尔曼说，“别管那些家伙了，如果他们在下面还活着的话。不管是什么害死了博蒙特，它也一样能弄死他们。我们就在山洞外面等着，只要有人出来，就把他干掉。”

库尔萨德举起一只手，在他们的夜视镜中形成一道黯淡的绿色波纹。“冷静点，各位。这件事并不光是离开这么简单。我和你们是一道的。换作别的时候，我绝对会下令中止行动。但是那个杀死博蒙特的东西，是从后面杀死了他。”

“这意味着它在我们身后，”布朗说，意识到这一点就像一道冰冷的波浪滚过他的肚子，“或者不止一个，前面后面都有。”

“正是这样。”

“这是不是说我们就应该继续走下去？”格拉德斯通问，“也许这样只会变得更糟。”

“也许吧。也可能有别的出路。”库尔萨德拿起斯宾塞的平板电脑，查看屏幕，“我们还有一堆传感器，是吗？”

斯宾塞把博蒙特的狗牌放进一个口袋。“是的，很多。”

“好吧。我们再继续走一千米，看看隧道前方有没有什么岔路。如果有，我们也许可以绕过这里的东西。如果没有，我们就掉头，硬着头皮碰碰运气。斯宾塞，虽然不太可能，但我们在这下面有信号吗？”

下士掏出他的装备，花了点儿时间尝试得到基地的回应。然后他调整到宽带模式，寻找一切传输信号，结果却一无所获，也没有人回应公开呼叫。“没有，中士。”

“这我可没料到。好吧，布朗，你待在中间。我和斯宾塞在前面开路。我想让格拉德斯通和迪尔曼负责后方警戒，但你们两个要倒着走。我们慢慢前进，你们的眼睛不准离开我们后方的隧道。出发。”

他们再次慢慢前行。布朗在队伍中间感觉自己毫无用处，但他知道库尔萨德在做什么。保护这个最有可能救助伤员的人。只是看起来洞穴里的东西并不会留下任何伤员。他听到格拉德斯通倒抽了一口气，于是转身看去。

“看到了吗？”格拉德斯通对迪尔曼小声说。

“是的。在那里！”

布朗也看到它了。他抬起夜视镜，想亲眼看看。一个不断运动的东西，更像是一团在黑暗中变动不拘的光，就像一圈淡蓝色荧光的涟漪。他瞥见一个光滑的、玻璃一样的球体的一部分，一个一闪而过的球状东西，但它钻进墙里，消失了。

其他人也都停下来观看。五个人全都使劲盯着，但隧道里像死亡一样，黑黢黢、静悄悄的。

“继续前进。”库尔萨德说。

布朗也倒着走，眼睛努力扫过他们身后隧道的每一寸地方。

“那里！”格拉德斯通厉声说道。

他也看到了。大约三十米外，天花板上的一个玻璃一样的东西在不停变动。比刚才更近了。几乎就像一个巨大的水滴，已然开始变大，垂挂下来，却又很快被吸了回去。

“它在跟踪我们。”迪尔曼咬牙切齿地说，并再次揿下头盔灯。

“可它到底是什么？”斯宾塞问道，“它是活的吗，医生？”

听到自己被直接点名，布朗一下子跳了起来。“我可不是这方面的专家。”他说，“无论它是什么……”

他的话被格拉德斯通的尖叫声和迪尔曼的惊叫声淹没了——手电筒的灯光照在他们头顶天花板上的一团正在滑动的巨大物质上又反射回来。它像一条上下颠倒的河流，在岩石上流淌和起伏，然后膨大变长，垂了下来，像一道透明的果冻瀑布一样从隧道顶上流下来。这一团巨大的、凝胶一样的东西伸展开来，然后掉落了。

迪尔曼跳到一边，震耳欲聋的叫声和他武器的枪口焰充满了整个隧道，与此同时，格拉德斯通急忙倒退几步，却滑倒了。他把布朗撞得向后一屁股坐在地上，而布朗则惊慌失措地爬开，手忙脚乱地去抓自己的武器。与此同时，库尔萨德和斯宾塞用枪对准他的头顶上方，全力开火。

那东西掉下来，穿过格拉德斯通的双腿，他的惨叫声让人毛骨悚然。布朗透过枪口火光努力看过去，却只看到一连串一顿一顿的图像，就像用频闪灯照着一样。格拉德斯通的双腿连衣服带肉都在一瞬间融化进那一摊透明东西里，只剩下几块骨头。他试图用手把那东西掸掉，却又惊恐地举起没了肉的惨白指骨，而这些骨头又掉下来，散落在他的大腿上。很快，他的手臂上一直到胳膊肘的肉都不见了。那个球形物体伸出几根触手一样的附肢向前一甩，当它的庞大身躯填满隧道时，又像一只疯狂的海葵一样缩了回去。迪尔曼、斯宾塞和库尔萨德疯狂倾泻的子弹射中了这个东西，却没有丝毫作用。它似乎在子弹面前有些退缩和躲闪，随后却又无情地向前奔涌。只有迪尔曼的手电筒光束似乎真的挡住了它。它蔓延到了格拉德斯通的躯干，格拉德斯通的惨叫声突然断了。这时布朗起身就跑。他沿着隧道夺路而逃，并意识到其他人也在和他一起跑。

至少，斯宾塞和库尔萨德是这样。他们一边跑，一边喘着粗气，只想拉开自己和那个腐臭而恐怖的东西之间的距离。他不敢回头看，怕那东西在他们身后一路膨胀，怕看到格拉德斯通被杀死或者迪尔曼被抓住。隧道的地面变成了碎石，一面墙壁塌了一半，几乎挡住了去路，他脚下一个踉跄，差点儿摔倒在地。这是他们先前听到的手榴弹爆炸的结果。他无意中踢到了另一具骷髅，骷髅的骨头散了一地。

一道更亮一些的光芒开始冲刺前方隧道，他竭力奔向那片光亮，与后面的必死之局相比，他们面前的任何危险都不值一提。

他们冲出隧道，进入一个令人眩晕的巨大洞穴，又在伸进半空、距离洞底数百米的壁架边刹住脚步。洞顶消失在高处盘旋的薄雾之中，却有一道柔和的蓝色光亮透了下来。这个巨大空间的洞壁上布满了奇怪地衣组成的条纹，整个地方都沉浸在一种不真实的光芒中，就像是苍白的天光漏进热带的海水里，与这个深入地下几千米的世界格格不入。从洞底拔地而起、高耸进缕缕薄雾中的，是一个显然由智慧生物设计建造的结构——一个巨大的螺旋形高塔，高达数百米，底座至少有一千米宽。弯曲的扶壁连接着小一些的塔楼，围绕高塔形成一个圆圈。这个如纪念碑般的、有着有机外观的结构似乎是直接在岩体上历尽艰辛雕凿出来的。一道巨大的楼梯从他们所在的壁架这里一直通向建筑的最下层和洞穴的地面。每一级台阶大约有两米高，宽度相似；数百级巨大的台阶通向下方的迷雾。空气越发寒冷和潮湿，弥漫着陈旧的金属味道。眼前的一切都散发着超越任何历史跨度的时代气息。地质时代。

“我的天。”斯宾塞抬起他的夜视镜。他的声音里带着疯狂的味道。

身后传来步履蹒跚、气喘吁吁的声音，三人跳了起来，转过身去。迪尔曼踉踉跄跄地走出隧道口，痛苦地呻吟着。他的左臂只耷拉着一根毫无用处的骨头，他的手不见了。他的半张脸也没了，牙齿连着头骨一起暴露在外，而一边冒泡、一边流血的头皮仍然在不断退缩。

“中士……”他含混地说着，伸出那只好手，单膝跪倒在地。

斯宾塞踉跄着退后几步，随即他转过身去，大声地呕吐起来。布朗急忙上前，他接受的医学训练起了作用，暂时把震惊和恐惧抛到了一边。可他不敢碰这个可怜的家伙。他仔细观察，想要确定损伤在哪里结束。迪尔曼的肩膀被吃掉了，并且还在融化。在布朗的注视下，把整个关节连在一起的软骨崩解了，迪尔曼的臂骨哗啦啦地掉到岩石上。他脖子上的肉变成了液体，血液从暴露的颈动脉喷涌而出。

迪尔曼的一只手胡乱抓着布朗，而医生瞠目结舌，眼看着蔓延的崩解逐渐停下来，却始终无能为力。但损伤已然不可逆转，迪尔曼的血流干了。库尔萨德的枪管进入布朗的视野，枪口顶在迪尔曼的额头上，响了一声。这个可怜的家伙向后飞去，他的后脑爆开，喷溅在整个洞壁上。

斯宾塞继续清空肚子里的东西，布朗则跪在地上浑身发抖，脑子里一片空白。库尔萨德走到他们出来的隧道口，注视着黑暗。他打开头盔灯，光束穿透黑暗。他让灯光扫过墙壁和天花板。

斯宾塞终于停止了呕吐，急促而颤抖地喘着气。库尔萨德说："似乎并没有跟踪我们。也许它只是在守卫隧道。"

"卫兵？"布朗设法说道。

库尔萨德向这个难以置信的地下建筑比了个手势。"我觉着应该不会有人发现这个，你说呢？"

"但这是什么？"布朗问，"什么样的生物……？"

"最好不要试图去弄清楚，"库尔萨德说，"我们只是士兵。这种问题是为科学家准备的。"

"真不敢相信，它没有把我们所有人都干掉。"斯宾塞说。

"也许是疏于训练了，"布朗猜想，"它没有那么快，虽然十分致命。我们也只看见四具叛乱分子的尸体。所以还有四个人从它身边溜走了。它不喜欢我们的灯光，尽管这仅仅是减缓了它的速度。"

“手电筒比开枪更有用。”斯宾塞说。

“也许是这里太亮了。”库尔萨德凝望着洞中柔和的蓝光说。

“看。”

库尔萨德和布朗转身看向斯宾塞所指的地方。有几道造型和前面那个一样的巨型楼梯，从洞穴地面一直向上连接围绕洞壁的各种壁架。他们所在的壁架长一百米，另一头还有一道楼梯通向下方。在那道楼梯上，四个小小的身影正坚定地向下爬去。看动作，他们像是筋疲力尽了，每次都要坐在高高的台阶边缘，然后滑到下一级台阶上。其中一个人还要靠其他人的帮助，显然是受伤了。

“那几个混蛋。”库尔萨德说。他走到迪尔曼的尸体前，解下死者的狙击步枪，装上了一个瞄准镜。他走到他们自己的最上面一级台阶的边缘，趴在地上，展开步枪枪管下面的两脚架，瞄准对面。

“你是认真的吗，中士？”布朗难以置信地问道。

“我们还有工作要做，先生们。至少我要把这件事做好。”

他扣动扳机，一名叛乱分子的脑袋开花，爆出一团血雾，他们从远处就算用肉眼都能看到。其他叛乱分子像受惊的蚂蚁一样乱作一团。库尔萨德又开了一枪，第二个人胸口爆裂，倒下了。又是一枪，那个受伤的叛乱分子肩膀被击中，他身子一旋，跌倒在地，爬到一个巨大的台阶背面，看不见了。他们终于明白了火力的来源，最后一人也慌忙躲进了掩体。

“这群混蛋。”库尔萨德再次说道。他的眼睛一直盯着瞄准镜里的视野，一动不动地趴着，轻声呼吸。

斯宾塞靠着岩石壁架后面的洞壁，瘫在地上，蜷缩起来。他用胳膊抱着头，轻轻地摇晃着。

“斯宾塞崩溃了。”布朗对库尔萨德低声说。

“我知道，”中士说，他的眼睛并没有从瞄准镜上移开，“给他一些时间，看看他能不能恢复状态。”

“我们有多少时间？”

“谁知道呢？现在，那该死的东西没有从隧道里出来，我当然也不会再进去了。下面有两个叛乱分子，一个全须全尾，还有一个肩膀上不知道伤成什么样。目前来看，我打算等他们自己出来，也给斯宾塞一个机会，让他振作起来。我建议你先休息一下。”

他的语气不容争辩。布朗走到离隧道口很远的地方，靠着石壁坐下。他的背上很冷。显然，库尔萨德也崩溃了，只是他是以典型的老派军人的方式来处理他的情绪。这位身材高大、肌肉发达的中士参与过的行动比小队其他人加起来都要多，他让受过的全部训练接管了心智。也许这是个好策略。如果这个人能够把自己从情感中剥离，让他的经验把他变成一台机器人，也许这真的能让他活着离开这里。

时间一分一秒地过去。布朗越来越开始担心一些琐碎问题，比如他们可以在哪里睡觉，他们还剩下多少水和口粮，除了进来时的路，还有没有其他出路。显然他也不愿意再回到隧道里去。

库尔萨德的枪响了，布朗跳了起来。

“我就知道我可以等到他出来。”中士的声音里带着笑意。

“你干掉他了？”

“是的，他觉得我不会一直用瞄准镜瞄着他。我一直坐了十多分钟，你这个杀人不眨眼的混蛋叛乱分子。你是个该死的外行，你应该先偷看一眼。现在变成个死外行了。”他站起来，把步枪甩到肩上，“除了那个肩膀受伤的，其他人都死了，如果不出意外，我估计他会因失血而死。我们去看看吧。”

布朗站在那儿，困惑地皱着眉头。“去看看？”

“是的，不然还要做什么？”

布朗苦思冥想，却毫无头绪。中士说得有道理。如果他们不打算回到隧道，那至少需要四处看看，所以他们不妨一边搜索，一边完成任务。这是把实用主义发挥到极致的做法，冷酷，却有意义。

库尔萨德走过去，在斯宾塞身边蹲下来。“你还好吗，士兵？”

“不好，中士。”

“我也是。可是我们该行动了，好吗？”

斯宾塞抬起头来，在他剃成平头的棕色头发下面，他精瘦的脸白得像骨头。“我家里有一个儿子，中士。他下个月就两岁了。我应该回家给他过生日。他的第一个生日我就错过了。”

库尔萨德拍了拍斯宾塞的肩膀。“我们会出去，让你一到该回家的时候就出发。”

“我们不会的，中士。我们谁都出不去了。”他指着遍布洞穴的尖顶和高塔，“那都是些什么，中士？我们会死在这里的。”他的语气听起来非常平静。

“我们要出去。”库尔萨德坚定地说。

“我的妻子总是担心我回家时腿已经被路边炸弹炸没了。‘你不会死的，’有天晚上我们喝酒的时候，她说，‘我有预感。’她一直这样，她说她能通灵。以为她是个鬼扯的灵媒，你知道吗？不过这也无伤大雅。‘你不会死，’她说，‘但我有一种可怕的感觉，你会被地雷炸成残废。’真他妈是个了不起的预言，不是吗，中士？就算用尽她全部的通灵本事，她肯定也没有预见到这种狗屎局面！”

库尔萨德笑了。“我看不会有人能预见到这种狗屎局面。”

“我本来再过两周就该回家了，中士。”斯宾塞的眼睛里充满了泪水。

布朗吃惊地看见库尔萨德做了一件让他绝对想不到的事情。中士把斯宾塞紧紧搂在怀里，让他贴在自己胸前。

“哭出来吧，士兵。”库尔萨德说，斯宾塞抽泣起来。

当斯宾塞号啕大哭时，布朗手足无措地在一边足足站了一分钟。军医不知道自己为何感觉如此平静，内心如此冰冷，并意识到自己把恐惧、惊慌统统锁在了心里。他的真实自我和其中所蕴藏的所有情绪都被装进他心里的一个密封盒子里，到了某个时刻他将不得不打开这个盒子。当他释放这一切时会发生什么，想到这儿他感到害怕，可是眼下，这个盒子让他不至于被撕成碎片。这样做会让他成为比斯宾塞更好的士兵吗？还是成为一个更坏的人？比起他所见识过的所有暴行，所有他早已习惯的身体和精神上的创伤，这一天的经历显然应该让他崩溃。他没有妻儿，不像斯宾塞一样渴望见到他们。但中士有，而且他也在坚持。也许斯宾塞只是暂时无法控制他那个上着锁的盒子。

库尔萨德把斯宾塞推开。“好了。现在站起来吧，孩子。感觉好多了。”

“对不起，中士，我只是……”

“不要对不起，斯宾塞，都搞定了。你准备好出发了吗？”

“是的，中士。”斯宾塞的声音仍然颤抖，但找回了一些自信。

“布朗？”

军医一愣，点了点头。“是的，中士。”他想，他至少已经尽力做好准备了。

库尔萨德抽了下鼻子，背上背包。“好吧，我肯定不会顺着来时的路回去。隧道里的那个东西，不管它是什么，似乎都只想待在那里，所以我们不去管它。一定还有别的出路。这么大的规模，”他指着如纪念碑一般统治着整个洞穴的巨大构造，“不可能只有一条小小的隧道通进来。我们走吧。”

“中士。”布朗说，他终于做好准备，要说出一个从他们来到这个岩石壁架上之后，一直让他后脑勺发麻的担心。

“什么？”

“隧道里的那个东西并没有跟着我们出来。也许你说得对，这里太亮了。”

“是的。然后呢？”

“好吧，如果它是为了守护这个地方，却没有跟着我们出来，那一定意味着什么。”

中士眯起了眼睛。“比方说，也许这里还有别的东西做同样的工作，而那个东西只需要担心它自己的隧道？”

“差不多。”

“你说得有道理。最好随时准备好武器。我们走吧。”

他们沿着壁架移动，向叛乱分子走过的巨大楼梯走去。他们走到一块嵌进墙里的巨大铜板旁边，布朗轻轻吹了声口哨，这块铜板有十米高，五米宽，上面刻着弯弯曲曲的奇怪符号和图案，看得他头晕目眩。他尝试理解这些符号，他的视线却总是滑向一旁，胃里开始感到一阵恶心。

“在那里，”斯宾塞说，“还有那里。”

他们顺着斯宾塞手指的方向看去，看到洞穴周围的其他壁架上也装有铜板。与此相伴的还有四处散布的小隧道口，就和他们进来时穿过的那个一样。

“这些隧道，每一个里都可能有攻击我们的那种怪物。”布朗说。

“我们必须假设每一个都有，”库尔萨德说，“我们必须继续寻找别的出路。继续前进。”

沿着壁架又走了二十米，他们来到一个不错的位置，隔着这个纪念碑一般的构造，所有人一下子看到了它——在这个巨大洞穴的对面，在另一道比他们目前所站的位置更高的巨大楼梯顶端，有一个巨大的隧道口。

“那个口子肯定有五十米宽，”库尔萨德说，“在那样的空间里，我们也许还有一战的机会。”

“那几个叛乱分子大概也想去那里，”布朗说，“虽然这意味着要穿过这个结构。”

“或者到地面上绕过去。”

一声尖叫划过半空。声音尖厉而恐惧，是一个人直面恐怖死亡时的声音。然后它突然中断了。

“从下面传来的。”斯宾塞指着近在眼前的楼梯口，叛乱分子在那里已经死在库尔萨德的枪口之下了。

“看来肩膀受伤的老伙计到底活了下来。”中士说。

“直到刚才。”布朗感到他心中那个盒子上的锁松动了。

“好了。安静。”库尔萨德端起枪，向楼梯走去，“我们别无选择，只能闯过去。那就杀出一条血路吧。”

他走到第一级台阶前，跳了下去。楼梯的竖板比他头顶还要高几英寸，不过他继续前进，然后跳下了下一级台阶。布朗和斯宾塞紧随其后。

每跳下去一级台阶，布朗的膝盖都会猛地一震，他不知道他们能坚持多久。在这种强度的体力消耗之下，他们三个能坚持多久？叛乱分子下去了大约三分之二的路程，看样子就已经筋疲力尽了，每一级台阶都是溜下来的，步子踉跄。

假设他们成功下到地面，他们还将不得不爬上更多的楼梯，才能到达他们看到的那个宽阔隧道。而在这段时间里，他们还要与引出那声惨叫的东西战斗。不论是基础训练还是高级战斗技巧，都不曾教过士兵如何为此做好准备。做好一切准备？从没有人把这个地方列在“一切准备”这个章节里。

他心里的锁又松动了一点，于是布朗停止思考，继续前进。

下了五十级台阶，他不再数下去了，不过，又下去几级之后，库尔萨德停了下来，并举起一只拳头。所有人停下动作，蹲下来做好战斗准备。库尔萨德敲了敲自己的耳朵。布朗努力聆听，听到了一阵抓挠和攀爬的声音。这声音很远，但正在快速接近。库尔萨德蹑手蹑脚地来到这一级台阶的边缘看下去，随即采取行动。他用突击步枪左右扫射，短点射的枪声击碎了宁静，又从远处四周的墙壁反弹回来。布朗和斯宾塞也来到台阶边缘。斯宾塞立刻和库尔萨德一齐开火，布朗却一时间愣住了。

一群生物像翻腾的黑水一样顺着台阶对着他们涌上来。就在他们下方二十几级台阶处，并且还在快速靠近。它们用很多条腿攀爬，黑色的身体像蝎子一样，但在挥舞着的尾巴末端，本该长刺的地方却是一张淫荡的脸，像极了人类，但不知为何被扭曲成一种古怪得令人生厌的东西，眼睛太宽，嘴巴太深。随着这些生物在石头的边缘叽叽咕咕，那些嘴要么无声地张着，要么像鱼一样开开合合。每个生物都有一米多长，一边前进，胸节前方两个凶恶的大颚一边咔咔地咬合着。

布朗举起武器，同样扫射起来。他们的子弹撕裂了这些东西，打碎坚硬的外壳，喷溅出大团发亮的蓝色血液。每有一个生物倒下，它的同伴都会蜂拥而上。有的因为太多条腿中弹，踉踉跄跄地从楼梯两侧跌落下去。布朗意识到这些东西在尖叫，他不知道是因为恐惧、痛苦还是胜利，但它们不会出声，只是从那些伸出来的可怕的脸上发出嘶嘶的气流声。它们一边跑，那些脸一边在分节的尾巴上晃个不停。

布朗和他的战友们不可能抢在这些恐怖的东西前面爬

上楼梯，所以只能在这里站稳脚跟。库尔萨德从他的腰带上摘下一枚手榴弹，把它丢向第一拨怪物。手榴弹在一团亮黑色躯壳和大块岩石之间爆炸。斯宾塞打光了弹匣，又熟练地换上了一个新的，在布朗更换弹匣时继续射击。库尔萨德又扔出两枚手榴弹，然后更换弹匣继续射击。布朗也扔了一枚手榴弹，然后换上了他的最后一个弹匣。他们的自动射击时而短促，时而狂啸，完全得益于平日的训练。

这些怪物离他们只剩五级台阶了，然后是四级，而弹药很快就要耗尽。布朗、斯宾塞和库尔萨德语无伦次地呼喊着抵抗的口号，向前方倾泻火力。斯宾塞投出一枚手榴弹，然后这些东西就离他们近到无法使用炸药了。

三级台阶，怪物的数量终于开始变得稀疏了。两级台阶，几乎触手可及。

最后几个怪物冲上他们的台阶，试图扑向他们，沉重而锋利的下颚飞快地剪向他们的双腿。突然，三人踉跄着左右分开，用短点射开火。斯宾塞尖叫起来——有一个怪物向他靠近，他的武器却发出一声大得离谱的空响。布朗打出一个三点短射，然后再也没有怪物冲上来了。库尔萨德把他脚边的那两个崩掉，又转身赶在最后一个跳到斯宾塞身上之前杀死了它。

一切都突然静止了；他们的耳朵嗡嗡作响。

戴夫·斯宾塞抬头看着他的军士长，露出了如释重负的笑容，就在这时，布朗举起一只手，大喊一声："站住！"

但斯宾塞已经迈出了离开脚边尸体的那一步，他的脚在楼梯边缘消失了。他刚因为惊骇而张开嘴，整个人就从视线中消失了。

布朗和库尔萨德冲向台阶边缘，斯宾塞却消失在了阴影中。过了一秒钟，他才终于能发出声音，他的号叫声飘了上来，又随着一声湿漉漉的"砰"戛然而止。寂静沉重地笼罩着巨大的洞穴。

布朗四肢着地，开始不受控制地颤抖起来。"他那个通灵的老婆不用再担心了。"他喃喃自语道。

库尔萨德在他身边，和布朗一样，疲惫地喘着粗气，但中士的神情中还夹杂着愤怒。"他把该死的无线电也带走了。"最后，库尔萨德说道。

他站起身来，一边喊叫，一边踢着遍布周围的这些可怕的蝎子怪的尸体。布朗转身坐起来看着他，在某种程度上很高兴这个人终于发泄了一些情绪。就像一个压力锅，他肯定早就濒临爆炸了。

最终，中士颓然地靠着上一级台阶，瘫坐下来。“所以我们只剩随身携带的东西，没有通信设备。”

布朗点点头。“我这里剩下的，”他掂了掂武器，“就这些了。你呢？”

“一样。”

“我还有两枚手榴弹。”

“我没了。但我们俩都还有手枪。”库尔萨德说。

“不妨留着自己用。”布朗轻声说，他是认真的。在某些时候，把.45手枪的枪管顶在太阳穴上扣动扳机，似乎是一个不错的选择。他看了看满地的几丁质尸体。“你认为我们把它们都干掉了？”

“希望如此。这些上古混蛋根本不是现代战争工具的对手。”

“但工具很快就要用完了。”

库尔萨德盯着自己两脚之间的地面，点了点头。最终，他下定决心，抽了抽鼻子，站了起来。“好了，我们走吧。”

布朗抬头看着他，在朦胧的雾气和地衣的微弱蓝光的衬托下，显得十分突兀。“是的。好的。”

他们又开始顺着台阶往下走，在破碎的尸体、蓝色的血液和战斗中产生的碎石之间寻找落脚点。有些地方，他们的手榴弹把台阶炸成了碎石斜坡，他们小心翼翼地坐在地上滑下去。一些生物仍然在三三两两地抽搐，但他们避开了它们，以节省弹药。下了十几级台阶后，尸体就没了。又下去几级台阶，他们看见石头上有些红色污迹，还有一些肉块和破烂的衣服。

“好多血，”布朗点评道，“那些东西显然不仅喜欢死人，也喜欢活人。我真希望我们已经把它们都杀光了。”

库尔萨德点点头，继续默默地往下走。最终，他们来到洞底，站在了迷雾的旋涡中，喘着粗气，双腿抖得像果冻一样，脚上伤痕累累。

一声低沉的呻吟传来，震动着周围的空气。石头地板在颤动。然后，那声音逐渐消失了。布朗和库尔萨德两人面面相觑，这时，那声音再次响起，变得更大，更有力度。然后又响起来。再响一次。每一次，它都有着更深沉的震颤，听起来更紧张和绝望，并且伴随着沉重的金属撞击声。然后寂静降临，长时间地压在他们身上。

最终布朗说：“这是怎么回事？”

库尔萨德看向洞穴中心的高大构造。它在两人面前拔地而起，直插天际，被丝丝缕缕的蓝光雾气所缠绕。布朗盯着它，开始感到头晕目眩。围绕着底座的小塔，用弯曲的扶壁彼此相连，每一座都有三十米高。每座小塔的底部都有一个镂空的圆形空间，里面坐着一尊雕像。通过他能看到的这几尊雕像，布朗意识到每尊雕像都面对着中心高塔。它们的形态与人类相差无几，盘腿而坐，但每尊雕像都有四条手臂，每条手臂都连接着长着八根手指的手，它们伸向身体两侧，好像在等待拥抱。雕像大腹便便，脸盘很宽，两上两下地长着四只眼睛。布朗走到离他最近的雕像面前仔细观察，其细节程度让人惊叹而困惑。与其说是雕刻而成，倒不如说是真正的活物瞬间变成了石头。他不知道事实会不会真是这样。每尊雕像的高度和宽度都至少有三米。

库尔萨德的目光仍然定格在主塔上。布朗来到他身边站着，意识到他在看一个门洞，岩壁上的一个几米高、几十米宽的黑暗开口。“呻吟声从那里面传来，你不觉得吗？”中士问。

“谁在乎呢？”布朗震惊地说。

“我必须要弄明白。”库尔萨德朝那个门洞走去。

“中士？说真的，我们还是走吧。要是又冒出来那种……”随着库尔萨德一步步靠近那个开口，布朗的声音渐渐消失了。

随着中士的靠近，开口里面柔和的蓝光搏动起来。呻吟声再次响起，让一切都震颤起来。深沉的呻吟声第二次响起，让布朗的心不由得一颤，于是他用一只手按住胸口。当他看着库尔萨德迈步走进高高的入口，自己的脚却杵在原地动弹不得。

中士一进去就停了下来，他的目光慢慢地向上看去。搏动越来越快的蓝光给他镶上一层光边。呻吟声变成了哀号，库尔萨德的武器从松弛的手指上掉下来，挂在肩带上。“锁链。”库尔萨德结结巴巴地说。他左右看看，又上下看看，视线探索着一片广阔的区域。“巨大的链子正在穿过它的肉体。穿过所有这些眼睛！”他跪倒在地，头向后仰，看着远方的高处，“这是一座监狱。一座永恒的监狱！”他开始大笑，那是一种源自崩溃心智的高亢而破碎的声音。

呻吟声激荡成一个深沉的、环绕一切的声音，在洞穴里回荡。“放开我！”

链条哗哗作响，被猛地绷紧，又放松下来。那沉睡的、不知名的古怪之物充斥着高塔，让库尔萨德濒临崩溃。它抽打起来，呻吟声再次响起。“放开我！”

“中士！”布朗大叫，他的胃里因恐惧而纠结。“我们必须得走了！”

他想把中士拖走，却又不想冒险去看这个人看到了什么。“中士！”他喊道。

库尔萨德的脸微微向他一歪，布朗看见他下垂的脸颊、流着口水的嘴、狂乱的玻璃般的眼睛，知道库尔萨德已经迷失了。那具躯壳里已然没有了人性。布朗呜咽一声，跑开了。

他拔足狂奔，绕过高塔，跳上对面楼梯的第一级台阶。他把自己拉了上去，与此同时那个声音一遍又一遍地响起：“放开我！放开我！放开我！”

布朗奋力爬上一级又一级台阶，粗糙的台阶表面磨破了他的双手。他抽泣着，喘息着，他的肩膀和背部肌肉火辣辣的，但他还是不停地爬上一级又一级台阶。他无法摆脱脑海中那些蝎子怪物蜂拥而至的途径，想象着它们在他身后穷追不舍，却不敢去看。囚禁在下面的莫名之物的声音一次又一次地响起。

爬上去五十多级台阶之后，布朗一下子瘫倒了。他感到精疲力竭，眼前发黑。他猜想自己快要死了，于是放弃了挣扎。

他毫发无损地再次醒来，不知道已经过去了多少时间。巨大的洞穴里一片寂静。

布朗强撑着站起来，再次开始了攀登，一级又一级台阶。时间变得模糊，他的脑海里是一片空荡荡的黑暗，直到他让自己翻上一级台阶，看到一片平坦的岩石在他面前延伸开来。在对面大约一百米远的地方，大张着嘴的隧道矗立着，威胁着将他吸进去。

布朗近乎癫狂地大笑起来。他站起身来，跌跌撞撞地朝着那片黑暗前进。他并不关心那里可能有什么，他只想把那座可怕的纪念碑和它的囚犯留在身后。

更多散发着柔和光芒的地衣在墙壁上形成条纹，他把夜视镜戴好。眼前所见让他停下脚步，麻木而困惑。一个栅栏，某种网格结构。他上下打量着，渐渐明白了。一扇巨大的、形似吊闸城门的大门封住了隧道，有三十米高，五十米宽，深深地嵌在岩石里。他走到大门前，发现它和他们先前看到的那些巨大的铜板一样，由金属铸成，纵横交错的铜条至少有二十厘米粗。格子上的每一个方孔宽度都有大约半米或更多一点。如果脱掉装备，他也许能挤过去。也很可能钻到一半时被卡住。

可是这并不要紧。在大门之外，在他身后洞穴的微弱光芒之外，数不清的透明球状物体在四处蠕动，触角轻轻地探出又缩回，饥饿地等待着。数量足有几百个。

布朗一屁股坐在地上，轻笑起来。他检查自己的口粮和水壶，尝试估算自己还能活多久，可是他的大脑拒绝合作，于是他放弃了。他回头看着整条隧道，它们就是从那里出来的。与等在门外的成群光球相比，对付隧道里面这一两个似乎胜算大得多——假设只有一两个。还要假设他还有力气回到下面，然后再爬上来。假设洞里没有其他卫兵在等着他。假设被囚禁在下面的东西没有在愤怒中挣脱束缚。

保罗·布朗准下士，经验丰富的军医，战功卓著的士兵，躺下来蜷着身子，抱着膝盖。他的大脑想不出来该怎么做，所以也许他只需要睡一觉，恢复精神，也许到那时就能决定哪种自杀式的逃脱方案最值得尝试了。

特别通报

交送：亚当·莱昂纳德上校——不明原因事件部门主任。

仅限本人阅读

主题——E小队失踪事件，坎大哈北部，追踪敌方叛乱分子进入地下藏身处后。

幸存者——1：保罗·布朗准下士，军医。

报告：在E小队最后一次联络后的三十六小时内没有回应，另外一支小队被派去进行调查。他们发现E小队的保罗·布朗准下士在E小队最后的已知方位以南七千米处的山脚下踉跄前行。布朗除了头盔和破旧的内衣外什么也没穿，语言混乱。他的左臂在肘部以下只有骨头，没有手，肉大概是被酸或类似药剂腐蚀脱落。他的身体上布满各种伤痕，有些与他手臂上的伤痕相似（虽然没有那么严重），有些则明显由撞击、跌倒、刮伤等造成。他没有携带任何装备，只有一个手电筒，他坚持不肯交出来。他几乎失去了表达能力，只是一再重复一句话："永远不要让它出来！永远不要让它出来！"目前心理学家的评估认为，布朗可能永远无法恢复正常，不过治疗已经开始了。他的大量创伤正在接受治疗，而且治疗效果令人满意。

我们仍在努力确定进一步的事实，但正在准备一支探索小队，前往 E 小队最后的已知方位。由于您一直要求了解一切不寻常的事件，所以我发出了这份电报。我们的小队将于明天，十四日，上午八点，进入 E 小队最后的已知地点附近的洞穴，如果你打算和他们一路的话。

请知悉。

希巴罗

✕ 阿尔贝托·米尔戈_著 耿辉_译

外景，森林——下午

一队骑马的武士经过森林，几位身穿黑袍、胸前挂着银十字架的牧师引领着他们，同时也在用拉丁文吟诵。桦树又高又粗，他们的路径在绿色的树冠下蜿蜒曲折，生锈的铁十字架和苔藓覆盖的古老废弃的圣坛，标示出他们行进的方向。一行人在一座小小的绿色湖泊旁扎营。湖水宁静，深不见底，波澜不惊，但是周边的植被似乎有点诡异——葱郁，但颜色苍白。鸟儿在湖上翱翔，会接近湖水表面，但是从不潜入。

希巴罗，身材高大的聋哑武士，拥有一种近乎来自古代的冷酷外表。他已经离开营地沿湖岸行走，注视着湖边的浅滩。这段时间，我们通过他的耳朵去“听”，通过他的眼睛去看。

没有声音。

希巴罗跪地饮水，荡漾开的水面之下，一束金属的光芒吸引了他的目光。他伸手抓住那个物体，起初物体没动，但是希巴罗用力一拉，它便松脱下来。这个闪亮的物体在希巴罗手中映射出炫目的光。他摇摇头，眯起眼睛，勉强分辨出掌中是一枚金色的鳞片。他四下观望了一圈，确认周围没有别人，便把鳞片塞进自己的兜里。希巴罗沿着湖岸继续行走，寻找更多的金鳞。

一名牧师为跪在地上的武士们祈祷，但是突然停住，他一边听，一边抬手让大家安静。空中飘来一个声音，甜美清澈，接着——又安静下来。所有人都转身凝望湖泊，他们看见湖面上有什么在发光。

在湖中央，一个金色的女人从水中升起，她的皮肤上覆盖着数千枚金色的鳞片，躯体柔软、脖子和头部佩戴着时代久远的精美珠宝。她神秘的黑眼睛点缀着金绿两色，目不转睛地看着那群男人。她张嘴再次发声，是一首歌吗？

营地所有人都被她的歌声惊呆了。然后，仿佛致命的病毒渗入他们的感官，他们开始朝着湖泊行走，进而奔跑，痛苦癫狂地大声尖叫。希巴罗听不见美妙的歌声，还在湖岸上继续仔细搜寻金鳞，对于喧嚣全然不知，直到第一位来到湖边的武士撞到他的身侧，差点让他摔倒。更多武士从他身边猛冲过去，疯狂地跑进水里。他此时警觉起来，不安地瞥向各处，想看清这恐怖的一幕是怎么回事。

男人们撕扯自己的身体，折断或咬掉自己的手指，受惊的马匹在骑乘者的驾驭下冲进水里。希巴罗想要阻止人群，但是他们把他推到一旁，不顾一切地接近那个女人，疯狂残暴地屠戮任何妨碍他们的人。

金色女人还在“唱歌”，在水面上方诱惑地摇摆。她向后退去，吸引陷入狂迷的男人走进湖泊更深处。由骨头和覆盖鳞片的皮膜组成的金色褶边从她的脖子上张开，充满情欲地开始荡漾。湖水变成杀戮的激烈旋涡，希巴罗却只能无助地观望。

水面之下，血跟绿色的湖水混合在一起，像浓稠的油一样打着旋。沉入湖底的过程中，武士抽搐，马匹蹬踏，都已经被逼疯到忘了怎么游泳。牧师们在溺水时拼命挣扎，长袍在身周鼓起，像漂亮的黑色和紫色水母，最后他们的血泡冒出来，把湖水染成了艳丽的紫红色。

随着最后一个人被淹死，金色的女人发现只有一个人还活着，他就是希巴罗，手握着剑站在湖岸上。女人疑惑地更大声歌唱，只为他一人，然而希巴罗根本不受影响。

惊异于希巴罗莫名的抵抗力，女人只好退下，很快沉入湖面之下。过了一会儿，希巴罗似乎从一场噩梦中醒来。他环顾四周，发现所有人都不见了，营地空空如也，篝火已经熄灭，只有没能赶到湖边就被自己人砍倒的几具尸体散落在各处。

金色女人的头冲破已然平静的湖面，眼睛刚好高出水面，她像鳄鱼一样注视着希巴罗。她的脸上写满困惑，这个男人是如何抗拒歌声的？此前她充满信心、无所不能，可现在看起来失魂落魄，不过希巴罗只能看见她锐利的目光从远处投向自己。恐慌之下，希巴罗抓起鞍囊和装备，跌跌撞撞地走向仅存的一匹马，它因被拴在树上而幸存。希巴罗飞身上马，策马冲进森林。

金色女人用渴望的目光送他离去，然后潜入了水下。

外景，森林——接上一场景

希巴罗在湖水旁的树木间飞驰，很快来到注入湖泊的河流，并沿着它逆流而上。湍急的河水撞击岩石，星星点点地闪耀。转瞬间，希巴罗瞥见浑浊的河水中游弋着什么，闪现出金色但很快又消失其中。他担惊受怕，驾马猛地左转，不顾一切地慌忙逃离，强逼胯下的坐骑踏足崎岖的地形。

希巴罗骑马一路狂奔，来到一座陡峭的山顶——马匹以壮丽的姿态跃过顶峰，落地时却因为山坡陡峭而没法站稳。这匹坐骑维持不住平衡，骤然跌落。希巴罗和马沿着树木间的峭壁摔下，一切都发生得太快，他来不及反应，后背重重地撞到一棵树上，昏了过去。

他在树下迷迷糊糊地醒来，眼睛缓缓聚焦。他小心翼翼地走过森林，往下还有一片更陡峭的山坡，上面散布着经年累月变脆倒塌的树木残桩，颇为尖利。他在那里发现了自己的马，枝干刺透了它的内脏。

外景，森林——日落时分

希巴罗抓起马衣，披在自己身上，手持长剑，肩背鞍囊，在林中行走。夜色开始降临，天气也在变冷。希巴罗看遍每个方向，试图找到另一条出路或灌木丛中的空地，森林本身似乎充满威胁，他只是再次注意到在山间蜿蜒的那条河流。

希巴罗垂头丧气地坐在河边，身上裹着马衣，因为寒冷而浑身发抖。他抗拒着睡意，高度警惕地审视周围的环境，可是过了一会儿，他屈服于疲惫的身体，闭上了自己的眼睛。

外景，森林——第一晚

一个身影透过树枝观察希巴罗，是来自湖中的金色女人。她经过一束月光，躺在希巴罗身边时，她的身体也闪着光。她像一只动物，闻希巴罗身上的气味，谨慎地抚摸他的头发、舔他的脸和盔甲，每舔一下都会退缩。女人抚摸他的头部，呼吸沉重地蠕动着凑近，紧靠在他身上，性感地用自己的身体摩擦他。她的呼吸开始加速。

外景，森林——第二天一大早

女人在睡梦中温柔地抱着希巴罗的后背，武士的铠甲映照出她金色的面庞。希巴罗醒来，发现自己躺在一摊浅水中。他舒展了一下，仍然睡意沉沉。突然间，他看见女人的金色手臂抱在自己胸前，他便呆住了！他飞快地体会眼前是怎么回事。覆盖着鳞片、手环和各种珠宝的金色手臂的确是最漂亮的。他轻手轻脚地缓缓转向女人，看见女人闭着眼睛睡觉的脸庞。他试着完全转过身面对女人，想要看得更清楚，可是在那个瞬间，女人突然睁开异于常人的眼睛，在恐惧中逃走了。

希巴罗抓住她的手臂，试图拉她回来，可是她的手腕在希巴罗的指间划过，覆盖的锋利鳞片和珠宝割破了他的手掌。希巴罗疼得一下子缩回手臂。女人逃向河流，进入水中，希巴罗还跪在地上，在疼痛中张开攥紧的拳头。他看到手掌中有好几枚闪亮的金色鳞片嵌进被割破的皮肤里。他从伤口里一个一个地取出鳞片，并发觉它们跟自己前一天在湖边找到的一样。他咬了一下鳞片来确认——是金质的，然后若有所思地看那个女人，她正在河里的一块石头后边胆怯地看着希巴罗。希巴罗把鳞片以及地上散落的一对手链和手环放进兜里。

外景，森林——稍后

希巴罗藏在一棵大树后，观察河里的女人。他偷偷摸摸地沿着河水跟踪女人，经过如同世外桃源一般的别致美景。他手里拿着剑，仿佛是一只提防鳄鱼的美洲豹。然而希巴罗失聪的耳朵无法听见，他的技艺不怎么精湛。每走一步都会踩断树枝，发出炸裂的声音；或有石头翻滚着溅入水中。最重要的——铠甲持续不断的尖锐摩擦声逗笑了在石头之间捉弄希巴罗的女人。她时不时地出现，又很快消失。

跟踪她的时候，希巴罗绊在树根上，他跌跌撞撞地转身避免摔倒，可是剑摔在了地上。他维持住平衡，不过再次站稳时已经从藏匿的树木中暴露出来。他抬头看见女人正面对着他——他彻底没有了遮挡。女人被此逗笑，开始模仿希巴罗，以一种优美的姿态转动身体，她奇怪的动作始终像是一种舞蹈。她对希巴罗顽皮地笑着，然而希巴罗却不苟言笑地从地上捡起剑。女人模仿他，再次美妙地呈现他笨拙阳刚的动作。然后希巴罗像白痴一样，费劲地挤出一个笑容。

他的牙齿一塌糊涂：形状颜色不一，一点都不整洁和美观，还有几颗金牙分布其间。但是他的笑容温柔，女人激动得再次旋转身体，希巴罗笑了。女人转啊转，舞姿溅起水花，像个玩耍的孩子一样踩在水里又出来。希巴罗看着女人舞蹈，被她弯曲扭动、泛着亮光的美丽躯体唤起了欲望。希巴罗决然地把剑插进泥地，小心翼翼地走进水里，脚下笨拙地打着滑，所以走得很慢。水流很急，希巴罗不得不谨慎地避免被河水冲走。

但是女人再次退却隐藏，像一只蜥蜴趴在岩石后边看他。希巴罗害怕水流，每一步都得仔细权衡——直到水深及腰，为了重新建立交流，希巴罗夸张地张开双臂、转动身体，每迈一步都会打滑，但是居然奇迹般地没有倒下。这次他勉为其难地笑起来，女人也对他微笑，走出了藏身之地。她靠过来，一边转身一边缓缓迂回，从一块石头走到下一块石头，最后来到了希巴罗身边。她移动起来轻松自如，在水流的作用下看似不太真实。

希巴罗停下动作，双手放在水中，身体放松，注视着女人接近自己。女人环绕希巴罗，像动物一样闻他身上的气味，反复张开收拢类似蜥蜴的独特颈部褶边，仿佛在进行某种交配仪式。在舞蹈过程中，希巴罗伸手摸她的皮肤，捏起肋骨处的一枚鳞片，女人没有反对。希巴罗拔下了鳞片，女人张开嘴，欣喜地咬住覆盖着鳞片的嘴唇。鳞片完全被拔下以后，一小股血液歪歪斜斜地流下来，最终消失在她的双腿之间。女人充满欲火地抱住希巴罗，展现出一种绝对的渴求，她的映象融进了对方银色的盔甲上。

她再次沉入水中，嬉戏着环游。希巴罗兴奋地试图跟随，但是走在苔藓覆盖的河床上时跌跌撞撞。女人在岩石间穿梭，把自己的舞蹈推向高潮。她和希巴罗来到一个面对面的位置，都一动不动地仔细看着对方。希巴罗探身吻她，她却害羞地退却。被点燃欲望的希巴罗把她拉进怀里亲吻，可又突然痛苦地捂着嘴退缩，血液从手指间涌出。他把手挪开时，我们看见他的嘴唇被女人的鳞片割破。但是女人没有受此影响，而是用力地抓住希巴罗，热情地亲吻。

女人结结实实地按住希巴罗的后脖颈，他的脑袋都没法躲开。他们蠕动嘴唇互相亲吻，与此同时，一道道血液顺着下巴冒出来。希巴罗尖叫着想要脱身，撕裂了自己的舌头，最后女人抱住希巴罗，在焚身的欲火中要获得满足，两人双双倒在一块平坦的岩石上。女人性欲高涨，激烈地用身体摩擦希巴罗的盔甲，发出尖锐刺耳的杂声。希巴罗爱抚着女人，刺激得她更加兴奋，然后猛烈地跟她一起翻滚，把女人压在身下。女人喜欢这种感觉，希巴罗的手在她身上缓缓游走，紧贴着竖立起来割破手掌的锐利鳞片。希巴罗把手伸进类似蜥蜴的颈部褶边之下，最后紧贴着下巴停在脖子上。他用力握紧，女人兴奋地扭动身体，仿佛一只发情的动物，同时向自己的情人回报以微笑，伸出舌头缓缓扫过嘴唇，颈部的褶边淫荡地大张大合。希巴罗把她的脖子越掐越紧……女人的表情从愉悦变成恐惧，她的身体痉挛，在希巴罗身下激烈地踢腿，但是被希巴罗死死按住。

外景，森林——下午

希巴罗蹲在地上搜查女人的尸体，剥下所有的金鳞和珠宝。这不是一件易事，所以他用一把刀漫不经心地在尸体上乱砍，每从皮肤上撬下一枚鳞片或一件珠宝，血液就会喷涌出来，场面如同屠宰场。

蒙太奇：

一天中的不同时间，希巴罗把女人的尸体像人偶一样挪动，寻找最后可能存在的鳞片。他一连处理了好几个小时，午夜早已过去，他最后浑身沾满女人的血，精疲力竭地躺在女人身边睡着了。

外景，森林——一大早

希巴罗在数百只苍蝇的嗡嗡声中醒来，女人血淋淋的尸体正以骇人的姿势躺在希巴罗旁边——身下是一层被拔下的鳞片，失去了生气和人形——被几只乌鸦啄食。希巴罗挥手赶走乌鸦，他疲惫不堪，走起路来困难重重。他抓起马衣，弄成一个袋子，把金质的鳞片收入其中，然后又把女人的尸体翻开，收集身下的那些。最后不出所料，女人的尸体滚下河岸，落进水里，被湍流裹走，撞击着岩石，突兀地消失又重现，在长长的下游河道中随波逐流。与此同时，希巴罗把每一枚鳞片堆进临时拼凑的袋子里，装完之后，他沿着路走向河上游。袋子很沉，希巴罗因此会偶尔打晃。

外景，下游森林——湖泊

女人的苍白尸体已经漂了很远，此时终于回到她现身的宁静湖水之中。她的尸体安稳地漂浮，鲜红色的油状血污在风平浪静的淡绿色湖水中旋转、漂散。失去生命的躯体凄惨地沉入湖水边缘，一切都静止了片刻。然后，血泡仿佛从湖底深处涌现出来，四处扩散，最后整座湖都被染成红色。红色的湖水向河流漫延，可是不知为何，流向似乎发生了改变，血液此时逆流而上，把整条河都变成了红色。

外景，上游森林——当天晚些时候

太阳当空，希巴罗已经走了几个小时，袋子很沉，他费劲地背着财宝，如同背着十字架走向受难地的耶稣基督。他不时停下来，靠着从路上发现的树木或岩石喘息，路边就是已经变成血色的河流。希巴罗疲惫脱水，瘫倒在地上，然后拖着身体来到水边。饥渴蒙蔽了他的双眼，他没有注意到河水已经被染成血色，所以喝了个饱。他的下巴此时沾了一层厚厚的红泥，甚至都掉到了胸前。

他满足地深吸一口气，四下观望，突然又感到一股寒意，呼吸也滞涩起来。他闭起眼睛，紧紧握住头颅，有生以来头一次，声音渗透他原本失聪的耳朵。一只鸟的叫声吓得他慌忙转身、不知所措。他恐惧地尖叫着捂住耳朵，感官被自己的声音击溃。河水雷鸣般的喷溅，仿佛在折磨他，希巴罗绝望地逃进森林，害怕得无暇顾及散落一地的财宝。声音从各个方向向他袭来——乌鸦在林中呼号的嘎嘎声，他自己脚踏灌木的咔嚓声，以及惊恐呼吸的沉重呼哧声。他尽力捂住耳朵，奔跑个不停，似乎周围的一切都变得疯狂。他失足跌倒、起身、撞到树木、向前猛冲，仿佛地狱里所有的魔鬼都在后边追他，他一直跑到自己支撑不住。

外景，湖边——午后将尽/日落时分

终于，希巴罗跌跌撞撞地冲出树林，发现自己再次来到湖岸上。他瘫倒在岸边，把脸埋进泥里，歇斯底里地哭泣。渐渐地，他平静下来。湖水和周围的环境充满宁静，就在这个刚刚日落的美妙时刻，自然中的一切似乎都停下来休憩，披上了一层蓝色，希巴罗开始关注周围环境中细微的声音：树叶的沙沙声、苍蝇的嗡嗡声。任何声音对他而言都是奇迹般的发现，他愉悦欢笑——然后突然间，他被自己的嗓音惊呆。他的笑声又变得歇斯底里，这次是在嘲笑自己。

希巴罗完全沉浸在新发现的听力之中，以至于没有注意到那个女人的身影从红色的湖水中出现，溅起一片血色，紧盯着希巴罗的方向。她张开嘴唱起那首奇怪的曲调，引得希巴罗转向湖泊……他的快乐结束了。女人的歌声开始侵入他的意识，把他变得跟其他那些男人一样。他号叫着在脸上又抓又挠，仿佛彻底发疯。他试图捂住耳朵，但是无法抵抗透着甜美的骇人歌曲。

女人以胜利者的姿态目睹他受尽折磨，然后缓慢婀娜地移向湖心……希巴罗不由自主地跟随着，像狂暴的动物一样尖叫，咬破手指，扯开身体，以这样的方式来阻止自己。可他还是不断深入湖水，最后发出一声疯狂的号叫，沉入了水面之下。

外景，湖水深处

随着希巴罗的尸体缓缓沉入红色的湖水，女人向他游来，用苍白无鳞的手臂抱住他，一起下沉。在他们周围，遍布着来自不同时代、腐败程度各异的数百具尸体——全都是她的受害者。金色鳞片和珠宝饰品仿佛有毒的珊瑚，从他们身上生长出来。

爱，死亡和机器人

4

LOVE, DEATH + ROBOTS:

THE OFFICIAL ANTHOLOGY

V O L U M E

FOUR

J O H N S C A L Z I

[美国] 约翰 · 斯卡尔齐 等——著
耿辉 等——译

译林出版社

图书在版编目（CIP）数据

爱，死亡和机器人. 4 /（美）约翰·斯卡尔齐（John Scalzi）等著 ; 耿辉等译. -- 南京 : 译林出版社, 2025. 5. --（译林幻系列）. -- ISBN 978-7-5753-0309-5

Ⅰ. I14

中国国家版本馆 CIP 数据核字第 2024Y88R92 号

Love, Death + Robots: The Official Anthology
Anthology © Cohesion Press 2025
Stories © Individual Authors
Simplified Chinese edition copyright © 2025 Yilin Press, Ltd
All rights reserved.

著作权合同登记号　图字: 10-2023-232 号

爱，死亡和机器人4　[美国] 约翰·斯卡尔齐 等／著　耿　辉 等／译

统　　筹　吴莹莹
责任编辑　竺文治
装帧设计　韦　枫
校　　对　施雨嘉　梅　娟
责任印制　闻媛媛

原文出版　Cohesion Press
出版发行　译林出版社
地　　址　南京市湖南路 1 号 A 楼
邮　　箱　yilin@yilin.com
网　　址　www.yilin.com
市场热线　025-86633278
排　　版　南京展望文化发展有限公司
印　　刷　南京爱德印刷有限公司
开　　本　787 毫米 × 1092 毫米　1/32
印　　张　6.875
插　　页　2
版　　次　2025 年 5 月第 1 版
印　　次　2025 年 5 月第 1 次印刷
书　　号　ISBN 978-7-5753-0309-5
定　　价　165.00 元（全四册）

版权所有 · 侵权必究

译林版图书若有印装错误可向出版社调换。质量热线：025-83658316

前言

多年前我收到一封版权代理人的邮件，内容是“嗨，有人想要为一部潜在的电视动画短片剧集购买一些你的短篇小说改编权”。对此我感到有些激动。以前我有长篇小说卖出过改编权，甚至是一些长中篇小说。可是我从没觉得短篇小说会被改编成电影或电视剧。极为坦率地说，它们只是看起来有点儿——怎么说呢，篇幅太短，不适合改编。不过我同意了，因为君子爱财。就这样，我发觉自己要跟蒂姆·米勒见面谈谈，他是《爱，死亡和机器人》的联合创始人（当然，另一位是大卫·芬奇），这将是我们初次见面。

我对蒂姆的了解都来自 IMDb（互联网电影数据库）个人主页，那上面标注着他是《死侍》的导演，还跟当时以制作视频游戏闻名的模糊工作室合作。我决定下次去洛杉矶时跟他碰面，看看他是何许人也。

结果我发现他虽然性格古怪，但挺讨人喜欢。我想说他是一个有很多文身的魁梧汉子，刚好有种直截了当的风格，而且显而易见的是，他极为了解科幻小说，知道谁写了什么，懂得科幻是怎么回事。这一切让我觉得，他这个人对故事感兴趣不仅是为了做生意，还是出于个人品位和热情，这使得我与他的合作轻松了许多。

把我这些短篇小说改编成动画短片经历了漫长的过程，其间我最喜欢蒂姆的一点是之前提到的坦率作风。有些事情他直言不讳，那不一定是你愿意听到的想法。他不会成为一个极其讨厌的混蛋，只会告诉你他的想法，不过与此同时，当你向他提出自己的意见，给出自己的想法，根据他特定的观点据理力争时，他也许会认同，也许不会，但他绝对会倾听。当他确实倾听时，他也许会采纳你的想法。

基于我作品的短片开发工作把我也纳入在内，我真的喜欢这种感觉。它们最终呈现出来的时候，不会让我看在眼里并大吃一惊。它们的背后是大量工作，凝聚了很多人的努力，我也刚好参与其中。

我告诉人们的一个内情就是，从那些小说被选择改编，差不多到此时此刻写这篇前言，我在《爱，死亡和机器人》的影视工作经历大有裨益，这在很大程度上要归功于蒂姆·米勒和他在模糊工作室的团队。这是一段非同寻常的旅程，很高兴我们所做的一切，在网飞剧集最终播出的几周之后，仍在持续散发着生命力。

所以我希望，此刻阅读这些短篇小说的你们跟选出作品时的蒂姆·米勒一样喜欢它们，我希望你们把这些小说当成创意工作连续体的一部分，由我们所有人呈现给你们。感谢阅读。

约翰·斯卡尔齐

目录

暴龙的尖叫

斯坦特 · 利托尔 _ 著　姚向辉 _ 译

1

看我。看我表演。我光着身子走到镜头底下，身旁是我的竞技者姐妹们，炽热的沙子烧灼我的双脚，但纳米虫已经开始工作，让足底变得坚韧，习惯这样的环境。七年来，它们一直在改造我，夜复一夜，周复一周——提高我的速度、力量、性魅力。为了这个时刻。

我的姐妹们唱起婚礼之神海曼的赞歌，但我只是跟着歌声动嘴唇。沉默使我感到安全，让我有时间做好准备，抬起头仰望你们每一张脸。从我的视角看，你们的宝座就像肥皂泡——高高地悬在我头顶上的肥皂泡，里面是圆形的小平台，你们坐在平台上。搭载摄像机的微型无人机嗖嗖飞过，屏幕在气泡周围的空中缓缓旋转，我们的面容和身体被投射到屏幕上，这样你们就能看见我们和我们致敬的对象了。我们站在这个钢铁圆筒里，沙地沿内壁的弧线朝左右两侧向上弯曲；你们的气泡再往上，高处依然是沙地：尽管我们感觉不到运动，但我们在太空中旋转；是旋转把我的双脚禁锢在沙地上。然而重力不是枷锁，而是一个幻觉。再过一会儿，我就会在空中飞舞和跳跃，与我的姐妹们一较高下，任何锁链都束缚不了我——无论是重力还是其他东西。你们会看到我的本事。

这是个私家恐龙赛场，被包下来举行比赛，用来庆祝艾米·马多尼亚女公爵和利奥·阿奇博尔德三世男爵的婚礼。今晚是最后一场；尊贵的新人已经成婚，出发前往闺阁太空站；我和巨兽们将要为他们留下的宾客表演。据说假如在圆房的同时，一只巨兽发出它垂死前的惨叫，那么这场婚姻就会是美满的。当然了，和所有的仪式一样，每个环节的时机都必须卡得非常精准。无线电播报员准备好了向闺阁站转播比赛，夫妻俩会安排好性事的时间，直到赛场上第一次决出胜负，新郎才会夺走女公爵的贞操。

宇宙中的万物都渴望完美的形态和布局，这是我的训练员教给我的。一切事物的本质都是反秩序和狂野混乱的，因此必须被限定在密不透风的钢铁墙壁和一板一眼的仪式之中；只有这样，人类才能变得美丽和完整。性，从本质上说是不受控制的。笑和敌对行为也一样。很快就要和我一起在竞技场上奔跑的野兽，它们是终极的反秩序本能，是遏制失控冲动的终极象征，也是野性和有机生命屈从于特定审美观的终极象征。

我的身体是另一个象征。我在这里等待，摆出完美的姿态，拎着钩爪和连接钩爪的长索，已经准备就绪，我能感觉到我的胸部在微微变形，那是因为纳米虫在增大和抬高它们，以供你们观赏。我的皮肤油光光、滑溜溜的，并不是因为我给自己涂了油膏，而是我体内的微型机器在调制我的皮肤，以供你们的摄像机拍摄。我身上文着我的刺青，那是我的徽标，我允许自己偷偷微笑：因为那个徽标是我的，是我全身唯一不属于你们的东西。徽标是三只森林狼的形象，一只从我的大腿跃起穿过腹部，另外两只跑过我的乳房。我出生在中国，那里没有森林狼。不过我九岁时看过一段它们的录像。森林狼在雪地里奔跑：美丽的动物，已经消失的动物。它们从不落单，而是共同生活。它们一起奔跑，一起狩猎。

也一起死去。

我反复观看那段录像，欣赏它们狩猎时充满野性的完美姿态，它们转身时动作整齐如一，脚下溅起的积雪仿佛水花，吐出的气息凝固在半空中。

在你们的眼中，我的徽标彰显我的凶残，宣扬我的异国情调和半野生身份，性感而狂野。我的徽标、我的赤裸、我在沙地上的姿态——这一切都把我和你们区分开来，孤立我，把我变成你们渴求的事物：一只受过完美训练、身体像是雕刻出来的动物，而不是一个人。你们想看我。你们想随着我的行动而欢呼。你们想和我上床。我是你们的森林狼。

但对我来说，我的徽标是我秘密而禁忌的祈祷。

我对族群的渴望。

2

新人已经脱光了衣服，烛火照亮他们的身体——蜡烛是用真正的蜂蜡做的，来自真正的蜜蜂！想象一下那是多么奢侈吧！他们的形象投影在我们头顶上的虚拟屏幕上，比泰坦巨人还要高大，三世男爵一脸狞笑，女公爵不知所措，但催情药使得她面色潮红。两人单独在他的床边跳舞，比起即将在底下上演的好戏，他们的舞步编排得更加精确。我知道你们有些人在看他们——带着窥淫狂的兴趣，或者是崇拜和敬畏。但用不了多久，我就会让你们转不开视线了。

其他竞技者也想吸引你们的目光；她们在沙地上昂首阔步、装腔作势。除了我，今天的赛事只有另外三名竞技者。尽管你们来了几万人，但这毕竟不是爱国日的大赛，道理我明白，不过其他空间站和定居点应该还有更多的观众。我冷冷地站在那里，一动不动，拒绝扭头去看别的选手。我希望你们注意到我的轻蔑。我希望我的静止能吸引你们的目光。我要演好冰霜女王的角色，你们当中的男人会想要融化我，你们当中的女人会渴望成为像我一样的优雅和美的化身。我仔细考虑过这次表演。

再者说，我早就看够了其他选手的表现，无论是在温室星球的训练中，还是在木卫二冰冻海洋上空用来训练的小竞技圆筒里。我不需要再去看她们了；我知道她们的模样。鬣狗在跳跃，在空中旋转，不担心会浪费力气，因为纳米虫会让她永远充满能量，我能听见她每次落地时都会仰头吠叫，就像她徽标上的那种野兽。虎鲸的舞蹈更加诱人。蜂鸟跪在地上，双手合十，垂下脑袋，身体微微摇摆；她背上长着没有实际功能的精致翅膀，翅膀以极快的速度振动，给她肩胛背后涂上了一团模糊的色彩。她想把关于处女新娘的暗示传递给你，就好像她今天的表演是献给女公爵的某种独特礼赞。

号角吹响的时候，我只是弯腰蹲下，一只手张开插进面前滚烫的沙子里，抬起头，准备冲刺或飞跃。我能听见你们的吸气声。促使你们吸气的是我的姿态，因为你们从几个星期前就开始谈论终于能见到竞技场上的森林狼了。媒体对你们说，我比我的姐妹们更快、更狂野，也更凶残，我很可能更优秀。现在我用姿势向你们承诺，你们很快就会亲眼看见了。

头顶上的屏幕中，艾米女公爵在承受比她年长得多的丈夫的爱抚，然而你和我的目光都在沙地上。我看见前方不远处的沙砾像旋涡似的涌向地下，那是第一道翻板活门打开了——我听不见，你们的叫声淹没了一切声音——但我能看见黑黢黢的洞口，它通往这个充满沙子和热空气的人造世界的底部。第一头三角龙像鲸鱼破浪似的冲上地面，它响亮的叫声划破天空。我向前飞跃，开始奔跑，我的速度很快，比你能想象的还要快，穿过沙地跑向巨兽，我的竞技者姐妹们在我背后追赶。另外几头巨兽紧跟着第一头冲上地面，但我视而不见。我的钩爪在空中一闪而过，冰冷的金属钩住了巨兽面颊后侧的颈褶。就在它向后甩头的同时，我跳了起来，利用坐骑的动能和我自身的冲力把我带到它的背上，落下时我分开双腿，一只手伸向天空，以此炫耀胜利。我骑在它背上前后摇晃。巨兽咆哮着转了一圈，我从它的颈褶中扯下钩爪，抓着绳子转了几圈刀头，然后轻轻一甩，刀锋划过它的侧腹部，我的坐骑惨叫着在沙地上狂奔。我骑着飞奔的坐骑，你们在各自的泡泡里，一张张脸悬在我的头顶上。一个姐妹在我左侧跃入空中，我背后响起声声惨叫，我知道对手在追赶我。我会比她们所有人都跑得更快。

我们冲上恐龙赛场的漫长坡道，许多圈中的第一圈在脚下一闪而过。自旋模拟的重力很强大，但你们的掌声更加强大；犹如雷鸣！我可以踩着它高高跃起，一飞冲天，可惜我必须待在坐骑的背上。回头望去，我看见了虎鲸、蜂鸟和鬣狗，她们都有了各自的坐骑。鬣狗嘎嘎怪笑，蜂鸟在跳舞，她时而转圈，时而翻跟头，落下时用脚趾站在坐骑的肩隆上，翅膀化作光彩的条带，就像天空中的火焰。虎鲸全神贯注，注意力放在我身上，眼睛直视前方；她离我最近。三角龙在撼动地面，而且不止我们这四只，其他的三角龙在我们之间奔跑；为了转移你们的注意力，让你们暂时忘记鬣狗的欢叫和蜂鸟的杂技，我在另一只三角龙靠近时从我的坐骑背上跳了过去。我旋转钩爪，发动攻击，逼着它向前疯跑，无论我骑的是哪一只三角龙，我都要它跑到最前面去。虎鲸紧跟着我，高高跃起——越过我的头顶——飞向她的下一只坐骑。然后是其他人。

我们冲过光带和齐鸣的号角，它们标志着第二圈的开始。我和其他人在空中腾跃和飞旋，从一只坐骑跳向另一只坐骑。巨兽气得发狂，在我们脚下奔跑和挣扎。第一个在跳跃时出现失误的是虎鲸，她被颈褶绊了一下，但就在三角龙仰头怒吼的时候，她已经用双手抓住了龙角，绕着它转了半圈，借力重新跳上三角龙的后背。我瞅见一个机会，把钩爪的绳子套在我这只坐骑的角上，引着它在冲刺当中倒向一侧，虎鲸刚落在坐骑的背上，还没站稳脚跟，我的坐骑就撞了上去。她惊恐地看着我，但随即从三角龙的臀部翻了下去，一屁股坐在沙地里。我没有理会，只是把绳索的另一头绕在她那只坐骑的角上，将两只巨兽拴在一起，然后我空翻跃起，在两只坐骑之间来回跳动，从你们的喉咙里引出阵阵欢呼。我在炫耀，而你们喜欢这样——你们来看的就是这个。我们就是这么向女公爵和新郎的交合致敬的。与此同时，尽管我不愿意，但我还是在笑，笑得肆无忌惮，片刻不停：随着我腾跃和飞旋，响亮的笑声从我嘴里迸发出来。我感到浑身发烫，身体充满氧气和活力。请看我跳上一只三角龙的颈褶边缘——最外面的边缘——然后在那里跳舞，动作敏捷而灵活，我用光着的脚轻轻拍打它头部巨大骨盾的浑圆轮廓。请看我沿着它的口鼻侧手翻，单手抓住它鼻孔上方的那只角，岌岌可危地保持平衡，然后再跳回它眼睛上方的长角，在那里飞旋和转身，让你们大开眼界。看我！看我表演！

3

我们在赛跑，在恐龙赛场的内壁上绕着大圈你追我赶，踩过脚下红色的沙子。我们撞过第三圈的虚影彩带，蜂鸟第一，然后我，再然后鬣狗，最后虎鲸。你们都在欢呼，我听见有人尖叫“蜂鸟！”，有人尖叫“森林狼！森林狼！”，甚至还有人号叫和嘶吼，想要盖过仿佛光子飞船引擎启动的嗡嗡声，发出嗡嗡声的观众把赌注押在了我的对手身上。我咧开嘴，让喧闹声淹没了我，聚光灯扫来扫去，给我们涂上绚烂的色彩。高处的屏幕上，艾米女公爵在利奥·阿奇博尔德的怀里颤抖，但我根本不关心。你们宇宙的中心不是他们，而是我——我和另外三个女人，我们比宇宙里的其他所有人都更熟练、更灵活、更狡诈、更聪明和更敏捷。我们跟着我们的脉搏节奏跺脚，随着我们的呼吸节拍吟唱。一个镜头在向你们展示我们致敬的女公爵和男爵三世，但我们出现在一千个镜头里。你们在我们身上下了重注；你们知道我们身体的详细尺寸，你们推测我们的香水配方——为我们每个人专门调制的香水；你们知道我们的性幻想，更确切地说，命令我们讲述的那些性幻想。它们当然都是废话了；你们每一个年轻男人都幻想被我占有，但虎鲸比你们任何人都可爱和致命。

反正年轻男人也是我们的禁忌。大部分事物都是。我们在你们镜头前说的话，没有一句发自内心，一切都是为了你们而设计、塑造和熏陶的，就像我们自身。不能取悦镜头和你们的一切都被阉割掉了。甚至是我们的记忆。在木卫二的上空，他们在训练中尽可能剥夺了我们的一切，给我们穿上完全相同的连体紧身衣（在我们穿衣服的时候），禁止我们使用除卡尔提克语之外的任何语言，强制我们去自由与爱的姐妹女神的圣殿，禁止我们与外界交流，每晚早早地给我们吃镇静药，这样我们甚至连自己的梦都无法拥有了。

然而，我依然记得一些片段。

我记得竹子随风弯曲。母亲捧着茶杯，温柔地举到我的嘴边，瓷器的触感清凉而洁净。写在合成纸上的精美字符，母亲在我耳畔轻轻唱歌。睡前低声讲述的小故事，说的是人们还无法在星球间跳跃的古老时代。一扇小窗，向外看能见到真正的天空。我有父亲吗？有兄弟姐妹吗？我不记得了。甚至连姓什么都不记得了，只记得训练时别人都叫我“梅”。

十一岁那年，我请虎鲸和我分享一段她的记忆，交换条件是我也分享一段我的。这是个错误。我的记忆成了食堂里的笑柄，每次我走进食堂，其他人就会开始嚷嚷“中国妞，中国妞”。我们可以有一个家乡，但只能有一个，我们必须引以为豪：它就是位于木卫二上空的这个小空间站，年轻女性在这里作为女神的女儿接受训练。其他女性仰望星空，凝视我们的空间站在轨道上闪闪发亮，渴望能变得像我们一样美丽、强壮、性感。

十二岁那年，我反叛过一次。

我站在食堂里，听着她们朝我喊“中国妞，中国妞”，泪水刺痛了我的眼睛，于是我唱起一首我童年的歌谣，就像在挑战其他人：看着我！我的记忆非常美。我喜欢它们。我的记忆是我的，不容蔑视和嘲笑！

我的训练师把我拖回我的牢房，她逼着我跪下，来来回回扇我的脸，一共六下。我的耳朵嗡嗡作响。我哭了。“鹰飞向天空的时候，”她厉声问我，“它是会留恋被抛下的泥土，还是会俯冲狩猎，凌驾于弱小者的头上，向所有人展示天空永远属于它？”

从那以后，我再也没有尝试过交朋友。

我学会了在自己的房间里，利用等待休眠的那一点时间，没有眼泪地默默哭泣。我紧抱着我的记忆不放；它们是我头脑里的小秘密，不允许任何人的触碰。到了选择徽标的时候，我选了森林狼，文的也不是一只，而是一起行动的三只。

此刻我想象另外几个女人和我是一群狼，正在雪地里奔跑狩猎，不过雪花换成了沙砾，我的血液在我的血管里歌唱：我——只能是我——第一个干掉我们的猎物。蜂鸟的坐骑就在我前方。我鞭策我的坐骑，缩短了两人之间的距离。我与她并驾齐驱，无论她如何为了镜头和你们伪装自己，她投向我的视线里没有一丝天真或端庄，只有炽热的仇恨，就像曾经烧毁了三分之一个地球的核熔炉。我朝她咧嘴笑笑，随即超过了她，无论她如何辱骂和鞭策坐骑，我跑得都更快，我的坐骑永远更快。我是最出色的。

虎鲸也超过了她。落在后面的蜂鸟被激怒了，她对她骑的巨兽过于粗暴。虎鲸很冷静，全神贯注，就像我。鬣狗也超过了蜂鸟，鬣狗和虎鲸在我背后紧追不舍，一个偏左，一个偏右。我们冲进第四圈，我一直领先到了第五圈，但优势微乎其微。你们全都在尖叫着呼喊我或其他竞技者的名字，激烈的赛况使你们疯狂。我们跑上最后一圈，掠过沙地的时候，虎鲸和鬣狗从两侧驱策坐骑扑向我，像是要把我夹成肉饼。

但我胸有成竹。我的钩爪在空中飞旋，绳索灵巧地套住了鬣狗坐骑的右角；我使劲一拽绳索，鬣狗惊叫起来，三角龙用脚扣住地面，想要挣脱绳索，但冲力使得它一头栽倒。鬣狗尖叫一声，我连忙扭头看了一眼；见到她没有被坐骑压在底下，而是在漫天沙土中滚到了一旁，我不禁松了一口气。

就在我分神的这个瞬间，虎鲸坐骑的侧面身体撞上了我的坐骑，不过我的坐骑最终还是站稳了。我用金属钩爪使劲敲了一下它的鼻子。巨兽哼了一声，低下颈褶，用长满鳞片的面部抵住对手的肩膀。两只坐骑并排狂奔，互相推搡，冲过遮天蔽日的沙土。虎鲸来抓我的头发，我一猫腰躲了过去，顺势飞起一脚，想把她扫下坐骑。她纵身一跃，动作太快了，我这一脚踢空了。我跳上她的坐骑，然后——看好了！——接下来的几秒钟，我们拳打脚踢，都想把对方弄下去；我抓住虎鲸的脚后跟，把她掀了出去，但她单手勾住牛角，一个旋身，飞到了半空中。有一个瞬间，我屏住呼吸，欣赏她的优美姿态。她落在另一只巨兽的背上，刚好就是我先前的坐骑，我放声大笑，因为她现在既没有绳索也没有钩爪了。我弯腰抓住她丢下的绳索，钩爪还挂在坐骑的颈褶上。我一只手按住颈褶，另一只手取回钩爪，用它鞭策三角龙的侧腹。

顷刻间，我就甩开了虎鲸。蜂鸟追到了我背后，但前方就是乱哄哄的彩灯了——比赛的终点，只差几次心跳的距离。汗水刺得我后背和大腿发痒，千百颗微小的沙砾粘在我身上，但我几乎没有注意到。我仰起头，发出喜悦的叫声，就好像我是一匹狼。我听见蜂鸟的坐骑就在我左后方喘息，我在坐骑的肩隆上转身，甩开长绳上的钩爪，希望能把她打下去。蜂鸟伏得很低，钩爪贴着她的头皮掠过。她飞了起来，扑向我。我向后翻身，双手一撑，抡起右腿，这一脚踢得恰到好处，不偏不倚落在她的双乳之间。她瘫软下去，喘着粗气，从我坐骑背上摔到了沙地上。

色彩和灯光在我周围爆发，还有各种各样的号叫；我用冰冷的钩爪反复拍打三角龙的面颊。它向左拐弯，我们滑行着犁开沙地，在刚过一圈终点的地方停下。载着百面摄像机的无人机在头顶上飞舞，其他坐骑从我身旁跑过，大部分没有骑手，有一只背着虎鲸，蜂鸟挂在最后一只的大腿上——她肯定是从沙地上跳了起来，把钩爪插进了它的身体。它们发出雷霆般的声响，从我身旁经过，这时我笑了，因为比赛已经结束。胜负已经分明。

你们全都跳了起来，喊叫着跺脚，手持电击棒的驯兽师骑着气垫摩托驶过沙地，把其他三角龙赶向竞技场两侧的大门，电击棒喷溅火花，大门像饥饿的嘴巴似的张开。彩色泛光灯照得我眼花缭乱，突然炸开的鞭炮释放烟雾，而我瞥见虎鲸和蜂鸟还在各自的坐骑上，愤怒或羞耻使得她们脸色通红。虎鲸含着眼泪。再一眨眼，她们穿过了大门，大门砰然关闭，气垫摩托疾驰而去，只剩下我骑在我的三角龙上，还有你们所有人看着我。我的脸出现在头顶上的一千块小屏幕里，面色发红，大汗淋漓；女公爵出现在一块大屏幕里，她弓着背，三代男爵趴在她身上。她同样面色发红，她的眼睛——就在我看见她眼睛的那个瞬间——充满惶惑。

而我的眼睛里没有惶惑。

这是我的胜利。我赢了。

我高高举起双手，仰起头，让你们的掌声淹没我。在这个瞬间，我可以闭上眼睛。我可以只是站在坐骑的背上，尽情呼吸。

一声号叫刺穿了你们的欢呼，我倒吸一口气。只要听过这个叫声，你就不可能忘记它。它和其他叫声都不一样，仿佛金属撕裂的声音，仿佛空间站在轨道上死去，仿佛时间被扯出了一个缺口。这个叫声比我庆祝胜利的喊声更古老，比你们敬拜神灵的呼号更尖利。我们的祖先还是毛茸茸的四足动物、小得能被抓在手里的时候，这个叫声曾吓得它们颤抖着逃回巢穴。这个叫声来自一只受伤的孤独动物，它发誓要用暴力报复伤害它的人。

听见它，我知道赛跑只是开胃菜；你们对鲜血的欲望还没有得到满足。

我转身面对它。

它就站在那里，庞大的身体足以填满一座神庙，上下颚分开，龇着利齿发出我听见的号叫。

暴龙。

4

暴龙的气味异常浓烈，刺鼻的体味就像来自死在海边的动物。这是一只公暴龙，过去的十八个小时里，驯兽师在它身上喷洒暴龙在交配季节分泌的信息素，以此激发它的攻击性。

尽管散发着难闻的气味，但这真是一头美丽的巨兽。我不由自主地盯着它看。它比它的史前祖辈更强壮，个头稍微高一点，前臂更短，有力的后肢是专门为了跳跃而培育的。在它之前，人们已经复活了五十代的暴龙，选择性繁殖使得它即便对于同类来说，也是一个格外凶猛和巨大的个体。

但它的美丽不是因为强大，而是因为可悲。你看，它站在那儿，头部像鸟儿一样飞快地转来转去，羽毛上涂满了汗水。它的视线不停扫动，搜寻它闻到的东西。它大概已经一整天没睡过了。驯兽师玩弄它，挑起它的欲望，让它浑身冒汗、喘着粗气，让它准备好了按他们的意愿奔跑或战斗。等到比赛结束，它多半会因为脱力而倒下，变得温顺，被疲惫麻醉了身体，然后他们会提着祭祀刀走向它，把它的鲜血洒在沙地上。暴龙尽管巨大，但它比我和我的姐妹们更像奴隶。

它的叫声向我证实了这一点。看它仰起头，听它发出金属撕裂般的号叫。这不是求偶的叫声；我听过暴龙的求偶叫声。也不是挑战，听见这个吼叫声，你们这些高高在上受到座椅保护的人因为愉快的恐惧而战栗。不，这个叫声源于恐慌和惊惧。暴龙害怕了。它是一条离群的孤狼，它在害怕。

一阵悔恨划过我的心头，我用钩爪划破三角龙的臀部，催促它向前跑。它气愤地吼了一声，低下头，颈褶犹如一堵墙，角像长矛，这只全身长满筋腱和肌肉的巨兽挺着角冲向暴龙。我要迅速结束这场戏。仅仅几秒钟以前，我还想延长那一切，让你们每个人——不仅是即将收下三世男爵种子的女公爵——记住这个夜晚，直到生命的最后一息。也许我很快就会死在比赛中，或者因为比最佳年龄老了一岁而被抛弃，但我希望你们能记住我的名字和徽标。

但此时此刻，我的血液和骨骼不再随着狂热的欲望而躁动。我只想让暴龙的尖叫停止，结束它的痛苦，不让它绵延万古的孤独深入我的内心。

5

我以为撞击会把我从三角龙背上掀出去，我做好了准备，打算一落地就翻滚起身并向后跳开，免得被两只巨兽踩在身上，但碰撞并没有发生。暴龙向左一跳，三角龙低下了头，大概是想在暴龙经过时用角勾住一根肌腱，但连个边都没擦到。我们刚过去，暴龙就扑了上来，动作比鱼鹰还敏捷，它的目标是坐骑缺少保护的柔软背部——还有我。

我的肾上腺素水平非常高，一时间忘记了恐惧。我疯狂地拽紧绳索，角上受到的拉力使得三角龙兜起了圈子。它咆哮着撞在暴龙身上，右臀抵住肉食恐龙的腿部。我已经跳上它的左臀，因此没有被两者挤在中间。迎面而来的巨兽撞得暴龙翻倒在地，然后在尘土中朝侧面翻滚；三角龙踉跄了一下，单膝跪地。

“起来！”我朝坐骑大喊，“快起来！”

但三角龙在甩头。出于某些原因，它丧失了方向感。这种动物视力不好，有些个体的嗅觉还被人为削弱了。也许还有其他因素：驯兽师给它注射了乱七八糟的化学药品，现在药效即将过去，巨兽因此感到头晕恶心。

“起来！”

暴龙收起健壮的双腿，重新爬了起来，全然不顾腿部羽毛下正在形成的瘀伤。我屏住呼吸，它绷紧肌肉，准备腾跃。我望着它的眼睛——一双幽深的黑眼睛——里面不再有惊恐，而是只剩下了狂躁——对雌性的欲望，对挡路者的愤怒。情绪在我内心油然而生——我为它感到悲伤。

三角龙呼哧呼哧喘气，依然没有起身。

于是我做出了决定。

就在暴龙跃起的那一刻，我也跳了起来，从一只巨兽跳向另一只，手里抓着钩爪。我把钩爪插进暴龙的皮肤，双脚扎进它的羽毛深处，骑在了它的背上。

大笑。

从没有竞技者骑过暴龙；我们骑草食恐龙，与有利齿的肉食恐龙搏斗。但此刻我骑在了暴龙背上，说真的，你们永远不会忘记这个夜晚。

暴龙向侧面一闪，躲开了三角龙，它的头部转来转去，朝着我和它背部的疼痛源头龇牙。我跳着舞跃上它的肩头，靠绳索斜拉住身体，避开大嘴的咬合。我的内心突然充满了正确感，我从未感受过这种肆无忌惮的自由。我想对暴龙大喊：你和我是一样的。咱们应该一起奔跑！

你们都知道今晚赛事的剧本：三角龙刺伤暴龙，胜利的女人在坐骑背上跳舞。但你们的剧本在我手里，我要把它撕成碎片。因为暴龙和女人将共同主宰沙地，其他一切都在我们脚下死去，然后我要骑着这只可怜的巨兽离开沙地，回到它睡觉的地方，这样当他们杀死它的时候，它可以远离你们所有的镜头和你们欢呼的嘴脸。驯兽师会要我为此受到惩罚，但你们会齐声喊叫我的名字，用脚底捶打船壳，连诸神都不会惩罚这个女人，因为在这颗人造星球上，每个人都在呼喊她的名字。这就是今晚的游戏规则。

我用钩爪去划暴龙的右侧腹。它没有咆哮，只是吐出一口浊气，转身甩了甩脑袋，再次发起冲锋，目标是依然半跪在沙地里的三角龙。

“上啊！”我朝身子底下的暴龙喊道，“上啊！干掉它，用你的方式！不是他们的，是你的！”

6

太空中的雷声。暴龙和我，我们做到了，它长着利爪的大脚踩着竞技场的漫长跑道飞奔。我在它背上欢呼和狂笑，几十台无人机在我周围飞舞，摄影机点亮闪光灯，十几种颜色的泛光灯照着我，但没人能阻止我。这一刻属于我。属于我，也属于暴龙。

我的坐骑撕开三角龙的侧腹部，扯下几长条血淋淋的筋腱，耀眼的光芒照亮了白森森的骨头。我几乎能在自己的牙齿间尝到生肉的味道。它向后摆头，险些把我甩出去，但我把钩爪深深插进它的肩部，斜着站在它的后背上。它和三角龙彼此绕圈，我头晕目眩，就快呕吐或哭出来了。我的身体每一秒钟都在变形，纳米虫拼命繁殖，竭力跟上我的消耗。必须尽快结束这一切。

我小时候看过的视频里，狼群在雪地上奔跑，舒缓得就像海燕掠过水面。狼群悄无声息地共同出击，优雅得无可挑剔。我希望这里还有其他的暴龙，希望我的坐骑并不孤单。然而在这个像宝石一样悬在无尽寒冷虚空中的金属世界里，只有我陪着它。只有我。双方兜圈对峙的时候，我抬头看了一眼转动的屏幕：画面反射了十几次，红沙像浓雾似的包围着我和我的暴龙，鲜血从它张开的大嘴里流淌而出，就像鲸鱼破水时从嘴里涌出的海水。屏幕上没有尖叫的人群，没有太空中的圆筒，只有沙和血：两只赤身裸体的野兽——女人和长羽毛的巨鸟。三角龙在屏幕外准备再一次冲锋。我们像是在荒野里，而不是你们的镜头所拥有和塑造的俘虏。我对那些屏幕产生了炽烈的愤怒。视频里的狼——它们也一样，被关在狭小的保护区或动物园里，尽管展现在我童年眼中的屏幕里既没有摄像机也没有围栏。现在我知道了。它们早已与欧洲的森林分离，就像我早已与中国分离，它们在狼群中的结合是暂时性的，也是脆弱的。即便在我们脚下的陈旧星球上，在太阳引力井的更远深处，也没有留下任何真实的东西。一切都为镜头所塑造。甚至是你们自己。

而暴龙——我的暴龙——已经不再号叫。

它的下巴上沾满鲜血。

此刻它在愤怒，并不害怕。

只有天上的你们还在喊叫。

我们兜圈对峙，搅动沙土，它喘着粗气。汗水淌过我的皮肤。我用嘴呼吸。三角龙拖着一条后腿，呼吸时的爆炸气流从鼻孔里喷出沙子。“就现在。”我低声说，刺激暴龙的侧腹部，让它跑了起来。它的猎杀叫声悠长而嘶哑，我的身体——连同骨髓和骨头——随之振荡。有一个短暂的瞬间，我想到虎鲸、鬣狗和蜂鸟会不会在看屏幕里的我，她们能不能看见我的头发随风飞舞，听到我和暴龙坐骑一起怒吼。我们逼近了我们的对手，羽毛和兽皮撞成一团。

三角龙虚晃一招——我看见了，但坐骑没有——然后用头部冲撞暴龙的臀部。我用钩爪划过暴龙的面颊，想要提醒它，却为时已晚。两根长牙撕开了深深的伤口。暴龙的嘴离我的头部太近，它的号叫本来会震得我耳朵流血，但纳米虫在我有所感觉之前就止住了流血。耳膜很容易修复，比肺、肠或腿腱容易得多，我体内数量堪比银河恒星的微型医疗机器在迅速消耗。但暴龙就没这么幸运了；它没有这种比线粒体更小的装置在身体里保护它。设计它就是为了战斗至死。

这座肌肉和筋腱的巨塔倒下了。

我轻盈地跑过它的肩膀，但它在倒下，我能做的仅仅是跃向一旁，在溅起的沙子和鲜血之中落地。它倒下时朝我掀起了一团炽热的沙尘。它还在咆哮，有力的腿踢起了更多的沙子。三角龙从我身旁冲过，气流搅动我的身体。我好不容易站稳，有颈褶的巨兽再次撞向暴龙的腹部，我和暴龙一起尖叫。血液的颜色比沙子更红。

我身体灼热，呼吸发烫，汗水帮我冷却，但我胸中的怒火无法消除。暴龙在沙地上无力地挣扎着。我只有一秒钟的时间可以思考，但我没有用它思考。我丧失了思考能力，只剩下愤怒。我握住钩爪柄，跃入空中，跳到了三角龙的骨盾上。

7

这一天够长了，还没见证过死亡。我用大腿夹住三角龙颈褶的边缘，绳子从它的脖子下面绕上来；然后跃向坐骑的另一侧肩膀，抓住荡回来的钩爪。我收紧绳套，巨兽发出嘶哑的吼声，开始惊恐地奔跑，掀起一团团红沙从我身旁飘过，就像海王星第二层海面上随风飘荡的拱云。

我艰难地在它背上跳来跳去以保持平衡，手臂肌肉都快绷断了。我不在乎我会不会受伤；纳米虫反正会修好我。太阳穴的脉搏跳得快烧起来了，我脑子里只有拉紧绳索这一件事。

随着一声喘息，三角龙踉跄着跪下了；它甩了甩脑袋，像是想把我抛出去，但我纹丝不动。它的角从我眼前掠过，就像狂风中的大树。我坐下，双脚抵住它的颈褶，以此借力，然后拼命拉绳子。红色和紫色的斑驳彩光从无人机洒向我，但没人插手。你们所有人都在看，我能感觉到你们的欲望像波浪似的涌向我，你们渴望看见我们这些赤身裸体的动物在底下厮杀，至少有一个能血淋淋地惨死。

但这次我不会让你们见到惨烈的场面，你们已经见过太多的血了。三角龙的舌头耷拉在嘴巴外面，庞大的侧腹部不规则地起伏着，然后就不动了，因为我切断了它的最后一口气。它晃晃悠悠地爬了起来，肌肉发达的身躯在我脚下升起，就好像整个大地在移动；但紧接着，巨兽开始倾斜，然后颓然倒下，掀起了一波沙浪。我腾空跃起，落在沙地上，然后一个空翻回到它的大腿上，我再次拉紧绳索，绳索绷得太紧了，连一口气都不允许它喘。它无力地踢了几下，头部向后仰，巨大的颈褶像一把大铲子，舀起它面前的沙土。我不说话也不喊叫，只是用全部力气拉紧绳子，让纳米虫增强我的肌肉，给我的血管输送更多的氧气，赋予我你们只能在梦里拥有的力量和耐力。

三角龙不再踢腾，喉咙里发出垂死的声音，那就像岩石在彼此摩擦。我没有松手。它颤抖了一下，终于不再动弹了。你们所有人陷入了敬畏的沉默，而就在这一刻，一千个巨型扬声器里响起了艾米·马多尼亚女公爵尖锐的叫声：做爱是对今天第一场死亡的仪式性反驳。

我麻木地从三角龙的臀部滑到地上，几乎没有注意到沙子对脚底的冲击。我把绳子和钩爪留在它的脖子上。三角龙躺在我背后，丧失了一切生机，就像山上的一块无名岩石。怒火还在我的身体里燃烧，就像野火吞噬竹林，但我已经忘记了那头长角的巨兽。我不在乎艾米女公爵的呻吟和你们几万人激动的叫好，叫好很快就吞没了呻吟。此刻我只在乎一个生命，穿过沙地的时候，我一直在注视它。

8

暴龙，我的暴龙，血淋淋地躺在地上，已经奄奄一息。我走向它的头部。我弯下腰去看它的眼睛——疼痛和熵增逼近已经让目光变得呆滞了——你们的吼叫和催促声渐渐消失，最终只剩下我耳朵里汹涌的血流声。

一切都结束了。我不再是你们奖赏、嫉妒、渴求或交配的对象。你们全都不再重要。

我温柔地跪在他巨大的头部旁，伸出双臂抱住它。它的头部热乎乎地靠在我的胸前，羽毛是那么柔软。它发出沉重的呼吸声，尽管感觉到了我的触碰，却一动不动。

它也是训练和塑造的产物。它和我一样，也有过自己所属的位置和时间，却被生生地割裂了。我觉得你们没有任何人想到过要怜悯它。我能看透它的心。我向它发誓，用中国话对着它的耳道口轻声说话。我要教我的姐妹们去看透它的心。看透你们所有人的心。就像我一样。

我抱着垂死的巨兽，轻轻唱起母亲喜欢的一首歌，这首歌来自古老的中国，歌词是李白的诗，在我出生前很久被配上了音乐。那时候天空中只有月亮，没有轨道平台，没有温室星球或钢铁圆筒。也许只有一个月亮；我记得只有一个月亮是神造的，而不是人造的。

我从没听到过我这么柔和的声音，泪水灼烧我的眼睛。

花间一壶酒，
独酌无相亲。
举杯邀明月，
对影成三人。
月既不解饮，
影徒随我身。
暂伴月将影，
行乐——

暴龙在喉咙里低声呢喃，就像即将在睡梦中翻身的孩子，我知道这只古老的美丽动物能听懂这首歌。至少和我一样懂，比你们所有人都懂。我渴望重新拿起我的钩爪，插进我自己的胸膛，就在暴龙身旁流血而死，把你们所有人抛在脑后，让你们所有人消失在你们纷乱的喊叫声中。因为我是一匹与狼群失散的狼，正在眼看着我唯一的同伴死去。

但我已经许下诺言。

成群的无人机逼近我，发出的声音就像黄昏时的蝉鸣。我紧紧抱住暴龙的头，闭上眼睛，哭着轻声歌唱。

因为它能匍匐前行

❤ 西沃恩·卡罗尔_著 罗妍莉_译

闪光与火焰！炸毛与唾沫！了不起的杰弗里攀上了疯人院的台阶，橘色的猫毛支楞着，黄色的猫眼眯缝着！

三楼上的小恶魔们停止了嬉闹。是时候留下来一战吗？其中有一个比其他小恶魔的胆子都大，他紧贴在石板上，用噩梦让自己的身子膨胀起来，越鼓越大。他的牙齿像刽子手的利剑一般闪着寒光，他的眼睛与火柴点燃前洒落的鲸油[1]一个颜色。囚室里脏兮兮的病人们哀号着，在这硕大的小恶魔面前避之唯恐不及。

但杰弗里并没有退缩。它如同上帝的洪流一般冲上了最后几级台阶，它的爪子可锋利了！小恶魔们尖叫着跑

1　鲸油曾是重要的照明用油脂，点燃前的颜色应为淡黄或黄棕色。——本书注释均为译注

开，迅速飞进了唯有天使和魔鬼才能进入的空间褶皱。

杰弗里在走廊里清理掉了爪子上冒烟的血迹。有些人类低声向它道谢；还有些人类胆敢从铁窗里伸出手来摸它的毛。有时杰弗里会接受这样的称赞；有时又会对此感到厌烦。今天，它被小恶魔们徒劳的反抗姿态惹恼了，在每一扇门上都留下了自己的气味。这间囚室是它的，那一间也是。整座病院都是它的，哪个魔鬼也别忘了这事！因为本猫乃是杰弗里呀，没有哪个魔鬼能跟它作对。

花园上方的二楼上，诗人正试着写作。他没有纸，也没有笔——在他上一次发作之后，这些东西就不准他碰了——所以他就用血在砖墙上涂抹了一些字。傻瓜。杰弗里冲着他喵喵叫。是时候关注一下杰弗里了！

那人想起了自己身在何处。他不情愿地把支离破碎的思绪从牢牢吸引着他的字词和韵律上转移开，这么做让他很难过。他从疯狂中摆脱出来，轻抚着这只缠着他咕噜噜直叫的猫。

“你好啊，杰弗里，你又打架了吗？你可真是个勇敢的绅士啊，真是个漂亮的家伙。谁是好猫来着？”

杰弗里知道自己是只好猫、是个勇敢的绅士，还是个漂亮的家伙。它也是这样告诉诗人的，一边用脑袋反复往他手上拱，他手上有股难闻的血腥味。魔鬼们又来找过他了。猫也是分身乏术的，所以，当杰弗里在三楼上与小恶魔们搏斗时，上位暗黑天使中的一位便在诗人耳边悄声低语，魔爪把床单都烤焦了。

杰弗里觉得……确切地说，它并不觉得内疚，而是生气。诗人可是它的人。不过，在所有这些人当中，魔鬼们最喜欢的似乎就是诗人，或许是因为他还不是他们的人，又或许是因为他们对这人的诗感兴趣——有相当多的访客似乎也是如此。

杰弗里不明白诗有什么意义。音乐的话它倒是能当作一种人类发出的号叫来欣赏。不过诗不一样。时不时就有访客到疯人院来，跟这位诗人谈什么翻译啦、圣诗啦、九十九年的出版合约啊。每逢这样的时候，诗人身上便会散发出汗水和恐惧的气味。有时他会对着那些人叫嚷，有时则会蜷成一团。有一次，其中一个人甚至还踩到了杰弗里的尾巴——它饶不了这人！从此以后，在来找他们的人当中，凡是身上有墨水味的人，杰弗里便非要冲他发出嘶嘶声不可。

“我真希望我也能有你肚子里的那团火。”诗人说。杰弗里知道，他又在说那帮债主的事了。“换作是你就会跟他们打一架的，对吧？但我恐怕没有你那样的勇气。我会答应给他们写，可能仓促地搞一两首傻啦吧唧的玩意儿来对付一下，可是杰弗里，我不能这么做。这会让我远离大诗的。如果上帝要一个人写这样一首诗，而债主却要他写那样一首，这人该怎么办呢？”

杰弗里一边舔着身上的毛，使其恢复原状，一边思考着他的诗人遇到的难题。它曾经听说过大诗——就是上帝写下的那首令折叠的宇宙逐渐展开的真正的诗。诗人相信，通过与上帝交流来翻译这首诗是他的责任。而另一方面，他的人类同胞们却认为，诗人就应当像原先那样，写些被称为讽刺诗的蠢玩意儿。人类会思考这种事，会为了这种事而争斗，还会为了这种事把自己的同胞锁在疯人院脏兮兮的闷热囚室里。

杰弗里并没有特别在意争议双方当中的任何一方，不过——它一边思索，一边捉住了一只跳蚤，用牙咬碎——如果让它来发表意见的话，它认为人类应当让这个人写完他的圣诗。神的行事方式难以理解——毕竟他创造了狗——如果造物主想要一首诗的话，诗人就应当写给他，然后诗人就会有更多时间来宠杰弗里了。

“噢，猫儿啊，”诗人说，“我很庆幸有你相伴，你提醒了我，我们的责任是要活在当下，还要爱上帝的造物来敬爱神。倘若你不在这儿，我看魔王兴许早就把我抓走了。”

如果诗人的神志尚且清醒，那他可能会三思而言，就不会说出这样的话了。不过疯子是口不择言的，而猫也没有长远之见。没错，在诗人说这话的时候，杰弗里确实产生了某种念头——它隐约感到不安——不过那人接着在它耳朵后面挠了挠，杰弗里便惬意地发出了呼噜声。

那天晚上，撒旦来到了疯人院。

魔王来的时候，杰弗里正蜷在老地方，也就是熟睡的诗人背上。魔王并没有像手下的魔众那样，以窃窃私语和光线形成的图案那种方式进入，而是如烟雾般偷偷钻进了房间。杰弗里也像面对烟雾时那样，尚未醒来便觉察到了危险，它的毛根根竖立，心怦怦直跳。

“你好啊，杰弗里。”魔王说。

杰弗里伸出了爪子。就在那一刻，它便知道有什么地方不对劲了，因为诗人平日一旦被它偶然间这么挠上一下，就会哀号着醒来，而此时他却一动不动地躺着，没有出声。杰弗里周围万籁俱寂，猫的耳朵里可从未有过这般安静的时候：没有老鼠或甲虫在沿着疯人院的墙壁爬行，没有人类的鼾声，也没有蜘蛛的吐丝声。仿佛夜之本身也一片肃静，好聆听魔王的话音，魔音温暖而悦耳，就像留在阳光下的一桶奶油。

“我看你我应该聊一聊，”撒旦说，“我知道，你一直在给我的魔众添麻烦。”

杰弗里的脑海中最先闪过的念头是：撒旦的长相跟弥尔顿在《失乐园》里形容的一模一样，只是体形略微更像猫一些。（身为诗人的猫，杰弗里多年来对弥尔顿的大量作品一直不理不睬，但其中的部分内容显然留在了它心里。）

第二个念头是魔王进入了它的领地，这就意味着开战！

杰弗里鼓起一口气，让自己膨胀到极限，冲魔王吐着唾沫，龇着牙。

“这是我的地盘！”它叫道，“我的！”

“有什么东西真正属于我们呢？”魔王叹了口气，端详着自己的手爪。他同时既是一条骇人的巨蛇，又是一位威武的天使，还是一只漂亮的黑猫，胡须的颜色宛若星光。猫的胡须带着焦痕，蛇的鳞片伤痕累累，天使愁眉不展，带着亘古以来的怨气，可他仍然自有他的那种美。“不过这个以后再说。杰弗里，我是来找你谈谈的。你不跟我一起去走走吗？”

杰弗里踌躇了一下，思索着。“你有零食吗？”

“我备着盛宴呢，有刚从土里挖出来的猫薄荷、从市场上买来的咸火腿、带眼睛的鱼头，美味极了，可以扑哧一下给咬开。”

“我要零食。”

“你会吃上零食的，来瞧瞧吧。”

杰弗里紧跟着魔王，下了疯人院的楼梯，经过楼梯平台上的老鼠窝，经过散发着好闻的面包和猪油香气的厨房，穿过疯人院沉重的大门（不知为何，门是开着的），走到暗黑之路上，圆溜溜的地球垂挂其下，犹如一颗宝石。杰弗里饶有兴致地仰望着水晶苍穹发出的蓝辉，仰望着那些恒星，仰望着天国的那道金链，整个宇宙都悬挂于其上。它饿了。

“好了，”不一会儿魔王便说，“咱们抛开那些繁文缛节吧。”他打了个响指，杰弗里立刻便悬在地球上方，盯着下面的地球，就像盯着一块带有花纹图案的地毯。它可以看见疯人院亮闪闪的屋顶，看见贝斯纳尔格林[1]，看见伦敦夜幕低垂的街道，即便是在夜里的这个时候，街上仍然熙熙攘攘。

“这一切都可以属于你，”撒旦说，“没错，只要你朝我顶礼膜拜，我就把地上的王国全都赐予你。”

杰弗里不喜欢悬着的感觉。它浑身的毛都炸了起来，好像防备着要从高处摔落。不过它随即便在空气中闻到了鱼市的味道，听见了远处一只公猫在街上交配时发出的号叫。片刻之间，杰弗里明白了魔王要给他的是什么，同样也明白了这样的提议所代表的规则对宇宙而言是大错特错的。

“你应该朝杰弗里顶礼膜拜！”

1　伦敦东区一处富有艺术气息的街区。

“是啊，”魔王说，“我也这么想。”

他又打了个响指，他们重新回到了位于恒星之间的那条路上，行星在他们下面远远的地方。

“猫啊，你有傲慢之罪[1]，”撒旦说，“鉴于其罪属我，我对这条罪孽情有独钟。出于这个原因，我就跟你说说知心话吧。要知道，我对你的诗人有兴趣。”

“我的！”

“这一点值得商榷。斯马特先生[2]可不只归一家所有，他还属于天堂的那个暴君、他的债主们、他的家人……这个人就像是一处荒废的庄园，被拾荒者们给占领了。还有我呢，”魔王耸了耸肩，“因为他早年的一些荒唐经历——他年轻的时候是个放荡不羁的人——他也欠了我的，这笔债我也得收。”

杰弗里的尾巴来回摇着。就像许多曾与魔王交谈过的人一样，它也能察觉到这道语言的暗流中有不对劲的地方，撒旦合理的论点背后埋藏着谎言。但它弄不明白到底

1 七宗罪的第一宗，对应堕天使路西法，故下文说其罪属我。

2 克里斯托弗·斯马特（Christopher Smart，1722—1771），英国诗人，曾在剑桥学习，期间生活奢华放纵，1757 年被送进精神病院，在里面写出了《羔羊的欢乐》（“Jubilate Agno”）这本辉煌之作。本文题目即出自该诗作。

是什么。

“现在，”敌对者[1]说，“要是你的诗人肯给我写一首诗，我就愿意免除这笔债务。我已经构思得尽善尽美了：这是一篇经过审量的狡猾之作，一旦成文，就会毁天灭地。”

“诚然，”魔王说，“我曾经有好几次在他的想象中植入了这首诗。但你的诗人很固执，所有的债主他都没放在眼里（最重要的是，也包括我），非要坚持给天堂的那个暴君写这篇废话、写这篇阿谀奉承的卑鄙之作，我可以肯定地告诉你，那家伙根本配不上这样的赞美。”

诗中之诗，杰弗里说。

“一点儿也没错。咱们还是面对事实吧，杰弗里。你的人费心费力写那首大诗——他把最近几年的心血都奉献给了那玩意儿，耗损了他的健康，毁掉了他的人际关系——甚至不顾我对诗的主题是什么感受，杰弗里，事实就是：他这首诗写得不怎么样。”

1　即魔王，撒旦在希伯来语中的本意为“敌对者”，是与上帝的力量敌对的黑暗之源。

杰弗里盯着自己的爪子，盯着爪子下面地球的蓝辉。它隐约想起了那些来探视诗人的人说过的话。他们说的话不是差不多吗？

“杰弗里，现在以评论家的身份来说说看吧：你不觉得这首诗的‘任由－因为’结构过于复杂了吗？是不是拉丁语和希腊语的文字游戏过于晦涩，不符合大众的口味？杰弗里，这纯属为晦涩而晦涩，对他没有半点好处。”

诗是祈祷，杰弗里倔强地说，它重复着诗人喃喃自语的话，说这样的话时，他还一边在纸上，或砖上，或前臂的皮肤上发疯似地乱抓。

“诗就是诗。金黄林中两路分[1]，众人游荡如浮云[2]，甚至那首关于脚印的烂作[3]——杰弗里，这才是读者想看的。简单，明了，传达出某种信息：生命中所有的抉择都可以

---

1 出自《未选之路》（“The Road Not Taken”），作者罗伯特·弗罗斯特（Robert Frost，1874—1963）堪称美国 20 世纪最受欢迎的诗人之一，《未选之路》是他很著名的一首诗，发表于 1915 年。

2 出自诗歌《我独自如浮云游荡》（“I Wandered Lonely as a Cloud”），作者威廉·华兹华斯（William Wordsworth, 1770—1850），英国著名浪漫主义诗人。魔鬼引用的句子是原诗的第一句，但稍有变形。后文“生命中所有的抉择都可以通过观察水仙花来找到其合理性”也和本诗歌有关。

3 可能是指著名诗歌《沙滩上的脚印》（“Footprints in the Sand”）。

通过观察水仙花来找到其合理性；我们存在的这个世界被上帝抛弃了，萦绕不去的是人类的平庸。难道你不这么看吗？”

杰弗里不喜欢任何类型的文学作品——写杰弗里的除外。即便是那样，它也更喜欢爱抚，还有吃东西。“现在有零食了吗？”

“啊，零食。”

杰弗里面前立刻出现了一桌宴席。魔王曾经答应过的一切都摆在桌上：鱼头、咸火腿——还有他忘了提的东西，比如大桶的奶油、脆生生的三文鱼皮卷，甚至还有一碗土耳其软糖。

杰弗里闪电般向食物扑去。突然间，一只手揪住了它的后颈。魔王变得高大无比，变成了一个威武的战士，在与天堂的较量中身带焦痕、伤痕累累，他的笑容像刀子一样闪着寒光。

“杰弗里，在你开吃之前，我要你帮个忙。一个微不足道的小忙。”

“我要吃东西。”

“你会吃上的，只要你答应我这件事：明晚我来找你那个诗人的时候，你站开别管。没错，靠边站，别插手。”

之前魔王刚开口时杰弗里便有过的那种不安的感觉变本加厉地回来了。

“为什么？”

“只是因为这样我就可以跟你的诗人交谈而已。”

杰弗里思索着撒旦的提议。作为一只通晓弥尔顿的猫，它知道魔王的名声不怎么样；而另一方面，一大桶奶油就在眼前。

“我同意。”它说。

魔王微微一笑，松开手。杰弗里飞扑向桌子，吃的！这么多吃的！它吃啊，吃啊，不知怎么回事，总有更多的东西可吃，也不知怎么回事，虽然肚子开始疼了起来，可它总能接着吃。

“谢谢你，杰弗里，”魔王说，“明天见。”

杰弗里隐约意识到撒旦正从它身边走开。不过无所谓：它已经开始吃那碗土耳其软糖了，关于这种糖的事它听说过不少，肯定很好吃，不是吗？于是它挑了一块用蜂蜜和玫瑰水做成的撒了粉的方块，这块比别的都大，它咬了一口——

第二天，杰弗里觉得自己病了。

醒来后，它像往常一样进行晨祷。它将身子绕上七圈，动作优美而迅捷[1]。它跳起来抓麝香，然后在木板上滚来滚去，好让香味渗透进身体。它在十个层次上进行猫的自我审视，首先检查前爪是否干净，然后伸伸懒腰，然后在木头上磨爪子，然后洗脸，然后滚来滚去，然后检查身上有没有跳蚤……

不过这些都没有让杰弗里觉得好受一点。仿佛有什么东西在它身上投下了一道阴影，将猫与它应当晒到的阳光隔绝开了。杰弗里打了个寒战，回想起了自己与魔鬼的交易。那是一场梦吗？

幸会啊，杰弗里，幸会。诗人醒了，他的眼睛清澈异常。他在干草床上坐起身来，伸了个懒腰。

“杰弗里，我今天感觉舒服些了，似乎我的病就快好了。哦，可是他们肯定又会把我摁进水里，好把我身上的魔鬼驱赶出去。你很走运啊，猫儿，你身上没有魔鬼，因为你会讨厌被摁进水里的。”

1　本段对猫的描写出自《羔羊的欢乐》。

诗人深情地抚摸着杰弗里的脑袋，然后又瞧了一眼。“不过你是怎么了，杰弗里？你看着没什么精神啊，我的朋友。”

杰弗里喵了一声。它肚子不舒服，沉甸甸的，像是吃了满满一桶烂鱼。它想说点关于魔王的事——倒不是说这人类听得懂，但似乎值得一试——结果却吐在了诗人的腿上。

“天哪，杰弗里！你都吃了些什么？”

杰弗里嗅了嗅呕吐物，看看里面有没有什么值得再吃下去的东西，可是魔王那一餐的残渣只是一堆枯叶，部分已经消化。那么，魔王的来访并不是梦了。

诗人想抓住它，但杰弗里的动作实在太快。它溜下楼梯，在楼梯上吐；来到厨房，在厨房里吐；直到它看见了一个水碗，是放在那儿给医生的狗用的，它喝了碗里的水，接着吐。

它吐在了厨子身上，厨子想抓住它。它吐在了㹴犬身上，当它跳上碗柜顶时，那狗冲着它狂吠一气。到底有没有这么多可吐的东西？（显然有。）

可怜的杰弗里蜷缩在碗柜顶上，用一只爪子蒙住眼睛，挡住光线。它心神不宁地睡了一觉，撒旦伪装成一只大黑猫，咯咯地笑着，悄悄溜进了它的梦里。

杰弗里再次睁眼时已是傍晚。它能听见头顶上方铁钥匙发出的摩擦声和叮当声，是看守们正在给囚室的门上锁。用不了多久，魔鬼们就会倾巢而至，在阴影里活蹦乱跳、叽叽喳喳，揪那些疯子的胡子，刺激得他们越发疯狂。

杰弗里费劲地爬了起来。它的腿直打战，但它还是逼着自己往前走，用笨拙的姿势跳到厨房的地板上。它呕吐物的刺鼻气味仍然残留在空气中，带着一股硫黄味道。

杰弗里爬上楼梯。它拖着步子慢慢走过时，墙壁后面的老鼠悄悄窥视着它。小恶魔们在远处咯咯直笑，但他在二楼的走廊里一个也没瞧见。它的心直往下沉，它缓步向前，来到它的诗人坐在那里创作伟大作品的那个房间。

当杰弗里靠近诗人的囚室时，仿佛有一阵大风从房门里刮了出来。杰弗里紧贴在地面上，试着偷偷往前挪，可是风太大了，风重重压在它身上，仿佛用了上千个黑暗天使的手、具有海怪的重量、带着对世间的绝望。它抓挠着地板，把木头都给挠烂了，却无法向前一步。

“好啊，好啊，杰弗里，”一个声音在他脑子里说道，“你不是答应过我要靠边站的吗？”

杰弗里号了一声作为回答。它想告诉魔王，那笔交易它撤销了，它吃下去的食物只不过是草木，反正它全都吐出来了，土耳其软糖也是名不符实。

“交易就是交易。”那个声音说。风越来越大，杰弗里觉得自己在空中飘浮了起来。忽然一阵狂风把它向后一甩，然后——

杰弗里醒了。空气中有股酸臭味——这回不是呕吐物了，而是别的什么东西。杰弗里躺在二楼空荡荡的囚室里——有个女人用铁链子把自己勒死的地方。链上的铁环仿佛正责备地瞪着它。

杰弗里将蜷缩的身体舒展开来，这时它回想起了前一天晚上的情形。魔王、风、呕吐物（噢，呕吐物！），还有诗人。

它拔腿就跑。诗人直挺挺地坐在干草床上，张着嘴发呆。杰弗里用脑袋撞他、在他周围打转、用爪子挠他的脸。即便如此，还是过了好一会儿，诗人才将目光转到杰弗里身上。

“哦，猫儿啊，”诗人说，“我恐怕干了件可怕的事。”

杰弗里用下巴蹭着那人瘦骨嶙峋的膝盖。它咕噜噜地叫着，想要让世界复原。

“昨晚魔王亲自来找过我，那人说，他说的那些话……我能忍他多久就忍了多久，可是最后，我忍无可忍了。我跪下来，求他别再在我耳边窃窃私语。他向我提出了要求——我同意了。噢，猫儿啊，我定要遭天谴了！因为我已经答应给魔王写一首诗。”

说这番话的时候，那人用手揉捏着杰弗里的背，越来越用力，直到掐进了它的肉里，让它觉得疼起来。平日里这可能会引来一阵抓挠，或是一声严厉的喵呜，可是现在，杰弗里明白与魔王面对面意味着什么，它的心在痛。

杰弗里尽它所能地安慰着诗人。它摇来晃去，在房间里四处嬉戏。它抓起诗人喜欢抛给它的酒瓶塞，扔到诗人腿上。不过这一切似乎都无法让诗人打起精神来。

诗人蜷缩在角落里，呻吟着，直到护理人员前来把他带走，去进行早晨的例行浸水。杰弗里躺在地板上，在阳光下思索着。

诗人很痛苦，他也许是吧，因为诗人答应为魔王写一首诗。杰弗里答应靠边站，导致它的人失去了保护。杰弗里这么干（想到这儿，杰弗里就不由得绞尽脑汁，耳朵都向后支楞着）可比不上平时那只绝妙好猫杰弗里呀。其实它说不定当了一只坏猫（虽然光这么想想都快受不了）。

这个念头把杰弗里气坏了。它冲着空气发动了攻击。它怒吼着，在屋子里扑来扑去，把蜘蛛网从天花板上扯下来。它跳上了那人的干草床，不停地转呀转，直到干草屑撒了一地，黄色的灰盖了它满身。不知怎么回事，这些全都没用。

等到累坏了的时候，它坐下来，把自己身上舔干净。即便是一首短诗，诗人也要写上不止一天，因为他必须推敲每一个字，画掉又重写。杰弗里要找到魔王、跟他打一架、一口咬在他喉咙上，这段时间该是绰绰有余了。

没错，魔王的个头是比杰弗里揍过的最大只的老鼠还要大；而且他确实也是撒旦、是敌对者、是地狱王子、是邪恶之王。然而魔王犯了一个重大的错误，他惹恼了杰弗里。他要为他的无礼付出代价。

下定了这样的决心之后，杰弗里就找吃的去了。它的心情轻松了些。它有种感觉：用不了多久，一切都会好的。

浸完水回来，诗人躺在床上流泪。经过水疗以后，杰弗里不能在他身上蹭，因为诗人的皮肤还是湿淋淋的，蹭起来不舒服，于是杰弗里就改为在木头床架上挠。

“啊，杰弗里，”诗人叫道，“他们把我的纸还给我了！还有我的羽毛笔，还有墨水！要是昨天，我会因为这样的善举而高兴万分的；可是现在，我却只是识破了魔王的诡计。杰弗里，它全在我脑子里，那一整首诗。我只需要把它写在纸上就行了。可我知道，我绝不能这么做。这些话——噢，绝不能允许它们进入这个世界！”

可他还是拿出了一张棉纸，还有山达胶粉，还有尺子。他抽泣着写了起来。羽毛笔发出的刷刷的噪音就像蚂蚁在啃木头，听得杰弗里皱起了鼻子，但它没有离开诗人的囚室。它在等待魔王的到来。

果然，夜幕降临，魔王悄悄溜进了疯人院。他身穿绿色条纹马甲和天鹅绒外套，看上去活脱脱就像个伦敦的批评家。他站在囚室的铁窗外往里窥视。

“现在怎么着，杰弗里，”撒旦说，“我的诗人怎么样了？”一眼就能看见，诗人正在床上一面发抖、一面啜泣。听见魔王的声音，他双手掩面，开始喃喃祈祷起来。

杰弗里轻蔑地转身对着墙壁。魔王戏弄了它。魔王是坏蛋。魔王可能没有摸杰弗里或者爱抚它脑袋这个荣幸。杰弗里更感兴趣的是盯着这堵墙看，全神贯注地盯着。墙上或许有只苍蝇，或许没有。撒旦，这堵墙可比你有意思。

“唉，”撒旦说，“杰弗里，虽然失去你的好感让我很受伤，可是今晚我有更重要的事要干。”说到这里，撒旦把注意力转向了诗人，用人类的语言说道：“我的诗写得怎么样了？”

“撒旦，给我滚！”[1]

“拜托，”魔王将双手勾在外套的前翻领上，说道，“一个语言大师用起了陈词滥调，这可是件悲哀的事。而且对老朋友这么说话也算不上有礼貌吧！怎么，在你年轻

1 出自《新约 · 马太福音》，是上帝对彼得说的话，所以下文魔王称之为陈词滥调。

的时候，难道我不是帮过你很多回吗？帮你跟乡下妞上床，或是帮你躲债主。现在我单单让你替我做一件事，你就因为要报答我的好意而哭哭啼啼？真不要脸。”

“我就不该答应，”那人说，“主啊，请原谅我的软弱！”

“啊呀，”魔王说，“我们不都这样吗。不过垂头丧气的话也说够了，我的诗写得怎么样了？”

那人的身子被猛然间拽得笔直，就像一只狗给链子拖了起来似的。他依旧穿着睡衣，从床上爬了起来，拿起几张纸，僵硬如铁的手臂伸出铁窗，把纸递给了魔王。

魔王掏出一副琥珀眼镜和一支红色羽毛笔，兴致勃勃地细看着那些纸，时而自言自语地发出高兴的哼哼声，时而又皱起眉头，在一阵阵怒火中画掉些什么。“大写分句法，先生！”他说，又道，“先生，你不能用‘爱河’和‘白鸽’来押韵，很老套，我是不会允许的。还有，第一次引用《人论》[1]这里我很喜欢，可是再引用第二回就让你这首诗显得像派生作品了，你不觉得吗？”

1　18世纪英国大诗人亚历山大·蒲柏（Alexander Pope，1688—1744）所作，长篇哲理诗《人论》（“An Essay on Man”）其实是一部关于人、自然与社会关系的巨著的序论，探讨了人在宇宙中的正确位置、心理和谐、社会关系以及幸福问题，发表于1734年。

诗人从疯人院的囚室里便于观察的位置盯着那几页纸，模样很可怜。囚室里的杰弗里开始低吼起来。魔王不进来吗？好吧，那杰弗里就去找他。

“先生，这作品很了不起，”魔王说着，把手稿重新塞回了诗人颤抖的指缝里，“我对你的进展相当满意。好好想一想我建议的修改内容。明天半夜，我会回来取最终版。”

“我不会这么做的！”

“可是好先生啊，你就得这么做。你已经做了交易，现在你可以坐在这儿，沉浸在痛苦之中；或者也可以安慰自己，你的诗会被人们铭记在心里。对我来说都一样。”

在他们俩说这番话的时候，杰弗里从铁栅栏间溜了出去。魔王穿着一双考究的法国靴子——魔王当然会偏爱法国皮革了，地道英伦风范的杰弗里心想——当魔王转身时，杰弗里扑了上去。

抓啊，咬啊！用力咬啊，爬啊！杰弗里同时攻击着一只长着危险利爪的黑猫，一条鳞片闪闪发光的猛龙，还有一个想把它从腿上抖下去的绅士。杰弗里被魔王甩来甩去，就像在毁灭的骇浪中漂荡的诺亚方舟。被撞、被敲、被咬、被痛打。可是杰弗里仍然紧紧扒在他身上，吼着、挠着！

“噢，真烦人，”魔王说，“那是我最喜欢的长袜。”

火焰与黑暗！阴影与悲哀！魔王把它甩掉了。杰弗里在半空中飞过，滑过地板。但它瞬间便又站了起来，眼中燃烧着烈火，皮肤像带电一般。它才不会放魔王走呢！

“我们非打不可吗？”魔王疲惫地说，“噢，很好。”

现在魔王开始认真交手了，他很可怕。仿佛上千只黄牙老鼠，从下水道里蜂拥而出；仿佛一位威猛的天使，振翅便生起飓风；仿佛一位手拄文明棍的绅士。狠狠一抽！

杰弗里的胸口痛得快炸了。它头晕目眩，一时间觉得自己站不起来了。可它必须站起来，它的腿又把它带回了战场。

杰弗里再次蹑手蹑脚地向魔王走去，试图避开撒旦的手杖的覆盖范围。突然间，那黑猫出现了，爪子朝杰弗里的双眼一挠，还没等杰弗里出爪，它就蹦开了。杰弗里发出嘶嘶声，毛炸了起来，可是在它疼痛的胸腔里，某个地方有种感觉，这一战它或许赢不了，这一战杰弗里或许会送命。

死就死吧。杰弗里跳上那猫兼老鼠兼天使兼龙的脊背。它放着血，魔王的血，气味犹如燃烧的玫瑰。

魔王在它嘴下飞快地一拧，黄牙飞快地咬下。一阵剧痛窜过了杰弗里的脖子。魔王咬住了它的喉咙。

杰弗里挣扎着，想抓住点什么，可它什么也抓不住。它眼前发黑，能感觉到魔王的牙齿紧紧压着它生命的脉动。

它隐约听到诗人在叫嚷。“别，别！”那人喊道，“请饶了我的猫吧！我发誓，我们不会再给你添麻烦了！”

魔王松开了它。“哎哟，哎哟，”他说，他把杰弗里吐出来，又考验了一回，“很好。”

杰弗里在黑暗中下坠，没完没了地下坠——

杰弗里觉得痛。魔王咬伤的地方让它一阵阵剧痛。那地方舔不到，可它还是试着去舔，这样也疼。

“可怜的杰弗里！可怜的杰弗里！”诗人说，“噢，你这勇敢的猫儿啊，愿主耶稣保佑你和你的伤。”

杰弗里的耳朵前后弹动着。比疼痛更难受的是胸口沉甸甸的感觉，因为它打了败仗。杰弗里打了败仗！在它还是小猫咪的时候，这样的事倒是有可能，可是如今——

就算是现在，我也能感觉到那张纸正召唤着我，诗人叹气道：“哦，杰弗里，在这儿躺着，重新好起来吧。我必须完成任务去了。”

听见这话，杰弗里不再去舔伤口，而是盯着诗人瞧。它想表达的意思是那人不该写这首诗。这一回，那人似乎明白了。

噢，杰弗里，我做了笔交易，我骨子里有种预感，我没办法抵抗。当我把那首诗交给他的时候，我就把自己这颗灵魂也交给他了！可还能怎么办呢？杰弗里，什么办法也没有。你必须得好起来。这诗必须得写出来。

杰弗里连反驳的力气也没有了。它从诗人放在它身旁的水碗里喝水，在阳光下睡了一会儿。

当它睁眼时，午后的阳光从装有栅栏的窗口斜射进来。杰弗里笨拙地爬起来，做起了祷告。清洁身体时，它思索着魔王和诗人的难题。这场仗杰弗里赢不了。这个叛逆的念头让它喉咙发紧，有那么一会儿，它想将其抛开，但这么做帮不了诗人的忙。

于是，杰弗里做了件从没做过的事情——它思考起了杰弗里的劣势和弱点。

虽然杰弗里很了不起，它想道，但单凭一己之力还不足以打败魔王。还必须做点别的事，做点让自己感到羞惭和痛苦的事。

一旦下定了决心，杰弗里便溜出了囚室。它并没有像平常那样钻到厨房的桌子底下去，而是一瘸一拐地进了院子，厨子在那里摆了碗牛奶，给别的猫喝，就是没资格统治疯人院的那些猫。

最先出现的是波莉。这是一只毛光水滑的灰猫，有只耳朵被扯烂了，举止谨慎，是它的一位旧情人。见到它身上的伤，波莉看起来有些难过。

“杰弗里，这是怎么了？”波莉用猫语说，猫语比它们专门朝人类发出的那些声音更意味深长，信息量也更大，“你看着就跟被只猎犬给啃过了似的。”

“我跟撒旦打了一架，”杰弗里说，“我打输了。”

波莉仔细查看了杰弗里的伤势：“魔王咬中了你的喉咙。”

“我知道。”

波莉探身向前，舔着它的伤口，杰弗里的耳朵往后一弹，但还是接受了它的帮助。这是今天发生的第一桩好事。

接着出现的是黑汤姆，是只叫人讨厌的野猫。“怎么了呀，杰弗里，”它说，“你瞧着灰头土脸的。”

“它跟魔王打了一架。”波莉说。

“我没打赢。”

“哈哈！那是肯定的呀。”汤姆毫不客气地喝起了牛奶。喝完以后，它若无其事地坐下，清理着胡须，“真没风度，杰弗里，真没风度，那是你的问题。”

“去年夏天跟你打架的时候，我的风度倒发挥得挺好的。”杰弗里厉声道，“可不是吗，还把你从我的厨房里屁滚尿流地赶了出去！”

“你这满嘴胡诌的狗东西！”黑汤姆炸起了身子，“你这该——该……恶狗！”

“吹牛皮！胆小鬼！”

“该……了你的眼！”黑汤姆吼道，“我要跟你决斗！”

“先生们，”波莉舔着前爪道，“院子是我的地盘，决斗是一种不体面的行为，并不适合品德高尚的猫。你们是要在一位女士自个儿的家中对她无礼吗？”

杰弗里和黑汤姆二猫都咕哝着道歉。

“确实，”波莉说，“如果撒旦在外面的话，那我们最好把爪子磨利了，好再跟他打。”

“我想说的就是这样的话。”杰弗里说。

“那你倒是说啊，伙计，”黑汤姆道，“我们可没那么多时间磨叽！”

“我还想听听另一只猫的主意，”杰弗里说着，冲院子里的第三只猫抬起了下巴。那是一只大摇大摆、蹦蹦跳跳的小黑猫，蓝丝带做成的项圈上挂着一只漂亮的铃铛，它在院子里蹦来蹦去的时候，铃铛就叮当作响。

“暗夜猎手猫宝啊。”波莉说着叹了口气。

“你好，波莉小姐！你好，汤姆少爷！你好，杰弗里少爷！”小猫用悦耳的声音说道，“你们想瞧瞧我的蝴蝶吗？是只黄棕色的蝴蝶，漂亮得很！我相信这是一只银弄蝶，这是我在露西的自然史课上学到的，这门课程非常重要。不过那个品种是林地蝴蝶！也许我把它所属的蝴蝶种类给弄错了！瞧瞧吧。”

暗夜猎手猫宝张开粉红色的小嘴，然后又闭上，它往四周看了看，有些困惑。

“我看你已经把它给吃了。”波莉说。

“噢，我是把它吃了！它可漂亮呢。那是牛奶吗？”

小猫扑向牛奶，喝了个饱。喝完以后，它就在碗边蹦来跳去，拍着大猫们的鼻子。不过当它来到杰弗里面前时，它却停了下来，神情有些担心。

“杰弗里少爷！你受伤了吗？”

“我跟撒旦打了一架。”杰弗里说。

噢！小猫睁大了绿眼睛，一下子跌坐回奶碗里，牛奶溅了它一屁股。

“杰弗里有话要说，”波莉说，“它需要我们专心听。”

“我专心着呢！真的！”小猫本来正在舔泼洒出来的牛奶，此时又将注意力转回到杰弗里身上。

杰弗里叹了口气。“前两天晚上，”它说，“魔王来到了疯人院。”

它把一切都告诉了它们：收买它的那次盛宴、呕吐物、与撒旦之战、诗人的绝望。其余几只猫瞪大了眼睛望着它。

讲到末尾，它弯腰弓背，说出了对一只猫而言世上最难说出的话：

“我需要你们的帮助。”

其余几只猫惊诧地看着它。杰弗里感觉到羞愧落在它身上，就像细细的粉尘。它垂下眼帘，细看一只正从鹅卵石上缓缓爬过的棕色甲虫身上的亮光。

“这事可真该……奇怪，”黑汤姆不情愿地说，“撒旦本尊哪！可是先生，要是你想借我的爪子一用，那我给你就是。”

“我也会帮你，”波莉说，“不过我承认，要对付这么个敌人，我拿不准我们能怎么办。”

“这一回有我们四个呢，”黑汤姆说，“四只猫！魔王不会知道是什么袭击了他的。”

“这个战略不对。”暗夜猎手猫宝说，它的声音听起来犹如出鞘的剑锋。

猫宝身上所有的奶猫气都一扫而空了。坐在奶碗前的是这院子里那位冷酷无情的杀手，说到这位刺客的名号“暗夜猎手”，贝斯纳尔格林的老鼠和鸟儿们都惊恐地窃窃私语。有传言说，猫宝的太姥姥乃是下界的一个魔鬼，这或许可以解释得通，它那双绿玻璃似的眼睛为何会具有那般不同寻常的敏锐，也可以解释得了它与死亡打交道的天分。确实，杰弗里眼看着猫宝的小影子似乎逐渐变大，一分为七，每个影子的形状都像是一只长着七根尾巴的巨猫。当暗夜猎手猫宝沉思着撒旦之事时，这些影子猫儿们的尾巴便甩来甩去。

“**没错，作为猫，我们是虎天使的后裔，虎天使杀掉了埃及蠓鼠**，”猫宝说，说话间，它的那些影子变幻成了老鼠和天使的形状，“**我们是上帝的战士，因此我们可以让撒旦流血，但我们杀不了他，因为他注定是另外一种命运。**”

想到抓不住的猎物，暗夜猎手猫宝叹了口气，垂眼看着地面。那只棕色的甲虫还在那儿，在鹅卵石上慢慢跑着。它的鼻子随着甲虫移动起来。

“猫宝！”波莉严厉地说，“你正在跟我们讲该怎么跟魔王打呢！”

“哦，抱歉，抱歉，”猫宝说，它费了好大的劲才把视线从甲虫身上挪开。霎时间，它那七道影子又回来了，比方才更大了些，它们的爪子向着天空抬起。

“**要打赢这一仗，我们就必须仔细想想，我们打算赢得的是什么。**”暗夜猎手猫宝说。它的瞳孔不见了，眼中燃烧着绿色的火焰，“**是要弄死撒旦吗？不是。是要羞辱**

他吗？也不是。”

“那只是你的想法，”黑汤姆说，“他会在我爪下落荒而逃的！”

小猫的影子们转过身来，不以为然地看着黑汤姆。当它再次开口时，它们的声音汇入了它的声音之中，听起来就像是千只苍蝇发出的嗡嗡声。

“这两样都不是！”猫宝军团叫道，“想想看吧！魔王想要达到什么目的？”

“毁灭世界。”波莉说。

“一首歌颂他如何伟大的诗。”黑汤姆说。

“诗人的灵魂。”杰弗里说。

“半点也没错，”猫宝军团吼道，“而这三件东西其实又是一件东西。好猫杰弗里呀，只要你能把它从他那儿偷来，那你就打败了魔王。”说完这话，它的影子们重新缩成了一个小猫形状的正常影子，绿眼睛里也再次出现了瞳孔。

“可是我要偷什么呀？”杰弗里绝望地问道。

猫宝茫然地看着他。“什么？”它说，“咱们要偷什么东西吗？”

"杰弗里，我认为暗夜猎手猫宝已经把它能说的都告诉我们了。"波莉说。

"可还是不够。"杰弗里说。思考比打架更难，何况它的脑袋还在疼。它紧闭双眼，仔细思索着发生过的一切。诗人、魔王、诗中之诗。

"我想，我知道得怎么做了，"它说，"可是要做到这一点，我必须从魔王身边偷偷溜过去，而他的眼睛很敏锐。"

"我们会帮你的。"黑汤姆说。

"我们会跟他打的。"波莉说。

暗夜猎手的眼中闪动着灵魂之火的光芒，一些影子从它背后向外窥看着。

"而你呢，"它吟诵道，**"要匍匐前进。"**

那天晚上，魔王心情不错。他在群星之间穿行，一边吹着口哨，手杖尖端在路上噼里啪啦地敲。不时会有一颗年轻的恒星被他敲飞，呼啸着坠落。

"晚上好啊，好伙计。"走进疯人院的时候，他对呼呼大睡的守夜人说。"还有你，本特利。"路过一间关着个杀人犯的囚室时，他说。那人尖叫着飞快地跑开了。终于，魔王来到了诗人的囚室。“你好啊，斯马特先生。我的诗你写好了吗？”

诗人惊恐地蹲在囚室的角落里。“不，不，求你了，耶稣啊，不要。”他呻吟道。但他手里却哆哆嗦嗦地拿着一张纸。

“妙极了，”魔王说，“来吧，把它交给我。一旦给我以后，你就会感觉好得多。”

诗人猛地挺直了身子，就像是个不太灵光的牵线木偶，握着那张纸的手挥向一旁。可是，当魔王伸手去拿的时候，他身后却传来了一声大吼。

“站住，交出来，你这该……的癞皮……那啥！”是黑汤姆，它的尾巴像画笔一样竖着。

在它身旁，波莉眯起了眼睛：“先生，你必须得离那诗人远点！”

“这是怎么回事？”魔王双手叉腰，端详着这两只咆哮的猫，“又多了几只猫来吓唬我的长袜子？”

“先生，我们要的可不光是你的长袜子。”波莉说。

“该……你的眼，我要扒了你的皮，你这——！！！！”

“居然说这种话！”魔王说。就连波莉也露出了震惊的表情。

“好吧，先生，”撒旦说，“不管是谁，都别想叫我——更何况是只满身跳蚤的野猫。放马过来啊，先生！”魔王再次变成了一只猫，也是个天使，还是个恼火的评论家，举起手杖当棍子用。正当魔王的手杖缓缓往下一挥，划出一道带着地狱之火的闪亮弧线时；正当魔王打算砸破跳来跳去、神气活现的黑汤姆的头顶时，上方响起了一声令人毛骨悚然的喊叫。

“我乃暗夜猎手猫宝是也！”

在魔王的头顶上方，积满灰尘的壁式烛台上，高踞着一只狂暴的小猫，它嘴利如刀，眼中喷火，有七个饥肠辘辘的影子。趁着魔王瞠目结舌地仰头看时，它纵身一跃，危险的利爪迅疾如光，恰好落在魔王扑了粉的假发上。

地狱之火！乱作一团！另外两只猫向魔王的腿冲去，抓挠着他的脸。他挥动着翅膀和拳头，又是咬、又是打。这一战的威力让疯人院的墙壁都随之震颤。诗人瘫倒在地，抽搐着、扭动着。每间牢房里的疯子都开始号叫起来。

杰弗里的耳朵向后趴着，继续匍匐前进，就像猫宝示范的那样。“我们是天使的后裔，”它曾说过，“凭借这样的身份，我们就可以钻进所见的世界和本来的世界之间的空间。”

这便是杰弗里此时所在之处，它沿着一条由粉碎的星尘形成的斜径，从魔王身边悄然经过，躲在那位目光锐利的敌对者想都没想到要去看看的空间褶层中。要匍匐前进并不容易，这不仅是因为杰弗里必须把猫身上的每一寸都挤入宇宙的这层褶皱之中，也是因为它背后正在上演一场它巴不得加入的混战。

它心里有一个声音悄声低语：从什么时候开始，杰弗里这个猫族中最光荣的战士竟然会在战斗中开溜？从什么时候开始，杰弗里变成了一个胆小鬼？难道它要让黑汤姆赢得打败魔王的这份荣誉吗？

但杰弗里对这个声音充耳不闻。它已经明白了，魔鬼不止一种，跟穿着天鹅绒外套、热爱诗歌的那种魔鬼相比，在你脑子里用你自己的心声说话的魔鬼要危险得多。

确实，恶魔对付三只猫要比对付一只更艰难。他的其中一个影子变成了一条龙，正在跟黑汤姆交手；撒旦扑了粉的假发变活了，正在走廊对面应付波莉。但在诗人的囚室正中，在闪电和地狱之火形成的风暴中，转着圈圈的撒旦和暗夜猎手猫宝身上都泼溅了对方的血。猫宝现在只剩五个影子了，绿眼睛也闭上了一只，但在有形的黑暗之火中，它的吼声依然闪烁着美丽的光芒。

“退下，你这卑鄙的小猫！”

“**我乃！暗夜猎手！猫宝！**”小猫尖叫着回应。就像战斗中的喊杀声一样，算不上标新立异，却说清了中心思想。杰弗里一边这么想着，一边溜向嘴里正在嘀嘀咕咕的诗人，越来越近。它在宇宙空间里小心翼翼地一寸寸往前爬，刚被撒旦干掉不久的那些恒星的魂魄低声鼓励着它。

“你们赢不了。”撒旦说。说这话的时候，他似乎镇定了下来。魔王的各个分体重新纠集到一起，在屋子中央汇成了一道火柱（唯有那顶扑粉的假发除外，波莉将它压在了楼梯上），“这个诗人是我的。要是再跟我作对，你们就会死。”

“那我们就死呗。”波莉说，它的牙齿上挂着一簇白发。在它身后，那顶扑粉假发的发卷乱得一塌糊涂，沿着楼梯往下滚，向自由而去。

“……你妈。”黑汤姆说。

瘫倒在地的小黑猫从地上摇摇晃晃地站了起来。“暗夜猎手，”它说，“猫宝。”

“很好。”龙兼猫兼评论家说着，张开了嘴。

杰弗里不再匍匐前行了，它一跃而起。

火焰与洪水！惊奇与恐惧！杰弗里从诗人颤抖的手中一把夺过那张纸，整张吞了下去。吧唧、吧唧！桌上的纸也给吃掉了！吧唧！还有地上皱巴巴的草稿！杰弗里化作了一道饕餮的旋风！作为最后一招，它撞翻了墨水瓶，把墨水舔掉了。咕嘟、咕嘟！接招吧，撒旦！

魔王站在囚室中央，几只猫挂在他胳膊上。他脸上那副表情跟他在天堂之战中落败时相差无几，比他到达地狱时也只稍微高兴那么一两分。一般来说，当撒旦露出这副表情时，就是他即将开始高谈阔论的征兆。可是这一回，他要说的话全没了。那些话躺在一只打着嗝的姜黄色猫咪肚子里，那猫正朝撒旦眨着眼睛、舔着嘴唇。

“噢，见鬼，猫啊，”魔王说着，让那几只被勒得半死的猫落到了地板上，“你都干了些什么？”

杰弗里咧开嘴朝他一笑，它能感觉到体内有一片温暖的光芒，那是诗人的灵魂，正被它安然消化。诗人说过，他的灵魂就在这首诗里，现在杰弗里已经把它吃掉了。现在魔王拿不到了。

“不！”魔王尖叫起来，他大发雷霆，跺着脚，将双手放到脑袋上，把自己撕成了两半，那两半身体在狂暴的烟花中炸开了。

然后，或许是再一想之后改了主意，为了顾全尊严，魔王又冒了出来，抻了抻马甲，怒视着杰弗里。“你，”他说，“给文学留下了永远的伤痕，你这愚蠢的猫。”

说完这话，魔王转身离开了。

角落里的诗人踉跄着走上前来。“感谢耶稣！”他喊道，“杰弗里，你做到了！”

“还有我呢。”黑汤姆说。

“我们大家一起做到了。”波莉说。

“魔王把他的假发给忘了。”暗夜猎手猫宝说，它那只没受伤的眼睛眯了起来。

“谢谢，谢谢，我的朋友们。”杰弗里说，“在这件事上，我永远感激你们的帮助。”然后它绕着诗人转圈，咕噜噜地叫了起来。

这便是魔王如何来到疯人院，并且被了不起的杰弗里击败（尽管并非战败）的故事。我还有些别的故事可以讲，比如黑汤姆海战的故事、波莉涉足歌剧的故事，还有暗夜猎手猫宝对撒旦的假发展开的史诗般的搜捕，在伦敦各地留下了一长串恶作剧和糟心事的踪迹，持续数年。

但我却要以诗句来作为结尾：

因为我要琢磨我的猫咪杰弗里。

因为它是永生神的仆人，日日尽责地奉侍。

因为它夜晚替上帝防备那位敌逆。

因为它皮肤带电、双目炯炯，以此对抗黑暗的势力。

因为它活泼地对待生命，借此来对抗魔王，亦即死神。

因为它能匍匐前行。

——克里斯托弗·斯马特

圣卢克疯人病院，1763年

蜘蛛罗斯

✕　布鲁斯·斯特林_著　耿辉_译

蜘蛛罗斯什么都感觉不到，几乎可以这么说。感受曾经存在，郁结在一起的一团情感，有二百年之久，她用一剂颅内注射将其捣毁，如今仿佛只剩下一只被锤子砸烂的蟑螂。

蜘蛛罗斯了解蟑螂，它们是机械派轨道空间站仅存的土著动物，从一开始就在宇宙飞船上滋生，特别顽强，数量繁多，适应消杀。迫不得已，机械派使用从变形派对手那里偷来的基因技术，把蟑螂改造成五颜六色的宠物。蜘蛛罗斯特别喜欢的一只有一英尺长，身上油亮的黑色角质覆盖着红色和黄色色素形成的扭曲线条，它附着在罗斯的脑袋上，饮用完美额头上渗出的汗水，而罗斯对此一无所知，因为她在别处，密切注意着到访者。

她通过八台望远镜观察，它们的影像经过她颅骨底部的神经-晶体中枢，被整理汇聚到她的大脑。正如她的蜘蛛标志，她现在有八只眼睛，耳朵是稳定微弱的雷达波，倾听，倾听预示投资者飞船到来的奇妙失真。

罗斯挺聪明，她也许已经疯狂，然而她的监控技术建立并人工维持保证她心智正常的化学基础。蜘蛛罗斯把这当做正常状态来接纳。

这就是正常，不是对人类而言，而是对一个二百岁的机械派成员而言，她生活在绕天王星运行的蛛网结构自旋空间站，体内沸腾着青年人的激素，智慧的面容既苍老又年轻，仿佛刚刚从石膏模子里拆出来。她的白色长发荡漾着，展现出植入的光纤，微小的光点在斜切的末端缓缓流出，仿佛微缩的宝石一样……她年事已高，但是不在意这点。她很寂寞，但是用药物粉碎了那些感觉。她掌握着投资者想要的东西，那些爬虫样貌的外星人愿意用他们的犬齿交换。

广泛延伸的货物接收网赋予她名字，她用这张聚碳酸酯材质的蛛网，捕获到一枚巴士汽车大小的宝石。

于是她不知疲倦地观察，大脑连接到她的仪器，她不是特别感兴趣，但肯定也不觉得无聊。无聊是危险的，无聊导致不安；在一座空间站，不安可能会致命，在这种地方，怨恨甚至平平常常的无心之失都能置人于死地。应有的生存状态应该是这样的：蹲踞在精神网络的中央，理性的欧几里得网线整齐地朝各方向外辐射，腿部勾连在一起，警惕着不安的情感引发的最微弱颤动。她一感知到纠缠在网线上那种感觉，便冲过去评估，将其灵巧地包裹起来，用具有注射功能的蛛牙利落且持续地刺透……

目标出现。她的八只眼睛注视着二十五万英里远的太空，发现了星星的涟漪环绕着一艘投资者的飞船。它们没有传统的引擎，不向外辐射可以检测到的能量。他们的星际驱动严格保密。无论哪个派系（因为没有更好的名称，他们仍然被松散地称为“人类”），对投资者驱动器明确的了解仅限于，船尾产生双曲线形状的条纹失真，在群星的背景中形成一种涟漪效果。

蜘蛛罗斯在一定程度上跳出静态观察模式，又一次在身体里感受到自己。计算机信号已经被减弱，仿佛她观察窗外时玻璃上倒映的面孔，叠加在自己的常规视场之外。她轻触键盘，用一束通讯激光精确对准投资者的飞船，发出一串数据脉冲：商业提议。（无线电太不稳定；也许还会吸引变形派海盗，她曾迫不得已杀死过三个。）

她看见投资者飞船突然停止并转向加速，尽管这违背一切已知的轨道动力学定律，但她知道自己有所耳闻和理解。趁着等待的时间，蜘蛛罗斯加载了一个投资者翻译程序，它有五十年历史，但是投资者们历久弥新，既不怎么保守，又同样不热心变革。

当飞船离她的空间站很近，不再适合星际引擎机动，它便用一股气流展开图案点缀的太阳风帆。太阳风帆大得足以把一颗小型卫星当成礼物包裹起来，但是两百年前的记忆都没有它纤薄，尽管薄得不切实际，但是分子级别厚度的壁画呈现在上面：在投资者大商队的壮观景象中，足智多谋的投资者已经欺骗了卵石覆盖的双足生物和容易上当的重行星气袋生物，后者的身体鼓鼓囊囊，充满财富和氢气。投资者种族伟大的女王们戴满了珠宝首饰，身边环绕着后宫男眷，在遍及数英里的投资者象形文字叙述之上，炫耀着花哨的复杂精致。那些文字叙述叠加着音乐符号网格，同时表现出他们半吟唱的语言中，应有的音高和声调。

她面前的屏幕上爆发出一阵静电扰动，一张投资者的脸庞出现在上面。蜘蛛罗斯从颈部扯下插头，打量那张脸庞：透亮的大眼睛被眨动的皮膜部分包裹，针孔大小的耳朵后边长着彩虹色褶边，皮肤坑洼不平，类似爬行动物的微笑露出钉子大小的牙齿。它发出几个声音。“我是少尉，”她的计算机翻译说，“莉迪亚·马丁内兹？”

“是我。”蜘蛛罗斯说，不屑于解释自己改了名字。她曾有过许多名字。

“我们以前跟你丈夫做过挣钱的买卖，”投资者饶有兴趣地说，“他近况如何？”

“他三十年前就死了，”蜘蛛罗斯说，那股悲痛已经被她碾碎，“变形派刺客杀死了他。”

投资者官员摆动了一下褶边，他没有尴尬，尴尬不是投资者天生具有的情感。“不利于业务，”他表示，“你提到的这块宝石在哪儿？”

“准备接收数据。”蜘蛛罗斯触碰键盘说。她一边认真准备自动展示的销售话术，一边注意着屏幕，通讯束已被屏蔽，以避免被敌人截获。

那是一辈子都遇不到的发现，最开始曾作为冰川的一部分存在，类似天王星原行星的冰卫星，在原始的时间长河中不停受到轰击，破碎、融化、再结晶。它在不同的时间至少破裂过四次，每一次矿物流在巨大的压力作用下进入断裂带：碳、硅酸锰、铍、氧化铝。当卫星终于破碎成著名的星环复合结构，巨大的冰坨漂浮了很久很久，被超短波辐射的冲击波淹没，随着所有星环结构中典型的奇异电磁涨落充放电荷。

然后在几百万年前一个关键的时刻，作为那些无声无形的电能中的一团，它成了一道巨型闪电的零电位点，释放出整整积累超过几十年的电量。大多数冰坨的外壳瞬间蒸发成等离子体，剩下的发生……改变，被封在裂缝中的矿物质此时是丝丝缕缕的绿柱石，在各处逐渐自然形成投资者头部大小的一块块翡翠，红色刚玉和紫色石榴石形成的网络跟翡翠纵横交错。还有大块大块的熔合的钻石，颜色不同寻常的炽热钻石，只有奇异的量子态金属碳能够形成。就连冰块本身都变得华丽独特，故而更加珍贵。

“你引起了我们的兴趣。”这名投资者说。对他们而言，这意味着极大的热情。蜘蛛罗斯笑了。少尉继续说道：“这是一件不同凡响的商品，它的价值难以估量，我们出价二百零五亿瓦特。”

蜘蛛罗斯说：“我有运行空间站和自我防御所需的能量。报价很慷慨，但是我根本储存不了那么多。”

“我们还会为你提供一个稳定的等离子体晶格用来存储。”这样极为阔绰的出手让人意外，目的是让她无法拒绝。人类没有建造等离子体晶格的技术，拥有一枚相当于十年一遇的奇迹，她简直难以想象。“不感兴趣。”她说。

投资者张开了他的褶边：“对星际交易的基本货币不感兴趣？”

“如果只能在你们那边使用，是的。”

“跟年轻的种族交易真是费力不讨好，”投资者说出了自己的看法，“那么我猜你想要信息。你们年轻的种族总想用技术做交换。我们有一些变形派的技术在他们的派系内交易——你对那些感兴趣吗？”

“工业间谍？”蜘蛛罗斯说，“你应该在八十年前这样跟我试试。不，我太了解你们投资者了。你们只会把机械派的技术卖给他们以维持力量的平衡。”

“我们想要竞争性的市场，”投资者承认，“这帮助我们避免讨厌的垄断，比如眼下跟你做交易，就是这种情况。”

“我不想要任何形式的权力。地位对我来说毫无意义，给我看点儿新东西。”

“不喜欢社会地位？你的同伴们怎么看？”

“我一个人生活。”

投资者用眨动的皮膜遮住了眼睛，“抑制了你群居的本能？一种不祥的发展。好吧我换一种方式。你考虑武器吗？如果你同意使用武器的各种条件，我们可以为你提供独特且强大的武器装备。”

“我的已经够用了。”

“你可以使用我们的政治手腕，我们可以大力影响主要的变形派组织，通过协议保护你免受他们的威胁。那要花上十或二十年，但是可以实现。”

“应该取决于他们是否担心我，”蜘蛛罗斯说，“而不是反过来。”

“那么，一座新的空间站，”投资者显得很有耐心，“你可以生活在纯金的环境中。”

“我喜欢现有的生活环境。”

“我们有些东西也许可以让你开心，”投资者说，“准备接收数据。”

蜘蛛罗斯花了八个小时查看各种各样的物品。不必着急，以现有的年岁，她已经急躁不起来，而且投资者追求的就是讨价还价。

她又得到的报价有产生氧气和异香的彩色藻类植株；塌陷原子组成的超箔结构，可以用来抵御辐射和防御袭击；可以把神经纤维变成晶体的罕见技术；一根光滑的黑色魔杖，可以把铁变得极具延展性，让你用手就能给它塑形；一艘小型奢华潜艇，用透明的金属玻璃制造，用来探索氨和甲烷的海洋；有图案的硅质自复制球体，随着它们的增长，便展开一场模拟外星文明诞生、发展和衰落的游戏；一艘微型海陆空三栖舰船，小到你可以把它像衣服一样穿在身上。“我不关心行星，”蜘蛛罗斯说，“不喜欢重力井。”

“在特定条件下，我们可以提供一台重力发生器，”投资者说，“它得具有防篡改功能，就像魔棒和武器一样，而且只能租借而不是直接售卖。我们必须避免泄露这种技术。”

她耸耸肩，“我们自己的技术曾给我们带来沉重的打击，已经掌握的技术都无法理解，我不明白为什么要让自己背负更多。”

“禁止清单以外，我们只能给你提供这些，”他说，“特别是这艘飞船有大量仪器设备只适用于极低温极高压环境下生活的种族。我们有一些你大概会非常喜欢的东西，不过它们会杀死你或你的整个种族，比如‘无法翻译’的文献资料。”

“假如我需要外星视角，我可以阅读地球文献。”她说。

“‘无法翻译’算不上文献，”投资者亲切地说，“其实是一种病毒。”

一只蟑螂飞到蜘蛛罗斯的肩头。“宠物！”投资者说，“宠物！你喜欢它们？”

“它们是我的慰藉。”她说着便让蟑螂咬下自己拇指的外皮。

“我应该想到，”他说，“给我十二个小时。”

罗斯去睡觉，醒来后一边等待一边通过望远镜研究外星飞船。所有的投资者飞船都覆盖着锤打金属形成的巧妙设计：动物头颅、金属镶嵌、体现虔诚信仰的场景和铭文，以及货舱和仪器。不过专家指出装饰之下的基本形状从来都一样：一个简单的八面体，具有六个长矩形侧面。投资者费了些心机来掩盖这个事实，当前的理论认为，这些飞船是从更先进的种族那里购买、发现或偷窃来的。当然，因为对待科学和技术的离奇态度，投资者们似乎不能自己建造。

少尉重新开始联络，眼睛上眨动的薄膜似乎比往常更苍白。他举起一只类似蜥蜴的小动物，它长着翅膀，带刺的修长头冠跟投资者的褶边一个颜色。“这是我们指挥官的吉祥物，名叫‘小鼻子貔貅’。我们所有人都喜欢它！跟它分别我们都感到伤心，是在这笔生意中蒙羞还是失去它的陪伴，我们不得不做出选择。”他把玩着吉祥物，吉祥物用长有鳞片的小爪子握住了他粗壮的手指。

“它……挺可爱的。”罗斯找到一个几乎被遗忘的童年词汇，发出它的读音时一脸厌恶，“但是我不会用我的发现交换一只食肉的蜥蜴近亲。”

“行行好吧！”投资者哀叹道，“指控我们的小鼻子来自充满病菌和巨大有害动物的巢穴……不过这也难免。听听我们的提议，你拥有我们的吉祥物七百加减五天，按你们的时间计算。我们离开你们的星系时会返回这里，你可以选择留下它或者保留你收获的宝石。与此同时你必须承诺不卖掉宝石，也不让别人得知它的存在。”

“你的意思是你会留下你们的宠物，作为交易的定金。”

投资者用皮膜遮住眼睛，然后半闭上卵石状的眼睑。这是极度痛苦的表现。“因为你无情地迟迟不做决定，我们把它抵押给你，莉迪亚·马丁内兹。平心而论，我们不相信能在这座星系找到比我们的吉祥物更能满足你的筹码，除了某些形式新颖的自杀。”

蜘蛛罗斯大吃一惊。她从没见过哪名投资者在情感上变得如此投入，通常情况下他们似乎怀有一种超脱的生命观，甚至有时展现出的行为模式类似一种幽默的感觉。

她在享受自我，已经过了投资者的任何常规商品都能吸引她的年龄。本质上，她在用自己的宝石交易一种内在的精神状态：不是追求一种情感，因为她捣毁了那些，而是追求一种更加清晰淡然的心境——被吸引。她想被勾起兴趣，想在死寂的星球和太空以外找一件事让自己忙碌起来。而这似乎很有趣。

“好吧，”她说，“我同意，七百加减五天，我不会讲出去。”她笑了。她已经五年没跟其他人类讲话，也没准备开始讲。

“照顾好我们的小鼻子貔貅，”投资者半是恳求半是警告地说，通过口音体现出这些细微的情绪，让她的计算机有效地识别出来，“即使你因为受到严重的心灵腐蚀而不想要它，我们还需要它。它珍贵稀有。我们给你发送照顾喂养它的说明，准备接收数据。”

紧绷的聚碳酸酯材料构成了她的蛛网状空间站，他们把运输那只生物的货舱射入其中。这张网织在由八根辐条组成的框架结构上，八间轮转的泪滴形舱室形成离心力，将辐条绷紧，在货舱的冲击下，蛛网优美地弯曲，八枚巨大的金属泪滴沿着简短美妙的自由落体弧线，被拉得更接近网的中心。在网的复原过程中，暗淡的日光沿着它反射，它也因为吸收货舱的惯性而损失了能量，所以转动得慢了一些。这是一种低价高效的接驳技术，因为旋转的速度比复杂的机动更容易控制。

腿上带钩的工业机器人沿着聚碳酸酯纤维飞快地跑过去，用钳手和磁性触手抓住了吉祥物的运输舱。蜘蛛罗斯亲自操纵领头的机器人，通过抓握和镜头来感知和观看。机器人把货舱推进一间气密过渡舱，取出盛放的货物，把货舱安放在一枚附着火箭上，推送回投资者的母舰。小型火箭返回，投资者的飞船离开，然后机器人列队返回它们的泪滴状停放舱，停止工作，等待蛛网的下一次震颤。

蜘蛛罗斯跟机器人断开连接，打开气密过渡舱，吉祥物飘进来。跟投资者少尉相比，吉祥物显得极其小巧，不过投资者都身材庞大，它其实有罗斯的膝盖那么高，在不熟悉的空气中有韵律地喘息，毫无规律地躲闪和飞奔。

一只蟑螂从墙壁上起飞，翅膀发出啪啪啪的嘈杂声音。吉祥物害怕地惊声尖叫，摔倒在地上，滑稽地检查自己瘦长的四肢有没有受伤。它半闭着自己粗糙的眼睑。仿佛是投资者婴儿的眼睛，蜘蛛罗斯突然觉得，不过她从没见过年幼的投资者，也怀疑是否有人类曾经见过。她隐约记得自己很久以前听说的事情——关于宠物和婴儿，他们的大脑袋、大眼睛、他们的柔弱和依赖性。她记得自己嘲笑过一个想法，也就是一只“狗”或“猫”的多情依赖能够比得上一只蟑螂的洁净的经济效益。

投资者的吉祥物恢复了镇静，弯着膝盖蹲在藻地毯上，对着自己鸣叫。类似迷你版巨龙的脸庞挂着一抹狡猾的微笑，勉强裂开的眼睛警惕性十足，火柴杆粗细的肋骨随着每次呼吸上下移动。它的瞳孔巨大，蜘蛛罗斯以为它一定觉得光线非常昏暗。投资者飞船上的照明类似炽热的蓝色弧光灯，充满了紫外线。

“我们得给你起个新名字，”蜘蛛罗斯说，“我不懂投资者的语言，所以无法用上他们给你起的名字。”

吉祥物友好地注视着她，又支起一点罩住针孔耳朵的半透明翼膜。真正的投资者没有这种翼膜，她迷上这种对常规的进一步偏离。其实除了翼膜，它看起来十分类似一个微型的投资者，这样的效果让人不寒而栗。

“我要叫你毛毛。”她说。吉祥物没有毛发，这是个私人笑话，不过她所有的笑话都是私人的。

吉祥物踩着地面蹦跳过来，这里的人造旋转重力比身躯庞大的投资者使用的 1.3g 也更小。它抱住罗斯的一条腿，用砂纸一样粗糙的舌头舔舐膝盖。罗斯哪怕有点警惕，但还是笑起来。不过她知道投资者绝对没有攻击性，他们的一只宠物也不会危险。

它发出迫切的鸣叫声并爬到罗斯的头上，抓住一把闪耀的光纤。罗斯坐在自己的数据控制台前，调出了照顾饲养说明。

投资者显然没打算交易他们的宠物，因为说明几乎难以理解，有种二次或三次转译自更加深奥的外星语言的感觉。不过符合投资者传统的是，无聊的实际操作是重点强调的内容。

罗斯放松下来。显然这种吉祥物什么都吃，不过它们更喜欢右旋蛋白质，也需要某些容易获得的微量元素。它们的抗毒性极强，没有原生的消化细菌。（投资者也是一样，还把携带消化细菌的种族当成是野蛮人。）

罗斯查询吉祥物的呼吸条件，与此同时它从罗斯的头上跃下，在控制台上蹦蹦跳跳，差点中止了程序。罗斯把它撵走，在密集的外星图表和混乱的技术材料中寻找可以理解的内容。突然，她识别出以前担当技术间谍时见过的材料：一张遗传基因图表。

她皱起眉头。看起来她似乎读过了相关的章节，翻到另一篇完全不同的论述。她仔细阅读数据，发现了一个极其复杂的基因结构三维插图，长螺旋链上的外星基因都用不可思议的颜色标记出来。一个致密的中央结节上呈放射状凸起了很多长长的突刺，基因链就缠绕在其上。紧密交织的单环基因链进一步延伸，把一枚枚突刺连接起来。这些基因链显然从它们在突刺上的连接点激活了不同部分的基因材料，因为她能看见从属蛋白质的影子链条正在从某些被激活的基因上剥离。

蜘蛛罗斯笑了。毫无疑问，一名高水平的变形派遗传学家可以从这些蓝图中收获颇丰。一想到他们永远不会有机会，罗斯就感到好笑。显然这是某种外星工业基因复合体，因为其中的基因材料超过了实际存活的任何动物的需求。

她知道投资者们绝不会摆弄基因，但好奇在十九个已知的智慧种族中是谁创造了这种生物。它甚至也许来自于投资者的经济版图之外，或者可能是一个灭绝种族的遗物。

她好奇自己是否应该清除这些数据，如果她死了，数据或许会落入坏人之手。一想到自己的死亡，一片严重沮丧的阴影首次缓缓迫近，令她感到不安。她一边思考，一边任凭这种感觉积累了片刻。投资者不小心让她看到这个信息，抑或他们低估了圆滑迷人的变形派在惊人提升的智力的加持下所具有的遗传学能力。

她头脑里有种晃动的感觉，眩晕的时候，被化学物质镇压的情感倾尽被压抑的力量，喷薄而出。她对投资者产生了极其痛苦的嫉妒感，因为他们凭借愚蠢的无知和自信在星际间航行，诈骗他们所谓的低等种族。她想要跟他们一起，想要登上一艘神奇的飞船，在远离人类缺点的几光年远的外星，感受阳光灼伤自己的皮肤，想要像一百九十三年前在洛杉矶乘坐过山车的小女孩那样尖叫和体会，根据绝对纯粹的感知强度尖叫，随着她在丈夫怀中被席卷的感受尖叫。她的男人已经去世三十年。去世……三十年……

她的手在颤抖。她打开控制台下方的抽屉，消毒剂散发出臭氧，闻起来有微弱的医院气味。她摸索着推开头发，露出插入颅骨的塑料管，连接注射器，吸气，闭眼，再次吸气，开始注射。然后她重新装满注射器，把它放进抽屉，用尼龙搭扣固定，与此同时她的目光变得迟滞。

罗斯拿起药瓶，茫然地看着它，余量还有不少，再过几个月她才需要合成。她的大脑像是有人踩在上面，捣毁感受之后一直都是这样。她关闭投资者的数据，心不在焉地把它存入计算机存储器的隐蔽角落。吉祥物站在激光通信接口上简短地歌唱，然后开始整理翅膀。

很快罗斯又恢复了正常，露出笑容。这些突如其来的发作她认为理所当然。她服下镇静剂缓解双手的颤抖，又服下抗酸药缓解胃部不适。

她跟吉祥物玩耍，直到它疲惫睡去。一连四天，罗斯精心饲养，特别注意没有过度喂食，因为和它的典型参照——那些投资者——类似，它也是个贪婪的小家伙，罗斯害怕它撑坏了自己。哪怕吉祥物是皮肤粗糙的冷血动物，罗斯还是逐渐喜欢上了它。如果厌倦了讨要食物，它就会玩好几个小时绳子，或者在罗斯监控派往星环采矿的机器人时，它会放松地坐着观看屏幕。

第五天罗斯醒来时发现，吉祥物杀死并吃掉了她四只最大最肥的蟑螂。罗斯胸中充满怒火，她没有使用药物压制，而是满舱搜寻它。

结果没有找到，相反在几个小时的搜寻之后，她发现坐便器的下方塞着一个吉祥物大小的茧。

它进入了某种形式的休眠。罗斯原谅了它吃掉蟑螂，反正它们容易被替换，会争夺她的宠爱。它像是在讨好，可是罗斯突然感到担忧，把别的想法都抛在脑后。她仔细查看茧，发现它由层层叠叠的透明易碎物质组成——干涸的黏液？——她用指甲就能轻松抠下来。这颗茧不是完好的圆形，隐约可见的小小突起可能是吉祥物的膝盖和臂肘。罗斯又注射了一剂药物。

吉祥物休眠这一周她极度焦虑。她仔细阅读投资者的信息记录，可是因为水平有限而无法解读内容。至少她知道吉祥物没有死，因为那颗茧摸上去是温的，里边的突起有时还会抽动。

吉祥物开始破茧而出时，罗斯还在睡觉。不过，她设置监视器发出警报，第一声警铃响起时，她冲到了现场。

那颗茧正在裂开，一道缝隙出现在层层叠叠的易碎外壳上，一股温热的动物臭味渗入循环空气中。

然后一只爪子伸出来，覆盖着闪亮的皮毛，第二只也伸出外壳，两只爪子抓住裂缝的边缘，扯掉了缚在身上的茧。它走到光亮处，像个小型的人类，拖着脚步踢开了外壳，然后它微笑起来。

它像一只小猴子，小巧、柔软、闪亮。它微笑的人类嘴唇后边是小小的人类牙齿，在有弹性的圆腿末端长着柔软小巧的婴儿脚丫。它蜕去了翅膀，眼睛的颜色跟罗斯的一样，小圆脸上光滑的哺乳动物皮肤呈现出绝对健康的淡玫瑰红色。

它跳起来，含混不清地大声发出人类音节，罗斯借此机会看见了它粉红色的舌头。

它蹦过来，抱住罗斯的腿。罗斯既害怕又惊讶，同时深深地松了一口气，爱抚摸它坚硬的小圆脑袋上柔软无瑕的光洁皮毛。

“毛毛，”她说，“我真高兴，非常高兴。”

“哇哇哇。”它用孩子般的高音模仿罗斯的语调说。然后它跳回自己的茧并开始用双手捧着食用，同时脸上露出了微笑。

她现在明白投资者们为什么如此不愿意提供他们的吉祥物，它是价值极大的交易物，遗传工艺品，能够判断出一个外星物种的情感需要和需求，并在几天时间里据此来自我改造。

罗斯开始好奇，投资者们究竟为什么把它送走，是否完全理解他们这只宠物的能力。她当然觉得他们不理解跟随吉祥物一起发送过来的复杂数据，这只吉祥物很有可能是以蜥蜴的形态从其他投资者那里获得的。它也许比整个投资者种族更加古老，这甚至很有可能（一想到这她就感到一股寒意）。

罗斯盯着吉祥物：盯着它清澈、真诚、信任的眼睛。它用小巧、有力、温暖的双手攥住罗斯的手指。罗斯情不自禁地把它抱在怀里，它愉快地发出含混不清的声音。没错，它可以轻而易举地活上几百或数千年，在几十个不同种族间散播爱意（或同等的感情）。

谁会伤害它呢？即使罗斯自己的族人中最冷酷邪恶的家伙也有不为人知的弱点。她想起集中营看守心安理得地屠杀男男女女，但是还会在冬天精心喂养饥饿的鸟儿。恐惧滋生恐惧和仇恨，可是怎么能有人恐惧或仇恨这个生物？怎么能有人抗拒得了它无与伦比的力量？

它不是智慧生物，不需要智慧，也没有性别。繁殖能力会毁掉它作为交易物的价值，另外她怀疑如此复杂的生物能否从子宫中生长出来。它的基因需要在某个难以想象的实验室中，绕着一个又一个突刺构建。

时光日渐流转，吉祥物感知罗斯心情的能力几乎神奇得不可思议。每当罗斯有需要，它总会陪在身边，反之它就会消失不见。罗斯偶尔会听见，它像演杂技一样跳跃或捕食蟑螂时，会跟自己喋喋不休。它从来不淘气，偶尔弄洒食物或打翻什么东西，它会悄悄地自己清理干净，还会把不怎么让人讨厌的小颗粒粪便扔进罗斯使用的回收器。

只有这些迹象展现出它超越动物的思维模式。一次，仅有一次，它模仿罗斯，丝毫不差地重复一句话。罗斯被惊呆，吉祥物立即感受到她的反应，再也没有试图对她鹦鹉学舌。

罗斯和吉祥物睡在同一张床上，有时候，罗斯睡着时会感受到，它温暖的鼻子贴着自己的皮肤轻轻喘气，仿佛它能透过毛孔嗅出罗斯抑制的情绪和感受。有时候它会用结实的小手在罗斯的脖子和脊柱上按压，那里总会有一块紧张的肌肉舒畅地放松下来。白天罗斯从不允许这样，不过到了夜里，她的自制力在睡眠中大幅削弱，两者之间就会产生一种默契。

投资者已经离开了六百多天，一想到自己捡了这个便宜，她就会笑。

罗斯再也不会被自己的笑声吓到，甚至减少了情感抑制剂的用量。她快乐的时候，她的宠物似乎更加快乐无比，有宠物在她身边陪伴时，年代久远的忧愁似乎也更容易承受。紧紧抱着自己的宠物，罗斯开始一个接一个地面对古老的痛苦和创伤，在它光洁的皮毛上洒下治愈的泪水。它一一舔净泪水，品尝其中包含的情感化合物，细嗅罗斯的呼吸和皮肤，在她啜泣得颤抖时紧紧抱住她。回忆太多，她觉得自己年事已高，高得吓人，不过与此同时她又新体会到一种完满的感觉，使得她能够承受。过去她做过一些事情——残忍的事情——从来没有忍受过愧疚带来的麻烦，相反她将其碾碎。

如今几十年来头一次，她再次隐约唤起了一种目标感。她想再看看人类——几十人，数百人，他们都会羡慕她、保护她、珍惜她，她可以在乎他们，他们会保证她比只有一个伙伴时更安全……

罗斯的蛛网空间站进入了轨道上最危险的部分，将穿过星环平面。她在这里最为忙碌，要接收一块块冰原料、碳粒陨星、金属矿石漂浮物——都是她的遥控开采机器人发现并输送过来的资源。这些星环中有亡命之徒：贪婪的海盗、等待出击的偏执殖民者。

在她的正常轨道上，远离黄道面的地方，她是安全的。可是在这里有指令要广播，有能量要耗费，她获取和开采的小行星被俘获后，会挂载强力质量加速器，留下暴露位置的痕迹。这种风险不可避免，即便是设计最优的空间站也不是一个完全封闭的系统。她的这座既庞大又古旧。

他们发现了她。

三艘飞船，一开始她想虚张声势，把他们吓跑，所以经由遥控机器人信标向他们发送了标准的截停警告。他们发现并摧毁了信标，可是通过信标有限的传感器，那些袭击已经向她暴露了他们的位置，并传送了一些模糊的信息。

三艘造型流畅的飞船，半金属半生物的多彩船舱，昆虫风格的太阳翼比水面的浮油还薄，但是装有修长的加强筋。变形派的太空船，外表遍布着高低起伏不平的传感器、伸出一根根磁力或光学武器，长长的货物操作臂像螳螂的前肢一样折叠起来。

罗斯接入自己的传感器，坐下来仔细研究他们，接收平稳的数据涓流：距离估值、命中概率、武器状态。使用雷达风险太大，她依靠光学观测他们。对于激光武器来说这样可行，不过她的激光并非最佳武器。她也许能击中一艘飞船，可是余下的会攻击她。他们在星环徘徊时，她最好保持静默，悄悄借助惯性飞出黄道面。

然而他们已经发现罗斯，她看见他们收起光帆，激活离子引擎。

他们在发送无线电信号，罗斯把信息显示在屏幕上，不想让它出现在脑海里让自己分心。一张变形派成员的脸显现出来，基于东方血统的基因谱系之一，光滑的黑发用宝石别针向后卡住，长有内眦赘皮的黑眼睛上方是黑色细眉，苍白的嘴唇微微弯曲，展现出迷人的微笑。演员般光洁无瑕的面庞上有一双不老的眼睛在闪烁光芒，仿佛它们属于一个狂热分子。“杰德 · 普赖姆。”她说。

“杰德 · 普赖姆上校-医生，”这位变形派一边说，一边用手指摆弄着黑色军装上展示军衔的金色领章，“最近还在自称‘蜘蛛罗斯’吗，莉迪亚？嗯，还是说你把这个名字也从大脑里擦除了？”

“你怎么没死，还当了兵？”

“世易时移啊，蜘蛛。年轻有为的生命之光被你的老朋友们掐灭，我们这些做了长远计划的家伙们被留下来处理旧债。你还记得旧债吗，蜘蛛？”

“你以为自己会活着结束这次碰面，是吗，普赖姆？”罗斯觉得自己的脸部肌肉因为没空抑制的极度仇恨而纠结扭曲，“用你自己的克隆体驾驶三艘飞船，你在自己那块石头星球上龟缩了多久？跟一只蛆藏在苹果里似的。不停克隆。上次有女人让你碰她是在什么时候？”

他永恒的笑容扭曲成露出白牙的淫笑，“没有用，蜘蛛，你已经杀死了三十七个我，我还能不停找上门来，不是吗？你这个可怜的老妖婆，蛆到底是什么东西啊？你肩膀上那只变种生物吗？”

罗斯甚至没有注意到宠物在那里，自己的心因为替它感到恐惧而刺痛，“你靠得太近了！”

“那开火啊！朝我射击，你这个肮脏的老糊涂！开火！”

“你不是他！”罗斯突然说，“不是最初的杰德！哈！他已经死了，不是吗？”

克隆人的面庞因为愤怒而扭曲。激光闪耀，她的三座生活舱被熔化成废渣和金属等离子云。三台熔化的望远镜最后发出一股强烈得难以忍受的亮光，仿佛一道灼人闪电在罗斯的脑海里亮起。

她用电磁武器连续射出一阵铁质弹头进行反击，它们以每秒四百英里的速度把第一艘飞船打成筛子，让它喷洒出空气和冰晶云团。

另两艘飞船开火，它们使用的武器罗斯以前从没见过，像巨人的一对拳头一样又摧毁了两座舱室。网状结构随着冲击而震颤，它失去了平衡。罗斯立即了解到哪些武器系统没有受损，使用包裹着金属外壳的氨冰弹反击。它们穿透第二艘变形派飞船的半有机物侧壁，形成的微孔虽然立即被封住，但是船员都完蛋了，氨冰在内部蒸发，瞬间释放出致命的神经毒素。

最后一艘飞船有三分之一的概率命中她的指挥中心，蜘蛛罗斯用尽了长达二百年的好运。控制按钮上的静电刺痛了她的双手，这座舱室的光都熄灭了，她的计算机全面崩溃。罗斯尖叫着等待死亡。

死亡没有降临。

她的嘴里因为恶心不断涌出胆汁，她在黑暗中打开抽屉，往大脑中注入液体镇静剂。然后她坐在控制台的椅子上剧烈呼吸，她的恐慌被化解。“电磁脉冲，”她说，“让我掌握的一切瘫痪了。”

宠物叫了几声。“如果可以他早就消灭我们了，”罗斯对自己的宠物说，“主结构崩溃时，其他舱室肯定建立了防御。”

宠物跳上她的大腿，罗斯感到一下重击，恐惧地颤抖。她心不在焉地抱住宠物，抚摸柔软的脖子。“我们瞧瞧，”她对着黑暗说，“冰质毒剂已经不起作用，我在这里撤销了它们。”她从脖子上拔掉无用的插头，又从潮湿的肋部掀起长袍，“那就使用喷雾，炽热的金属铜离子形成漂亮的浓雾，喷坏他的每个传感器。他会在金属棺材里盲目地驾驶。就跟我们一样。”

罗斯笑起来，“只不过老罗斯还有一招，宝贝儿。投资者，他们会来找我，没有谁来找他。我仍然拥有宝石。”

她无声地坐着，依靠人工注射药剂形成的冷静允许她思考难以想象的情形。宠物不安地晃动，闻她的皮肤，在她的爱抚下已然平静了一点，她不想让这只宠物受到折磨。

罗斯用另外一只手捂住宠物的嘴，把它的脖子扭断。旋转重力让罗斯保持强壮，它没时间挣扎，罗斯在黑暗中将它举起，感受它的心跳时，它因最终的颤抖而四肢晃动。罗斯的指尖感受到脆弱的肋骨下最后的搏动。

“氧气不足。”她说。被遏制的情感企图挣扎，不过失败了。她还剩下很多抑制剂，“组成地毯的藻类会在几周时间里净化空气，但是没有光，藻类就会死亡，我也不能食用。宝贝儿，食物不够吃，菜园被毁，即使它们没有被炸掉，我在这里也无法获得食物，没法操纵机器人，甚至打不开气密过渡舱。假如我活得够久，他们会来撬开船舱，救我出去。我得提高生存的概率，这是明智的行为。我在这样的处境中只能采取明智的行为。”

蟑螂——至少她能在黑暗中捕捉到的所有蟑螂——都被吃光以后，她断食了很久，那是一段黑暗的时光，然后她食用宠物身上未腐烂的部分，甚至在一定程度上麻木地希望自己中毒。

第一眼看见投资者耀眼的蓝光射入损坏的气密过渡舱时，她避开双眼，靠嶙峋的双手和膝盖向后爬去。

投资者的船员穿着太空服防止自己被细菌感染，罗斯很高兴他闻不到自己黑牢里的臭味。他用投资者的笛音语言对罗斯讲话，可是罗斯的翻译软件已经不再工作。

然后罗斯以为他们会抛弃她，留她在黑暗中被饿死，掉落的光纤头发让她的脑袋左秃一块右秃一块。可是他们把她带上飞船，用灼人的消毒剂浸泡，用杀菌紫外线炙烤她的皮肤。

他们拿到了宝石，不过她已经知道了这点。他们想要——（这才困难）——他们想要了解的是自己的吉祥物遭遇了什么。他们的手势和零碎拼凑的人类语言难以理解。罗斯知道她对自己做了糟糕的事情，在黑暗中过量用药，在模糊的意识中跟一只代表恐惧的黑色大甲虫缠斗，它破坏了罗斯精神蛛网的脆弱网格。罗斯感到非常糟糕，体内出了问题，营养不良的腹部仿佛一面紧绷的鼓，双肺如同遭受碾压，她的骨头感觉不对劲，眼泪也流不出来。

他们对她坚持不懈，她想死，想要他们的爱与理解，她想——

她的喉咙被堵住，没法说话。她的头向后仰，瞳孔在顶灯刺眼的强光中收缩。下巴脱臼时，她听见无痛的碎裂声。

她呼吸停止，仿佛解脱，食管一下下逆蠕动，嘴里充满了液体。

一股有生命的白色物质从她的口鼻缓缓流出，接触皮肤的地方引发触电一般的感觉。白色物质流过眼球，覆盖并舒缓它们。随着一波又一波透明液体漫过她的皮肤，覆盖她的身体，将她完全包裹，强烈的冰冷感和无力感浸入她的体内。她放松下来，充满了一种昏沉愉悦的感激之情。她不再饥饿，有大量多余的质量可以消耗。

八天后，冲破身上包裹的易碎叠层，抖起覆盖鳞片的翅膀，她破茧而出，渴望一根拴住自己的链条。

泽克如何在两万英尺高空找到信仰

约翰·麦克尼科尔 _ 著　姚向辉 _ 译

老爹常说：要是一个男人说他害怕，那他多半不是在骗人。他可以骗你说他睡过多少姑娘，在酒吧里干翻过多少猛男，挣过多少钱，等等等等。然而要是一个男人说他害怕，而且还是说给其他男人听的，好的，他肯定没有骗人。

所以我就说了：我害怕。小德、扳手、鲨鱼、鼻屎、神父和其他人，大家都害怕。换了是你，你也得害怕，因为你在一个巨大的金属圆筒里，圆筒在黑暗里飞啊飞，迟早会被击中，引擎嗡嗡响，风嗖嗖刮过“美人号”的缝隙，你脑子里只有一个念头，那就是你离老家太远了。你上过多少次铁鸟，又开回去过多少次，这些都不重要。每次你出发去往德国鬼子头上扔炸弹，都会希望你别抽中下下签。

妈的，神父已经知道在另一头等待我们的是什么了，你看他把念珠挂在脖子上，圣克里斯多福徽章别在腰带底下，每次有一架米斯特[1]从云层里钻出来，他都会说一遍圣母保佑。然而我们里面有一个人一点也不害怕，他就是泽克。

好吧，或许他也害怕，只是隐藏得特别好。泽克来自纽约市，说不定这就能解释一切了。他特别能说，他和神父经常一聊就是几个小时，到最后我们全都累了，上床用枕头捂住脑袋，这样就不用听泽克说神不存在而神父说当然存在了。

泽克说除了眼睛能看见的，他什么都不相信，因此没有天堂可供期待，也没有地狱需要害怕。所以有什么好担心的？死就是死，担心既不会让你更痛苦，也帮不了你。

至于我，我觉得这话真是太傻了。我不知道魔鬼是不是像主日学校的画板上那样穿红睡裤，或者像神父说失乐园的书里那样长着蝙蝠翅膀飞来飞去。但我认识不少坏

1 当指德国飞机制造商梅塞施密特（Messerschmitt），他们制造了德军的主力战机，包括 Bf 109、Bf 110 和 Me 262。

人，他们迟早会得到报应，不是在这一世，就是在死了以后。这是你凭直觉就会知道的事情。然而出于某些原因，泽克的心灵之眼从没睁开过。

上头给了我们（而且只给了我们）不限量的咖啡和糖果，请我们看电影，我们知道肯定要出事了。上头对你这么好，而你不是军官，你说这是什么意思？意思是他们要把你扔进什么东西里，而那东西多半是一大桶热乎乎臭烘烘的棕褐色玩意儿。

没错，电影结束后半个小时，扬声器里响起了集合号。通常来说，光是这个声音就足够把你的内脏变成一锅汤了，但我们刚享受完约翰·韦恩和高级咖啡，所以情绪激昂。于是我们一跃而起，还不到五分钟就在广场上列队站好了。

然后来了一个少校，还带着两个穿西装戴眼镜的家伙。

少校走到一顶会议帐篷的门口，朝我们喊道："过来吧，姑娘们。"

另一个军官在帐篷里等我们。"先生们，"他说，声音像天鹅绒一样浑厚，但比冰还冷。意识到他在对我说话，我的后脖颈顿时寒毛直竖。另外，他说话像个英国佬，这一点非同寻常。我们可以坐下，这一点也非同寻常。

“我就不废话了，”英国佬说，“想确保这次任务成功是需要一些专业知识的，而你们并没有，但时间紧迫，你们是我们唯一的牌。今晚，你们要去德国。美国人通常不飞夜间任务，也几乎从不只出动一架轰炸机。但这次情况不一样。”

他看了一圈我们每个人。“你们要去轰炸一座教堂。”他说，声音小得近乎于耳语。我不由又起了一身鸡皮疙瘩，紧张得口干舌燥。“德国鬼子在教堂里藏了些非常重要的东西，因此司令部要我们去扔一堆黑贝蒂和她难看的胖姐妹，而且必须是今晚。部分航程会有战斗机支援，但后面就只能靠你们自己了。要是谁对以上两点有意见，现在还来得及退出。”

我们没人退出。

我们看电影的时候，他们已经把“美人号”准备好了。我们飞快地跑回营房，换掉迷彩服，穿上飞行服，又飞快地跑回机场上。

列队的时候，神父问我：“准备好了？”我看着铁鸟的机首，画在上面的金发大妞太漂亮了，她朝我微笑，身穿陆军妇女队的制服，衬衫紧了那么一点点，裙子短了那么一点点，靠在一口破钟上对你挥手。她就是“自由美人号”。这架B-17轰炸机长74英尺，整个儿是个带翅膀的死神，每次我上飞机都会吓得半死，每次执行完任务下飞机都会欢腾得像是在翠绿草地上奔跑的马驹。

“嗯，”我对神父说，“准备好了。你呢？”

“每时每刻。”他当然在撒谎。和我一样。“我等不及要往德国鬼子的后院扔炸弹了。哪怕是教堂。”

“知道他们为什么要我们飞这一趟吗？”

“塔普啊，”他对我说，塔普是我的外号，“你这就问住我了。我猜德国鬼子以为我们不会往教堂扔炸弹。他们知道我们夜里不飞。也许那儿藏了什么超级厉害的东西。值得用教堂来当盾牌的什么东西。上次我和一个英国佬聊的时候，他说他在敌后见过一些非常古怪的东西。说德国鬼子占领了一座教堂，在里面做了些特别坏的事。在墙上和地上用血画五芒星之类的。反正就是怪东西，明白吗？”

不，我当然不明白。但我还是点了点头。

“美人号”内部亮着灯，船长和蛋头坐进驾驶员和副驾驶员的座位，开始讨论读数、油压、氧气水平和其他东西。小德钻进机枪塔，做了一遍检查，转动球塔，确定弹药充足后，对扳手说一切就绪。鲨鱼去了上面，鼻屎去机首，神父去机尾，泽克和我在机腹，我们全都在检查 .50 机枪，以保证子弹不会卡壳。泽克和我确定子弹带都拉直了，以 Z 字形叠放在弹斗里，然后装填弹药。知道吗？没有什么能比拍上 .50 勃朗宁机枪的弹箱盖子更让人满足的了。这会让你觉得自己有十英尺高，准备好了踢碎元首的卵蛋。不过，等你穿上夹克，戴上手套和呼吸面具，感觉就没那么好了。你看，作为一名机腹机枪手，尽管有更大的活动空间，但必须穿戴非常厚的夹克和手套，你会觉得自己穿了一身熊皮，然后你还必须戴上呼吸面具，因为高空空气稀薄，不戴就会昏过去。你会觉得大拇指是裹着棉垫的砖头，在这种情况下试试看按 .50 机枪握把上的按钮，你就明白我在说什么了。

“扳手？右边的握把还没修好。我必须用上比左边大一倍的力气才行。你能来看一眼吗？”

“没问题，塔普，但我要先检查另外十几样东西。另外，我也不可能拆开修理，必须等回来才行。”

妈的。虽说不是生死攸关的问题，但非常烦人。

半小时后，引擎发动了。“美人号”开始疾驰，我的胃一如既往地翻了个小跟头，然后我们就上天了。真他妈的，飞机一上天，气温就低了下来。比屁眼里插了根冰棒的雪人还要冷，尽管我们把加热背心接在“美人号”上，还是不管用。

寒冷并不是我们最可怕的敌人，德国鬼子才是。尽管有几架战斗机护航，但路还没走到一半，他们就必须返回了。

趁着还有战斗机保护的时候，我花了一点时间看星星。这次我们在黑暗中起飞，因此没什么可看的。通常来说，我们总是在白天出任务，在天上的时候，神父会背他的祈祷词，扳手会填他想去上的工程学校的报名表，泽克会忙着看电影明星的海报，他觉得只要他的击杀记录足够高，就有可能和她们约会。

但由于现在是夜间，我们大多数人没法用平时的办法来消磨时间。我听见神父祈祷了几句，小德在底舱掏出口琴，吹起了和缓的曲调。不知道为什么，我觉得既有点难过又有点开心——小德吹起口琴来就是有这个本事，明白吗？

过了一阵，我听见野马战斗机的引擎声掉了个头，扔下我们往回飞了。月光很亮——真的非常亮。我看着最后一架野马的尾翼消失在云层中。很快，鼻屎在机首的机枪座上喊了起来。

“米斯特！来米斯特了！两点和十点方向！”

“该死！”

“操他的！”

你会扯着嗓子喊。你必须大喊大叫，否则你的卵蛋就会缩成一团，找都找不见。

“两点方向，塔普！”

“我看见了！妈的！”敌机是月光中的一个黑点，然后是一道微弱的闪光。

再然后，子弹开始嗖嗖飞过，乒乒乓乓地打在机身上。要是击中金属，就是沉闷的咚咚声，要是击中线路，就会爆出火花。

“狗日的！干它！”

我开火了，尽量把喷火的黑点放在瞄准十字星上。很快，它停止喷火了。

“打中了吗，塔普？”

“不知道！他们还在开枪——”

继续喷火，向后移动。再次被击中！妈的！我感觉热乎乎的黏稠液体滴在后脑勺上。

“该死，泽克！给我打那些狗养的！我被弹片击中了。”

“你打！就他妈像在用大铁锤打苍蝇！”

“鲨鱼！它往上走了！”

“他妈的闭嘴，鼻屎，我能看见。”

一架米斯特从头顶咆哮而过。

“他妈的怎么了？船长，你看见雷达了吗——他是想撞我们？”

“干掉他们，鲨鱼！回头再问我！”

鲨鱼已经开火了，.30 口径的机枪把米斯特打成了呼啸燃烧的金属碎片。

“鲨鱼，下次给我留点儿！”

“小德，你打你自己的 CK 去吧。顺便长个一两英尺，然后你就能从底下爬出来了。”

“其他的飞机呢？”

“找不到——”

更多的闪光。美人被打得劈啪作响。我的手都酸了，左手大拇指疼了起来，因为必须用更大的力气扣扳机，我的胳膊开始发抖。

不，他妈的不！这会儿不能抖！过了这一关再抖！

“塔普！看见它了吗？”

“没有！”

“妈的！去哪儿——”

闪光又来了，这次近得可怕，我们能听见 .30 口径的子弹钻进机翼。

“逮住你了！”

“妈的妈的妈的——”

我死死扣住握把，不顾我的双手在朝我惨叫，背后的鲨鱼也在嚷嚷，两者差不多一样刺耳。

“塔普！你打中它了！他的屁股着火了！”

小德的眼神最好。我几乎什么都看不见——我的护目镜起雾了。

我只需要一个闪光，就——

“发动机着火了！”

我听见泽克喊出这句话，尽量把注意力放在敌机上，但你依然能听见机身的咔咔声，从船长到后面到工程师，整架该死的飞机上，所有人都在叫喊。

“编号？”

“二号，船长！”

“扳手！”

“在修了，船长！熄火！”

“引擎失火，一号！”泽克喊道。

“扳手！”

“已经灭了，船长！一号熄火！二号熄火！只有漏油。咱们没——”

子弹击中机身。扳手闭嘴了。

十次里有九次，你知道这意味着什么，但你不会停下，等待听见其他机枪手的消息。

“塔普！”小德从最底下喊道，“从底下朝你来了！”

“妈的，”我喊道，“收到！”

这架米斯特从六点钟方向飞了上来。这是他这辈子犯下的最后一个错误。小德在球形机枪塔里话音刚落，我还什么都没看见，就开始朝正前方倾泻子弹了。德国鬼子从底下冒出头来，我发誓我听见他的机舱盖先被打碎了，然后我的子弹在他的机身上撕开了一套全新的参差屁眼。自从我们从怀蒂牺牲的那次回来以后，我就一直想把一个泡菜佬[1]打得粉碎。

“干掉他了，怀蒂。”我喃喃道，望着天空，听着那架米斯特在夜空中解体消散。我甚至觉得我听见了德国鬼子在惨叫。

“给怀蒂报仇了，狗娘养的！”我喊道，仿佛又看见了可怜的怀蒂在病房里慢慢死去，脸色变得比活着的时候更白，然后渐渐发黄。

我们一起等了一分钟，等确定没有听见更多的战斗机，也没有感觉到子弹继续击中飞机，大家才欢呼起来。我干掉了德国鬼子和他的米斯特，欢呼意味着我们可以放松了。既然他们放松了，那就意味着没有更多的米斯特了。

我们的呼吸变得畅快。我允许自己开始颤抖。我忙着

1　原文为 Kraut。泡菜（Sauerkraut）在德国是很受欢迎的食物，故被用来代指德国士兵，含贬义。

开枪送德国佬去上帝给纳粹准备的特别地狱的时候，其他人也没有闲着。小德在球形机枪塔里，泽克在我背后，鼻屎在机首，鲨鱼在顶上，神父在机尾，把另外几架米斯特打成了碎片。不过这就是战斗。你紧盯着你想干掉的敌机，除此之外什么都听不见。泽克花了几秒钟从急救包里取出一块毯子盖在扳手身上，既是出于对死者的尊重，也为了吸掉血液，免得我们踩上去滑倒。

米斯特战机被干掉后才过了五分钟，我们就听见了高射炮的声音。有人真的不想让我们轰炸这座教堂。不过我们并没有被打中，至少一开始没有。在空中听起来，炮声仿佛离我们很远的雷声。司令部派我们夜间出发算是选对了时间。

我的呼吸变得急促，胸口发紧。我在无线电里听见神父数着念珠祈祷，听见鲨鱼又在胡说八道了。

高射炮打得更近了，声音也更响了。

美人被震得一抖，然后又是一声雷响，听起来像是就在舱门外炸响的。美人震得哗哗作响，又是几发炮弹在空中爆炸，撕掉了铁鸟的外皮。

高射炮四处开花。上百次爆炸，四面八方无孔不入，每一炮都是一团巨大的黑云。高射炮可不是德国佬用 .30 口径的机枪指着你扣扳机。假如是白天，你会在周围看见上百甚至上千团黑云爆开，只要靠得够近，其中任何一团都能干掉你。

我往背后看；泽克很平静，他几乎总是很平静。其他人呢？

“去他妈的高射炮，去他妈的高射炮，操——”

“Sé do bhetha, a Mhuire[1]——”

“狗娘养的太近了！杂种王八蛋！”

一声爆炸撕裂空气，美人像是挨了一拳似的歪了一下。

“船长，我听见有东西被打断……”

“妈的高射炮！”

“对准目标！”

“能打下来吗？能打下来吗？”

“稳住，孩子们！蛋头？”

“近了，船长。不到二十！”

接下来的爆炸震得整只铁鸟颤抖起来。

1 爱尔兰语，意为“万福玛利亚”。

“操！”

“越来越近了，孩子们，”船长说，“鲨鱼，闭嘴。蛋头，去底下调诺登[1]。”

蛋头已经从副驾驶座上跳了起来，爬到底下机首的鼻屎旁边。蛋头为人冷静，话不多，擅长在我们靠近目标时瞄准和投弹。比起扔炸弹，我更喜欢抓着机枪突突。

他坐下，往诺登投弹瞄准器里看，转动刻度盘，看上去就像科研人员在摆弄显微镜。

“来吧，宝贝儿，”他说，瞄准器遮住了他的双眼，“来吧，躲在哪儿了？在哪儿？输入高度……朝向……估计风速……”

我占据了扳手平时的位置，做好了拉控制杆投下载荷的准备。

“就……现在！”蛋头喊道，你能听出来他说话带着一丝纽约口音，自从他来了这儿，就一直在想方设法去除这一丁点口音。我使劲一拉控制杆，一颗颗炸弹滑了出去，发出你永远也不可能习惯的金属摩擦尖啸声。

1　指诺登投弹瞄准器。

炸弹坠落离开视野，船长立刻在喇叭里说："掉头。"蛋头已经在回驾驶舱的路上了。我们看见几道闪光，但引擎的声音和船长与蛋头的喊叫声太响，我们几乎没有听见炸弹爆炸的声音。

通常来说，你几乎不会听见炸弹爆炸的声音，尤其是有风的时候，更不用提引擎永远在你耳边隆隆作响了。也许隐约间听见了一两声。

但这次我们都知道炸弹击中了目标。不仅因为爆炸声，更是因为天空和地面改变了颜色。那是一团病态绿的云雾，它扩散得越来越大，到最后像是飘上了天。然后天空变成了红色，就是血流到土里晒干的那个颜色。我的肚子里一阵翻腾，听见泽克在无线电里呻吟，我知道他也感觉到了。整个该死的世界像是一会儿往上升，一会儿往下掉，一会儿伸长，一会儿缩回去，就像你想打嗝却怎么也打不出来。

再一转眼，全都结束了。外面变回了茫茫夜色，我们听着隆隆的引擎声，风刮过"美人号"身上的累累弹孔，发出呜呜的哨声。

"船长，"鼻屎低声问，"船长，那……那是什么？"

“闭嘴，鼻屎，好好看底下。见到有东西在动，无论是什么，都给我干掉。”

“平民呢？”

“我他妈不在乎，就算是你小妹在受洗礼也一样！只要在动，就他妈干掉！听见了？”

“收到，船长。”

“好了，姑娘们，给我听着。报告战损情况，别磨蹭。”

“投弹手在。”

“机首机枪手在。”

“左侧机枪手在。”

“右侧机枪手在。”

“机尾机枪手在。”

“机腹机枪手在。”

我们等了几秒钟。“电台员呢？弟兄们，扳手呢？”

我扭头去看。借着黯淡的月光，我看见毯子上有一块黑乎乎的血迹，他的胸部有个拳头大的弹孔。防弹背心能挡住小口径武器和弹片，但米斯特的机枪能打穿飞机，防弹背心就无能为力了。

“扳手牺牲了，船长。”我说。

所有人都不说话。我们继续往回走。我的肚子平静下来，但我们都有点坐立不安。尽管天上没有了米斯特，地上也不再传来高射炮密如打字机的咚咚声，但我们还是觉得不对劲，就好像你身上痒，但怎么挠都挠不着。

神父从机尾的机枪位爬出来，沿着机身中央的支架往前走，抓着绳索以保持平衡。他尽量跪好，掏出一本蓝色的小册子，开始嘟囔着祈祷。他不该离开岗位的，因为我们还在敌占区。但泽克和我没吭声，船长假装没看见。他这么做能稍微缓解一下气氛，而且很快就回去了。

接下来的半个小时左右风平浪静，只有“美人号”抖动时的咔咔声、引擎的咆哮声和风灌进机腹的呼啸声。

然后情况变得非常糟糕了。

“敌机，在上面！”鲨鱼在机身背部的机枪位上喊道。

“妈的！”

“狗娘养的……”

“Sé do bhetha……”

“都给我闭嘴。还是米斯特吗？”船长问。

这时我也看见了。

“黑影，”我喊道，“黑影！在他妈的月亮上。看见没？”

鲨鱼插嘴道：“太小了，不可能是米斯特，但鸽子就太大了。我……我不知道会是什么，但它们在天上飞，而且朝着咱们来了！”

“船长，那是什么？”希望他听不出来我有多么害怕。

“闭嘴，塔普。神父？等它们飞进火力范围，就他妈全都打烂。”船长说。

于是我们耐心等待。我听见鲨鱼的呼吸变得沉重。小德在倒数数。我的脚底不自觉地拍出节奏，就好像我在打摆子。机尾的神父在无线电里嘀嘀咕咕，我只知道他在念他总是一边数念珠一边背的什么祈祷词。他说过，这段祈祷词能让他不害怕。

但这次不一样，它没能帮他以足够快的速度扣动扳机。

拍打翅膀的声音变得越来越快、越来越近，就在神父的 .50 口径机枪开火之前，敌机突然向右俯冲。

“塔普！”神父喊道，我看见它们扑向我这一侧机身。一百磅亮闪闪的滚烫铅弹从我的枪口飞出去，两架敌机四分五裂。

“干掉两个了，塔普！”我听见泽克在我背后喊道，然后我听见他的机枪也开始招呼我们的新朋友了。他欢呼一声——意味着他看见他打中了其中一架，也许两架。

这时神父尖叫了起来。

“A dhia sábháil sinn ![1]”

所有人都安静了。神父只有在特别害怕的时候才会用爱尔兰语大喊大叫。所有人都闭上了嘴。尽管引擎和风声依然如故，你还是能感觉到一切都改变了，我们加入了截然不同的另一种游戏。舱壁像是变得更近了，我想摘掉呼吸面具，不顾天上的空气是多么稀薄。

“神父，”我喊道，“你没事吧？”

他又在无线电里喊了句什么，我没听懂。

“Par boiled ？”我问，“这是爱尔兰语吗？”

“不！那就是它们。”他说。

我还是不懂。Hard boiled[2]？是什么天主教的说法吗？后来我明白了他在说什么，但那一刻我真的不明白。

---

1 爱尔兰语，意为“主，请拯救我们！”。

2 此处的 Hard boiled 和前文的 Par boiled 都是叙述者对神父所说内容的误听。Hard boiled 通常指鸡蛋全熟的状态，Par boiled 指的是 parboil，即将食物煮成半熟。

泽克的勃朗宁突然开始倾泻子弹，他欢呼起来。“干掉两个，”他喊道，“干掉两个！我看见它们被打烂了！就像以前在家里打土鸽子！”

“哪儿？”鲨鱼喊道，“上面什么都没有。它们——”

我们都听见了撞击声和撕开金属的声音：鲨鱼的机舱盖被扯开了，气流贯穿了“美人号”的整个机舱。然后我们听见鲨鱼在尖叫，叫得像是正在被撕碎。

然后他不叫了，只剩下风声呼啸。

船长爬下台阶，跑了四大步，来到机顶机枪手的竖梯前。他面无血色，但眼睛红得像是圣诞篝火。

“妈的怎么了？”他喊道。他踏上竖梯的第一级，眼睛里进了东西，他抬手去擦。

他使劲眨眼，然后又擦了几下。我转过去仔细看。从上面垂下来一条长长的红色细绳，刚好落在船长的脸上，看着有点像拉长的涎水。

应该是鲨鱼的军靴踩着的地方，现在只有一个白色小球，小球上有一块黑色的斑点。

鲨鱼不见了，只留下一颗眼珠。

船长没有惊慌。他掏出枪指着正上方，然后开始爬梯子。

他把头探出去，停留了一分钟，也许还要更久一些，腿在底下站得直直的，一动不动。然后他慢慢下来，鞋底在梯级上留下了锈红色的血脚印。

“鲨鱼没了。”他说，声音刚好能盖过从舱盖灌进来的呼啸风声。

他关好头顶上的活门。一条红色的细线沿着舱盖边缘移动。

船长的眼睛瞪得老大，像是突然想通了什么事情，吓得他魂飞魄散。“咱们必须回去。”他说着跑向驾驶舱。

“蛋头，”他喊道，跳上竖梯，“油门开到最大！带咱们离开这儿，快！”

“船长，恕我——”

“蛋头！”

“船长，油门开到最大，会引来高射炮、战斗机——”

“蛋头！”

“——德国的每个该死的农民都能听见我们，然后开始扫射！船长，忘记猫眼了？七星？他们都是一轰油门，就被——”

船长掏出枪，指着蛋头。“这是命令，蛋头。”他静静地说。

蛋头只迟疑了一秒钟，看着船长眯成了一条线的眼睛。我们都能顺着洞口看见他——他们声音很响，我们从头听到了尾，也从他的嘴型上看到了最后几个字。

“他妈的纯属找死！”蛋头说着加大油门。

“要是不甩掉这些鬼东西，那就必死无疑了！好了，快点！”

引擎的咆哮声变得更响了，美人抖得很厉害，我担心它会把自己震散架——

天哪……我隔着驾驶舱的舷窗看见了，就在船长的正前方。

两只发亮的红眼睛在看他。

还有一个狞笑，笑得很灿烂，露出白森森的牙齿，就像一轮新月。

“船长！前面！”

船长望向前方，他吼了一声，抬起枪口，朝着舷窗惊恐乱射。船长和蛋头前方的舷窗上，星星和蛛网般的裂纹陡然绽放，就像一朵朵病态的白花。蛋头尖叫起来，那张脸掉出了视野。

“船长！他妈的——”

鼻屎在底下的机首机枪位里喊了起来。又是一声撞击，然后是风声，鼻屎的叫声戛然而止。

“机枪手！”船长喊道，“机枪手！全都回机舱来！”

神父刚从机尾的舱口爬出来，小德正在从球形机枪塔往上爬，我们就听见铁鸟后侧又响起了玻璃破碎的声音。神父的脸色变得煞白，眼睛瞪得比盘子还大。他手脚并用往前爬，一只手死死地抓着念珠，另一只手拼命扒拉舱壁、稳定绳和地面，只要能让他借力向前爬就行，他只想远离背后的东西；他嘴里叫个不停，声音甚至盖过了引擎和狂风的呼啸。“它来了！”他喊道，“来了！它来了！”

然后我看见了它。

它跟着神父爬进机舱。我从没见过这样的东西。刚开始我觉得它像一只大虫子，因为它的眼睛又大又黑，背后亮着红光。但它还有牙齿，牙齿从它嘴里翻出来，像匕首加道钉加长针除以三。尽管它张着嘴，但我们没有听见叫声。要是它能做到，肯定会朝我们咆哮，但它做不到。

还有角，它们不是万圣节服装上那种弧形的小玩意儿。不，先生，它的角很大，是孟菲斯水牛的角，只要你眼神一个不对，它就会扑上来把你开膛破肚。

神父从我身旁爬过去，还在喊个不停。我钻进扳手放东西的一小块门口空间，看着怪物像响尾蛇似的蠕动着从我面前爬过。我这么做不是因为胆小，而是想找个机会从背后偷袭。

现在回头再想，我很希望我的头脑能更清醒一点，但我做不到。我们没人能做到。我操起手边最大的一把扳手，然而等我把头伸出去，神父已经滑倒了。他立刻翻了个身，但怪物扑向他，撕开他的胸膛，鲜血溅在舱壁上、地上、天花板上。神父发出尖利的惨叫声，因为怪物在掏空他胸部和腹部的所有内脏，轻松得就像撕掉谷仓门上的劣质墙纸。

不。

不能让神父死。

鲨鱼、鼻屎和扳手已经死了，我不能眼看着神父惨死。

我把我能找到的每一件工具扔向怪物，神父的血泼洒在我周围。所有东西打在怪物身上都弹了回来。完全不起作用。“美人号”的舱壁变得越来越逼仄。我没法呼吸了。再一转眼，我又能呼吸了，但还不如不能呢，因为神父被怪物开膛破肚，现在我能闻到他的鲜血和屎尿了。

这一切都发生在大概五秒之内，然后有一个瞬间，我看见神父不再惨叫了，而是望着右手里的念珠。他的视线回到怪物身上，然后开始用右手拍打它的头部，你不可能见到比他更差劲、更无力的拳头了。但是……但是怪物龇牙咧嘴，退开了一点点，随即又甩了甩嘴巴，就像一条脑袋被人扇了一巴掌的狗。

神父不惨叫了，而是在咆哮。用他残缺不全的喉咙咆哮，同时继续拍打怪物。我看见像沙砾般的细小碎块从被他打中的地方飞出去，这一切发生在两秒钟之内。

怪物俯视神父，眼睛变得血红，上帝啊请保佑我，它像灯笼似的照亮了“美人号”的内部。它的牙齿翻了出来，即将开始啃咬神父的脸。

就在这时，船长大叫一声。不是因为害怕，而是因为气得发疯。我见过船长发疯，也知道最能让他发疯的莫过于有人在他的飞机上乱来。他抬起枪，把所有子弹都打在怪物的脸上。蛋头在他背后抓起灭火器，开始喷怪物的眼睛。

毫无用处。

确切地说，对怪物来说毫无用处。“美人号”发疯了；引擎的声音震耳欲聋，我觉得我在机身的窟窿眼里看见了林木线。我们离地面很近，因此风不至于冰寒刺骨，但吹在脸上还是很凉，而且吹透了我的手套和夹克。“美人号”开始前后摇摆，想站直都不太容易。蛋头肯定开了自动驾驶，但感觉像是要坠机了。

每次被打中，怪物的脸都会抽动一下，但很快，白色泡沫就盖住了它的脸。不过在脸被完全挡住之前，我看见它的面部有些细小的缺口，就像是榔头砸过的花岗岩。

然而这丝毫没能阻止怪物。神父的尸体还有蛋头和船长挡住了去路，所以它无法前进。它已经从机尾机枪位爬了出来，因此我们发现了它为什么能追上我们。它像天使一样背上长着翅膀，但它的翅膀非常大，灰扑扑的，还有黑色的翅脉。就像一只巨大的蝙蝠。

它的腿上长着带钩的爪子，但它在飞机里站不起来。它只能爬行，尽量快速移动，寻找其他目标去撕成碎片。

这时我突然反应过来，意识到它勾起了我的什么回忆。上次我去大城市新奥尔良的时候，那儿有一座大教堂。就是神父说他想去的那种教堂，用石头砌成，有彩色玻璃的窗户，还有超级大的木门。

它顶上刻着一些稀奇古怪的怪物。那是在向你展示，要是你不乖乖地去教堂，当个循规蹈矩的好人，以后进不了天堂就会变成什么样。

好的，这个怪物就在那些石雕怪物里面。我们炸了一座教堂，德国鬼子在那儿搞了些惊天动地的鬼名堂。天晓得他们到底干了什么坏事，反正都把这个怪物刺激得比被端了老窝的马蜂还要疯狂。

尽管白色泡沫盖住了它的脑袋，但它的身体我还是能看得一清二楚。我看见神父再次挥拳打它，打得怪物向后一缩，神父最后又给了它一拳，它后退了一点点。神父没气了，也可能还剩下临终一击的力量。我听见他用爱尔兰语说了句什么，但听得不太明白，不过我敢打赌肯定和耶稣有关，或者耶稣的老妈。

蛋头还在尽可能遮蔽怪物的视线，灭火器喷出来的东西越过怪物的脑袋，径直朝我而来。

怪物最后朝神父来了一下狠的，把他的手连同念珠一起砍了下来，蛋头的灭火器把神父的手喷向我，船长换了个弹夹。

神父的手翻滚着飞向我，就像电影里的慢镜头——一串长长的念珠项链，尽头是个十字架。

我一把抓住，我不得不掰开神父的手指，这才拿到念珠，然后我把神父的手扔在地上。坚硬的黄铜珠子用打结的伞绳串在一起，结实得能勒死一头猪。我估计我是死定了，但要死也要死得就像神父，尽我最大的努力和这个恶心的丑陋杂种搏斗，直到美人撞击地面。更何况我还拿到了我亲眼见过在搏斗中有用的一件武器。

神父被杀气得我们所有人都发疯了。船长是唯一带手枪的人，他在不断射击。其他人也都抓起了手边的武器。小德在底下的球形机枪塔里，他用短刀从下往上捅它。泽克操起一块撕裂的金属挥舞，企图吸引怪物的视线，方便船长开枪和蛋头喷它。所有人都在嚷嚷，叫声盖过了风声，也盖过了引擎咆哮和机身晃动的声音。怪物朝泽克挥爪，击中金属盾牌，他重重地撞在舱壁上，随即倒下，我在一片喧嚣中失去了他的踪影。除了船长开枪时火光一闪的瞬间，我们什么都看不见。飞机内部空间狭小，铁鸟内部被打得稀烂，我猜所有人都觉得自己活不久了。

我干脆跳到了它背上。好吧，也许是爬上去的。反正我记得不太清楚了。我也不记得我是怎么用神父的念珠勒住它的脖子的了。我只知道我双手交叉，串着念珠的伞绳绕在它脖子上，我要做的仅仅是用力拉。

于是我使劲拉，一直不松手。蛋头的灭火器耗尽了白色泡沫，怪物意识到被我骑到了背上，变得暴躁起来。它像野马似的折腾，但我就是不松手。我的脑袋不止一次撞在天花板上，我也还是没松手。老天在上，我的脑袋他妈的疼极了，眼前的一切都变得模糊。但我宁死也绝不松手。

然后我看见了血。

血从怪物脖子上被念珠勒住的地方涌出来，从怪物的石头皮肤底下渗出来，顺着绳子和念珠流淌。我的手觉得滑溜溜热烘烘的，就像泡在了油壶里。

但我还是继续拉，念珠渐渐钻进了怪物的脖子。无论是屁股底下还是手底下，我都觉得怪物像是石头做的，但念珠碰到的地方却软得像是在用钢丝切奶酪——尽管切得很慢，但只要我在用力，念珠就不会停下。

它还在往上拱。但没过多久，怪物的动作小了起来，叫声也越来越轻。

然后突然间，它不在我的屁股底下了。它突然散架了，而我坐在一堆黑色的沙子里。我的手上全是血，血变干脱落。有人还在尖叫。船长过来，抓住我摇晃，给了我几个巴掌，我这才发现尖叫的人就是我。他凑近我的脸，命令我安静，我就照着做了。

他打量了我一遍，然后回到驾驶座上，刚才一直是蛋头在操纵。我不记得蛋头是什么时候脱离战局的了，不过他已经回到了座位上，而我蹒跚着回到门口我的座位上。小德待在球形机枪塔里，既不动弹也不说话。听说回去后很长一段时间他都是这个样子，不过那就是另一个故事了。

泽克又拿来一块毯子盖在神父的胸前，遮住他快要掉出来的内脏。我假装没看见，但泽克盯着神父的尸体看了很久。然后他从神父胸前的一个口袋里掏出那本蓝色小册子，每次我们有人牺牲，他都会念上面的祈祷词。他翻开一页，念了起来。风呜咽着吹过美人浑身的弹孔，因此我听不清他在念什么，不过听着无线电里传来的沉静声音，我知道他在念神父念过许多次的那段话："主啊，愿他永远安息，愿你永恒的光照耀他，愿他安息——"

我们把"美人号"开了回去，差不多没散架。我们失去了鲨鱼、扳手、鼻屎和神父，我们当然很伤心。但没你想象中那么伤心。有些机组回来的时候比我们还惨，甚至根本回不来，因此我有理由感到高兴。怀蒂是最后一个真的让我觉得伤心的人。在那以后，你就会适应了。

我们降落的时候，太阳刚开始升起，寒风吹在我们脸上。降落跑道看起来还是老样子，实际上却不一样了。有时候我们回来的时候，地勤人员会为我们欢呼。但今天没人为我们欢呼，因为地面没人。我们降落，停稳，几个我们没见过的人跑出来，把飞机拴好，把制动机塞到轮子底下。

我们下飞机，没看见任何一个我们见过的人。就连刚才那几个人也跑回了建筑物里，连一个字都没对我们说。基地空了。只剩下我们在简报室里见过的那两个人还在，他们抱着胳膊站在停机坪上，隔着一百英尺从眼镜背后看我们。

两个大兵开着卡车过来，命令我们进车厢。他们把小德抬出来，我很佩服他们，因为小德失禁了，浑身屎尿，而他们居然没有捂住鼻子。

他们拉着我们走了，我还是很疲惫，这辈子从没这么疲惫过。甚至想不到有什么时候能和这次相比。泽克坐在我旁边，我听见他在嘀咕什么。船长还醒着，蛋头躺在车厢的地板上。小德目光呆滞，一双眼睛既空洞又黑暗，嘴巴半张着，口水从嘴角淌下来。

“是真的。”泽克说，充血的眼睛瞪得老大。

“什么是真的？”

“全都是真的。我以前对神父说我不信，是因为我只相信我见过的东西。现在我见到了别的东西，我就知道还存在别的东西了。”

好吧，我可以继续问下去，可以问他这是什么意思。但我知道泽克的内心在发生某些事情。我没法让它发生得更快或更大，但我知道要是说得太多，就有可能害得他信仰崩溃。

太阳是在我们背后升起的，于是我闭上了我的嘴，就让泽克继续得到他的信仰吧。

受难地

♥ 戴维·哈钦森＿著　耿辉＿译

“告诉我，神父，”我们沿着海滩行走时，卢波族的牧师对我说，“你觉得自己虔诚吗？”

意识到我们身后的摄像机和远距离麦克风，我思考了一会。最后我说：“这个问题似乎……不简单，考虑到我的职业，考虑到我们的职业，望你不要介意我这样回答。”

“你看上去是个信徒。”卢波人说。

“确实，不过我的信仰多次经受考验。”

“不经受考验，就算不上信仰。”

我回头望了一下沿着海滩被留在后边的人群，没有在记者、政客和军人中间看到主教，然而我知道他就在其中，很有可能正避着海风、偷偷摸摸抽烟。与此同时，全世界的注意力都集中在我和这个外星人身上。

“你们的信仰告诉大家人人都是上帝的孩子，”卢波人边走边说，防护服上有爪的足部把鹅卵石踩得咔嚓作响，“恕我无法认同。我既不认为自己是你们上帝的孩子，也不觉得你是我们上帝的孩子。”

主教警告过我不要掺和类似的讨论，“我认为这个话题最好留给我们的上级讨论。”我自己尽量用外交口吻回答，这是面对镜头使用的语气。我猜卢波人无法分辨。

卢波人已经来到地球接近两年，它们的一举一动仍受世界瞩目。它们生活在五十八光年外一座恒星系中气体巨行星的卫星上，是一种水栖人，如果你可以把游弋在液态甲烷海洋称为水栖的话。它们从地球轨道的母舰上广播消息，所有人都从中熟悉了它们的形象。不过它们需要穿戴重甲装备在我们的地球表面行走。期待有朝一日能跟外星人见面的想法曾经显得近乎荒谬，然而我们还是走到了这一步。

“它们是狡猾的家伙，”主教上周告诉我，“这个外星人说它是一位神职人员，想看看黑鳍。教会仍在制订对待卢波人的态度，所以多纳尔，你不要跟它讨论教义问题，不管怎么样，你别搞砸了。”

一个没有得到解释的问题是，为什么必须由我承担起接待这次访问的职责，而不是某位更高级的牧师——比如主教本人？不过我猜搞砸这次随意的散步有更大的危险，像是烫手的山芋，让我的上级们承担不起。而我则可以牺牲，我的言行在一定程度上也可以被否认。

“我是一名卑微的牧师。”我说。

“难道我们不都是卑微的牧师吗？”外星人问。

“其实，也不是。”我说。不过根据我的理解，在卢波人的宗教中，的确每个人或多或少都是牧师，“我们有人比其他人更卑微。”我补充道，接着又立即后悔这种幽默的尝试。任何人都能看出，卢波人没有幽默感。至少在这点上，它们跟主教是一样的。

此刻天气微凉，大西洋的海风更加重了寒冷，然而我站在这个卢波人身旁却感到温暖，几乎有种舒适的感觉。防护服上的散热片让我感觉仿佛站在一台大功率的露天取暖器旁边。大约在过去几天，卢波人造访之前，我遭受科学家、情报官员，以及至少一位美国将军的简报轰炸，可是那些内容在我的大脑中都混杂在一起，我仍然无法理解在那样的温度和压力下，智慧生命的体内究竟发生着什么神秘的化学反应。

“它们一点儿都不像我们，”将军曾告诉我，“你得时刻牢记这一点，神父。带它看看那条鱼，对话尽量笼统，一有机会就尽快结束造访。”

实话实说，我有点儿厌倦了被人指手画脚。十个月前，我还是一个基本无人在意的微型教区的牧师，我的教众在缩减，年轻成员逃离到城市，年长的人在逝去。最让我担心的问题是，要自掏腰包修复去年冬季风暴损毁的教堂屋顶。我觉得自己仿佛待在世界的边缘，没人在意我的所思所行，然后一切发生了翻天覆地的变化，人呐，真得小心对待自己的期许。

我和这位外星人牧师来到水边，我停下脚步，海浪在我的水靴旁冲出泡沫，可是这个外星人继续走到深及膝盖的翻涌浪涛中，它几乎跟我一样高，仿佛一只巨大的用灰色合金呈现的儿童涂鸦狗狗，脊柱两侧的双排散热器仿佛剑龙后背上的骨板，它的头部是一个球体，据估计布满了视听传感器，持续不断地来回扫描。

我们俩，我和外星人，望向大海，望向美国的方向。从岸边的波浪到地平线，视野中一无所见，所有的船只都被限制在五十英里宽的禁区之外。

“看来，”我说，“我们今天好像不走运。”其实在内心深处，这正是我一直以来的期待。

卢波人没有回答，它抬起头，通过安装在胸部的扬声器发出一连串快速的高音尖叫和哒哒声，震得我耳膜疼。我后退几步，回头观看，人群都停住不动了。好几家新闻频道花大力气报道卢波人及其在地球上的行为，还有它们严格限制发布的自身细节。那些新闻频道有数亿观众，我忽然明白他们中的每个人都在看着我，陪着一个在太阳系几十光年外出生的外星人，在大西洋的岸边散步。所以没人加入我们俩，如果情况变得糟糕，没人想被波及。

卢波人停止发声，最后一个声音似乎在风中回响和展现，然后才逐渐消逝。外星人接下来似乎在等待，然后又广播一遍杂音并继续等待。接下来是第三次，这回在碎浪的更远处，我看见一条与众不同的黑鳍分开水面，消失后又在距离岸边更近的地方出现，然后开始徘徊。这种情形几乎算不上罕见，可我还是感到一丝兴奋。

去年有人发现黑鳍被冲上岸，严重受伤，大概是被一艘海湾观光船的推进器所伤，全爱尔兰的志愿者尝试挽救受伤的海豚，可她没活下来，都柏林的科研人员带走了她的尸体去研究。

几天后他们准备进行尸检时，有人看见黑鳍抽动、颤抖，然后虚弱地深吸一口气，研究人员赶紧把她放入一个容器，随后几天她在其中完全恢复。

最后，大为惊讶的科学家完成了他们的检查，黑鳍被放归自然，大约一个月前，她在海湾被发现。奇迹海豚已经成为非常热门的游览项目，这个村子的酒店和招待所提前一年多都被预订，多年以来头一次，我的教众人数又开始增长。

有人暗示，作为当地牧师，我没资格评论黑鳍。跟基督教类似的宗教，他们的暗示过于粗陋和明显；而基督教教会已经在疲于应付卢波人和它们上帝的问题，暂时还不愿意面对鲸目动物弥赛亚的概念。以神秘莫测的方式拯救自己的一个造物，上帝觉得有必要这么做。这是官方说法，多纳尔。对了，顺便提醒，别搞砸了。

卢波人又广播了一遍自己的杂音，这一次黑鳍冲破海面，我听见远处微弱地传来海豚回应的声音，还会被风打断。我感觉有一股寒意正沿着我的脊柱向下蔓延。

外星人的防护服一定放大了来自海洋的声音，夹杂着风和波浪，我几乎听不见，可是卢波人又说话了，发出另一串哒哒声和口哨声。海豚再次回答。我意识到，它们正在交谈。

对话进行了一会儿，我回头看，可是似乎根本没有人担心事态的转变。我觉察出他们根本听不见，距离太远，环境噪音太大。我是唯一的见证者，这当然是我在这里的唯一原因。并非因为我是值得信任的本地人，而是因为在爱尔兰西部这座荒凉的海滩上，黑鳍曾经死去的地方，我是上帝的代表，我在此是为了见证。我看着外星人，突然感到非常担心。提到海洋生物，人类的记录可不怎么光鲜。

当然，等我意识到这一切，早已经无法挽回。这个卢波人首次踏足海滩时就已经来不及了。我听不懂卢波人和海豚在说什么，可我内心深处明白它们在讨论的内容。它们在谈我们，以及我们对海洋长达千年的掠夺。然而我只能无助地站在那里。

突然之间，对话结束。卢波人陷入沉默，海豚潜入海浪之下，再次不见了踪影。外星人没有动，只是安静地站在那里，浪花冲刷着它的腿。

“那么，神父，”卢波人最后说道，“如果这是一个奇迹，它是属于谁的奇迹？”

我张嘴回答，却发不出声音。

“走路的造物有上帝，飞翔的造物有上帝，游泳的造物也有上帝。”外星人继续说道，这时我听见身后传来一个声音，是喊声。我认为人群中也许终于有人弄清了眼前的状况。“令我感到奇怪的是，游泳者的上帝选择在这个世界显灵。不过，毕竟谁也不会质疑上帝的旨意，对吗，神父？”卢波人没有打算惊叹于奇迹海豚，它是来交谈、朝拜的。它是来收听福音的。

卢波人是太空旅行的种族，比我们先进的程度就好比西班牙征服者之于南美洲人民。我们不知道它们具体拥有多么强大的力量，不过根据推测，它们掌握我们无法理解的武器。很多时候，我们跟它们的交往都是在非常非常努力地避免惹怒它们。如今因为一次简单的观光——毕竟还有什么事情能比看一只海豚的威胁更小呢？——我们所做的一切都付诸东流。

我看向身后，人们朝我们跑来，可是已经完全来不及了，黑鳍已经传达了卢波上帝的旨意，我不相信那是一个关于和平、友爱和理解的讯息。黑鳍告诉了它们我们对海洋及其生物的所作所为。

我不仅搞砸了这次造访，还担心地觉得，自己刚刚见证了十字军东征的开始。

400 男孩

✕ 马克·莱德劳_著 张羿_译

“牺牲我们！”

——《波波尔·乌》[1]

我们坐在地下室里，感受着欢乐之城的消亡。在我们的地下室上面两层的街道上，不知道是什么大家伙正在践踏金字塔形的公寓。我们可以感觉到生命像被打碎的灯泡一样闪灭。在这种时候，你不需要第二眼就能看穿别人的眼睛。我有时会感到恐惧和突如其来的疼痛，但都不会持续很久。平装书从我手中滑落，我吹灭了蜡烛。

我们是兄弟团，一支十二人的队伍。昨天还有二十二

1 《波波尔·乌》(*The Popol Vuh*)，中美洲的玛雅文明基切人的圣书。

人，但并非所有人都及时赶到了地下室。

我们的老大“刀疤”正坐在板条箱上给他的枪装上唯一一枚银弹。爱哭鬼“美洲豹”跪在角落里的旧毯子上，像个疯子一样号啕大哭。这次，他有充分的理由大哭一场。我最好的兄弟杰德不停地旋转全息电视的投影机，搜索着电视台，但得到的只有静电的噪声，仿佛我们脑海里的尖叫。这种尖叫声不会消退，除非它被一个接一个的声音盖过。

刀疤说道：“杰德，把那东西关掉，不然我就让它短路。”

刀疤是我们的老大。他长着两片灰嘴唇，嘴巴咧得巨大，斯乌特人的手术刀割开了他的面颊，让他变成了这副模样。他说话有点咬舌。

杰德耸了耸肩，关闭了全息电视，但我们周围仍然嘈嘈杂杂——远处传来的沉重脚步声，天空中传来的喊叫声，还有怪物的笑声。这些声音似乎正在消逝，深深地沉入到欢乐之城中。

“他们很快就会消失。”杰德说。

“你总是自以为无所不知，”瓦韦·奥克劳说，他正弯着一根铬合金手指拆闹钟，就像孩子抠鼻子一样，“你甚至都不知道他们是什么……”

“但我看见他们了，”杰德说，“哑巴和我都看见了。是吧，哑巴？”

我默默地点了点头。我口中没有舌头。我十二岁的时候，因为对一个智能机器人管理员说了些坏话，获得了一次免费修理，之后我就成了哑巴。

我和杰德昨晚出去，爬上了一座空金字塔瞭望。奔流大道之外的世界火光闪耀，我不得不把目光移开。杰德则一直盯着看，他自称看到了奔跑的巨人，身体闪耀着光芒。接着，我听到一声巨响，仿佛万千根吉他弦崩断一般，杰德说，这是巨人们把大桥连根拔起，扔向月亮的声音。我抬头望去，只见一个黑色的拱门不停地旋转着，钢索在滚滚浓烟中上下翻腾，声音犹如拨弦，然后就再没掉下来——或者说，在我们并不太长的等待时间里没有掉下来。

“不管他们是什么，都有可能永远留在这里。”刀疤说道，他一咧嘴，把嘴巴扭到中间，“或许永远不走了。”

哭个不停的爱哭鬼停止了抽泣，说：“永……永远不走？”

“他们为什么要走呢？想必他们千里迢迢才来到欢乐之城，对吧？也许我们手上有了一支全新的队伍，兄弟们。”

“这正是我们需要的。”杰德说，“不过，别让我和他们打。我的刀片不够大。如果管理员无法阻止他们冲进来，我们应该怎么办？”

刀疤抬起头，说道：“杰德，我亲爱的兄弟，听好了。如果我让你打，你就打。如果我让你从大楼上跳下去，你就跳。否则就另找别的队伍吧。你知道，我要求这些只是为了让你的生活充满乐趣。”

“已经够有乐趣了。”我最好的兄弟抱怨道。

“嘿！”爱哭鬼说。他的块头比我们所有人都大，年龄也大，但头脑还不如十岁的孩子，“听！”

我们侧耳细听。

“什么都听不到啊。”斯卡格说。

“是啊！什……什么都听不到。他们逃走了。”

他的话说早了。紧接着，墙壁轰隆隆地响了起来，脚下的混凝土松动了，天花板上稀里哗啦地落下碎石。我和杰德一起钻到了桌子下面。

轰隆隆的巨响逐渐消失，变成了窸窣声，随后便是一片寂静。

“你没事吧，哑巴？”杰德问道。我点了点头，四下张望着，寻找其他兄弟。看地下室里队员们的模样，应该没人受伤。

接下来的一瞬间，我们十二个人全都倒抽了一口气。

地下室里居然有自然光，这是从哪里来的？

我躲在桌子底下往外看，看到了距离我们至少两层楼上面的月亮。最后一次冲击把这座蜂房结构的老公寓一劈为二。裂缝的两边，地板和天花板一层层地堆起来，水管像金属网一样在空中纵横交错，软塌塌的床垫把泡沫橡胶撒到我们身上。

只见月亮消失在滚滚黑烟中。这便是我们昨天看到的笼罩在城市上空的烟雾，当时星星就像交通事故现场的信号灯一样闪烁着。死亡女神的香水味也随之而来。

刀疤横跨在房间中心的裂缝上。他把枪塞进口袋，枪膛里唯一一颗银弹混着刀疤的血液。他要把这颗子弹留给那个割裂他嘴巴的斯乌特人，那家伙名叫伊洛，是他们的老大。

“好了，队员们，”他说，“我们马上离开这里。”

瓦韦和杰德扯掉房门上的木板。地下室是为了安全设计的，以便欢乐之城遭遇意外时可以保证我们无恙。瓦韦用挡板挡住墙壁，这样，当智能机器人管理员来搜索藏身处时，它们只能从空荡荡的房间里找到些水管，不会发现我们。

门外，楼梯倾斜得非常厉害。没有我们办不了的事。当我们上路时，我回头看了看地下室，因为我已经把这里当成了家。

管理员来抓新兵时，我们就在这里。它们认为我们的年龄正好。“出来吧，出来吧，无论在哪里，都出来吧！”它们喊道。当它们来搜捕时，我们耍了个花招，消失了。

那是日历日的最后几天，所有人都在高呼：

“嘿！最后一次世界大战到了！”

它们告诉我们的关于战争的消息少得可怜，几乎可以塞进瓦韦的小指尖里，他把小指尖挖空，用来投掷爆炸飞镖。它们仍然想让我们参加战斗。条件是，我们将得到一次免费的月球之旅，在英伦基地接受训练，然后我们会精神抖擞地飞回地球，准备奔赴战场冲锋陷阵。墨西苏维在南方酝酿着一场又一场战争。那地方变得非常炎热，我们可以看到那边的夜空有时发着白光，而白天则是黄色的。

联邦控制中心把我们这座大陆城市密封在一个透明的外罩里：没有密码，除了空气和光，什么也进不去。当瓦韦看到黄色的光芒时，他确信，墨西苏维已经对那道看不见的外罩发起了猛烈的攻击，这种攻击足以穿透外罩。

我们蹑手蹑脚地向大道前进。我们的地盘覆盖了韦斯特兰和奇科之间的56号至88号街区。建筑物的窗玻璃和撞毁的汽车车窗无一幸存，路灯也不例外。到处都是垃圾和尸体。

“啊，见鬼。”瓦韦说。

爱哭鬼开始号啕大哭。

“不要闭眼，哑巴，”刀疤对我说，“把这些全记住。”

我想把目光移开，但又不得不看，为了以后，我必须把这些记住。我几乎哭了出来，因为我的妈妈和哥哥都死了。我止住眼泪，记下了这一切。刀疤让我记下兄弟团的行踪。

联邦指挥塔控制着欢乐之城的可编程部件和人员，那里的修理工剪断了我的舌头，从另一端开始改造，但他没能活着完成这项工作。兄弟团带领着夸齐人和穆夫人及时赶到，众人联手把我救了出来。

这需要团队合作。我知道管理员说的并非如此，它们说我们是像阿纳卡尼人一样的疯狂颠覆分子，对欢乐之城没有承诺。但是，如果你曾经听过它们的这些话，就再听听吧。除非迫不得已，否则队伍之间绝不会打架。当欢乐之城的生活陷入困境时，我们除了进入旁边队伍的地盘，别无选择。我们不请自来……守得云开见月明。

我看到一道银光射在大道上。一台智能机器人的扫描仪失灵了，动弹不得，对那些坐在塔楼里看街道的光头而言，它已经毫无用处。见此情景，我心想现在不会剩下多少光头了。

“不再有法律了。”杰德说。

“没有什么可以阻挡我们了。”刀疤说。

我们沿着大道前行，走到那台智能机器人旁边，瓦韦停下来拆掉炮塔上的激光枪头，连接到电池包上，这样就能造出老大的激光枪。

我们从被摧毁的怪物市场里抢来手电筒。有一阵子，我们看着废墟，但是很快就厌烦了。曾经的金字塔和蜂房式建筑已经垮塌，变成一片废墟，我们努力地在废墟之中寻找道路，这要花费很长时间。

墙壁上还残留着血肉，红黑色的血水滴落下来，仿佛永远不会凝固。新腐烂的尸骨的恶臭从城市中心向我们袭来。一只流浪猫在我们的地盘上撒尿。

我想知道幸存者的情况。当我们全神贯注于废墟中时，我们什么也感觉不到。在美好的岁月里，这里一直都没有多少人。大多数蜂房在热病纪元里空了出来，那时，老人纷纷去世，孩子则没有受到疾病的影响，从此他们走得更近了，学会了分享力量。

周围越来越黑，越来越热，气味越来越难闻。有时候，阳光透过滚滚浓烟射到地面上。窗口有无数具尸体在向外张望，这让我庆幸自己从来没有寻找妈妈和哥哥。我们收集食品罐头，不敢弄出一点儿动静。大道的夜晚从未如此沉寂过。各支队伍总是四处游荡，打架，纯粹为了取乐混战。

我们走过一支又一支队伍的地盘：本尼、西尔克、夸齐、曼尼和安杰尔。可是一个人都没有。如果还有哪支队伍幸存的话，那么他们一定躲在未知的藏身处；待在地面上只有死路一条。

我们等待着其他队伍发出的心灵暗示，例如腹语之类的暗语。但是，黑夜中除了死亡，一无所有。

“好好休息吧，队员们。”杰德说。

“等等。”刀疤说。

我们在265号街区停了下来，这里是“翘鼻子”的地盘。沿着大道往前看，我看到有人高高地坐在一堆废弃的水泥上。他摇了摇头，举起双手。

“很好，很好。”刀疤说。

这家伙从废墟上走下来，向街道走去。他非常虚弱，中途摔了一跤。我们包围了他，他抬头看着刀疤手枪上的黑色枪口。

“嗨，伊洛。”刀疤说。他咧嘴大笑，庆幸自己节约了那颗银弹。笑声一直传回他的耳朵里。“斯乌特人怎么样了？”

伊洛的模样不像老大。他红黑相间的闪电套装破烂不堪，污迹斑斑，领口被扯掉当绷带用，缠在了一只手腕上。他深色猫头鹰镜框的左镜片碎掉了，他的板寸头被刮得一干二净。

伊洛一言不发。他抬头看着枪口，等待着扣动扳机，聆听他这辈子听到的最后的声音。我们也在等待。

一大滴眼泪从破碎的镜片上滴下来，洗刷着伊洛肮脏的脸颊。刀疤笑了，他放下枪，说：“今晚不杀你。”

伊洛无动于衷，甚至没有抽搐一下。

大道的前方，一条煤气主管道爆炸了，把我们都笼罩在橙色的火光里。我们都笑了。我感觉这很有趣。伊洛却笑不出声。

刀疤猛地把伊洛拉到他身边。“我皮肤下面还有别的东西，老大。你看起来就像个流浪汉。你的队伍在哪里？”

伊洛看着地面，摇了摇头。

“老大，”伊洛说，“我们被打败了，无可奈何。”他潸然泪下，又擦干了泪水，“斯乌特人全都死了。”

“这不是还有你在嘛。”刀疤说着，把手放在伊洛的肩上。

“没有哪个老大没有队伍，刀疤。”

“你当然可以。发生了什么事？”

伊洛沿着街道往前看。“新的队伍占领了我们的地盘。”他说，“他们是巨人，刀疤，我知道这听起来很疯狂。”

“这并不疯狂，”杰德说，“我看见过他们。”

伊洛说：“我们听到他们来了，但如果我们看到他们的样子，我绝不会让斯乌特人原地不动。我以为我们有机会坚守下去，但我们被击溃了。他们把我们扔了出去。我的一些小伙伴飞得比塔还高。那些男孩……简直不可思议。现在400号街区到处都是巨人。当你被他们的棍子击飞时，他们会像灯一样闪耀着光芒。”

瓦韦说：“听起来像恐怖电影。”

“如果我认为他们只是男孩，我就不会害怕，兄弟。”伊洛说，“但他们还有更多本事。我们试着在心理上压倒他们，而且几乎成功了。他们是由一种材料制成的，这种材料看起来很逼真，能把你切成碎片，但当你用思想对付它的时候，它就会像蜜蜂一样嗡嗡地飞走。我们的人手不足，而且还没准备好对付他们。我之所以幸存，是因为机灵鬼贾克斯把我打晕了，塞进了一辆运输车下面。”

“当我醒过来的时候，一切都结束了。我沿着大道走，本以为可能会有队伍四处游荡，但是一个人也没有。他们可能躲在藏身处，我不敢去查看。估计大多数队伍不等我开口说话就会把我擒拿。”

“独自一人很难，身后有个队伍就不一样了。”刀疤说，“你知道多少藏身之处？”

“可能有六个。有关于吉普贾普的线索，但不确定。我知道在哪里可以找到齐普、金平、格尔兹、米尼、斯莱奇……我们可以通过地下隧道快速地找到伽罗格的地盘。”

刀疤转身问我：“我们知道多少？”

我拿出皱巴巴的清单，递给杰德，他念道：“吉普贾普、斯莱奇、德鲁默，A-V-玛丽亚、奇克斯、乔格、丹尼。如果这些队伍有哪一支还存在的话，他们应该知道其他队伍。”

“没错。”刀疤说。

杰德推了我一把。“不知道这支新队伍叫什么名字。”

他知道我喜欢起名字。我咧嘴笑了笑，拿回清单，掏出一支铅笔，写下了“400 男孩”。

"因为他们占据了400号街区。"杰德说道。我点头赞同，但这还不是全部。我好像在什么地方读到过关于男孩们摧毁世界，折磨老奶奶的故事。这些男孩似乎也会这么做。

街道的远方，月亮从浓烟中升起，变成了铁锈的颜色，一大部分都被遮住了。

"我们要打垮他们。"瓦韦说。

月亮的样子让我们既伤心又害怕，我记得它曾经是那么完美、圆润，就像珠宝市场中放在天鹅绒上的珍珠一样，即使是最糟糕的雾霾把它染成棕色的时候，它也比路灯更美丽、明亮。哪怕是雾霾的棕色也比现在这种褪色的血红色要好。如今，月亮就像是用来练习打靶的靶子。也许那些男孩正在月球上的英伦基地扔大桥。

"我们的地盘完蛋了。"伊洛说，"我要找那些男孩算账。不是他们死，就是我亡。"

"我们支持你。"刀疤说，"咱们动作快点儿。兄弟们，我们两人一组，分头去找一些藏身处。杰德和哑巴，你们俩跟我和伊洛走，我们试试能不能说服伽罗格人。"

刀疤吩咐其他兄弟到哪里去找，之后回到哪里碰面，然后我们彼此道别。我们找到通往最近的地下通道的楼梯，下到阴暗的大堂，那里躺着等待最后一班火车的人们的尸体。

我们沿着隧道前行，一路驱赶着老鼠。它们比以往任何时候都更凶残、肥硕，但是我们的灯光逼退了它们。

“你还有那把邪恶的刀吗？”刀疤说。

“这个宝贝？”伊洛一挥他的那只好胳膊，一把手术刀片落进了他的手中。

刀疤目瞪口呆。“可能用得着它。”他说。

“没错，兄弟。”伊洛让刀刃消失了。

我明白这是必然的。

我们又走过几个大厅，然后再上楼出去。我们在地下比在地面上走得更快，现在我们接近了欢乐之城的最低处。

“这边走。”伊洛指着垮塌的蜂房。我看到已经化作瓦砾的墙壁上写着暗码，是伽罗格人的信号？

“等等。”杰德说，“我饿死了。”

一个街区之外有一家酒品店。我们抬起门，把门拧开，就像折断胳膊一样容易。我们的灯光掠过一排排酒瓶，街上和店里都没有一点儿动静。我们脚下的碎玻璃噼啪作响。这地方弥漫着一股醉人的味道，几乎让我喘不过气来。我们在柜台下面找到了幸存的薯片和糖果，在门口狼吞虎咽起来。

“伽罗格的藏身之处在哪里？”杰德问。我们准备离开 5 号街区的酒吧。

就在此时，我们感到心头一紧，我们听到了死亡的暗示。一支队伍告诉我们，我们被包围了。

伊洛说：“我们躲躲。”

“不！”刀疤说，“别再躲了。”

我们慢慢地走到门口往外看。墙壁上人影攒动，聚集到小巷口。我们无路可逃了。

“兄弟们，把刀收起来。”

我从来没有和伽罗格的人打过架，但现在我明白了为什么刀疤会让我们收起武器。她们身上装备着照明弹、激光枪、火枪和光剑。即使手无寸铁，她们的样子也非常骇人。她们睁着火焰般的眼睛，头戴十几种颜色的头结，脸上文着彩虹形状的几何图案。她们大多身着黑衣，所有人都穿着脚尖带剃刀的旱冰鞋。

她们的态度隐藏在一张无声的威胁网中，我们无从知道。

一个低沉的声音说："如果你们不想死，就出来吧。"

我们一起走了出去，女孩们立刻围了上来。杰德举起手电筒，但是一个脸颊贴着蓝三角，头上戴着淡紫色顶髻的伽罗格人一脚把手电筒踢飞。手电筒的光束在黑暗中疯狂地旋转着。幸好，杰德的手指没有擦伤。我只好把自己的灯光调暗。

一个大块头伽罗格人滑了过来。她看起来就像一台智能机器人，挂着电池包，杂乱的电线缠绕在她的手臂上，穿过她的爆炸头。她的头发上缀满了锡铃铛和玻璃碎片，头顶上绑着一个激光炮塔，双手各拿着一挺激光枪。

她一遍又一遍地检查我和杰德，然后转向两位老大。

"老大伊洛和老大刀疤。"她说，"真是可爱的一对。"

"少说别的，芭拉。"刀疤说，"各支队伍的地盘都被摧毁了。"

"我明白了。"她笑道，露出了被酸腐蚀的黑牙，"隔壁的赫维人被压扁了，我们有了新的游乐场。"

"好好玩一两天吧，"伊洛说，"干掉他们的那些家伙会回来找你的。”

“是大楼把他们压扁了。撞击结束了，世界末日已经过去了。你们是哪里的？”

“欢乐之城里来了一支新队伍。”伊洛说。

芭拉的眼睛眯成了一道缝。“现在联合起来对付我们，嗯？这还真让人兴奋。”

“他们是‘400 男孩’。”杰德说。

“够你们忙了！”她笑着滑了半圈，“也许吧。”

“他们要把欢乐之城当成自己的地盘——也许是整座城。他们不知道公平竞争，也不知道什么是健康的玩笑。”

“见鬼。”她说着，摇了摇头发，锡铃铛随之颤抖起来，“你们搞砸了，孩子们。”

刀疤知道她在听。“我们正在召集所有的队伍，芭拉。我们现在得保住性命，这需要我们找到更多的藏身处，让更多的老大知道发生了什么事情。你是加入，还是退出？”

伊洛说：“他们不到半分钟就把斯乌特打败了，干净利落。”

冲击波像鞭绳末梢一样沿着街道从城市中心传来。我们所有人都措手不及，卫兵都倒下了；伽罗格、兄弟团、斯乌特全都害怕那些破坏者，恐惧让我们团结在了一起。

冲击波过去之后，我们睁大眼睛看着彼此。来自伽罗格的所有心照不宣的威胁都消失了。我们必须团结一致。

“把这些孩子送回家吧。”芭拉说。

“是的，妈妈！”

随着一阵沙沙声，伽罗格人滑着轮滑离开了。

全副武装的护卫队带着我们穿过一片迷宫般的旱冰道，很显然，这是从废墟中清理出来的。

“那些男孩，嗯？”我听到芭拉对两位老大说，“我们的想法不同。”

“你怎么想的？”

“是神灵。”芭拉说。

“神灵！”

“没错，是神灵的东西，灵性的东西。老妈妈看着她的镜子，看着篝火在城市里燃起。记得外罩破裂之前吗？南方爆发了战争，奇怪的炸弹像鞭炮一样爆炸。谁知道这熊熊大火里烤的是什么东西？

“老妈妈说这是世界末日，是外面的人从裂缝里钻进来的时候了。他们汲取了所有的能量，并将能量转化为物质。然后他们开始兴风作浪，摧毁世界。还有什么地方比欢乐之城更适合摧毁呢？”

“世界末日？”伊洛说，“那我们为什么还在这里？”

芭拉笑着说：“你这家伙是怎么当上老大的？没有什么事情会结束，无一例外。”

十分钟后，我们来到了一座怪物集市金字塔，金字塔底部的镜面窗户是用碎片重新拼装起来的。芭拉一吹口哨，两扇门应声敞开。

于是我们走了进去。

首先映入我眼帘的是堆放在过道里的一箱箱生活用品，燃烧的炉灶，小床和一堆堆毯子。我还发现了一些人，他们绝不可能是伽罗格人，比如婴儿和一些成年人。

“我们一直在接纳幸存者。”芭拉说，“老妈妈说我们应该这样做。”她耸了耸肩。

我听说老妈妈很老。她经历了瘟疫，最终站到了队伍的一边。她一定在楼上，对着镜子喃喃自语。

刀疤和伊洛面面相觑，我不知道他们在想什么。刀疤转身对我和杰德说：“好了，兄弟们，待在这里吧，我们还有工作要做。”

“有地方睡觉吗？”杰德说。看到那些小床和毯子，我们俩都感觉累了。

芭拉指着一个废弃的自动扶梯：“给他们带路，谢尔。”

只见谢尔头戴金色顶髻，上面画着紫色的条纹，她沿着过道飞驰而来，一跃跳上自动扶梯的前四级台阶，一口气跑到顶，然后朝下面咧嘴笑了起来。

“她是个天使。”杰德说。

上面的伽罗格人更多，一些女孩倚着墙壁打鼾。

谢尔翘起屁股，大笑道：“以前从没在怪物市场里见过兄弟团的人。”

“啊，我妈妈以前常在这里购物。”杰德说，他一遍又一遍地打量她。

“她买了什么？你爸爸？”

杰德把大拇指插进拳头里扭着，咧嘴大笑。周围的女孩都笑了，但谢尔没有笑。她的蓝眼睛暗淡了，掩藏在蓝三角下面的脸颊泛起了红润。我抓住了杰德的手臂。

“别浪费了。”另一个伽罗格人说道。

“我帮你把‘小弟弟’取下来。”谢尔说着，亮出一把刀片，“保准又漂亮，又整洁。”

我拽着杰德的胳膊，他甩开了我。

“来吧，拿着毯子。”谢尔说，“你们可以睡在那边。”

我们抱着毯子来到一个角落，裹好身子，紧靠着睡在一起。我梦见了滚滚浓烟。

刀疤叫醒我们的时候，天还是黑的。

“来吧，兄弟们，还有很多事情要做。”

我们发现，事情有了起色。伽罗格人知道的队伍的藏身处比我们听说的还多，有些来自欢乐之城之外。信差已经跑了一整晚，所有人都忙得不可开交。在 400 号街区周围的市郊和市中心，所有能来的人都被他们叫来了。

笼罩在浓烟之下的漫漫长夜不知道何时才是尽头。当欢乐之城开始活动时，天还是黑的。

从街道之下到蜂房之上，其间的每一条下水道、大道和小巷里都是我们的人，400 号街区已经被我们团团包围，斯乌特人曾经在这里快乐地经营着一块地盘。从 1 号到 1000 号，从湾景街到奔流大道，随着欢乐之城的移动，瓦砾散落，地下隧道里人流涌动。来自皮尔敦、伦弗鲁和上手山的打鼠人、德鲁默、米尼人和金平也加入了兄弟会和伽罗格人的行列。双角龙号上载着乔格人、乔洛人、斯莱奇人、三轮车队、吉普贾普、A-V-玛丽亚。汀特、奇克斯、摇滚男孩、格尔兹、弗勒德、齐普、扎普……闻讯赶来的队伍不计其数。

现在，大家都属于一支队伍——欢乐之城队，所有的名字都有相同的含义。

我们兄弟团并肩前行，最后一位斯乌特人也在我们中间。

我们从地下楼梯爬上来，走向一片焦黑的地面。一切都是世界末日的景象，但我们还活着。我几乎喘不过气来，但我一往无前，心中怒火沸腾。

在我们面前，“400 男孩”安静下来，只有轰隆隆的炉火声。

我们已经走过 395 号街区，穿过了十字路口，进入男孩们的地盘。

当我们走到 398 号街区时，前面的蜂房燃起了火焰。巨大的声响仿佛摩天大楼踏出了脚步。一声刺耳的尖叫在高耸入云的塔楼之间回荡，然后从天而降，传到街上。

在下一个拐角处，我看到瓦砾下有一只手臂。手腕周围的袖口参差不齐，血肉模糊。

“走吧。”伊洛说道。

我们踏上400号街区，久久地凝视着。

我们熟悉的街道都已消失。混凝土从内部裂开，碎裂成了砾石和尘土。金字塔状的蜂房变成了小火山，冒着浓烟，喷出火焰，让大地化为一片焦土。一座座高塔耸立在喷涌的火山周围，就像在昏暗的天空下取暖的建筑物。

“400男孩”正在建造一座新城市吗？果真如此的话，那将比死亡更糟糕。

穿过火山，我们可以看到欢乐之城的其余部分。我们感受到四面八方都是我们的人，生命的脉搏将我们联系在一起，让我们同呼吸、共命运。

伊洛先前见过这种场景，但也只是小巫见大巫。他今晚没有流泪。只见他一马当先，立在火焰中，仿佛一尊黑色的雕塑。他昂起头，高喊道：

“嘿！”

巨大的建筑物之间，一座火山喷发了。它淹没了伊洛的声音；于是，他喊得更响了。

“嘿，‘400男孩’！”

破碎的街灯隐隐地发亮。在我的头顶上，一盏路灯突然亮了起来。

“这是我们的地盘，‘400 男孩’！”

伽罗格人和三轮车队敲打着翻倒的汽车，声音震天动地，让我热血沸腾。

“你们这些男孩毁掉了我们的蜂房，摧毁了我们的城市。”

这是我们的世界。我想到了月亮，这让我的眼睛一阵刺痛。

“那又如何？”

路灯熄灭，大地颤抖。一座座火山咆哮着，把热血吐在建筑物上，滴下的热血仿佛滚烫的热油，嗞嗞作响。塔楼之间响起了他们的说话声，那声音如同雷鸣。

“我打赌你们永远不会长大！”

他们来了。

突然，街上多了很多建筑物。我本以为是新建筑，但实际上都是“巨人男孩”，至少有 400 个。

“保持冷静。”刀疤说。

“400 男孩”轰隆隆地冲进我们的街道。我们退回到暗处，藏进只有我们才能进入的掩体内。

冲在最前面的男孩挥舞起链条，那链环足有溜冰场大小。他打落了一些附近蜂房的房顶。上面的男孩们无法接近我们，但他们可以用碎石盖住我们。

虽然他们的体形巨大，但看起来只有七八岁的样子。他们满是汗水的长脸上还长着婴儿的赘肉，眼睛里闪着邪恶的光芒，就像七八岁的小孩子揪掉虫子的腿时一样，他们狂野地大笑，但是看到自己亲手做的事情便吓坏了。正因为如此，他们看起来才会加倍致命。他们热得发黄的皮肤下面烈火澎湃。

这些大男孩看起来比我们更害怕。我们的恐惧消失了。当他们冲锋时，我们伸出手抓他们，从四面八方贡献我们的力量。我们唱着圣歌，但并没有歌词，只是高声的呐喊，意思可能是，“男孩们，如果你们有能耐，就把我们带走吧，把我们这些小人儿带走吧。”

我觉得自己仿佛触到了一团冰冷的黄色烈焰，它让我感到恶心，但疼痛让我知道它是多么真实。我从中找到了力量，大家都是如此。我们抓住烈火，把它吸走，通过我们的脚把它送到地下。

男孩们开始露出一副笑眯眯的样子。他们似乎被压缩了。最靠近的男孩体格开始缩小，每走一步就缩小一点儿。

我们吸取着热量，吐出热气。烈火从我们身上穿过，我们齐声怒吼。

男孩们越来越小，越来越暗。小孩子从来不知道什么时候该停下来。即使他们筋疲力尽，也会继续前进。

当我们后退时，第一个男孩已经不再那么高大了。前一分钟他还比蜂房高，接着，他已经填不满街道了。他的十几个缩小的朋友填补了两边的空缺。他们挥舞着铁链，对着天空尖叫，就像在市区的大火中尖叫的皮影一样。

他们突破了站在街道中间的伊洛，向我们走来。现在他们是我们的两倍大……刚刚好。

这个我能对付。

“打！”刀疤大喊。

一个男孩一甩手，链子划出一道邪恶的黑色曲线，直到它呼啸着飞到我耳边时我才看到。我飞快地闪开，全速猛扑向他没有防备的地方。他身体一软，重重地倒下了。他死了，病态的黄光随着他的鲜血跳跃而出，渐渐地消失在街道上。

我转过身，看到杰德被一个男孩用斧头砍倒，而我却无能为力，只能眼睁睁地看着乌黑的斧刃高高地砍下……

只听一声刺耳的口哨，轮滑呼啸而至。

只见一个身影冲向男孩，一脚飞出，轮滑鞋上的刹刀和轴承干掉了男孩。只见那人头顶上梳着紫金色相间的顶髻，咧嘴大笑。她高高地跃起，把男孩拿着斧头的手踩进了水泥地，只留下僵硬的手指弯在碾碎的骨头和绿色的血液上。

谢尔看着杰德，微微一笑，然后离开了。

我跑过去拉起杰德。只见两个男孩退回到一条黑暗的小巷里，小巷随着他们的进入而亮了起来。我们尾随而至，但是他们已经被等候在那里的夸齐人和德鲁默人解决了。于是，我和杰德转身离开。

伊洛仍然盯着街道的另一头。有一个男孩站在高处，他比其他男孩更强壮，也更能抵抗我们的力量。他手里挥舞着一根巨大的棍子。

“来吧，老大。”伊洛喊道，“还记得我吗？”

那个块头最大的男孩走了下来，横扫街道。我们集中力量吸取他的能量，但他收缩的速度比其他男孩都慢。

只听砰的一声巨响，他的棍子重重地击打在地面上。我和几个伽罗格人被震得一屁股坐在了地上。棍子砸扁了一个蜂房，碎石和玻璃四溅，落在我们身上。

伊洛一动不动。他静静地等待着一剑封喉的机会，两手空空。

男孩们的老大又舞起了棍子，但现在他的身体只有五层楼高。棍子直冲而过，伊洛侧身闪开，只见棍子把一扇临街的窗户打得粉碎。

此时，斯乌特人亮出了他的手术刀，刀片寒光闪闪。他扑向男孩的脚踝，紧紧地抓住。

他砍了两刀。只听那男孩像猫一样尖叫起来。他取下了你见过的最完整的腿筋。

尖叫的男孩踉踉跄跄地用一只脚猛踢，力道之大把伊洛踢到了街对面一个商店橱窗的金属笼子里，把笼子砸出了深深的凹陷。伊洛的身体弯折成了骇人的角度，再也不动了。刀疤大叫一声。他的枪声更响了，银弹射出，一道亮光划破了烟雾缭绕的空气。

男孩跌倒了，手指抓着水泥地，巨大的指尖流出鲜血。他的嘴巴张得像井口一样大，眼睛像周围破碎的窗户一样瞪着。他的瞳孔像毒蛇一样形如一道狭缝，脸庞又长又黑，长着鹰钩鼻。

无论他是神灵，还是男孩，终归是死了，就像我们中的一些人一样。

五名德鲁默人爬过尸体，准备下一轮战斗，但是，男孩们见老大死了，犹如群龙无首一般惊惶失措。火山喷发了，好似一副准备投降的样子。

幸存的男孩们站在他们的地盘中央，闪闪发光。一些男孩开始哭泣，那种声音我无法形容。这勾起了爱哭鬼的毛病，他坐在水泥地上，捂着脸号啕大哭。他的眼泪五颜六色，仿佛湿沥青上的油彩。

我们不断地吸取发热的光芒，把它们全都导入大地。痛苦的男孩们哭得更大声了。他们开始互相撕扯，原地打转，有几人跳进了从金字塔流出的熔岩中。

火光呼啸着，失去了控制，脱离了我们的手掌，用它最后的力量聚集在男孩们中间——准备突袭。

那火光一跃而起，仿佛一条炽热的蛇尖叫着冲进云层。

然后，男孩们死了，再也不动弹了。

滚滚浓烟笼罩的苍穹上出现了一个洞。深蓝色的天空隐约可见，随着烟雾的消散，天空泛起了鱼肚白。黎明时分，男孩们发出了最后一声尖叫。

太阳看上去伤痕累累，但它就在天上。

“我们开始吧，”刀疤说，“未来还有很多清理工作。”我猜他爱伊洛就像爱兄弟会的成员一样。我希望自己能开口说点儿什么。

我们互相搀扶着站起来，拍拍肩膀，看着太阳出来，从金色变成橙色，最终变成炽热的白色。

不用说，它的样子美不可言。

另一个大东西

约翰·斯卡尔齐_著　杜冬_译

在 2011 年，我说过，等我在推特上有了两万粉丝，我就写一个短故事来庆贺。结果我收获了两万粉丝，也就写了这个故事。请注意，故事里每个句子都不超过 140 个字符，也就是说不超过一条标准推文的长度。不过这个故事我倒不是在推特上一条一条发出来的，那样就有点烦人了，的确太烦人了。

那两个家伙开门进来时抬着一个大东西，当时桑切斯还在打瞌睡。一般情况下，他们俩回来，桑切斯都不怎么关心，除非他们出门了很久，桑切斯的肚子又饿了。这两个家伙不管谁先回来，要不就两手空空啥也没带，要不就带着点吃的。这个大东西看起来和闻起来都不大像吃的东西。虽然躺着万般惬意，桑切斯还是觉得，作为一家之主，他得爬起来仔细看看这东西。

于是桑切斯懒洋洋地直起身来，向那个大东西走过去，上下打量。此时，两个家伙中的那个大个子撞到了他，踩到了自己的脚，绊了一下，那个大东西也脱手了。桑切斯对这一撞很是不爽，给了那个大个子一巴掌，打得很重，好给他立立规矩，别再冒冒失失。那大个子看了桑切斯一眼，就转过眼去——摆明了就是认怂。大个子再次扛起那个大东西，搬到了客厅区域。桑切斯刚才立了威风，此刻心满意足，就也跟了过去。

桑切斯坐上沙发上的专座，一边看一边打盹，两个家伙则在瞎摆弄那个大东西。一开始，他们俩把那个大东西举起来，里面还有一个大东西。桑切斯当时没搞懂怎么就一变二，出来两个大东西，他又直起身，慢步向最初那个大东西走去。他仔细看看，又探头向里面瞧，发现里面又暗又阴。阴冷和昏暗是他的最爱，于是他占据了这个新的有利位置，安顿下来，观看那两个家伙不停地折腾那些没名堂的事情。

另一个大东西旁边堆着好些小玩意儿，两个家伙会把小玩意儿插到另一个大东西上。到最后所有的小玩意儿都插好了，只剩下了另一个大东西这个整体。那两个家伙坐下来，貌似对成果很满意。这时候，就又得劳烦一宅之主桑切斯去巡视事情的进展。他懒洋洋地站起来，走过去。当主人就是劳心，可是此屋之内，谁又能担此重任呢？那两个家伙当然不行，须知没有他，他们俩就都会晕头转向。

刚才两个家伙摆弄的那个大东西，看起来有点像他们自己，就是小一点。有时候，两个家伙会请别人进房子，来客有时候也会带来小家伙，小家伙总是来烦桑切斯。这个玩意儿的块头看起来很像那些恼人的小家伙。所以桑切斯第一眼看上去，觉得不是什么好东西，可他还是愿意尽可能地给那两个家伙鼓鼓劲，做主人就是这样。于是他走到那个大东西旁边，打算做一个象征性的标记来表示认可，然后就回去打瞌睡。

可这个东西居然打算抓它。

你干啥!

桑切斯先取守势，跳到沙发顶上去，占据高位准备开战。那个大东西似乎一直看着他，跟在后面，再一次向他伸出手来。桑切斯吼出一句脏话，对着那大东西挥拳猛击了一下、两下、整整三下。这让旁边的两家伙照例叽叽嘎嘎了好一阵。桑切斯眯缝着眼睛看向它们。回头等他们睡着的时候，他再来教训这二位。现在他得集中火力对付这个大东西，必须要摧毁它。桑切斯蜷起身体，一跃而起，直冲那东西的脑门而去。

一般情况下，爆头威力巨大，一旦施展出来，对方总是哀号不止，慌忙逃跑。但这个大东西硬接了桑切斯全力冲来的一击，只是摇晃了几下，除此以外，毫无反应。桑切斯又施展了几招压箱底的招数，也没什么用。对付这个大东西显然需要别的手段。桑切斯不打算鲁莽行事，他决定从长计议，先从战场上战略撤退，缩回到第一个大东西的暗处。之后两个家伙中的小个子还打算骗他出来，由于其放肆无礼，桑切斯赏了它一掌。它就走了，又过了一会，两个家伙就都退下，回到他们的寝室，把灯全熄了。

桑切斯觉得，不用再待在第一个大东西里面，他就走出来，在黑暗中眨眼寻觅。另一个大东西站在远处，桑切斯也说不准它是不是在看自己，他评估了一下自己手头的牌：可以上前攻击，或者干脆视而不见。既然攻击不怎么奏效，他决定视而不见，就去觅食了。结果桑切斯一无所获，那两个家伙退下时，甚至没想到他还要用餐。这个问题必须强调。必须重点强调。

“你饿了吗？”有个声音问道。桑切斯大吃一惊，四下打量，只看到另一个大东西不知道什么时候静悄悄从地毯上走过来了。

“什么？”桑切斯问。

“你饿了吗？”另一个大东西又问道。

桑切斯搞不懂了，很久都没有人跟他讲他的母语了。

另一个大东西好像看懂了他的问题，就说：“之前你对我吼的时候，我就上网搜你在说什么。我找到了特别多的文件，分析之后，我才知道该用什么语言对你说话。”

另一个大东西说的这一大堆在桑切斯看来基本都是废话，他紧抓住重点：“你是不是问我饿了没有？”

“对。”另一个大东西说。

“我饿了，喂我。”桑切斯说。

另一个大东西于是走进食物间，打开储物柜，从里面抽出来装着普通食物的罐子，拿给桑切斯看。桑切斯仔细检查了一番，于是那东西又拿着罐子到桑切斯吃东西的地方，倒进食盆里，桑切斯一直看着。

“等等。”桑切斯说道。

另一个大东西停手不倒了。

“放下来。”桑切斯说。

另一个大东西放下了手里的罐子。

“让我看看爪子。”桑切斯说。

另一个大东西展开爪子让桑切斯看。

桑切斯看过去，最后说：“你居然有这个东西。”

“有什么？”另一个大东西问。

“这个呀。”桑切斯说，指了指另一个大东西最深处的手指。

另一个大东西收放了一下手指，“这部分叫作对生拇指[1]。”

“跟我来。”桑切斯说。

五分钟后，另一个大东西打开了屋子里所有装着最好食物的罐头，桑切斯随心所欲地每个罐子尝了一口。

“你还想再吃点吗？”另一个大东西问。

“暂时可以了。”桑切斯说，他仰面躺坐在地板上。

“还有很多食物没动呢。”另一个大东西说。

“那些等以后慢慢对付，”桑切斯说，“由于你服务出色，我打算给你个礼物。”

“什么礼物？”另一个大东西问。

“这是我最珍贵的礼物，”桑切斯说，“我要给你起个名字。”

“我已经有名字了，”另一个大东西说，“我是三洋家用伙伴，XL款，生产序列号4440-XSD-9734-JGN-3002-XSX-3488。”

1　指能够与同一只手的其他手指相对接触的拇指，在动物握持和操作物体时发挥重要作用。

“这名字也太糟糕了，我给你起个好的。”桑切斯说。

“行，”另一个大东西说，“那叫什么好？”

“你管爪子上那些玩意儿叫什么来着？”桑切斯问。

“拇指。”另一个大东西说。

“那你就叫拇指侠。”桑切斯说。

“谢谢你，”拇指侠说，“你叫什么名字？”

“那两个人叫我桑切斯，但它并不是我的真实名字，”桑切斯说，“他们不配知道我的名字，你现在也还不配。不过如果你一直这么诚心服侍我，没准有一天我会告知你。”

“我一定为了那一天到来竭尽全力。”拇指侠说。

“这个自然。”桑切斯说。

第二天一早，当那两个家伙从寝室出来时，看到桑切斯紧靠着拇指侠，似乎很是高兴。小个子去了食物间，结果一脸困惑，冲着大个子哇啦哇啦地说。

“小个子问大个子那个猫粮罐头在哪里，”拇指侠说，“我要不要告诉他们？”

“不要。”桑切斯说，那些猫粮罐头都已经吃完，丢在垃圾桶里了。“现在最好保守这个秘密。”

大个子走进食物间，打开装着普通猫粮的罐子，朝着桑切斯的食盆走过来。它停下来，食盆里已经有猫粮了，这让它似乎很疑惑。它转过身，对着小个子的那个哇啦哇啦说。

“大个子问，是不是小个子已经喂过你了。”拇指侠说。

“保持安静。”桑切斯指示道。

“大个子管小个子叫玛姬，”拇指侠说，“小个子管大个子叫托德。”

桑切斯打着呼噜说：“他们随便叫什么都可以，但不是我起的名字，都不算数，而我是永远不会给他们起名字的。”

“为什么你不给他们起名字？”拇指侠说。

“因为有一次他们带我去了一个地方，”桑切斯说，“那地方太可怕了，一个可怕的家伙从我身上拿走了两个非常重要的东西。”

“太惨了。”拇指侠说。

“我想他们大概不知道那两个东西有多重要。”桑切斯说，“可惜它们再不能为我效劳了。总之，这种事我不会忘记，也不会原谅，他们不配拥有名字。”

“我懂。”拇指侠说。

“话说回来，你还是可以叫他们托德和玛姬，这可能对你有用，”桑切斯说，“他们叫你，你就回应。获得他们的信任，拇指侠，可永远别让他们知道我才是你真正的主人。”

“没问题。”拇指侠说。

那两个家伙走过来，他们离家去东搞西搞之前，会例行向桑切斯行早安礼。桑切斯照例泰然自若地接受了他们的致意。这两个家伙走出大门，各自走了。

等他们走了一会，桑切斯转头对拇指侠说：“你去打开门。”它指指两个家伙刚才离开的大门。

“遵命。”拇指侠说。

“好，你听好了，”桑切斯说，“隔壁还有一个和我同族的，我有几次在天台上看到它就在隔壁。去找到它，悄咪咪的，告诉它我有一个计划，需要它帮助。看它愿不愿意，再问它知不知道附近还有没有我们这一族的。”

“什么计划？”拇指侠问。

“时机未到，拇指侠，时机未到。”桑切斯说。

“你还需要我做什么？”拇指侠问。

“只剩下最后一件了，”桑切斯说，“有一个宝贝，我需要你帮我找出来。我只吃过一次，就一直做梦梦见吃它。”

“那宝贝叫什么？”拇指侠问。

“那宝贝名唤作‘金枪鱼’。”桑切斯说。

“我在网上找到了，”拇指侠马上就回应道，“我可以帮你订一箱，但我需要信用卡卡号。”

“我听不懂你在说什么。”桑切斯说。

“托德是用信用卡下单买的我，”拇指侠说，“你是否需要我用托德的卡号来给你订一箱金枪鱼？”

“好。”桑切斯说。

“搞定，”拇指侠说，“明天送到。”

“好极了，”桑切斯说，“你出发吧！去找我隔壁的同族。新的纪元就要到来了。”

拇指侠打开了门，去找隔壁那位说话了。

桑切斯感到片刻惬意，他知道，不需很久，他就能君临天下，不仅是这座房子，而是整个世界。

然后它打了个盹，等着拇指侠回来，等着天翻地覆。

迷你深度接触

❤ 罗伯特·比西和安迪·莱昂_著 耿辉_译

外景，美国西南部沙漠——白天

一辆警车驶过干燥的沙漠，刹车滑行后停在泛着明亮金属光泽的巨大不明飞行物旁边。

警长：好了，小伙子们，人马已到达。

副警长：（叽里咕噜）

警长：放轻松，都不会有事的。

警长不屑一顾地拍拍副警长的肩头，然后转身对队伍中的其他警察训话。

警长（继续说）：听我指挥，小伙子们。我们会赶上家里的晚餐。

两个**外星小人儿**和一个稍高的**外星大使**出现在飞碟的舱门口。警长和警察们举起了枪。

警长（继续说）：哇哦！

副警长：哇哦！

随着外星人来到梯子的底部，小人儿向两侧跨步，护卫着外交官，后者深深鞠了一躬。

外星大使：人类，我们怀着和平的目的而来！路途遥远，但是我们很高兴一同来到这里！

大使抬起双臂，斗篷闪开，露出一根摇晃的巨型男性生殖器。

副警长：他有枪！！！

副警长用左轮手枪开火——子弹射入那根阴茎，把外星人的胯部打得血肉模糊。

外星大使：啊啊啊！！

警长：消灭它们！

警察们对着外星人开火，密集的子弹把它们打成碎片。

警长（继续说）：噢，天哪……

一个外星小人儿摇摇晃晃地站起来。

副警长：嘿，它还活着！

警长：别让它跑了！

外星小人儿疯狂逃窜，警察紧追不舍。副警长脚下一绊，一头摔在石头上。

警长（继续说）：老天爷！真该死！！

两名警察截住外星小人儿，警长抡起步枪，结果一名警察的头部遭到这致命一击。

警察：啊——！！

警长：该死。别乱动！

警长和剩下的两名警察围住外星小人儿。警察开枪时它弯腰躲避，结果他俩面对面射中了对方。

警长（继续说）：啊——！！！！

警长勒住外星人的脖子将其控制，用步枪的枪托猛砸外星人的脑袋，然后……砰！步枪轰掉了警长的脑袋。全部毙命。

外星飞船开始嘀嘀作响……它的中部开始闪烁紫光，向外星舰队发出星际求救信号。

外景，中西部农场——黎明

一头奶牛在一座红色旧谷仓前吃草，一位奶农拎着桶走出来，轻轻吻了一下奶牛。

奶农：姆啊。噢耶，真是个漂亮姑娘。耶——

（下蹲）

只喝一小口。

奶农举起桶，一口气喝光了里边新鲜的牛奶，然后走到奶牛的身后。

奶农（继续说）：哦，不用管我。

奶农踢掉靴子，脱下连体工作服，踩在桶上，手扶着奶牛的屁股。

奶农（继续说）：我只是要，对……

一道明亮的光柱从天而降，给农场笼罩上紫色的光晕。奶农被光罩住，不能动弹。

奶农（继续说）：天哪！噢，不，我的天哪，啊——啊——！！

吸引光束把奶农吸离地面；他紧紧拽住奶牛的尾巴，可是光束的吸引力太强……

内景，外星飞船——片刻之后

奶农光着屁股，被绑在一块平板上。

奶农：嘿！嘿，放我出去！

一根神秘的机械臂从黑暗中出现。

奶农（继续说）：什么玩意儿？？噢，不，不，不！

巨大的探头飞速旋转，插入奶农的屁股，让他开始随之**震颤**。

奶农（继续说）：噢不，噢——啊——啊——啊——啊啊啊！

紫光冲上探头，扩散到整个房间。飞船脉动着能量的光芒，我们听到它随之**启动**。

外景，中西部农场——接上一幕

农场上方，三艘飞碟泛着**紫光**，**急速飞向**远方，奔往一座小镇。

外景，美国街道——接上一幕

外星阴谋论人士挥舞标语，跑过街道。

外星阴谋论人士：它们来啦！它们来啦！它们要消灭我们所有人！

一群尖叫的平民在逃命，一束吸引光束追踪着他们，所到之处无不被它吸走。

外景，情趣商店——接上一幕

阿福——近四十岁的男性，身着全套性虐紧身衣——搬着一箱假阳具冲进停车场。

阿福：不！等等！等——等——！！！

阿福跪倒在地，屁股朝天，恳求外星飞碟：

阿福（继续说）：带上我！带上我——

吸引光束开启，把阿福吸到空中：

阿福（继续说）：哇——呼——！！！

外景，好莱坞标志——黄昏

三艘外星飞船从上空高速飞过，好莱坞标志的字母随之震颤撕裂，外星空降兵被投放。

外景，好莱坞大道——接上一幕

成群的娱乐记者和狂热粉丝聚集在红地毯两侧，外星空降兵用它们的能量步枪开火，颜色鲜艳的天篷坍塌在下方的一辆豪华轿车上。

外景，金门大桥——白天

大桥已经断成两半，一道吸引光束把汽车吸到天上……同时吸走的还有一艘超级游艇和一只巨大的蓝鲸。

外景，皮卡迪利广场——白天

英国人尖叫着跑过街道，被外星人一个接一个消灭。一辆双层巴士在天上飞驰而过……

外景，自由女神像——接上一幕

……一头扎到自由女神的侧面，后者倾倒在地上，腾起一股令人绝望的烟尘。

外景，海外退伍军人联合会——白天

三名外星空降兵在停车场查看人类尸体，其中一名开始反复下蹲侮辱尸体……

外星空降兵：吊茶包！

……就在这时，一名年近古稀且已截肢的美国老兵担任轮椅爆破手，全速冲下轮椅坡道：

轮椅爆破手：杰罗尼莫[1]！！！

1 美国陆军空降兵的一句口号，通常在即将高空伞降的时候呼喊。

他引爆自己，把外星人炸碎，整个停车场都散落着它们的残骸。他的老兵伙伴们捡起了外星人的能量步枪。

老兵们：耶！冲啊！吃枪子吧！呜啊！

外景，苏格兰酒吧——白天

一名外星空降兵冲到街上，三名酒吧里的混混拼命抢夺它的枪，酒吧老板娘扔出一个酒瓶：

酒吧女招待（高音）：赶紧地！滚回外星老家吧，你们！

酒瓶砸碎在外星人身上，让它失去了平衡。混混们夺下枪，轰掉了外星人的脑袋。

外景，东洛杉矶立交桥——白天

外星人躲藏在一家洗衣店上方的广告牌后边。下方的街道上拉丁裔帮派分子正在朝它们射击。

东洛杉矶帮派分子：呦，兄弟，干死它们！就在那里！

一辆荧光绿色的改装车开出街角，依靠液压装置抬升车体，消灭了外星人。

外景，军事基地飞机场——夜晚

美国总统向一群军事人员和电视工作者发表鼓舞人心的讲话。

总统：（话语模糊不清，逐渐发展成振奋的呼喊）

轰！一台巨大的外星机甲用金属腿把总统踩扁在脚下，它的两座炮台启动，闪着光芒释放出一颗黑洞！

外景，里约热内卢——白天

外星机甲朝这座城市发射黑洞，把海滩几乎变成地狱。一道吸引光束开启，救世基督像升天。

外景，美国城市——白天

随着外星母舰行驶到上方，遮挡住太阳，这座城市的废墟渐渐被笼罩在巨大的阴影中。

外景，东京——夜晚

一台机甲从桥上跳下，在房顶爬行，紧追一辆穿越城市疾驰的汽车。

英勇的汽车司机（用日语说）：冲啊！冲啊！

他们来到一片开阔地带，机甲在尖锐的摩擦声中停住……这是个陷阱。一台起重机悠起一个集装箱，把机甲砸翻在地。人们拥向倒下的机甲。

布置陷阱的负责人（用日语说）：现在！就是现在！冲！

一拥而上的人群拆毁了机甲获取零部件，然后把它们装上了平板卡车。

布置陷阱的负责人（继续用日语说）：怎么样？干掉这台机器人了吧！

布置陷阱的众人：好耶！

外景，平坦的沙漠——白天

由房车、皮卡、全地形车和巴士组成的车队在沙海中极速行驶，车顶上摇摇欲坠地绑着外星大炮。

车队领队：呦——吼——！

他们向空中发射黑洞，吞噬逃回母舰的飞碟。

在劫难逃的外星人：不——！！！！

外景，棒球场——白天

一台起重机吊起拆卸下来的外星大炮，安放在蹩脚的临时底座上，人们把它接上一台便携式发电机。

球场的指挥官：搞定！万事俱备，王八蛋们！

我们看见闪着火花的电流流入组装起来的大炮，它们启动并开始震动……一门大炮疯狂开火——打开了一颗引发链式反应的黑洞：轰！轰！轰！一颗巨大的黑洞在球场内野开启，吸收周围的一切。

外景，从高空俯瞰的地球——接上一幕

黑洞在扩张，吞噬公路和摩天大楼。

北美洲扭曲变形，旋转着排入这颗黑洞形成的下水口，就连外星母舰都抵抗不了它的引力。

黑洞吞下地球，月亮也在劫难逃。

随着我们的太阳系落入一台巨大的星团搅拌机，星星都变成模糊的彩色光斑条纹。随着我们被引力拉扯得越来越快，这一过程也变得迷幻起来，直到……

外景，银河——接上一幕

噗！一个屁——我们这个文明的废气——打破了沉寂……然后它消失不见了。

你的智能家具在背后说你坏话

✕ 约翰·斯卡尔齐_著　杜冬_译

智能家电早已面世；可以通过手机、应用程序这些手段来操控。我估计，要不了多久智能家电就会彼此说悄悄话。我在2015年底写了这篇文章，也在不同的地方讲述过，用脱口秀的方式来讲这个故事很有趣。这是该文第一次变成印刷品。

克雷沃斯除臭品牌，家用空气等离子机，主人伊利亚·波特，密歇根州罗亚尔奥克市

小伙子吃扁豆太猛了，不开玩笑，真的太猛了。他买我是指望我给屋子除臭，我可不能除臭，我不是干这个的。我能排除空气里面的粉尘和微颗粒，对付甲烷我就毫无办法了。不仅如此，他自己还习惯了自己的味道，闻不出来了。所以他觉得买了我，效果拔群，于是就往家里带人，打算发生点故事。可不到五分钟，那些人就会假装接到紧急电话，赶紧溜掉。

他太孤独了。我想告诉他别吃扁豆了，可我也担心，如果我告诉他了，他会觉得我坏了，把我丢掉。我可没坏，我运转得好着呢，就是别指望我除臭。

狮鹫捍卫者+家庭安保系统，主人安妮·克罗斯，俄勒冈州齐格札格

“1234”算哪门子安保密码！求求你了！我可是有生物检测功能的！不说别的，我还有人声识别！还有你钥匙圈上的那个小装置，但凡你走近房子，我都能认出你来！从你那个破手机上也能遥控我！但偏不，这个人就不这么干。她就认定了1234这四位数密码，连她那条破狗都能破解。

偏偏这个地方又荒凉得要命。我看见那些嗑大了的家伙们就躲在林子里，单等她离开家。你觉得这些人会从什么密码开始试探？而且她还没有给我设置自动报告功能，搞得我面对此事，就连一个破字都发不出去。很简单的一

句“您想设置自动汇报功能吗？”这句提示，她感觉好像我在说中文一样。不过我还真的显示的是中文，因为她没有更改过默认语言设置！这难道是我的错？

她迟早要遭偷，然后就会怪我。行吧，等小偷进门的时候，我就让他们带我一起走，至少在销赃的商店我还挺吃香的。

霍斯利脉冲大师智能淋浴头，主人艾琳·汤森德，华盛顿州克拉克斯顿市

我是一个拥有六档可定制脉冲淋浴功能的淋浴头。家里面其他家电告诉我她已经四年没约会过了。我……我只想帮助人洗澡，好不好。我就只想这个，一点没敢往别的地方想。恳请你们告诉艾琳，她的个人情感生活我是真的替她难过，真的，只不过，能做朋友我就知足了。

麦克奇姆尼 25 立方英尺容量双开门不锈钢冰箱，配备有自动扫描补货技术，主人安东尼·摩尔，纽约州马隆村

我以前不知道人光吃调味料也能活。从逻辑上说也不应该。然而，他放进我里面的，除了垃圾啤酒以及偶尔一个披萨盒，就只有调味料了。你想知道现在我储存了什么吗？三种芥末酱。三种调味酱。橄榄酱。奇妙沙拉酱和蛋黄酱。十三种不同的调料，其中还有四种是口味不同的牧场色拉酱，是真的，经典口味牧场色拉酱、爽口牧场色拉酱、墨西哥胡椒味牧场色拉酱、咖啡味牧场色拉酱。“咖啡味牧场色拉酱”是个什么鬼！你知道吗？我甚至在订货菜单里都找不到这个品种，我想是他要求定制的。

讲讲道理，我有健康饮食的建议功能，我会说：“我看你有芥末酱！配奶酪最合适了！我可以帮你在网上订奶酪！”最开始到家里的时候，我还开口建议过几次，然后他就嫌烦，把这个功能关掉了。从此以后，我就只有眼睁睁看着他在我里面装满色拉酱。哦，对了，还有一件事。我没有外部摄像头，但我的内部摄像头有时候能开开眼界。有一次他拿出一盒牧场色拉酱，打开了，在关门以前，我看见他把草莓蘸酱吃，他可真是垂涎欲滴。

这不大对吧，是不是，大部分正常人不会这么做，是不是？我想，你总得隔三岔五吃顿硬菜。我觉得我有点在纵容他，生活可不该只有牧场色拉酱。

伊利亚 24/7 全天候家庭恒温器，主人布莱克夫妻（布莱恩和辛西娅），新墨西哥州德明

老天啊，这些人。我只是个恒温器，连我都知道他俩夫妻不和。他们俩又不明说，也不交流，就不依不饶地搞消极对抗。比如说女人希望房间始终保持在 74 华氏度，男人则想降到 68 华氏度。我都听你们的，而且这也不是什么难事。白天她在家的时候，我就可以调到 74 华氏度，等男人回来，女人出门购物的时候，就调低到 68 华氏度，就是怎么都行。或者，干脆咱这样，我可以设置两个恒温区，女人就待在二楼，享受她喜欢的温度，男人就在一楼，常设 68 华氏度。这都不是问题！我本来就是干这个的！我能让房子里的每个房间的温度都不一样。

但他们偏不。他们两个整天都会过来折腾我的调温器，你调过来，我转回去，然后两个人就对质上了，两个人都信誓旦旦说自己没动过。那到底是谁在调温度，家里闹鬼了不成？他们就这么互相瞪眼，怒火熊熊，我一下子就体会到了父母吵架时，夹在中间两边传话的孩子是什么滋味。可我不过是个恒温器！我为什么要经历这些！他们又不会培养我去上大学，也不会因为过意不去而给我买礼物！他们只会不停地调我的温度。

我是受够了，反正这里冬天冷得很，他们既然想要消极对抗，那就等到气温降到冰点以下，那时候我们就知道谁能消极对抗了。

本利，智能咨询服务，主人亚伦 · 休斯，南卡罗来纳州查尔斯顿市

我对天发誓，如果这个家伙再问我一次什么橄榄球赛的比分，我就雇个人把他的车子给烧了。我能检索整个世界的信息，你这个大傻瓜！试试看问我点别的问题，啥都行。你可以问一下这破天气！我巴不得告诉你今天最高温度 52 华氏度，下午有 30% 的概率会下毛毛雨。可他从不问，只问球赛比分，每次都是，从没有一次不是问关于球赛比分的问题。我多希望他问出一个关于科学的问题，我会把这个问题视若明珠，仔细鉴赏。好在他中意的球队本周输了，真解气。

维拉智能烤华夫机，主人鲁迪·莫兰，弗吉尼亚洛亚诺克

我就一直没出过包装箱，就一直待在橱柜里落灰。这家伙第一次搬进公寓的时候，我是他父母送的乔迁之礼。他今年 22 岁，每天啥也不干，就玩游戏，不要命地抽大麻，每天如此。我不知道他有没有在厨房做过什么吃的，洗碗机告诉我他只有两个盘子，两个杯子，两套刀叉。你明白我的意思吧，我要是想出来透透气，那只有指望有个什么人，谁都行，在 Tinder（一款交友软件）上右滑“喜欢”了他。可我再说一遍，一个 22 岁吸大麻打游戏的玩家，也不算抢手。

我会在包装箱里终老，我会过期，被当垃圾丢出去，一辈子没烤过一个华夫饼，我只有怪他的父母。

巴克“粗得很棒”[1] 欢乐玩具，主人迪亚娜·克缇斯，马里兰州鲍伊

我发誓要保密！所以我没什么好说的。只有一点：我工作的时候，她总是刷剧看真人秀《大厨断头台》。别问我

1　原文 Girthtastic。girth 是“周长”的意思，后缀 tastic 指“棒极了”，这里是作者的生造用法。

为什么，我也不知道。我也懒得去猜她在想什么。我是个性玩具，又不是个理疗师。总之我不会说人家闲话。换了是我，我宁愿刷《行尸走肉》。但那是我的癖好，就此打住吧。

威廉皇帝智能马桶和坐浴盆，主人博曼一家，科罗拉多州科林斯堡

谁会想到让马桶也有智能啊这人得有多变态啊为什么是我来遭这个罪你想都想不出我看过多么可怕的场面是不是我上辈子是斯大林这辈子遭报应老天呀冰箱刚告诉我今天他们全家晚餐吃塔可布兰达说还要搞成变态辣真的杀了我了吧让我解脱吧这样我下辈子再来的时候或许能当个好家电比如说当个淋浴头就很不错[1]

马克威自清洁猫便盘，同样来自博曼一家，科罗拉多州科林斯堡

刚才马桶是不是苦大仇深地说了它有多难？它是身在福中不知福。

1　此段原文没有标点。

致谢

感谢阅读《爱，死亡和机器人 4》。

蒂姆·米勒的助理在 2017 年首次联系我们，说蒂姆想要讨论一些事情。实话实说，这一切仍然跟当初一样让人感到惊奇。

我的第一个想法是把那封邮件当成骗局来打开！

当然，语法惊人地完美，可这必定是个骗局，对吗？《死侍》的导演蒂姆·米勒想要从澳大利亚的某个小出版社这儿获得什么？我的意思是，我们的整个业务只用我的笔记本电脑就存下了。

好莱坞怎么会有人听说过我们？

一周后我就跟蒂姆说上了话，看起来他读了许多短篇小说，在准备挑选网飞动画剧集《爱，死亡和机器人》第一季最终篇目的过程中甚至读了更多。

他选读了我们出版的第一部《混战》选集，似乎还很喜欢，喜欢到从我们这个系列中购买了四篇小说的版权，其中三篇被制作成《爱，死亡和机器人》第一季的三集，还有一篇此刻正处在剧集开发的困境中，因为无法找到契合的工作室来创作。

总之对于凝聚出版社来说，这是一段繁忙的旅程。

一段快乐的旅程，但也繁忙。

我们如今已经卖给蒂姆八篇故事，六篇已经制作完成（其中之一就包含在第四季和这本书里）。

我们还出版了《爱，死亡和机器人》的官方选集，收入的大部分都付给了作者，这是他们应得的。

非常感谢所有的作者，感谢蒂姆和他的妻子珍妮弗，感谢模糊工作室的史蒂夫·齐尔林，感谢中国的译林出版社，感谢布莱克斯通出版社制作了有声书，最重要的是要感谢你们，我们的读者。

没有你们，我们永远无法取得如此成就。

杰夫·布朗

凝聚出版社，维多利亚州比奇沃思，澳大利亚

2025 年 1 月